里下河
青年文学
写作计划

缸中人

王 锐 著

江苏凤凰文艺出版社
JIANGSU PHOENIX LITERATURE AND ART PUBLISHING

图书在版编目（CIP）数据

缸中人 / 王锐著. —南京：江苏凤凰文艺出版社，
2021. 10
（里下河青年文学写作计划）
ISBN 978-7-5594-6330-2

Ⅰ. ①缸… Ⅱ. ①王… Ⅲ. ①短篇小说-小说集-中
国-当代 Ⅳ. ①I247. 7

中国版本图书馆 CIP 数据核字（2021）第 201854 号

缸中人

王锐 著

出 版 人 张在健
责任编辑 曹 波
责任印制 刘 巍
出版发行 江苏凤凰文艺出版社
南京市中央路 165 号，邮编：210009
网 址 http：//www. jswenyi. com
印 刷 江苏凤凰数码印务有限公司
开 本 880 毫米×1230 毫米 1/32
总 印 张 28
总 字 数 670 千字
版 次 2021 年 10 月第 1 版
印 次 2021 年 10 月第 1 次印刷
书 号 ISBN 978-7-5594-6330-2
定 价 199. 00 元（全 4 册）

目　录

不　知

1

我来到火车站附近的大槐树下时，已经很疲惫了。

写作培训班的接头地点安排在这里，有些人已经先到了。我不认得槐树，分不清东南西北，但又不想在电话里暴露一个写作者的无知，尤其是对植物的。

火车站附近有很多摊子上都在卖薛恩哲的书。我看着封面上薛恩哲那双又睿智又含情脉脉的眼睛，有一种亲切感。在我的行李箱里，放着全套的精装本薛恩哲文集，非常沉。

等人到齐了之后，还要一起坐大巴开往一个古镇。我并不想上培训班，但是更讨厌上班，所以来了。

我一边走，一边摇晃着我的颈椎。老毛病了，它使我不必仰望星空，眼前就常常变成星空，而且是金星。

我要跟她住一起。人群里，一个女孩对戴眼镜的中年男子说。他是这次活动的组织者。

那女孩头发极短，长得很胖，穿着一身颜色晦暗不明、像海带一样皱巴巴的衣服，皮肤白得有点瘆人。迟钝的我过了一会儿才想起那个“她”指的是我。我有点讨厌那男子根本没有问我的意见，但没有勇气表达我的讨厌。

那些人我都讨厌，我第一眼就喜欢你。女孩说。

我笑了笑。我天生讨人喜欢，这一点我早习惯了。不是“万人迷”的那种，而是那种陌生人想找个人问路，一定会首选你的那种“讨喜”。

大巴来了，她上车就紧挨着我身边坐下，身体热烘烘的，身上有古怪的香水味。她的皮肤并不年轻，大概是短发，耳朵上又打了太多耳洞，挂着古里古怪的配饰，才让我感觉这是个新新人类。

我无聊地翻看着培训须知。

我叫田碗，上面没有我的名字，我是后来增补进来的。她摸了摸自己的短头发说，你要是四个月前见到我，我是个光头！

我并不意外，她现在的头发比男人的板寸还短。

我刚从牢里出来。她笑嘻嘻地说。

我笑笑，她苍白肿胀的身体看起来实在没有力量感，这一定是她的幽默感。

到古镇的第一餐吃得很潦草，大家都不熟悉，只听见吧唧嘴的声音。菜已经冷了，吃到嘴里，会感觉油仿佛粘在喉咙上。田碗吃了几筷子说，我们走吧，就不由分说地把我拉走了。

喂！我们出去吃吧。跟那帮人一起吃饭没意思。她在房间里说。

好。我疲惫地应着，也不知道好还是不好。我不太愿意做跟群体分开的事情，但也不喜欢跟他们在一起。

饭店是她选的，是家素斋馆，她吃素。其实，我喜欢吃肉，但素菜有利于减肥。

桌上，我们谈起了电影。她竟然是京大的心理学博士，讲起电影来眼波流转，整个人仿佛有光。

她谈的电影是《登堂入室》。

里面有一个中产阶级男女疲惫不堪的做爱镜头。她咯咯地笑着说。

哈哈，确实疲惫不堪。我大笑着，那电影我也看过。当我喊出“疲惫不堪”时，这个词多少疏解了我身体里堆放的累积多年的疲惫。

别桌的几个男人对我们侧目而视，其中还有

一个穿黄衫的和尚。我有些发窘，但是，又有微微的快意。

开会才是最疲惫的事情。而我的工作就是没完没了地开会，写会议记录，做材料。我嚼着一根过老的芹菜抱怨着，嘴巴里涌起淡淡的苦涩。

不过，工作会让你发现所有人都跟你一样乏味，都在忍受生活，一切也就变得可以忍受了。她故意用播音腔戏谑地说道。被浮肉挤压的眼睛已经不成形状，但眼神却很锐利。

我默默地点头，但那种被人看穿的感觉很不舒服。

我讨厌工作，才又去读了博士。她一边说一边把糖渍生藕片嚼得嘎吱作响。

上学多好！我有些感慨。总是家境优越才可以任性。田碗身上那套在我眼中丑得像坨屎的衣服是川久保玲的限量版，要七千多。

所有人都讨厌我。我今年三十一岁，还是个处女。她叹息着点燃了一根烟。

我有些猝不及防，不知如何安慰她。她的确不好看，眼睛太小，鼻子太塌。但其实也不到很丑的地步。但那样的长相加上她本身太过尖锐疏离的气质，想来喜欢她，对于直男们来说，的确是个艰难的事情。丑女要是鲁钝一点，也会有人喜欢，因为省心。

你长得真是易嫁风。她语带讥诮地说，像你这样的，其实不太适合写作。

我心中涌起深刻而持久的悲哀。我不知道自己适合什么。

2

晚上回到房间，她燃了一支烟，站在阳台落地窗那儿继续跟我聊天。说是聊天，但她的话语连绵不绝，并不需要我的回应。她仿佛有无数的东西要诉说。窗帘白纱飘飘，她穿着暗色花朵的睡衣睡裤，烟雾缭绕，指甲是诡异的蓝绿色，有点女鬼的感觉。房间里很暗，她的嘴巴一张一合间有小小的金属闪光，许是牙齿上镶了钻。

她仿佛用一己之力在我面前开启了一个我平时不能拥有的世界。那个世界里有我年轻时迷恋过的种种，关于文学，关于电影。而现在的我，是一个被房子、车子、小孩上学、评职称、升职等具象的事务纠缠着的女子。我既不想追逐，又担心放弃是某种谬误，成为一个荒诞的上不去云端、也落不到地面的古怪生物。

你最喜欢的作家是谁？我问道。如果能够确切知道某人最喜欢的几个作家，那你也就约莫拥有了一张他的精神地图。

我最喜欢的作家是徐讦。她忽然说，我的电脑里有好多他的小说，要不要拷给你？

啊，我不喜欢徐讦。我最近在看薛恩哲。我觉得徐讦小说里的爱情很病态，而我现在更安于庸常的、可控的生活。

薛恩哲，你不是开玩笑？那种人渣也配叫作

家？就是个熬鸡汤、打鸡血的神经病！

他是有点俗气，但说得很有道理。对我来说，他的书不是文学作品，而是生活指南。

生活指南？天啦！我一直以为他那种破玩意只能祸害庸俗无比的中年妇女，没想到连你这种知识女性也会中毒？有道理，有道理个屁！

我看着她激越地骂着薛恩哲，忽然有些羡慕。我已经很少能够这样痛快淋漓、坚定无比地痛骂一个人了。当我发现我鄙视的人总是比我成功，比我更得到认可的时候，我怀疑错的是我，是我对这个世界充满了偏见。但我对她侮辱薛恩哲还是有些不忿，忍不住问，你平时写些什么？

我从不写作。

那你怎么来这里？我有些意外。据我所知，这个培训班的名额还很紧俏。

某人出于他自以为是的好心，让我来散散心的。她冷冷地说。

我有些愕然，但也没好意思追问。虽然聊了

很多，有种已经熟悉的错觉。但毕竟认识还不超过二十四小时。

晚上睡得太晚了。第二天的培训班上，我昏昏欲睡的脑袋已经听不进任何关于写作的真知灼见。别人提到的小说，我多数没有看过，统统觉得陌生。多年前写过的小说，让我有机会参加这些培训班。但是它们对我来说，统统像悼亡诗。我像个丧失了基本功能的太监，这种传授技巧的课程只会让我黯然神伤。

“喂！我们翘课吧。明天就要回家了，上课没意思，还不如在古镇逛一天。”下课的间隙，田碗对我说。

“好。”我被自己回答的果断吓了一跳。我可是喝杯奶茶为加不加珍珠都要纠结五分钟的女人。

古镇不怎么出名，但也跟很多旅游业发达的古镇一样，路边都是商铺。

路过一家卖香水的，里面的瓶瓶罐罐很可爱。我拉着田碗走了进去，店里的姑娘很热情地拉着我试用，我喜欢上了一款叫“燕麦饼干”的香水。

“你买这种？涂上了人家还不是以为吃饭没擦嘴，浑身散发出食物的气息，太低级。”

我一听觉得有道理，打消了买的念头。

“你是个很容易被别人左右的人。”她看着我说，“你果然不适合做作家。怯懦的人是做不了作家的。”

她的眼神很强烈，让我有种被针刺的感觉。

“你用的什么香水？闻起来……有点恶心。”我转移了话题。

“恶心就对了。我用的是Fame，世界上第一款黑色香水。”

我怔怔地听着，连Fame是什么牌子都不知道的我，果然是被这个时代淘汰了啊。

“我初中时就看过你的小说，那时我很崇拜你。但是，后来你写的东西越来越庸俗了，格调低下。”

我感觉有凉意在身体里穿梭来去。最近参加

的培训班常会遇到一些年轻人。他或她对我说，我是看着你的小说长大的。那里面有感慨也有戏谑。我是个可笑的LOSER。人们提到我永远只称赞我的第一本小说，写于我的十九岁。

还记得前段时间，有个作家遇到我说，你身上已经看不出当年天才少女的影子。一个人最悲哀的就是用他的一生来走下坡路。当时，我怔怔地看着他，胸口被戳出了一个透明窟窿。他接着说，我说的是实话，希望你不会介意。我看着他诚恳的笑脸，一口腥甜的鲜血涌上喉咙，但迅速咽了下去。我微笑着说，我不介意，你说得对。我一直在退步，我已经不喜欢写作了。在被别人捅死之前，先自己捅死自己，是很好的办法。

“进去看看！蓝小刀剪纸坊，网上很红的！”她拉着我进了一家店，我这才从痛楚的回忆中回过神来。

一进门，店正中就悬挂着一张装裱过的黑白剪纸，很特别。它远看是张国荣的肖像，近看却是一个个镂空的格子。

“多少钱?”我指着那剪纸问。

“八百块。”

“就一张纸?”我有些意外。

“价格在你心中，你觉得值得就是值得。”蓝小刀静静地说。这话换别人说，也许会显得矫情，但她说，就很合适。

我看着那张剪纸，有些迷茫。我并不太擅长判断一件东西的价值。因为我珍视的东西，常常在别人眼中一文不值。而我不在乎的东西，常常在别人眼中无比珍贵。别人太多，我渐渐怀疑错的那个人是我。

“还是太贵了。”我讷讷地说。我几乎能想象朋友们知道我在景区花八百块买了一张纸，笑抽了的样子。我做的笨事太多了。

“这张纸我剪了半个多月。张国荣是我的偶像，得把它交到真喜欢他的人手里，我才安心。现在，我出五个关于张国荣的问题，你答对一个，就减一百。”蓝小刀很认真地说。

“好。”我觉得这个叫蓝小刀的姑娘有点意思。

“在刘嘉玲人生低谷的时候，张国荣曾送花安慰她，是什么花？”

“啊——这——”我突然发现问题好冷僻。

“桃花。”田碗答道，后来，刘嘉玲每年过年的时候都会买桃花，而且总是到张国荣去的那家店。

“毛舜筠采访张国荣时，问张国荣为什么喜欢唐鹤德，张国荣怎么回答的？”

我记得我看过那个访谈，但脑袋一时短路想不起来。

“张国荣说了四个字——因为他好！”田碗看着蓝小刀说。

问题越来越难，田碗对答如流，两人遂成知己，抱头痛哭。我掏出三百块钱买了那张剪纸，内心五味杂陈。在这个下午，我对张国荣的爱被这两个人比了下去。连做粉丝，我都做得这么失败，我是个 LOSER。

蓝小刀赠送了自己做的花布袋，还有跟剪纸相配的实木相框。

在装袋前，我又端详了剪纸一眼说，这张看起来好像比他平时胖一点。

这是我照着他临死前最后一张照片剪的。那时因为生病，他已经有些浮肿。蓝小刀说，刚哭过的眼眶红红的。

我看着那张比记忆里的哥哥微胖的侧脸，心中一酸。

出了门，田碗那狭长的眼睛死死地盯着我，盯得我心里有些发毛。

“你这个人很奇怪。”田碗说。

我怔怔地看着她，不知道自己哪里奇怪。在机关工作了十几年，我早就泯然众人，平淡得连自己照镜子都觉得面目模糊。

“怎么会有人同时喜欢张国荣和薛恩哲？太他妈不一样的两个人了。哥哥是戏如人生，老薛那是人生如戏，跟谁说话都是背好的台词，连放屁声都要装成美声的！”

“你做人太偏激了！”我忽然有些讨厌田碗，对她产生了敌意。凭什么这样说薛恩哲？她活得那么糟，一定是因为她太偏执，太恶毒，才活成了一个肥胖浮肿、没有工作、没有人爱的老女人！我被心中冒出的恶毒怨念吓到了。

“是啊，你不偏激，你中庸，你不偏不倚，不敢爱不敢恨，活得像一碗温吞水，足够安全也足够无趣。”田碗戏谑地说，她狭长眼睛里的犀利眼神让我感到讨厌。

她足足比我小十岁，我感到冒犯，但不知道怎么回击。我对生活早就学会了逆来顺受。想起少女时代以毒舌著称的我，真是恍若隔世。

我隐忍着，拿出那张剪纸看了看。那样风华绝代，万千宠爱集于一身的一个人，也还是弃世而去。算来不过是一梦浮生，有什么可争论的，算了。

“看来很喜欢啊！价格可是我帮你降下来的。你要怎么报答我?”田碗突然说，话音里有绵软的刺。

“请你吃饭吧。”我有些无奈，倒不是心疼钱，而是被一种无力感紧紧地攥住了。我讨厌田碗，却没有勇气表达我的愤怒。我不喜欢我的工作，但是我没有勇气挣脱。

“还是以身相许吧。”田碗的一只手揽上我的肩膀说。

我感到皮肤一阵战栗，心脏都停了半拍。

“瞧你那德行，脸都吓白了。逗你玩的。”田碗狂笑起来。

我的确被吓到了。她说得对，我是个胆小鬼。在她铜铃般的笑声里，我觉得很难堪。

3

那晚回到宾馆，我有些不自在，但装作毫不在意。不过洗澡时，我小气地放下了百叶窗。田碗吹了一声口哨，我听出她哨声里的轻蔑。水流过我的身体，我在水声里小声地哭泣，悲伤是突如其来的。我不知道何时活成了自己讨厌的模样。

晚上躺在床上时，身体沉重得像一头大象，仿佛自己的肉会把自己的骨头压断。我眼前忽然浮现出田碗说“我刚从牢里出来”的样子，我眨了眨眼睛，赶走幻象。宾馆的床过于软塌了，老让我有一种要陷落其中的错觉。田碗偏偏又亮着灯在看书，这让我更难入睡。

还没睡着吧？她喊我。

我装睡，紧紧闭着眼睛。

嘁！别装了。

我不知道该继续装睡还是睁开眼睛。我纠结着，暗骂自己是个尿包。

喂！告诉你一个事，我是薛恩哲的女儿薛婉婷。她说。

你就是京大女孩薛婉婷？我惊得从床上坐了起来。我在一次活动上看到过薛婉婷，是个清秀、瘦削的姑娘，称得上美丽，跟眼前这个白得浮肿的姑娘完全判若两人。

我就知道你在装睡。我喊你时，你的眼睫毛抖得跟蜻蜓翅膀似的。你这种人心理素质太差，不擅长伪装。

我有种把田碗揍一顿的冲动，但对她的好奇暂时压制了我的冲动。我仔细地看着灯光下的田碗。

薛婉婷不是在剑桥读书吗？我说。这是薛恩哲的新书里说的。

剑桥？哈哈！还康桥呢！老薛就是撒谎不脸红。我他妈在端桥呢！

端桥?！我有些惭愧，我从未听过这所大学。

上海端桥精神病院。她说得很平静，但是在暗夜里听来，仍然像平地惊雷。我不知道该如何接话。

薛恩哲那个混蛋怕人家知道，给我改了名字。我住院的时候，他一次也没有去看过我。他怕别人知道我得病了，崩了他教育专家的人设。我不是他女儿，是他的道具！田碗突然大声抽泣起来。

你还信薛恩哲写的东西？全是骗人！她突然从床上爬起来，把我床头放着的薛恩哲的书全部推到地上，狠狠地踩着。我看着她歇斯底里的样子，只好任由她踩，不敢阻拦。我悄悄地把手机拿到了手里，想着万不得已时，我就打110。

你知不知道他多么残忍？我弹钢琴偷懒，他就用绣花针扎我的指头；他说我要是考不上京大，他就把我卖到大山里……她平时苍白的脸庞涨红了，扭曲着，看着又可怖又可怜。我看着眼前这张肿胀、扭曲的脸，怎么也无法想象那就是人人羡慕的薛婉婷。

我递了纸巾给薛婉婷，她擤了擤鼻涕继续说，薛恩哲就是个表演型人格障碍的人。使劲儿演模范丈夫、演好爸爸，演了还不够，还要装模作样地写出来，没他妈一句真话。知道我为什么读心理学吗？因为我想给他治病。结果，别人都说是我病了。

为什么？我故意平静地说，但低着头。心里有一个模糊的常识，不要跟精神病人对视，会激起他们的攻击欲。

他们说，只有病了的人，才会说自己的亲生父亲是精神病！田碗的这句话是用播音腔说的，字正腔圆。

田碗后来还絮絮叨叨地又说了些什么。我听得又激动又担心，不太敢睡，但最终还是在袭来的疲惫中沉沉睡去了。

早上醒来时，田碗还在睡着，睡得非常安静，安静得令我有些害怕。我下意识地伸手放在了她的鼻下，手指感到温暖的热气。她忽然一睁眼，把我吓了一跳。

你在干嘛？

薛恩哲真是你爸爸？我脑中冒出的只有这一句。

你是不是有臆想症？我姓田。田碗冷冷地瞪着我，令我怀疑昨晚其实是一个梦境。散落一地的薛恩哲的书已经整齐地码在了我的床头。

我把想问的话全部吞了下去，噎得有些难受，一个人默默去退了房卡，集体坐大巴去火车站的时候，田碗故意跟我分开坐了。我想起初遇那天，她热烘烘的身体和古怪的香水味，怅然若失，又如释重负。

回到家里，我整理行李箱时，发现薛恩哲的书页上有一些被风吹干的湿痕，形状很奇怪。我想了半天，终于意识到那是湿了的一次性拖鞋留下的。田碗经常跟我抱怨洗澡会把一次性拖鞋弄湿。我的解决方法是光脚洗澡，但她不习惯。我把那些书都扔进了垃圾桶，为自己竟然迷恋过薛恩哲感到羞耻。

4

上班后，我把那张剪纸装在木质相框里，放到了自己的办公桌上。

我端详着那张剪纸，近看，它就是无数个大小有微妙差异的格子，但远看，就成了张国荣的侧脸。我轻声哼唱着张国荣的《我》——“我很庆幸，万物众生中磊落做人。怀着诚恳，告诉世界何谓勇敢……”

忽然，嘎吱一声门响，把我吓了一跳，既是同事又是老同学的李定推门进来。他在单位活得很滋润。

“我最不能理解这种人。要钱有钱，要名有名，好端端地跳什么楼啊?”

我沉默，因为我说了，他也不会懂。再说，我也不想得罪他。我虽然看不上他的庸俗，但现实世界里，有时却不得不麻烦他。

“我跟你说，办公桌上放这个，影响你的晋升。你应该在办公桌后面的窗台上放一块泰山石，背后有靠山嘛!”他说。他是个很注意仪表和个人卫生的人，经常大白天在单位的水房里洗头，但身上有洗八遍澡也去除不了的油腻。

他走后，我犹豫了一会儿，把那个相框用布包好，放进了柜子的最下层。

微信突然响了，我打开一看，李定给我发了个淘宝链接。“泰山石敢当，大师在线指点摆吉位，包你石来运转，平步青云。”我笑了，我一向不信这种东西。

第二次接到写作培训班的通知时，我没去。我不想写作了，甚至连书都懒得看了。我的窗台上摆上了“泰山石敢当”。因为李定买的时候，淘宝搞活动，买一赠一。李定拿了一个给我，我以为他是多一个，送我的，就收下了。但他一直站在办公室不走，憋了半天说，老同学，感情深。别的东西再贵，我也就送给你了。但这个泰山石，你是要给钱的。给了钱，才真正属于你。原价六百八十块八毛八，一人一半，你给我三百四十块四毛四就行。不是我小气不给你抹零头，而是少一分就不灵了。

我微笑着看了眼李定，微信转账给他。

后来并没有“石来运转”，但颈椎病好了很多，也许是不再写作的原因，眼前的星空终于消失了。虽然很少看书了，但薛恩哲到我们城市签售的时候，我还是去了。他到底岁数大了，脸部线条圆润下垂，笑起来慈祥得像个爷爷。哦，不！更像个太监。他新书的封面用的还是多年前的照片，年轻得让人感慨，岁月果然是把杀猪刀。我看着他过于乌黑油亮的头发，还有那双跟田碗很像的眼睛，心里咯噔一下。

我注意到他签书总是签得很认真，还加上冗长的祝福语，有时还跟读者亲切地寒暄。也正因此，队伍越排越长，显得盛况空前。

好不容易签到我的时候，我问他：“我特别喜欢看您写您女儿的书，她现在怎么样了？”我努力控制着语速和音量，让自己显得很随意。

“她在剑桥念书啊。”他抬头看了我一眼，很温柔，是一个父亲说起女儿的标准表情。

“您还会写她的故事吗？”

“不会。女儿大了，可以书写她自己的故事了。”他彬彬有礼，特别儒雅，看每个人的眼神都含情脉脉。我想起田碗说起他专门练习过眼神。

“那您认识田碗吗？”

“田碗是谁？”他一脸茫然。

“她是端桥的一名学生，很崇拜你。”我紧紧地盯着他的眼睛，他的眼睛如湖水一样平静。

“谢谢！端桥中学很好，我在那儿开过讲座。”

我不知道是他的演技太好，还是我遇见的田碗是个骗子。我甚至都不知道这个世界上是否真的有一所端桥中学。不过，这些都不重要了。稀里糊涂地活着，总归要容易些。反正，这个世界上很多问题都没有答案。我把薛恩哲的签名本扔进了离书店最近的垃圾箱里，心头涌起微妙的快意。

缸中人

1

听到门铃响，哲珠深呼吸了一下去开门。任珏站在门口，比以前更瘦更漂亮了。

她把任珏让进来。两人坐到沙发上。面前的矮几上有哲珠早就泡好的茶。

任珏用涂着金棕色眼影的眼睛打量着哲珠的家。哲珠不禁有些忐忑。装潢是已经大众化的北欧风，但还凑合。最突兀的是客厅里的大鱼缸，体量实在惊人，大概占地四平米。

何子围喜欢养鱼。哲珠解释似的说。

这大概是你们家最气派的东西了。任珏说。语气里带着一点不屑。哲珠向来被任珏挖苦惯了。以前，任珏处处不如她的时候，就喜欢挖苦她。但那时哲珠把任珏的挖苦，理解成一个不幸的人为了保护自己而生出的攻击性。跟从小被溺爱的哲珠相比，任珏的童年实在太不幸了——父亲酗酒，母亲有精神病史。但现在，任珏摇身一变成了著名编剧。哲珠那点气定神闲的包容已经不够用了，竟然感觉到一丝苦涩。

你现在收入多少？

一个月八千吧。哲珠下意识地多报了两千。她听说任珏现在年入好几百万。

天啦！这怎么够用？任珏惊叫了一声。

还好吧。哲珠有些尴尬。

哲珠，我工作室缺个编剧，你愿意过去吗？任珏握住了哲珠的手。任珏的手温暖而干燥。

我……哲珠迟疑道。

哲珠，你比我有才华，不应该就这样浪费。

哲珠心中一暖。前些日子，她一直在看根据任珏的小说改编的电视剧，心中一直弥漫着微妙的妒意和酸楚。那种穿越剧是她不喜欢的类型，三观不正，洒满狗血。但是，任珏的小说版权卖了六百万的事实折磨着她。

哲珠，不要糟蹋自己的才华。我就不明白了，你还在犹豫什么？你不是说天天写公文，都快把你写吐了吗？你不希望自己的故事出现在大屏幕上？你不想连广场舞大妈都在谈论你写出的剧情？你不想活出自己？你不想为这个世界奉献点儿什么？任珏说得额头的青筋都暴了出来。任珏还是跟从前一样，是那个体育考试时，硬是拉着笨拙的哲珠把八百米跑进了及格线的姑娘；是那个全班去春游，归途时哲珠晕车难受要下车，她也跟着下车陪哲珠走了六个多小时走回学校的姑娘。任珏虽然咄咄逼人，但骨子里很仗义。这大概也是她们的友谊持续了二十多年的原因。

“活出自己”这四个字诱惑了哲珠。

哲珠，去吧。最后改变人生的机会了。活着，就要像活着。任珏指着鱼缸里的红龙说，你看它眼神呆滞，颜色也红得不自然。你看过野生的龙鱼吗？红得像红绸子一样，完全是睥睨群雄的眼神。

它还小，没有发色呢。哲珠看向那条让何子围引以为傲的红龙。何子围一直说这条红龙多么漂亮，将来是可以参加选美的。

龙鱼这东西我懂，多照太阳，才容易发色。鱼缸里装两日光管子，哪能跟太阳光比？任珏道，哲珠，你该跳出来了。才华这东西是什么？冰箱里的冻肉。不用的话，很快就会发酸发臭。

哲珠仿佛闻到了自己的身体上散发出酸臭的味道。

咦，这是什么鱼？任珏问道。缸底趴着的那只黑白点的皇冠忽然向上游动起来。

皇冠。哲珠说。比起龙鱼，哲珠更喜欢皇冠，因为它圆圆的像个锅盖，黑色的身体上布满放射状的白点，更符合她的审美。

有句话怎么说来着，欲戴皇冠，必受其重。如果十年前的梦想还没有熄灭，就让它熊熊燃烧吧！任珏目光灼灼地看着哲珠说，带着鸡汤大师般的热情。

哲珠一向不喜欢鸡汤文，也无法想象把湿答答的皇冠鱼戴在脑袋上的样子，但还是奇怪地被感动了。何子围也说过哲珠很奇怪。明明对韩剧的套路烂熟于心，但看的时候，依然泪流满面。明明熟读了《资治通鉴》，分析起权谋来头头是道，但到了真实的人际关系中，幼稚得近乎智障。

这种奇怪，大概就是读书太多、经事太少造成的吧。对，到任珏的工作室做编剧，去经历，去生活，去写出真正动人的好故事，像任珏那样活得热烈肆意。哲珠知道，任珏勾起了她心中一直埋藏着的欲望。她感觉心跳加速，嘴唇发干，有种充满兴奋的焦虑感。

2

每个周末，哲珠和何子围都回妈妈家吃饭。哲珠看着一桌子的菜，按照她的喜欢程度很科学地摆放着。事实上，很长时间哲珠都没有发现这件事。是何子围提醒了她。何子围永远比哲珠更懂得讨妈妈的欢心。比起哲珠，妈妈更喜欢这个女婿。

哲珠艰难地吃着饭，她感觉难以启齿，但还是说了去上海做编剧的事情。

妈妈瞪大眼睛，脸色骤然一变，但很快一脸温柔地道，小珠啊，外面的世界不像你想的那么简单。你现在的单位，工作多轻松。别人羡慕都来不及呢。

可是，我不喜欢现在的工作。

工作哪有什么喜欢不喜欢的？子围难道喜欢跑保险吗？你去上海，想过子围吗？

反正是跑保险，子围也可以去上海。哲珠已经问过何子围了。何子围说哲珠去哪儿，他就去哪儿。哲珠羡慕何子围，他好像怎么样都行，怎么都不会跟人发生冲突。

不行。做编剧这事不靠谱。

我这次非去不可。哲珠迟疑了一下，但还是倔强地发出了声音。

妈妈像不认识哲珠似的，用大得惊人的眼睛瞪着哲珠。家里的气氛安静得要命。

哲珠的心怦怦地跳着。这么多年来，她没有顶撞过妈妈，不管任何事。妈妈也无数次在别人面前夸赞她是天底下最省心的孩子。虽然妈妈惯着她，但哲珠对妈妈是百依百顺的，除非妈妈主动买给她东西，哲珠从来没有任何要求。这并非压抑，而是哲珠从来就没有过想要什么的欲望。通常她还没想到要，妈妈已经给她买好了。在她的日记本里，写得最多的一句话是“世上只有妈妈好”，这几乎成了一句咒语，伴随着她的人生。

妈妈那么爱她，妈妈都是为了她好，妈妈为她牺牲了一切，妈妈太不容易了。无论如何，都不能违背妈妈，不能伤害妈妈。

哲珠，你又天真了。当初你要去杂志社，还不是幸亏我拦着你？妈妈说。那家杂志社已经倒闭了。妈妈很开心，是她的英明帮助哲珠规避了人生的不幸。

这两年才倒闭的。那时，我已经有在杂志社工作的资历，再找工作也不难的。而且，我现在去工作室，有任珏带着我。哲珠说。

哲珠啊，你别听任珏忽悠。你现在家庭好好的，工作好好的，出去干什么呢？妈妈现在也年纪大了。你知道我这个人爱操心。你在我眼前，我还放心不下。你要去了上海……妈妈的声音从凌厉渐渐变为凄婉，而且眼眶充血，泫然欲泣。

哲珠看着妈妈，心像被什么东西揪住了似的痛，但是她抿紧了嘴唇，攥紧了拳头。以前只要妈妈一生气，她就妥协。妈妈永远是胜利的一方。

哪怕有时是以弱者的姿态。她特别害怕妈妈生气，她一直觉得自己欠妈妈的。可是后来，她突然感觉妈妈也亏欠自己。因为自己付出的是最珍贵的东西，却一直没被察觉。从穿什么样的衣服、用什么牌子的化妆品到找什么样的工作、嫁什么样的老公，都是妈妈的决定。在这份爱里，她献祭的是自己。

哲珠，你知不知道我四处求人才帮你求来了这份工作，你说不要就不要？你有没有为我想过？妈妈的声音陡然大起来，脸部的肌肉剧烈地颤抖着。妈妈生起气来总是很夸张，有种歇斯底里的气质。

我想过，我就是为你想得太多了。每做一件事，都会先去想妈妈允不允许，妈妈喜不喜欢。想到最后，我都忘了自己喜欢什么了。你什么都替我做主，什么都替我安排得好好的，但是我感觉不到幸福，我甚至不觉得自己在活着。哲珠说的时候，几乎感觉到了自己像是得到了渴慕已久的角色，念着自己最想说的台词。那些话在心里实在是盘旋得太久了，反复酝酿，反复发酵。

哲珠……何子围拉了拉哲珠的衣袖。

哲珠看了一眼何子围，突然有些不落忍，于是笨笨地补了一句，跟你没关系。

没关系。何子围说。

哲珠，你一个人在上海可怎么生活啊？适应不了的。你连条毛巾都拧不干。你这么大，都没有自己洗过袜子。

妈，你又来了。你以为你是担心我，是爱我。不，你是把你对这个世界的焦虑和恐惧投射在我的身上。这句话是在书上看到的，像颗子弹一样击中了她。她想到了妈妈，想到了到现在都不放心她一个人过马路的妈妈。妈妈用多得像汪洋大海一样浩瀚的爱，向她暗示这个世界多么恐怖，而自己是个什么也不会的废柴。

你说什么？妈妈的嘴唇颤抖着，胸脯起伏着，脸色发白，连嘴唇都变得乌青。何子围过去扶住了气得浑身都在抖的妈妈，看着哲珠想说什么，但在喉咙里滚了一下，又咽了回去。

哲珠想，自己当时的样子也许比妈妈更可怕、更狰狞。

3

哲珠决定去上海了，但心里却总有种焦虑不安的感觉。也许因为从小到大，她从来没有做过不被妈妈允许的事情。事情也远比她想象中的复杂、烦琐。从单位辞职，跟任珏谈去工作室做编剧的工作待遇和种种细节，包括整理行李，都让哲珠筋疲力尽。再加上虽然哲珠不愿承认，但一直以来妈妈都是她的信仰、她的寄托。这次因为闹僵了，哲珠所有的事情都得自己拿主意。而且，何子围对她去上海的事，也表现得相当冷漠。她一开始不理解，后来明白从一开始，何子围就不愿意她去上海。所谓的她去哪儿，就跟着去哪儿，只是哄她的甜言蜜语。因为何子围一直以为，妈妈一定能够拦住她去上海。这是何子围根据以往经验下的判断。

去上海的前一天，哲珠把衣服塞进箱子里，又拿出来。行李箱就那么大，但是哲珠想把她的整个世界装进去。吹风机、洗脸仪、卷发器、蒸汽美容机……都带上不可能，但缺了哪个，都感觉生活习惯被打破。她连自己的枕头都想带走。如果可以，她还想带走何子围的肩膀。每天晚上依偎在何子围的肩膀上看韩剧，是哲珠最幸福的时光。

哲珠心里忽然难受得要命。她意识到她一直不满意、不得劲的生活，她是那么的舍不得。妈妈从前说过的话忽然蹦到哲珠的脑袋里，让她心中一痛——你这个人啊，太习惯于得到了，永远对失去比得到敏感，永远以为没有的才是最好的。你这个性格不好，不容易快乐。

不容易快乐。哲珠看着满房间乱七八糟的东

西，忽然感到特别的焦躁，浑身紧绷绷的，怎么也放松不下来。

“啪”的一声，把哲珠吓得心跳都漏跳了一拍。好像是从客厅传来。她跑出房间，看见红色的龙鱼在地上，不停地用头尾拍打地面，身体不时弯成弓形，一下又一下。

龙鱼跳缸了！哲珠害怕得赶紧打电话给何子围。

你快把它扔回鱼缸里啊！

我怕。你快回来啊。哲珠不敢碰任何荤腥的东西。她从来没有在菜市场买过鱼和肉。尽管她吃鱼，也吃肉，但没有煮过的鱼和肉，她会感到恶心。

龙鱼是从缸里跳出来的，摔得很重，鳞片掉了十几片，腹鳍也折断了。龙鱼挣扎着在米白色的地砖上剐蹭出一道道浓淡不一的血痕，看着很瘆人。哲珠知道正确的做法是把那条鱼抱回鱼缸。但她就是不敢碰它。她伸出手还没碰到鱼，鱼挣扎着撞到她的手，她像被火烫到似的，本能地缩了回去。

渐渐地，龙鱼没有先前在地上挣扎得厉害了。圆圆的、可以转动的眼睛仿佛在瞪着她，瞪得哲珠心里发毛，感觉自己好像是凶手。

何子围还没有回来。每一秒都是煎熬。哲珠受不了那眼神了，强忍着恶心和恐惧，伸着两只手去抓龙鱼。龙鱼挣扎着，哲珠死命地抓住，但鱼身实在太滑了，抓不牢。刚到半空，龙鱼又从她手里挣扎了出去，又一次重重地摔在了地上。

哲珠意识到凭自己，绝对没有可能把已经长到一尺多长的龙鱼弄进鱼缸。她去拿了一个大浴盆，放了点自来水，把龙鱼放进了盆里。龙鱼还想往外蹦。哲珠死死地按住它，徒劳地呢喃着：我都是为你好，我都是为你好，我都是为你好。

龙鱼的尾巴在水里扑腾着，溅起一股腥气，刺激得哲珠胃里一阵阵泛恶心。

直到何子围满头大汗地回来，才把龙鱼送回

了鱼缸。受伤的龙鱼已经不能保持平衡，直直地在缸里，看起来奄奄一息。

它会不会死？哲珠紧张极了，她害怕龙鱼死掉。

不知道。何子围说，你这么大个人连个鱼也拿不起来？也不怪你爸妈不让你出去。你这么出去，让人怎么放心？

不准说。哲珠很焦躁。

哪里来的焦味？何子围说。

天啦。锅上的东西。哲珠惊呼着奔向厨房。她煮的玉米已经焦了。

你怎么能出去啊？像你这样，出去还不把房子点了？何子围道。

哲珠第一次看何子围暴跳如雷。或许混杂着对她没有能够及时把龙鱼弄回鱼缸的愤怒。

你是不是不喜欢我了？哲珠的眼泪掉下来。

这是喜欢不喜欢的事儿吗？何子围又好气又好笑地看着哲珠，忽然伸手把哭着的哲珠揽进了怀里道，傻瓜，我是担心你啊。

我也担心我自己。哲珠在心里说。对她来说，上海好像是一场冒险之旅。就像动物世界里面，小袋鼠跳出了妈妈的口袋，要去面对丛林法则的残酷和凶险。

何子围善良、温和、包容。老公好像找对了，但从某种意义上，不是她的选择。她爱上的是一个鳏夫。在妈妈强烈的反对下，还没有开始，就结束了。

结婚的时候，哲珠还是迷迷糊糊的，她不确定喜欢何子围。结婚以后，她越来越喜欢何子围，是那种奇怪的契合。在看书看电影吃东西的品位上，何子围毫无疑问是最适合她的人。

那个男人再婚了，恰好娶的是她也认识的女人。女人前不久被她的老公打掉了门牙。

她的选择从来不对。何子围要买房的时候，她反对，说看了经济学的书，房价要崩。何子围听了她的，结果房价蹿得比火箭还快。她连个 K

线都看不懂，不顾何子围的反对去炒股，结果亏得一塌糊涂。她把阳台改装成了玻璃花房，但买回来的昂贵花草，很快都养死掉了。何子围养鱼，起先她是不同意的。可是，现在躺在沙发上跟何子围一起看鱼，成了她的快乐源泉。

听别人的，永远都是对的。听自己的，好像永远都错。

龙鱼跳缸是不是不吉利？哲珠内心升腾起一种无法扼制的恐惧，她总觉得龙鱼跳缸预示着她的上海之行。这么想着的时候，哲珠忽然感觉有些喘不过气来，眼前一黑……

4

哲珠已经躺在床上十七天了，连大小便都在床上解决，妈妈把白色的、浅浅的塑料便盆塞到她的身子底下。从小到大从未生过病的她，第一次体会到了病人的感觉，身体软得像泥一样，很容易泛恶心，难受极了。她小声地说话，小心地咳嗽，连大便也不敢用力。仿佛她的身体里面住了一个小恶魔，一点点动静就会唤醒沉睡的小恶魔。

妈妈坐在床边的藤椅上睡着了，膝盖上放着正在织的毛线衣。这些天来，都是妈妈在照顾她，照顾得筋疲力尽。哲珠喜欢睡着了的妈妈。妈妈是个美人，但是喉咙沙哑，说话急促，而且非常絮叨，像《大话西游》里的唐僧，能把妖精都说得烦躁到想去自杀。

哲珠悄悄地从抽屉里取出草绿色的日程本，在4月3日，她用红色的笔写着："我应该高兴!!!"现在看来，三个红色的感叹号有点触目惊心。

她高兴不起来。为了去上海买的那只粉色的圆角行李箱搁在角落里。一切都在阻碍我。一切都在粉碎我。一切都在败坏我。哲珠感觉糟透了。

哲珠睡在客厅里，这是她得到允许的任性。

因为房间里实在待腻了。

在客厅里。至少，可以看看鱼缸里的鱼。至少，它们是活物。

何子围这些天勤快地换水、给药。那条龙鱼已经恢复了平衡，但是得了肠炎，大便像条灰色的线拖在尾巴下面。何子围为了避免龙鱼再跳缸，特地请人改造了鱼缸。现在鱼缸的顶盖材质极为结实，而且可以用遥控器从里面彻底锁死。龙鱼仍然时不时地撞击一下鱼缸的顶盖，撞掉几片鱼鳞。自然是跳不出去的，但是每天都跳。有时几天不跳，又冷不丁来一下。何子围用一个胡桃木的盒子收藏着龙鱼撞下的鱼鳞。

躺在床上的寂寞，把时间抻得无比漫长。哲珠时常想，自己怎么就躺在了这儿呢？没有谁捆着，自己却动弹不得。她怎么就走到了这一步呢？

她从来都是那种别人家的孩子。她成绩优秀，听话懂事，甚至连那张脸都像是从年画上拓下来的，团团圆圆，白里透红，谁都忍不住捏捏她的小脸蛋儿。

人们常常赞美她的妈妈，的确，一个在急诊病房工作繁重的护士，一个单亲妈妈，能把孩子照料得那么好，培养得这么优秀，实属不易。她的妈妈甚至创造了一个带孩子的奇迹。哲珠从未生过病，从未吃过药，甚至，从未摔过跟头。鉴于她体育课不及格，她体质并不天生优异，原因只有妈妈无微不至的关怀。你们要相信一个优秀的护士倾注全部身心照顾她的孩子，可以照料得多么无微不至。尽管她上夜班的时候，为了防止意外，会将哲珠捆在床上。但是，她捆孩子的方法也是所有妈妈中最杰出的。哲珠甚至觉得那些绳索温柔得像妈妈的手臂，都忘记了挣扎。

哲珠上初中的时候，仍然无法自己穿衣服、吃饭。对她来说，把手臂弄进衣袖，就像让面条穿过吸管一样艰难。在她十四岁那年评市三好学生的关键时刻，她的同学兼邻居把她每天吃饭都要妈妈喂的事情向学校举报了。她沮丧地回到家后，懊恼地对妈妈说，我不要你喂我吃饭了。妈妈说，以后喂的时候，我们把门窗关好。她欣然同意。

哲珠的童年堪称幸福，如果有什么遗憾，就是她虽然是全校成绩最优秀的孩子，而且长相讨喜，性情温和，但是没有人愿意带她跳橡皮筋。每到体育比赛时，老师会委婉地暗示她请病假。因为不管怎么努力，集体做广播操的时候，她的动作永远跟别人不同步。

但直到工作以后，哲珠才真正感觉到真切的痛苦。她可以写出漂亮的公文，但是她没有办法熟练地使用订书针。而且她常常被自己的鞋带绊倒——解决方法是，她的妈妈在网上学会了一种永远不会散开的系鞋带手法。缺点是，一次参加单位体检，她怎么也无法脱下自己的鞋躺到检测身体的仪器上去。周围的人看着她，像看一个怪物。身为护士的妈妈，永远过于心灵手巧。她哭了，她的人生到底还是被鞋带绊倒了。她现在想起来，真的太窝心了。妈妈剥夺了她的成长。她从来优柔寡断，但很快在心里给妈妈定了罪。因为必须有人来为她的失败买单。

妈妈安排她去相亲，为了逃离妈妈，她很快跟相亲对象结了婚。但在妈妈眼中，哲珠太听话了，一点不像那些脑子进水的姑娘要求恋爱自由，然后把日子过得一团糟。妈妈坚信她为哲珠抓住了幸福。妈妈这个人是出了名的挑剔，何子围是她用堪比医用显微镜的眼睛挑选出来的人。何子围的原生家庭关系和睦，而且本人眼距正常，眼神柔和，人中清晰，没有突起的颧骨，没有尖尖的下巴，总之一看就是个好人，绝没有一点犯罪分子的长相特征。这样的男人绝不会家暴、出轨。而且，何子围跟妈妈一样是聪明细腻、温柔能干的处女座，甚至跟妈妈一样——手腕处都有一块红色的胎记。

哲珠看得出来，妈妈非常满意何子围这个女婿，甚至比对自己这个女儿还满意。因为何子围太像她了。哲珠是何子围的新娘，可哲珠觉得何子围才是“新娘”——妈妈给她找了个新的娘。

哲珠永远忘不了谈恋爱的时候，有一回在餐厅吃饭，她点了个冰淇淋。何子围温柔地笑着说，你今天好像不能吃冰淇淋。糊涂的哲珠才想起自己大姨妈来了。那一刻，哲珠是感动的。

看见新开的烧烤店想去吃，何子围说这是垃圾食品，带她去吃了鲷鱼刺身。她吃刺身的时候，就想起了妈妈。何子围跟妈妈一样爱着她，把自己认为好的都给她。可是，这样的被爱非常辛苦。因为已经被那样爱着了，所以无法开口拒绝那些好意。他们比你想得还周到，而且全都是为了你好。刺身比烧烤昂贵，而且比烧烤健康，没有拒绝的理由。我不应该觉得刺身太冷，而且腥气。哲珠想。想着，想着，她就忘了自己对刺身的真实感受。

刺身很好吃。哲珠说。何子围开心地笑了。他笑起来的样子，也像妈妈。

只要哲珠跟闺蜜倾诉，别人都会说身在福中不知福。哲珠没有办法向别人倾诉自己的痛苦。拥有一个你来了大姨妈，他就不去上班，成天在家守着你的老公，在别的女人看来，是一种幸福。虽然，那是另外一种痛苦，但是因为大多数的人没有体会过，会以为是幸福。哲珠的痛苦总被认为微不足道，也就失去了倾诉的意义。尽管她的痛苦是真的痛苦，却不被承认，而被认为是矫情。

哲珠感到痛苦，然后又为自己根本不应该觉得痛苦而痛苦。

太过强烈的爱像浓硫酸一样腐蚀掉了我的自我。哲珠在日记里写下了这句话。她写得太用力了，笔尖生生地戳破了牛皮纸。哲珠的眼泪扑簌簌地掉下来，把墨水都洇开了。哲珠的心里痛极了。妈妈太可怜了，何子围太可怜了，那么倾尽心血的爱，竟然被形容成了浓硫酸。自己是全宇宙最坏的那只白眼狼。

你看它一点都不快乐，你要真喜欢龙鱼，就

应该放生。哲珠对何子围说。

你不懂，像这种从小在鱼缸里长大的鱼，放生就等于让它死。何子围说。

它就只能在鱼缸里活一辈子？

等以后有钱买别墅，我在院子里给它砌个鱼池。何子围兴致勃勃地说。最近，何子围担心龙鱼缺少运动，在鱼缸里装了个造浪的东西，好像叫冲浪器什么的。只要一按开关，鱼缸里就无风起浪。就那么小小的风浪，却把缸里的龙鱼吓得四处乱窜。

龙鱼据说在距今3亿多年前就存在了，性情凶猛，有“淡水霸王”之称。可是这样一条鱼，跃出鱼缸一会儿就得了肠炎，被人造的小浪花吓得惊恐万分。哲珠暗想自己作为现存的人类，也是物竞天择，是经过残酷的生存斗争留下来的一点血脉。但是，却活得如此懦弱、恐惧、不安。

躺到第四个月，已经没有之前那么紧张。哲珠和妈妈一起躺在床上看电视，妈妈给哲珠垫了厚厚的靠背。

看的是一个访谈节目。教育专家的儿子考上了哈佛大学。

主持人先采访父亲。著名的教育专家戴着金丝眼镜，薄得像刀片一样的嘴唇灵活地吐出一堆闪闪发光的育儿金句，看得妈妈连连点头。

过后采访儿子。主持人问儿子为什么选择了哈佛大学的精神病学专业。儿子说，我觉得我老爸有精神病。他教育我的方式，特别病态。我想给他把病治好。

哲珠不可抑制地大笑起来。

不能那么用力地笑，孩子会掉的。妈妈愠怒地说。

掉了才好呢。哲珠仍然在笑。故意的。

你别一天到晚这副要死不活的样子。我伺候你也够够的了。我是上辈子做了什么孽，养了你这么个白眼狼？不对，你不是我的哲珠。你一定被人换掉了。妈妈使劲地揪住哲珠的脸，仿佛想把哲珠的脸皮扯下来。

哲珠一动不动，泪如雨下。妈妈的黑眼圈浓重得像熊猫。这段时间，她陪床陪苦了。

妈妈又来掀哲珠后背上的衣服，一边掀，一边说，我来看看那个胎记在不在？在不在？后背暴露在空气中，凉极了。

胎记是假的。抠得掉。抠得掉。妈妈激动地叫着。剧烈的疼痛从后背传来。

歇斯底里，山崩地裂，世界为之摇晃。这种骤然掉入深渊的感觉，哲珠并不陌生。从小到大，她就反复体验。温柔的妈妈，总是会在某些时刻，突然发作。当然是有一些事情惹毛了她，但在哲珠的感觉里是毫无征兆的。比如摔破了膝盖，有时会被搂在怀里柔声安慰，有时却被骂得狗血淋头。比如有一次哲珠当着同学的面喊了妈妈“老娘”，不过是跟电视剧里学着玩的，但是电光石火间，就被一个耳光扇得眼冒金星。

已经去做过彩超。腹中的胎儿已经成型。妈

妈和何子围对着那照片看了又看，说宝宝眼睛大，好可爱。哲珠也看过那照片了，图片是棕褐色，颜色像尿垢一样恶心，像虫子一样蜷缩着的胎儿看起来脸盘巨大，闭着眼睛，耷拉着嘴，一点都不好看。哲珠从心底升起一股厌恶。

她最近时常感到厌恶。红龙鱼屁眼下面拖着的灰色线状大便让她厌恶。长大了的皇冠白得恶心的腹部和吞食小鱼小虾的样子让她厌恶。自己日渐隆起的腹部让她厌恶。妈妈只要一说话，就让她感到厌恶。不管妈妈说什么，她总感觉那沙哑的声音像钢丝球一样划过她脆弱的神经。总是关心着她肚子里的孩子，总是憧憬着有了孩子以后的生活的何子围也让她厌恶。

她可怜自己，也可怜那个孩子。她甚至想，一定是因为她在内心深处恨这个意外降临的孩子，才会让这个孩子这么脆弱，流血不止。何必让这么脆弱的孩子来到世间受苦呢？

人间不值得。

人生就是受苦。

纵然有钱，有人帮着带孩子，有最好的条件，我也不想生孩子。电视里貌美如花的女明星说。

真是美貌又智慧的女人。

哲珠看着妈妈。她知道自己恨妈妈。但是，妈妈恨谁去呢？恨抛弃她的父母？恨抛弃她的男人？焦虑、痛苦、失眠的夜晚，努力给出爱，但同时也给出伤害的妈妈。

没有人爱，没有被人正确地爱过。太难了，太难了。

妈妈，我不想活了。哲珠说。

那你怎么不去死？妈妈的面孔已经扭曲，痛苦从身体里溢了出来。

冬天的暖阳照在那把刚削过苹果的水果刀上，刀上的水珠还折射出七彩的光，像一个诱惑。

哲珠感觉自己的血直往头上涌。悲剧终结者。尿包的英雄时刻。

我去死，如你所愿。哲珠哆嗦着把水果刀拿

在手里。她已经躺在床上太久，手软得如同橡皮泥，有一种不听自己使唤、如同假肢一样的感觉。

看着妈妈吓得眼珠子都快夺眶而出的脸，哲珠一咬牙对着手腕上青绿色的血管划了下去。一种古怪的愉悦感从哲珠心头涌出。

妈妈去夺哲珠手里的刀。

你别过来。哲珠说。你过来，我就……哲珠把刀尖对着脖子，想象血像喷泉一样涌出。

妈妈毕竟是急诊室的护士，即使在慌乱中，也保持了最基本的镇定。她拨打了120。

妈妈错了，求你原谅妈妈。

哲珠几乎是恍惚地看着妈妈的头顶，不太明白眼前发生了什么。一切恍若梦境。妈妈跪在她的面前。

腕间的血一点点地冒出来……疼痛是后来才感觉到的，但是痛极了。哲珠从来没有想到会有这么痛，冷汗不停地涌出来。她习惯性地咬紧了牙关。想着等过会儿，像书上说的那样，休克了就不痛了。

但痛得没完没了。

哲珠痛得在喉咙里闷哼着，渐渐忍不住抽泣起来。妈妈紧紧地把她搂在了怀里。哲珠已经害怕得忘记了挣扎，还想扎进妈妈怀里深一点，再深一点。

哲珠听见 120 救护车的声音破空而来。她忽然发现，手腕的伤口不知何时起，已经不再流血了。只有用力挤压，才有血珠冒出。哲珠怀疑是不是因为躺着太久，她全身的血液都已经凝成了固体。

6

哲珠依然躺在了床上，落地窗外的天空被铁条隔成了一条一条的。何子围给家里所有的窗户都装上了铁栅栏，说是为了防盗。哲珠家在七楼，哲珠知道何子围害怕什么，但是也心照不宣。她只是不知道何子围为什么喜欢她？一个连自己都讨厌得要死的人，怎么会有人喜欢呢？

妈妈每天都变着花样做哲珠喜欢吃的食物。只要哲珠说想要什么，何子围立刻出去买。哲珠感觉得到妈妈和何子围都在小心翼翼地对待她。

哲珠，你不是真的恨妈妈吧？妈妈有那么可怕？妈妈毁了你的一生？妈妈问的时候抖动着嘴唇，眼眶充了血，红通通的。

我什么时候说过我恨你？

我——看——了——你的日记。妈妈说得很慢。哲珠相信，如果可能，妈妈情愿从未看过。

为什么要看我的日记？哲珠尖叫，浑身的汗毛都惊得竖了起来，身体一阵阵发冷。她在日记里，写了太多阴暗的东西。她知道那些东西会戳伤妈妈，把妈妈的心戳出几个透明窟窿。

对不起。妈妈说。

哲珠一直期待妈妈能对她说一声“对不起”，可是妈妈说出“对不起”的时候，哲珠难受极了，是她把一直强势的妈妈逼到了这一步。

哲珠，妈妈怎么想也想不明白，妈妈痛苦地说，我小时候被你外婆骂，被掼在煤堆上，眼睛里都被掼出血来。邻居看了心疼我，拿了一个白萝卜给我吃。我一咬，白萝卜一下子红了，嘴里面都是血。我只上到初中，就被送到医院从护工做起，苦得要命。认识了你爸爸，被抛弃，生下你。害怕被辞退，生下你第三天就上班，血一直流到裤脚。可是，我从来没有想到过死。从来没有恨过父母。你知不知道妈妈有多爱你？知不知道妈妈把你带大多不容易？你说你讨厌妈妈，你都十五岁了，还不让你自己倒热水，不让你独自过马路，不让你跟别的孩子一样住校。那是因为，妈妈害怕失去你。

哲珠看着妈妈。妈妈似乎一瞬间老了。一向优雅、挺拔的妈妈似乎一瞬间老了。

哲珠抱住了妈妈，肚子里的孩子动了一下。哲珠的肚子轻轻地顶着妈妈的肚子。她就是从那个肚子出来的。妈妈在产房疼了一天一夜才生下她。她生下来之后，每天夜里就没完没了地哭，是远近闻名的“夜啼郎”，妈妈曾在红纸上写下“天皇皇，地皇皇，我家有个夜啼郎。过路君子念一遍，一觉困到大天光”贴在大门口，也没止住她的哭声。一直哭到两岁。

哲珠，你怪妈妈没有问你要不要生下来？可是，我怎么问啊？那时候，你爸跑了，那么多人要我把你打掉，说生了你，我这辈子就完了。可是，你在我肚子里动得那么厉害，我以为你是拼命地想要到这个世界上来呢。妈妈哭着说。

哲珠突然觉得妈妈也是个孩子，是个缺爱的孩子。哲珠抱紧了妈妈，眼泪汩汩地流出来。

何子围还是跟从前一样温柔、安静，业余时间就侍弄他的鱼。不知从哪里学来的，何子围弄了一个橘黄色的乒乓球放在鱼缸里。映着被灯光打成海水般湛蓝的水，乒乓球漂浮在水面上，梦幻得像一个小月亮。

这是干嘛？

龙鱼喜欢明亮的东西，这样可以让它的眼睛向上看，更有神。

不知是不是乒乓球的作用，龙鱼的眼神渐渐变得活泛了，颜色也红艳了许多。

哲珠的情绪一天天稳定，妈妈放心多了。腹中的孩子已经五个月了，大了很多。哲珠渐渐变得嘴很馋，特别喜欢吃从前不爱吃的煮烂藕。妈妈说，她怀着哲珠的时候，也最喜欢吃这个。妈妈织了好多小毛衣。妈妈用的毛线不是她自己喜欢的湖蓝色，而是哲珠喜欢的粉色。

那个下午非常安静，离预产期只剩下一个月了。妈妈跟往常一样的时间出去，给哲珠买煮烂藕。哲珠让妈妈带一杯珍珠奶茶给她。妈妈说是垃圾食品，但旋即笑着说，偶尔喝喝也没关系的。哲珠也笑了。

落地窗外的夕阳很美，浅紫色的纱帘在一侧，也沐浴了落日的光辉。电线杆上停着两只鸟，叫得很欢快。细看，原来是两只白头翁。哲珠本来对大自然不感兴趣，连芋头叶子和荷叶都分不清，能认识一些鸟，都是因为何子围。

何子围不打游戏，不抽烟，不喝酒，就是对各种小动物感兴趣。妈妈一直认为这是何子围有爱心的表现。但哲珠问过何子围。何子围说，因为我不喜欢人类。何子围说的时候，语调温柔极了，说完看着哲珠说，你不一样，你和那些人类不一样。

哲珠怀疑何子围来自外星球。哲珠被自己的怀疑逗笑了。白头翁，白头偕老，真好。哲珠感觉是个好彩头。孩子在肚子里又动了一下。哲珠的肚子已经大得像十斤重的大西瓜。

“砰”的一声！鱼缸里传来的。哲珠走过去，看到龙鱼难受得大张着嘴巴，不停地撞击缸壁。龙鱼的喉咙深处一片橙黄色——它吞下了乒乓球。

哲珠想打电话给何子围，但知道来不及了。她立刻拿遥控器打开了鱼缸盖。她拿了个凳子，站上去想抓住龙鱼，帮它把鱼嘴里的乒乓球弄出来。龙鱼却躲她，不知道是下意识，还是根本不想被救。哲珠记起何子围说过，龙鱼是把鱼卵含在嘴里孵化的。龙鱼是不是想做妈妈了？

哲珠探出身子想努力抓住水中的龙鱼。那一刹那，她突然觉得一定要救活龙鱼。她拼了命地去抓龙鱼，整个上半身都探进了鱼缸里，圆圆的腹部半压在鱼缸的边缘，整个手臂伸进了水里，水几乎浸到了腋窝。

终于抓着龙鱼了。她什么也不怕了，把手指头伸进龙鱼嘴里，硬是把那个乒乓球抠了出来，心里高兴极了。但忽然龙鱼拼命从她手中一挣，她重心失去平衡，整个人头朝下栽进了鱼缸中，又一下跌坐在缸底，把屁股摔得生疼。鼻子里也呛了水，难受得要命。她扶着一侧的鱼缸壁想爬起来，但滑极了。她忽然发现头顶的鱼缸盖正在缓缓地闭合。沉底的那只黑白点的大皇冠正压着她从口袋里跌落的遥控器。

她伸手想从皇冠身下抽出遥控器，被惊到的皇冠一个转身，用黑色的长尾刺对着她扎过来，她猛地感觉手臂一阵酸麻。想起何子围说过，皇冠的尾刺是有剧毒的，甚至可能致命，一下子吓坏了，她好怕死在鱼缸里。皇冠竟然又冲过来刺了她一下。大概是看见鱼缸里进来个庞然大物，侵占了它的领地。

何子围一进门，吓得手里的文件包啪地掉了。回过神来，转身去厨房拿了锤子，拼命地敲击着鱼缸的边缘。听说那是玻璃最脆弱的地方。哲珠看着何子围急得已经扭曲变形的脸，心里想，子围他爱我到底是超过爱鱼的。

哲珠在水里好不容易抓到遥控器的时候，因为水浸泡的关系，遥控器已经失灵了。身体被皇冠的尾刺扎过的地方，像是被火烧着了一样。一阵又一阵的疼痛像潮水般涌来，渐渐整个人都被剧烈的疼痛吞没了。痛极了，像有上万条虫子在啃噬自己。哲珠曾经以为割脉是最疼的，现在才知道还有更恐怖、更密集的痛苦。但是，忽然成千上万条虫子同时都停了下来。她感觉不到疼了，意识有些模糊，却又仿佛是清晰的，感觉好像徜徉在妈妈的子宫里，幸福极了……她一直怀念那个地方，一直不肯离开。

忽然，羊水破了。

作之不止

我生于公元 180 年，正逢“史上最黑暗之乱世”，群雄并起，连年战乱，人均寿命只有二十六岁。而我居然活到了八十八，不容易啊！

公元 2019 年，我还活着。电影《寻梦环游记》里说的是真事儿——“真正的死亡，是世界上再没有一个人记得你。”当然，你们很多人宁可相信柠檬能治癌症，相信明星的人设，相信成功学，也不相信这事儿是真的。

随你信不信，我在另外一个世界里活着。听说过卧冰求鲤的故事吗？我就是那个大孝子王祥。

当年我文采斐然，舌灿莲花，但是作为全民道德楷模，我的才华被遮蔽了。卢弼那小子说我

“一生都是假”，靠着“假”青云直上，青史留名。但是，我渴望真实，不骗你。人越缺什么，就越渴望什么。

最近这些年，我迷上了写小说，它很适合我，虚假和真实是小说的一体两面。我学会白话文并不容易，小说技法也不圆熟。毕竟在我生活的时代，还没小说这种文体。

和许多自恋的作家一样，我喜欢写自己。我尽量诚实，但也不能保证不撒谎。因为人类不但跟别人撒谎，还喜欢跟自己撒谎。以我的人生经验来看，真实比虚伪艰难得多。连蜥蜴都靠变色，才在残酷的自然界得以保全。最近很流行“做真实的自己”，但我很想告诉那些不谙世事的年轻人，真实的自己就那么好吗？

人老了，总有点啰唆。更何况我都一千八百多岁了，还请见谅。故事从我八十四岁那年说起。

1

俗话说“七十三，八十四，阎王不请自己去”，我八十四岁的生日想悄悄地过。但孙福泰那老小子却穿了一身雪白的衣服咋咋呼呼地来了，身后还跟着四个同样身着白衣的仆役，抬着一个一人多高的大蒸笼。

那架势不像贺寿，倒像奔丧。

“老太尉寿辰，这份大礼，不知您老可笑纳？”孙福泰贱兮兮地看着我。四个仆役已经把那大蒸笼放在了大厅里。那蒸笼尚冒着热气。孙福泰上前缓缓揭开笼盖。

我不禁呼吸一窒。里面坐着孙福泰的小老婆翠云。上次，我去孙福泰家作客时，她还给我们唱过小曲。

“趁热吃，别浪费了。老太尉，翠云可是我的宠妾。上次在我家，我见老太尉看她看得都流口水了。今日特忍痛割爱，将她送给老太尉。”

“荒唐!”我忍不住道。

“老太尉，假孝子那事，听说了吧?”

我早听说了。有个叫朱纯的，每次在父亲坟前痛哭，就有一群乌鸦聚集过来。当地的孙县令像挖到了宝，立刻大肆宣扬，说什么乌鸦反哺，是孝道的象征。此人一哭，乌鸦云集，可见孝心感天动地。后来查明是那朱纯哭之前把面饼撒在地上，如此操练几次，那乌鸦一闻哭声，便如听见开饭铃一般。

“那朱纯说自己是你的嫡亲侄子，此事都惊动了晋王。”

“晋王知道了?”我心中一惊，看了眼早上晋王派人送来的寿联——“乐天安命，寡过知非。”

“好一个寡过知非!”孙福泰道，“要真是你的亲侄儿，天下至孝跟假孝子同出一门，岂不成了本朝最大的笑话?”

“老夫活了八十多岁，从不知道自己有侄子。

那假孝子全无底线，胡乱攀附，应该就地正法，以儆效尤。”最近，我有心辞官归里，司马昭却不许，非让我住在京城的宅子里。我对他来说，还有用。

“真的没有吗？我看那朱纯的眉眼甚是像你。”

“我绝无这种假扮孝子、道德败坏的侄儿。”

“我也写副寿联给你吧。”孙福泰说。他的字很烂，但被门下的清客吹捧得已经找不着北。他既然开了口，我也只好让人笔墨伺候。

“千教万教教人求真，千学万学学做真人。”他一边写一边摇头晃脑地吟道。

“笔走龙蛇，冠绝古今，好书法！”我赞道。我明知他在讽刺我。我生平最讨厌的人就是孙福泰。有时，他晚上会登上他们家的藏经阁，一袭白衣，仰天长啸。有时，他还光着身子骑着猪到处跑。但他是京城首富，又是晋王司马昭跟前的红人，我没法搞死他，只好假装喜欢他。但他从来不假装喜欢我，给我添堵是他的人生乐事。

丫鬟送来一盘新摘的红沙果，那果树还是老宅移过来的，年年硕果累累。我刚拿起红沙果咬了两口，司马昭派人来召见我。

我吓得一哆嗦，手中的红沙果滴溜溜地滚到了地上。

“吃一口吧！说不定这一顿就是断头饭。”孙福泰指着蒸笼里已经凉了的翠云。

“我绝不吃人。”这是我在这个朝代勉强能守住的一点底线。

我换了朝服，拄着拐杖跟来人往外走。其实，还没虚弱到要拄拐的程度。不过，恩准我拄拐是朝廷的荣宠，自然是要拄着的。

到了门口，一顶软轿把我抬进了晋王府。我一进去，司马昭就体贴地让我不必行礼，快快坐下歇着。太师椅上垫了绣花的软垫。太监还体贴地给了我一个黄铜手炉，热乎乎的。

“太尉，近来身体可好？”司马昭温和地笑着。

“托晋王的福，卑职身体尚可。”我说着捂嘴轻咳了两声。

“假孝子朱纯的事情，您有所耳闻吗?”

“卑职知罪。”我出了一身冷汗。

“太尉忠孝双全，德被四方，何罪之有？那朱纯狗急跳墙，非说是你的侄子，但本王是断然不会相信的。”

“朱纯是我同乡，虽非血脉，但终究沾亲带故。卑职万死难辞其咎。”我后背已被冷汗湿透。

“老太尉这份担当，令人感佩。他既想见你一面，你就去见见他。”司马昭淡淡道。

“谢晋王恩典。”我拱手高举，长揖到底。

2

“太尉大人，亲临贱地，小人万分荣幸。这假孝子见了您，定然深自懊悔，无地自容。”给我带路的孙念恩，生生把一张油光水滑的胖脸笑成了菊花。但我还是讨厌他。这孙念恩跟他舅舅孙福泰活像一个模子里印出来的。

按理说，孙念恩把朱纯这场假孝子的闹剧弄得天下皆知，至少有失察之过。但因为孙福泰是他靠山，他居然还平平安安地做着县令。这也让我讨厌。

“孙念恩，那朱纯当初也是你一手推举。”我忍不住道。

“太尉大人，小人一时失察，难辞其咎。太尉大人，朱纯自称是你子侄。小人本想此人胡乱攀咬，不必呈报，免得打扰大人。但舅舅说您是一代孝圣，孝悌忠信，德被八方。毕竟那朱纯跟大人是同乡，万一有什么闪失，小人担待不起。”

原来是孙福泰把这事捅到晋王那儿的。

到了县衙的牢房里，那朱纯一见到我，就直愣愣地跪了下去。我眼光掠过他的头顶，听说他才三十多岁，但已经头顶微秃，两鬓染霜。

“你小子真是不知道哪里修得来的福分，竟劳太尉大人亲临。”孙念恩冲他道。

我对孙念恩使了一个眼色，他知趣地走了。

牢房里只剩下我和朱纯。是单间，收拾得很干净。

“表叔，您抱过我的。”那人激动地说，“我是小鱼儿啊！”

“小鱼儿？”我心里咯噔一下，这个名字，好像听过。

“表叔，只要能见到您。我就是死，也无憾了！您是我最景仰的人。我从小就以你为榜样，想成为你那样的人。”

我不禁冷笑。是想成为像我一样的孝子，还是希望像我一样以孝上位，平步青云？

“表叔，求你救救我。我家三代单传啊！”他膝行过来抱住我的大腿说，“像我这样的人，如果不这样，靠什么出头呢？我是真的孝顺。我走这条路，也是为了孝。父亲的遗愿就是光耀门楣啊！”

“我不认识你。”

“表叔，我爷爷就是你母亲朱氏的亲弟弟啊!”朱纯急切地说。

我后母朱氏确有一个弟弟，可朱氏恶名在外，遭村人唾弃，那个弟弟早就跟她断了往来。

“表叔，这些年来，我事亲至孝，每日里亲尝汤药，衣不解带。可是谁在意、谁在乎呢？太家常、太普通了。我假扮孝子不对。可是，如果哭坟的时候，不能引来乌鸦，怎么才能证明我的孝心感天动地呢?”他一脸委屈。他觉得他没错，是世道逼得他这样。

我看着朱纯，他的眉眼酷似我的后母朱氏，特别是那双狭长而有神的丹凤眼，活脱脱就像是从朱氏的脸上扒下来的，像极了，像得让我恐惧。

“您说过，扬名显亲，是最大的孝。”朱纯说，“姑奶奶做姑娘的时候，是出了名的善良、勤快。后来到了你们王家，就像变了一个人，一天到晚想害死你，但你从来不记恨她。有一回夜里，她去你房间想杀了你，你因为夜里上厕所逃过一劫，却怕她不开心，还主动回去受死。”

“你想说什么？”

“表叔，你记得吗？葬礼的时候，我爷爷也去的。”朱纯说。

我心头一颤，看向朱纯。他说得没有错。葬礼那天，朱氏的弟弟匆匆赶来帮忙装殓尸体。他在村里，本来就是帮助人家做白事的。

“表叔，当年姑奶奶离开村子时，把这只玉镯给了我爷爷。她说我们朱家，以后无论遇到什么事情，拿着这只玉镯去找你，你一定会帮忙的。”朱纯从怀里掏出一只绿色的玉镯。

我颤抖着伸手接过那只还带着朱纯体温的玉镯，凝神看上面绿色的纹路。我认出来了，这是我买给母亲的那只玉镯。从没见她戴过，她说逃难时不小心弄丢了，原来是给了她的亲弟弟。母亲已经走了很多年，眼前这个年轻男子竟然真是我的侄儿。怪不得那么像。

“小鱼儿！”我伸出遍布老人斑的手轻轻摩挲

朱纯的头顶。他的头发很柔顺，细软得像婴儿的头发。我活得太久，我的两个小儿子都已经先我而去。

“表叔，我就知道您会救我的。”他的眼睛直直地看着我。那双像极了朱氏的眼睛。

“我怎么能不救你呢？”我鼻子一酸，竟老泪纵横。后母朱氏嫁到我家时，王家已经家道中落。祖上的荣耀与困窘的现状形成了巨大的落差。举孝廉，成了唯一的出路。必须把孝做到极致，普通的孝不行。如果不能感天动地，就不能出人头地。

我至今忘不了朱氏挥着刀砍向我的样子。村民们看着她举着刀，都蒙了。我站在那儿心甘情愿地受砍。只有这样，孝才能达到高潮。她挥着刀，我伸着脖子。村民们竟然没有阻拦。幸亏弟弟王览及时地冲出来挡在我身前，说要代我一死。那时，村民们已经从最初的震惊中缓过神来，有人过来夺走了她的刀。她仍然骂骂咧咧，还对着我的胸来了一记窝心脚。

“妈，你的脚痛不痛？孩儿该死，让您气坏了身子。”我跪在她跟前说。

村民一走，朱氏就哈哈大笑起来。我以为是我的台词逗笑了她。多年以后，我读出了那笑声背后的凄凉。有了恶毒变态的后母，从此，我的孝就有了张力，有了辨识度，可以把戏剧性扩展到极致。但是，后母朱氏的恶毒也从此声名远播，永垂不朽。从那以后，她就很少出门了。因为出门，总是有人向她扔臭鸡蛋、菜帮子，甚至朝她吐口水。

“我孝顺得还不够啊！”我的眼前浮现出后母朱氏临终时那张青紫色的脸。她虽然是后母，但对我视若己出。不，比对她的亲生儿子还好！我看向朱纯，他才三十多岁，刚历丧父之痛，又逢牢狱之灾。现在，他是朱家唯一的香火。母亲在世时，也多次说过，功成名就之日，多多帮扶他们朱家。但我一向为官清廉，洁身自好。这么多年来，竟是从未相帮过。如今生死关头，说什么也要救出朱纯，才能报答母亲的恩情。

“表叔，您不要太伤心了。”朱纯说。

我的泪还是不断地涌出来。母亲那张青紫色的脸常常出现在我的梦里。我在梦里常常感觉到冷，仿佛仍然躺在冰河之上。

“小鱼儿，我会救你出去的。”我伸出双臂颤巍巍地抱住了朱纯。他的身体很热。我已经老迈，怀中的火早已熄灭。此刻，朱纯在我的怀里像一团火，像五十多年前那个在彻骨的寒冷中唯一温热的猪尿泡。

“小鱼儿，你就是我的亲人。我不但要救你出去，还要提携你，让你青云直上，帮你们朱家光耀门楣。”我轻抚着朱纯单薄的后背，感觉老迈的身体里又重新有了热血，把一直横亘在心上的坚冰都融化了。

3

我这一生跟冰有特殊的缘分，人生的转折从躺在冰封的河面上开始。后来的人生，也是如履薄冰。我们那一代的人大概都有同感。世道实在太乱，脑袋好像是租来的，不知道何时就会告别身体，连皇帝都保不住自己的脑袋。

公元 260 年，皇帝曹髦被杀掉了，他才二十岁。曹髦这孩子聪明好学，擅诗文，通绘画，我很喜欢他。要是生在太平年间，本该有一番作为。只可惜生在司马昭专权的乱世。他又太刚烈，太有血性，太想做这个天下的主。

司马昭抱着曹髦的尸体痛哭，我也跟着老泪纵横，大喊："这都是老臣的罪过啊!"朝廷上文武百官哭作一团。那眼泪里未尝没有真的伤心，只是我知道若是司马昭不哭，没有人敢哭，我们只会把眼泪默默地咽进肚子里。

动手杀皇帝的是成济，司马昭恨恨地要诛他九族。那成济不过一介武夫，光着膀子爬到屋顶大骂司马昭拿他当枪使。司马昭让人把他抓下来，割了他的舌头。从那以后，满朝文武的舌头都短了半截。

再后来，司马昭立了曹奂做皇帝，这曹奂不过是个傀儡。天下是司马昭的。晋王府才是执掌生杀大权的地方。

晋王府的台阶很高，对年迈体弱的我来说，每一步都走得很艰难。司马昭满面春风地从台阶上下来迎我，亲自扶着我进去。他比我小三十来岁，正值盛年，风度翩翩。

进了议事大厅，没想到我最讨厌的孙福泰也在，穿着乞丐一样的衣服大大咧咧地坐着，看到我也不起身，只笑盈盈地说："哎呀！我刚来，太尉大人就来了，看来我们真是有缘啊！"

"有缘！有缘！"我挤出恰到好处的笑容。

"什么事还劳烦太尉亲自前来？"司马昭微笑

着问我。我看了一眼孙福泰。

“福泰是自家人，但说无妨。”司马昭道。孙福泰像那天在他家那样，把目光落在我的脖子上。我感觉脖颈处一阵彻骨的寒意。这个家伙明明人油腻得像头猪，却有蛇一样冰冷的眼神。

“晋王，还望您法外开恩，放朱纯一条生路。那孩子本性纯厚，善待双亲，邻人交口称赞。他假扮孝子，是期望扬名显亲，光耀门楣，以慰一生郁郁不得志的老父亲，也是尽孝。”

“太尉身为天下至孝，一向最讨厌假扮孝子谋求官位之人。今日何故为那朱纯求情？难道真是你亲侄儿不成？”司马昭道。

“朱纯虽非子侄，终是同乡。近来，卑职年迈体弱，乡愁日深，还望晋王成全。”我对着司马昭深深地跪了下去。

“太尉位列三公，德高望重，何必向本王行此大礼？”司马昭道。

我的头一直伏在地上。

“快起来，快起来。本王哪里受得起如此大礼呢？真是折杀我也。”司马昭过来扶我。

“求晋王保全朱纯的性命。”我执拗地跪在地上不肯起来。

“晋王啊，我看那朱纯不是太尉的侄儿，说不定是他养在外面的亲生骨肉。老太尉一向谨言慎行，明哲保身，今日竟然如此，实在可疑啊！”孙福泰哈哈大笑，笑得一脸的肥肉都在颤抖。

“太尉，若果是你亲生骨肉，便非杀不可。”司马昭的眼中忽然冒出杀气。我自然懂得。

“太尉，真人面前就不说假话了。那朱纯是你亲侄儿。晋王早就了然于心，让你去见，不过试你一试。”孙福泰说。

“求晋王宽宥。朱纯确是我侄儿，但并无血缘。他的姑奶奶朱氏是我后母。为全孝道，我只能尽力保全朱纯性命，请晋王体谅我一片苦心。”我双腿战栗不止。

“太尉啊，你一世聪明，为何此刻糊涂起来？

我要杀他，也是保护太尉你啊！朱纯说你是他表叔，如果把他正法，说他胡乱攀咬，也就堵了天下悠悠众口。若是放了他，旁人自然认定是你庇护。一个天下至孝，一个假孝子，同出一门，天下人怎么看？会不会怀疑那卧冰求鲤，也是假的？”

我浑身发冷，好像掉进了冰窟窿里。

“太尉，我赐你这把两心壶。壶里有两种酒，一种是上好的桃花醉，另一种也是上好的桃花醉，只是有一种浸过了鸩鸟的羽毛。留他的命还是留你的命，由你决定。”司马昭的眼底掠过一抹笑意。

“谢晋王深恩。”我颤巍巍地伸手接过那把上面镌着龙凤花纹的铜壶，再次深深地跪了下去，浑身冷得像五十多年前的那个冬天。我知道两心壶，它有很多名字，比如诸葛壶、阴阳壶。内设机关，一把壶可以倒出两种酒。

“太尉大人，可得把这两心壶的机关记好了，不小心毒死了自己，就不好了。”孙福泰打趣道。

“不劳您费心。”我拼命抑制住手部的颤抖。此刻，这铜壶感觉有千斤重。

“太尉可知这两心壶还有另外一个名字，叫良心壶。取其谐音，甚是有趣。”孙福泰笑嘻嘻地看着我。

4

再在牢房里见到朱纯时，他知道我去跟司马昭求过情，心情好了很多。

“这是你姑奶奶最爱吃的烤黄雀，你多吃点！”我说。烤黄雀做得好的话，外酥内嫩，实在是佐酒佳肴。

“表叔我很多年没喝酒了，今天要同你痛痛快快喝上一场。”那只铜壶在手中像有千斤重，我倒酒的手微微颤抖。

“表叔，我来吧。”

“让我来吧，趁还倒得动酒。”我说。桌上的白碟子里放着家里带来的红沙果。那棵从老宅移过来的红沙果树，最早是后母朱氏亲手所植。

“表叔，我先干为敬，谢您老人家的救命之恩。”朱纯说完一仰脖子，喝下了酒。

“你我之间，何用谢字？”我抿了一口酒，入口很甘甜。

朱纯羞赧地一笑，停了片刻方道：“表叔，我召集乌鸦，还是从您那儿得到的灵感。当时，姑奶奶想吃烧黄雀，就有几十只黄雀飞到了家里面，邻居都说您的孝道感动了上天。我猜是屋里放了雀儿爱吃的粟谷。”

“你猜对了一半。粟谷是放了，屋里还养了一只黄雀做诱鸟。”我有些得意。

“原来如此。只是卧冰求鲤，我想破脑袋也想不明白。躺在冰上真的能把冰化开吗？”

“上面可以走人的冰，得有多厚实啊！是不可能靠人身上的热气化开的，除非我不是人，而是一根烧热的铁棍。”我为自己这么老了还有幽默感笑起来，“不过，那天夜里，我和弟弟已经把冰面凿开过一个洞，后来结的只是一层薄冰。在那个洞下面，系了一个冰做的小桶，里面放了两条红鲤鱼。冬天的红鲤鱼很贵，你姑奶奶当掉了她当初陪嫁过来的翡翠手镯。我当时就发誓以后一定给她买一只更大更绿的。”我说。

“你买给姑奶奶的，就是那只吗？”

我点点头。为了买这只玉镯，我上山砍了好几个月的柴。

“小鱼儿，你知道吗？当时，我身上还藏了一个灌满热水的猪尿泡。你姑奶奶给我的。我用心地感受着那一点暖意，身体已经冻透了，但心却特别特别热。那一刻，我是在创造历史。”我激动地说着，胸腔不断地起伏，“小鱼儿，我从来没有跟别人说过这些。说实话，想到卧冰求鲤这个点子，我都佩服我自己。这件事就像长了翅膀一样，把我孝子的名声越传越远。”

朱纯看着我，眼神里满是惊奇和赞叹。我这辈子听过太多恭维，但都是赞美我身上根本不存在的品质。只有朱纯是真正欣赏我的。

“你姑奶奶功不可没。如果不是她想到，在冰面融开时挤破那个猪尿泡，让尚余微温的水刺激冰桶之中的红鲤鱼，让红鲤鱼一跃而出。这个画面就不够传奇了。”

“姑奶奶真是伟大!”

“来，为你姑奶奶浮一大白!”我一仰脖子干了。真是难得的畅快!

朱纯已经喝得面色发红，眼睛发亮。那双丹凤眼像极了我的后母朱氏，连眼角翘起的弧度都是一样的。

“你姑奶奶的确是这个世界上最贤惠、最善良、最伟大的女人。”我停顿了很久，想想还是不愿把最后的秘密带进棺材里——“小鱼儿，你知道吗？你姑奶奶是自杀的。”

朱纯的脸上并没有出现我想象中的愕然。

“你姑奶奶她——是咬舌自尽的。”

“我知道。”朱纯脸色有些发白地说，“爷爷参加葬礼回来之后，哭了好久。他说他心疼他的姐姐，是把自己的舌头生生咬下，再吞进喉咙窒息而死的。他跟我说，永远不能说出去。说出去，姑奶奶就白死了。”

我悚然心惊，如果不是当年朱纯他爷爷守口如瓶，一切就真的白费了。当时，母亲认为我出来做官的时机到了。但是，天下至孝的身份不容许我离开她。她说，我有办法。我瞬间明白了她的办法是什么，但我不允许她这么做。她已经为我们王家牺牲了太多。我和弟弟像防贼似的防着她，把她房间里可以用来自杀的工具都搜走了。也幸亏她中风了，只剩下一张嘴，能吃饭，能说话。但没想到……

“如果能换回你姑奶奶的命，我情愿不做这个太尉。为了你姑奶奶，我就是死，也要救你的命。”我把杯中酒一饮而尽。我永远忘不了母亲那张青紫色的脸，那张脸常常出现在我的梦里。我想到司马昭和孙福泰看到我慷慨赴死，一定很震惊。我一生胆小怕死，终于也慷慨激昂了一把。司马昭那个混球，以为吃定我，把我玩弄于股掌之间。他想错了。我王祥也有真情，也可以轻生死。

“表叔，我冷……”朱纯的脸色苍白，额头沁出黄豆大的汗珠。

“小鱼儿，你怎么了?”我拿起那把铜壶仔细看了看。

“你在酒中下了毒，你早就知道我会死，所以跟我说那么多……”

“小鱼儿，我没有。我给自己倒的才是毒酒。我怎么舍得害死你?你是朱家唯一的血脉。我已经八十四了，活得够够的了。如果我们之中只能有一个人活着，我希望那个人是你。”

朱纯死死地看着我的脸，他的眼底已经开始充血，脸色变成青紫色，跟后母朱氏临死前的那张脸像极了。从他的嘴里一个字一个字地迸出戳痛我心肺的话来——“我爷爷说，你这个人……特别假……没想到，你假得把自己都给骗了。”

“小鱼儿，我是真的想救你啊!”我抱住朱纯。他想推开我，却已经没有力气。鸩毒的发作比想象中还要快。他用怨毒的眼神看着我，张着嘴想骂我，却已经说不出话来。他的身体在我的怀里很快变冷了，冷得像一块冰。我浑身也冷得瑟瑟发抖。

“老太尉，人犯已经处决，还请节哀顺变。”县令孙念恩不知何时走了过来，他用一种古怪的眼神看着我，那里面夹杂着怜悯、讽刺和幸灾乐祸。我紧紧地抱着朱纯冰冷的身体，老泪纵横。

“放下吧。晋王说要斩首示众。”孙念恩戏谑地说，像被他的舅舅孙福泰附体。

有衙役冲过来要抢下我怀里的朱纯。

“孙念恩，大胆！我是堂堂正一品太尉。”我执拗地紧紧抱住了朱纯，他比我想象的瘦弱。

“这是晋王的命令。给我上!”他冷冷地说。衙役们从我怀里抢下了朱纯，把他的尸首扔到牢房角落里的稻草之上。朱纯的眼睛仍然大睁着，只是已经没有了神采。

翌日，我被召进晋王府。我拄着拐前往，这次是不靠拐不行了。

晋王府中一片丝竹之声，走进大厅，几个彩衣女子在跳舞。晋王斜倚在一张硕大无比的软榻上，孙福泰在一侧的小榻上坐着。

“太尉，晋王怕你家居寂寞，特请你来观舞，真是对你恩宠有加。”孙福泰笑着说。

我拱手高举，对着司马昭长揖到底，心中涌起无以名状的辛酸。我的侄儿朱纯尸骨未寒。

“太尉的长揖，做得真是地道。”司马昭使了一个眼神让舞女退下。这招我观舞的话，也实在太假了些。司马昭已经懒得在我面前伪装。有时，被人真实地对待，比虚伪更残酷。卢弼那小子后来对我的评价真的很到位——“晋朝优容之者，以其为无用之物耳。”——我已然是个无用之物。

“晋王身份尊贵，荀司空都来拜见。独太尉不拜，实在是怠慢晋王，卑职第一个看不惯。”孙福泰道。

“我朝侍中见太尉都不下拜，不知是不是太过怠慢？”我淡淡道。

孙福泰没想到我敢反击，脸顿时紫了。

“福泰，你还是天真。我最懂太尉。表演傲骨，或者表演谄媚都不难。难的是能在傲骨之下表现出谄媚。以直邀宠，外得直名，内得实惠，才是高阶！”司马昭脸上露出微妙的嘲讽之意。一直以来，他对我总有一种特别的恨意——他知道我巧妙地迎合了他，但又讨厌我看透了他。

“晋王，卑职行将就木，何苦还要……”我颤声说道。那“颤”不是愤怒，而是胆颤。

“大胆，你难道还敢质问晋王不成？”孙福泰从榻上跳起来道。他并非天真鲁莽之人，只是司马昭喜欢他这样，他就可劲儿地演。

司马昭示意孙福泰不要激动，用冰一样的眼神看着我缓缓道：“世人看我是叛臣逆子，却赞你是忠臣孝子。你惯会揣摩人心，每个重要关头，都做出了风险最小、获益最大的选择。我就想看看你选错了的样子。”

我像被冰水兜头浇下，浑身克制不住地抖动，连牙齿都不由自主地磕碰出声响。鸩毒无色无味，司马昭从一开始就骗了我，给我出了一道怎么选都是错的题。无论我怎么选，最后得到的跟我想要的，都是相反。

“太尉大人，今天没有外人在场，你拜不拜我？”司马昭用猫看老鼠的眼神看着我。

我努力把已经佝偻的脊梁挺直了些。大不了一死。我已经八十四了，战战兢兢，如履薄冰地活了一辈子。眼前这个人又刚刚害死了我的侄儿。

“昔人评鲁仲连，作之不止，乃成君子。太尉你装了一辈子，装上瘾了？纵不恋躯惜命，连死后名也不惜乎？若是天下人知道你为保全自己孝名，毒杀亲侄，将如何评价你？”

我像被人在脊梁骨上狠狠地敲了一记，身体一软，跪将下去，白发苍苍的脑袋直磕到地上。我知道司马昭并不想杀我，他只是需要折辱我。

在我的头顶上方，传来司马昭和孙福泰爽朗的笑声。

“起来吧！人家是作之不止，乃成君子。你是作之不止，乃成伪君子。”

我耻辱地鲜血直往上涌，喉头一阵咸涩，但却强自咽下，笑着说：“晋王，好才情！”

从晋王府出来，我病了好几天。朱纯的脑袋被悬在城门上，杀鸡儆猴，全国假扮孝子的浪潮算是被压了下来。这之后，我就托病不再上朝了。

再次见到司马昭，是因为他忽然病危。一代枭雄生起病来，也跟常人一样难看，面色乌青发紫，连话都说不出来了，只是一直用手指着他的儿子司马炎。司马炎静静地站在司马昭身边，面色如水。大家都知道司马昭想改立司马攸为世子，硬是众臣反对才作罢。父子关系并不是很好。

围在他病床前的除了我，还有司马荀顗、司徒何曾。更远处，乌泱泱地站着群臣。

司马昭躺在床上，像个孩子似的无助地看着我们，眼神里充满了乞怜。

“晋王您安心养病，我大魏的江山离了您，不行啊!”荀顗热泪盈眶地说。何曾也在一旁抬起衣袖拭泪。

“晋王，您春秋正盛，老臣……”我号啕起来。

司马昭绝望地闭上了眼睛，眼角流下一滴泪。他明白不会有人问出那句“司马炎是凶手吗?”，尽管每个人心中都在怀疑。因为司马昭昨天还好端端的，这病来得太急、太蹊跷。

司马昭在众人的注视下，咽下了最后一口气，他临死前的样子跟朱纯一模一样。而这一次，我们所有人连选择题都没有给他出，就替他给出了答案。所有人都把那根指向司马炎的手指，解读成了他要让司马炎接替他的位子。

再后来，有人告诉司马炎，孙福泰在司马昭的墓前痛哭，说司马昭死得冤。孙福泰就被抄了家。那个告发的人真的不是我，孙福泰也并没有在司马昭墓前痛哭过。

公元268年，我也离开了人世，享年八十八岁。我在遗言里说，高柴的母亲死了，高柴泣血三年，孔夫子说他是愚蠢的。你们不必为我哭泣，不必给我送葬。

一千多年来，因为被人铭记，我在另一个时空里活着。我出生的那一年，“铜雀春深锁二乔”的“二乔”也出生了，跟两位历史上著名的美人生于同一时代，但未有幸一睹姿容。著名的罗马皇帝奥勒留在我出生的那一年死去。我最喜欢读他的《沉思录》。他说过：“我们所听到的只是一个观点，而非事实。”他说得很有道理。

我们这些有幸被人铭记而得以灵魂不灭的人，生活在另一个平行世界中，无法以肉体的形式进入你们的世界，但可以写文章，参与到你们的世界中来。这是不被禁止的。因为它并不会颠覆人们的认知，引起世界的混乱。“假作真时真亦假。”谁会相信我是真的王祥呢？

善美啊

1

房间里漆黑一片，我打了个电话给罗小云。但电话竟然被直接挂断了。斌跟我分手已经超过二十四小时，情绪发酵得都快把我的心脏撑破了。

罗小云是个孤儿，生性孤僻，情商低，几乎把人都得罪光了。她说过，我就是她棺材盖上的透气眼儿。然而，我需要透气的时候，这家伙竟然把眼儿堵上了，太不厚道了。我打了罗小云三个电话，她都没接。出于自尊，我再没有打给她。

再见到罗小云，是她到医院找了我。我当时

正闲着，看见她，立即条件反射似的僵了脸。“你妈说得没错，我家善美生气的样子看起来都像在笑。”罗小云说。

我一个没绷住，在医院充满福尔马林的气味中尴尬地笑了。

“我马上要结婚了。”她忽然说。

“跟谁?”我心里有些恼火。我跟前男友斌谈恋爱时，生怕罗小云孤单，吃饭、看电影、出去玩，都带着她。她倒好，都快结婚了，什么都瞒着我。

“到时你就知道了。”罗小云的脸色忽然一窘说，“结婚手头有点紧，跟你借点钱。”

我看着她，忽然怀疑如果不是为了借钱，她是不是根本就不会出现?我以为她会借很多，结果她只借两千，我给了她。

“我俩谁跟谁啊?请柬我就不发给你了。多印一张还要花两块二。到时你自己来啊。”罗小云忽然用她黑白分明的眼睛定定地看着我说，“记住，一定要来啊。”

“你不要我做伴娘吗?”我想起上学时的约定。

“你丢三落四的，谁敢让你做伴娘?别到时把收的红包都弄丢了。”

“还是你了解我。”我讪讪地说，心里有些难受。其实，我周围的人也都很纳闷，性情随和、人缘很好的我为什么会跟罗小云维持着这么多年的友谊?

婚礼那天，我还是去了。粉红色气球做的拱门底下，罗小云穿着婚纱站在门口迎宾，她身边的新郎竟是我的前男友斌。他看到我，愣了一下。伴娘把喜糖塞到我手里，我胡乱地接了，跟着人流走进了大厅。

婚礼现场很简陋，只是每张桌上放了两只彩色气球，渲染气氛。也难怪，斌的家境贫寒，寡母独自一人辛苦把斌拉扯长大。

桌上放着写有人名的红纸条，我努力睁大眼睛找自己的名字，终于在角落里找到了。然后，我就坐了下来。酒席桌数不多。斌那边是单亲，罗小云是孤儿。

我坐的那桌上放着红色塑料牌，标着“朋友桌”，真讽刺。已经来了几个斌的同事和朋友，他们中有的人看我觉得脸熟，却又记不太清。我跟斌谈了三个月，然后就分手了。我此刻虽是坐在那儿，但心里的情绪排山倒海，几乎要将我压倒。在斌的心里，我竟比不上罗小云？我除了没她好看，什么不比她强？我是个医生，她是个售货员。我出身良好，有工程师的父亲和做老师的妈妈，她是个没爹没娘的人！

“甄善美！”我听见有人喊我的名字，吓了一跳。看过去，是斌最好的朋友遥。我对遥牵了牵嘴角，算是笑过。

斌的母亲走过来跟宾客们打着招呼，以前遇见我总是笑眯眯的她，冷冷地看了我一眼。

遥不知何时已经坐到了我的身边，看着斌的母亲走远，忽然说：“我本来还以为她会做你的婆婆呢。不过，找老婆还就得罗小云这样，养眼，会做家务。骨盆大，一看就很能生。娶你这种，看起来体面，骨子里受气。”

我忽然非常地讨厌遥，而他显然讨厌我很久了。我狠狠地夹了一块烤鸭咬牙切齿地吃着。如果这是遥的肉身的话，我也会连着骨头吞了他的。斌的母亲不知何时站在了我的面前说：“还没开席呢。你甩了我们家小斌，还来参加他的婚礼，还吃得这么香，真是心大!”

我本想说点什么，烤鸭的一根细骨头滑进喉咙，剧烈地呛咳起来，呛得鼻涕都出来了。斌的母亲一脸嫌弃地走开了。

饭店脏污的红地毯上，司仪穿着紫色镶金边的西装，一看就很恶俗，说着各种肉麻兮兮的话。

斌和罗小云过来敬酒，罗小云换了一身红礼服。我跟着别的人一起站起来，罗小云冲我眨了眨眼睛，就像是小时候对我恶作剧时一样。她的眼睛装了假睫毛，眼皮上敷了亮粉，看起来银光闪闪。我也像小时候一样傻乎乎地笑。想当年，我的外婆是以美貌泼辣闻名小城的，而似乎是某种补偿，我相貌平平，善良随和，如同一只任人拿捏的面团子。

“我必须要特别敬你一杯。”斌的脸上竟微带讽刺。

“啊?”我像一条掉在干涸池塘里的鱼笨拙地张着嘴。

“要不是因为你，我不会娶到小云这么好的老婆。”斌说完，一仰脖子把酒干了。罗小云有些紧张地看着我。遥在一边不怀好意地笑起来。

我攥紧杯子把酒倒进咽喉，很辣，像一条火蛇蹿进了五脏六腑。

“没想到你会来。”斌眼神古怪地看了我一眼，罗小云拉着他去了下一桌。罗小云的红礼服大概是租的，嫌小，后面的拉链拉不上，用两根别针勉强地别着，露出后背一小块白肉。

“你看罗小云的肚子，少说有四个月了。”遥指着罗小云婚纱下微微隆起的腹部。

四个月！也就是说，我跟斌分手前，他们已经在一起了。

我看着他们两个，在心中狠狠地吼道："一对狗男女!"如果我可以出声，那整个大厅都将被我愤怒的声浪淹没。罗小云是这个世界上最了解我的人，所以她才敢接手了我的男朋友，跟我借钱结婚，还邀请我参加她的婚礼。她吃定我一定会打落牙齿和血吞，搞不出什么幺蛾子来。

那天晚上，我喝了很多酒，遥在一旁帮我倒酒，陪我喝。遥说："别怕，喝醉了，我送你回家。"

我点点头，遥很讨厌，但长得不难看。

婚礼到了中途，有小丑出来抛掷毛绒玩具。我像个孩子一样冲上去抢，却被孩子们推搡在一边。正沮丧着，遥举着一个绒布做的卡通人偶，笑盈盈地站在我的面前。

"给我!"我说。

“等一下。”遥笑着拿起水笔在人偶上画起来。

“让他陪你过夜吧。”遥笑嘻嘻地把人偶塞到我怀里说。他给人偶添了一副黑框眼镜和两撇小胡子，现在那个人偶，活脱脱是斌的卡通版。

我对着遥的肚子狠狠地打了一拳。

“开玩笑的，你怎么了？”遥被我的脸色吓到了。我不管不顾，抱着人偶冲出了婚礼现场。

如果说婚礼给了我最大的打击，酒和当时离我最近的遥就是我抓住的稻草，但连稻草也欺负我。被抛弃、被背叛的痛苦一下子像潮水一样淹没了我。

似乎是跟我的心情呼应一般，我从婚礼出来，才发现外面下着雨，地面上的积水映着五彩的灯光。我不管不顾地一脚踏入了雨中，冰凉的雨水把我浇了个透湿，又湿又重的衣服如同毒蛇一样湿滑冰凉地缠在身上。

那晚回家以后，我就高烧不止。听我妈说，我烧迷糊的时候，嘴里不停地叫着：“反式、反式……”作为一个有点胖的医生，我很痛恨反式脂肪，但我没想到会这么入心入肺。好了以后，我很后悔那晚去婚礼不该虚荣地穿那双价值两千的小羊皮靴，不知打哪沾了许多的泥，送去干洗也没有能恢复原貌。

我等着他们倒霉。我相信他们的婚姻不会幸福。斌的偏执狂和神经质，我早有体会。再配上罗小云的低情商，注定了他们的生活要风起云涌，不得消停。而且，斌和小云都属狗，且看他俩狗咬狗。

2

后来我结婚的时候，故意没有请罗小云。两人在街上遇见，也不过寒暄几句。

渐渐连遇见也稀少。明明同在一座小城，却是“人生不相见，动如参与商”。罗小云的消息渐渐变成听说，倒是晨练时常常遇见讨厌的遥。

“你真是塞翁失马，焉知非福。斌现在瘦得皮包骨头，头发也秃了。你家原帅哥甩他几条街。”遥说。

“照你说，我要感谢他的分手之恩。”我戏谑道。我很讨厌遥，但心下听着很受用。我早把斌忘了。当时痛得撕心裂肺，如今也不过云淡风清。

遥告诉我，他跟斌早就绝交了。

“斌脾气暴，经常打罗小云，幸亏你没嫁给他。”遥说。

“打罗小云？她怎么受得了？”

“善美，你就是太善良。她抢了你男朋友，你还关心她？”

我笑笑。仇人也是要关心的。若听得她安好，便是晴天霹雳。若她过得不好，就是艳阳高照。

再后来听说，斌把罗小云打得住进了医院。

我工作的医院离罗小云家很近，她故意去了更远的医院，一定是怕我看到她的样子伤自尊。

我很仔细地化了妆，故意拎着一只花了半年

工资狠心买下的鳄鱼皮包去了医院，心里想着我要全方位地碾压这个贱人，让她看看被她背叛的我有多幸福美满。谁知道我一进病房，罗小云就扑进我的怀里哭了起来。她的脑袋上缠着纱布，脖颈处一块紫色的淤青。我想推开她，不想她的眼泪弄脏了我新买的羊绒大衣，但没好意思。

“善美，你来了，我感觉就像是娘家人来了。斌那个混蛋，把我扔在医院里五天了。医药费也不给我交，我连饭都没得吃。手头一分钱也没有。”罗小云哭哭啼啼地说着。

我从口袋里掏出两百块钱给罗小云。

“能再多给我一点吗?”罗小云贱兮兮地说，我想起她婚礼前跟我借钱的样子，忽然心像被揪住了一般。

“再多没有。罗小云，你欠我两千块还没还呢。”我冷冷地说。

“善美，我都这么惨了，你不同情我吗？我从小命苦……”罗小云又哭起来。

“是你自己选了他，别怨命。就算命苦，也可能是上辈子坏事做多的报应。”我硬邦邦地把话甩给她，站起来转身就走，把她的哭声甩在身后。

“善美，我跟斌离婚还不行吗？我把他还给你，我不要他了。”罗小云追出来说。

我看着罗小云的脸，心里想，这死女人的脑袋原来是做装饰用的吗？

穿着蓝色病号服的罗小云忽然扑了过来，紧紧地抱着我说：“善美，我们不是最好的朋友吗？你以前跟我说过，姐妹如手足，老公如衣服的。你怎么可以为了一个男人不要自己的姐妹？”

我被她三十七度的体温包围着，忽然感到怅然。没有爸爸妈妈的罗小云，始终都没有真的长大啊！我抱着罗小云瘦骨嶙峋的身体，眼泪不知何时涌了出来。但眼泪终是身外之物，再多的，我不想为她付出。

再在街上遇到罗小云和斌两个人，已经是许多日子之后。

我打量着已经两年没见的斌，蜷缩在鼠灰色夹克里的斌头发稀疏，三十多岁的人看起来像五十多岁。一旁的罗小云也是灰蒙蒙的，脸色蜡黄，头发干巴巴的，如同一蓬枯草，穿着一件早就过时的旧风衣，纽扣都掉了。

“他作怪减肥，得了厌食症就这样了。”罗小云说。斌在一边瑟缩地站着，再也不是从前意气风发的样子。

“这样也好，他打不过我了。”罗小云笑着说。斌在一边脸色有些尴尬。

我配合地轻笑了一下，看着他们两个，一时想不出说什么话。

“有事先走了。”罗小云拉了斌走了。斌踉踉跄跄地跟在后面，像个得了软骨病的孩子。

再后来，听说斌的母亲去世了，听遥说，罗小云和她的关系一直很恶劣。我想，罗小云应该是兴高采烈的，斌也不会太难受。我想起一开始妈妈就不同意我跟斌交往，因为她听说斌从小冷血，因为父亲杀了他的狗，他跟父亲闹了别扭。直到父亲临死前，斌都没有进房间看父亲一眼，跟父亲说过一句话。

我没想到罗小云会找到我的办公室。

“斌得了胃癌。”罗小云单刀直入。

我一惊，第一个反应是她不会跟我借钱吧？我在心里盘算了一下，要是她开了口，我可以借两万给她，再多没有。这两万不是给她的，她不值得。这两万是不想在别人面前显得太过薄情而捐的善良税。

“他想让你给他开刀，说是死也要死在心爱的人手里。”罗小云说。

“啊？”我张开嘴，像一条挣扎求生的鱼。

在医院见到穿着病号服，浑身插着管子的斌，他眼窝深陷，嘴唇发乌，看起来半死不活，在吊着营养液。我看着心里一酸。

“善美，你来了。”斌伸手想抓住我，他的手瘦得像鸡爪子。我下意识地往后退了一步。罗小云却把我往前推了推。

“善美，你不要恨我。你要救救我。”

“善美，你要怪就怪你妈，是她逼我跟你分手的。善美，我当时试探过你，我说如果你妈反对我们的婚事，你会怎么办？你说，我当然听我妈的。是你那样，我才心灰意冷的。”

“好好养病吧。”我记起我好像说过，感觉有些烦躁。斌的身上散发着一种让人恶心的气味。

“罗小云说你不生气的，说你早就想跟我分手，只是开不了口，才让你妈妈跟我说。我们结婚，你还借钱给我们。后来，听遥说，你那天在婚礼上气得浑身发抖，你一直恨我跟罗小云，觉得我们背叛了你。一直想找个机会跟你说，又觉得算了，反正事情已经这样了。现在走到这一步，还是想告诉你……”

“算了，别说了。”我的心中翻江倒海，五味杂陈，但脸上尽量保持着平静。

“我跟小云在一起，也是没办法。当时，小云有了遥的孩子，遥又不肯娶她，小云想自杀。我担心她，给她家所有的窗户都装上了铁栅栏。为了让孩子有个父亲，我们就结婚了。”

我记起来了，那时我去罗小云家，看到新装的铁栅栏，她说是防盗。我心里还嘀咕了一下。但是，我没想到小云怀了遥的孩子，斌做了接盘侠。

我把思路捋了一下，这个事情只有一个人错，就是我老妈。但是，如果不是我妈，我就嫁给了斌，挨打住院的女人就不是罗小云，而是我。是妈妈帮我摆脱了悲惨的命运。如果不是跟斌分了手，我哪里会遇到原？想到原，我的心里很甜蜜。哪有什么前任刻骨铭心，不过是新男友不够好。

护士过来给斌打针，那针极痛，打得斌号叫起来，面庞扭曲。我突然觉得在垂死的前男友面前想这些，有些残忍。而原说过，他爱上的就是我的善良。他遇见我的那天，看到穿着白大褂的我在喂一只流浪狗，侧脸的表情温柔极了，像一个天使。他没有太过夸张，我长得的确像中世纪油画里那种体态丰腴的天使，有圣母一样温柔的笑容。

从医院出来，我悄悄去了铁马荒，那是城郊的一块荒地，到处长满芦苇，有一棵孤独巨大的女贞树，树身上挂着生锈的金属牌，上面写着“树龄三百年”。我走到树底下，找到一个用鹅卵石做了标记的地方，用一把旧手术刀挖起土来。那是一把用来开膛的手术刀，大而锋利。我挖出了一只红色的塑料包装袋。打开来一看，玩具人偶还在，原本在它身上贴着的写有斌生辰八字的纸条已经风化了。扎在人偶身上的许多棉签还在。当时，我的包里没有针，只有一包医用棉签。天知道我是用了多大的气力，把它们一根根扎进去，把人偶扎得像个刺猬。

那天，我烧得迷糊时，不停喊着的并不是“反式”，而是“反噬”。书上说，诅咒的人是会被反噬的。我当初下这样的诅咒，更多的是泄愤。此刻，看到斌得了病，也不知道跟我的诅咒有没有关系。我带着对“反噬”、报应的恐惧，帮着罗小云跑前跑后，在医院照顾着斌。

“我对斌那种人真没什么感情，我只是可怜罗小云，我跟她从小玩到大的，像亲姐妹。”

“善美，我还不了解你吗？你这个人就是太善良。头发软的人心软。”原轻轻地抚摸着我的头顶，我有婴儿一般柔软的头发。

3

斌最近已经消瘦得不成人形，腿还没有我的手臂粗。他躺在床上，浑身都是管子，有的吸氧，有的输营养液，有的排尿。他因为瘦而变得巨大的两只眼睛瞪着天花板。在他床头的玻璃杯里，放着一颗用酒泡着的、惨绿色的鳄鱼胆。他不知从哪里听来的偏方，非逼着罗小云弄来不可，里面还加了少量的鳄鱼粪便，气味很古怪。

罗小云把斌扶起来，让他靠在一只靠枕上，喂他吃鳄鱼胆。惨绿的液体从他的嘴角溢出，我只觉得喉咙一阵阵发紧。就在这时，病房的门被推开了。我没想到遥会来看斌，他显然精心打扮过，脖子里搭着一条阿玛尼围巾，喷的香水很浓烈，手里提着一个精致的花篮，一进来就很聒噪。

斌却自始至终不跟他搭话，但遥把花篮小心地放到斌的床头，仔细打量着斌说："你的头皮颜色很好看，是粉红色的。"罗小云刚给斌洗过头，几缕黑色的头发还湿湿地粘在斌的脑袋上，裸露出大片粉红色的头皮，看起来很恶心。

"你给我滚!"斌忽然使出全身力气把花篮砸向了遥。花篮里的花撒落一地。遥骂骂咧咧地说斌不识抬举，被罗小云拖出了病房。

"罗小云！我还没有断气!"斌吼起来。久病的他爆发出巨大的力量，把鼻子里的管子都震掉了。罗小云战战兢兢地进了病房，那盛着鳄鱼胆的玻璃杯就冲她脑门砸过来。她躲避不及，头被砸出了血，吃剩的鳄鱼胆黏糊糊地挂在她的脑门上。

那天晚些时候，我打了个电话给遥。

“斌都那样了，就算手术成功，也活不了十年。你就不要跟他计较了。就算有什么过节，当初罗小云怀了你的孩子，还不是他帮你……”我想说“擦屁股”，又觉得太粗俗了。

“你说什么?”遥在电话里激动起来。

我又把斌对我说的话，详详细细地跟遥说了一遍。

“善美，你真是个傻叉。斌那种混蛋说什么话，你都信啊。他连他老爸快死了，都冷血得不进去看一眼，会同情心泛滥，替别人养孩子?我告诉你，早在你跟斌谈恋爱之前，他跟罗小云就搞在一起了。你忘了你跟斌那个混蛋怎么认识的?”

手机从我手中滑落，跌在地板上。我记起我

跟斌是在书店偶遇的，我想买的那本《恋爱絮语》恰好在他手上，全书店只有一本。

我打电话质问罗小云。罗小云让我到她家一趟，说有重要的事情跟我说。

我到她家的时候，她脸色难看得像个死人。但看着我时，眼睛一亮。不知何故，那亮光让我浑身汗毛倒竖。

“你想解释什么？”我不太擅长寒暄，下意识地打量着罗小云的家。我从未登门，没见过它还是新房时的样子，但此刻到处乱糟糟的，沙发上的脏衣服堆成了山，窗台上的盆栽死了一多半，支棱着枯枝。

“斌那种人，死有余辜。”罗小云恨恨地说。她从抽屉里拿了一本相册给我，里面都是一些身体部位受伤的照片。当人体以局部拍摄出来，看着很瘆人。更何况，每一张上面都有淤青和血渍。

“都是他打的？”还好我是个外科医生，要不然这些照片会引起强烈的生理不适。

“嗯。”罗小云说，“善美，这都是报应。斌是个混蛋。其实，他很早就跟我交往了，在跟你之前……咦，不吃惊吗？”

“遥告诉我了。”我艰难地咽了口吐沫说，“但斌为什么又来追我？”

“我们穷，结不起婚，就商量让斌先娶你，把钱骗到手，再跟你离婚。斌在书店跟你偶遇，是我设计的。”

我忽然感到很讽刺。原来我最初遇见斌，感觉与他处处契合，是我的灵魂伴侣，不过是罗小云的设计。

“但后来，你跟斌约会总带着我，我看出斌是真爱上你了。你条件那么好，他要是能娶到你，怎么可能再离婚娶我？我后悔了，就跑去告诉你妈妈，斌不是好人。斌不知道这些，我故意告诉他是你想分手，不好意思才让妈妈开口。斌本来就自卑，就信了。”

我叹了一口气，也难怪斌相信，我那么平静

地接受了他的分手，内心的暗涌，只有自己知道。我就是那种性格啊，没办法。

“斌说你那时怀的孩子是遥的？”

“我没怀孕，装的，为了骗斌跟我结婚。后来，他知道了，就经常打我。”

“他这人心机太重，他要你给他做手术，说什么要死也要死在心爱的人手里，还不是因为你是胃癌手术方面的权威。他编故事给你听，是怕你做手术时心有芥蒂。”

我沉默着，为曾觉得“死也要死在心爱的人手里”这句话很浪漫而感到羞愧。

“善美，你也知道的。他那回把我打成重伤，就把我一个人扔医院里，不闻不问。医药费也不交，也从来不送饭来。要不是你给的两百块钱，我已经挂掉了。那时候，我看见窗户正对着外面教堂的尖顶。我就祈祷，上帝啊，让这个变态王八蛋不得好死。后来，邻床的老太太看我可怜，把她的饭匀了一半给我。我吃完不晕了，一看外面哪有什么教堂啊，只远远地看见一抹黄。老太太说，那是寺庙的墙。我就又说，佛祖啊，让这个神经病虐待狂不得好死。老太太就问我，你真想他死吗？我教你一方法，保准灵验。”罗小云说着拿出一个人偶，上面密密麻麻地扎满了针。人偶的身上写着生辰八字。

“这东西很讲究的。人偶上必须有他的头发和血。每个月圆之夜的十二点，要用浸过猪血的细麻绳抽打人偶。”罗小云说，“我不怕麻烦，我太想他死了。他果然得癌了。”

“普通的诅咒没有用吗？”我紧张地问道。

“那当然。市面上的都是骗人的。老太太教我的方法是秘传的，还有很多细节不能说。不过是真灵，他果然得癌了。”

我吁了一口气，这下不用担心“反噬”了。

“只可惜手术成功的话，他还能活五年。到时，我青春已逝。你也看过了，昨天他怀疑我跟遥，拿水杯砸我。”

“怀疑你跟遥？”

“也不叫怀疑。我跟遥两年了。”罗小云淡淡地说。

“为什么不离婚？”

“一开始他不肯，后来他得了这个病，法院保护弱势群体，更离不了。他说他要耗死我。善美，求你趁做手术时弄死他吧。”

我瞪大眼睛看着罗小云，忍不住吼道：“我为什么要弄死他，让我的职业生涯有一个污点？罗小云，你以为我跟你一样没脑子吗？”

“善美，斌这种人，活着就是祸害。他利用了我，也欺骗了你。善美，别人都说你随和，但我知道你超级记仇的。”

斌死了，在殡仪馆的小厅举行了简单的葬礼，来的人极少。在小厅里，都显得寥落。在葬礼上，我和罗小云都哭得很投入。罗小云是喜极而泣。讨厌的丈夫终于挂掉，恢复自由身的同时，还可以假装哭得很贤淑，多么划算。我是玩手机玩到眼干，趁着这个氛围掉眼泪，顺便滋润一下眼球。

在斌的手术中，我没有下手。

“去血库配血的时候，千万别拿错试管。很多病人都死于输血意外。”我认真地对罗小云说。在大家眼中，我是一个多么负责任、重感情的好医生。我说斌的病很典型，让院里录制这台手术的全过程作为教学录像。手术刀划过斌的肉体，我有一丝诡异的兴奋。这世间除了我，何曾有一个女人触摸过他的内脏？我用鲜血淋漓的手抓住他皱巴巴的胃囊，竟然笑了起来。幸亏戴着口罩，没人看见。

斌离开手术室没多久，就因为输血意外死了。他死得很平静，他唯一的亲人是罗小云，没有人追究他的死。录像证明了我的手术做得如同教科书般正确，并且完美。

罗小云在跟遥拍婚纱照的时候，被警察逮捕了。罪名是谋杀。

我去监狱里探视了罗小云。她脸色焦黄，眼

睛里全是眼屎，囚衣不太合身，软塌塌地堆在身上。

“你哭什么？不是你亲自把我送进监狱的吗？”罗小云吼道。

“我没哭，我只是流泪。你不是知道吗？”我说。我从小体质与别人不同，眼泪仿佛会自然而然地分泌出来，跟悲伤无关。

“你为什么要这样对我？”罗小云有些歇斯底里。

“你说过我超级记仇的。”我直直地看着罗小云。难道这个低情商的死女人竟然忘了，她也曾对不起我吗？

“你的鳄鱼皮包，真的跟你很配。”罗小云回望着我的眼睛。她的眼睛黑白分明，又黑又圆的眼珠如同围棋的黑子，令我觉得森然。

“你不觉得你很像鳄鱼吗？又残忍又虚伪。看韩剧总是假惺惺地流眼泪，像原那样的傻瓜就会觉得，哎呀，我们家善美真是善良死了，真是可爱死了。真他妈恶心！”罗小云说，“你跟我做朋友，不是因为你善良，不是因为你同情我，而是只有我能忍受真正的你啊，就像你忍受我的低情商一样。”

我神经质地攥紧我的皮包，鳄鱼皮的触感一下揪住了我的心。我亲眼看见在生产皮包的工厂里，鳄鱼被捆住长长的吻，用铁杆贯穿脑袋，血流得到处都是。然后，工人剥掉鳄鱼身体上的皮，只剩下头和白花花的、没有了皮的身体躺在冰冷的铁皮上……我的心脏不知何时变得强大，知道多少昂贵奢华、光鲜亮丽都是建立在血腥和杀戮之上。正因如此，才可以在去过工厂之后，仍然坦然地拎着皮包行走在人海之中吧。

“善美，你知道在牢里也可以写信的吗？”罗小云忽然说。

“你是要跟我通信吗？”我暗含讥讽。在少女时代，我和罗小云互相写过的信有三百封那么多。但如今，友情早已经被岁月腐蚀得荡然无存。

“我三天前写了一封信给原，他应该已经收到了。哈哈哈……”罗小云笑得止不住，她笑得很用心，眼睛里的眼屎都被震了出来。我被她笑得心里发毛。

“你到底跟他说了什么?”我被深深的恐惧攫住，疯了一样摇晃着罗小云的肩膀。我是冷血的鳄鱼，才特别喜欢太阳啊，因为会感觉到温暖啊。原就是我的太阳，如果他不再照耀我的话……我突然觉得血液都冷得停止了流动。

“我告诉原，那个叫善美的女孩是多么地有爱心，从她七岁起，就把自己的巧克力省下来喂流浪狗。因为夜里的狗吠声真的好讨厌。后来，她做了医生……”

我像被铁杆瞬间贯穿了脑袋，痛得魂飞魄散。原收到信了吧？原一定也知道了他眼中的白衣天使喂给流浪狗的食物里，放了三氧化二砷，俗称鹤顶红。

完　美

罗生进了书店。早晨的书店非常安静，没什么人。

你来了啊？穿着浅蓝色制服的女店员对罗生微笑。

罗生笑着点点头。

和往常一样，他跑到书店陈列着孙晓美文集的书架前，像完成某种仪式般，将书排列得整整齐齐。然后，拿了一套《追忆逝水年华》，到柜台结账。

你认识孙晓美吗？女店员问。

不认识。

那你是她的死忠粉？

算是吧。罗生淡然一笑，他懒得解释。

她好神秘，从来不准媒体发布她的照片。听说女作家大多长得丑。

不，她很漂亮。

你才说你不认识她。

结账吧。罗生说，脸上仍然挂着清淡的笑意。

你买这么厚的书，看得完吗？女店员说。

看多少算多少。罗生苍茫地一笑。初秋就穿着羽绒服，骨瘦如柴的自己，大概就好像额头上刻着“癌症病人”四个字吧，怎么都是一副命不久长的样子。

从书店出来，罗生就径直去了医院。比起检查来，更艰难的是候诊。罗生拿出书看起来，书里写到了糕点，他看得肚子有些难受。医院的空调温度打得有点高，罗生脱了羽绒服，立刻又觉得冷，赶紧重新套起来。

“叮”的一声，手机里进来一条微信，是她的，说是明天晚上七点会过来。罗生怔怔地看着那条微信，回了个“好”字。她每隔两三天就会过来一次，他每次都兴奋得浑身发烫。但现在，他只觉得一阵疲惫袭上身来。他的身体已经虚弱到连女人的亲吻都觉得窒息的地步。尽管，他内心深处仍然和从前一样热爱着她，但是肉体已经侵蚀了灵魂。

阿生，我真的只要和你说说话就好。她说。

他看着她的眼睛，很少有人到四十岁还有那样澄澈的眼睛。他知道她是真心的，但是他连说话也已经觉得很疲惫。他身体里的血液仿佛凝固了，所有的地方都是阻塞的，连走路都感觉不到脚触碰地面的踏实感觉。他害怕死在手术台上，选择了保守治疗，每天捏着鼻子喝下味道古怪得让他想吐的中药，一天三顿。渐渐连自己的汗液和尿液都浸润了那种苦而微腥的气味，令人恶心。这样的日子已经过了一年，每一天都是煎熬。他的积蓄早就花光了，是靠她支付着昂贵的医药费，维持着他的生命。她对他不离不弃，这样的情感已经传奇得可以歌颂。但是老实说，罗生倒情愿她不要那么好，他也就可以安然地抛弃自己的这身臭皮囊。

不如死了好啊。罗生的心里常涌起这样的念头，在看着曾经最喜欢的食物却无法顺畅咽下的时候；在看到镜子里自己尖锐得可以切割空气的面部轮廓的时候；在漆黑的深夜被剧烈的疼痛叫醒的时候。

他是因为她，才不得不活下去的。我是为了你活着啊。罗生想，尽管这样想，未必太没有良心。遇上她这样的女人，会让人觉得拒绝她的拯救，自顾自地去自杀，实在太不道德了。

“罗生！”叫号的声音传来。他站起来走进去。桌后的医生谦和地微笑着，当初，爱珍就是被这样的笑容吸引的吧。

你来了？她没有陪你？医生一边说话一边解开他的衬衫扣子，把听诊器放到他的胸上。

她出国了，过两天回来。

她对你真好。难怪爱珍说，她是个做小三都做得让人肃然起敬的女人。

和你一样。是个让别人戴绿帽子也戴得心悦诚服的男人。罗生说。

不要说话，听不清楚。医生的手抓着听诊器在他的胸肺部游走着，比起听诊器金属的触感，医生不经意间触碰到他身体的手更让他感觉异样。

一片死寂，只听得见两个男人的呼吸。罗生感觉自己的呼吸仿佛快要停止了一般。

情况不错！医生的表情很轻松。实在是太轻松了，显得有些刻意，也许是想传达某种乐观的情绪。你是这种病人里最幸运的了，很少有人像你这样挺过一年。

最幸运！罗生把这三个字在心中默默反刍。生了病之后，时间已经扭曲了，他不再有长远的目标，只有当下。这一年，把罗生之前三十五年形成的对人生的种种看法都抹杀了。世界没有变，但他的世界已经天翻地覆。

爱珍她每天都为你祈祷。医生说。

她不是还爱我，只是为了缓解自己内心的愧疚。罗生说。

我知道。医生淡淡地笑着，一副了然于胸的神情。罗生很想对那张笑脸狠狠地揍上一拳。给别人戴绿帽子这件事再做得怎么有风度，也很难真的让人心悦诚服。这就是男人跟女人的区别吧。爱珍对那一位的肃然起敬，倒是真真切切的。毕竟在发现男人有老婆后就毅然决然退出的女孩子，是让人敬佩的。更何况这样的一个女孩子，在得知男人得了绝症之后，又奋不顾身地赶来做了接盘侠，让男人的老婆可以安心地离婚、改嫁。说起来，简直就是爱珍的恩人、救星呢。

从医院出来，罗生疲惫得仿佛打了一场大的战役，一回到家，他就早早地钻进了被窝，把她送的电暖炉紧紧抱在怀中，仿佛电暖炉是他的情人。他曾经跟她开玩笑说，其实，电暖炉比她好。因为电暖炉没有脚，不会自己走开。她从来不在他这儿过夜。罗生不会说出口，但是他自己默默地品味着一个病人的凄凉和无助。他是没有资格提要求的。她给他钱，她照顾他，他已经应该感激涕零。但是，他又有点讨厌她，讨厌她容光焕发的样子。她是那样一个丰盈、充沛的女人。她有才华，可以赚很多很多的钱。她那么漂亮，喜欢她的男人很多。但是，她拒绝了那些追求者。因为，他们统统会对她提要求。只有他，像个孩子似的被她照顾，像个宠物似的等待她。他听她说话，陪她聊天，接纳她的软弱，他不会跟她做爱，也不能让她生孩子。他不占有她，而她占有他的灵魂和孱弱的肉体。她不是爱他，是爱虚弱的他，可以满足她的占有欲和控制欲的他。现在生病的他，是地球上最适合她的生物。或者，她当初毅然决然地退出，不是因为他有老婆，而是看出了他要离婚娶她的那种劲头，才吓得立刻躲开了吧？不管怎么说，她身上就是有一种不适合婚姻生活的感觉。

所以，这个女人才会明明有房子，却每天都住在宾馆里吧？她不惜代价，购买昂贵得令人发指的药材维系着他的性命，也是因为他现在的这种状态，最符合她心目中的理想关系吧？

电暖炉把胸口灼得发烫，其他地方还是一片冰凉。罗生最近常常陷入对她的臆测之中。人生病了之后，连心理也变得阴暗了啊！明明是可以感动中国的戏码，可是被他一想，完全变味了。他努力驱赶着这些怪异的念头，觉得这践踏了她的一片心。

她明明是那样专情、那样纯真地爱着他。这么多年，她只爱过他这一个男人啊！她说过，梦想可以钻进他的心里旅行，那里一定非常绮丽。那终归是女人的幻想，甭管什么样的女人，骨子里都有天真的一面。所以社会新闻里，伤心的才都是女人吧。她一定不知道这个男人的内心蕴藏着多少卑劣的东西。

罗生抓起手边的遥控器开了电视，很快，她

喜欢的剧要播了。她可是拜托他一定要看，回来要一起探讨剧情的呢。而且，她说要带北海道的巧克力给他呢！

罗生心头涌起一阵稀薄的快乐。人生如果不深究的话，明明就是有很多简单而唾手可得的快乐嘛！

她喜欢的剧都是纯爱剧，很无聊。罗生看了几眼，忍不住换了台。

新闻里讲着一个在外打工的女人为了省下车票钱，在数九寒天骑摩托车的故事。电视画面里出现了那个女人的脸，粗糙发红，脸颊皴裂。接受采访时的声音嘎嘎的，像喉咙里卡着冰碴。自从生病之后，他仿佛丧失了一部分人性，对别人的痛苦无法产生丝毫的同情。

罗生抓着遥控器，木然地看着那个女人，犹豫着是否换台。别的，他也不感兴趣。

今天上午八时四十五分，飞往东京的G620航班不幸坠落，事故原因仍在调查中。新闻里说。

他心里咯噔一下，心想不会是她坐的那一班吧？她老是飞来飞去，他也没有刻意问航班。

罗生心慌慌地在床上翻找了半天，才找到手机，她的电话却已经打不通了。他失魂落魄地挂了电话，感觉心悬在空中，跳得像抽搐一样。

手机忽然响了，他急急地抓起，是前妻李爱珍的电话。

你联系得上孙晓美吗？失事航班的乘客名单里有她，我好担心。爱珍在电话那端说。

联系不上了。罗生说。浑身出了一身冷汗，只感觉像掉进了冰窟一般。等回过魂来，才发现丝质的睡衣已经像被水浸过一般，丝丝缕缕地粘在身上，有一些气泡突起，看起来很诡异。

你还好吧？爱珍问，需要我们过去吗？

还好。还好。他慌忙说。他不想看见那位医生。

如果有她的消息，打电话告诉我。我一直很感激她。前妻说。

好。罗生挂了电话。感激？感激她接手了烂摊子。真他妈讽刺！他的眼前浮现出孙晓美几天前离去的样子。孙晓美在收拾行李，她是那种很喜欢买东西的女人，同款的丝质衬衫会一次买上十二件不同颜色的，帽子总有个七八十顶。她长年睡宾馆，家已经沦为一个杂乱的储物间。

今年流行阔腿裤，怎么你一条都没有？罗生说。生病之前，他是一家时尚杂志的编辑，女孩子都很喜欢跟他聊这些。

我最讨厌穿了。孙晓美脸上浮现出小女生的嗔怪表情。

为什么？

我上中学时，也流行过一段时间的大脚裤。我那会儿很潮，是班里第一个穿大脚裤上学的女生，结果尿尿的时候，不小心弄湿了裤子，被同学们笑死了，那叫一个窘啊！我发誓再也不穿了。孙晓美羞答答地说，那副样子很搞笑。

哈哈哈！罗生笑得呛咳起来。

似乎就是聊着这样无聊的话题，随随便便地道了别。他对于孙晓美的珍贵的认知，也就是因为他可以聊那种无聊的话题，聊得津津有味。

哪里想得到竟是永别？罗生的眼泪泛上来，忽然又觉得后背一阵针刺似的痛，老毛病了。这两年，他像一架坏机器，不停地出故障。常常半夜痛得醒来，大汗淋漓。但此刻，他更痛，是那种没着没落、无边无际的痛。孙晓美是他的全部人生，他的全部意义，他惨淡人生里唯一的亮色。

我现在可以去死了。这个念头是从心底里冉冉升起的，像从无边的深渊里升起的红色暖阳。罗生在后背钻心的刺痛中，忽然涌起一种古怪的愉悦感。他想起很久以前看过的一个采访，有个人说在看到狮子向他扑来时，感觉到的不是恐惧，而是愉悦。那个人在狮子扑倒他时，愉悦地昏厥了过去，醒来发现自己好端端的，狮子不知为何没有吃他。

感觉很失落，真的。那个人面对着镜头认真

地说。那是张神经质的面孔，面色发青，眼白多于眼黑，架着款式古怪的金丝眼镜。这样的人在现实世界里一定活得很艰难吧。罗生一看到这个人的样子，就固执地产生了这种可能是偏见的想法。

罗生理解那个人的失落。愉悦地葬身狮腹，从此再也不必面对生活的种种，未尝不是一种幸福。死了，就不会有痛觉了。罗生想。不要再喝中药，不要再辛苦地忍受那种像是有人把滚烫的岩浆灌入骨髓一般的疼痛，不要再面对死亡的恐惧和生命的琐碎与无助。

想死的这个念头在心里很久很久了，像一个种子埋藏在身体的内部。每经历一次痛苦的煎熬，就想发芽。孙晓美就像压在这个种子身上的一块大石头，压着这个种子，不让它发芽。但此刻，孙晓美消失了，它一下子发芽了，而且简直像天桥上的幻术表演，一瞬间枝繁叶茂，郁郁葱葱。

好久没有这样的行动力了。罗生几乎是从床

上蹦起来的，或者用飘起来更准确。他已经瘦得像一张纸片。他脱下睡衣，换上孙晓美送给他的阿玛尼黑色夹克。还一次都没有穿过呢。初秋买来的当季新品，但他太怕冷了，一直没有穿。很纯正的黑色，是适合告别的颜色。就让凉风吹进骨髓吧！如今都是要死的人了，受凉又有什么要紧呢？

他穿上了熊猫鞋，是跟孙晓美的情侣款。他看了看穿衣镜中的自己，有一瞬的恍惚。

你现在这副样子，如果再把脸涂白一点，再抹上口红，会很像小女生们喜欢的韩流帅哥吧！孙晓美以前曾这样说过。

晓美，我们很快就可以相见了哦！罗生对着镜子说，被自己轻佻、煽情的语气吓了一跳。

说不清是电视剧在模仿生活，还是生活在模仿电视剧。也许是生病的这两年，狗血的肥皂剧看得太多了些。他刚刚还猜疑过孙晓美对他的爱，可此刻，他从嘴中迸出的话语多么痴情，一副要殉情的德行。人心，果然是这个世界上最神秘之物。

到了街上，深秋冷冽的风迅速夺走了罗生身体内的热气。罗生忽然想，他特地上街来买东西回家自杀，是不是有些多此一举？像他这样病弱的人，只要躺在街头一夜，就会被活活冻死的。不过，虽然都是死，温暖的死总归好些。

深夜的街上，“老翁烧烤”的霓虹灯在闪烁。这家店已经开了很多年了。罗生还是学生时，就经常跟同学来这儿撸串。这两年，烧烤罗生是不敢碰了，还经常来喝羊肉汤。温热的羊肉汤顺着喉咙，像一条线一样慢慢流进胃里，渐渐让全身和暖，是罗生实实在在感觉到的生之乐趣。生病之后，人的质地发生了变化。有的地方变得特别深刻，有的地方又变得特别浅薄。口腹之欲几乎凌驾在了所有的欲望之上。

羊肉汤？老翁问。老翁并不是很老，只是姓翁，也就是四十多岁。圆脸，厚嘴唇，说起话来瓮声瓮气。

不用了。我想在家里做烧烤，来买些木炭。罗生说。

在这里吃得了。自己弄多麻烦，把墙熏黑了不合算。老翁说。

我喜欢在家，有气氛。

你不会是想烧炭自杀吧？老翁犹疑地看了罗生一眼。罗生下意识地往后缩了缩，他一定是长着一副弱不禁风、生无可恋的样子，才会被猜疑的吧？

来盘秋刀鱼，现烤的。这个季节的秋刀鱼最好吃了，包你一吃，顿觉烦恼全消，人生美好！老翁的厚嘴唇翕动着。罗生想，如果人生这么好对付，哪里还会有自杀的人呢？

你就卖点木炭给我吧！罗生恳求道。店里，果木炭烤着秋刀鱼的味道很诱人。罗生想，在这样的香气里睡去，也是甚好的。

我怎么可能烧炭自杀？会把房子烧得不成样

子。跳楼多好！纵身一跃，干净利落。罗生故意嘻嘻哈哈。

可是，懦弱的人都喜欢选择烧炭。不怎么痛苦，昏昏沉沉地就过去了。最近，烧炭的人还真是多呢！老翁说，我可不能卖木炭给你，搞不好成了杀人凶手。

还记得我女朋友吗？罗生掏出皮夹，把照片给老翁看。

你说，有这么美丽温柔的女朋友的我，怎么会烧炭自杀呢？罗生继续嘻嘻哈哈，几乎用尽了一年里所有笑的配额。反正死了，就不用再笑了。

老翁端详着照片里的孙晓美。他记得这个女子，样子太高贵了，高贵得不像会出现在烧烤摊上的女人，但是常常和罗生一起来喝羊肉汤，给罗生擦去嘴边汤汁的样子温柔极了，就像电影画面。

好像是不会去自杀哦！老翁笑着说，老翁的肥皂剧也看多了。

那你答应卖木炭给我啦？罗生故意掺进话语里的欢快假得连他自己都有些受不了。

我是不会卖给你的。老翁说。

跟他废话什么？有生意都不做，胆子比鸡卵还小。来买木炭的，他个个看着像要烧炭自杀。老翁的老婆走过来说，不过，他担心得也对啊。我们小本生意赔不起。

我女朋友明天从外地回来，我真的是想亲手在家烤鱼给她吃。罗生发现自己比想象中更为耐心。

真要烤鱼，去超市买木炭好啦！老翁的老婆说。

谢谢。罗生说。心里想为什么老翁的老婆不自杀呢？自己长得那么难看，嫁了个丑八怪，还不能生养，听说老翁还跟店里的服务生有一腿。

真是生命力顽强啊！罗生想起自己曾经跟孙晓美聊过这个问题。孙晓美嘁了一声说，那种女人有什么好羡慕的？内心粗糙得像石头一样，当然经摔。你不一样，你是最珍贵的瓷器。

要是我像你就好了。罗生幽幽地说。

像我？

像钻石一样啊，又美丽又坚强，在人群中光芒四射。

孙晓美笑得花枝乱颤，笑着喘气说，罗生，你就是特别不一样。要是别人这么说我，我会觉得恶心坏了。可是你一说，就让我好开心。

罗生在超市的货架前，脑袋里一直浮现着孙晓美的种种。生病的这两年，除了病痛，他的人生里只剩下孙晓美。

买哪一种木炭呢？罗生纠结着。有一种无烟，但是有点贵。有一种便宜，可是包装看起来太丑了，烧这样的木炭去死，未必太没有品位。都快死了，还这么犹豫？忽然又想起还要买秋刀鱼。煎秋刀鱼一定要橄榄油，家里的橄榄油也没有了。

罗生在超市的货架前找来找去，忽然讨厌起自己的性格来。就是这种性格，才会落到这样的地步吧？当初，娶了爱珍，却又稀里糊涂地爱上了孙晓美，黏黏糊糊地两边都不肯放手。在爱珍和孙晓美彼此知道对方的存在之后，他心中的天平本是偏向爱珍的。但孙晓美毅然决然地抽身而退，变成了他心头永远的白月光。回归家庭的他，变得爱抽烟，爱喝酒。也是在那时起，搞坏了身体。爱珍的老同学是医生，在他自暴自弃的那些日子，是那个家伙支撑着爱珍。先错的是他，所以都没有理由责备爱珍。听爱珍说，是因为他睡梦中总喊着孙晓美的名字，所以去求孙晓美来看他。听孙晓美说，爱珍是一把鼻涕一把泪地哭着求她的。她是真的爱你，简直有点像《浮生六记》里的芸娘。孙晓美说。

鬼才信！罗生在心里说。他有了自己的小心机。他不想让孙晓美知道，他其实是李爱珍想扔掉的一件包袱。

罗生终于买齐了想要的东西回家。他在家中的洗碗槽中，用刀小心地去掉秋刀鱼的内脏。血沾在他过于苍白的手上，有种恐怖小说的即视感。在死之前，吃一尾亲手烤的秋刀鱼再死，他这么想着想着，对着手中的秋刀鱼笑了一下。

罗生拿了铜盆，把木炭扔到里面点燃了，然后把烤架搁在上面，把秋刀鱼一尾一尾地放上去。

真是完美的现场。

罗生在往鱼身上刷油的时候，手机突然“叮”的一声，进来一条微信，是孙晓美发来的。

我回来了，先去宾馆整理一下东西，大概十点左右会到你那儿。后面还加了一个粉红少女心。

罗生死死地盯着手机屏幕，想了想，手指发颤地拨通了孙晓美的电话。他的心里涌起一个可怕的念头，他竟然害怕孙晓美还活着？

你回来了？他的声音嘎嘎的，就像新闻里的那个女人。

我回来了。你怎么了？电话那头的孙晓美听出了异常。

我看新闻里说，飞机失事了。罗生说。

电话那头沉默着。

晓美，现在是你的鬼魂在跟我通话吗？罗生急急地说。

是啊，是啊。我太爱你了，所以阴魂不散，回来看你啊！

你是在开玩笑？罗生的声音有些发颤。他听到电话那头孙晓美隐忍着的笑声，他想，她是在开玩笑。她还活着，那自己该不该死？这是个问题。

咳咳咳……罗生被木炭烧出来的烟呛得剧烈地咳起来，牵扯得全身都痛。说好的无烟，原来是骗人的。那种熟悉的疼痛占领了罗生的肉体。

吓坏了吧？爱珍也吓得不轻。她刚刚打电话给我，说她现在才搞清楚飞机上那个孙晓美是个银行职员，跟我同名同姓。

早就跟你说了，既然是作家，为什么要用那么庸俗的名字嘛？罗生有些懊恼。生存还是毁灭，这是个问题。

我现在要洗个澡，大概两个钟头以后过去。孙晓美说，给你带了你最喜欢吃的北海道巧克力哦，抹茶味的。

好的，我烤秋刀鱼给你吃。罗生说着挂了电话。

木炭的烟已经让他的脑袋昏昏沉沉，但后背的疼痛却依然尖锐，那种如同岩浆灌进骨髓的疼痛。

不如死了好啊。念头一旦生根，一旦疯长，就拥有了巨大的力量。

罗生急匆匆地往铜盆里添加着木炭，支棱在铜盆上的烤架烫得他尖叫了一声。

秋刀鱼已经烤焦了，浓烟弥漫了整个屋子。罗生想，孙晓美打开门进来的时候，一定会看到他脸上挂着微笑，走得非常安详。

每个人的人生看起来都充满了残缺，却是他们本人能追求到的最大的完美吧？

就像孙晓美得知他有妻子之后，决然地退出，是保持了自己内心的纯粹。

就像爱珍在陪自己看病时，遇上了一直关心支持她的医生。正因为自己有婚外情在先，她才有了勇气吧！她现在很幸福！

就像自己生了病，可因此得到了和孙晓美在一起的那些美好时光。那实实在在拥有的，被爱燃烧着的时光，是真正活过、燃烧过的生命。

甚至连被误会的飞机失事，也是完美的。要不然，他哪里想得出这样的计划？可以不让任何人伤心地离去。

孙晓美至少会感到安慰，罗生他到死都是在热爱着生活的呀！

这样真好！

罗生的葬礼，来的人很少，只有孙晓美、爱珍和那个医生。

爱珍说，没想到他会这样离开。烤鱼也会挂掉，怎么这么笨呐？说着，眼泪已经流了下来。

他不是笨，他是把别人想得笨。哪里有家里

明明有阳台，却要门窗紧闭，在房间里烤鱼的家伙，他就是想离开了。他只是不想让我伤心。

爱珍说，果然还是你最懂他。

这个家伙的心像深渊一样，变幻莫测。一会儿一个念头，自己都不懂自己的，自己都搞不清自己下一刻做出什么的家伙，我哪里会懂他？不过，从一开始，他最吸引我的就是这一点呐！孙晓美说。

他说过，每个人的心都像深渊。我真的不懂。我觉得很简单，想爱就爱，想恨就恨。他会生病，就是因为活得太拧巴了。

他挨到现在，不容易。我是医生，我知道这种病到最后有多痛。要是我，也会自杀的。这样做，至少会觉得生命掌控在自己手里吧。医生说。

他走了以后，你会感觉很孤单吧？爱珍看着孙晓美，她对她真的有了一种姐妹般的情谊。

看那家伙的日记，回忆过去的点点滴滴，想象他临死前究竟在想些什么，这些就足够我度过余生了啊！孙晓美说，咦，怎么下雨了？

其实是飘浮在天花板上的罗生的一滴泪掉在了孙晓美的手臂上。

你可真长情！爱珍说。

是啊！从小到大只爱过这么一个人，也许不是长情，只是惯性，还有不想破了自己完美痴情记录的虚荣心在作怪吧！孙晓美说。

罗生的泪又掉下来，他慌忙伸手接住，却眼睁睁地看着眼泪穿过自己的掌心落在孙晓美乌黑的长发上，如同一颗钻石。

门闩

1

“我一定是那天做错了什么?”周小宁晚上十一点多钟打电话把我喊到茶吧。自从陆海臣跟她分手，她就把他们的最后一次见面拼命反刍。

“去游乐场，我提议的，是不是太幼稚了?我还笑他是个胆小鬼，连过山车都不敢玩。一定伤他自尊了!”她一脸懊悔。

我没说话。以我对周小宁的了解，她只需要对面坐着的是个有呼吸的活物，摆出在听的样子就够了。

“他还说，他不坐过山车不是怕死，是怕万一死了，名声不好。”

这倒很像陆海臣说的话。在我面前絮絮叨叨的周小宁，一到陆海臣面前，就变成仰着脖子一脸欣赏的倾听者。周小宁长相漂亮，家境优渥，在图书馆工作。工艺美院毕业，靠画装饰油画为生的陆海臣根本配不上她。

“其实，我还有一件事没告诉你。”周小宁的脸已经憋得通红，“我那天晚上住在了他家里。”

我心里咯噔一下。

“这件事，我只告诉你一个人。你要是说出去，我就只能去死了。但是，我做鬼也不能放过你。”周小宁的声音变得尖细，脸上的红色渐渐消散，又变回了苍白。

“你的事，我什么时候告诉过别人？”这些年，我一直做着周小宁的树洞，或者说垃圾桶。

“那天从游乐场回去堵车，我们到南通都十一点了，末班车没了。这时候陆海臣说，就住我家吧，我妈在家。我一想，反正他妈在家。”周小宁的头低了一下，脸上涌起一丝红晕。

“我到了他家，一进门，椅子上坐着一个黄衣服的女人，腰挺得笔直，我喊了两声伯母，那女人始终一声不吭，纹丝不动，我吓得都叫了起来。陆海臣笑我胆小鬼，那是个塑料模特儿。”

我也笑了。

“我问他，你妈呢？他说，在这儿呢！我顺着他看过去，看到一个围着黑纱的相框，里头一个中年女人微笑着。我气得想走。他觍着脸拉住我说，别生气嘛！大不了你睡房间，我睡沙发。我进了房间，里面又小又乱，床前没摆电视，挂了一幅大得离谱的油画，一对男女姿势怪异地拉拉扯扯。过了一会儿，我听见门响，他打不开。我把门闩上了。他敲门，说要进来拿衣服。我只好去开了门。毕竟是他家，我闩门，搞得跟防贼似的。”周小宁看了我一眼。

“他进来拿了衣服就出去了。时间很短，可是每一秒对我都是煎熬。他什么也没说，就带上门出去了。不知道为什么，他一出去，我的心里就特别特别地难受，感觉糟透了。”周小宁沉浸在当时的情境里，说话时眼皮直颤。

“你知道吗？我特别想出去看他一下。可是，我不敢。我怕他突然醒过来，那可怎么办？再后来，我也困了，但我突然发现，如果不把那个门闩上，我是无论如何睡不着的。”周小宁的表情很痛苦，我能想象得到她当时的挣扎。

“我就又把门闩上了。谁知道闩的时候发出了声响，不大，但夜里听，还是很瘆人。我听见外面的鼾声停了下来。我想了想，心一横，又把门打开了。从卫生间里传来水声，然后水声没了。我听到脚步声，一脚一脚地好像踩在我的心上。我想他推门进来，又害怕他进来。我就死死地看着那扇门，那扇门都快被我的眼光打穿了。但是，他没有进来。那天夜里，我就像个神经质似的睁着眼看着门。有一瞬间，门都被我看得旋转起来了，旁边的画也动起来了，里面的两个男女像是在打架，厚重的红色布幔像是要掉到地上似的。一阵恍惚过去，我浑身汗涔涔的，像做了场噩梦。他一直没进来，但是也听不见鼾声。不知道他是不是也一夜没睡。”

我已经喝光了我面前的柠檬红茶，心里的感受很复杂。既因为她没有跟陆海臣发生什么而如释重负，又有些失望。周小宁每次都这样，她说的那些“只要你说出去，我就去死”的破事大都不值一提。

“你说他为什么要跟我分手呢？就因为我把门闩上了？后来，我开了啊！”周小宁的脸忽然变得通红，低着头不看我。

“不对，还是不对。”周小宁叫起来，“那天早上，他还送了分手礼物给我。那幅画至少得画一个月。他早就想跟我分手了，为什么呢？”

我看过那幅画，画中的周小宁异乎寻常地美，但美得特别真实。怎么说呢？他不是美化了周小宁，而是选择了周小宁最美的角度和神情。能如此精准刻画周小宁独特的美，自然是懂得欣赏她的，怎么会分手呢？

那段时间已经入冬。朋友们聚会临走时，周小宁常常忘了随身的小物，比如帽子或是手套，总是我帮她拿着，在她想起的时候递给她。她就冲我恍惚地一笑。那天也是。朋友们喝完都出来了，一群人乱糟糟地走着。她喝了一点酒，走路摇摇晃晃的。我跟在她后面。前面有个窨井盖没盖，她直往前走，我吓得一把拖住她，吓出一身冷汗。

她站在窨井边上，突然哭起来。“他以前也是这么拉我的。”她的声音像个孩子，带着哭腔，含糊不清。

“你还有完没完？”我忍不住冲她吼道。她最近是哭上瘾了。

她更是哭得带劲起来。我在旁边手足无措。

“让她哭，哭完就没事了。”说话的也是个女孩子。我认识她，是周小宁的同事衡来娣。每次聚餐都参加。她性格沉静，单身。朋友们还起哄撮合过我和她一阵，但一直不来电，也就算了。

“要不，我们去大排档接着喝?”衡来娣说。

我正犹豫着，周小宁倒来劲了，“去去去。我要把对他的思念变成屎尿，排出体外。”

那晚，周小宁默默地把啤酒倒进面前的玻璃杯子里，慢慢啜饮。衡来娣却是对瓶吹，吃羊肉串都吃出了风卷残云的效果。她皮肤很白，但不是周小宁那种苍白得几乎透明的白，而是特别瓷实、像石膏像的白。就着大排档上昏黄的灯光，看她的样子很像中世纪油画里那种生命力爆棚的胖女人，嘴唇被油浸润了，红艳艳的。

到最后，周小宁喝醉了，我和衡来娣一起送她回家。当晚，天顶有个黄得像咸蛋黄的月亮照着。回去的路上，我越看衡来娣越像我心目中的老婆人选。她简单得近乎木讷，看起来很能生孩子。

那天之后，周小宁出国疗伤了，我打了几次电话，手机总关机。

我追求衡来娣没费什么周折，恋爱只谈了一个多月，就赶在正月里结婚了。我结婚时，还是没能联系上周小宁。她不来也挺好的，她来了，准保讽刺我。我曾跟她说，我喜欢风情万种的女人，比如张曼玉。但现在这个长得四平八稳，纹丝不动，哪还有什么风，什么情？

可怕的是，我们是在冬天谈的恋爱，脱了衣服我才发现，衡来娣的胳膊和手臂上都长满了浓密乌黑的汗毛，在石膏一样死白的肌肤上有一种触目惊心的视觉效果，但关了灯，我还能凑合。

2

那年的冬天格外冷。家里的水管都冻爆了，是埋在墙里的水管，水从墙上渗出来。听说要凿墙，不赶快修的话，会腐蚀到电线，就麻烦了。

我叫了个修理工过来，在凿墙之前，衡来娣因为价格谈不拢，跟那个修理工争吵起来。

我说，算了吧。不就几十块钱吗？

衡来娣说，不是钱的问题。

她继续跟修理工磨叽，动之以情，晓之以理，最终修理工妥协了。我看着穿着睡衣、蓬头垢面的衡来娣，心中涌起淡淡的绝望和安心。

就在这时，我接到了周小宁的电话，哭声破空而来，连冰雹形成的雨幕都仿佛被她尖利的哭声撕了一道口子。

“他结婚了！他结婚了都没有告诉我。他个王八蛋……”她带着哭腔说。

在她乱七八糟的叙述中，我听了个大概。大意就是有一天，陆海臣突然打电话给她，说自己要拔牙了，拔牙前很恐惧，想跟她说说话。她当时还有点高兴，以为陆海臣痛苦时想到她，一定还喜欢她。聊着聊着，她想陆海臣拔完牙也需要人照顾，就要去南通。这时候，陆海臣说，你不要过来了，我已经结婚了。

“你现在快到米罗咖啡，我憋了一肚子话跟你说。”周小宁说。这几年，周小宁每次约人都在米罗咖啡。因为那里墙上的装饰画都是陆海臣画的。正常人分手之后，总会选择遗忘。周小宁却选择了铭记，因此她的伤口总是不得愈合，鲜血淋漓。

“我……好……你等会儿，我十分钟到。”我看着外面的冰雹，今天气温零下六度。

“谁？你真要去？让我跟修理工在家里？”她疑虑地看了一眼修理工，好像人家会非礼她似的。

“单位有急事。”我撒了个谎，“我很快回来。”

“去吧，去见周小宁那个小婊子去吧！”衡来娣大着嗓门道。

我扇了她一个耳光。修理工就在这时凿开了墙面，墙里破裂的水管喷涌而出的水溅了我一身。我狼狈又坚决地甩门而去，门后传来粗放的哭声。她的哭声也是厚重的，钝钝的，跟周小宁的尖细完全不同。

我跑到米罗的时候，周小宁已经在了。她穿着一件肿得像棉被一样的羽绒服，只露出一个小脑袋，像只小海龟。我看见她，莫名地有点想笑，但忍住了。因为她在哭。

“陆海臣那个人渣还把他老婆照片发给我，问我是不是很丑?”周小宁把手机凑到我跟前说，“你看!”

照片上的女人的确很丑，瓦刀脸，肥肠嘴。我的心里忽然有一丝宽慰。我老婆至少五官周正。

“他什么意思?他是要告诉我，他宁可娶这么个东西，也不娶我?”周小宁很崩溃。

“他应该不是这个意思。”我说。身上的湿衣服像水蛇缠在身上，很不舒服。

“你猜我怎么回他的?我说，是很丑，但配你绰绰有余。”周小宁很古怪地笑着，“我以为他要生气的。谁知道他说，好久没听到你损我了，感觉好亲切。真他妈的贱。可是，他的声音好好听，你知道的。”周小宁说着眼泪又下来了，鼻头红红的，看来已经哭了很久。

“他说要唱王菲的《我愿意》给我听。这个鬼就在电话里唱，唱得真他妈好听，越好听我就越生气。你知道那歌词的吧？什么想你到无法呼吸，什么就算多一秒停留在你怀里，失去世界也不可惜。你们男人是不是都这么贱，这么假惺惺？”周小宁怒气冲冲。

我竟无言以对。这么恶劣的天气，不管家里冻爆的水管和哭泣的老婆，跑到这儿听这个神经质的女人倾诉，是不是也挺贱的？

“我当时听着他唱歌，心里想到他结婚了，恨不得能从电话线爬过去咬死他。我越想越气，就把电话挂了。我过几天打给他，已经停机了。而且，他从单位辞职了。我刚从南通回来。”她说。

周小宁的眼神很绝望。她天生娇气，还晕车晕得厉害。这么恶劣的天气，一个人奔到南通，“千里寻夫”似的，遍寻不见，又孑然一身地从南通回来。我能想象那过程多么艰难狼狈。

“一个人从另一个人的生活里消失，是多么地容易啊!”周小宁幽幽地说着。

我不知道说什么，拿出烟想点上。周小宁看着烟，露出一脸嫌弃。我只好又讪讪地把烟盒放回了口袋。

“你知道吗?陆海臣房间里挂的就是这幅。”周小宁直直地望向我身后的墙。

我一听，忍不住转身细看，画里面一对男女的姿势很奇怪。女的好像想推开男的，但却闭着眼睛，脸上的表情很古怪。男的伸手去闩门，却是轻轻的，指尖正好触及那个精致的门闩。

我手机忽然响了，一接通，电话里传来噼里啪啦的嘶吼——“你玩得没魂啦?再不死回来，就不要死回来了！湿衣服就穿出去了，捂鬼啊!”

“好，我这就回来!”我挂掉了电话。咖啡店里的空调温度打得高，湿衣服已经干得看不出痕迹了，但里面还是湿的。窗外的冰雹好像下得更大了些。

“谁？”周小宁问。

“我结婚了。”我说，“你认识的！衡来娣。”

“那个女的？汗毛浓得嘴上像长了一圈胡子，你怎么会跟她？”周小宁愕然道。

“我觉得挺好的。她会做家务，不爱慕虚荣。”

周小宁像看着一个陌生人眼神定定地看了很久才道：“你怎么会喜欢那种内心粗糙的女人？”

“内心粗糙？你以为你很细腻吗？你发现我刚刚进来的时候浑身透湿了吗？陆海臣为什么跟你分手？因为你从来就只关心你自己，只害怕自己受伤害。”

“后来，我把门打开了呀。”周小宁一脸哭相，眼泪在眼眶里打转。

“晚了！”我故意冷冷地说，“我送你回家。”

回家的路上，周小宁一直沉默着没有说话，跟她平日的絮絮叨叨完全不同。只是临别的时候，幽幽地来了一句“你变庸俗了”，我感觉心里像突然被刀扎了一下。

3

也许我真的是变庸俗了。我跟衡来娣生了一个孩子，生活的重心一下子全落到了孩子身上，我成了一个好爸爸。磨合期过后，我发现我的选择并没有错。我工资上交，又把带孩子的事情全揽了过去。衡来娣对我很满意。她经常平心静气地吃着薯片，看着肥皂剧，无欲无求，包括情欲。她打呼噜的声音又比结婚时提高了五十个分贝，但我们已经分床睡了。

我迷上了看恐怖片，这是我生活里的刺激。比起那些，日常生活也许更为恐怖。衡来娣并不是周小宁说的内心粗糙，她是表里如一的粗糙。她睡的床单上永远有分不清是头皮屑还是薯片碎屑的东西，每次做那事时，总让我的膝盖感觉到细碎而微妙的痛感，我渐渐对这件事失去了兴趣，而她也是一副如释重负的样子。

我对生活的期望值几乎降到了冰点，在外人看来，却是岁月静好。

我只是没想到陆海臣会约我见面。我有些意外，在电话里问，周小宁也去吗？

“就我跟你，米罗咖啡。”陆海臣说。

我飞快地赶了过去。

到了米罗，我看见陆海臣坐在周小宁最喜欢坐的那个位置上，惊人地瘦。

“她现在好吗？”他看见我笑了笑，露出在瘦脸上显得格外雪白巨大的牙齿。

“她不太好。”

“我还以为你们会结婚。”陆海臣道。

“我跟她？”我笑得呛咳起来。

“你不是喜欢她吗？小宁是个特别纯粹的姑娘，像个孩子。”

“再怎么特别，你还不是跟她分手了吗？”

“我只是不想伤害她。”陆海臣咬了咬嘴唇。

“你伤害得还不够吗？”我的怒火燃烧得连我

都有些诧异。

“我快死了。”陆海臣说。

我看向陆海臣，他实在瘦得脱形，尖锐得大概行走时，都会戳破空气。

再后来，我没想到我在陆海臣面前哭了。我知道了最后一晚，陆海臣起初确实想睡了周小宁。

“她后来把门开了。”

“我知道。我起来洗了个澡，就像电影里做那事前都做的那样。然后，我就想起了……”

陆海臣好像是看着我说话，但我感觉他的视线常常越过我的头顶。我掉头一看，是那幅画。

“听周小宁说，是你画的。画得真好！”我发自内心地说。画面里的金发白种女人穿着淡金色、布料繁多的衣服，一看那自然的褶皱，就让我真心叹服。

“混饭吃。”陆海臣沮丧地苦笑着说，“我当时就是想起了这个，就不想进去了。这幅画，本来是我最喜欢的一幅画。我特地临摹了一张，挂在房间里。不过，后来好多会所房间都要挂这类装饰油画。单这幅，我就画了总共有一百多幅。接活最多的时候，没日没夜地画，都快画吐了。”

“这画什么意思？”我问道。在我看来，就是画一对男女准备滚床单。但听周小宁说，这可是世界名画。

“这是弗拉戈纳尔的名作《门闩》。看到那只苹果了吗？苹果象征原罪。”陆海臣的眼神黯淡了一下说，“而门闩则扼杀一切逃出的可能。”

我好不容易找到了画面中那只小得可怜的苹果，还是没懂，但不好意思再问。

“听周小宁说，你结婚了？”我有点怀疑。一个快死的人会结婚，还跟一个丑得像非洲大猩猩的女人。

“当时周小宁要来看我，我就骗她说我结婚了。她不信，要看照片。没办法，我只好对着身边的护工拍了一张。”

我想起周小宁对那张照片的耿耿于怀，真是

白瞎了。

“不要把遇到我的事情告诉她。我的病就是手术成功，生存期最多也只有三年，随时可能挂掉。她一定受不了的。”陆海臣说。

说真的，我很后悔去见陆海臣。把这样一个沉重的秘密搁在心里。每次见到周小宁，我都要纠结一番说还是不说。

陆海臣的死，后来上了报纸。他是为了救一条狗，被车撞死的。狗主人是个富豪，特地在报纸上买了版面，整版悼念舍身救狗的陆海臣。上面有陆海臣的黑白照片，还有狗的写真照。那只狗穿着昂贵的狗背心，还套了个红围脖，比瘦削的陆海臣看起来有气场。

我想打电话给周小宁，但后来想她会打给我的，也就没打。那段时间，孩子的成绩不好，我光是辅导他功课就已经焦头烂额。这事也就在心里淡了。

4

直到有一天深夜，我忽然接到周小宁的电话，悚然心惊，以为她是要说陆海臣的事，但她在电话里抽抽噎噎地说，我家的水管爆了。

“大半夜的！再说，水管爆了，该找水管工啊！找我干什么？”

“水管工夜里不肯出来，再说我一个人在家……”她哭哭啼啼的，我感觉电话线都变得湿漉漉的。

“我这就来！”我从被窝里爬起来，套上衣服，经过客厅，听见东边的卧房里，衡来娣正鼾声如雷。我拿了工具箱往外走。大概是夜里两点钟，外面很冷，行人稀少。

我到了周小宁租的房子门口，一敲门，门就开了，把我吓了一跳。大概她一直蹲在房门口。她头发和衣服都湿湿的，整个人像掉在汤里过。

屋里面乱得惊天动地。水已经漫过地面，几个白色的一次性塑料碗像小船似的在地面上漂浮着，还有花花绿绿的包装袋和不知道是什么的生活垃圾漂着，简直无处下脚。爆了的水管还在不停地往外喷水。

“快去把总阀门关上！”我吼道。没想到她连这样的常识都没有。

“总阀门在哪？”她可怜兮兮地问。

我无语了，冲到卫生间凭常识找到了总阀门。

“你进去换个衣服，我一会儿就好！”我对周小宁说。她真是不会照顾自己。湿衣服还穿在身上，明儿一准儿感冒。水管只是裂开了，换了根管子就修好了。

我把屋里简单清理了一下，垃圾收拢，收拾到勉强看得下去的程度。厨房里有生姜和红糖，我顺手煮了一锅红糖姜茶。周小宁穿了一身灰蒙蒙的睡衣出来了，配着她灰白的脸色，头发乱糟糟的。我心里突然有种苍茫掠过，她这样会单身一辈子的。她已经不像一个正常女人那样爱美了。

“周小宁，你不能再这样下去了。”我忍不住道。

“陆海臣死了。他居然会为了一条狗去死！你说他贱不贱？”周小宁恨恨地说。

“他有他的选择。”

“他真是一个贱货，贱死了！真搞笑！他以前说愿意为了我去死。我还感动来着。真是傻到家了！他为一条狗都肯去死。他妈的，我在他心里也就等于一条狗。”周小宁说。

茶煮好了，我倒了一杯给她。我没想到她一接过去就猛喝一口，烫得叫了起来，手一抖，茶杯里的水洒得到处都是。

我看着她像狗一样吐舌头，刚换上的衣服胸前又湿了一大块，想笑，但更想哭。我没想到周小宁现在是这种状态。

“他其实是真的很爱你！他跟你分手，是因为他太爱你了，他怕伤害你。前段时间，我见过他一次……”我说出了一切。也许像周小宁那么自恋的人，比起陆海臣的死，陆海臣不爱她，才更让她痛苦。

“我好傻！我为什么要把门闩上呢？我为什么要把门闩上呢？”周小宁哭得稀里哗啦。我几乎无法想象她单薄的小身体里如何储存了那么多的水。

“还有，你为什么到现在才告诉我？”周小宁失控地摇晃着我的胳膊，力气巨大得让我吃惊。

“他不让我告诉你。”

“他不让你告诉我，你就不告诉我？他让你吃屎，你也吃？!”周小宁冷笑着说，眼神很尖锐，吓得我汗毛都竖了起来。

“我也是为了你好。”

“为了我好！他妈的，你们都是为了我好！你跟陆海臣都一样，当自己是好人，自己都把自己感动坏了。”周小宁激动地跳着脚说，“但你们怎么知道什么是真的为我好？我要的好是什么？”

我心里有点发毛。她眼神发直，头发蓬在头

上，像个疯子。

“你为什么不早点告诉我？你这个大傻叉！你以为陆海臣真的不想你告诉我？他如果不想，干吗要告诉你？”周小宁边哭边说，哭得鼻涕都流了一脸。

我沉默着不发一言。

“你要是早点告诉我就好了。你要是早点告诉我就好了……”周小宁忽然像魔怔了，反复念叨着这句话。

我被她念叨得心里难过，忍不住道：“早告诉你，又能怎么样？”

“至少我可以陪他度过最后的时光，照顾他，陪伴他……”周小宁一脸恍惚。

我不知道说什么，因为我开始怀疑自己。要么早点告诉她，要么永远不告诉她。我现在的做法才是最糟糕的吧？

“你有没有发现陆海臣救的那条狗，眼睛、鼻子都有点像我。还有，毛色跟我的发色很像。你说，陆海臣最后是不是有点恍惚了，把那条狗当作我了？要不然，他干吗要去救一条狗呢？”周小宁看着我，但她的眼神是虚的，又不像在看我。

我不知道该说什么。我记不清狗的样子，我也想不明白陆海臣为什么要去救一条狗。也许是因为快要死了？

那晚，我从周小宁那里回到家时，已经是凌晨五点。衡来娣还在睡，发出惊天动地的鼾声。我忽然发现我对衡来娣一直有一种隐秘的妒意。就是生活可以在她那儿删繁就简，吃得香，睡得沉。

早上醒来后，衡来娣一如往常地用电动牙刷刷牙，而且调到最大功率，把雪白的牙膏沫子飞得到处都是，但她毫不在意。她也根本不知道我出去过。我神经质地把报纸找出来看了看，我实在看不出狗的鼻子和眼睛跟周小宁有任何相像。发色倒是像的，都是棕色。不过，周小宁应该知道的，染棕色头发的女人多了去了。

“真是见了鬼了。我跟周小宁说，你也该找个对象了。她奇怪呢，对我翻了一个白眼说，你别以为我会惦记你老公。”衡来娣从单位回到家，边脱羽绒服边说。羽绒服是在地摊上买的，只要暖气一熏，就散发出一股鸭屎味。

我没有吭声，任由鸭屎的气息在我的鼻腔里穿梭。她买衣服极为抠门，内裤破得像渔网似的，还坚持在穿。只有吃上面毫不吝啬。她认为衣服是取悦别人的，吃才是取悦自己的，现实主义得实在太彻底了。

“周小宁现在越发地神经了。到办公室就把门闩着，跟谁都冷着个脸子，也不怪领导不待见她。”衡来娣继续说。她之前告诉过我，说是为了应付上面的检查，临时建了一个盲人阅览室，领导把周小宁发配过去了。用衡来娣的话来说，那相当于图书馆的“冷宫”。现在这年头哪有人看书，何况盲人？

“我让她找对象也是为她好。她现在瘦得剩下来没二两肉，要胸没胸，要屁股没屁股，有啥可惦记的？”

我没敢告诉衡来娣，我现在是周小宁唯一来往的人。她把我比喻成她棺材盖上的透气眼儿。周小宁现在的确是瘦，轻盈得好像只剩下灵魂。我很后悔把陆海臣的事告诉周小宁。我没想到周小宁并没有重拾信心，而是完全把自己当作了陆海臣的遗孀。

“你说她好笑不好笑？在单位上个女厕所，都要把门闩起来。难不成她那地方是金子做的？上次，她可丢了大人了。她把门闩起来就打不开了，生生把自己锁厕所里了。那锁怕是时间长了，坏了。等师傅把门打开的时候，她的样子把大家吓了一跳，脸色煞白煞白的，还直发抖，阔腿裤的裤脚湿了一大块，也不知道是水还是尿？”衡来娣说得眉飞色舞，神态间有一种令人难以忍受的粗鄙。

我只听她说，从来不为周小宁辩解。我只要

一辩解，她就认定我跟周小宁有一腿，才处处护着她，又说出更难听的来。在婚姻中，我也学会了一些智慧。比方说为了减少冲突，要忍受一些精神上的不爽。

5

周小宁的电话总是不管不顾的，突如其来的，有时甚至在午夜。幸亏我跟衡来娣早就分床睡了。周小宁在电话里最喜欢纠结的一件事就是——你为什么不早点告诉我？似乎，她的失眠、内分泌失调、性情怪僻种种事情，都是我造成的。

有天下午，她突然打电话给我，说是心情糟透了，让我去她单位一趟。我有些犹豫，毕竟衡来娣也在那儿。但我拗不过周小宁。

市图书馆原是一所废弃的小学，水泥操场边长着一棵树龄一百多年的女贞树。我进去，发现跟以前有些不一样。在女贞树旁边，突兀地冒出了一间靛蓝色的板房，简陋得甚至有点滑稽。浓稠得化不开的靛蓝色上刷着几个赤红的美术体大字——“盲人阅览室”。我看着不禁心中一痛。我不知道周小宁的“冷宫”竟是这么一个冬凉夏暖的板房。

我敲了敲门，没有应声，但分明又听见隐约的人声。我透过窗帘缝看见里面开着灯，周小宁一身白衣，平躺在垫子上，口中念念有词。

“周小宁，开门啊！”我喊。

“你来了？”周小宁开了门却杵在门边，冷冷地看着我。

“你不让我进去？”

“进来吧。”周小宁侧开身子。

我一进门，周小宁就飞快地把门闩上了。

“你干吗？”屋里三面都是高到屋顶的书架，感觉很压抑。

“习惯了，不闩上，我心里难受。”周小宁说，她比当初更瘦了，瘦得脸上一半的面积是眼睛，有两条铅笔一样的腿，像漫画里的女生。

“你这样不好，毕竟是在单位。人与人之间要交流的，你不能这样自我封闭。”

“你觉得跟人交往有意思吗？”

“那成天把门一闩，把自己整得跟关禁闭似的，有意思吗？”

“有意思。”她笑起来，笑得有点狡黠。

“你这是在自欺欺人。人是群居动物，一个人怎么可能有意思呢？再说，你为什么要闩门呢？你当初不是后悔闩上了门吗？”我有些着急。

“我对海臣都没有打开的门，又怎么可以再对别的人打开？”周小宁幽幽地说。

我不知道说些什么好，她说的话好像也自成逻辑。我看向地上还未来得及卷起的淡蓝色垫子。

“你刚才在干什么？”

“练瑜伽啊。你差点害我走火入魔。”她嗔道。

“这些都是在逃避真实的生活。你应该找个人结婚了。你今年都三十六了。再不结婚，生孩子就危险了。”我说的时候突然可怕地发现，衡来娣的价值观已经渗透进我的灵魂。即使我那么地讨厌她。

“其实，我现在这样挺好的。只是，你们都觉得不好。”周小宁幽幽地说。

“你成天把自己关在里面，不难过吗？”

“跟人相处才难过呢！”她看了我一眼说，“你结婚了，你还有孩子了，你幸福吗？”

我闪躲着她尖锐的眼神，心中隐隐作痛。我忽然回想起小时候，一个人睡在楼下，那是个用木板隔出来的小房间，有一个高得让人联想起牢房的小小窗户。我不喜欢跟人来往，只要放假，我就喜欢把门闩起来，一个人在房间里看书。其实在那个门外，还有锁着的大门，还有锁着的院门。但是我就是习惯把门闩起来，感觉世界仿佛只剩下我一个人，但从不孤独。

“你不幸福，脸上的表情总像在便秘似的。”周小宁有点幸灾乐祸。

"有吗?"我有些惶然。我以为我一直掩饰得很好。

"你有想过死吗?"周小宁的眼睛直直地看着我,看得我汗毛倒竖。

"我不知道。"这些年来,不是没有倦怠到想放弃人生的时刻,但没有深想过。

"我经常死,死过去又醒过来,可好玩了。"周小宁说。

我愕然地看着她,怀疑她精神已经失常。她不像我平时遇见的大多数人,神情寡淡,眼神疲惫。她的眼睛里有光,而且是火焰的光,热烈得仿佛随时可以燃烧。

"真的,可神奇了。我现在练一种瑜伽,等你进入状态的时候,就跟死了一样。每次死上半个小时,醒来就像重生。我现在什么都不怕,得了大自在了!"周小宁苍白的脸上微微泛起了一层绯红。

"真有那么神奇吗?"我问。周小宁脸上的绯红和眼睛里的光芒诱惑了我。

“过来！你躺下！”周小宁的声音近乎呢喃。我顺从地躺到蓝色的垫子上。夹克的料子太硬，我怎么也躺不平整。

“把外面的衣服脱了吧！练瑜伽，不能有束缚。”周小宁说。我略带羞怯地把外套脱了，把薄毛衣和牛仔裤也脱了，露出一身灰色的棉毛衫裤。除了在老婆面前，我还没有在第二个女人面前脱成这样过。

我躺下来，看见天花板上悬着一幅巨大的画。

“海臣的遗物，就他房间里那幅，被我带回来了。”周小宁说着在我的身边躺下。

“这个挂阅览室里，合适吗?”我问道。

“盲人阅览室，谁会看得见？只要在领导检查的时候，拿块板蒙上就行了。”周小宁说，“我问你啊，这幅画表达的是什么?”

“苹果象征原罪，门闩扼杀一切逃走的可能。陆海臣说的。”躺着看头顶的画是一种怪异的体验。画里面的壮硕男人背对着我，在白色短裤下绷紧的蜜桃形屁股格外明亮立体，好像会一屁股坐在我脸上似的。

“你看见那个女人闭着眼睛了吗？她伸手想推开男人，但手却落在男人的脸上，温柔得好像抚摸。你分不清她在渴望还是厌倦，分不清她在忍受还是享受。其实，每个女人的心里都住着一个门闩。”周小宁眼睛亮晶晶地看着我。

“好了。你现在闭上双眼，想象自己正躺在大草原上。放松全身，放松放松……感觉腹部正在变暖，越来越热，如同一团火在燃烧……感觉连每一根头发丝都放松了。”周小宁的声音近乎梦呓。

我感觉到一团火在燃烧，感觉到一根发丝掠过脸庞，很痒——是她的发丝。

“咚——咚——咚——”

“有人在敲门。”我说。外面传来一声狗叫。

“别理他，敲一会儿就走了。”周小宁说，

“来，继续！用舌尖轻轻抵住上颚，感觉有一股玉液琼浆，让我们咽下它……”周小宁的声音越来越轻。敲门声消失了。脚步声消失了。

我咽了咽口水，感觉有些干渴。周小宁就躺在我的身边，暧昧不清的香气飘进我的鼻腔……

“其实，每个人的心里都住着一个门闩，有时想打开，有时想关上……”我的呼吸声变得浑浊。

“咚咚咚”的敲门声又来了，而且很急促，狗吠得厉害。我揣测外面是一个盲人和他的导盲犬。

“快开门吧！”我想站起来开门。

“你不准开门，由他敲去！”周小宁说。

“还是开门吧！”我说着想从地上爬起来，周小宁却死命按住我说，“我不准你开门。”

敲门变成了拍门，一下一下地，非常用力。屋外的人仿佛突然失去了耐心，暴躁地叫喊起来：“开门啊！开门啊！”

我想挣开周小宁的手，周小宁却整个人压到了我的身体上，腿压着我的腿，手按着我的手臂，不让我去开门。为了不让我挣扎出去，她几乎是像章鱼似的缠着我。我的心里忽然涌起了一种很怪异的感觉。我意识到多年来，我一直渴望她，只是那欲望压抑得连我自己都忘记了。

盲人的叫喊声越来越大。我听见外面的脚步声纷至沓来，仿佛全世界的人都到了门外，每个人都揣着一颗肮脏的好奇心。

我着急地想挣脱开周小宁。同时，我惊觉周小宁不开门是故意的。她是在报复我，她想毁了我的生活。头顶的金发白种女人闭着眼睛，我忽然发现她的表情是漠然的。

周小宁的四肢都瘦得像芦柴棒似的，我担心力气过大会弄断它们。但她细弱的手臂比我想象的有力量多了，简直像机械手臂。

外面有人开始撞门。板房轻微地摇晃着，像地震前夕。也不知道是不是幻觉，在人群中，我听见了衡来娣粗哑奔放的声音。

我什么也顾不得了，拼命想挣开周小宁的束

缚。就在我几乎可以挣脱她的时候，她忽然用嘴封住了我的嘴。我幻想过品尝她的嘴唇，但此刻内心的惊恐压倒了一切。而且，她的鼻子笔直地压着我的鼻子，压得我的鼻梁酸痛极了。我几乎要哭了，生理性的哭泣。我跟她此刻就像两条接吻鱼，看起来是爱，骨子里是恨。她的嘴还有嘴后面坚硬的牙齿，连同整个脑袋重重地压在我的嘴上。

我虚弱地看向门锁和被撞得晃荡的门，我知道门很快就会被撞开。

后　记

我写后记的心情很矛盾。

我的写作一直挣扎在巨大的自我怀疑之中。杂念像藤蔓一样束缚了我的写作。好多年了，就这么薄薄一册。而且大部分并非出于创作自觉，而是因为编辑要稿子，或者参加了写作营要交作业。我心知肚明，我丧失了写作的内驱力。

还记得几年前参加女儿的班会，老师让同学们谈自己的理想。

当时三年级的女儿站起来大声说，我想当一个作家。我看着她，心里无限温柔。女儿长着一张我只要凝视，心就会融化的脸，可爱得就像漫画里的少女。可能是我当时脸上贱兮兮的慈母笑打动了老师。她循循善诱地对我女儿说，你一定是受了作家妈妈的影响吧？女儿说，我要成为著名的作家，才不要做像我妈妈那样的小破作家。

空气凝固了一秒钟。天真无邪的同学们哄笑起来，我也笑起来。只有老师看向我的笑容，显得不太自然。

那个场景不知怎么一直在我的脑海里。很难说是“尴尬”，还有种古怪的、难以解释的愉悦感。后来我有一次看电视访谈，有个人说在森林里被狮子撂倒在地时，脑海里的恐惧消失掉之后，升起了一种轻松的愉悦感。反正要被吃掉，可以放弃挣扎了。

在我的学生时代，有个好朋友，作文写得特别好。我曾问她，你将来想当作家吗？她尖尖的下巴骄傲地一扬道，职业作家必须面对自己的灵魂，是很痛苦的。多年以后，她在外企做了白领。我时常感慨当年才十四岁的她，为什么就有那样的颖悟。

可惜我没有。路走了一半，才发现并不适合自己。或许是因为我的灵魂乏善可陈，我再也找不到写作本身带来的愉悦感。

如果写作既不能让自己开心，又对别人毫无意义，那还有必要把生命虚掷在日复一日的爬格子之中吗？画《花开富贵》挂在澡堂大厅里的画匠虽然庸俗，大概比凡·高更加拥有世俗的幸福。我说服了我自己。坚持可能是执迷不悟，文学金字塔下埋葬的无名骸骨还不够多吗？

背叛总是容易的。当然，其中夹杂着痛苦，但至少不必面对写作的折磨。痛苦不再蕴含在写作这件事情本身，而是蕴含在写不出东西带来的失落里。比起来，失落的痛苦不那么尖锐。你很多时候可以用别的什么东西来覆盖它。

据说，写作是抵挡虚无的一种方式。可如果不是脑子里装进了太平洋，我绝对不敢想象自己的作品会流传于世。人类生存了那么久，产生了那么多的经典作品，我们穷其一生都无法读完。

我写的东西，有意义吗？我很害怕写短篇。因为短篇藏不住一个作者的缺点，行家里手一看，你一下子就见了底。后来，我才发现我也不会写长篇。长篇的好处，不过是自欺欺人。人家必须花更长的时间，发现你是个垃圾。

就在这样的挣扎里，我断断续续地写出了这些短篇。据说作家是很少重读自己的作品的，因为没必要时时去欣赏自己。但当有一天下午，一个不算很熟的友人说我的小说让她想起胡迁写的《气枪》(那种雀跃的感觉至今还记忆犹新，胡迁是我特别喜欢的作家)。还有另外一个春天的午后，一个阅书无数的评论家朋友在电话里说我的短篇还不错，他说了很多鼓励我的话。我虽然很快开始怀疑这些只是来自朋友的善意，但那个愉悦的感觉还是在心里留下了烙印。当我校对这些短篇时，居然从漫长的自我怀疑里面升出了一些脆弱的自信。是写得很烂，但并没有自己想象的那么糟糕。也正是基于此，我像一个复健的病人，在已经被工作和生活挤压得所剩无几的缝隙里，又艰难地重新开始了写作——我心里认为的那种写作。跟要求无关，跟任务无关，只是把自己过于旺盛的自我意识倾倒在纸上，直到那些文字终于有一天超越了狭隘的自我，成为非个人化的自我，成为对他人有意义的存在。

我花了很长时间才认识到写东西倚仗的不是文笔，而是对这个世界的认知和对人性的理解。而我经历单薄，性情中庸，对这个世界的理解可能比大多数人更为单薄和肤浅。所以当我写短篇时，才会太过刻意地去描写人性的幽暗之处，实际是为了掩饰自己的肤浅。如果大家愿意花时间读我的这些短篇，我有必要说一下，我是因为不具备在日常中挖掘深度的能力，才选择了一些极端的感情来写。世界既不曾像我年少时想象的那么美好，但也并不像我偏激时以为的那么阴暗。游乐场里的人生和集中营里的人生都是真实存在的。

我经常想放弃写作，因为写作会迫使你思考那些本可以在平静的日常中沉睡的问题。过多的内心戏创造了痛苦，让我对日常生活感到不满，而我又觉得我没有资格痛苦。因为已经受到太多命运的眷顾，对于世界上那些粗暴而真切的痛苦而言，我在脑海里分泌出来的那些痛苦实在太过虚无。

有段时间，我每天在女儿睡前给她讲我写的小说，那是最快乐的时光，两个人常常笑成一团。因为女儿，写作一点也不寂寞。尽管那个长篇最终成了一个好像永远也不可能完工的烂尾楼。我太想取悦读者，结果写得特别拧巴。但是总是在写到十万字的时候，就忍不住推倒重来。当我有一天对女儿说，我感觉我写得太烂了。女儿说，你觉得自己写得烂，说明你进步了。

我瞪大眼睛看着女儿。这个可爱的小东西，不知何时已经成了可以对我有所教益的朋友。

你要相信自己。女儿说。

我又一次惊讶地看着她。我也意识到我这几年来写的长篇都烂尾的原因，并不仅仅是因为懒，毕竟废稿加起来有三十多万字。而是我失去了写作的自信，我根本没有勇气去结尾，去面对糟糕的结果，去面对可能会没有读者的黯淡现实。

有一天，我又跟她说写作这个事儿。我说，要是苦逼地写了一辈子，都没有人看你的书，人生是不是都白白浪费了？女儿对我翻了个精致的白眼道，你果然出不了名啊。心里有这么多杂念啊！

感觉扎心了。年少的时候，曾经跟闺蜜讨论过，做痛苦的哲学家还是快乐的猪。当年的闺蜜信誓旦旦地说要做痛苦的哲学家，不能活得像猪一样，不要去追求肤浅的快乐。多年以后，我和闺蜜都忧伤地发现，其实人生还有第三种状态——在通往哲学家的路上卡住了，变成了痛苦的猪。于是，我们想撤退，想重新变回一只快乐的猪。我们不再信任写作，不再相信写作能给我们的人生赋予意义。

我写下的这些，可能仍有虚荣心在作祟，毕竟对自己的处境感到痛苦和不满，是一种隐性的自恋，是认为自己应该更好。而一个写作者，应该克服自恋，不断淬炼自己的性情，有责任成熟起来，努力增进自己对世界和人性的理解。

我时常会写这样一些励志的话语，是我在写作充满无力感时为自己写下的“劳动号子”，有真诚的成分，但是在写的一刹那，我已经在怀疑自己是否能做到。

我时常想念刚开始写长篇的自己，那时候还在上学。每周末，学校会放电影，放得最多的是港产喜剧片。我一个人在宿舍里写小说。前面的教学楼不时有排山倒海的笑声像松涛一样传来，我在笔记本上用文字细细描摹出上千个肺活量惊人的少男少女一起笑出的巨大声浪带给我的心灵震颤，感觉内心宁静愉悦。写作本身已是报偿。

如果可以回到那样的状态，没有种种杂念，

没有对认可的渴望，我就拥有了写出任意作品的自由。

我已经过了四十岁，半截入土，半截尚在云端。在这既苍老又天真的时刻，希望可以清理掉日复一日缠绕在身上的藤蔓，有勇气保持天真和鲁钝，有勇气承受失败和否定，无限地肯定生活，重新热爱写作（既然已经暧昧了这么多年）。

里下河
青年文学
写作计划

寻找张三

汤成难 著

图书在版编目（CIP）数据

寻找张三 / 汤成难著.—南京：江苏凤凰文艺出版社，2021.10
（里下河青年文学写作计划）
ISBN 978-7-5594-6330-2

Ⅰ.①寻… Ⅱ.①汤… Ⅲ.①短篇小说—小说集—中国—当代 Ⅳ.①I247.7

中国版本图书馆 CIP 数据核字(2021)第 201852 号

寻找张三

汤成难 著

出版人　张在健
责任编辑　曹　波
责任印制　刘　巍
出版发行　江苏凤凰文艺出版社
　　　　　南京市中央路 165 号，邮编：210009
网　　址　http://www.jswenyi.com
印　　刷　江苏凤凰数码印务有限公司
开　　本　880 毫米×1230 毫米　1/32
总印张　28
总字数　670 千字
版　　次　2021 年 10 月第 1 版
印　　次　2021 年 10 月第 1 次印刷
书　　号　ISBN 978-7-5594-6330-2
定　　价　199.00 元(全 4 册)

江苏凤凰文艺版图书凡印刷、装订错误，可向出版社调换，联系电话 025-83280257

目　录

自　序

十立方米的孤独

1

“不是自叙的自叙，不是创作谈的创作谈，”这是编辑老师给出的要求。这段话把我搞蒙了，我是不太会写创作谈的，所以认为自己也一定写不出不是创作谈的创作谈。当然，还有另一种可能，写不好创作谈，也许恰巧能写出不是创作谈的创作谈。逻辑似乎也能成立。我是一个学建筑的工科生，画过无数的图纸，计算过若干结构之间的作用力，对数字和图形十分着迷，关于我的写作路径，我觉得自己更擅长图文并茂，并加以数字分析，但受限于只能用文字叙述，我担心下面的内容可能会失去理性而呈现出颠三倒四叙述冗长的状态。

很久以前，当有人问我关于为何写作的问题时，我都会回答因为一种热爱，并且很矫情地说，骨子里都流淌着文字。我这么说的意思是想将写作放在一个神圣的位置，然后自己就接近于神圣了。其实，为什么写作？我的答案很简单，就是恰巧喜欢发呆不爱说话；恰巧有那么几个朋友喜欢读我的文字；恰巧这些朋友喜欢赞美别人；又恰巧我喜欢被赞美，所以，几个“恰巧”就构成了我写作的原因。这么说，我的写作有一个比较庸俗的开始。

我是一个不爱说话的人，十分恐惧寒暄、搭讪、客套，以及需要郑重发言的场合，看着别人上下翻飞的嘴唇，常常会感到头晕目眩、气喘、心跳加速，那个时候我多么渴望逃离，或者有一双大手——如同操纵木偶提线的手——把我从这些场合提拎出去。不熟悉我的人几乎很难想象如今说话尚能流畅的我，曾经是个货真价实的结巴。我的“讷于言”或许与生俱来，我出生十个月已能健步如飞，却到十岁都无法口齿清楚地说话。我的母亲是一名代课教师，教师的职业习惯导致她每天回家询问我的学习情况，诸如：今天老师有没有表扬你？有没有批评你？这样的问句，看似简单，但“表扬”或“批评”这两个词语成了我小小心灵里最恐惧的部分——我从没能将它们发音正确，我的舌头无法捣鼓出两个不一样的音节。母亲一遍遍地示范：表——扬——，不是拜拜；批——评——，不是皮皮。这种嘴型示范的方式一直贯穿了我的整个童年。看着母亲皱着眉头，沮丧、悲伤，我因为她的悲伤而更感悲伤。

十岁之后，我的母亲不得不接受我是一个结巴的现实，这也过早地造成了我的自卑心理。我的童年过得并不好，这是那时的我认为的，由于结巴而孤僻，总是一个人在村里四处游荡，在田野里游荡，在江北辽阔平原上游荡。现在看来，这不就是庄子所言“独与天地精神往来”嘛。那时候流行座右铭，同学见面了，常常会问，你的座右铭是啥？好像不整一个座右铭出来，人生就要残缺不堪。别人是用钢笔把座右铭写在课桌上，我则是用铁钉把座右铭刻在铁质文具盒上。五个字：人固有一死。“死”字的竖弯钩遒劲孤绝，荡气回肠。我想，如果这也算独立思考的话，“孤独”应该是我最早的自我认知了。然而我又对这世界充满好奇，对水和火尤甚，结果掉进河里被淹得半死，玩火差点烧了自家房屋……家人无计可施，打、骂、罚跪，最后只好用一根麻绳将我拴在窗棂上。奇怪的是，我从没想过要解开绳子，只知道像个纤夫似的使着蛮劲把窗户上的铁条硬生生拉成“凸”字。等父母下班回来，以绳子为半径的范围已全部遭殃，他们便缩短绳子，短到忍无可忍，最后我不得已爬上窗台以睡觉来度过每天的漫长时光。

初中时，学校离家远，每天骑车十几公里，由于不爱说话，所以专注力都用于如何把自行车骑出水陆空漫行的感觉来。那时学歇后语，有一句令我非常痛恨：茶壶里煮饺子——倒不出来。我的结巴正好阐述了这个歇后语的意义。可是有一天，我突然想对别人说话，迫不及待地想告诉同行的朋友不久前读到的一个小知识——天空为什么是蓝色的？我已经记不清如何说完那个小知识的，那是我有生以来第一次说那么长、那么完整的一段话。同学听完就拐弯回家了，我继续向前。我骑得飞快，甚至将整个身体站离了坐垫，激动、喜悦，感受耳边风的柔软和温暖，长久地仰着脑袋，看着头顶的天空，心中顿时有种辽远与舒畅之感。那一天对我有非凡的意义，之前的岁月，我感受着某种孤独；而之后的岁月，我理解并渴望倾诉。或许这也正是后来我写作的重要原因之一。

我早期的小说都与孤独有关，这是一个我熟悉到令人生气的主题，人性中有很多值得书写的情感，爱、恨、寻找、冒险、重生、救赎……我只对孤独体会得无比深刻。或许，我有一个“茶壶里煮饺子”的童年，写作仿佛是我童年时代的某种延续，我享受并感动于自己的这种状态。

《比邻而居》《软座包厢》《一条小河》等等，是我早期的短篇小说，在此之前也写过两部长篇，写过散文专栏，但无外乎都与孤独有关。《比邻而居》写了一个住在201的女孩，有一天走错楼层用自己的钥匙打开了301的门，她从来没有见过301的主人，甚至之后的日子她们也没有遇见过，她们有着不同的作息时间。每个白天她都会来301坐会儿，感受对方的气息……小说写到这儿并没有结束，原谅我不太会叙述梗概。我把孤独分为若干份，它们像一个圆形图里分割出的无数小扇形，《比邻而居》只写出了一个夹角不足5°的扇形面积。《软座包厢》是关于动车软座包厢里四个互不相识的人，二男二女，分别用“男一号”“男二号”“女一号”“女二号”代称，漫长的旅程，互不干扰，“女二号”开始打电话，她用耳机给远在天津的朋友打电话，叙述自己的工作、爱情，以及身体的疾病。其他三人从起初的厌烦到后来的屏气聆听，感伤，同情，四个人之间有了某种隐秘的联系，直到“女二号”下车时，“我”才发现，她的耳机并没有插在手机上……这是一个十立方米柱形的孤独。

我乐此不疲地书写孤独，好像这是我唯一擅长并热衷的主题。这两篇小说都被转载，分别获得了“黄河文学奖”和“紫金山文学奖”，顿时让我对孤独这一主题情有独钟。我甚至开始研究起来，将孤独分为狭义的和广义的，哪些孤独是情绪上的，是孤单，是寂寞，哪些孤独是精神上的，它庞大饱满而又深刻。那段时期我重读了马尔克斯的《百年孤独》、耶茨的《十一种孤独》、赫拉巴尔的《过于喧嚣的孤独》、麦卡勒斯的《心是孤独的猎手》、佩索阿絮叨梦呓般的《不安之书》《自决之书》、蒋勋的《孤独六讲》，就连刘同的《你的孤独，虽败犹荣》这种鸡汤文字我都不亦乐乎地读完，对孤独一词到了痴迷或癫狂的地步。也曾试图评出一个自己心目中的“孤独大师”，起先认为非卡尔维诺莫属，仅他那三千多字的《孤独》就可以孤篇盖“全世界”了，后来我遇见圣·埃克苏佩里又改变看法，小王子一天看四十三次日落，该是怎样的孤独呢？再后来，某一天想起一些唐诗——独钓寒江雪，孤云独去闲，寒灯独夜人，永夜月同孤，等等，直想扔了手中的笔，还写什么劳什子，古人一句诗就讲出了孤独的极致。

我们知道那些永恒的主题，几千年来仍然被不停书写，小说主题来自作者的价值观，来自作者对世界的认知。当你在谈论小说主题时，你探索的是自己对这个世界的信念。尽管如此，我还是对孤独失去了兴趣，也或许，我渴望更多的更丰富的倾诉。

2

人的一生中大概都要经历几次脑袋进水的事件。我走在大街上，常常习惯性地将脑袋左右摇一摇，感觉里面的液体在微微荡漾，我用手托住左半个脑袋，手指会触摸到近一尺长的伤口，这源于几年前的一次车祸：肩骨断了，脑袋像瓜皮一样裂开。医生缝得很潦草，跟我粗心的奶奶缝鞋底一样，针脚过大。以至于现在的脑袋手感奇特，很有垒球的感觉。这么多年来，每次洗头，我都担心脑袋是不是又要进水了，不得不忧心忡忡地用吹风机对着那条缝狠吹一阵。2014 年，我一意孤行离开熟悉的建筑行业，开始所谓的追求理想——写作。这一行为被身边的人认为是脑袋进水后遗症。在此之前，我是一名建筑工程师，工作干得风生水起，在小城的建筑界里小有名气，那时正在写长篇，工作很轻松，大多时间可以自由支配，但我还是毫不犹豫地辞去工作。我的理由是：一个人只能专注做好一件事。这句话很管用，做好一件事，重音在“好”字上，它给了家人一点憧憬，尤其是我的父亲。其实，我知道是由于自己内心对建筑行业的厌倦和抵触。那时候小城到处都在拆迁，重建，或者拆迁后荒芜着，待建的瓦砾中小草胆怯地冒出来，我的心会感到疼痛。人们那么热衷于摧毁，重置，将一切归零。那段时间我感到无比焦灼、无奈，写作让我变得越来越悲悯，让我无法再像从前那样兴高采烈地去干活。我常常走进工地，春笋一样的楼群让我无比厌恶，看着和我一样进城拼搏的务工人员，他们白天像长臂猿一样在脚手架上自如攀爬，夜晚钻进鸽笼似的工棚，他们像是这个世界的新生物种，我的心底涌起阵阵悲凉。

可以想见，辞职后的那些年我过得不怎么好，因为从原本收入颇丰的状态跌进了一贫如洗，留下来的一些积蓄因借给朋友而发生意外，我把那时的自己称为正经历物质与精神的双重困境。现在看来，不都过去了嘛。但那些年极为反感“难”字，于是迫不及待改名字，对于“成难”这个法号一样的名字极为不满，认为父亲是哗众取宠，或过分夸大了我出生时的苦难。先是找取名馆，又找算命先生，还经朋友介绍找过寺庙的法师，当然，新取的名字都差强人意，身边的人也十分执拗，坚持叫旧名。有一次，在起名馆一口气给自己起了五个名字，汤凯屹，汤小苇，汤橙燃……新名字被写在一张红艳艳的卡纸上，我捧着这五个名字像捧着新鲜出炉的热包子，像捧着自己的美好未来赶回老家，希望父亲帮我斟酌挑选。父亲自然是不会理会的，甚至十分生气。记得不久前姐姐为自己的名字和父亲争论，父亲一遍一遍解释，又像在恳求，后来，他不再说话，默默从小院离开，双手抱在胸前，像抱着属于他取的名字似的。对于我改名字，父亲先是勃然大怒，再是潸然泪下，这两招对我都有奇效。于是我只好继续使用原来的名字，接受和名字一样艰“难”的生活状态。

那些年写了一大批短篇小说，主题都与苦难有关。《西行》

《开往春天的电梯》《搬家》《共和路的冬天》《惊蛰》《冬至》《一棵大树想要飞》《我们这里还有鱼》《一颗悬铃木》等等，虽然自己的生活还没到达穷困潦倒的地步，但我执拗地认为自己是底层人民的代言者。这感觉让人既感到高尚，又无比沮丧。那些小说赚了读者一点眼泪，同样，我在写作过程中也常泪流满面，搞不清究竟是为小说里的人物还是为自己，生活越拮据，越容易被感动，于是想想路遥，想想卡佛，觉得自己正离伟大的小说家们越来越近。我是指贫穷这一点。

突然发现，写作也是对自我的拯救。那些小说里的人物，几乎有一个共同特点——浪漫气质，也可以说是理想主义。这种浪漫不是小资式的浪漫，也不是锦上添花的浪漫，而是从一地鸡毛的现实中挣扎出来的浪漫。《开往春天的电梯》里的“电梯”，《共和路的冬天》里的“热水袋”，《惊蛰》里的盛开的“菜花”，《我们这里还有鱼》里“姨父”的“盆景”，《一颗悬铃木》里的“井边的悬铃木”，等等，都给处于困境的主人翁以及同样处于困境的我一股努力自拔的力量。

古人云：穷则思变。我做到了前仨字。穷则思，生活越清贫，越爱思考人生，并且固执地认为思考这事最好得在路上完成，比如写下“僧敲月下门”的贾岛；比如撞在电线杆上的陈景润。我也常常走在车水马龙的街上，思考人生。忙忙碌碌川流不息的人啊，每个人都像上足了发条的玩具一样永不停息，人类发明创造了无数机器，最终把自己也变成一个机器，可我们并没有因此而感到满足和快乐。一个人需要的其实并不多，吃饱了，有衣服御寒，有地方可睡，可我们在奔忙什么？我们被那个叫作“欲望”的词语追赶着。几千年来，人类是否进步？这难道就是我们渴望的生活方式？米兰·昆德拉在一部戏剧结尾写过，两个人一起走路，其中一人问同伴：往哪儿走？同伴答：你往前走。问话的人说：哪是前？同伴答：这就是我们人类最古老的笑话，你往哪走，都是往前走。或许，我们应该像草原上的牛和羊一样，闲淡地吃着草，晒晒太阳，间或抬头看看蓝天，思考一下如此惬意的人生。

我这看似好吃懒做的观点，一定会引起一部分人的不满或攻击。好在我不爱争论，好在我喜欢写小说，那两年，完成了《寻找一朵云》《致远先生和他的驴》《J先生》《失语者》《鸿雁》《去峨眉》……我再次感受到倾述的舒畅和喜悦，希望自己成为那个在川流不息的人流中停下思考的人，希望自己是个能够感受阳光、雨露、春风的人。在《寻找一朵云》里我写道："妈妈说她把自己的名字送给了一只羊，她不要名字。那只叫淑珍的羊一直低着头吃着草，多好啊。远处山坡上有黑黑的牦牛群，还有马，他们骑着马走在风里。头顶的云一大朵一大朵，云轻轻地移动，有的仿佛被山尖勾住了，好一阵都不会挪开。"

3

《奔跑的稻田》《月光宝盒》《寻找张三》《河水汤汤》等，这些短篇是近两年完成的，它们并没有什么相同之处，如果非要进行归类，应该是对奇巧这一特点的探索和追求。

我不太能够阐述清楚关于"奇巧"的意思，题材奇巧？叙述奇巧？诗意？异质性？非常态？好像都有那么一点吧。《奔跑的稻田》《河水汤汤》正是试着往"异质性"方向努力的结果。尽管也有不尽人意之处。

《奔跑的稻田》的灵感来自朋友的一句话，他向我讲述他老家的叔叔，某一天突然对家人说，他要去外地种地。至于朋友的叔叔后来如何，我并不知道，但这些就够了。因为“去外地种地”这句话已经很打动我，也极具诗意，似乎能捕捉到一点“异质性”。我希望自己能写出极端的生活和极端的诗意，以及人物身上的理想主义。我试着以奇巧的方式写普通事物，不管好不好，先努力写了再说。

如果继续书写苦难，对于我来说是一种舒服的状态，甚至有些得心应手，但我不想太舒服，说得好听一点，是对自己提出新的要求，寻求突破；说得通俗一点，那是骨子里人的贱兮兮的本性在作祟。

在我心中，好小说分两类，一类是如《阿拉比》《万卡》《封锁》《受戒》《礼拜二的午睡时刻》《献给艾米丽的一朵玫瑰花》《半剥皮的阉牛》等，小说的质感和情节浑然天成，像一部结构严谨、情节动人的话剧，你在台下观看，全部身心跟着舞台上人物命运在走，你忘记了时间，忘记了周遭的嘈杂，也忘记了自己，当灯光亮起，幕布合上，你揉一揉眼睛，才发现脸上早已泪水淋漓；而另一类好小说如《河的第三条岸》《父亲的最后逃亡》《鸟》《月亮的距离》《南方高速公路》《威克菲尔德》《立体几何》等，你会惊叹于作者的想象力，他们提供给读者新的思维方式，在作者构建的小说空间里你会感受到一种广博和广阔，你被他们引离地面。他们是高段位的表演家，是魔术大师，又绝非采用小魔术师惯用的伎俩，而是大卫·科波菲尔那种故事和幻想的奇妙结合。

再回到前面我例举的自己的那几篇小说吧，千万别相信我说的对于“奇巧”的追求，我又在犯文章开头所提到的毛病了——把那些小说放在一个神圣的位置，然后自己就努力接近于神圣了。的确，这几篇小说有相同的地方，它们的主题都与“成长”有关。童年，似乎并未远离，它一直在某个隐秘的地方窥视着我。我希望写出心中那些感人的部分，希望人们能从这些小说中读到我的内心真诚与丰富。

在我不算短暂的人生中，“成长”占了很大一部分，以至于时至今日，我都认为自己还处于童年的延续当中，还是那个对自然万物充满好奇的小女孩，那个惧怕说话的小女孩，那个在小河里游泳一天的小女孩——她无比地贪恋水，贪恋河底的一切，她孤独地与一条河相守一整天，像青蛙一样从水里跳到岸上，又从岸上跳进水中，那敏捷的身体，嗖地一下，如同细瘦的箭，钻进河水深处。

我又感受到孤独了，或者说，它一直潜伏在我的身体深处。从最初的“孤独”，到后来的“苦难”，再到现在的“成长”，再到“孤独”，我绕了个大圈。一个写作者的一生也许都在书写一个主题，而这个主题就是他（她）自己。

现在，我要忍住画图分析的冲动。可想而知，我要绘制的是一个圆形，$n=(180L)/(\pi r)$。n 为扇形圆心角度数，孤独，苦难，成长……我的每一篇小说都努力去伸出一个角度，而每个角度对应的小段弧线终会构成一个巨大的整圆。

絮叨完，又想起编辑的要求来——不是自序的自序，不是创作谈的创作谈。而我，似乎成功地做到了另一种可能：既不像自序，也不像创作谈。

进　山

1

一拐上山路，小奥拓便欢腾了。路不太好，上下起伏，车上的人顿时有种骑马的感觉，一开始还用臀肌和大腿内侧肌暗地里使着劲，尽可能控制身体不被突然地弹出去，再后来，也感觉到了徒劳，干脆放松下来，软塌塌地奁在座椅上，任凭起伏的山路猛地将身体一次次撞向车顶。

罗庄子睡着了，呼噜声随山路起伏。几分钟前他还在滔滔不绝，用他所谓的“镜头语言”——镜头，对，镜头，在我们的上方，拉高，再拉高，就这样，一直凌驾于丛林之上。长镜头，一定要长镜头，绿色掩映下红色奥拓穿梭其中，若隐若现，嗨，多好的公路片儿你说是不是——罗庄子“嗨”的时候，拳头用力砸在吴鹏大腿外侧肌上。吴鹏下意识地收了腿，顺带收紧肌肉，他低头看自己这身装束，汗衫、大裤衩、人字拖，他比车上的任何人都更像是来度假的。

几分钟之后的罗庄子整个上半身瘫在吴鹏肩上，他的睡眠很好，总能见缝插针地使澎湃睡意得到释放，每一次弹出后的自由落体使身体又软了几分，路的起起伏伏，也使呼噜声娇嗔了起来。吴鹏睡不着，这一点他和罗庄子不一样，表达心满意足的方式截然不同。吴鹏正目不转睛地看着前方，难以相信离北京市区不远的地方竟然有这样一处风景别致的山谷。青墨色的柏油路从前方的树丛里拖出来，被小奥拓吞了，又从它的屁股后面源源不断拉出，仿佛这路是被小奥拓吃进去似的。吴鹏为自己这一想象无比兴奋，他是个诗人，每天都要写上几首，这是习惯——小奥拓吃的是路/拉出来的/还是路——他立即在朋友圈发表了诗句。

一个钟头前，吴鹏还在北京车站的广场上；再往前一个钟头，他在扬州开往北京的列车上；再往前六个钟头呢，他正和老婆熟练地吵架。之所以称作熟练，是因为吵架几乎成了他们的日常，每天不以吵架的方式开篇或收尾，这一天都显得格外寡淡，不具有意义。吵架的内容无外乎和诗歌有关，一个缺乏诗意的人和一个过于诗意的人是很难在庸常生活中保持高度一致的。而这一次，吴鹏又因诗歌第四次辞掉了工作——他想干点和艺术有关的事。吴鹏觉得很多人就一份工作干到老，也有人中途会换上一次，或者两次，这就像婚姻中的男女，人，工作，形成了一种对偶关系。现在，他丧偶了。

他给北京的罗庄子打电话，罗庄子算是他通讯录里最有诗意的人了。他们是几年前认识的，那时单位要拍一个简短宣传片，吴鹏负责联系广告公司，七拐八拐找到一家北京的，等了很久才来三个人，罗庄子是其中之一，负责编剧、后期剪辑、现场录音、场务、司机，以及不定时地举采光板，那时罗庄子穿得就像现在吴鹏一样，大裤衩、人字拖，脑袋上反扣一帽子。后来吴鹏继续和罗庄子有联系，大概被他浑身散发出的来自京城的慵懒纨绔劲儿吸引，但联系也不多，只知其后来“单干”了。时隔几年吴鹏再给罗庄子打电话，还担心对方忘记他了，谁知电话那头立即飘出一串字：来北京玩儿吧，我手上正好有个活儿。语气里满是北京味儿。

罗庄子来车站接吴鹏，他们约好在站前广场见面，夏秋之交，热气未减，广场上倒是很多人，等待的，徘徊的，张望的，眼神都木木的，好像一时还没想好要去哪儿似的。吴鹏一眼就看见了罗庄子，尽管他一改从前的穿衣风格，上衣为亚麻对襟大褂，下身是水洗布长裤，风一吹，飘飘然，脚上再蹬一双布鞋，走起路来不发出一丝声音，整个人就多了股仙气。

罗庄子是带了本子来的，A4 纸打印，略厚，卷成筒状夹在腋下。他们并没有急于离开，仿佛谈一谈本子刻不容缓。

中国电影落后中国小说至少十年，你说为什么呢？因为，中国的导演都不读书嘛，你说是不是？罗庄子一开口，吴鹏便发现，罗庄子还是原来的罗庄子。

看电影的过程实际上就是引起观众注意和观察的过程，所以导演必须懂心理学。好导演不是把平常生活拍给老百姓看，而是对人们要有精神的引领你说是不是？罗庄子每说完一句喜欢加上后缀“你说是不是”，但也无需回应，又兀自说下去了。

罗庄子说剧本叫《进山》，光这名字就想了三年多，进山，简简单单两个字，却让人有无限想象，进山干什么？为什么进山？出山吗？这和出世入世同一个道理，带有宗教和哲学思想，也是一种修行你说是不是？

吴鹏连连点头。

罗庄子说目前还没找到投资方，但这么好的本子难道还缺投资方?！他说有了本子等于已经有了一撇，现在就等着漂亮的一捺自己扒拉扒拉地划过来了。

罗庄子向吴鹏详细介绍本子的主要内容，又从创作意图讲到创作思想，再到创作风格。间隔，罗庄子会猛地停顿一下，然后用更快的语气给自己进行补充——多用分镜头和空镜头，分镜头要渐入和渐出，对，要流畅自然，空镜头要处理好，处理好就牛了，要将抒情手法与叙事手法相结合……

吴鹏觉得罗庄子比从前更富感染力了，不知道是不是这身衣服加持的。罗庄子站在高处,手舞足蹈,吴鹏则坐在低处,嗷嗷待哺。有一阵,吴鹏开小差了,坐了太久的车,脑袋有些昏沉,他多想躺下来。当然,他没有放倒身体,尽管很困乏,吴鹏还是打心里开心的,他喜欢一踏上京城扑面而来的艺术的气息。于是他昂了昂脑袋,继续保持嗷嗷待哺状。此时,罗庄子手里的本子已搁在地上了,很显然这影响他发挥。本子就在他俩之间,原本的筒状因失去外力作用,松散了一些,吴鹏觉得它就是一只躺倒的啤酒瓶子,像他和兄弟们喝酒时用的道具——将空瓶子放倒在桌上,用力一旋,瓶身则哗啦啦转起来,瓶一停,瓶嘴对着谁,谁就得喝。现在,瓶嘴总是对着罗庄子,罗庄子便一杯杯干着,他的嘴张开、吞咽,张开、吞咽,无法停止……吴鹏觉得每一个从罗庄子嘴里飞奔而出的字都带着酒气,这些字在空中飞舞,跳跃,狂欢,让他吴鹏也感到熏熏然。他觉得罗庄子不仅是说给他听,还说给身边来往的人听,说给广场上所有的人听,说给整个北京的人民听,说给全中国的人民听,说给世界的人民听。

就这时候,人民中的一员向他们走来。

2

下山了,速度很快,司机和小奥拓都表现得歇斯底里,人顿时有种飞流直下的感觉。吴鹏用双臂抵着前面椅背,臀肌改成肱二头肌。

坐在副驾驶座的"咱妈"已经醒了,她扭头四处看了看,发现罗庄子正在酣睡,便转过身用手拍罗庄子的腿。风景这么美,你也不看啊,她边拍边抱怨。罗庄子睁开眼,一惊,身子从座椅上弹起来,脸立即贴在窗玻璃上。哎呀,罗庄子说,风景真是太美了,美,巨美,哎呀,把我这大老爷们都给熏陶睡了。前排的人听了此话,咯咯地笑了,吴鹏发现她笑起来的声音很有意思,像被谁轻轻捅了下胳肢窝。她对罗庄子说,这风景可以上你的电影吧?停了停又说,这路我熟悉得很，不知道走过多少回呢。然后指着前方让司机继续沿着柏油路行驶。

有一阵，车上四人都不约而同地看着窗外，呈“北”字。大家齐声赞叹，上下嘴唇发出咂巴咂巴的响声，从窗外看车里的人，像玻璃缸里吐着气泡的鱼。谁会想到呢，罗庄子说，山里面有个度假村呢，这儿离三里屯不远吧，顶多几十公里，嗨，美景都藏得深呢，你们说是不是。他问司机：原先知道这儿不？来过没有？司机说是第一次，谁没事打车跑这么远呢。接着大家又是一阵唏嘘感叹，这样的赞叹让坐在前排的“咱妈”又受到了鼓舞，她已经不能端正地坐在座位上了，好在人很瘦小，转动身体不会产生很大振幅，她将自己的背包抱在胸前，上半身从两只座椅间挤过来，这样与后排的吴鹏、罗庄子说话方便多了。她今年七十九岁，但看起来精气神很好，走路腰挺得笔直，步子也快，不容分说。脸上皱纹不少，每一条都中规中矩，尤其是习惯性撇嘴时挤得法令纹无比深，那样子像是对什么都有看法似的。头上白发多，黑发也多，齐整整地梳向脑后，每说完一句话就喜欢将下嘴唇收拢，覆盖住上嘴唇。

吴鹏学罗庄子也将身体向前倾着，这样三个人就形成一种结构坚固稳定的关系。大家都处于不同程度的亢奋之中，吴鹏话少，大多时间是在倾听，他喜欢听罗庄子说话，热情洋溢，而且充满诗意，他也喜欢听“咱妈”说话，在性格上她和罗庄子倒是很像，小小身躯里像藏了一台发动机，也热情洋溢。她说的事吴鹏几乎没听过，要么是关于她年轻时候，要么是关于度假村。

罗庄子和老太继续抑扬顿挫地交流着，说也说不完的话，吴鹏仿佛看见两台马达正吧嗒吧嗒飞快运转着。罗庄子解释说这就叫一见如故吧，三个人在广场上短暂交流后已建立了“深厚情谊”。的确，吴鹏也感受到了那份情谊的浓烈。罗庄子开始还称老太为阿姨，后来一口一个咱妈，很显然对方十分中意这个称呼，有好几次她歪着脑袋仔细回味这俩字，收拢着的下嘴唇便缓缓放松了。哎呀，她撇了撇嘴说，“咱妈”这叫法好，比“阿姨”听了舒服。所以她立即也要求吴鹏这样喊，并且自己也改了口，称他们为大儿、二儿，叫完忍不住笑了，下嘴唇覆盖住上嘴唇。

语言是多么诡异呢，吴鹏想，语言能让人反目为仇，也能让人亲密无间。吴鹏记得老太在广场上向罗庄子说的第一句话——你知道自己说了多少病句吗？她坐在他们附近的台阶上，背着背包，跟那些还没想好去哪儿的人一样一样的。她看着罗庄子，认真听了一会儿，大概对病句忍无可忍了才走上前的吧。老太态度是认真的，严肃的，也是诚恳的，像一个语文老师。语文老师对修改病句都情有独钟。然而，她的重点并非修改病句，而是对“进山”以及罗庄子说的拍摄地点感兴趣——度假村。

后来，三人以地上的本子为圆心坐成一圈，他们席地而坐，蒸腾的热气让人恍惚是不是羽化成仙了都。吴鹏终于发现啤酒瓶子的嘴开始在罗庄子和老太之间切换了，老太每提出一个问题，罗庄子都及时给予回复，他们聊得很嗨，热烈，尤其在拍摄场地这个问题上。

四面有山，前面还有湖，有吃有喝有床睡，还有人给你服务，你说，这算不算度假村呢？老太突然问。

3

你们可以在这儿住一阵儿呢，房间都订好了，老太看向车后座说。吴鹏和罗庄子已经知道老太其实很富有，在广场的时候，他们决定今晚就前往度假村时，她便掏出手机拨了电话，让度假村的工作人员安排两个房间出来。吴鹏喜欢听她打电话的语气，那种干脆和不由分说。人真是不可貌相啊，吴鹏想，如果不是她告诉他们，在这里，离北京市区不远的山谷里，她有一座度假村，谁能看出她是一个隐藏的富婆呢。

后来罗庄子打电话给他的副导演，希望他立即到站前广场一会儿，一同去看看场地，因对方要“一个钟头才能到达”，罗庄子和老太都不愿等了，他们叫副导演自己去吧，他们会给他发位置。

车经过一个类似于小镇的地方时，老太要求停一下，车已经开过了，她让司机倒回去。说这儿有个甜品店，她每次经过都会买点呢。罗庄子跟着下了车，顺便看一看山中景致。甜品店不大，几乎销空了，老太只好买下一只大蛋糕，对此她不太满意，认为大蛋糕没有小蛋糕方便，她说那些自助式的宴会，都是小蛋糕，多有范儿。罗庄子抢着去付钱，被老太一掌拦住，依旧是那样不由分说。

蛋糕搁在背包上，背包平放在老太腿上，这样就限制了她转身聊天，于是罗庄子和吴鹏恭敬地将脑袋呈上去，左右各一。如果人的兴奋和激动可以用刻度测量的话，吴鹏觉得此刻他们仨应该刻度相近，不管是勘察场地或者度假，还是平添了俩儿子，都是件令人愉悦的事。吴鹏觉得这是他这些年来纵情大笑次数最多的一天，或许若干年后他还能在自己饱经风霜的脸上找到几根那天因大笑而如水波兴起般的皱纹。

空调噗噗吐着冷气，车内漾起甜丝丝的奶香，使人恹恹欲睡。吴鹏和罗庄子都在极度亢奋后睡着了，他难以相信自己的睡眠好到这种程度，短短的睡眠竟做了几个梦，梦里他带上老婆和女儿来这里度假，老婆说，真看不出来哦，你还有这么牛的妈。吴鹏哧哧笑，说，都和你们俗人一样，有钱需要贴在脸上吗？炫富的人喜欢说自己北上广有几套房子，多没劲，以后你就说咱妈在北京有个度假村。他在梦里还回忆了从前的梦，人背的时候做梦都背，他告诉老婆有次做梦说是自己的桑塔纳汽车被换成了手扶拖拉机，可气的是，还有一车的瓜。老婆问，这有什么背的呢？他说，这瓜不就交代我的工作了嘛。老婆捂着嘴笑起来，说下次再做梦，你给我个提示，我就把你从梦里拽出来。说着抓住吴鹏的胳膊使劲拽着，吴鹏说，哎呀，你现在别拽啊，哎呀，别拽啊——

被罗庄子从小奥拓里使劲往下拽时吴鹏还在做梦，他恍惚了一阵，等确定不是梦境时，小奥拓已经呼啸着返城而去了。

天已经暗了，山里的暮色降临不是轰然坍落的，而是体贴的，是一寸一寸到来的，让人还能看出明暗相间的景致来。眼前是开阔的湖，湖面有接天莲叶，吴鹏刚想吟诵那句“接天莲叶无穷碧”，突然记不起下一句是什么了。他把目光从湖面收起，落在对面暗沉的山上。正如老太说的，一片大湖，四面环山。吴鹏和罗庄子都被这景色吸引了，脖颈顺着山势一点点旋转，再旋转，他们像两根时针一样在原地缓慢转动，山，起伏的山，连绵的山，苍翠的山，昏暗的山——终于，他们的目光触摸到建筑物了，灰色，白色，高高低低——目光柔软了下去，变成抚摸，一点点地，还能分辨出建筑结构，女儿墙、檐角、窗户、院墙、大门、门上的招牌……

突然，吴鹏和罗庄子怔住了，一阵寒战从皮下涌出——心怡养老院。他们的目光在这五个字上飞快弹跳过去，不敢用力看清，仿佛一用力，这几个字就会粉身碎骨。然后，弹跳着的两柱目光在空中相遇了，没错，他们从彼此的眼神里确认了信息。

4

吴鹏和罗庄子坐在养老院的过道长椅上，像两个巨婴，老太正在给他们办理入住手续，果真很熟悉，像自家的。他们想起老太在广场上的话——四面有山，前面还有湖，有吃有喝有床睡，还有人给你服务，你说，这算不算度假村呢？

这话没毛病啊。

罗庄子突然听到女工作人员喊了一声，入住人员先到三楼体检去。罗庄子心一拧，从椅子上跳起来，刚要大声嚷嚷，那女人又说，不是老人就不用体检了。住几天呢？女人转身问老太。

在此之前，罗庄子向老太进行过虚假的客套，他说，咱妈，我和大鹏就不住了，我们今天还得赶回去。老太愣了一下，脸上的皱纹迅速耷下来——不住了？这么晚还赶回去？你们还没看拍摄地呢？罗庄子刚说不看了不看了，老太就生气了，罗庄子只好耸了耸肩说，这儿——这儿怕是不好住吧？

老太又把那只不容分说的右臂在半空挥出一个半弧，罗庄子觉得她从前一定是个手持教棒的老师，或者指挥家什么的，要不然怎能挥出那样的力量感呢——好住，怎的不好住呢。老太说。

此时，老太已办好手续向他们走过来了，她一边走嘴里一边念一串数字，是门牌号，207、215、302，她告诉吴鹏，没有单独的标间了，先住一晚，明儿再给调一调。罗庄子立即说不了不了，住一晚明儿看看场地就走了。老太迟疑了一下，皱了皱眉，说房费都交了，多玩几天呀，就当度假好了。她又问罗庄子那个副导演咋还没到？他多大了？是不是比他们小？罗庄子点头。老太说，比你俩小，那不就是三儿咯。

正说着，大门外亮起一束光，刺刺地扫进来。几个人迅速跑出去，果真，是副导演。这厮说迟一个钟头到，原来是收拾行李。此刻，他的后背、肩上、腰上，分别挂着大大小小的包，像是被包劫持了。副导演骑着很拉风的太子摩托车，但这会儿看着没一丝拉风范儿，他两脚撑地，正一脸蒙地看着屋里走来的几个人。

老太不由分说去给副导演卸身上叮叮当当的包，招呼大家先把行李放到各自房间再去食堂吃饭，十分钟还在这儿集合，她打开手机看了看时间，说去迟了食堂会关门的，这儿不比其他地方，管理好，有规矩，吃饭就得定时定点。副导演的包已经被大家分别提上了，但他脖子仍是梗着的。

吴鹏被分在302，距离略远，所以他提着箱子小跑起来，刚跨了两步，就为自己弄出的响声感到抱歉。302的门紧闭着，吴鹏先礼貌地敲敲，正要掏出房卡，门开了。

一个瘦精精的老头站在一旁，也没看吴鹏，兀自转身回去了。吴鹏发现他走路奇慢，身体直挺挺的，看不见两腿移动，倒像是在飘移。他不知道敲门前老头在干什么，怎么门一敲就出现了呢？吴鹏向他打招呼，毕竟这一晚两个人要共居一室，吴鹏说，大爷，吃晚饭了没有？大爷直挺挺地移过来，问他说什么？吴鹏说，去食堂吃饭吧。大爷“啊”了一下，是二声，显然又没听见。吴鹏无心再问了，身上渗出一点汗来，急匆匆下楼去了。

在楼梯处看见罗庄子和副导演，副导演的包还挂在身上，三个人都不怀好意地笑起来。罗庄子说，看你俩笑得美的，好像给你们分的不是老头，而是老太。副导演说他没老头也没老太，他压根就没进去，包挂在自己身上才踏实。吴鹏说了他的室友，引得罗庄子捧腹大笑，他说和他一室的老头慈祥多了，白净净的，头发虽全白了，但梳得苍蝇都站不住，罗庄子四下看的时候，老太已经把拧好的毛巾递过来了，叫他擦擦脸，罗庄子说他的汗就是那时候淌出来的，真是又感动又怕。

他们在楼下与老太碰面，跟她在过道与过道间穿行，果然轻车熟路。偶尔遇到几个吃完饭或正去吃饭的老人，一律都是移着小碎步，脚下不发出一丝声音，吴鹏发现他们的鞋和罗庄子脚下的款式相同，便想用胳膊肘捅罗庄子，示意他看，可刚抬起胳膊又觉得，都这个时候了哪有心思开玩笑？

老人们走得极其缓慢，老远就停下来等他们先走，生怕他们经过时产生的风会将自己刮倒似的。他们认得老太，抖索着唇，嗓子口发出丝丝连连的声音：家里头，来人了啊——

老太便停下来笑，指着身后的仨男人说，是哦，才到呢。她的声音很大。

路上遇到的每一个人，老太都极有耐心地告诉他们，是哦，家里头来人了哦。她的嗓门洪亮，说完便转身看着吴鹏几个笑。或者用手捂着嘴，身子都笑弯了，眼睛瞟着他们仨，好像伙同他们完成了一件恶作剧。再后来，老太似乎不满足于这样，不仅告诉过道里每一个人，而且还敲开经过的一扇扇门，要是门开了，老太就把脑袋伸进去，说，我家大儿二儿和三儿都来了哎。这时吴鹏便发现老太像个小孩，乐此不疲地玩着一个简单无聊的游戏。

食堂在过道尽头，推开门，一股强烈气味劈脸而来，那是食物的气味夹杂着老年人特有的霉腐味道，不是那种一点点似有似无弥漫在空中，而是如厚重的棉被严严实实将人裹住了。食堂里坐满老人，还有一条长长的队伍慢慢蠕动，不过呢，倒是很安静，走路声、咀嚼声、说话声，也都被棉被覆盖住了，一切都变得轻浅浅的。

吴鹏正踟蹰着，队伍已夹着自己慢慢向前挪移了，罗庄子和副导演去占位置，吴鹏发现老太不知了去向，当然，在这众多的老人中迅速准确地找出她不易于石头堆里找石子。

吴鹏排过长长的队买油条，排过长长的队看电影，排过长长的队检票，可这样的排队经历却是第一次，为了保持队伍的整体和和谐，吴鹏不得不也慢慢摇晃着身体，挪起碎步。

下一位老人，好，再下一位老人——打饭的是个中年妇女，声音很脆，吴鹏第一次发觉这样清脆的声音是多么刺耳和不合时宜啊。

下一位老人——吴鹏站了过去，女人眼皮微微一抬，看见吴鹏怀里抱着的一小捆筷子，问道：一共几位老人？

四位老人——吴鹏被自己的声音惊到了。

5

炖蛋、炖花菜、炖茄子、炖冬瓜肉圆汤、炖——米饭。吴鹏实在咽不下这些稀烂的食物，他想，好像又不是食物稀烂的原因，而是那股味道，每一勺饭菜里都凝固着那股棉絮的味道，食物在嗓子口上下不得，其中有一口若不是自己果敢敏捷地强咽下去，就要从嘴里喷出来了。他生怕再这样吃几口，食物会从七窍里喷涌而出。吴鹏抬头看看四周的老人，他们吃得怡然自得，很熟练，甚至很香，松弛的嘴唇撮得尖尖的，缓缓旋转着，当嘴唇逐渐停止时，食物已经不动声色地咽下去了，然后再挖上一大勺混杂着汤汁的饭菜，送进黑洞一样的嘴里，周而复始。

吴鹏再看他的两位朋友，突然，六束目光在空中得到了交汇——原来不仅仅是自己，他的朋友们也正受着难以下咽的煎熬。

三个人不知道如何处理剩下的食物，就这样倾倒了当然不好，正犯着愁，救星来了。老太提着蛋糕出现了。哎呀，别吃这么多，吃这么多还能吃得下蛋糕吗？她不由分说地将三个饭盆推到一边去了，一边嗔怪一边打开包装。

真是一只浓妆淡抹的蛋糕啊。吴鹏发觉自己此刻竟有了一点点诗意。老太招呼食堂里所有老人过来，以及刚刚打饭的工作人员，小方桌四周立即就被围住了，所有人像防风林齐齐站立着。蛋糕是双层的，很高，表面抹了淡蓝色的底子，一架彩虹弯弯地横跨着，也有可能是一座桥，总之看着挺浪漫，只是桥的下面不合时宜地蹲坐着俩寿桃，一块白巧克力片上写着“许桂香八十大寿”。

“防风林”里有人欢呼起来，是刚刚那个打饭的女人，声音依旧脆脆的，嗨，桂香阿姨，生日快乐哦——

人群里开始了陆陆续续的祝福：

桂香大姐，生日快乐哦。

年年有今日，岁岁有今朝。

许老太，八十大寿，寿比南山。

……

祝福声此起彼伏，吴鹏愣了一下，但也及时表示了祝福，咱妈，生日快乐啊。

罗庄子也被感染了，跃跃欲试，他擅长祝福。他说，岁月的磨砺让你的青春老去，风雨的洗涤让你的红颜褪色，而你却用优美的年轮，编成一册散发着油墨清香的日历，祝咱妈生日快乐——说完引来一阵掌声。吴鹏想，这小子挺能说的，哪怕再给他吴鹏几次机会，他也说不了这么好。

点上蜡烛，老太开始许愿了，叽叽咕咕谁也听不清，两片嘴唇愉快地上下翻飞，看得出她应该是高兴的，激动的，满足的。吴鹏发现老太的脸颊上亮晶晶的，像水一样的液体顺着纵横交错的纹路慢慢移动。老太睁开眼睛，用同样皱纹交错的手擦着脸。激动呢，激动呢，家里头来人了哦，她自言自语道。随后，又从背包里掏出一个小木盒子，两个，三个……老太说，这里头都是骨灰呢，她爸爸的，妈妈的，姐姐的……谁都没过到她这个岁数，她说。然后将木盒子排列整齐，让罗庄子帮忙拿着空包。没事的，都是家里人呢，老太说。

这时，几个颤颤悠悠的声音在老太身后响起——祝你生日快落(乐)，祝你生日快落(乐)——他们发音极不标准，但感情饱满，歌声越来越大，越来越颤悠，好像声音慢慢向山顶爬去，正经受着风的摇晃似的。

吴鹏、罗庄子、副导演，也轻轻跟唱——祝你生日快落(乐)，祝你生日快落(乐)——他们唱得很陶醉，很动情，等吴鹏睁开眼，发现所有人的目光正组成一把疏密有致的梳子，在他们仨身上从上到下格外温柔地梳着。

蛋糕很快被分食了，三人原本以为可以用蛋糕来充饥的，结果发现，老人们都很爱蛋糕，他们将刚刚吃饭用的不锈钢盆从人缝里缓缓伸过来，索要一块，再缓缓缩回去，用勺一点点地送进嘴里，上下唇一抿食物就下肚了。这种甜甜的烂兮兮的食物比较符合他们的口味，看得出他们相当开心，除了分食蛋糕的开心之外，也为老太的开心而开心。

蛋糕消灭之后，食堂里的老人们也消失了，依旧没有太大响动。工作人员开始打扫卫生了，除了这一小块的上空亮着灯光外，其余处都熄灭了。老太随老人们回房间了，临走时叮嘱他们也早点睡，明天带他们四处看看。她脸上的皱纹因为长时间大笑，还未得到舒展。

吴鹏、罗庄子、副导演，依依不舍地抽着最后一支烟，山里信号不好，没有网络，而时间尚早，漫漫夜晚如何打发是个问题。刚刚进来的时候，罗庄子已经进行了一番侦查，除了一个活动室，再无其他去处，而活动室里有几张麻将桌之外，还有几个没有网络的电脑，几个白发苍苍的老头正坐在电脑前玩着蜘蛛纸牌。

晚上才到的啊？工作人员已经打扫到他们身边了。

啊，是的。罗庄子回答她。

这次来，要住一段时间喽？她停下拖把问。

不了，明儿就走了。罗庄子说。

啊——显然，女人对罗庄子的回答很意外，她站直身子——不住了？明儿就走？这怎么行？老人会伤心的，你们家里人从来没来过，来了就要走——

6

离开食堂，三人的肚子还是饿的。蛋糕的气味消失之后，棉絮的气味再次倾覆上来。三个人的情绪已经不像刚才那样平静了。

多有意思啊，仨大老爷们在养老院度假来着，还以为他妈的是遇到富婆投资拍电影呢，还以为来度假看场地的呢，结果是给人家做孝子来的——罗庄子一边说一边用拳头砸着墙壁，嘴里一连串的妈的。

过道尽头立即涌出一连串的妈的……

副导演的脖子又梗起来了，活丑，他忍不住使用了南京话。过道里又有了回应：活丑……

这时三个人才发现整幢楼层都是安静的，刚过八点，已听不到一丝响声，四周寂静得可怕。过道很长，声控灯很暗，不使劲咳嗽一下就会熄灭，仿佛黑暗一直伺机潜伏于四周，稍不留意，便将人层层裹住。这幢楼的过道曲折幽回，又被灯光截成了一小段。罗庄子说自己刚刚抱过的那个背包，顿时觉得胸口瘆得慌。吴鹏想，没有哪里比养老院更接近死亡了，那种奄奄一息、命悬一线的气息正游离于他们四周，他甚至觉得刚刚和他们一起分食蛋糕的老人们正慢慢羽化成一张张黑白照片。

这声控灯诡异得很，副导演突然用右脚跺亮了灯。吴鹏被副导演突如其来的跺脚吓出一点冷汗。这地方挺适合拍恐怖片的，都不要布景了，吴鹏笑着问罗庄子，你看这过道，空空荡荡的，一个背影向前移动，用长镜头对不对，跟拍，跟拍——

罗庄子已经无心说话了，他想快速走完这阴森过道。突然，三个人在楼梯处站住了，一声不吭地站了片刻，像要等谁先开口。没人提回房睡觉，吴鹏第一次感觉到了男人之间的恋恋不舍。

一阵沉默后，灯突然灭了，他们不得不采用轮流跺脚的方式，有一阵跺脚声没接上，鞋在地上落下一个闷闷的声音，黑暗立即裹罩，三人不约而同地一声大吼。灯亮后，他们一同看向罗庄子脚上的布鞋，眼睛里流露出鄙夷之色。

罗庄子提议说去看看附近有没有小卖部什么的，他肚子饿得慌。

副导演说你还真打算在这儿常住下去了？说完转身往门外走，几只包在他身上弹跳着，一副愤愤不平。

他对罗庄子和吴鹏说他要回城的，这儿一刻都待不下去，要是他俩也想回城，自己是不会反对用太子摩托捎上他俩的。

7

吴鹏和罗庄子从各自房间出来在楼梯口汇合，罗庄子的鞋静悄悄的，所以不得不间隔就“喂”一声，像是跟藏在黑暗里的谁打招呼。罗庄子一见到吴鹏，立即跨步迎上去，如两个久别的老人相拥而行。

罗庄子说，以为能拍个公路片，或者拍个乡村爱情片，谁料却是个恐怖片——他的话音未落，黑暗里窜出一道光，直刺双眼，两人腿一软，差点双膝跪地。

玻璃门外副导演已经和他的摩托车候着了，强光正是来自这里。

——他奶奶的，还……还是个惊悚片，罗庄子终于把没说完的话说完。

摩托车跌跌撞撞上路了，车灯似一把利剑将前方的影影绰绰左砍右劈，车上的人屏住呼吸，生怕多吸一口都会增加了自重。

一道铁门挡在了前方，几只腿忽地左右撑开。这是个铁栅栏院门，一侧建有简易传达室，大概来时他们都在酣睡，没注意它的存在。吴鹏下车去敲门，三合板墙壁发出咚咚几声，再敲，又是咚咚几声，很久后，一个老头才从木屋里缓缓走出来。

他的觉被吵醒了，显然很不高兴，他一边开门一边骂骂咧咧，三个人于是一连串地说起好话，一改从前的桀骜，这个时候别说是骂，就是挨老头几巴掌，只要能让他们此刻离开就行。

继续上路了，摩托慢慢向上爬坡，车后是黑重重的一团，黑色凝固了。而前方竟隐约有了灯光，其实也并没有光亮，只是心境不同而已。三个人的心情都前所未有的轻松，"呸"出去痰、吐掉烟屁股、恨不得把身上累赘的一切都抛到后面的黑暗里去。吴鹏试图想再看一眼那个湖，费力转过脸，可什么也看不清，他怀疑傍晚是不是真的看见过那个湖了。

他们又恢复到来时的那种心情，激动、亢奋、迫不及待，此刻他们对城市充满了渴望，对灯红酒绿，对纸醉金迷，对喧嚣，对繁杂，哪怕是往常最厌烦的拥堵，都无比渴望。

副导演打开车载音乐，罗庄子唱歌了，那个神叨叨的他又附体了。音响越来越大，也有可能是四周寂静的反衬，罗庄子扯着嗓子吼：阵阵晚风吹动着松涛/吹响这风铃声如天籁/站在这城市的寂静处/让一切喧嚣走远——

副导演也吼着：就任这时光/奔腾如流水/体会这狂野/体会孤独/体会这欢乐/爱恨离别/体会这狂野/体会孤独/这是我的完美生活/也是你的完美生活……吴鹏也加入其中，三柱声音跌跌撞撞地在黑暗里攀爬，汇聚……三个人猛烈地狂笑，笑得太子摩托一阵乱颤。罗庄子连忙说停一停，快停一停，撒尿撒尿，再颠尿都要喷出来了——

他们对着黑黑的峡谷掏出家伙，尿流声窸窸窣窣，又伴随着往下坠落的空荡声。罗庄子悠悠说道，进山是多么具有哲学意味啊——

最后一滴尿排出后，罗庄子哆嗦一下身子。吴鹏也感慨道，有哲学意味，"出""入"就是离去和进来，一是"有"，一是"空"。我们厌恶庸常生活，希望超脱世人，实现精神价值。而他们呢则相反，渴望在现实生活中找到自己被牵连着的那根线。

副导演趁机坐在石头上抽着烟，在等待上路的停当，吴鹏睁大眼睛看向黑乎乎的四周，他觉得眼睛看到的不是黑暗，而是自己视力的极限。这么一想，吴鹏便感觉自己像悬浮在空中一样，就像地球悬浮在银河系一样，就像银河悬浮在宇宙中一样。他愈发感慨，甚至激动，迫不及待掏出手机。不知道为什么，突然地他又想写诗了，一种压抑不住的诗意欲喷涌而出——一些汉字具有了从前没有的词义，倔强又羞涩，在远处发出响动。他在手机键盘上摸索一阵，打了很多字，又删除；再打，再删除；再打，最后，只摁下了几个汉字——生日快落（乐）！

河水汤汤

1

河水流到父亲这儿的时候，就变得温和了。用父亲的话说，没有了脾气。水面上闪着细碎的波纹，白亮亮的。它在晒着肚皮呢。父亲总是这样说，父亲所说的“它”就是这条通天河。

这是一条父亲饲养的河流。

请不要怀疑“饲养”这个词的真实，如果那些年你恰好经过这儿，一定听说过关于我父亲的故事。父亲一生的智慧都和这条河有关。这么说似乎显得我的父亲如一个得道高人，其实，他只是一个摆渡的，祖祖辈辈都是，那只被手磨出凹形的桨传到父亲手上时，连他自己都不知道经历了多少代了。父亲少言寡语，唯一使他乐意开口的就是向我讲述他祖上的事情，那些经过一代代口耳相传被添油加醋已变得面目全非的往事和桨一道流传了下来，像两个符号一样风干在我家的土坯墙上。

父亲有自己做的桨，樟木的，柄部与桨叶由整段木料制成，桨叶呈扁平的柳叶状，自上而下逐渐减薄。除此之外，父亲还用槐木做过桨，还有杨树木、榆木，有一次，父亲用泡桐木做了两支桨，如你所知，泡桐木轻，材质疏松，下水没几次就变形了，真像打了卷儿的柳叶了。

后来那两支桨被插在我家外墙的土缝里，从远处看，还以为是房子长出的翅膀呢。

父亲是在船上出生，大概还在娘肚子里的时候就习惯这摇荡了吧，从羊水晃悠的子宫来到微波起伏的河面，河水托着小船，小船托着父亲，那个我未曾亲历的傍晚，一个孩子第一次睁开眼睛惊奇地看着河水倒映在天空上，世界如同一面镜子，他从云彩里看见水波在荡漾，河水、天空、眼睛里，都有了水波的起伏。据说父亲的第一声啼哭中掺杂着笑声，如果仔细分辨，还能听出笑声里河水般的波动，那个小小的身躯多么习惯并喜欢这种节奏啊。父亲说世界上每一个事物都有它自己的节奏。我对此深信不疑，父亲的节奏就是通天河里水浪的节奏。

父亲的船憩在岸边，或者漂浮在河中央，过河的人喊上一嗓子，声音贴着水面颤悠悠地过来了，父亲转过身，拾起桨向岸上划去。没人过河时，父亲就把桨收到船上，因常泡在水里，桨两端颜色分明，像卷着裤脚的腿——两支桨交叉着，依在船舷上，和我的父亲一样沉默。

父亲从没有离开这条河，即便是二〇〇四年的冬至之后，我仍然相信父亲还在通天河上。二〇〇四年，我似乎已长大成人，有一双父亲那样的大脚和一副不太宽阔的肩膀。我常常站在通天桥上看下面的河床，桥面很高很高，这样便有了一种俯视的味道，视线仿佛穿过层层浓雾抵达了从前。

我的记忆像棉花糖一样松散，空洞，无法拼凑出一个完整坚固的父亲的形象。在我出生之后，父亲整日将我带在身边，教我走路，教我认字。我人生中跨出的第一步就是在父亲的船上，学会的汉字最初都和水有关，河流、波涛、水浪——我能记住的只有这些，那时的记忆力还不足以记住很多。

第二年的春天，我已能蹒跚地跟在父亲身后了，从惊蛰到谷雨，几乎每个早晨都会沿着堤岸走一遍，我们的走路姿势出奇地相似。父亲手里拿着铁锨，是的，铁锨，而不是桨，像一个农民一样，准确地说，像一个修路工人，他要将松垮的泥土像螺丝帽一样地拧紧在堤岸上。

饲养河流最好的方法就是照顾好河岸，岸怎么修，水就怎么流。参差不齐的堤岸，河水拍岸的声音都是急躁的。有一次我们发现堤岸上有一个豁子，河水正想从那儿溜走呢。父亲找来蛇皮袋，把泥土装进去，泥土便有了形状，压肩叠背地把河水管得妥妥贴贴。父亲说那些溜走的河流，最终都把自己弄丢了，他亲眼看见一条三米宽的河，在树林中被蕨类植物吃掉，还有一次看见一截河流被水泥路咬断了。父亲小心翼翼地照料着河岸，生怕弄丢了一滴水。他在水边竖根杆子，杆子上系着绳子以标注水位，过些日子再来看，水位下去了很多，绳子在空中兀自飘扬。父亲很惆怅，坐在石头上望着河水发呆。那些日子父亲变得愈发沉默，他扛着铁锹走在河岸上，铲铲，拍拍，敲敲，从东边走到西边，又从西边走到东边，直到河岸和河水都被驯服了。到了小满，我们看见做标记的绳子能够漂浮在水面上了。父亲掬起一捧水有些得意地说，你看，它们又跑回来了。再过一些时候，河水继续上涨，绳子淹没在水中，河面宽阔了很多，父亲更加开心，他坐在石头上，脸上溢出水光。这个时候父亲会向我讲述过去的事，语气里带着一种含混不清的情绪，父亲说从前的通天河比现在宽多了，从南岸划船到北岸需要半个钟头，当然，这是父亲童年时的通天河。现在呢，从南岸划到北岸只需十来分钟，父亲清晰地记得他的桨在水中只做了 37 次翻转运动，如果河面宽阔的话，需要 56 次。只有在某一年的冬天特别少，父亲的桨只要划动 19 下，船就靠岸了。父亲为此十分沮丧。

船在水里走，为什么鱼没有被轧死？

我总是向父亲提出愚蠢的问题。那一年的夏天我和父亲大多数时间都是在水里度过的。父亲的榆木桨托着我的身子，而父亲总是在我注视下突然钻向河底，又在我着急得大哭时从很远的地方冒出来。

河底下有什么？我急切地问。

什么都有。父亲说。

那……有马吗？

有。

有滑滑梯吗？

有。

有汽车吗？

有。

有妈妈吗？

当然有。

是的，我的母亲在通天河里。

生活在河流附近的人常常以这样的方式结束自己的一生，好像在经历了诸多痛苦后只有河流可以接纳他们，收留他们。母亲在一个清晨乘坐父亲的船从北岸到南岸，那趟船上只有母亲和她手中襁褓里的我。河面上雾很大，好像永远划不到岸，当然，父亲多么希望这样啊，他对眼前这个面清目秀的女子颇有好感，她是哪里人？将要去哪里？为何又愁眉不展？生性内向的父亲终究没有开口说话，他用余光瞟着母亲，清晨的雾气在她的发梢上凝成水珠，显得更加动人。父亲时不时地看着襁褓里的孩子，那时他还不知道他将要和我成为父子。河面上有时会出现一两对野鸭，有时又会掠过一只飞鸟，母亲朝着它们看去，水波逐渐向远处扩散。父亲不紧不慢地划着，好像不着急过河，又好像通天河宽得划不到头似的。

母亲下船时看了父亲一眼，这一眼很重要。父亲的敦厚让她放心把孩子托付与他，当父亲发现我时，母亲已经将自己投进了通天河。父亲在河岸上傻坐了几天，水波细细碎碎的，密而不语。他搂紧我，知道这是母亲对他的信任。

从北岸到南岸的长度，成为我们三个人共渡的唯一短暂时光。

我坚信我的母亲就在通天河河底，要不父亲总喜欢钻到水里去呢。父亲向我描述的河底仿佛是另一个世界，它有着这个世界里相同的事物，但却是神奇、亲切的。每次我哭闹着要母亲时，父亲便指着通天河。有一次我闹得厉害，父亲急了，一头扎进河里。

我也好想看一看水下的世界，有一次我离开桨翻身下水，在我快要到达河底时，一双大手就把我捞上来了——我差点被水呛死。我终究没有看到河底，即使后来我又长大了一岁，即使学会了更多的汉字，我仍然无法描述出父亲所说的河底世界。父亲从水里冒出来的时候，脸上的笑容是透明的，水洗过一样。我相信我的父亲，相信通天河底有马在奔腾，有蓝色的滑滑梯，还有我的母亲。

我们跳上船，躺在甲板上，太阳慢慢西斜，无山可落时，太阳就落地平线，就落水。太阳落水像父亲潜入水中一样，猛地就不见了，水面上只留下金灿灿的光芒。

父亲将船划到岸边，捡起缆绳向空中虚晃一下，便算是定了锚。船很听话，从不会跑远。只有一次，刚溜了两桨远，就被冰给锁住了，那一天很冷，父亲花了很长时间才将它解救出来。

严冬到来后，父亲偶尔还会潜水，这时我已不需要桨了，父亲在我鞋底粘两个冰块，我就能顺着冰面滑出很远。冰下的父亲像鱼一样，身边簇拥着鱼群。他也像鱼那样吐着水泡，皮肤仿佛有着莹亮鳞片。我们从南岸向北岸出发，几乎同一时间到达。我匍匐着，与水里的父亲一冰之隔。有一阵，我把嘴贴在冰上，大声地喊他，但父亲听不见，他脸上是透明的笑容，光影如同鳞片在他身上四处蔓延。这个场景，让我既兴奋又害怕，好像某种不祥的事情正要悄悄降临。

2

漫长的黑夜之后，河岸醒来了，带着慵懒气息，温驯，平和，还有点桀骜不驯的样子。河岸上的巴泥草窜出几寸，结实地交织在一起。父亲光脚走在上面——是的，光脚，除了冬天，其他的季节他都是光着脚丫，好像要随时下河似的——父亲走路的姿势越来越奇怪，河边挑水或洗衣的人总是会停下手里的活，扭过头看——他们还不太习惯那个走在地上的父亲呢。的确，父亲走起路来很别扭，两只脚分得很开，随时要寻找某种平衡似的。有时，走着走着，他会突然停下来，身体轻轻地左右摇晃，这个时候，父亲脚下的土地恍惚变得明亮起来，浩渺无边，闪着银白的波光。好一会儿，父亲才继续向前，他抬起一只脚，在半空悬置片刻，再猛地跨出一大步，像是从船舷跳到了岸上。当然，最让人奇怪的并不是这些，而是父亲总是将他的桨扛在肩上，跟那些扛着铁锨或锄头去地里干活的农民一样，我不知道父亲为什么和他的桨形影不离，即使他不带在身边，也没人会打它们主意的。

那天，在河边洗衣和挑水的人并没有看父亲走路，而是将目光投向了更远的地方，大雾将人融化成一个个小黑点，他们看见了很多小黑点，像毛玻璃上蠕动的小虫。

那是一支桥梁建筑队。和建筑队一同到达的还有几辆装载着各种机具的卡车，车轮在村道上轧出很深的车轱辘印，像铁轨一样伸向通天河。村里的人沿着轨道涌向了河岸，摸惯了牛背和犁头的大手，落在从卡车卸下的机具上，或许他们一辈子都搞不明白，这些机具与桥梁之间的关系。没有木头，怎么造桥呢？我又提出愚蠢的问题了。当然，我的父亲也不知道答案，他还没见过那么大的桥呢。

这是一九九六年，在通天河的历史上应该记下这个年份。

之后的日子，父亲常常一边划船一边注视着不远处的工地。河底打入了深层桩，混凝土桥墩像是从河底长出来的，一天天粗壮，一天天变高。父亲感受着河水震颤，有时干脆把小船划过去，围着桥墩看一圈，那些裸露出来的钢筋和流淌着的混凝土，让他深感不安。他把船靠向岸边，从堆满脚手和模板的缝隙里爬上去。这里的天是灰的，地上的沙都跑到天上去了，起风的时候睁不开眼，人定定地立着，等风跑远。灰落下来便换了地方，落在人头上、眼窝里、鼻孔里，衣服上早就是灰糊糊的了。几个建筑工人用独轮车运送砂浆，身子比独轮车高不了多少。等待出浆的时候，他们就坐在一堆碎石前用石头刮鞋底——混凝土粘住了鞋，再不刮掉，就要变成鞋帮子了。他们并不说话，倒不是一张口会吃进沙子，而是搅拌机、打桩机实在太吵了。工地上有的是各种响声。

有一处，河岸被挖开了，土坍塌了很大一片，河水窝在那儿无法离开。河岸上流淌着混凝土，一些多余的没有及时清理掉的很快就凝固，像结成的痂糊在地上。

嘈杂声和风沙使人睁不开眼睛，透过微闭的眼帘，父亲看到的一切都是灰色，其他的色彩早已挣脱逃离。父亲立在沙堆前，双手抱着他的榆木桨，唇齿又苦又涩，眼睛嵌在深纹密皱之中。他从灰色里退回来，一直退回到他的河岸。父亲变得更加沉默了，他一动不动地坐在船舷上。

桥一天天长大，像横卧在通天河上的巨兽，相形之下，父亲和他的小船如同一只小甲虫。桥筑好了，过河的人不再需要来到渡口了，他们从桥上经过，下意识地扭头看桥下，人们多么喜欢这样啊——站在高处，朝渡口俯视。

施工队离开后，父亲变得忙碌了，每天要花很多的时间去修整河岸，那个坍塌的地方，像一道伤口，露出最虚弱最不堪一击的一面，河水在此处变得浑浊不清，一副心事重重的样子。父亲用铁锹将虚土铲去，露出大片的绿褐色，细细的纹路纵横交错，犹如血管分布其间。父亲从大堤上运来了土，是更深一点的绿褐色，两种土如何紧密交融，父亲是花了心思的。一层层填实，夯平，直到土层上面渗出细密的水来，如同吐露出的秘密。父亲再用巴泥草覆盖在土上，期待生根抽芽，形成星罗密布的网状。

做完这些，父亲并不着急回去，而是对着桥墩发呆——他对其极不放心。父亲沿着两岸来回看着，最后还是将小船划向了桥墩。日光从天空铺天盖地泄下来，在桥下形成浓厚的阴影，桥下的水，冰冷而坚硬，阴郁又急迫地从桥孔间流过。父亲注视着桥墩，像巨兽陷入河底的腿，水在这儿形成很多个漩涡，发出呼呼的声音。父亲把刮在桥墩上的水草清理掉，站起来，身子向桥墩靠拢，耳朵贴上去。谁也不知道父亲在倾听什么，仿佛真的听见什么了——这一动作会持续很久，他的神情更加忧郁，脸上的肌肉慢慢下耷，眼角和嘴角都呈下坠之势。

天光像被蒙了牛皮纸，黄昏来了。离开桥墩，父亲就不划船了，他把桨收上来，和自己一同躺在船舷上。只有一次，父亲突然跳进水里，像从前那样扎了个很深的猛子，顺着桥墩一直摸索到河床。半晌，水面逐渐平静了，父亲才钻出来，费力地爬上小船。

3

这一年春天雾多，日子模模糊糊向前走。早晨的烟霭和薄雾还没完全散去，焦糖色的黄昏便急匆匆地到来，过河的人从桥上经过，鞋和自行车发出疾驰的声音，如果在桥下听，这声音还会被放大，像从脖颈碾过一样。我也喜欢从桥上走，扯开双腿跨出最大的步子。从桥南到桥北只需要四十六步就到了，我一边奔跑一边瞟向父亲——他并不知道我正跟他比赛呢。当然，结果可想而知，他总是被我甩得远远的。我趴在桥栏杆上，朝父亲的小船看去。也不知道什么时候，我也喜欢进行这样的俯视。居高临下，对，那时我刚学会了这个成语。和我一同趴在桥栏杆上的还有其他小孩，附近村里的，我们一字排开，踮着脚看船上的父亲。不知道先是谁向空中吐了唾沫，白色的带着飞沫的口水飞速下坠。有人不甘示弱，也用力吐出，白色的点在半空划出一道抛物线。紧接着，又有一口唾沫飞下去。参与的人越来越多，都使劲伸着脖子，以至于唾沫飞得更远一点，向小船更靠近一点。这几乎是我们每天必玩的游戏，直到嘴里再吐不出半点星子。飞舞的唾沫纷纷坠向水面，像浑浊的雨点，我从这雨帘里看着父亲，心中愤懑。

来摆渡的人少之又少，只有一些想少走点路的人才从这儿经过。但这并没影响父亲的热情，有那么一段时间，他的这种专注和热情似乎到达了极致，他居然爱上了做桨。这起源于一棵被河水冲倒的桦树，父亲将树拖回来，削去枝杈，先在水里浸泡了一些日子，又在太阳下晾晒了很久，像是对它进行考验似的。父亲保留了树皮，那些眼睛一样的花纹布满桨身。父亲对这副桨到了爱不释手的地步，时刻不离左右，他和桨一同飘荡在通天河上的时光变得炯炯有神起来，若干双眼睛目不转睛地注视着河流与天空，很难分清哪一双是父亲的。

再后来，父亲又做了很多桨，都是利用一些不好好生长的树。现在它们都整齐地挂在小屋的墙上，像无数只腿，父亲每天出门前总要来回挑选一阵，有点阅兵的味道。父亲很享受这个过程。

然而，一天傍晚，父亲发现桨不见了，那个如万马奔腾的墙面空空荡荡。父亲迟疑了一下，但很快就发现了桨的踪迹，父亲从草丛里，桥洞下，一一把它们找了回来。

次日早晨，小船也不见了，河面变得极其安静。父亲沿着河岸向东走了一里路，并没有发现小船。他返回渡口，坐在小船原来停靠的码头上，神情黯然。他的目光打量拴锚的铁桩，好像要从中找到答案似的，他猜不透昨夜发生了什么，河水、小船、锚、铁栓，仿佛进行了一场合谋。中午时分，父亲又向东去了，他不甘心，这一次走了更远，直到天黑了父亲才划着小船回来了。是的，船已经顺流而下，跑了很远了。父亲从船上跳下来，疲惫又兴奋。水波拍打着河岸和船舷的声音又传进我的耳里了，熟悉到令人厌恶。我捂上耳朵，躲在窗口看父亲的一举一动。当然，我不会承认船是被我放走的。

很少再有人来河边洗衣淘米了。父亲心事重重，他不知道是不是桥把人与河水的距离拉开了，还是人们不再习惯亲近河水了，总之，他很久没有听到水码头上河水一样的欢笑声了。

是的，水码头——父亲更习惯称作水板凳——用木板或者石头铺就而成，村里的人从前都在水板凳上淘洗一年四季的食材和衣裳，世世代代如此。现在水板凳上居然长出了青苔，还有一处倒塌在水里。父亲用锹将青苔清理掉，又将活动的石头压紧，人走上去就稳稳当当了。从水板凳上回来，父亲并没有回到小船，而是去了村里，他先去了一个叫王彩风的人家，站在她家贴着"日月千秋照，江河万古流"对联的门前。这个叫王彩风的女人最爱去河边洗鞋了，她的嗓门总是很大，笑声水珠儿似的叮叮当当落在河面上。父亲的突然出现把她吓了一跳，她皱了皱眉问什么事呢？父亲支支吾吾，直到离开都没说出一句话。父亲又去了王国柱家，他看见王国柱挑水的桶正躲在旮旯里呢。父亲转身离开，接着，他又去敲了敲另外的几扇门，虚掩的院门内阒静无声，只有狗从里面迎了出来——它们的主人还没从桥那头回来哩。父亲默默地往回走，头垂到胸口，嘴里一遍遍念着那句对联，像是和谁在怄气似的。

这一年秋天，通天河发了一次大水，之前并没有征兆，只是雨水连绵，河面宽阔了很多，河水很急，走得跌跌撞撞——一条河任性了，它会上山，会逃走——河水爬上了河岸，一直奔进村里，把鸡窝和茅棚都冲走了，据说一个草垛被河水带出去很远，打着旋儿跑了一里路。

玉米地、棉花地、豆角地里都汪满了水，水渗不下去，也排泄不了，地像被涨开了，踩在哪里都是松松软软的。水退了后，村庄一片狼藉，泥土的颜色也深了一层。

这是通天河最浪荡不羁的一年，河水常常潜伏在河岸，伺机出逃，父亲将河岸又加高一尺，像个虚胖的人，整个冬天父亲都在河岸上奔忙，直到第二年开春，河水的情绪才稳定下来，像闹够的孩子疲沓了。秋天时，渡口来了几个年轻的男孩女孩，他们是从城里过来的，经过通天桥时看到了摆渡船，很稀奇，便像一群麻雀似的叽叽喳喳飞下来。

他们要摆渡。

男孩女孩们麻雀似的跳上船，船一离开河岸，“麻雀”们就兴奋得尖叫，一个女孩踉踉跄跄从船尾去向船头，一个男孩向父亲提出要自己划桨，他对这种看似简单的运动正摩拳擦掌呢。男孩接过父亲的桨，费力地摇起来，船却原地不动，他转过身，把所有力气都用在对付其中一支桨上，结果，船在原地旋转，这又引起女孩儿们的一阵嘲弄和尖叫，他们前俯后仰，夸张地笑着，差点掉进河里。过了河心，小船才稳当起来。河面好宽哦，好像划也划不到岸似的，女孩感叹着。所有的河流都流向大海，男孩顿了顿补充道，你们知道么，世界上所有的河流都是同一条河。

啊，那这条河会连着亚马逊河吗？

对呀，还有尼罗河。

连着长江吗？

可是，长江的源头在哪里呢？

长江的源头是当曲河啊。

不对不对，沱沱河才是长江的正源哩。

男孩女孩们争论着，一阵风吹来，将他们的话哔哔剥剥刮落在水面上。父亲坐在船板上，认真听着，他第一次听到这些，仿佛听着祖上的传说一样。他拘谨地坐着，半开半闭的眼睛承受着阳光的猛烈倾泻。他的手不住地颤抖，桨离他很远，他几次按捺住胳膊的下意识抬起——这种感觉使父亲有些不安，也有些难过。他成了被摆渡的人了。

日子向前流淌，从前和父亲做标记的绳子飘扬在空中。其实，早在大水之后，河水不断地逃走，现在从北岸到南岸只要划 21 次桨就到了。水位一天天矮下去，河流变得孱弱细瘦。父亲坐在石头上，看着远处的河岸——又被野草们统领了，密密层层的巴泥草、蓟草、莎草在午后的烈焰里噼啪作响，高涨的气温催生出许多奇怪的、阔大的锯齿状叶子，它们繁复得不可思议，在河岸上大肆铺展，千百倍地繁孳。

一个黑色的球从远处漂了过来，在一处杂草繁盛的河岸憩下，父亲用桨将它挑起——是一只头盔，前挡塑料已破碎了，留下空洞的眼眶。父亲将头盔顶在桨上，扛回来。第二天，父亲又捡到两个空汽水瓶，它们像两个流离失所的人随波逐流，原本还会继续向下游游去，却被父亲的小船挡住了去路。后来父亲捡到的东西越来越多，有一次竟然看见水面上晃悠着一只椅子，准确地说，是椅子的三分之一，除了椅背和椅面，腿已经没有了，但父亲仍能分辨得出这是一只椅子。波浪推着它向前走，椅子缓慢地翻滚着，有些极不情愿。

漂来的废物越来越多了，带着城里落拓不羁的气息，它们被父亲打捞上来，在河岸上堆成了一座小山。父亲不知道上游发生了什么，仿佛一切事物都要投进河流之中。

在春天的最后一个周末，父亲又一次目睹有人投河。这是个中年妇女，穿着一件厚厚的毛衣，身子有些微胖。她不是附近的人，没人见过她，当然，通天桥上来往的外地人太多了。很显然这是一件蓄谋已久的自杀，女人径直来到通天桥上，停了片刻，仿佛与往昔岁月作最后的道别，然后，笨拙地爬过栏杆，纵身一跃。

令人奇怪的是，她在河里摔了个跟头就站起来了，河流并没有收留她，女人从齐膝的水里爬上来，毫发未损。后来很多人都聚拢在桥面上，意兴阑珊地观看了这一幕，好像观看一出闹剧似的。

是的，这一年的冬天河水已浅得令人羞涩，河床像丑陋的牙花子那样袒露出来，焕发着单调又无趣的色泽。但这并没有影响从桥上经过的人，包括我，我们步履不停，向着前方。只有父亲为此悲伤和焦虑，他的小船搁在岸上，与河水遥遥相望，上游除了漂来那些他叫不出名字的东西外，不再有河水奔流而下。

春末的时候，那几个曾在这儿摆渡的男孩女孩们又来了，他们将小船推进水里，向父亲要去了桨，貌似熟练地划起来，但也仅仅是两三分钟，男孩女孩们便尖叫了，这一次不是因为船将翻进水里，而是搁浅了，河床死死地咬住船底。船上的人纷纷跳进浅水里，花了好大力气才将小船从河泥里拔出来。

4

河水愈发单薄，像捉襟见肘的内衣慢慢褪去。我如局外人一样斜睨着这一切，甚至内心无比期待——这一点，我和父亲是相反的，我像要揭开谜底一样盼着河底快点露出来。

父亲是在一个早晨发现通天河溜走了，河水在日出之前消失得无影无踪。

河底的世界一览无遗，旋转木马，火车，以及我的母亲，并没有一一出现。父亲看着我，像是谎言被拆穿了，心虚，无奈，颓丧。

什——么——都——没——有。我一个字一个字地说，每个字都用力地撞击着口腔，显得咬牙切齿。

河底没有火车，河底也没有妈妈，什么都没有。我大声地说着，我感到自己的世界在那个早晨崩塌了,无尽的悲伤向我涌来。

什么也没有看见,我怎么……什么都没有看见,你骗我,你骗我的,你是骗子,你是个骗子。我早就知道了,你是骗子,你没有老婆,没有小孩,你是小偷,你是强盗,是疯子,你就是个骗子……我有些语无伦次,将能想到的词语一股脑儿向他掷去。

父亲垂着手臂,眼睛不敢看我,一遍遍地嗫嚅着,会有水的,会有水的,河水会跑回来的……半晌,他又迟疑着抬了抬手,想在我的脑袋上摸一摸,却被我甩开了。

若干年后,我都难以阐明那个早晨自己的巨大悲伤,是对河水的憎恨,是对河底的失望,还是对自己身世的难过,抑或是对父亲终日守在河边的不满。仿佛地上所有的水都涌向了空中,向我裹挟而来,我拼命地跑,竭尽全力地逃亡。

我的身后有熊熊大火,是在枯草被我抱进小船后点燃的,我的耳边除了呼呼的风声,还有木头燃烧的炸裂声,我已经跑了很久了,但声音不绝于耳,火焰的声音急促,焦躁,爆裂,不同于水浪的节奏。

我沿着河底向上游奔去,黑色的河床夺走了我的视力,眼前总是一片茫然。我使劲揉着眼睛,试图看清什么,远处的父亲也变成模糊的一点,准确地说,是变成一只蚂蚁,围着燃烧的小船像热锅上的蚂蚁一样。

火被扑灭后,小船已变得黑黑的了,这些是我后来听说的。黑黑的河床和黑黑的船,倒是相配。

漫长又炽烈的夏日快到来了,河底已经出现龟裂,裂纹像藤蔓恣意地四处逶迤,据说父亲常常站在桥下,仰着头看高高的桥面,很长时间过去了,脖子像卡住了一样。没有水的河上的桥是多么可笑啊!父亲会自言自语。有时他又一连几个钟头蹲在河床上,光着脊背,皮肤是河床一样的焦黑色,日光使他无法睁开眼睛,耷拉的眼皮下双眼无神,视线穿过裂缝,试图找到河水逃走的痕迹。他一动不动地,似乎沉浸在某种艰深的疑问之中。那时候，没有人明白父亲这些古怪举止令人难过的根源，也不明白在他内心深处累积的痛苦。炎热到来时，父亲走了，他扛着一支桨沿着河床逆行而上。

一个月后，父亲回来了，他的衣服被荆棘撕破了，腿上也拉出一道深深的口子。父亲顺着河床走了很多天，所有的河床都是那样的焦灼和悲痛，裂缝越来越宽，越来越深，从细细的蚯蚓状到擀面杖一样的宽度。有一处，父亲根本无法行走，因为一不小心双脚就要掉入裂缝中。只有一个地方还能看见一小截河流，浅浅的薄薄的一层，父亲很欣喜，却不知道怎样才能将它们卷起来带回。回来的时候，他的裤脚一直都是卷着的。也许，那些逃走的河水很快就会追上来，痒酥酥地舔着他的脚丫呢。

这一年的冬天，雾特别多，像是地上的水都跑到了半空。清早起来便是这满天满地的稠雾。村庄看不见了，通天桥看不见了，河床看不见了，就连父亲堆在岸上的废物堆也看不见了。中午的时候，还能看见太阳，像一只白色毛线团，无力地支在天上。

父亲的眼里都是雾气。他坐在开裂的河床上，坐在雾里，一坐就是一天，有时把自己都弄丢了。在一个清晨，父亲又一次离开了，准确地说，是划着他的小船离开的。从桥上经过的人正好看到了这一幕，他们说，那天的雾好大好大，通天河里涨满了水，河面无比宽阔，父亲的焦黑的小船漂荡在河面上。也有人说，小船是漂浮在大雾上的，离桥面很近，黑黑的，很刺目。说的人都信誓旦旦，仿佛刚刚亲历了那个早晨。谁知道呢？但有一点可以肯定：父亲把所有的桨都抱上了小船，包括那只桦树做成的桨。因为穿过层层浓雾，人们从重重叠叠的桨堆里看见了桨的眼睛。

去梨花村

1

整个冬天，我都在铲雪，没有比这更糟糕的了……

我用笔在纸上写下这句话，以记录第十三个被大雪覆盖的梦境。火车在震颤，使得我的字歪歪扭扭，它们像被敲断了筋骨，软塌塌地挤在一起，在纸上呈爬坡之势。火车也在爬坡，有一阵，我分明感到它停了下来，喘气、颤动、摇晃，然后像一个风烛残年的老人一样慢慢地挪动。车厢里有几双眼睛看着我，好像这缓慢的原因是我造成的，又像是火车慢下来使得眼神不那么摇晃，他们将目光像膏药一样粘在我身上，又如钉子似的敲进我的皮肤。我知道，我的头发、胡须，以及衣着，无一不在告诉人们这是一个肮脏又落魄的中年男人。不过，都无所谓了，我并不在乎陌生人，在过去的二十多个小时车程里，我没有开口对陌生人说过话，几次必要的交流都是通过纸和笔进行的。也许你也有过同样的经历，不想说话的时候就让自己变成一个哑巴。

我要在G站下车，这是戈壁上的一个小站，下车的人不多，列车员在我们这截车厢搭讪，时不时地用眼睛瞟我，像是随时欢送我的离去。在西北广袤的大地上，一旦错过了站，下一站就得几百公里之外。

我已经写完整整一页纸，这个年代在纸上写字多少显得有点儿不太正常，尤其是在摇摇晃晃的火车上。你要去哪里？列车员突然转过身问我，我觉得这个问题盘踞在他脑海里一定很久了。但我不想说话，你知道的，此时也不愿在纸上写下此行的目的——去梨花村。如果我把那张写着字的白纸举过头顶，又如果有个镜头从这几个字慢慢抬升，再抬升，直至整个火车都在镜头的俯瞰之下——这看起来多像一部电影的拙劣片头。

火车一声鸣笛后我下车了，列车员在身后提醒，把行李带全。他的声音很钝，带着戈壁滩砂石粗劣的气息。窗玻璃后面许多双眼睛齐齐看向我，人们终于可以堂而皇之地将目光长久地停留在我身上了，这时他们会发现，这个走在月台上蓬头垢面的男人除了一个和自己一样干瘦如柴的背包外什么也没有。

去梨花村，这是在三十一个小时前决定的，那时我刚从一列火车上下来，站在火车站广场上，和很多茫然四顾的旅客一样。我在广场上足足站了两个钟头，春天里还不太暖和的风吹得眼睛生疼。这一个月我去了很多地方，一张鸡形的地图上标注了我走过的路。我见了我所有的朋友，当然，我的朋友并不多，我把那些名字记在一个本子上，不长，只有短短的一小串，偶尔掏出来看看，让人觉得，这个世上还有很多人与我有着关联。我见了两个小时候的玩伴，他们常年在外打工，如果不是苍老的脸上还残留一点儿时的模样，我几乎认不出来了。我还见到中学时最好的朋友，我们有过六年一起骑车上学的经历，后来各奔东西，去了不同的城市。我居然记不得他的大名了，经另一个同学提醒，我才想起他的名字和我只相差一个字。他在一个很远的工地上打工，看见他时，我的朋友正用独轮车运送砂浆，身子比独轮车高不了多少。我上前招呼，他瞪大眼睛看我，眼珠子是跟砂浆一样的青灰色。认出我后他找人替了自己一会儿，然后和我坐在一堆碎石前。突然的，我不知道该说些什么，旁边的搅拌机实在太吵了，工地上有的是各种响声。他把鞋脱下来，倒出里面快要凝固的砂浆，然后又用石头刮着鞋底，对我说了那个傍晚唯一的一句话，他说，再不刮掉，就要变成鞋帮子了。这时我才发现它们的厚度，像唱戏的官靴。整个傍晚我都在看他倒腾那双鞋，从工地出来，迎面一阵大风，把能吹上天的都吹起来了，我闭着眼睛怔怔地站了一会儿，睁开时，一只裂了口的旅游鞋落在我脚边，那一刻，我差点哭出来，觉得这旅游鞋和自己有点儿同病相怜的意思。

我站在售票厅里，看着屏幕上滑过的时间和城市名。我想去一个远一点的地方，就在这时，我看见屏幕上出现了G市。人的记忆里总存在一些奇怪的罅隙，G市就是藏在一道缝隙里的名字。从前的记忆慢慢回流，我想起了很多，我甚至能脱口而出有关G市的那个完整的收件人和地址：达瓦，G市察木乡梨花村。

2

我有的是时间，我要把时间大把大把地赠给别人。有一天，我发现时间在我这儿是有皱褶的，平铺开来，简直辽阔无边，我一点儿都不喜欢这漫长冗余的一切。我从站台搭便车去察木乡，花去一天；又搭乘过路的小皮卡从察木乡去梨花村，又花去小半天。我把时间像钞票一样挥霍出去，感到一种前所未有的快意。皮卡一路颠簸着，跳跃着，和时间一同向前奔跑。晌午，皮卡停在一个前不着村后不着店的路边，皮卡主人指着一条细瘦隐约的路对我说，到了，沿着它向前，就能到达你要去的地方了。

现在，我已经沿着这条路走了很久，除了和时间一样辽阔无边的草地外，并没有看到村庄。我想起不久前在路边和皮卡主人的对话，我问这是不是通往梨花村的路？皮卡主人认真地看着我，他黑黢黢的，白眼珠在黑眼眶里木木地转了转说，这就是你要去的地方。他反复说着这句话，无比坚定。我问，我要去察木乡的梨花村。他点了点头，对，察木，就是察木。我一头雾水，察木？我们不是刚从察木来的吗？他看着我，又说，这里就是察木，过了这里，前面就是明洛乡了。

路很快就不见了，像被草丛吞掉，又在不远处吐了出来。此时正是春天，草原上的春天姗姗来迟，草色仍未返青，这时的草是变色龙，散发着和土地一样令人颓唐和沮丧的颜色。它们并不像路的样子，极其轻浮，只是在作为路的地方，草色比其他地方略深，我的大部分时间都用来辨认路，像要把它们从泥土里揪出来。

正午的阳光使身体微微出汗，一条轻描淡写的路指向南方，我开始怀疑这条路的正确性了，怀疑皮卡主人逻辑不清的语句。就在这时，我遇见了桑吉，或者叫次仁吧，他告诉我他有三个名字，他的阿爸叫他桑吉，他的母亲叫他次仁，而他的姐姐喜欢叫他尼玛。不过，他喜欢桑吉这个名字，因为他最喜欢他的阿爸。桑吉说这话的时候，我也在脑子里迅速给自己取了三个名字，一个叫建国，一个叫华仔，一个叫吴成功——三个名字有什么了不起的。桑吉正躺在一个斜坡上晒太阳，我先是看见他的羊群，他的羊正在一块坳地里吃草，头也不抬，不仔细看，你还以为它们正吃着泥巴呢，再然后便看见了桑吉。

喂——我朝他喊，小孩——

他抬起头，眉毛微皱。我叫桑吉，他也朝我喊。

你的羊在吃泥巴吗？我不怀好意地笑。

唔，你的羊才吃泥巴呢，桑吉歪着脑袋说。

你知道梨花村吗？这条路是不是往梨花村啊？我收住笑容。

这回他咧开嘴笑了，牙齿熠熠生辉，阳光在他下巴处打出一片阴影。他飞快地向我跑来，准确地说，像小石子儿一样滚到我的脚边。

唔，我当然知道梨花村。白牙被收进去，抿着嘴一副得意的样子。桑吉个头不高，看起来十岁左右，我问他年龄，他想了好半天，将又黑又脏的右手在空中翻了一番，伸出两个指头，说，十岁，十二岁，唔，十一岁。说完摇了摇头，皱着眉，好像这个问题难住他了。他朝四面看看，右手在半空画了几道弧线，弹跳着指向远处。梨花村就在那里，他说。

还有多远？问出问题后我就后悔了，这样的距离问题对于一个孩子来说有点困难。但桑吉很快就答非所问了，唔，梨花村，梨花村就在那里。

那里是哪里？我故意逗他。

唔，那里就是那里。

后来我发现，“唔”字几乎是他的起始语，好比我们喝酒前要打开瓶盖，瓶盖和瓶嘴发出“啵”的一声后，方能倒出酒来。

唔，爬一个坡，再爬一个坡。

唔，朝着太阳走就对了。

唔，梨花村不多远。

……

我继续向着太阳前进，走出不远后，桑吉追了上来。唔，你要去梨花村吗？他喘着粗气问，没等我回答，又说，你是要去梨花村看水井吗？

3

桑吉和我上路了，他说他都快记不起来梨花村和那口水井了，现在遇见我，我问了他梨花村，这下他就想起来了，想起梨花村后，这一天他会没心思放羊，所以他也想去梨花村。

在得知我去梨花村不是为了水井时，桑吉很意外，但仍然愿意与我一同前往，因为在这片草原上，除了他和他的阿爸丹增，没有人比他们更熟悉这条路的了。

那你的羊咋办？我问。

唔，羊自己吃草。桑吉说，他很健谈，他的阿妈说他的问题比乌木家的羊还多，但他觉得自己的问题比草原上的草籽还多。

你去梨花村做什么？桑吉问。

我想了想回答，去旅行。

唔，旅行是什么意思？找朋友吗？

啊，旅行，我停顿了下，寻找一个合适的解释，旅行就是去那儿看一看吧。

为什么不去坝子上看一看，那儿有一棵红柳树，很漂亮；或者去宁亚寺，去转经，还能看喇嘛们辩经呢。

我皱着眉，说，我不想去坝子和宁亚寺，我就想去梨花村看一看。

为什么嘛？梨花村还有啥嘛？桑吉打破砂锅地问。

我有个朋友住在梨花村——

唔，我说嘛，旅行的意思就是找朋友嘛。桑吉噘着嘴，十分得意。

你的朋友叫什么？过了会儿他又问。

达瓦。我说，不过，我并没有见过我的朋友。

唔，他不愿意见你吗？

当然不是，我们有十多年不联系了，他给我写过信，我也给他写过信——

桑吉连忙打断我，告诉我他知道"信"是什么意思，信就是要紧的东西。对吧？他说。

有时，也是不要紧的东西，我反驳。

不要紧为啥写信嘛？

可能是……想念了。

唔，想念就是要紧的事嘛。我发觉桑吉像是已知谜底的人对我进行发问。他说没人比他阿爸更懂得信了，因为阿爸曾经是个送信的人。

在草原上送信？我很惊讶。

唔，草原上，骑马，送信去，从乡里到村子，到梨花村，到关木村，还到鸡头村。桑吉说阿爸经常带他一起去送信，他们骑一匹枣红色的马，每次出门都要两三天才能回来。不放羊了吗？羊和牛怎么办？阿妈总是追出来。阿爸就说，这是乡里派给的任务，你把羊赶到坡子上去嘛，羊自己吃草嘛。我们沿着这条路走，如果先去鸡头村，再去关木村，最后才去梨花村，这样路上就会走得很快，想快点去梨花村嘛；如果是先去了梨花村，再去鸡头村和关木村，离开梨花村后就会走得很慢，总是要多花半天时间。有的时候没有梨花村的信，阿爸也会去看一看，因为梨花村有一口井，阿爸就用桶装点井水回来，井里的水比沱沱河和昆仑河的水甜，阿妈说用井水煮出的酥油茶好喝，阿妈喝到甜井水，就不要阿爸放羊了。

唔，你和你的朋友为什么不联系了呢？桑吉好像突然想起来，转过头来问。

我想寻找一种简单易懂的叙述使桑吉明白，因为我和达瓦是笔友关系，笔友这个词桑吉能懂吗？我认识达瓦的时候和现在的桑吉差不多大，达瓦和我都是四年级学生。至于我和达瓦为什么开始了通信交往，我已经不太记得，是不是在报纸上看到一篇关于察木乡梨花村小学的报道，我写了一封信，那时我一定不知道达瓦，我只要在收信人的地方写下“四年级 14 号学生收”就可以了。

14 是我的学号，很快，我便收到了回信，这简直让人太意外了。写信的人就是达瓦，信很短，只有几句话，他说他就是 14 号。达瓦的汉字写得不好，歪歪扭扭，像是被风吹散架了。

4

太阳晒得草尖儿发亮，回头看走过的路，很难分辨，完成使命后它们又藏到泥土里去了。我想着我所生活的城市，那些道路流露出来的自信，它们的强度和稳固性，使它们看起来那么地高傲和漫不经心。有的路极不友善，起初是小心翼翼毕恭毕敬等着你的到来，可你一旦踏上去，它们就变得老谋深算，处心积虑地让你多走弯路。

我们笔直地向着南方，即便有时从路上偏离，但很快就会回到路上，在草原上没有什么比一条小路更让你感到踏实放心的了。

桑吉的话很多，但是并不令我厌烦，我也说了很多，好像把前几日的话都攒到现在了。

桑吉说爬过前面那个小坡，向左走，就能到鸡头村，向右走，就是关木村，如果既不向左也不向右，那就是去梨花村了。

你对这儿很熟悉。我称赞他。

桑吉笑了，有点不好意思，他说他和阿爸去送信是很多年前的事了，那时他还小，比现在小，有时是他坐在阿爸的前面，有时是他自己骑马。每次经过这儿，阿爸总会问一下普莫，普莫是阿爸的枣红马，阿爸摸摸马额头说，普莫，我们要不要先去梨花村嘛？普莫这时就会打个响鼻，撒开蹄子朝梨花村的方向奔去。

桑吉问，城里的送信人也骑马吗？我说，不是，马不会待在城里。

为什么嘛？桑吉问，城里人不喜欢马？

喜欢，城里人喜欢马，城里人更喜欢马肉。我狡黠地笑。

桑吉似懂非懂，他弯腰从地上捡起一个小石块，拴在马鞭一端，举过头顶，抡开，马鞭发出呼呼的声音，突然，持马鞭的手一收，小石块飞了出去，准确无误地打在一个小土堆上。桑吉说自己有一次差点打中一只狼崽，那只狼崽是独自出来觅食的，它跟在羊群后面，等待掉队的羊呢。放羊时桑吉沿途会捡几十个小石子放在随身的皮兜里，如果哪只羊离队或不老实，一个石子甩过去，它就老老实实回到队伍里来了。但我从来没有打在它们身上，桑吉补充说，因为它们是我最好的朋友。

我想起达瓦给我的信了，他总是在信末写上一句：你最好的朋友达瓦。我被这句话感染了，以至于每次回信时，也在信的开头写上：达瓦，你是我最好的朋友。而实际上，我和达瓦之间只通了四次信，后来怎么就不写信了，也记不起来了。我记得第二封来信，达瓦滔滔不绝——那时我刚学会这个成语——说了很多，除去错别字，除去没写周全的字，再除去那些被风吹散架的字，能认出的也不多，那些字只讲了一件事，就是他们村的梨花都开了。

达瓦说村子里有一片梨树林，每年春天梨花会开放，白白的，像雪一样。

达瓦写那封信时正是春天，等我收到时夏天已经到来了，信在路上跑了很多天，但我仍然能闻到信纸上梨花的香气。

我问桑吉，看过梨花没有？

桑吉说，看过，紫色的梨花，唔，好看得很。

我愣了一下，更正道：梨花是白色的。

5

我没想到桑吉会因为梨花是白色还是紫色的问题与我赌气，他一边抽着鞭子，一边快速向前跑去，把我甩出很远。

刚刚我对桑吉说梨花只有一种颜色，白色，为了证明梨花是白色，还特意背诵一首苏东坡的诗句：梨花淡白柳深青，柳絮飞时花满城。你看，梨花淡白，就是白色的嘛，梨花白色是事实，不可改变，它像真理一样存在。

于是桑吉急了，他说他看到的梨花是紫色，准没错的，梨花是阿爸带给他的，阿爸的梨花是从梨花村摘的，也准没错的。他说自己不知道真理是啥，他的阿爸也经常和他讲到真理。他觉得真理就像一个洞，越掘越深，可是没有人能在洞口看见里面的样子，他倒是想把阿妈剪羊毛时难闻的气味看作是真理呢。

我也搞不懂自己为什么要和一个小屁孩争论梨花的颜色，白色，紫色，有那么重要吗？也许我们看到的世界只是真实世界的影子，是现象世界，在现象世界背后还有更加真实、更加完美的世界，那个世界是理念的世界，也许就是那个紫色梨花的世界。

桑吉——我在他身后喊。

你不可以叫桑吉，只有阿爸才可以这么叫。

次仁——我换了叫法。

也不可以，桑吉噘着嘴。看来他真是生气了。

咩——咩——我开始学羊叫。

桑吉转过身笑了，他将双手窝成喇叭放在嘴边，朝我大声喊，所有的羊都是我的好朋友，你也是我的好朋友。

桑吉让我讲一讲关于我的朋友达瓦，达瓦的信一定是经过我们脚下这条小路去往乡里呢。

我总是迫不及待地给达瓦回信，信寄出后便开始盼着，达瓦的信姗姗来迟，等到快要觉得我可能再也收不到他信的时候才会出现。信是寄到学校的，课间我会被班主任叫到她办公室去取，班主任走在我的前面，她走得极其缓慢，好像随时要掉转头问我什么，但一次都没有。我们要穿过操场一角，还要经过一条水杉小道，才能到达她的办公室，我从没这么认真且缓慢地走在校园里，水杉羽毛形状的落叶在地上铺了薄薄一层，踩在上面发出哧哧的响声，我的脚有点不听使唤，走得很别扭，不知道该让步子重一点，还是轻一点。我听到远处大堤上的鸟叫声，还有更远处自行车的铃铛声，尖细的，又短促的，似乎奔赴远方而去。这一路，我的心情十分复杂，激动，欣喜，温暖，还有一点淡淡的忧伤，我至今不明白为什么会感到忧伤，好像那些美好的事物即将要消失似的。

美好的东西都很短暂，我突然对桑吉说。

桑吉抬头看我，眼睛里有夕阳的影子。短暂是什么意思？他问。

短暂，就是马上有消失的危险的意思。我努力解释着。

唔，那么，阿爸的枣红马也要消失吗？

6

桑吉一家搬来若尔木牧场的第一个夏天，他的阿爸丹增就开始骑马送信了。他们渐渐熟悉了草原上的每个小村落，每个山丘，每条小路，每扇被北风吹得呼啦作响的毡包门。他们会在水花飞溅中穿过昆仑山脉冰雪融化的溪流，或者在夕阳下慢悠悠地爬上牛背山的山口。桑吉说阿爸总是爱唱歌，他的声音跑得很远，普莫奔跑好一会儿才能追上所有回音。夏天是最好的季节，阿爸和普莫看着风景就到家了。到了冬天，路就难走了，地上结满冰溜子，阿爸穿上厚厚的毡筒靴，把自己裹得严严实实，若是遇到大雪，去一趟梨花村就得一个礼拜了。村里的人都很想念阿爸的到来，要是很久没看见阿爸，他们就会串门子问一问：看见丹增了吗？丹增多久能到？丹增的枣红马去井边了吗？阿爸的挎包里背着几封信，有的是从县里寄来的，有的从省城寄来的，回去的时候，包里还会有几封信，是寄到县里的，或寄到省里的。桑吉问他的阿爸，他们为什么写信？信是祝福吗？

哦，不只是祝福，还有，别的嘛，他的阿爸回答他。

桑吉又问，唔，他们为什么把信装在纸包里，是不想让别人看到吗？

哦，看不见的东西使它美丽，重要的东西是看不见的。他的阿爸说话时喜欢加一个“哦”字，和桑吉的“唔”一个意思。桑吉说草原上没有人比阿爸识字多，他喜欢听阿爸说话，虽然他常常听不懂。

我们已经走了很久，太阳变得无力，我问桑吉还有多远？桑吉回答，不多远。这样的问答已进行了若干次，每一次桑吉都胸有成竹地回答这仨字。要是我再追问，桑吉一定会说，梨花村就在那里，准没错的。

天黑前能赶到吗？我又问。

桑吉皱着眉头想了会儿，好像脑袋里正进行精密的路程计算，计算完，继续斩钉截铁地对我说，不多远，准没错的。

桑吉说他和阿爸送信去梨花村，有时太阳很高就到了，有时天黑才赶到，有一次，天黑透了，他们还在半路，后来阿爸看见一个白白的东西，是毡包，毡包很破，所以它的主人没将它带走，他们便在里面待了一晚，阿爸说一定是从夏牧场赶去冬牧场的人家。他们在毡包里发现一小袋青稞面，一盒火柴，那个晚上，他们吃得很饱，睡得也很好。

黑暗是一层层降临的，第一层黑暗到来时，大地生出些许凉意；第三层黑暗到来时，我和桑吉看不见彼此的眼睛了。又向前走了一会儿，我们并没能幸运地遇到一个破毡包，倒是在一个矮坡下发现了两堵墙，这是一个废弃的羊圈，用石头堆成长方形，现在只剩下长方形的两条边了。当然也没发现青稞面，只有墙角堆着的一点牦牛粪。在草原上，牦牛粪是个好东西。我和桑吉点上牦牛粪，火光明灭。

不赶路的桑吉这时想起了他的羊。

它们会自己回家吗？我关心地问。

桑吉说会的，但是，他还是会担心，因为从没有和它们分开过这么久。桑吉说乌木家的羊每天自己回去，詹太佳家的羊也是自己回去，可是他一点都不担心，他只担心他的羊，这是为什么嘛？桑吉问我。

因为你和你的羊建立了联系，我说。

唔，阿爸也是这么说的，阿爸说写信就是与人建立联系。

我想了想说，人存在就是为了与人联系吧，只有这样，生命才有意义。

桑吉睡着了，迷迷糊糊中对我说，可我还是想去梨花村，去看那口井。很快他又进入梦乡，嘴角微微上扬，白牙在火光中如珍珠一般明亮，桑吉一定正在梦里品尝梨花村的井水吧。

7

火早已熄灭，牦牛粪燃烧时间太短，熄灭后竟能闻见牦牛啃食的青草气息。我被风声叫醒了，但不愿睁开眼睛，谁想看这笼盖四野的黑暗呢。不知道风从哪里来，又去向哪里，现在，整个草原都交给了它们，它们在狂奔，在撒欢，它们成了黑暗的主人。风声里包藏了一切，桑吉细微的鼾声，还有别的动物叫声，隐隐约约，断断续续。我的身上立即生出寒意，仿佛正有无数双眼睛盯着自己。睁开眼一看，着实吃了一惊，满天大如眼睛的星斗，草原上空呈现出一种晶莹剔透的明亮。想想最早定义星宿和天象的人应该有一颗诗意的心吧，他们应该就躺在草地上，仰望星空，观察月亮与星星的变化，搞明白阴与阳的关系。所以，世界从来都不是忙碌的人创造的。

我伸展了下腿，手臂环住桑吉，有一阵觉得是抱着童年的自己，这么一想，心里居然小小感动了一下。白天桑吉问我会不会给他写信？我说会的。桑吉很高兴，但很快就沮丧起来。你不会的，因为没有人再写信了，他说。我把记着梦境的纸送给他做纪念，桑吉很开心，他接过纸折起来，把字小心翼翼地包在里面，这时便觉得那些和雪有关的文字具有了意义。他把纸包递给我，让我在上面写下，桑吉罗布(收)。

我收到达瓦的第四封信是第二年的春天，那时天气还没有回暖，南方湿冷的空气使人情绪低落，达瓦的信就是这时候到来的，达瓦说，我最好的朋友，欢迎你来我的家乡。他说如果我这时候去梨花村的话，正好赶上梨花开放，今年的梨花会开得特别好，特别多。去年的梨花也开得很多，不过，今年一定比去年还要多。我最好的朋友，达瓦写道，你一定没有见过这么漂亮的梨花，它们又白又透明。

关于又白又透明的说法使我困惑很久，以至于后来学习化学，总是将白色液体和透明液体混淆。

夜里我做了一串梦，一个梦里说达瓦又给我写信了，他的字一点长进都没有，还是被风吹散架的样子，达瓦在信末写到："桑吉，快给我回信啊，我是你最好的朋友达瓦。"我立即给达瓦回信，我要对达瓦说，我不叫桑吉，难道你忘记我的名字了？我可是你最好的朋友啊。但我的笔写出的字和纸一样又白又透明。

醒来时天已经亮了，草原升起淡淡的水汽，是那种又白又透明的模样。桑吉起来了，正在用一个石块拨弄灰烬。

我们又上路了，桑吉的情绪明显不及昨天高涨，他走在前面，偶尔转过头看我一眼。唱首歌嘛，桑吉对我说。我扯着嗓子用五音不全的调子吼了几句，桑吉连忙阻止，唔，别唱了，你的歌声秃鹫都会吓跑的。他说阿爸的歌声很好听，整个草原上没有人比阿爸的歌声还动听。

8

我们依旧一前一后地走着，太阳把他细瘦的影子送到我的脚下，我踩着他的影子前进，有一阵想起夜里的梦，觉得挺有意思，好像我正被童年的自己牵引着。

晌午时分，我们到达了溪边，直至此时，桑吉才兴奋起来。就是这，就是这，准没错的，桑吉一阵雀跃，他说自己记得这条小溪，因为看到小溪就意味着快到牛背坡了，到了牛背坡就快到梨花村了。桑吉说沿着小溪向前再走一千零九步，到达牛背坡，翻过山坡就是梨花村了。他指着不远处一条拱起的坡线，让我看。快看，梨花村就在那里。我顺着他所指的方向看去，有一条微微隆起的曲线，曲线的那一边被挡住了，并不能看到，曲线和天空形成一道神秘的符号，像一道拉链，隐约有水汽（可能是炊烟），细瘦的，正从拉链的缝隙中穿过。

我喜欢桑吉说的一千零九步，这让我觉得从这儿到山坡的路变得神奇，仿佛它不是一条路，而是别的什么……别的什么，我想了好久，并没想出一个合适的比方。我们打算在溪边歇一会儿，在开始计数前，我想充分休息一阵。的确，我们也走了很久了。桑吉说阿爸每次走到这儿都会让普莫喝水。普莫喝完水就去吃草，阿爸便慢慢往前走，不管阿爸走多远，只要一吹口哨，普莫便奔跑过去，普莫这样做并不是顺从，而是它不想和阿爸分开得太久。

我掬一捧水洗脸，溪水很凉，简直可以叫作彻骨。溪水两边的草地厚实了一些，草尖儿已开始返青，让人愉悦。我兜水浇在草地上，桑吉在学我。我捡来一个尖尖的石块，打算将溪水引流，泥土很松软，很快就被犁出一条小道，水迅速流过来，附近的草色明显深了，再将分流的溪水引向更远的草地。桑吉问我在做什么？我不假思索地说，写字。说完，桑吉也捡来一块石头效仿我。我说桑吉你在做什么？

桑吉头也不抬地说，写信。说完我俩都哈哈大笑，将手里的石块扔向对方，再后来，把石块换成水，用手舀水泼向对方，水花溅向空中，又白又透明。

两人打闹尽兴，手上脸上沾满泥巴，精疲力尽地躺在地上，刚躺下没多久，我感到身体被什么推了一下，翻身爬起来，原来是一个地鼠洞，一定是我堵住它们出路了。当我守着洞口时，地鼠在几米外探了下头，我连忙扑过去，还是晚了，小东西又钻进去了。我发现它有两个洞口，便喊桑吉来帮忙，一人负责一个洞，不信捉不住它。

当我们紧守两个洞口时，却发现不仅仅两个，因为我们都看见地鼠从远处一只洞口奔向溪边的一个洞去了。但我们没有泄气，好像地上地下的动物正进行一场游戏。我和桑吉将每个洞口用泥巴堵住，但是地鼠总是从新的洞口出现，直到傍晚，我们都没能取得胜利。我想起了常玩的打地鼠游戏，锤子刚落下，保准地鼠从另一个洞口探出头，于是就这么乐此不疲地追逐下去。

后来我们也不堵洞了，守在一个洞口等待地鼠的出现，就这样过去很久，我都快忘记自己坐在这儿干什么的了，忘记自己为什么坐在草原上的一个地鼠洞前。

太阳早就不见了，天空呈现出铅灰色，像一个巨大的水泡摇摇欲坠。好一会儿后，我和桑吉才想起我们的目的地——梨花村。

9

按照桑吉说的，从溪边走到坡下正好一千零九步，为了控制好数字，我们走得极其认真，但是很不巧，我走了两千零九步，而桑吉走了两千四百多步，我猜桑吉说的一千零九步也许是马步，难说。

快到坡顶的时候，我竟然感到有些激动，从我的脚步便可看出，我想起在校园里跟在班主任身后去取信的时光，水杉叶子在脚下发出沙沙声，阳光被头顶的树叶筛出无数光斑，有的是静止的，有的在跳跃，我踩着光斑前进，好像要把它们一个个摁进黑暗的泥土里。

我和桑吉牵着手，因为谁都不想让另一个人落在自己后面看见梨花村。

山坡下的世界一点点出现了——

是广袤又辽阔的草地，和泥土一样颜色的草连绵到天边，除此之外什么都没有。我们都怔怔地站着，难以相信眼前的一切，如果不出意外，这里应该是村庄啊，矮矮的、石头堆砌的房子散落着，或者紧紧挤在一起，房子之外的地方是矮矮的树木，准确地说，是梨树，梨花正一簇一簇地开放着，像雪一样，又白又透明。

可是，什么都没有，连一间破房子都没有，连一个人都没有，连一只羊都没有，天地间空荡荡的。我和桑吉慢慢地往坡下走，下午的打闹耗去我们所有的力气，以至于此刻都不想说话。天色暗了很多，包藏在头顶上的水泡越坠越低。半晌，我们看见远处有个人，骑着马，正向我们靠近。我们用力招手，那人向我们走来，近了才发现，他并没有骑马，而是骑着一辆笨重的摩托。

这里是梨花村吗？梨花村在哪里？我们迫不及待地问。

对方皱了皱眉，好像从没听过这个名字，摇着头继续赶路了。

脚下的枯草发出沙沙的声音，不仔细听，以为是踩在雪地上呢。

果然，开始下雪了，一朵一朵从天上坠落下来，重重地，有力地，落在我的肩上，落在我的头发上，落在我的眉毛上，雪花很大很漂亮，白得那么透明。

我想起了我的三个名字，我把它们分别送给一只地鼠，头顶的一朵云，还有牛背坡前面的那个小土丘。

黑暗一寸一寸降临，渐渐地，如同拉链一样，将天地连成一片，看不清远处，只看见视线的尽头有一株比草略高出一点的矮树，在有风的草海间，如同一艘载着整个草原全部秘密的船向前驶去。

引体向上

1

我和王小玉正宽衣解带时，听见了敲门声。注意，这里我用了“宽衣解带”一词，足以说明我们此刻的投入与用心。敲门声很轻，很稀，以至于我们都认为是从楼下传来的，或者是远处胆怯的鞭炮声。我趿拉着拖鞋出去，多少有些不太情愿。从猫眼里看了一眼，果真有个男人直愣愣地站在外面，这让我更为恼火。

来人叫吴万里，门泊东吴万里船的“吴”，万里长城的“万里”——他是这么自我介绍的。因为时间太晚了，所以他感到很歉疚，怕打扰我们。的确，他已打扰到了我们。从他充满歉意和羞涩的大段铺垫中，我捕捉到了来意——他想租下我们的车库。

这里我要交代一下，在我们幸福小区，车库并不是用来停放车辆或杂物的，谁会花几万块钱给杂物买个空间呢，楼道和花圃不都可以摆放嘛。靠近路边的车库都被洗头房和足疗店租走了，还有一些成了编织店，王小玉就曾在那儿买过毛线为我织过一件衣服；偏僻一点的车库大多住着老态龙钟的老头老太，他们爬不了楼梯，每天坐在车库外面的藤椅上晒晒太阳或等死；还有的是一些外地来陪读的家庭，他们需要廉价而又安静的地方，这两点，车库都具备了。这些中年妇女们晚上陪孩子做功课，白天就在足疗店里给客人捏捏脚，两全其美。我们的车库却处于这两者之间，既不靠路边，也不太安静，做生意的人觉得“市口”不好，陪读的人又抱怨嘈杂。所以，一直不好租。

吴万里说他要租下来开推拿店。

王小玉就是这个时候从卧室里迅速窜出来的，对于和钱有关的事，王小玉都比较敏感。她告诉吴万里，这个地方开推拿店最适合不过了。虽然王小玉的话毫无根据，但吴万里还是感到很高兴。他说他在小区里走了很多圈，一直找不到待租的车库，后来还是一个老太太告诉他的，说这个车库正在招租。他这么晚来，就是怕明天可能会被别人租去，夜长梦多，你们说是吧？

我们都不住地点头，赞成夜长梦多的说法。吴万里希望现在就去车库看一看，鉴于此，王小玉把房租又往上涨了五十元，三百五十元，每个月。吴万里对这个价钱很满意，他打算今晚就住在车库里，这样还能省去住旅馆的三十元。

我很久没有来车库了，自从上一个房客搬走后。

王小玉把门打开，拧亮灯，眼前顿时亮了，狭小的空间里塞满了废纸盒和空饮料瓶，有种汹涌澎湃的意思。我看了一眼王小玉，她的目光一缩，我便明白了。这一年王小玉出门时总是戴上口罩，我想王小玉对空气污染的意识还没那么高。这些应该都是她上下班的路上捡的，戴口罩只是害怕被熟人看见。

王小玉说先把纸盒搬到楼上去吧，其他的借一角堆放着，过几天她就把它们卖给废品站了。这一晚，我们仨搬得不亦乐乎，我和王小玉把原本用在对方身上的力气都用在了搬运上。而吴万里力气更大，看得出是推拿的好手，他个头不高，一米六几的样子，但身型呈倒三角，胳膊粗阔。

最后两张平整的纸板被吴万里要了过去，他将在纸板上度过此夜。王小玉爽快地答应了，我们从车库里出来，沿着花圃向楼道走，身后的灯亮着，白晃晃的，让人感到有种说不出的美好。

2

吴万里的推拿店开张后，我便多了个去处。每天下班后，都会从这儿拢一下，在铺着白布的床上歇一会儿。吴万里说，李老板，躺下我给你推拿一下吧。我总是委婉拒绝，虽然知道吴万里不会收钱，但也难说日后不会在房租中扣除了。当然，更主要的是担心被王小玉看见，她认为只有那些生活奢靡的人才需要推拿。

我总是坐在另一张空闲的床上四下看着，原本堆放杂物的车库竟然也能如此干净整洁，墙面用石灰重新起了白，灯泡换成了吸顶灯，门口放了两盆廉价的绿萝。你说房子真有意思哦，吴万里突然说，用它堆着杂物吧，它就是杂物间；放上推拿床，它就是推拿店了。说完吴万里笑起来，大概觉得自己的话充满哲理。的确，吴万里是推拿好手，他的身材不高，恰巧高出推拿床三分之一，也就是说更利于发力。要是太高或者太低，都会费劲得多。他将右臂弯曲，胳膊肘落在那些肥厚的后背上，轻轻地压着，再进行顺时针运动，布满粉刺的皮肉也像波浪一样起起伏伏，这时床上的人则发出哼哼呵呵的享受的声音。

店里清闲的时候，吴万里便坐在一张凳子上看书，我从门口经过，喊一声，吴老板，忙歇下来了啊。吴万里便合上书，起身走出来。不忙，不忙哦，他回答我。说话的工夫，已经走到我身边来了，看我架好车，锁上大锁。这时，我才发现他手上拿的是一本《大众医学》。

看书啊，我说。

是啊，人要读万卷书，行万里路嘛。他笑着回答。我想起他自我介绍的时候，也说过这样文绉绉的话。吴万里戴着黑框眼镜，穿着白大褂，猛一看，像个医生似的。白大褂稍稍长了点，但十分整洁，左胸处有几个红色楷体字:福寿推拿。吴万里说这名字是电脑起的,把经营内容输进去,就会出现很多店名,“福寿”这俩字排在第一。

我也用那种软件给我们的孩子取过名,那是很多年前了,王小玉怀孕的时候,我们并不知道不久后孩子就停止了生长,这是我为孩子做过的唯一的事——电脑里出现了好几个名字,我记得排在第一的就叫李有财。福寿,有财,这些吉祥的字本身就比较受欢迎吧。

你们一定不知道,我常常会想念我们的李有财。他是我和王小玉第一个也是唯一的孩子,我不知道是什么原因,他不愿意来到这个世间——医生将他从产道里夹出来的时候,已经有了眼睛、鼻子和嘴巴,他的皮肤几乎是透明的,能看出皮下骨头的模样,身子是蜷着的,好像害怕向这个世界打开,嘴微微张开着,想要说什么,眼睛却是闭着的。

你结婚了吗?我突然问吴万里。

哈,早结了,吴万里扬着嘴角说,孩子都快打酱油了。

男孩还是女孩?我又问。

女孩,叫吴清泉,小名泉泉——吴万里还没说完,我就打断了他,因为想起了王维的那句“清泉石上流”。

是的是的,吴万里不住地点头,他说这个名字可不是软件取的,是他自己从古诗里找的。

那一天,推拿店没有客人,吴万里就和我倚在我的电瓶车旁聊着天,我知道了他的妻子、女儿这个时候正在黑龙江黑河市的家中,还知道了他和他的妻子小梅是通过广播认识的——那是仙女电台的一档交友节目,主持人把交友者的相关信息以及兴趣爱好什么的读出来,方便听众选择和联系,后来吴万里便接到了小梅的电话。吴万里说到这儿哧哧笑起来,还在为当时留下的信息而沾沾自喜。吴万里告诉我,他在信息里写到自己会武术,擅长咏春拳,你看,女孩子都喜欢有武术的男生,有安全感嘛。然后他们开始频繁交往了,这也主要表现在打打电话，偶尔还会写一写信，制造点浪漫。小梅是东北人，吴万里却在苏北农村，这样交往了三个多月，便约定在南京见一面，见面的内容就不多说了，总之他们很快结了婚，育下一女。

3

对于会不会武功的事，我后来还特意问过吴万里。他说这些都是真的，说着便把胳膊露出来，展示了铁球一样的肱二头肌。

小时候家里穷，兄弟姐妹多，父亲就把我送到少林寺去了。吴万里说。

你真在少林寺待过啊？我很惊讶。

是的，不过很快就回来了，吴万里嘴角扬起，笑了，我父亲以为进了少林寺就可以白吃白住了，哪晓得那里也是要学费的。

哦，后来呢？我继续问。

后来我就拜了个师父啊，因为我真的喜欢武术，吴万里严肃起来，眉头上出现了川字纹。我师父很厉害的，参加过武术比赛，后来就行走江湖，当然，比那些胸口碎大石的高档多了。吴万里没有说究竟高档在什么地方，但从他的言辞中分明可以感到他对师父的敬仰。他问我有没有看过《仙女达人秀》节目，有一期冠军就是他师父。

我摇摇头，表示没有关注。

你一定要看看，吴万里说，我师父很厉害的，他能把十吨的汽车拉动了——

我的脑海里突然出现了一个画面，一些综艺节目里的所谓“达人”，他们赤裸上身，皮肤上跟抹了油似的，身后停着一辆卡车，一根纤绳深深陷进肉里。拉纤的人弓着身体，面目狰狞，但卡车依然纹丝不动。

师父想去北京参加《中国达人秀》呢，吴万里又说道，其实师父和我的性格是一样的，都比较内向，不爱抛头露面什么的，但师父需要挣钱，儿子刚考上大学，大把大把的钱等着要花呢，所以不停地参加综艺节目，增加些知名度。吴万里说到这儿脸上出现了丝丝的忧伤，好在有玻璃镜片挡在眼睛处，才不至于使我也忧伤起来。

我们一直站在离垃圾桶不远的地方聊天，一阵阵带着城市酸腐的气味向我们飘来。这间车库最大的弊端就是正对着垃圾桶，王小玉认为这也是车库难以出租的原因之一，有很多次王小玉趁着夜色浓黑将它偷偷挪走，但第二天早晨垃圾桶又自己跑回来了似的——谁都不愿意垃圾桶放在自家车库的门口。垃圾桶回来了，再送走，再回来，再送走，几次游击之后，王小玉也妥协了，在吴万里租下车库后，她曾担心对方会以这个理由退租或者要求降价，但这些日子以来，王小玉的担忧显然是多余的——吴万里觉得没什么不好，甚至觉得离垃圾桶近"挺方便"的。

这个时候，有人提着一包垃圾向垃圾桶走来，我和吴万里都静静地看着——他将蛇皮袋放在垃圾桶旁就匆匆离开了，好像垃圾的浓重气味使他无法靠近。蛇皮袋里是一些废木板——打家具用剩的边角料，吴万里顺手抽出一块木板，搁在花圃边上，和地面呈三角形，他稍稍运了运气，右掌一推，木板便齐整整地劈成两半。我赞扬了几句，他不好意思地笑起来，眼镜后面渐渐涌出羞涩和自信，他说这些没什么的，都是小意思。吴万里弯腰将木板捡起来，向垃圾桶扔去，就在木板落入桶内的一刹那，他迅速扑了过去——像一只狗似的敏捷——抓住木板。吴万里翻看着木板两侧，用手丈量了一下，神情便沮丧起来。你看看我，吴万里对我说，多好的一块木板，被我劈坏了。他在蛇皮袋里翻找起来，仔仔细细地，将宽一点的木板单独放在脚边。

这些，可以做一个鞋架呢，他说。

4

用废木材做的鞋架很快就立在了推拿店一角。鞋架有四层，每一层都可以放下两三双鞋，最上一层置有一盆绿植，木头原色与绿色相得益彰。吴万里看见我在注意鞋架，脸上有了羞涩的意思。喃，废物利用呢。他说。

后来经他废物利用的东西越来越多，用尼龙线补好的塑料篓，断了腿的沙发，用铁丝绑扎好的花盆……但吴万里最喜欢的还是鞋架，他说是小梅想要的，小梅说下班回家就希望把鞋脱掉，将穿了一天的高跟鞋放在鞋架上；出门之前，再从鞋架上将鞋取下来，换掉拖鞋——她认为只有回家换鞋才像住在城里一样，而鞋架使换鞋充满了仪式感。

在吴万里和我说起小梅一个礼拜后，小梅就出现在我面前了，准确地说是出现在福寿推拿店，和她一同出现的还有一个小女孩，毋庸置疑，一定是"清泉石上流"了。小梅比我想象中的还高，几乎高出吴万里一个半脑袋，他们站在一起时，恍若母子。这一点倒是和我们相反，我身高一米八六，王小玉只有一米五八，或许人人都渴望有一种互补，身高也不例外。有一瞬间，我突然想，要是两个家庭互换一下，身高就都般配了。所以当我从小梅身边经过的时候，眼睛不自然地进行了测量。小梅仿佛察觉了，脸竟然红了。小梅说，李总，晚上就在这儿吃饭吧，让小吴陪你喝点酒。吴万里连忙点头，说还没和李老板喝过酒呢。吴万里称我李老板，而小梅则称呼李总，明显洋气多了。其实我什么都不是，就是一个半死不活企业里的工会主任，这个主任没有丝毫权力，主要就是管理厂区卫生和办一张没什么人看的报纸。

晚饭是在推拿店吃的——推拿店外面的一块水泥地上，吴万里将一张整修过的小方桌搬出来，又捣鼓出四个“板凳”——依次是塑料凳，儿童滑板车，一只纸箱，两个易拉罐。我要求坐在易拉罐上，被吴万里抢过去了，他说他来坐，因为他有武功的，我便想起他会武术这件事来。塑料板凳自然是留给吴清泉坐的，小梅坐在滑板车上，整个吃饭过程都看得出她在用力控制轮子的滚动，而我呢，作为客人，被他们摁在了纸箱上。

小梅做的饭菜，带着北方的气息——雪菜炒粉皮、葱爆肉、花生米、面片。我称赞小梅的手艺好，她不好意思地笑了，脸上有了红晕，跟她人高马大的身材不太相符。小梅说自己做的菜不好吃哎，没有她的先生小吴做的好哎。小梅说话时像是哽咽，又像是在哭诉，好几次，我抬头仔细看她面部，发现她就是这样的腔调，每一个字都不能完全说完，下一个字就蹦出来了，抽噎似的，让人感到楚楚可怜的样子。我连忙说，好吃好吃，真的，东北菜很好吃呢。小梅这才放心地笑起来。她说她很感谢吴万里，让她在城里有了一个家，要不然现在她还在东北那旮旯呢。

吴万里说，小梅，我也对不起你，没有给你一个更好的家，你前些时候坐月子都没地方去，只能回老家去。但是，一切都是暂时的，我会努力的，我们会越来越好的。说完俩人举起杯子在我面前碰了一下，酒水微微洒下几滴，差点勾出我的眼泪来。

这一晚他们将我当作他们未来幸福生活的见证人而频频向我敬酒。我也从这觥筹交错中大略知道了小梅认为的“幸福”生活指什么，即有一套自己产权的住房。在此之前吴万里是在郊区一个推拿店打工的，店里经营也不景气，那里外来人口占主要部分，且有很多周边的拆迁户，小梅认为那里人的综合素质偏低，所以才决定到我们这儿来。当然，这只是过渡，小梅希望不久以后能进军到新城，那个被称为富人区的地方。她认为人有了钱就会重视素质发展，比如，郊区那里的小区，种了一些葡萄枇杷什么的，还没熟就被居民摘光了，有的连树枝都掰下来。而在新城，小区里栽的果树，熟了掉得满地都是，也无人问津。你看，这就能看出素质，小梅说。

我们都点了点头，认为她说的不无道理。小梅又说，环境对孩子的影响是很大的，所以，为了清泉，我们一定要住到更好的地方去。我们又点点头，我不知道小梅的这些理论从哪儿来的，一点都不像是从“旮旯”走出来的人所思考的。

5

这一晚，我喝多了，从一楼爬到四楼恍若隔了一个世纪，脑子里都是吴万里和小梅坐在不是凳子的凳子上，腿和腹部尽量收着以保持平衡地谈论未来时两眼闪亮的泪花。

我敲了很久的门，王小玉才打开，她穿着睡衣，脸拉得很长。我想和她说说话，但她对我去推拿店吃饭这事表示很生气，王小玉罗列出三点：第一，她认为与租客过分亲密，会影响日后收取房租；第二，这也算是家庭式的吃饭，理应也邀请她，至于她去不去是另一回事，但没有受到邀请就是对她的不尊重；第三，王小玉并不希望我和太多的女性接触，尤其像小梅那样，说起话来会脸红，声音如哽咽一样的女人。

第二条和第三条其实算是一回事，我知道王小玉有些吃醋，任何一个有生育能力的女性都能对她构成威胁。这些年她从来不提孩子的事，电视上手机上有关“孩子”的一切新闻，她装作视而不见，只有我知道，她不想触碰这条敏感神经。这十年里，从最初的无所谓，到后来的渴望，再到现在的绝望，我很懂王小玉，因为我何尝不是这样呢。可是，问题究竟出在哪里呢？我们都不知道，假使让我们分开，分别和另外一个异性生活，说不定我们都会拥有自己的孩子。但我俩没有分开，这也就意味着无法知晓问题的所在。既然不知道问题所在，是不是就可以认为没有问题？我乐观地认为，是。所以这些年来，仍然孜孜不倦地在王小玉身上勤恳耕耘。

我躺倒在床上，头挨着王小玉的腿部，酒精的作用使我将手慢慢伸进她的裙摆，王小玉扭捏了一下，便不再动了。我翻过身来，覆在她的肚皮上，皮肤的清凉让我清醒了几分，这片寂静的土地啊，我很久没有倾听它了，上一次还是王小玉怀孕时，我将耳朵贴在上面，倾听来自深处的声音。王小玉惊坐起来，好像这动作勾起了她回忆一样，但仅仅几秒钟，她便躺下来，眼睛直挺挺地看着天花板。我吻了吻她，或许是酒气熏人的缘故，她明显在躲闪，正要进入时，王小玉推开我，她说等一等，说着便从床头柜子里拿出一个小玻璃喷瓶，在我下身喷了喷，又将枕头垫在自己的腰下。做这些时，她十分认真，甚至称得上严肃，动作娴熟而连贯，当她再直挺挺地躺在我身下时，我突然没有了兴致，感觉自己像一头种猪，或许连种猪都不是。

窗外突然暗了一些，大概是霓虹灯熄掉了，有马达的声音从小区里疾驰而过——这里的隔音并不好，早晨总是在广场舞的音乐中醒来。我竖起耳朵，突然想听到点什么，我从那些连绵又交错的细碎声音中努力分辨着，捕捉着，多么渴望此刻从这些嘈杂里寻到吴万里略带方言的普通话以及小梅带着哭腔的声音。

6

有了上一次的喝酒，我在推拿店喝酒的次数多了一些，尽管王小玉极为恼火，但吴万里和小梅的热情却使我无法拒绝。我说过，有一种人的热情像潮水一样。

我们总是约定俗成地坐在各自的“凳子”上，有一次，我争着要去坐吴万里的易拉罐，却被他那只肱二头肌发达的胳膊摁在了纸箱上，他说，我坐吧，坐习惯了。

生活就是这样，我们越来越习惯生活的真实面貌。

李哥，你们公司招人啊？小梅突然问，她已经不喊我李总了。

唔——我愣了一下，记不清自己在哪次喝酒时吹下的牛皮了。说是要招的，但信息一直没出来。我搪塞道。

那就请李哥帮我听着点，小梅说。

我点点头，一定一定。小梅从没说过自己的文凭，我也没有过问，猜测不过初中罢了，而我们单位招人，文凭肯定是有要求的，由此可见，小梅是一个极其自信的人。

闲下来的时候，吴万里就开始“练功”，他把一切需要花力气的动作都称为练功，比如这时他正吊在一棵树下进行引体向上。先是用两只手，再是用一只手，这是非常吃力的，所以，很快他便跳下来，树枝弹回去，发出一阵沙沙的声音。

有客人来的时候，吴万里就进屋干活去了，留下我和小梅母女围着饭桌，吴清泉已经会自己吃饭了，用一只塑料勺在塑料碗里扒拉着米粒，但吃到嘴里的也没多少。不吃饭的时候她就一个人吐口水玩，有时没吐出去，挂在了嘴边，吴万里就走过来，上前擦一擦。

推拿店里一般是不开空调的，因为凉气对身体疼痛的人来说有害无益，所以吴万里的白大褂总是湿漉漉的，汗水洇出来，贴在他肌肉发达的肩膀上。他每个动作都做得到位，一边做一边详细解释。我对他说，你这真是力气活啊。吴万里很不赞成这个说法，说推拿是技术活。

自小梅来后，推拿店由两张床变成了一张床，另一张被吴万里改宽了一些，作为他们夜晚的栖身之地，放到里间去了。所谓里间也就是用一块布帘隔开的地方。我曾掀开布帘看过，一张不太宽的床紧靠着墙壁，床头有一个纸箱做的床头柜（将纸箱里塞满填充物），一只玻璃瓶里插了一支红色枫叶，床下有塑料盆，箱子，还有一双鞋，地面是用卡通泡沫板拼成的，这样人就可以光脚踩在上面了。布帘后面地方虽小，但十分温馨，有一阵我甚至想我和王小玉也该睡在这里才好，尽管这张床上充满小梅的气息。我有点羡慕他们的幸福生活，每当小梅高谈阔论买房子时，我都想打断她，人的欲望是永无止境的，现在，不就是幸福生活吗？不就是王小玉眼中的幸福吗？

7

小梅很快就找到工作了，是一个从幸福小区骑车十多分钟就能到的足疗店。找到工作的小梅不再叫我帮她"听着点"了，小梅很满意目前的工作，尤其是工作环境。旋转楼梯的水晶灯从顶棚一直垂到地面，地上铺着地毯，软绵绵的，一脚踩下去都要陷进去。最主要的是有工作服，很正规的样子，小梅向我津津乐道。我说都是足疗，为什么不选择小区里的足疗店呢？离家近。小梅认为"不一样"，工作环境相差太大了，再说离家近也并不好，一点都没有上班的样子。

之后再见小梅，已经完全不一样了，小梅化起了妆，大概化妆技术还未精进，看起来有点像东北扭秧歌的（我对东北秧歌完全没有歧视之意）——她把头发束得很高，有种与年龄不相符的怪异，口红很艳，耳朵上也挂了一串塑料耳环，风铃似的，风一吹，还能发出噼噼啪啪的响声。指甲也做了，害怕被磨损，所以举手投足间总不经意地将指头翘起。吴万里还和往常一样，承包了所有家务，每天早晨端上一大塑料盆的衣服到晾衣架（自制的）前，先不着急晾晒，而是对着衣架的横杆站定，两脚分开，与肩同宽，双手再握住横杆，将身体向上拉直，提升，至下巴超过横杆。这样的动作进行了二十多个，吴万里便一跃跳至塑料盆旁，弯腰拾起衣服，一件件地展开，晾上，再用小夹子夹紧，防止被风刮走。阳光照在他脸上，以及轻薄的白大褂上，干净又美好。

而此时站在四楼窗口向下看的王小玉，总会发出啧啧感叹，她不说我都能猜出她感叹的内容，无非是吴万里能干，脾气好，小梅幸福等等，有一次我们还为此吵了一架，我并不认同王小玉的观点，王小玉说，那你说是什么呢？什么才是幸福呢？我几乎没有思考，脱口而出——是稳定的家庭结构。

我知道这句话刺激到了王小玉，当然也刺激了我自己。我突然觉得眼前亮了起来，好像什么覆盖在头顶的遮挡物被掀掉了。是的，是稳定的家庭结构，孩子能改变一切。我继续说着，有点歇斯底里的意思，我希望能借此机会撕裂什么，把所有来自工作、社交、父母，以及日渐中年的不满通通抛出来，我想王小玉一定会迎战的，然后两个在为传宗接代问题有隔阂的中年人大吵一顿，直至离婚。说真的，我真的幻想过离婚，但那也仅限于一种场景，就是若干年后，我们都带着各自的孩子于街头相遇，真是风轻云淡，一笑泯恩仇。我甚至设想，王小玉为她的新家庭生下的是女孩，小巧柔弱；而我与另一个女人则生下男孩，睿智而阳光，他们也有可能成为一对，弥补父母人生里的不足，当然，即使不能成为一对，也应该是很好的朋友，很亲密的兄妹，他们比世界上任何人都更加惺惺相惜。

然而，十分出乎意料，王小玉几乎没有说什么，咬着嘴唇下楼去了。她消失在楼道口的身子瘦小得竟让我有一丝怜惜。接下来的一周里，我们又进行了冷战，我搬到客厅的沙发上睡了，她也常常不在家吃饭（我猜测她舍不得花太多钱只会光顾路边摊），而我，吃饭的事几乎都在楼下的推拿店了。我没有告诉吴万里夫妇我们吵架的事，家丑不可外扬，这道理我懂。只是每天从熟菜店带回一两个菜，小梅说，李哥你不要买菜了，家里都有，我做的是不是没有熟菜店的好吃啊？我不好意思地笑起来，说好吃好吃，可不能总是白吃啊。这话让吴万里不高兴了，他说这就见外了。为了使我不那么“见外”，小梅把吴清泉抱到我跟前，说，那就认个干女儿吧。

若是换做从前，我肯定会婉拒的，认干亲只会加重我的痛处，但那晚我竟爽快地答应了，还把吴清泉抱在怀里亲了又亲。

8

认干亲不是我想的那么简单，我以为这是只属于那个晚上的事情，跟吵架一样，过去了也就过去了，并没有想到日后会加剧我和王小玉关系的破裂。王小玉已经不止一次地听见吴清泉奶声奶气地喊我爸爸了，那种软绵绵的带着撒娇的女孩的声音，在王小玉和我听来几乎都成了致命的打击。但是，我怎能制止一个小女孩对我的称呼。

吴清泉伏在桌子上折纸飞机，其实也不叫折，也就是把纸团成一团，团好了，放到我的腿上来——她已经和我十分亲热了。

小梅还没回来，最近好像是晚班，一般等我快要上楼的时候，才听到小梅的电动自行车铃铛脆脆的声音。

吴万里正在给人推拿，是住在前面车库里的老大爷，腰扭伤了。这段时间推拿店生意并不好，小区的两个大门突然不对外人开放了，这就使得推拿店只剩下本小区的顾客。对于和他一样生活在车库里的老人，吴万里又是不收费的，他说老人们总是令他想起自己的父亲。

每天零零落落几个客人，有时一天都冷冷清清的。倒是那些住在车库的老人们，常常将自己的身体从藤椅里拔出来，摇摇晃晃地来到推拿店。

吴万里的衣服又汗湿了，额头上密密麻麻的小汗珠子，他跟老人讲了一会儿话，问问轻重，后者很快就睡着了，大概这比藤椅舒服多了。

推拿店里突然安静下来，除了吴清泉偶尔喊我一声“爸——爸——”外，什么声音都没有了，反倒是外面，甚至更远的地方，隐约的汽车鸣笛声，疾驰而过的自行车声音，遥远得仿佛另一个世界。

我看过你的文章。吴万里突然对我说。

我愣了一下，才想起自己的确在一些报纸上发表过豆腐块。

很喜欢你写的，把我心里想说的都写出来了。吴万里说。

我想不起自己究竟写过什么，但能够得到读者这样的肯定也是很高兴的。

我想向你学写书。吴万里突然对我说。

我愣住了，仿佛没听明白似的。

我很想写一本书。吴万里又重复道。

好啊，我不假思索。

我想写一本关于推拿的书。

写推拿的理论方面的书？我问。

吴万里摇头，说不是。

我想起一个叫毕飞宇的作家，他写过一部叫《推拿》的长篇小说。于是问道，你也要写小说吗？写一部长篇小说《推拿》？

这时吴万里忍不住大笑起来，好像玩笑得逞的样子。

我们的对话就是这个时候中断的，因为小梅脆生生的车铃声表示她已经到了门口。

小梅架好车，吴万里的推拿也结束了，老头摇摇晃晃从床上爬下来，十分不舍似的。他抖索着握住吴万里的手不停道谢，吴万里执意要送老头回家，于是两人消失在黑暗中。

吴万里一走远，小梅的脸就拉长了，她撒气地在吴清泉屁股上给了两下，后者就委屈地哭了。我赶紧上前护孩子，小梅连忙拦住，说不打不成器。刚说完，眼泪就掉下来了。小梅用她那抽噎一样的声音向我哭诉，言简意赅地陈述了婚姻几年来的辛酸，“日子没法过了”，她说，她认为吴万里是一个好人，好得没法过日子的好人。

9

当我听到吴万里和小梅离婚的消息时，是十分震惊的。因为我执拗地认为这种有着稳定结构的家庭应该坚不可摧的。

离婚的消息是吴万里告诉我的，他像第一次和我讲述小梅时一样地羞涩，几乎看不出有任何的悲伤和难过的情绪。离婚后他们和从前没什么两样，照旧住在一起。想想也是，他们能住到哪里去呢。

但婚的确是离了，吴万里曾向我展示过离婚证书，一个小小的绿色本子，像密林深处一样神秘。他说小梅认为他没有积蓄，离买房子这样的目标相距甚远，尤其是小梅知道了吴万里竟然每个月偷偷给他师父汇钱的事就更恼火了。对于这件事，吴万里向我解释，他的师父其实早就不走江湖了，而是在一次意外后瘫痪在床，师父没有生活来源，儿子又在前年考上重点高中，所以吴万里认为自己责无旁贷。

也不是小梅无情无义，主要的问题出在观念不同上。吴万里一遍遍地为小梅说话，他说，小梅认为帮助别人得在自己有钱的情况下，而吴万里则认为他们是有钱的，比那些需要帮助的人有钱多了，所以，问题出在“有钱”的标准不同上。

在我和吴万里谈话的时候，小梅下班了，她像从前一样和我打招呼，依旧是那种抽噎一样的声音。她把车架好，换了鞋，掀起门帘就进了里屋，直到我离开都没有出来。据我观察，他们的离婚基本表现在不说话上，吃饭、睡觉(可能不睡一起)、干家务等方面并没有什么变化。

七月末的时候，吴万里的母亲突然从苏北农村来了，好像感应到什么似的，乘了最早的一趟班车，到达南京正好是午饭时刻，她没有告诉儿子，而是按照地址一路寻过来了。小老太黑黑的，瘦瘦的，像刚从地里刨出来，又被烈日晒化掉了部分似的，窄小的肩上和胳膊上有七八个鼓囊囊的蛇皮袋，那架势仿佛把整个村庄扛过来一样。她不怎么讲话，嘴角总是呈下拉之势。当她得知我是房东后，显得更加拘谨，甚至有些害怕。她不住地向我点头哈腰，含含糊糊地叫我多关照一点。后来她就把鞋脱了，光脚在水泥地上走着，一边走一边嘀咕，说地上真平整。她在屋里来回走了几次并没有找到什么可以做的事，便坐在水泥地上开始剥毛豆，她的指甲又长又硬，十分麻利。小老太埋头干着活，耳朵却是竖着的，但凡有关于小梅和吴万里的声音，她便认真听着，嘴角拉得比往常更低。

晚上我没有在推拿店吃饭，尽管吴万里一再挽留，我想到他的母亲看见我时的那种紧张拘泥，以及凳子的有限，还是决定一个人在家煮面吃。王小玉出去了，她最近总是很晚回来，当然我不会怀疑她另有新欢，不会的，因为孩子的失去使她逐渐成为一个没有情趣和情调的人。有一次我竟然在来鹤台广场看见王小玉在跳广场舞。这个广场每晚差不多有四五支队伍，有跳交谊舞的，一些荷尔蒙过剩的中年男女们在燥热中拥抱在一起；有跳扇子舞的，大红的绸面扇子发出呱嚓呱嚓的声音；也有打太极或耍剑的，而王小玉跳的是拍手操，那是一群老态龙钟的老头老太们，跟着拍子在拍手，他们眼睛微闭，动作缓慢。

10

这一年，王小玉三十七岁，像一朵过早凋谢的花。她穿着过时的衣服，背着过时的包，剪着过时的发型，每个月她有一周必是吃斋的，每月去寺庙放生一次，后来又参加一个志愿者团队经常去敬老院，她的身上总是散发着一股说不出来的味道，我常常在她离开后使劲嗅着，想分辨出这种气味的来源，令我难过的是，它是一股暮气。这股暮气过早地袭击了我们，使我缺少生活激情，我常常觉得我和王小玉已经走到生命的尽头，余下的日子就是相依为命。

这个时候王小玉回来了，和她一同进来的还有夏日夜晚燥热的气息，门外鞋的气味，以及身上汗的味道。她穿着一件由连衣裙改成的短汗衫，后脑勺是几十年没有变化的扫帚辫，她刻意不看我，低着眉去卫生间洗澡了。

我无心看书，看着卫生间的玻璃门一阵发呆，水汽将玻璃氤氲了，门内人影绰绰。我突然想起和王小玉刚在一起生活的时候，我们喜欢一同洗澡。王小玉是害羞的，像一条鱼在我怀里扭捏，我喜欢那种害羞，它使我发狂。即使在几年前，我们偶尔也有情意绵绵的时候，那时对未来还怀有希望，王小玉也会在我怀里呢喃，她多么希望有一天，我能抱着我们的孩子。

而现在，我们不会拥抱，不会一起洗澡，甚至对方换衣服时赤条条地在你面前也完全视而不见。我想，我们都迫不及待地想过完这段日子。

我突然从沙发上站起来，短暂的回忆使我迈向卫生间，里面的水声已经停了，我敲了敲门，开了，王小玉正用一条旧毛巾擦着水珠。

我们都愣住了，好像对方的突然出现令彼此生疏。你是要用坐便器吗？王小玉错愕地问。

我支支吾吾，一时没想好说什么，然后便点了点头。

当我从卫生间出来，王小玉正坐在沙发上发呆，她常常这样。我去阳台拿衣服，没有开灯，黑黑的，四下很安静，只有空调噗噗地吐着冷气。就在这时，我听见了敲门声，是那种断断续续的，不确定的敲门声。很快又听见门开的声音，以及王小玉和来人说话的声音，等我从阳台出来的时候，王小玉已经坐到沙发上发呆了。她告诉我刚刚吴万里来了，又指着门边堆放的蔬菜说，他说这是老家地里的，无公害。王小玉把一沓报纸递给我，又歪着脑袋对着墙角发呆了。毋庸置疑这是吴万里还来的，上次他说想要看看我写的文章。

第二天早晨看见吴万里时，才知道他前一晚敲门应该是想来借宿的，这一夜他没有睡在推拿店，仅有的两个小床睡着他的母亲和吴清泉母女。吴万里无处可去，又不舍得花钱，便在小区里晃到天亮，他脸上和腿上鼓出的大片红包可以证明。我想前一晚吴万里应该是希望我来开门的，这样我会邀请他“进来坐坐”，顺便再聊一聊报纸上的文章，也有可能会“再喝点儿”，当然我也很愿意和他聊聊天，这样一夜时光就可以打发了。

11

吴万里的母亲离开后，小梅也带着吴清泉走了。她和同事在单位附近合租了一个套间，用小梅的话说，至少可以让吴清泉不睡推拿床了。搬家的那天，是吴万里一趟趟给她们送走的，其实也没什么，主要是吴清泉的玩具和学习用品，以及小梅的鞋架。在外人看来，他们并不像离婚，只是暂时的离别，没有一点相忘于江湖的意思，但我知道，小梅这一走，怕是难回来了。

我问他那小梅怎么办？

小梅其实挺善良的，真的。吴万里说，大概意识到自己的答非所问，又补充说，小梅对他说什么时候有了自己的房子，她就会复婚。

那到猴年马月啊？我叫起来，说完便感到自己有些言重了。

很快的很快的。吴万里安慰我，表现出一贯的乐观，他认为自己有的是力气，可以再打一份工。

果真，吴万里在小区附近的水产市场找到一个搬运的活儿，时间是凌晨，所以并不影响他继续推拿。搬货每天可以获得八十元，吴万里认为“特别好”，他有的是力气，从水产市场回来，他便冲一下澡，继续换上薄翼一样的白大褂。那时他已经买了一辆二手自行车，从推拿店到水产市场他一路骑过去，天刚刚蒙蒙亮，但已经能看清他脸上微带的笑容了。

如果日子一直这么向前走着也没什么不好，至少有着希望，希望是个好东西，书里电影里不都这么说吗。但很快，小梅就把吴清泉送回来了，小梅认识了一个常来足疗店洗脚的老板，老板刚刚离异，有一个正读初中的女儿，他希望小梅先和他女儿相处一段时间再接回吴清泉，他担心女儿一时不能接受家里多了两个外人。

吴万里对于小梅有了新欢这事并没有表现出十分地难过，他说他不能阻止小梅追求幸福。吴万里说话的时候眼睛瞟了一眼布帘，黑镜框后面的眼睛里竟有一些湿润。那晚，吴万里喝多了，躺在推拿床上突然哭起来，他说，李老板，李老板，你躺下吧，我想给你推拿推拿。说着便坐起来，踉踉跄跄下床，把白床单铺平。

我几乎是被吴万里摁到床上的，这也是我第一次感受他的手掌，我不知道我从前有没有做过类似的推拿，没有，一定没有，或者说，我从来没有感受过这样熨帖又舒服的推拿。这不是在你身体之外的动作，而是在身体深处，把若干年来积郁在骨头或皮肉里的东西一点点地推了出来。

12

2015 年的春天，对于吴万里来说应该是寒冷的，吴清泉连续被两所幼儿园劝退回来，他们认为吴清泉有明显的阿斯伯格综合征症状。吴万里是第一次听说，这个十分洋气的病名竟然和她的女儿紧密相连。老师们发现吴清泉几乎不说话，对一切群体游戏都缺乏兴趣。他们建议吴清泉能尽早治疗，并且在专业的学校进行调整训练。

吴清泉被吴万里送到暖田专训学校了，这也就意味着吴万里将需要源源不断的钱。

春天快要结束的时候，我们小区开始环境治安整顿了，车库将不允许作为经营场所，从前的足疗店、理发店，以及吴万里的推拿店须全部关闭。

吴万里的推拿店是物管人员来强行锁门的，他们认为吴万里极不配合工作，拖延着关闭时间。直到工作人员找来一把大锁，吴万里才紧张起来。那天他仍然穿着白大褂，紧紧抱着物管人员拿来的大锁，语无伦次地向他们解释甚至乞求，能不能再等几天……就几天，就等几天……我攒一点钱就行，我急要，我闺女急用钱，我一定会关的……真的，一定的——

当然，物管没有等他"攒一点钱"，几个大汉抬着按摩床就往外走，吴万里又连忙丢下大锁去抱按摩床，他们在我们经常吃饭的那块水泥地上一顿拉扯，像要对床进行五马分尸。最终，以一声清脆的撕裂声告终，按摩床四分五裂了。

那个场面我没有看到，这一切都是王小玉告诉我的。吴万里颓唐地坐在半截床上，风吹过来，白大褂与白色床单随风摆动。

吴万里离开的那天我在外地出差，等我回来，推拿店已经空空荡荡。王小玉说，是吴万里借了一辆三轮车自己拖走的。至于拖到哪儿，她也不知道。这时，我才发现，我竟然没有留下吴万里的联系方式。

之后的三年，我没有再见过吴万里，倒是在一些场合听到一点他的消息。比如我在菜场买菜，得知他每天会在凌晨三点赶来，除了给水产小贩搬货外，还给其他菜贩子卸货。他们说他个头不高，倒是很有力气。也有人说吴万里干起了清洗抽油烟机、空调的活，他做事麻利干净，有板有眼，就像是在进行推拿一样。还有人说他去了工地，专门帮忙搬卸脚手，别人一次扛一两根钢管，他却要扛六七根。他就住在工地上，这样正好可以省下租房的钱。我从这些零零碎碎中拼凑出吴万里的日常，即，凌晨在菜场卸货，白天在工地干活，晚上给人清洗抽油烟机等。

我从来没再见过他，也真是奇怪，但我能想象得出他骑着自行车风驰电掣的样子。因为有一次，我在公交车上，远远地看见一个人骑着自行车，发型、体格，都像极了吴万里，但我始终没有看见他的脸。自行车速度很快，不久就把公交车甩出老远了。

我常常一个人走到楼下，再向车库走去，打开门——需要说明的是，吴万里走后，留给我们两把钥匙，这样我和王小玉就各自拥有一把——我很吃惊于车库里又堆满了纸盒，但这次我并不觉得杂乱，而感到无比踏实。

我在纸板上睡着了，醒来天又黑了一层。我从纸板上站起来，向门外走去，突然，恍惚感觉身后有一个人。我迅速转身，发现是墙上的一幅画，人体穴位图。

不知道是他搬家时过于匆忙了，还是有意遗留，总之，这幅图并没有被带走。灯光微弱，仍能看清是一个正立的裸体男子，个头不高，肌肉发达，皮肤仿佛是透明的，肋骨清晰可见，鲜红的，大大小小的穴位点如枪眼般布满全身。有一阵，我恍惚觉得这个男子就是吴万里，他摊开的双手呈现一幅无可奈何的模样。我在这幅图前站了很久，直到连那一抹微弱的光线都消失殆尽。

13

我和王小玉居然可以连续两个月不说话。说什么呢？似乎彼此都没找到必须对话的内容。是王小玉先提出来的，她要搬到车库里去。我想她是为了避免每天在一起的尴尬。

我去吧，我说。

她和我客气了一下，同意了，然后陪我去收拾车库。下楼的时候，我走在后面，原本就矮我很多的她，这样看起来像被楼梯没收了部分身高。我和王小玉保持着三四个台阶的距离，这几年来，我们一直保持距离，包括身体。可曾经我们为了减少这种距离而奋不顾身，在对方身体上倾注希望，热情，种子，劳作，结果却毫无收成。

我们竟然这样生活了十八年。当我想到这个时长已经超过了和父母的生活时长时，不禁一阵心惊，这十八年的共同生活或许就是一种最令人绝望的联系。

车库里又拥挤了许多，窗户被挡住了。王小玉不知什么时候养成的收集旧物的习惯，从前的自行车，断了链条，缺一扇门的衣柜，掉了把手的锅，凸屁股的电视机，等等，都被她塞在车库里。我们将杂物挪到一边，腾出床的空间——我敢确定，这正是我曾经躺在吴万里的推拿床的位置。

我将一块纸板拖过来，铺在地上，暂时代替床。王小玉也累坏了，屁股也落在纸板上，她不停地喘气，以此掩盖我们之间的巨大宁静。

就这么坐了会儿，有一个瞬间，我突然有些愧疚，对于孩子这事，我从来没有给她安慰，或许我应该对她说，即使没有小孩，我们也是幸福的一对。而我一直对她说的是，我们为什么没有孩子？

王小玉还在喘气，似乎一时半会儿不会离开，为了打破这尴尬，我只好起身四处看看，我将衣柜门打开，又关上；用力摁着自行车的铃声，锈锈地，沙哑地，哼唧了一声。最后我的手又落在电视机上。

这还是好的吧？我自言自语。

是好的，我们结婚时买的。王小玉仿佛也在自言自语。

我插上电源，屏幕很快就亮了，满屏雪花，又像是砂石漫天，我摁下频道键，突然出现了声音，杂音，嘶鸣一般，尔后有了人影晃动。

没错，这是我们结婚时的电视机，我印象深刻，在仙女商场买的，日本松下。所有的键都在屏幕右边，每一个键我都很熟悉，每摁下一个好像就往从前靠近了一点。

终于，清晰一些了，竟然出现了人影。我和王小玉都有一些激动，向后退了退。

是仙女电视台，正在播放一项娱乐竞赛，主持人握着长长的话筒，声音听不太清，夹杂着很大的嚓嚓声。

这是综艺达人秀。王小玉说，我差点忘记这些年王小玉喜欢看电视了。每天回来她迫不及待地打开电视，将声音调得很大，以此填补屋内的寂静。王小玉说这个节目都是一些有特长的人去参加，挑战极限，如果成功的话，可以获得一些奖金。

这时，我突然发现，我和王小玉正坐在同一块纸板上，我们好久没有这样靠近了。

主持人正在欢呼，在她左侧的参赛者即将上台表演。由于画面模糊并不能看清参赛者的脸，但可以确定的是，此人个头不高，身体呈倒三角形。他站在一根横杠前，准确地说是脚手架，在计时后他微微上跃，抓住杠杆，手臂距离稍微超过肩宽，将身体向上拉直至下巴超过杠杆，再缓慢地降下，身体挺直让背阔肌受力，在下降过程中缓慢让手臂伸直。完全伸展后，再重复以上动作。

这套动作我无数次看吴万里做过，就在这间车库里，利用门框，利用晾衣架，利用窗棱。做这些的时候他的下嘴唇总是兜着，好像以此来辅助身体的向上。当身体到达最高处时，下嘴唇便耷了下来，像鱼露出水面吐出气泡一样长长吐一口气。

主持人说，没有一定武术功底，是很难做到这样的。这时，我和王小玉不约而同对视一眼。画面又模糊起来，只有上下起伏的影子，极其缓慢的，像在挣扎。再后来，连人影都分辨不清了，只剩下拖曳顿挫的数数声，四十——九，五——十，五十——一……

电视屏幕已变成白晃晃的一片，我往王小玉身边挪了挪，我们仍目不转睛地看着前方，还有声音传递出来，以及王小玉轻微的数数声，这细小的声音里又增加了一个男人的声音，没错，是我——我们一同在数数，缓慢地、认真地。

我们数得很慢，很用力，仿佛每一个数字都在引体向上。

追风筝的人

1

我从北京回扬州的第一顿饭是根子安排的。火车经过南京的时候我给他的手机发了一条信息，根子就开着车来接我了。我们在出站口处拥抱，像电视里的镜头一样，又在彼此后背用力拍拍——这种亲密的动作显得我们关系很铁似的。恰恰相反，我和他仅一面之缘，还是在去年冬天，根子去北京追债成功（他是这么告诉我的），在天安门广场让我给他和远处的纪念碑合个影，他在人堆中一眼就瞄准了我，可能我看起来像拍照很好的样子，也有可能是很闲。的确，那段时间我没什么事干，一切都处于青黄不接的状态（除女朋友这事外），我母亲打电话来叫我多出去运动运动，年纪轻轻的，一身病。我遵循了老人家前半句意思，出去，至于后半句意思——运动，我实在提不上兴致。我觉得那些在健身房里挥汗如雨的尽是些年轻人，血气方刚，浑身的劲儿没处使似的。像我这个年纪（我同学的孩子已经打酱油了）力气用得快差不多了。生活本身就是一件体力活，歇斯底里吵架，变着花式揍娃，绞尽脑汁周旋，哪一件不需要力气？当然，我还没有结婚，没有娃，但有几个女朋友，比有娃更累心。

我有时“出去”，是为了逃避她们，我打车——手头宽裕的时候，拮据时就坐公交。这也没什么不好。车经过天安门广场时，我都会伸出脑袋看一看，或者干脆下去走一走，我喜欢看广场上激昂的人群，那些被旅行团从祖国各地运来的大爷大妈们总能使我内心蓬勃。

当然，根子还没到大爷的年纪，他比我还小，胖胖的，脖子里套着根大金链子，很有黑社会的意思。

“这不重吗?”我指着金链子问他。

“不重，里面是空的。”他笑起来，露出缺掉的侧切牙。

“那戴着唬唬人哦。”

“是哦，唬唬人。”根子松开方向盘，将金链子取下扔给我看。

金链子在我眼前晃了晃，把照进来的阳光摇得碎兮兮的。

车驶出火车站了，我摇下窗向外狠狠吐了口痰，义愤填膺的。“妈的，还是扬州好，空气舒服。”我朝车窗外说。

“那当然，扬州的女人也好。”根子忍不住笑起来，车身也跟着一颤一颤的。他告诉我今晚的酒局就定在“扬州天下”，里面的小服务员个个水灵灵的。当然，为了配合我的艺术家身份，他也叫了三个艺术家朋友来作陪，两男一女。他将三根指头在我跟前晃了晃。

饭店藏在路边的一排房子后，灯箱上的“下”字已经瞎了，只剩“扬州天”，别有意味。艺术家之“两男”分别坐在我的左右两侧，左侧的是“书法家”，根子如是介绍。其人瘦小，以至于很灵活，我都不知道他是怎么从我的椅背与墙面的狭缝里钻来钻去的。他说和我一见如故，要送我墨宝，迫不及待招来服务员问有没有笔墨纸砚。右侧的艺术家呢是画家，据根子介绍此人师从黄宾虹。我想了想黄宾虹的生卒年，一口酒差点没喷出来。画家不怎么说话，不苟言笑地抽烟，偶尔递过手机让我“指教指教”他的画。而女艺术家还没到。这多么令人期待。

根子的电话间隔就会响起，女艺术家不停地向他汇报到达的地点，再由根子向我们转述：石塔寺了，文昌阁了，冶春了，大虹桥了……扬州天下了——终于到了，我长吁一口气，真怕她中途有个什么事儿而缺席。我这人做事蔫了吧唧的，唯有对异性永葆热情。根子放下手机说到了到了，到楼下了。

又等待了十多分钟后，女艺术家并没有出现，这期间我出去抽了支烟，"指教"了画家三十多幅画，根子仍不停接到女艺术家打来的电话，诸如哪个包厢呢？怎么没看见呢？确定是扬州天下吗？是不是走错楼梯了？等等。我有些恼火，甚至想冲到楼下把她拎上来，在我内心极度沮丧和疲惫的时候，包厢的门打开了。

我想把"鲜艳"一词献给这位伟大的艺术家，要是她不出声，我一定以为是一只花篮自己走进来了。她这一身打扮用花枝招展形容都不够——花的裤子，更花一点的上衣，头发盘起，由一只大花发夹固定着。在我透过花丛与她的目光相遇时，我不禁惊讶起来——这不是我的初中同学杨红霞吗？对方也认出了我，显得格外激动，她说："陈真，真的是你啊！陈真，我们有多少年没见啦陈真？"

杨红霞和我都是马湖镇中的，只同学了两年，初二下学期她就被父亲带回去了。杨红霞家住农村，条件不好，姊妹又多，她父母希望她早点务农以减轻负担。但杨红霞热爱上学，深知学习是唯一的出路，于是又偷偷跑回来，他的父亲在地里找不到人了，便气愤地追到学校，所以，我们常常看到一幅撕心裂肺的画面。按理说杨红霞如此热爱学习（据说同学每天经过她家门口时，都能听到杨红霞朗朗的读书声），成绩应该是优异的，但她的成绩一直不好，考试总是垫底。初二下学期她就离开了，跟他们村里的人到安徽学做皮鞋去了。

我之所以在二十年后仍能记住她的名字，是因为后来我们有过长达八年的书信往来。杨红霞去安徽后便给我们寄来了信，用"我们"是因为班上三十多个人都收到了杨红霞的信，她好像和每个同学都友谊深厚，需要用书信来诉说衷肠。但很快大家便不再写信了，毕竟到了初三，学业重了，再加之他们对杨红霞并没太多印象，甚至两年里都没有说过一句话。

只有我和她的通信保持了下来。其原因一是我喜欢在早读课或自习课的时候被老师叫到办公室去取信，我会走得极其缓慢和自在，能够离开课堂一会儿，是多么令人愉悦；二是那时我开始写点随笔什么的，急需像杨红霞这样热情又忠实的读者，据说她将我信中优美或富有哲理的句子摘抄下来，厚厚两大本，间接地鼓舞了我的文学创作。

"陈真，没想到你真的成为大作家了，那时我就十分看好你哦。"杨红霞突然说道。我不知道根子是怎么向他们介绍我的，我也记不得我又是怎么向根子介绍自己的，可能那天在天安门广场上，由于一种威严或宏大的气氛感染了我，也使我随口说出一些威严或宏大的词语来。这几年我的确也写了一些东西，但籍籍无名，去年和一个朋友去搞剧本融资，想拍一部震惊影坛的电影，获他个金鸡金像金棕榈的，结果呢，人财两空。当然，这词用得不完全准确，因为我本来就没什么钱。

饭局的后半场几乎变成了同学叙旧，叙旧的主要是杨红霞，而我的确和她没什么好说的，她今晚的出场多少令我有些失落，可能是由我对女艺术家的期待过高导致的。

再说杨红霞吧，我实在无法将她与"艺术家"联系起来，她的说话腔调，穿衣特点，以及找不着北的傻愣和二十年前没什么两样。她总是突然大声说："太高兴啦，陈真，真的是你吗？"

如果是青春偶像剧，男主人公一定含情脉脉地回答："真的是我，如假包换。"

可我想换呢。

2

我和杨红霞的第二次见面仍然是在根子的饭局上，在这之前我一直和根子混在一起，我的吃住行基本都由他包揽了，这让我有时在酒醒后虚惊一下，我究竟在天安门广场上对根子说过什么牛逼哄哄的话。

终于，根子在一杯酒下肚后提出了他的设想，他希望和我，以及三个艺术家合作成立文化公司。根子说自己在政府里有人，有路子；我呢，来自京城，见的世面大了去了，负责文字创意和方案策划；而三个艺术家呢，个个技艺精湛，坐镇扬州书画界第一把交椅。他认为没有比这更好的组合了，扬州又是一个文化之地，眼下对文艺的重视，老百姓的附庸风雅，简直是天时地利人和，是时候该出手了。

这番话的确很鼓舞人心，大家纷纷举起杯来，我也不例外。我对办公司没什么特别大的兴趣，只要不让我出钱，又能分得一杯羹，我为什么要拒绝。

酒局的氛围明显高涨了起来，大家纷纷换了位置，彼此交头接耳，比如书法家坐到了根子旁边，杨红霞也坐到了我的旁边，她并没有像其他几位畅想文化公司的未来，而是继续和我叙旧，杨红霞咧开嘴笑着，细细密密的牙齿一直暴露在外，她对能和我一起成立公司无比兴奋，好像和二十多年前我们在一个教室一同学习一样。

我从根子口中得知，杨红霞这些年一直从事“绘画”工作，业务不错呢。他说在火车站的出站口，医院的围墙上，都有杨红霞的“作品”。

这么一说，我也就明白了，杨红霞干的是墙绘。这在国内是一个新兴的行业，它和真正的艺术并非沾得上边儿，千万别把它和摩崖石刻或敦煌壁画什么的联系到一起，它也就是借艺术的幌子省点墙砖墙纸的钱。但我仍不明白杨红霞是怎么从一个鞋匠摇身一变成了墙绘师的。

杨红霞似乎看出了我的疑惑，兴高采烈地向我讲述起她的“过去”，她说她的确做了五年皮鞋。“哎，陈真，你还记得那个地址吗?

我给你写信的地址哎，就是那里，我在那里做了五年皮鞋呢。”杨红霞饶有兴趣地讲了起来，讲了很久，很细碎，以至于我只记住了几句，也算是中心思想了。杨红霞说后来做鞋用的皮都是人造皮，人造皮上的漆层非常糟糕，一不小心便蹭掉了。她就琢磨这漆的事儿，一琢磨就随一个老乡去做油漆了，做过汽车喷漆，也做过装潢刷漆。一次她看见有人在墙上画画，一问，才知道这叫墙绘，比刷漆来钱多了。于是她就跟着人家去学墙绘了。杨红霞说没什么大不了的，和刷漆是一样一样的。

我没见过杨红霞的“作品”，但根据她上学时的表现能推测一二。记得有一次数学老师叫她到黑板上画一个平行四边形，杨红霞在黑板上来回修改半天，愣是没把平行四边形的两条边画平行。最后老师也急了，几乎哀求她，咱好好画，不闹，好不好？

“陈真，你还记得你给我写的第一封信吗？”杨红霞突然问我，她总是将话题引向我们通信的时光，“你在信里说，叫我多读书，后来我就去买了一本《简·爱》，读了四遍呢。”

这些我真的记不起来了，我只记得杨红霞的信总是很长，仿佛有“说也说不完”的话，而且叙述平平，没有重点。进入大学后我便很少回信了，那时我担任学校校刊编辑，读者也多，已无需杨红霞这样的粉丝了。再后来我以学业忙不再回信，但杨红霞的信仍然准时飞来，那些信大多数没被拆开，便以烟缸或抹布的身份消失在宿舍垃圾桶里。

“后来你大学毕业，就联系不上你了，我还往你的家里写过信呢。”杨红霞有点嗔怪着，脸上又出现了小时候的那种神情。杨红霞因为成绩不好，故朋友不多。她发育早，初一下学期个子猛地窜高了，从第一排坐到了最后一排。众所周知，后排汇集了太多的差生，杨红霞尽管个子高，尽管也是个差生，但仍然成了差生们的欺负对象。不过杨红霞不会放在心里的，习以为常了，跟她在家里的地位是一样的。据说她下面还有四个妹妹，她父母一心想要个男孩，结果一连串的都是女娃。最后一个妹妹出生时，他父亲正在牌桌上，杨红霞的奶奶踱着小脚去唤他，在哗啦啦的洗牌声中告诉杨红霞父亲，又生了个讨债的咯，她的奶奶倚在门框上有气无力地说，你给起个名儿吧。杨红霞父亲牌运正背，这无疑对他又是一个不小的打击，于是愤然甩出一张麻将子儿，说，点杠。后来，杨红霞这个小妹妹就叫杨红杠。

我们在聊天兼回忆的过程中，饭局已进入尾声。根子和书法家、画家的畅想未来也走出了高潮。根子提议公司选址在他老城区的三合院里。“那里安静，有味道。”根子说。一行人都拍手称赞，省了选址的麻烦岂不更好。于是大家兴高采烈且踉踉跄跄下楼，杨红霞穿着花衣服送别大家，认真热情地朝每个人挥手，突兀的个子有种天塌了有她顶着的安全感。

在我钻进车里的一刹那，她突然朝我喊了一声：“陈真，你在北京有认识的律师吗？”

3

成立公司的事说干就干，这一点倒是不太符合我的做事风格。公司地点就在根子祖上留下的老城区三合院，巷子纵横交错，其路径复杂程度可想而知。开业那天，我就迷路了，结果是循着鞭炮声找过来的。根子为了营造一点喜庆气氛，点了五条一千响的小鞭炮，足足响了二十分钟，附近的老头老太都被炸出来了，从四面八方涌来，如同美国大片中的变异生物倾巢而出，他们认为我们在这里出入会给他们带来危险因素，因此日后我们不断受到老头老太们的各种伏击，此为后话。

根子交代了公司事项以及各自的负责范围，比如公司分为几大块，书画文创类，艺术培训类，实体墙绘类。每个人都封了官，各司其职，一副要大干一场的模样。忘了交代，公司的名字就叫扬州天。

墙绘类自然是杨红霞的事了，但由我主管，杨红霞分明有些激动，脸上竟出现学生时代的那种绯红。午饭是在小院吃的，杨红霞负责做饭，我们四个在堂屋里边打牌边等。后来，我们惊奇地发现，这是一种多么理想的生活状态啊。那段日子，我们每天聚在小院里打牌，四个人，不多不少，从中午打到半夜，肚子饿了就喊一点外卖，塑料盒在墙角下堆成山等着杨红霞来收拾。有时打上一整夜，直到巷子里那些痰盂的铿锵洗刷声出现了，我们才结束牌局，往地上狠唾一口痰，疲惫不堪地各自散去。我们欣喜并感叹，成立公司的最大好处就是每天有了固定的牌搭子。

公司成立以后，也没什么业务，用根子的话说，首先启动的项目是墙绘。根子在会上交代，每个人不得私下接活，必须走公司流程。根子的意思大家心知肚明，以前杨红霞干活养活自己，现在干活还要养活我们。不过，根子说，这只是现状，现状都是用来改变的，我们的艺术培训就要上马，要对未来有信心嘛。杨红霞也积极表态，公司是大家的，怎能计较个人得失。

根子提议由我担任墙绘项目的主管，也就是有了监督的职责，为了表现出自己对绘画很懂似的，我常常大谈特谈，什么 19 世纪的西方印象派，从莫奈、雷诺阿，到凡高，从新印象派的修拉和西涅克，到后印象派塞尚和高更；或者谈谈清初的四王和四僧。这个时候我总把话题拉到眼前。“你呢，”我对杨红霞说，“你就是缺点儿艺术细胞。”杨红霞歉意地笑着，在我的口水喷溅中如沐春风，她听得极其认真，仰着头坐在矮矮的小马扎上，一副嗷嗷待哺的模样。

杨红霞是很开心的，一点都不亚于二十年前收到我信的兴奋，在她看来，能和我共事“真是太好了”，更何况还在一个部门。一次洽谈新的业务，杨红霞恳请我和她一同会见甲方，其实都是些老客户，无需我的出场，我便借故在外面打打电话或抽支烟，进去时合同已经签订好了。也就几千元的活儿，但多少令人有些兴奋，我的脑细胞也就是那个时候活跃一下，计算一下自己能瓜分到的数字。

那段时间，我比较缺钱，所以生活也就缺乏热情，我总在想，老天应该给我来点儿刺激，越狠越好，比如中个五百万什么的，让我变得热爱生活起来。

“陈真，”杨红霞把我从美梦里叫醒，“前面就是仙城了，没多远就到马湖中学了，你还记得我们的母校吗？”

杨红霞说这话的时候，方向盘已经转向那边了。

我正和北京的女友之一发着信息，为回答她的一大串疑问而浑身发毛。“干什么啊？”我突然喊起来，“我没时间陪你回忆去。”这一声怒吼，吓得杨红霞哆嗦了一下，赶紧打回方向盘。

我也不明白刚刚为什么要喊那一嗓子，大概是对“回忆”这事充满反感，女人都爱回忆是吗？回忆有意义吗？没有意义，除了浪费时间和感情外，毫无意义。一路上，我们都没有说话，我放倒座椅睡了会儿，杨红霞则专注开车。到小院时，杨红霞一直帮我拿着茶杯，小心翼翼地跟在后头，不吭声。我也意识到自己的脾气暴躁，为了缓解气氛，从包里翻出一张名片递给杨红霞。

“这是北京的律师，我的朋友，”我说，“上次你要——”

话还没说完，名片被根子抢去了。“有个卵用，”根子对杨红霞说，“北京的律师打不了你扬州的官司。”

后来在一同解手的时候，根子才告诫我，这个忙不要帮，杨红霞打官司是向前夫要小孩。根子正努力排尽最后一滴尿，“你说，”根子提好裤子，意味深长地看着我，“她带着小孩还怎么画墙绘呢——”

4

第一个月，按照分红我获得三千二百元，根子四千二百元（多出来的是房租补贴），两位书画家各一千五，杨红霞比我多一点，因为有劳务费。我想杨红霞如果有点脑子，应该知道这些都是她一个人的，我用眼睛偷偷看她，没看出脸上有任何不满或疑惑，相反，她显得异常激动，脸上又绯红绯红的了。

晚上自然是要喝酒的，从北京回来我几乎每天都是醉生梦死般的生活，原本以为像我这样从京城逃离的人，处处都给人落魄之感，没想到在扬州却如鱼得水，真应了那句古话，瘦死的骆驼比马大。根子说我是大笔杆子，著名作家，凭“陈真”这俩字就能震慑人（我敢保证根子从没读过我的文章），所以启动资金的事对我就免了，但另外三位艺术家还是要出的。

大概受了墙绘项目的鼓舞，书画家们也决定上马国学了，地点依旧在小院里，邀请两位“成功人士”隔三差五地指导指导，指导完了便是一顿大喝，自然是杨红霞做饭，我和根子作陪。那些日子每天两顿大酒，换来第二天整个身体的空乏和心情极度郁闷。我对国学这事表现得冷淡，尤其是对这两位成功人士。根子按照加盟要求在小院贴了无数张规章制度等，杨红霞则在附近的小学和幼儿园发了两个礼拜传单，终于迎来了八名试听生。书法家和画家负责书画教学，我教诗词，根子教武术。我们都没有经过专业培训，对课外教育一窍不通，纯粹按照自己的心情来，到了第四天，就只剩三人了。

这仨孩子大概都是父母没时间照应的，一大早就被送来了，每天在小院里呼啦啦地追跑，有时我们正在打牌，冷不丁一只皮球砸过来，根子脾气暴躁，一把捞起球砸出小院。也有的时候，我在太阳底下看书，一男孩模样的女孩把小黑手放在我的书上，她可能是想和我玩儿，但我对小孩没有丝毫兴致，对此我不会像根子那样暴怒，而是双眼凌冽地看着她，不消一分钟，女孩就哇哇哭去了。只有杨红霞例外，极有耐心地和他们说话，帮他们洗手，擦屁股，扎辫子，抠牙齿缝里的肉渣……

“你几岁啦?”杨红霞问其中一男孩。

“五岁。”男孩说。

“哦，五岁啦，我家也有一个小哥哥，叫多多，今年七岁啦。”

……

杨红霞和小孩聊天的时候，我正和根子下棋。根子小声对我说：“杨红霞那官司打不赢的。”

“哦?”我扬起眉问为什么。

“她有过抑郁症，不可能把孩子判给她的。”

“那……当初为什么离婚?”我问。

“就不该结这婚，”根子唾了口痰，“那男的原来是和她一起做油漆的，人不咋的，他追杨红霞，杨红霞也没同意，不同意就硬上，算不算强奸呢——”根子看了看我，“哪知就那一下子，怀上了，后来就结了婚。”

我吐了口气，好像这剧情比较符合杨红霞傻不愣登身份似的。转眼再看杨红霞，她正蹲在地上给一个小孩擦屁股，阳光照在她嵌着亮片的衣服上，竟折射出五彩光芒。

“那后来为什么又离婚?”我压低声音。

根子撇着嘴：“狗改不了吃屎，就那德行，在外又养了女人。”

“我×，”我蹦出一句，“杨红霞怎么没把小孩带走?”

“被公婆藏起来了，我就是那时候跟杨红霞认识的，追债嘛，人债也是债，不过，没追成功。”根子兀自笑起来。

我差点忘记根子的老本行了。

5

圣诞节前夕，扬州下了一场雪，厚厚的，将万物覆盖。

此时我已经搬到小院了，为了省点吃住费用。当然，也不是谁都能享有这份待遇。

早晨开门时，门被雪抵着，推了半天才打开，一封信落在雪地上。收件人竟然是“陈真”，拆开一看，是一张圣诞贺卡，这年头收到贺卡也算是珍稀之物了，没有落款，但从歪歪斜斜的字上看，是杨红霞无疑了，卡片上写了几句祝福的话，然后就是希望我多读书，多写作之类。我把卡片塞回信封，随手插进雪堆里。

一早杨红霞来小院打扫卫生——不画墙绘的时候她都来小院，帮我们收拾前一天的餐具和垃圾。她又给我买了一条烟，说，陈真你要少抽烟，抽烟对身体有害——要是这话让根子听到了，定会挤兑她——有害你还买给他？求求你也害害我们吧。杨红霞便哼一声，说这是给陈真写作时抽的，你们会写作吗？所以有时抽着杨红霞带来的烟，不免有点心虚，以杨红霞对我的期望，我该写出怎样的惊世之作呢？

杨红霞把桌子擦干净，将地拖了一遍，做完又蹲在地上铲我们嚼过的口香糖——我仿佛又看到学生时代的她了，一身夯劲地在教室里打扫卫生。后来，杨红霞发现雪堆里的贺卡了，怔住，整个身体僵了一会儿，随后便看到她装作若无其事地将贺卡放在我的书桌上。

晌午时候，杨红霞接到一个电话，关于墙绘的活儿，甲方要求到现场看一下。挂了电话，杨红霞看我，仿佛征求我这个主管的意见。

“去啊。”我说，眼前顿时有钞票在飞。

“可是，路上雪挺厚的。”杨红霞支支吾吾。

“那就打车。”我站着说话不腰疼。

杨红霞没再说话，急匆匆地就要离开。在她走进巷子的时候，我从身后叫住她，“我跟你去吧，”我说，“我给你开车。”

上车后我就后悔了，没想到地点在淮安，但杨红霞却很兴奋，一路都在感谢我对她的“关心”，她说她车技不高，一坐在驾驶座上就有点紧张。

路上的积雪已经被清了部分，除了湿滑，路况还算不错，我开得很快，有点风驰电掣的感觉，杨红霞坐得毕恭毕敬，一边叫我慢点，一边又不断感谢我为她节约了时间。她真是想多了，我之所以开得飞快，是想早点回到小院，这样的雪天坐在沙发里喝喝茶刷刷新闻岂不是乐事。

约谈地点在一所幼儿园，一面十米高的广告墙，园方说这面墙是幼儿园的灵魂之墙，是幼儿园向外界展示的窗口，四面八方的人经过这里，都会驻足看一看，因此，他们十分重视。说话间，此人拿出一张图片，递给我们。图上是一群穿得干净鲜艳的孩子，坐在草地上（如果此处可以加上副词的话，一定是“摇头晃脑，表情浮夸”地）读书。

“你们也看到了，我们就是想表达孩子们愉快而美好的童年。”递来图片的人说。

杨红霞不住地点头，伴以啧啧的赞扬声：“真好呢！真好呢！”

而我不置一词，懒于掺和这种缺乏高度的交谈。

工期并不着急，因为这个原因，对方开出了非常低的价格。杨红霞偷偷和我耳语，认为工作量大，费用又低，划不来。

此时的我，作为分红者之一，必然要好好鼓励鼓励她：“价格低就低吧，就当为孩子们做点贡献吧。”

杨红霞立即就同意了，甚至对自己计较蝇头小利而感到羞愧。回去的路上，太阳出来了，晴空万里，一派湛蓝。我们的心情都很不错，车里很温暖，还有音乐，车窗上氤氲了热气，将外面一些模糊而隐约的声音隔离开来。

杨红霞一直低头看那幅图，嘴角偶尔扬起："真好啊，陈真，你说是不是？"

我皱了皱眉，对眼前这个词语匮乏的女人敷衍着："嗯嗯，不错。"

"要是多多在这样的幼儿园学习就好了。"杨红霞咂巴着嘴说。

我突然想起她打官司的事，便假惺惺地问道："你那官司怎么样了？"

"下个月开庭，应该会赢的，"杨红霞转过头，停了会儿又说，"不过，上一次败诉了……"

"哦，能赢就好。"我接着她的上半句说。

"我跑了几家医院开了健康证明，也从几家银行打印了收入证明——"

"这几年你都在打官司吗？"我心不在焉地问。

杨红霞愣了一下，说："也没有，开始是沟通，实在沟通不好了，才想到打官司，周期太长，等开庭就等很久。"杨红霞说她并不想为此上法庭，对孩子也不利。

"没什么利不利的，争取到孩子就行。"我将烟头扔出窗户。

"嗯。"杨红霞点点头，专注地看着外面。突然，她叫起来："你看，陈真，就是这条路，就是这条路——"

我被吓了一跳，问她这条路怎么了？

"这条路就是通往多多奶奶家的啊。"杨红霞屁股抬离了座椅，脸觑在玻璃上。在我们的右前方有一条路，由于雪的覆盖，隐隐约约，只能从车轮印看出个大概，细细瘦瘦的，伸向远处。

我几乎没有思考，便将车驶了上去。

6

我们在杨红霞前夫的老家——这么说比较具体——一直等到傍

晚，都没有看见那个叫多多的小孩，向邻居打听，说是爷爷奶奶带去走亲戚了，昨天走的，今天这突然的一场雪，大概也不会及时赶回来。

我们便在小院里看看，杨红霞用铁锹将积雪铲到两侧，形成一道不太宽的路面，她说这雪不铲掉，夜里就会结冰，这老少的，走路不摔跟头才怪。

我则坐在门槛上抽烟，四下看着，前后两进的瓦房都很破，像是从某个贫困山区摄影照片上抠下来的，一道院门——权且叫作院门吧——由几根朽木拼成，稍微用力一推，木头"嗵"的掉下一块。这颓败的场景比较适合钢笔画写生，想到这儿，我给画家打了个电话，手机里传来闹哄哄的声音，才知道他和书法家正在南京参加一个扑克牌比赛。

雪铲完了，杨红霞脱掉外套，鼻子红红的，很难想象杨红霞在这个地方完成了她的第一段爱情，并为此产下爱情结晶。杨红霞一直很努力，就是为了摆脱农村贫困的生活，谁知为了爱情又回到农村，就在她死心塌地过日子的时候，婚姻出现问题了。我不禁想问，她有没有过爱情？

杨红霞已经开始清扫院门外的路面了，毛衣包裹下的身段竟有窈窕之感，仔细看，杨红霞还是有一点动人之处的。我曾问根子有没有睡过？根子连忙摇头说没有没有，没动过那个念头。那是根子说话最诚恳的一次，在他看来，杨红霞还缺乏某些经验，对一切都怀有美好憧憬。

我催杨红霞早点回去，担心天黑了路上会结冰，杨红霞正趴在窗口朝里看，她向我招手："陈真，你快来看看。"

屋内很黑，只隐隐约约看见一张老式木床和一个衣橱。这就是我的床了，我和多多在这儿睡了一年，杨红霞说，语气有些激动。

杨红霞说前几年多多的爷爷奶奶是不允许她来看孩子的，每次都把多多藏起来。这几年好一点，同意每月看望一次，但不可以带走，杨红霞便死赖着住一晚，和多多睡在那床上。有次临近春节，前夫带着女人回来了，他们就睡在她和多多的隔壁。

“你不难过吗?”我故意问道。

“不难过，”杨红霞说，“我脑子里想的都是怎样才能带多多离开。”

我们把木门推回原位，一块雪团砸在身上，我使劲地跺跺脚跳上车。车快要驶出村子的时候，杨红霞也不说话了，好像所有的力气刚刚都用完了似的，她木木地看着窗外，不知道哪些景物能够给她安慰。后来她又侧身往车后看去，像是寻找什么。“陈真，”杨红霞转过来对我说，语气有点乞求，“我们能不能在这儿停一停?”

下车后杨红霞向一片麦地走去，太阳即将西下，西方染上了一抹绯红，而苍茫的暮色已降临东方，慢慢地在整个田野上铺展开来。天空下有一些高耸的水杉，叶子落光了，枝条上堆着雪，显得格外硬朗。

“你看，”杨红霞指着一棵树说，“树上有一只风筝。”

我顺着她手指的方向，的确，在接近树顶的地方，一只残破的风筝挂在那儿。

“这是我和多多一起做的风筝，多多突然想放风筝，可是哪有风筝呢？于是我们就自己动手做，屋后面有一片竹林，我们砍倒了一棵，劈出竹篾，扎成骨架，再用报纸糊着，还用竹叶做了尾巴，真是好看呢，”杨红霞仿佛在自言自语，“还以为放不上去呢，没想到哦，风筝竟然飞上去了，飞得很高很高，我和多多一边跑一边叫，真是开心呢。”

杨红霞说到这里，忍不住笑起来，恍若又回到那个傍晚。“后来，绳子就断了，风筝摇摇欲坠的，多多说我们去追吧，看谁先捉住它。我们在麦田里跑啊，追啊，直到风筝跑到了树上……我们俩在树下看了好一会儿，多多很开心，他说，那就送给大树吧——”

我的眼前出现一大一小两个奔跑的身影，在麦田里，在小树林里，追赶着风筝……再是，风筝栖息在了树上，树下是两个张望的脑袋，云朵静止不动，阳光凝聚不流，笑声在广袤的田野上冉冉上升。

7

根子从外地回来带了一点“货”，傍晚时候召集大家商量商量。杨红霞不在，此刻她正在北方的幼儿园画着墙绘呢。根子把门关上，打开灯，我们自觉像打牌那样就位。

“是白粉吧？”我开玩笑说。

“跟白粉一样值钱。”根子很神秘。

他从包里掏出一个大纸包，纸包展开又是一纸包，有点故弄玄虚，最后拿出来一叠纪念钞。画家和书法家分别拿起一套研究起来——索契冬奥会纪念钞，收复克里米亚纪念钞，航天纪念钞……画家问根子哪来的？根子粲然一笑，露出断掉的侧切牙说：“找人搞的。”

根子说他已经把客户群锁定了，就卖给那些手上有点闲钱又没有力气挣钱的老头老太们。根子给我们发了一圈烟，瞟着门外继续说：“真是天时地利人和，我们身边有多少老头老太啊，这不是关键，关键是他们身边缺少年轻人，卖起来方便多了。”

“可是，他们凭什么会买呢？”画家善于提问。

“升值，就说升值空间很大，能升值的就有人买，我们承诺五年后翻几倍，并且回收，当然，五年，谁晓得五年后我们散不散，或者他们在不在呢？”根子笑起来。

我基本了解这货的意思了，如果我有点良知的话，应当站出来说，不行。可是，我为什么要去阻止？谁会和钱过不去呢？钱主宰了我的生活，有钱的时候我抽中华，没钱的时候就抽六元一包的绿南京，再拮据时，烟缸里的烟屁股也能翻出来再抽一遍，生活的弹性很大。

我们正谈得热火朝天的时候，杨红霞突然给我打电话，问有没有吃晚饭，没有吃的话她带点给我——在生活上我总受到杨红霞无微不至的关怀。我在北京的时候，也得到过部分女性同胞的关怀。那时候我需要养两个女朋友，另一个女朋友又养我，现在我来扬州了，我要对那个曾为我负担生活起居的女友一点点回报，使得我的手头就有点紧了，然而杨红霞又偶尔为我解决点生活开支，这世界大概就是这样，总是处于一种守恒定律之中。

但此时，我竟有了一些羞愧之感，那种享受施舍的美妙感觉顿时消失了。"根子，"我猛吸了口烟说，"这个我感兴趣，我们可以大干一场。"

事情比我们想象的还要顺利，先是以茶话会的方式邀请老头老太们参加，对于这种免费吃喝的事情老人们很热衷，呼啦啦就将小院坐满了。我再一次发觉画家和书法家的亲和力，他们向老头老太们嘘寒问暖，并伴以亲切的问候。再是介绍扬州天的成员，都是响当当的文艺名人，我们所做的大都是公益（尽情胡说），为弘扬扬州文艺而做点贡献嘛。最后才说到关于纪念钞的事，限量版的，每人限购一套。这一番话很快得到响应，就连前天在巷口用矿泉水瓶伏击我们的老太都购买了一套。

晚上杨红霞来到小院，正好看到这番其乐融融的和谐景象，不禁感到诧异，她将我拉到一边，说："陈真，你不觉得这事有问题吗？"

"有什么问题？"我很不屑，"这事你别管，不归你管，你忙你的墙绘去吧。"

"墙绘有问题了，"杨红霞耷着脸说，"幼儿园领导不满意，说是没画出他们要的效果来，改天还要去返工呢。"

"哦，是吗？"我不咸不淡地问，此刻对墙绘实在提不起兴致，也就六千元的活儿，卖两套纪念钞就来了。"返工就返工吧，说明你绘画功底还不够，就当锻炼锻炼吧。”

第二天，小院里又坐满了人，大多数是新的面孔，这些不胫而走的消息跑起来比老太太们的小脚还快，当然，也有几个老面孔，想“再买一套”的，都被婉拒了。这一点，我们还是具有仁慈之心的，买一套也就一两千元，不至于倾家荡产，买多了他们难免不跟子女商量什么的。

杨红霞对出售纪念钞的态度比较激愤，分别找我和根子谈了话，无非什么“君子爱财，取之有道”，劝告无果，甚至像二十年前那样给我写起了信，那些曾被她摘抄在笔记本上的名人名言又回赠给了我。杨红霞说，你们再不停止，我就去报警啦——这话说的有点严重了。当然，我们也知道杨红霞不会真的报警，她只会语重心长地劝说，再气急败坏地离开。我们也有意避开她，比如最后几套的销售都是秘密进行的，比如我们的庆功宴也没有邀请杨红霞参加。这种有意疏远也是善意的，让她眼不见为净嘛。

庆功宴之后我便周旋于我的北京女友们之间，其中之一竟从京城赶来了，希望继续我们藕断丝连的爱情，而我已无心沉醉爱情，近来事业的成功，使人（尤其是男人）更想摩拳擦掌，但她来了，好歹要尽些地主之谊，带她四处溜达，看看李白杜牧们腰缠十万贯的地方。当然，即便手头宽裕了些，我也不愿多花钱，一掷千金那是傻×才干的事，某些时候还得 AA 制，我仿佛第一次尝到钱的来之不易，愈发吝啬起来。

那段时间我很少遇到杨红霞，销售纪念币的事，杨红霞也应当有分红的，但她坚决不要，非常高风亮节。从根子那儿听说她那官司快要开庭了，还有墙绘的事，据说已返工两次，那个发给我们图片的园方代表说，她希望从墙绘中看到思想和创意。

这就有点难为杨红霞了。

我和女友在宾馆住了半个多月，直到她回北京，我也从宾馆搬回小院。回去的那天，正好下雨，寒劲儿直往骨头里钻，举目都是灰色，小巷的旮旯处还有积雪没有融化，黑黑的，坚硬着。这种阴惨惨的天气里，似乎唯有背着双肩包，头发乌漆麻黑，羞涩笑起来露出几粒白灿灿牙齿，额头偶尔一两颗浅红色痘痘，弓身骑在山地车上或踮脚跃过一个个小水塘的中学生给人一些生动之气吧。

很长一段时间没去小院，竟有恍若隔世之感。小院的门虚掩着，根子、画家、书法家都在，东一个西一个地坐在天井里，完全没有多天前的意气风发。

“干吗？三缺一？对我翘首以盼吗？”我开玩笑。

三个人都默不作声，一副心事重重的样子。

“出什么事了？”我问。

一阵沉默后，画家才回答我：“是纪念钞的事。”

“啊，杨红霞报警了？”我脑袋飞速运转。

“没有，没有，”根子站起来说，“来，喝点酒，喝点酒就好了。”

“没有喝酒解决不了的事，”我说，“人类几千年的物质进步，一杯酒也能达到。”

我们轻车熟路地找来酒杯和花生米，坐在寒冷的天井里龇牙咧嘴地喝起来。后来，我才知道，杨红霞没有报警，而是在巷子里跑了三天，挨个儿地从那些老头老太手上以两到三倍价格回收了纪念钞。

这个疯狂的场景我没看到，是画家和书法家向我进行描述的，他们善于运用成语——挨家挨户地敲门，苦口婆心地劝说，费尽口舌地解释……

没人知道杨红霞花了多少钱。那三天一直在下雨，巷子里到处是积水，根子他们没有出门，坐在小院里竖着耳朵听着——哨子似的风声静止了，远处传来的人语声一下子归于寂静，他们的耳边仿佛只听见杨红霞大脚疾步踩过水塘的声音。

这事之后，我们和杨红霞的关系变得微妙起来，变得客气和生疏了，也没人再提及纪念钞的事，各自都专心起分内的事情似的。根子要去南京参加一个什么培训了，临走时将金链子摘给我，让我帮他去金店打成一副耳环和一对小手镯，送给他的老婆和女儿；画家和书法家也很少来小院，纷纷闭关，说是要精进技艺；我呢，没有了牌搭子后，也有了大量时间读书和写作了。

8

再次见到杨红霞是在医院的病床上了，她从三米多高的脚手架上摔下来，按理说，三米多高并不高，却将她的小腿摔骨折了。我去的时候，她刚做完了骨外穿针固定——这手术我知道，就是不用麻醉将钢筋从脚踝敲进去。我仿佛听到铁锤与钢筋的撞击声里夹杂着撕心裂肺的惨叫声，不禁哆嗦出一个寒战来。杨红霞半躺在床上，五官还在扭曲着，右脚被吊在半空，像一个炸药包。

杨红霞只联系了我和她的小妹妹，就是前面提到的杨红杠，她正坐在一团棉被旁边，瘦小得可以忽略不计。坐了一会儿，杨红杠便急着回去接孩子了，说晚一点来换我。

“怎么这么不经摔?”我对杨红霞说的第一句话。

杨红霞低着头，好像也正纳闷这问题似的。

“你是不是没系安全带?”我问。

“啊，是的。”杨红霞解释说当时天快黑了，还要返工，心里有点急，也没觉得脚手架有多高……显然她没有听出我是关心还是作为一个主管在责备。

我出去打了瓶热水，又给她的杯子续了些，她连说谢谢。

“陈真，”杨红霞沉默了会儿说，“我知道你在写作，不想打扰你的，可我还是希望你来一下。”

“没关系的，我也没写作。”我说。

杨红霞愣了愣，说怎么不写作呢？——在杨红霞看来写作大概是一件随时都可以干的事儿，她来小院常常第一句就问，陈真，你昨天写作了吗？

“我正在构思。”我只能这么搪塞她。

“那就好，”杨红霞似乎有点欣慰，隔了会儿，又说，“我有两件事情着急和你说，一件是墙绘还要返工，已经第三次了，要是换作以前，遇上这样刁难的甲方我肯定甩手不干了，可你上次说我缺少艺术细胞，需要锻炼锻炼，对我触动很大，最近我正在看清初四画僧的传记，石涛、渐江、髡残、八大山人，我觉得学到很多。”

“是吗？”我说，“墙绘返工，焉知祸福，第二件呢？”

“第二件当然也是好消息，上周开庭了，多多判给我，判决书今天收到了。”杨红霞忍不住露出牙齿笑起来，嘴唇上有牙齿印和细细的血丝，她说想请我明天开车带她去接多多。

“这怎么行？”我指着她的腿说，“医生也不会允许你这时候离开的。”

杨红霞撇了撇嘴：“你不懂的，这七年我几乎没陪他，所以现在我一天都不想等。”

“明天我去吧，我认识那里。”我第一次如此爽快地答应为她做事。

杨红霞向我说了声谢谢，抿着嘴笑了笑，眼睛里瞬间升起一些明亮的东西。

杨红杠来换我的时候，杨红霞正有点发困，见我要走，又强打起精神。“陈真，”杨红霞喊住我，“四僧里你最喜欢石涛吧？”

我迟疑了一会儿，点了点头，记得还是很久前在小院喝多了瞎扯淡的，我说喜欢石涛，他那句“搜尽奇峰打草稿”，就非常牛×。

“我却喜欢渐江，”杨红霞看着我说，“他不像八大山人那样，出家后仍然悲愤难抑到几近精神失常；也不像石涛那样热衷于社会交往；

髡残同他倒是有些相似，但髡残感情外向容易冲动，不会掩饰自己；浙江涵养深厚，专心绘画，是个能很好控制自己感情的人。”

9

写到这里，我不得不放慢叙述的速度，使自己抽身出来，平复心情，像一个局外人一样看待一个毫不相干的人的故事。我遵循记忆点滴并如实地描述使我陷入一种悲伤之中，仿佛又置身于那个冬天，寒冷从四面八方倾泻而来。

我记得我从医院走出来时，天已经很黑了。巷子里没有路灯，只有一些从窗户透出的昏黄灯光。青石子路散发出幽暗的光芒，屋檐下也有条形的亮晶晶的东西，走近看，才发现是冰凌子。

操你娘的冷，我记得自己敲下冰凌子时骂了一句。

第二天上午，我并没有立即出发，而是特意去超市买了只风筝，这个季节不太方便买到那玩意儿，跑了四家超市才找到。我在蜜蜂、蝴蝶、猫头鹰和老鹰的风筝中，选择了老鹰，大概觉得它最勇猛彪悍吧。

到达苏北小村庄时已经是午后了，不像上次看到的那种静谧和萧条，或许是临近春节了，人多了起来，正急匆匆地向同一个地方跑去，有种节日前的狂欢，或恐慌。

我在多多奶奶家站了一会儿，门开着，屋里没人，大概也去了那个地方。我抽了两支烟，然后四下看着。很显然，他们离开前正在蒸馒头，桌子上有面团，炉膛里的木柴还有火星儿，匾子里出锅不久的馒头还散发着微微热气。

又抽了几支烟，顺带品尝了一个馒头后，我也走了出去，向着人流涌动的地方。

那是一条河岸，它将村庄环绕半圈后又向运河逶迤而去。河很长，并不十分宽阔，多日来的严寒，使河面结了厚厚的冰，冰面上有更小的碎冰块，石子，土坷垃，还有一个冰洞——若是没有这个冰洞的话，这儿真是个不错的游乐之地。

是的，或许你们已经猜到了，一切都和那个冰洞有关。

对，我没有接到多多，那个我将要带他离开的小男孩正沉没在冰洞之下。

后来，我也参加到打捞之中，和几个穿着捕鱼衣服的男人一趟趟地走在冰水里，还没被敲碎的冰块总是刺破我的胳膊，使我分不清究竟是寒冷还是疼痛。

晚上我没有离开，第二天继续参与打捞，从四个人增加到七个人，整整三天，我们在冰水里一点点移动，用脚，用木棍，用渔网，试图能碰到什么，我不知道，那个叫多多的小男孩就如此不愿意和我离开吗？

杨红霞往我手机打了几十个电话，发了十几条信息，我没有回复，直到手机自动关机。我离开村庄时依然一无所获，村民们已经决定在次日打坝，再逐次抽干寻人。

我先回了扬州，一路上都在哆嗦，我给自己猛灌下两瓶白酒，都不能驱赶内心的寒冷，一头倒在床上睡了过去。

我想我是不是死了，被磁铁死死吸在床板上一样，梦里到处都是冰洞，冷得我一句话都说不出来。不知道昏睡了几天，醒来时一阵恍惚，太阳出来了，一改连日阴霾，角落里的雪依然在，坚硬无比，没有阳光抚慰它们，寒意弥漫，每呼吸一口，都灼痛人的肺腑。我从小院里摇摇晃晃走出来，两腿发软，忽然，我的记忆恢复了似的，立即奔向医院。

杨红霞的病床上空荡荡的，东西还在，被子缱绻着，但人不知道去向。我几乎没有多想，开车直奔幼儿园。

到达那儿的时候，正是傍晚，阳光柔和而美好，细细密密的，像雨丝一样落在人们身上。那面被园方称为“灵魂之墙”的下面站了很多人，正如他们说的，四面八方的人经过这里，都会驻足观望。我想，或许哪一天你正好由此经过，相信你也会忍不住伸出脑袋看一看的。

这面墙真的很高，很宽，和天空连在一起，这样便显得此刻的杨红霞像天空中的一只风筝。她穿着我第一次见她时穿的花衣服，脚下是脚手架——仿佛从她身体里长出来似的，铁锈红的颜色使得那条纱布包裹的腿十分醒目。墙绘快要完成了，杨红霞正在完成最后几笔，并不是我曾看过的那幅图——没有修剪整齐的草坪，更没有装模作样的读书童。而是另一番景象：白云连绵在一起，阳光穿过云霭之间蔚蓝色的井一样深邃的空隙直泄下来，水杉林被染成了金色，一只风筝正安静地栖息在高耸的水杉树上，树下有一高一矮两个人影，仰着头看着风筝，而他们脚下，是绿油油的麦田——

立　春

1

杨小竹感到气泡是在前一天的傍晚破灭的，那时她正从 601 宿舍出来，左右手上各钳着两只暖水瓶。宿舍里的人在打牌，一种叫作“拖拉机”的玩法，隔壁宿舍的人也在，闹哄哄的，挤挤挨挨分成两桌。这样的牌局每天都要进行的，晚饭前和晚自习后的那一小段时间，得见缝插针地利用起来。牌桌靠近门口，不管是白天的日光还是晚上的灯光，都足够明亮，有时牌兴浓了，宿舍的灯已熄灭，还能借用走廊上的夜灯，灯光不太亮，又被擦不干净的窗玻璃克扣掉几分，光线就更暗了。打牌的人一致朝着微弱灯光拉长脖子，将码成扇形的牌举至眼前，像在进行某种古怪又虔诚的仪式，那种认真劲儿让人不免想起凿壁借光之类的励志故事。

宿舍里一共八个人，唯独杨小竹不打牌，一开始她们也喊她，她说不会。不会没关系，可以学，谁天生就会呢？但杨小竹又补充一句，不想打。这就让另外七人有些不悦了，所以原本可以凑成两桌的牌局只能请求外援了。

打牌时，宿舍门一般是不开的，一是空间小，牌桌紧挨着门，开一下得劳师动众；二是门打开的瞬间，若是被路过的同学或老师瞧见，影响很不好。

杨小竹要出去打水，站在门边好一会儿。她内向，胆小，开学至今只和班上的三五个人说过话，在宿舍里只和王晓霞说过话，她们是上下床，王晓霞睡下铺，常常冷不丁地从下面冒出脑袋来，嗨，在干吗？杨小竹总是被王晓霞的突然发问吓一跳。在班上杨小竹也是这样，若是被老师提问了，她的脸也会涨得通红，支支吾吾，好像那些答案在她身体内立即变成炽烈的火苗。

好在杨小竹有气泡，气泡包裹着她，即使众目睽睽之下，也有了一层保护。气泡是圆的，轻薄透明，像一个大玻璃罩，将她安安全全地罩在里面。她站在牌局之外，闹哄哄的声音被气泡阻挡了。后来，是王晓霞发现了她，提议把门开一个缝，让她去打水，因为四个水瓶里有两个是王晓霞的。杨小竹侧身从门缝挤出去——果真是“缝”，她觉得自己的身体被横向拉薄了几分，还没站稳，门“砰”的一声撞关上了，杨小竹就是这时候感到自己的气泡破灭的，她惶惶地站在门外，喧闹和嘈杂如浪涛一般砸来。

关于气泡，杨小竹没有和任何人说过，包括她的下铺王晓霞，她怕一说，气泡就没了。周末的时候，宿舍里的人都回去了，她们大多是县里的，转几趟公交就到家了。杨小竹不回去，她的家在小官庄，从县里到小官庄要坐四个小时的车，票价三十五元，一来一回就是两个月的生活费。当然这不是不回去的主要原因。

宿舍空荡荡的日子里，杨小竹就躺在床上看书，被子被她拱成两堵墙，一头用枕头挡着，感觉就像一个家，她把脑袋缩在“家”里，看着从外面透进来的光亮，心里有丝丝的难过又丝丝的温暖——她想起小官庄的家了，在赤练河的边上，朝着大路的一面砌了猪圈，靠河岸的那边，搭了鸡窝，鸡窝用网拦着，一直拉到河岸。河岸虽窄，照样能擎住两棵桃树和一棵槐树，春天的时候，花开疯了，鸡在树下闲庭信步，煞有介事地啄着地上粉色或白色的花瓣。那个时候，她的爷爷或许正坐在矮板凳上，膝上搁一圆匾，不去地里干活的时候他就在屋檐下捡豆子。

傍晚，杨小竹开始给父亲写信，她在信里谈了最近的学习情况，她告诉父亲隔壁的财会班已经开始打算盘了，是那种瘦长的小算盘，同学们用一根绳子两头系着，斜挂在肩上，好像那不是算盘，而是绝世武器。有一次她经过，整齐的算盘声把她吓了一跳，觉得下一秒就会从那些紧凑绵密的拨珠声中飞出暗器来。杨小竹还在信里谈到了气泡，她说气泡是她想象的，可是，尽管如此，破灭后她很久都不能想象出下一个来。

杨小竹喜欢给父亲写信，有时不知道该说些什么，有时却有说不尽的话。她和父亲很像，不管从长相还是兴趣爱好上都极其相似，这是爷爷对她说的。杨小竹没有见过父亲，或者见过，但那时太小，没记住。

信写好后，折起来，放在枕头下，不用寄出去的，她并不知道父亲的地址。杨小竹问过爷爷，爷爷也不知道，一会儿说在东北，一会儿又说在云南，上一次却说从安徽直接去了上海。杨小竹把地图仔细琢磨了一遍，发觉父亲总是在她所在的苏北平原之外转着圈，就是不愿回到圆心来。

父亲兄弟三人，他排行老二，老大过继给了他堂叔，来往较少，杨小竹只见过伯父两次，很魁梧，留着浓密的络腮胡子，长长的，交织在一起，不苟言笑。不知道是因为胡子太密而不方便说话，还是长期缄默不语才使胡子恣意葳蕤。

对于父亲，杨小竹只能从照片里去认识了，相框里有三张父亲的照片，一张是小时候，脑勺后留着一根细瘦的辫子，在小官庄这是惯宝宝的意思，照片里的男孩皱着眉头，好像对这个世界极不满意。总之后来，杨小竹也有了皱眉的习惯；还有一张是父亲刚工作那会儿，那时的父亲还没有认识母亲，正是早春，柳叶儿刚刚冒青，照片上洋溢着春意。他站在草垛前，白衬衫，喇叭裤，刘海很长，风吹过，意气风发。

三兄弟中属叔叔最矮，他和两个哥哥有着相似的外貌，卷曲的头发，长方形的脸，高挺的鼻梁，但身高体型比哥哥们略小几分，好像模具复制时减小了尺寸。三兄弟有一张合影，都是十来岁的样子。杨小竹小的时候不知道照片上哪个是父亲，爷爷便指着照片中间那个，还是个青涩男孩，比自己大不了多少，杨小竹不好意思，嘟着嘴把视线挪开了。

叔叔结婚前，杨小竹以为叔叔是她的父亲，那时她和爷爷、叔叔三个人住一起，她隐约记得小时候叔叔抱过她，还带她到河里去滑冰。有好几次她想问爷爷，叔叔是不是她爸爸，都没敢开口，有一天傍晚，她和叔叔堆草堆，她站在下面，叔叔站在草垛上，她要把地上的草叉给叔叔。晚霞正浓，在叔叔身上镶起一道金边，杨小竹仰着脑袋，好像被什么鼓舞着，在她和叔叔交接草的刹那，轻轻地喊了声爸爸。

显然，叔叔听到了，他愣了一下，很快便直起腰，迅速向村口看了眼，转身对杨小竹说，你爸爸是不会回来的。叔叔有点结巴，每个字之间总是用力顿一下，像刀子从舌头上一个字一个字给剔出来的，顿时有了凌厉的意思。那个瞬间，杨小竹无比伤心，她伤心的是叔叔不是她的爸爸，还伤心她的爸爸再也不回来了。她看着烧得通红的天空，眼睛一阵酸痛。

叔叔很快就结婚了，婶婶到来后，杨小竹彻底明白了叔叔不是爸爸的事实。她将房间腾出来，睡进了小厢房。爷爷给她收拾出空间，搁下一张床。床是竹子的，翻身时会发出咯吱声，像是竹片之间的私语。冬天，竹床上垫着厚厚的褥子；夏天可以直接睡在上面，很凉快，一觉醒来身上烙下几条笔直的印子，像竹片向她诉说的秘密。她把耳朵紧贴床面，眼角就慢慢洇出泪来。杨小竹躺在601的床上，十分想念小官庄那张会发出声音的竹床。她闭上眼睛，感觉身体浮了起来，身下是浩瀚的海水，小竹床载着她慢慢驶向梦里。

2

周六食堂是没有饭菜供应的，杨小竹也不想出门，喝了点水，把剩下的半包方便面嚼着吃了。爬上床，时间尚早，没有睡意，她把枕头挪到床边，伏在上面，她第一次发现从这里看出去的视野是那么好，似乎更开阔辽远了一些。

路灯一盏盏亮起，世界又明亮了，仿佛经过黄昏的短暂昏睡又醒来了，杨小竹慢慢数着路灯，一丝不苟地。忽然，她的视线被近处一盏刚刚亮起的灯吸引过去，尔后又是一盏，跟着，亮起了一排——它们在她的西北角，与女生宿舍隔了一道院墙。灯光下看出是一个偌大的院子，院子里很明亮，这样便显得院子周围的建筑更加灰暗神秘了。杨小竹把身体向前探了探，她不知道那是什么地方？是学校么？之前怎么没听说过？院子里有人走动，有条形的花圃，花圃一侧是水泥砌的水池，一些人围着水池洗东西。后来他们抬着两只大桶进屋，透过窗户可以看见屋里有三五个人，正围着一个大锅搅动什么，锅特别大，锅铲像铁锹似的——杨小竹觉得很好玩，想必这就是名副其实的做大锅饭了。

整个傍晚的时间杨小竹都花在这上面了，她看着大锅里的东西被舀进桶里，抬走了，不知道刚刚做的是什么菜肴，毕竟有点远，红烧萝卜？水煮白菜？油焖茄子？……越猜越饿。伙食房里剩下两个人了，一个在洗锅，一个在舀水，洗锅的人一只脚踩着锅沿。后来，舀水的那个人走到院子里，点了一支烟，他将脑袋仰起来，看着黑暗的天空，又好像看着杨小竹。当然，一定是看不见的，杨小竹在黑暗之中，那人在光明里，初中的物理知识使她明白光的反射原理，但尽管如此，杨小竹还是被吓了一跳，她把脑袋一点点缩进被子里。

新的一周到来，宿舍里又嘈杂了，回去的同学在周日下午陆续返校，她们把从家中带来的装着菜肉的饭盒从包里取出来，不急不忙地在床头柜上码得整整齐齐，然后谈论着各自的菜，谈论着路上赶车的事，以及在家中的几天吃到的各种美食。也有人摸出一两个袋子——无非一些零嘴，茶叶蛋、蜜枣、蚕豆等等，她们交换，品尝，赞美……整个下午，宿舍里弥漫着食物混杂的气味。而那时候，杨小竹都会躺在床上，装作还没睡醒的样子，因为她没有东西和别人分享。王晓霞突然将手伸进她的被窝，杨小竹一惊，原来是一只橘子，杨小竹还没来得及说谢谢，王晓霞就把脑袋缩回去了。

天快黑了，宿舍里逐渐安静下来，从喧闹变成了窃窃私语，女生们挤坐在床边，上半身随着话题的亲密程度或近或远。杨小竹常常恍惚她们是一株株盆栽，有的是仙客来，有的是芦荟，有的是阔叶草，有的则是仙人球。

对面的伙食房里又开始做饭了，还是五六个人，洗菜，切菜，用铁锹似的锅铲翻炒，做好的菜被装进桶里抬走，留下的人仍然是洗锅和舀水……那个人又站在院子里了，他很瘦很高，站立时两腿岔开，重心支在右侧腿上。和昨天一样，他将脑袋仰起来，点了支烟，看向601的方向。这一次，杨小竹没有将脑袋缩回来，而是和那个人进行了对视。是的，对视，尽管夜幕已经降临，但杨小竹执拗地认为，那个人一定是看向她这个窗口的。

灯光将他笼罩着，灯光之外有薄薄的雾，这个画面让杨小竹一阵感动，仿佛在哪儿见过似的，她想起父亲的照片，也是站在花圃前，凝视着前方。她和那个人对视了很久，或者说，她注视了他很久，直到洗锅的人从屋里走出来，那人才转身走出院子。杨小竹把脑袋缩回来，又探出床沿，向几株盆栽打听道，你们知道对面那些房子是干什么的吗？盆栽们没有理睬杨小竹，继续交头接耳，只有下铺的王晓霞朝窗口瞟了一眼，摇摇头说，晓不得。

后来，杨小竹问过班上几个同学，回答几乎一致，她们都不知道从女生宿舍望出去的灰色建筑是什么。这一周里，杨小竹几乎每晚临睡前都趴在枕头上朝窗外看一阵，她想那里究竟是什么呢？学校吗，还是工厂？他们也像自己一样被关在一群建筑里么？

直到另一个周末，她才从学校大门走出去，向着西北角的方向。一条水泥路笔直地伸展过来，路两侧有一小块草坪，草坪上有爱护小草的标语，标语很长，不是那种不想多解释的简短提示，杨小竹看到牌子时仿佛听到一个女人温柔的语气。草坪后面是院墙，与在601看到的一模一样，站在院墙下面还能看到院墙顶上闪着阳光的绿色玻璃。院墙里有梧桐树，还有香樟，枝叶一直升到外面，阳光被树叶筛出许多细碎的亮斑，杨小竹踩着亮斑缓缓走着，心里不免一些激动。终于，看见大门了，门侧的牌子被树枝挡住，像故意逗弄似的。杨小竹向前快走两步，树枝移开了，黑色的字像自己跃出来一样，杨小竹吓了一跳，拔腿就跑，一边跑一边想，怎么会呢？怎么会是看守所呢——

3

冬至那个周末，杨小竹回了趟小官庄。王晓霞和她一起从学校步行去车站，王晓霞的家在车站附近，若在以往，她会乘坐公交回去，但那天她想和杨小竹一起走路，因为她告诉杨小竹她有很多话要和她说。一路上王晓霞都在唱歌，她是个快乐的人，杨小竹不知道王晓霞要和自己说什么，但她很期待，因为只有好朋友才会“有很多话要说”，然而王晓霞一直沉浸在唱歌的喜悦里——她正在学一首新歌——有一瞬间，王晓霞突然从口袋里掏出一张纸条，杨小竹激动了一下，她想，王晓霞是不是把那些要和她说的话都写在纸条上了，然而，不是的，那只是写着歌词的纸。

她们从蚕丝厂一直走到七闸桥，站在高高的桥面上看桥下来往的船只，太阳隐没在云层里，偶尔一只不知名字的小鸟贴着水面掠过。江水涟涟，一直通向远方，她们默默地注视着，杨小竹想，这个时候王晓霞该说那些“很多话”了吧。她们在江风里站了会儿，王晓霞便转身离开了，继续五音不全地唱着歌。杨小竹常常希望从王晓霞身上找到和自己相似的地方，比如脆弱，敏感，内向，但越来越发现王晓霞几乎是这几个词的对立面，她外向，大大咧咧，甚至有点儿没心没肺。

离车站越来越近的时候，杨小竹有点儿着急了，有好几次想拉住王晓霞，问她要和自己说什么，但王晓霞一直沉浸在学唱歌的热情里，后来，杨小竹看见前面有个卖杂货的摊子，一个矮矮的中年女人，穿着一件肥肥的毛大衣，大衣后面还挂着两只长长的脏得发黑的兔耳朵帽子，女人正对着吆喝用的喇叭唱歌——夏天夏天悄悄过去留下小秘密，压心底压心底不能告诉你……王晓霞突然飞奔过去，抢过喇叭，也大声唱起歌来。杨小竹还在发愣，王晓霞和那个女人已经笑着追逐了，原来，那个女人正是王晓霞的妈妈。王晓霞对杨小竹说，我到了，拜拜。杨小竹也向她挥了挥手，在手落下前还是忍不住问王晓霞，她支支吾吾地说，你说……有很多话，要和我说的呢？王晓霞把喇叭放在嘴前，大声地回答，你听错了吧，我没有很多话要和你说啊。说完笑起来，笑声被喇叭送出去很远。

杨小竹有些失落，她慢慢地走向车站，买票，坐车，直到下车时心情才调整过来。天已经黑了，下车后还要走一段土路，几粒亮点在远处闪耀，表示小官庄就在前方。她很久没有回家了，想到人们常说的那种熟悉又陌生的感觉，现在她感到很真切，她都不知道一会儿自己将怎样推开家门，多么激动，又多么羞涩啊，此刻的她仿佛正站在高处俯瞰着即将发生的一切——她轻轻推开门，围坐着吃饭的叔叔婶婶爷爷，惊讶地转过身来。悬在头顶的灯光不太亮，爷爷更瘦削了，人往凳子上又坍落了几分，在灯光下像是在缓缓挥发。她常常感到小官庄的老人，树，老井，河边的石板凳，早已互为肢体，如果你不小心折断一段枯枝或踩翻一块石头，就能听到黑暗屋里的一声咳嗽。杨小竹的眼睛湿润了，她也说不上自己为什么这么难过，四周黑黑的，冬天的麦田上空空旷无比。她突然害怕起来，脚步不由得加快，起风了，风吹过电线发出呜呜的声音，像是爷爷在喊她的名字。她竖起耳朵，确定那是爷爷的声音，在离她很远的地方，小竹——爷爷在喊。杨小竹大声应着，飞奔过去，眼泪顿时溢出来。

爷爷是来接她的，她问爷爷怎么知道她这周回来。爷爷说他也不知道，但他每个周末都到路口接，生怕她哪天回来天黑了害怕。杨小竹一阵沉默，在黑暗里咬着嘴唇不让自己哭出声来。

他们并排向前走，杨小竹发现自己比爷爷高了许多，小时候她多么希望自己快点长高，能够穿上爷爷给她买的过大的衣服。等她长得更高一点，新买的衣服还是很大，等到快要赶上衣服的时候，婶婶来了，她穿婶婶的衣服，婶婶又高又结实，衣服挂在杨小竹身上显得很空荡，这让杨小竹格外沮丧，仿佛自己的一生都在追赶衣服。

远处的狗叫了两声后，便知趣地止住了。叔叔婶婶已经睡了，小院里极其安静，杨小竹把包放进自己的小厢房，这才发现床的位置空荡荡的，床板靠墙而立，凳子也推到一边去了。爷爷连忙解释，将杨小竹的床重新支起来。床是婶婶收起来的，她是个勤快的人，每天有使不完的劲儿，婶婶干活时动作幅度很大，好像不这样，那些力气藏在身体里就会燃炸。

夜里，杨小竹听到一些异响，声音是从叔叔婶婶卧室传出的，先是那种压抑的如同在水底一样的声音，沉闷，克制，小心翼翼。再然后，频率越来越快，声音也越来越响，声音跳出水面，如同夏天的暴雨，砸在河面上，砸在瓦片上，砸在铁皮屋顶上。小时候杨小竹不知道这是怎么回事，常常听得心惊肉跳，进了工校后明白了，她听宿舍里的女生谈过。明白后的杨小竹再听这声音心情就很复杂了，羞涩，生气，还有点开心，她甚至想为婶婶鼓鼓劲，把白天没使完的力气统统给用起来。婶婶嫁来十年了还没有孩子，倒不是她身体有什么毛病，曾经也怀过一个，跑了，正因为这个原因婶婶一直不肯抱养，她觉得一定是劲没使足的原因，所以，常常在夜里，杨小竹听到这种力挽狂澜的声音。

常常在夜里，杨小竹听到了自己的名字，那几个熟悉的音节让她极其敏感，婶婶和叔叔在窃窃私语吧，但婶婶的嗓门惯常很大，在夜的寂静的背景下显得格外清晰。婶婶说，这么多年怀不上会不会跟小竹住在家里有关呢？婶婶说的是疑问句，却比肯定句还斩钉截铁。

次日早上，爷爷带杨小竹去给母亲上坟，她的母亲埋在小官庄的坟岗上，那里有好多好多的坟墓，像另一个村庄。

坟岗上衰草枯杨，极目所及，尽是荒凉，鲜活的色彩都被大地收走，留下黯淡无光的枯黄。杨小竹看爷爷在一个隆起的土堆前燃起纸钱，腾起的烟钻进草里，像被吸进去，一会儿又吐了出来，这个时候她便觉得母亲还活着，就躺在她的脚边，只要刨开这层土就能抱着母亲。杨小竹没有见过母亲，听叔叔说，母亲长得瘦瘦小小的，但很勤劳，正是这点爷爷才自作主张给父亲定的这门亲。而父亲崇尚自由恋爱，迫于爷爷的威严才勉强和母亲结婚，结婚后整个人蔫了一样，母亲死于难产后，父亲终于松了一口气，走了，好像要跟这里的一切断绝关系似的。杨小竹有时想象母亲的样子，像小一号的婶婶？或者像她以前的一位英语老师？当她想象母亲像婶婶时，杨小竹就不那么喜欢母亲了。

我的名字是谁取的？回来的路上杨小竹问爷爷，这个问题她是知道答案的，但她还是想再问一遍。

杨改平取的。爷爷说。杨改平是她的父亲。不过，父亲后来给自己改了名，叫杨垓，杨小竹不认识那字，特意查了新华字典，音同该，指没有草木的山。

杨小竹又问自己的名字是什么意思？爷爷说能有什么意思，名字呗，生你的时候你爸正在竹林里砍竹子。杨小竹很失望，每次问到这里她都希望能听到一点别的解释。

返校的前一晚，杨小竹睡不着觉，便把父亲的信展开来读，这是白天她从爷爷的柜子里翻出来的，父亲一共给家里写过四封信，前两封是在结婚前写的，写的都是对包办婚姻的不满。最后一封信的信戳停留在一年前的冬天，那时杨小竹快要高中毕业了，父亲在信末提到了她的名字，他提议让杨小竹去考个大专，这样既能有个城市户口，还能尽快就业，至于选择什么样的专业，父亲希望是财会，但又说，这得尊重她的意见。杨小竹觉得这仿佛父亲在和爷爷谈论她的事，被她偷听到了，所以有点莫名兴奋。她把这段话来回读了很多遍，尤其是父亲写到“竹”的时候，笔尖似乎刻意停顿了一下，竖勾拉得很长，像父亲拖着长长的音在喊她的名字。

杨小竹向爷爷要了父亲的信，准确地说，是写着她名字的这封信，她把信折叠好，郑重地放在书包最里层。

4

父亲的信，给了杨小竹许多抚慰。几乎每个周六下午，她都会拿出来读一遍，再给父亲回信，她学着父亲的字体，刻意将竖勾拖得很长，那些写好的信被投放到不同角落——枕头下；鞋盒里；学校东院墙的砖缝；食堂后面老槐树的树洞；七闸桥第二段扶手钢管里；还有几封寄到一些不知道从哪儿抄来的地址去了……她想象父亲又给她回信了，信里关心她的学习，问她想不想家，和同学相处如何。杨小竹便继续回信，说自己和宿舍里女生的相处情况，其实也是热过一段时间的，那是她帮她们打水的日子，后来热水瓶碎过两个，关系就冷了。她在信里说自己很想家，想念爷爷和那张和她说话的竹床。

这一年春天，一首叫作《十七岁的雨季》的歌传遍了大街小巷，这个季节的雨水真多啊，即使多年后回忆起来都有种湿漉漉的感觉——走廊里四处积水，经过时得像青蛙一样连跳几下；宿舍里整日挂着滴水的衣服，几根绳子从一侧床沿拉到另一侧床沿，将不大的宿舍分割成更多的小空间，盆栽们在小空间里窃窃私语，交流着彼此的小秘密。的确，有人恋爱了，把有限的时间用在无限的伟大爱情上，她们在宿舍的时间少之又少，有时突然出现，让人十分诧异；也有一些内心澎湃的，正暗恋着某个男生，或者被某个男生暗恋着，常常魂不守舍，总之，用她们的话说，那颗心变得不再完整了。还有一些像王晓霞这样的，春天的风一吹，就有些蠢蠢欲动，似乎应该发生点什么。在这些雨季绵长的日子里，她们哼唱着《十七岁的雨季》，脑海里满是那个歌手的模样——蘑菇一样的发型，洁白的衬衫，似有似无的酒窝，还有一双弯弯的眼睛，眼睛里正充满着和她们一样的蠢蠢欲动的东西，那双眼睛从海报上看过来……她们羞涩了，把脸埋在书里。很久，待平静下来，才把头抬起来，继续看书。

王晓霞的那本《女友》看了一个多月，没有一点进展，她把目光停留在书页的页脚，征友栏——李明明：女，十九岁，诚交二十岁至二十五岁异性；郑艺：女，十八岁，结识天下异性朋友；钱兵：男，二十一岁，海内存知己，天涯若比邻……王晓霞把最后一条信息又仔细看了一遍，将杂志举上去，对杨小竹说，这个最好，我想跟钱兵交朋友——

杨小竹看了一眼，嗯嗯两声，然后躺下来，也看不进去书，眼睛瞟着窗外，那个位置还没有出现人影，几盏路灯孤独地矗立着。她知道，一会儿那个人就会出现，但那时，她得上晚自习去，等到晚自习放学，他早已不知所踪。

只有在周末，她才能看到他，因为那样的“注视”，杨小竹便觉得周末时光不再那么孤独难挨了，她在靠近北窗的地方吃饭，喝水，写作业，像盆栽一样坐在床沿，当她感到害怕或孤单的时候，伸一下头就能看见他。正因为此，杨小竹对北窗有了好感，亲切、温暖、包容。她总是在下午把所有的事干完，早早地坐在窗口，等待着食堂里有人出现。她已经能够迅速地从那几个人里一眼就找到他，他瘦高，手臂很长，做起事来显得漫不经心。饭菜运走后，他留下来洗锅、打扫，然后走到院子里抽烟。

杨小竹就是在那个周末，决定给那个人写信的。宿舍的女生都回去了，又变得空空荡荡，潮湿的衣服仍在滴水，杨小竹出神地看着，看久了便觉得是衣服在流泪，她把脑袋埋在被子里，等眼泪干了才抬起来，拿出一叠信纸与一支笔，伏在书上写着。

她在信里写到了小官庄，写到窄窄的河岸，河岸尽头有一片小小的竹林，她写到自己出生的时候父亲正在竹林里砍竹子，她的名字就是父亲取的，父亲一定是希望她像竹子一样坚强刚劲，凌云有意吧。她还在信里写到了父亲，在此之前，她从没有向任何人描述过，她说父亲喜欢穿白衬衫，头发很长，写的字很有意思，像被风吹倒向一边，她说自己和父亲格外像，尤其是字，简直一模一样——写到这里的时候，杨小竹哭了，她也不知道怎么会对一个陌生人说这么多，好像把一辈子的话都说尽了，直到窗外的黑暗裹挟而来，她才把厚厚的信纸折叠好，郑重地放进信封。

5

信很快被退回来，退回的那天正好下雨，天色很暗，教室里四张日光灯伸张正义般地输送着光明。副班长去班级信箱取了信，厚厚一大叠，站在讲台上一一念着名字。突然，他停顿了，改用十分怪异的腔调读着：仙女市城北看守所——杨小竹心一紧——逾期未领，这是谁的？谁寄的信？讲台上的人举着信在问，教室里哄堂大笑。

后来，杨小竹是怎样站起来的，怎样接过信，又怎样回到座位，她都记不清了。总之，那一天颓丧极了，她把脑袋埋在一本厚厚的书里，觉得什么地方被刺痛了，她第一次感到教室里的日光灯是那样强烈刺目，下课铃声是那样迟缓鲁钝。不知过去多久，她仿佛睡了一觉，似有似无的睡眠中竟也做了一小截梦，梦里她骑自行车去了一个地方，那里空旷辽远，头顶是蓝天，地上开满各色的野花，香味窜进鼻子里，还有春风轻抚脸庞。她拐过一个弯，蓝天就不见了，草地倒挂在头顶，整个的黑沉沉压下来——她从梦中醒来，感到下巴被硌得生疼，再看书上，眼泪洇湿了好大一块。

那两天，杨小竹十分悲伤，一是信的退回，二是来自同学的鄙夷，尤其是和她同一宿舍的人，好像那封信让整个601宿舍都跟着蒙羞似的。杨小竹尽量减少待在宿舍里的时间，常常教室关门才回去。一天，她推开宿舍门，喧闹声戛然而止，几个挤在床沿的盆栽们正在争抢一张纸，见杨小竹进来，有些慌乱，迅速将手上的纸扔给下一个，下一个又扔给下下一个，她们像对待一只烫手的山芋，最终，纸被扔在了地上。

杨小竹看到是自己被退回来的信，她的脸红到耳根，羞愧，恼怒，她难以描述当时的心情，迅速弯腰将信纸捡起来，塞到枕头下。

宿舍熄灯后，黑暗中递过来一张纸条，是下铺的王晓霞写的。杨小竹用小电筒看了一眼，纸上写着：马和刘提议，李和朱实行，赵和王没看。

次日上午，杨小竹没去上课，让王晓霞帮忙请半天假，她觉得心里充满阴霾，阴霾俩字太沉，只有床才能承载得住。昏睡半日，临近中午杨小竹才起来喝了点水，当她再次爬上床时，突然瞥见窗外的人——他正站在院子里抽烟，很显然，刚刚干完活。杨小竹第一次在白天看见他，视线比晚上好很多，虽隔得远，但仍能看清对方是寸头，长腿，身体的重心支在右腿上，她甚至能看到对方忧郁的眼神，和她一样爱皱眉头，眼里饱藏心思。这个时候，杨小竹又想起父亲的照片了，好像站在花圃前的是两个人，父亲和他，他们三个人被一根无形的线牵连着，构成某种奇特又神秘的关系，这种关系让她既感动又忧伤。杨小竹的眼泪涌出来了，多日来的委屈终于找到了倾泻出口，她把窗户打开，将手伸出去，朝着那个方向挥了挥。对方并没有看见，或者太专注于抽烟了，杨小竹又将半个身子探出窗外，希望能引起他的注意。终于，他看向这里，迟疑的，也朝她挥了挥手，尔后，又将双手圈成喇叭状，放在嘴边。这时，屋子里洗锅的人走出来，领着他一前一后地出了院子。

男人最后那个无声的动作，让杨小竹泪如泉涌，她不知道是不是距离太远没听到他说的话，还是他将一切要对她说的话藏在一个动作里。她的心里沉沉的，再不是阴霾，而是饱满的即将坠落的雨滴，杨小竹伏在窗台上，号啕大哭，就连王晓霞推门走到她身边都没有察觉。

王晓霞说："还在哭啊杨小竹，你再哭就没意思了。"

杨小竹哽咽着，不是的不是的。可她也说不清自己痛哭是什么意思。

王晓霞说，她们说其实没来得及看你的信，再说，敢写信还怕被人看啊，杨小竹你再哭我也不劝你了，我不跟你玩就没人跟你玩了。

王晓霞的每句话都像刺似的让杨小竹难过又觉得似乎有点道理，她嗯嗯地点着头，迅速将眼泪擦干。

王晓霞告诉杨小竹一个秘密，她正在和两个男生谈恋爱。杨小竹吃惊地看着对方，王晓霞说别大惊小怪的，这有什么呢。她说一个是班上姓诸葛的男生，其实，她觉得他们迟早都要恋爱的，好几次体育课上，大家把衣服脱下来搭在双杠上，她和那个诸葛同学的衣服总是被风吹着吹着就跑到一起去，她看着两件亲密又交缠的衣服，便预料自己一定会和那个男生谈恋爱的。还有一个呢，王晓霞说，杨小竹你忘啦,就是《女友》征友栏里的那个钱兵啊——

王晓霞告诉杨小竹的秘密很快就不再是秘密了,因为晚自习前的那场牌局,王晓霞便将秘密公之于众了。

恋爱后的王晓霞忙碌起来,常常披着一身星月出现在宿舍里,操场和运河边成了她长待的地方,不管天气如何,恋人们总能找到一棵遮光避雨的大树。

再后来,王晓霞很少待在宿舍。杨小竹是通过王晓霞的热水瓶最先意识到这个问题的,那时杨小竹还保持着给王晓霞代充热水的习惯,有好几次,杨小竹去提王晓霞的水瓶,发现还是满的,很显然,王晓霞并没有用过热水。

杨小竹将四只水瓶钳在手指上,下楼,经过院墙旁的小花圃时歇一下,她坐在花圃旁,水瓶放在身侧,这种微妙的距离让她有种促膝谈心的感觉。她把瓶塞打开,还带着温度的水倾泻而出,杨小竹将手伸在水流下,感受着昨天尚存的温度。

周六下午,杨小竹又去看那扇铁门,这一次她没有转身就跑,而是从大门旁边的小门进去了,没走几步,就被传达室的老头喝住,干什么的?杨小竹结结巴巴,说找人。对方问找谁?杨小竹脸涨得通红,指着里面语无伦次地说,想看一看,有一个人,在食堂里干活——看门师傅打断她,说,在食堂里干活的都是犯人,你是学生吧,这地方是看守所,又不是公园——

6

杨小竹决定再写一封信,这一次她把收件人详细到"站在食堂院子里抽烟的你",寄信人这栏没有写自己的地址,这样信就无法退回了,当然,也不会收到对方的回信。杨小竹觉得她和他的距离是那么近又那么远,近到只要站在窗口就能看见,又远到她永远都收不到他的回信。不过，她还是很喜欢这种倾诉方式，她将生活中的所有烦恼和点滴喜悦都写在信里。

每个周末杨小竹会写两封信，一封给父亲，一封给那个人，这两封信投出去后都不会收到回信，但这不妨碍她继续写信，她已经习惯用写信的方式度过空荡荡的周末，她伏在北窗台上，笔在信纸上细细密密地诉说着。

在杨小竹写到第二十八封信的时候，第三个冬天来了，寒假到来之前，发生了一件事——爷爷去世了，这个消息是叔叔打电话告诉她的，电话打到楼下的传达室，再由一个中年女人洪亮的声音通过空气传播到601。

接完电话的杨小竹浑身发冷，她从传达室走出来，眼前漆黑一片。

杨小竹赶到小官庄已经很晚了，小院里挤了不少人，亲戚、邻居，还有许多陌生的面孔。为了方便做事，院子上空拉了一盏照明灯，炽烈的光散发着石灰般的惨白，院子里人影攒动，每张脸因为灯光的作用而显得十分怪异。

杨小竹看见一个瘦高男人，穿黑色棉袄，头发颇长，有点乱，在脑后呈蜷曲状，他低着头在人群里走动，腰微躬，像一个写得松散的问号。杨小竹不敢随意猜测，直到叔叔小声告诉她那个人就是她父亲时她才惊讶了一下。

父亲像个客人，站在人群里有点不知所措，杨小竹的目光一直跟随着父亲，她不知道父亲有没有认出自己，或者已经认出了，没来得及和她打招呼。她想主动走过去，又有点羞涩，于是，杨小竹开始生叔叔的气，为什么刚刚不把她叫到父亲身边做个介绍，而是悄悄地告诉她呢。现在，她不知道怎么跟父亲开始第一句的搭讪，有好几次，她从父亲身边经过，故意放慢脚步，她多么希望父亲突然喊住她，惊讶她都长这么大了，或者什么都不说，像一起生活多年的父女那样，相视一笑。

终于，父亲不再走动了，一声不吭地跪在爷爷的灵前，他的腰躬得厉害，脑袋像要栽到地里去。父亲一直没有抬起头，所以杨小竹的一举一动都不会被注意到，后来，杨小竹也跪下，紧挨在父亲身边，这大概是今晚她离父亲最近的一次了。但尽管如此，父亲依然沉浸在让人难以琢磨的沉默中。杨小竹感到很委屈，也很难过，她想，如果爷爷活着，爷爷一定将父亲叫到她的前面，告诉他这是他的女儿，他的女儿懂事，善良，勤劳，不爱说话，头发和他一样都是自来卷，就连写的字也和他的一模一样呢……想到这里，杨小竹哭起来，一开始哭声轻细，再后来，声音粗犷了，像若干根丝线拧成粗粗的一股，她想起照片上那个意气风发似乎下一秒就要跳出照片站到她面前的父亲；想起父亲在信里说“尊重她的意见”；想起自己给父亲写的无数封信……哭声越来越响亮，引得亲朋纷纷挤进来，有人小声议论，感慨爷孙感情之深，也有人上前安慰，抱着她肩膀说人死不能复生之类的话，但杨小竹并不能止住哭泣，哭声像气泡似的一串串从喉咙里不断往外冒。然而这时，她分明看到父亲仍然一动不动地跪在一侧，她多么希望安慰她的是父亲，抱着她肩膀的也是父亲，可父亲像什么也没看见、没听见，任凭那些陌生的多事的手死死黏在杨小竹身上，杨小竹感到无限悲伤，这悲伤一层层地叠加，越来越厚，越来越重，直到整个人瘫倒在地。

次日杨小竹醒来，父亲已经起床了，父亲怀里抱着一个五六岁的男孩，身边立着一年轻女子和一个十五六岁男孩——他们昨晚一定早早睡去了，所以杨小竹没有看到——现在，父亲间隔就和他们凑在一起小声说话，从亲密程度看，这是父亲新的家庭成员。那个比自己小不了多少的男孩一直跟在父亲身后，更小一点的男孩，父亲几次试图将他放在地上，但男孩哭闹不停，最终像膏药一样死死地黏在父亲怀里。在此之前，她并不知道父亲有了新家庭，那些他不回来的日子原来是陪伴新的家人，没有人告诉过她这些，她想起前一晚自己的表现，似乎时刻要引起父亲的关注似的。她觉得自己真是太可笑了。

杨小竹突然像变了个人，一改昨天的胆怯和羞涩，也不再将目光追随父亲，即使偶尔瞟到了，也迅速撇开。丧事还在进行，她像主人似的忙碌着，有人需要剪刀或笤帚什么的，杨小竹便小跑着找来，有一次，说是差两只板凳，杨小竹二话不说跑到小厢房，把自己的竹床掀到一边，将板凳抽出。她从余光里看见父亲和他的家人们，他们像连体婴儿，仿佛被一根无形的线紧系着，就连去茅房，都是四人结伴而行。

丧事结束，父亲也要走了，他们站在院子里，几只鼓鼓囊囊的包催促着启程。叔叔说，要不过完年再回去吧。父亲连忙说不了不了，家里还有老人，放心不下。说这话的时候父亲已经将几只背包掖在怀里，生怕慢一秒就被叔叔的热情拦截下来。杨小竹正在井边洗刷，从昨晚开始她就一刻不停地忙碌着，夜里只眯了一小会儿，天没亮就在院子里打扫，邻居说这孩子好像一夜之间长大了，只有杨小竹知道自己是怎么回事。父亲和叔叔婶婶说话时，她装作并不在意的样子，可两耳竖着，希望从他们过于客套生疏的谈话中捕捉到自己的名字，她得知父亲现在生活在海边，她还没见过大海，只见过比河流宽阔一些的夹江，她怕水，更害怕大海的辽阔浩瀚，但她愿意去海边看一看或生活，她想如果父亲流露出一点要带她走的意思，她一定不假思索地和他离开。

父亲已经将包背好了，那个膏药一样的小孩也黏在他怀里，叔叔婶婶送他们去村口，杨小竹没有去。没有人认为她应该非去不可。她仍然蹲在井边，院子里顿时安静了，空荡了很多，前几天吊在树上的灯泡还挂在那儿，显得寂寥无比。杨小竹突然站起来，向草垛走去，她四肢并用，很快就攀上去，站在草垛上正好可以看见村口的方向，父亲一家已经出了村子，父亲走在最前面，虽然不过四个人，却有一种队伍浩荡的感觉，杨小竹抿着嘴唇，心里一点点被抽空，她想，只要自己大声喊一句，父亲一定能听得见，只要父亲听见了，一定会转过身来，只要父亲转过身，一定会看见站在草垛上的她了。

7

杨小竹回到学校已是一周之后，短短七天比一个世纪还要漫长，这些天像一道分水岭，把她的人生切成两段，她觉得一切都在改变，不再是她从前认识的那个世界了。首先让她感到悲伤的是爷爷没了，当然，没了的不只是爷爷，还有她的父亲，王晓霞，以及院子里的那个男人。

杨小竹还保存着父亲的信，她将信从枕下转移到书里，再将书藏在一只铁盒内，说真的，她不知道该怎么处理它，当她想到父亲写它时一定是坐在海边的家里，他的孩子和妻子或许正站在一侧，看着父亲的笔在纸上写她的名字，父亲迟疑了，手微微颤抖，在"竹"字竖勾处延宕了一下，然后匆匆写下"尊重她的意见"。她无法遏止自己的胡思乱想，当她这么想时，整个世界都坍塌了。父亲的形象在她心里也分裂成两个，一个是站在花圃前拍照的父亲，一个是抱着男孩和背包急欲离开的父亲，她一想起前者，眼睛便会湿润，朦胧中她看见父亲穿着白衬衣，看着镜头，但只有一秒钟，就转身离去。

杨小竹不再给父亲写信了，周末的时间变得多余、空洞且冰冷。王晓霞也搬到外面住了，没人说得清究竟是旷课还是辍学，反正没有再看见她。和王晓霞一同消失的还有她的被子和床褥，只剩几块床板毫无城府地袒露着。宿舍里不仅是王晓霞的床是这样，另外两张床褥也不翼而飞，她们的主人一个因为骨折而休假，另一个也因为爱情比翼双飞去了。宿舍里变得极其安静，从前令杨小竹烦躁的打牌声消失了，这种寂静如此庞大，如浓荫压地，有振聋发聩般的力量。

杨小竹再没有看到那个人，不管是周末还是平时，都没再见过。她曾在下午的珠算课上逃到宿舍，那个原本可以对视的时间段却不见其踪影。杨小竹不知道发生了什么，刑满释放，还是调换了岗位？她完全不懂，那个小院里的生活和她那么近，她却无从知晓。胆小怯懦的杨小竹向《职业道德与法律》的老师打听，关于看守所食堂里的犯人会有哪几种去向。那个喜欢用眼镜腿梳鬓发的小个子男人很激动学生提出这样具体又刁钻的问题。当然，小个子也只能同样激动地猜测，并不能给出标准答案。总之，宿舍里越来越冷寂，盆栽们也如同休眠越冬的植物般沉默不语。有一次，杨小竹怂恿大家打牌，她多么希望听到一种嘈杂的闹哄哄的声音，但最终因为她拙劣的牌技不欢而散。那些刚刚生长出的嫩芽般的声音又断了，复又归寂。杨小竹十分悲伤，父亲、爷爷、王晓霞，还有那个人，如同相约好了要集体消失在她的世界里，而原本她和他们一同在赶路，行走在一条宽阔的路上，一眨眼，所有人都不见了，四下茫茫。

她不想待在这里了，说白了就是不想再读书了，她并不喜欢这个专业，当想到这个专业并没有“尊重她的意见”时，简直开始厌恶了，她越来越讨厌算盘的声音，讨厌算珠与算珠之间清冷干脆的碰撞，多么像马蹄声啊，啪啪，啪啪……她仿佛看见他们正骑着马浩浩荡荡离她而去。

就在杨小竹无比沮丧的时候，王晓霞回来了，这个“回”有点回门的意思，像嫁入婆家的媳妇回娘家看一看，走一走。王晓霞抹了口红，眼睛上粘了假睫毛，说话时扑闪扑闪的，好像话不是从嘴里出来的，而是从眼睛里飞出来的。她在自己的床板上坐了几分钟，感慨曾在这里度过的光阴。没意思，王晓霞说，学不到东西。王晓霞现在已经工作了，在笔友钱兵所在的海伦市，杨小竹第一次听说这个地名，觉得挺洋气，当知道海伦远在黑龙江时，倒吸一口凉气，这时王晓霞便用钱兵在征友栏里的那句话安慰杨小竹，海内存知己，天涯若比邻嘛。

王晓霞这次回来办点事，办完事就回去了，晚上她邀请宿舍的女生们在校外的大排档搓了一顿，毕竟她是个有薪水的人了。

大排档在七闸桥下，三张矮矮的小方桌，再由几张同样矮矮的小板凳围着，一个三轮车兼炊事房紧靠一侧，三口大锅热情澎湃，发出食物煎、爆、煮、炸的声音，油烟滚滚，看不清对面的人，有种身在仙境的错觉。桌子和凳子长期浸染在油烟中，像包了浆，人若从凳子上站起来，准能感到屁股被撕拽的力量，哧啦一声，有成功逃脱的快感。

杨小竹坐在靠人行道那侧，心情颇为复杂，一种相逢又要分离的喜悦和感伤。附近很吵闹，离大排档不远的地方有台球场，一群男人正在打台球。绿色的台球桌像小官庄的麦田，一块一块泾渭分明。在等待食物煮熟的空隙，杨小竹起身往台球桌走去，台球桌与大排档之间隔着一张铁丝网，她贴着网观望——一个人将上半身俯下，瞄了很久，用杆子将球推出去，球在前方相撞了，咔的一声，特别有力量，好像要从另一只球上带走点什么。又一个人推杆了，他对准一只红色的球，一用力，红球上路了，迅速向一只黑球奔去，像是要追击，又像是奔走相告，仍然是“咔”的一声，简短的问候，便各奔东西了，黑球撞在桌沿上，又折回来，红球一路前进，一头栽进深洞。这个原本令人兴奋的瞬间杨小竹却鼻子一酸，有些想哭。她发现打球的人正朝自己看过来，赶紧憋住情绪。刚刚弯腰推球的人也站直身子，他的手臂很长，显得一副漫不经心的样子，但他没有看杨小竹，而是给自己点了支烟，然后仰起脑袋，对着天空吐出烟圈。杨小竹惊讶一声，差点喊出声来。

8

杨小竹和王大海的爱情发生在 1999 年的冬天，具体地说，是

1999年冬天的那次大排档。若干年后杨小竹回忆起那晚都感觉如同梦境——后来，台球场那边吵起来了，也不知道缘于什么，男人之间的斗争有时是没理由的，只是荷尔蒙作用。战火一直蔓延至大排档，有人拿着棍子，有人动了砖头，宿舍的女生们都作鸟兽散了，只有杨小竹一动不动地坐在凳子上，用王晓霞的话说，屁股像被凳子粘住了。

的确，杨小竹觉得油污在那一刻对她的作用力特别大，她没有离开，更没站起来，杨小竹一眨不眨地看着王大海——当然，那时她还不知道他的名字，但她坚定地认为他就是站在宿舍对面院子里抽烟的人；就是与她对视了近三年的人；就是常常将手窝成喇叭状对她说话的人——不过，王大海的性格与看守所时并不十分相同，怎么说呢，杨小竹也没法确定那时的自己能“看”出他的性格。王大海很活泼，热衷于交际，有很多兄弟，也有可能是释放出来，会一改过去的乖张和漫不经心吧。

王大海最大的兴趣是打赌，赌球、赌棋、赌吃饭、赌喝酒、赌憋气，赌飞旋的苍蝇会落下来几只，赌走在前面的陌生人会不会回头……能让王大海赌的事真是太多了，他和杨小竹的相识也是源于一场打赌——那时他们和七闸桥东的混混打群架，大排档的人都跑尽了，唯独杨小竹一动不动地坐着，这种气定神闲反倒让打架的人怔住了，愣愣地看着这个瘦小的女孩，有人上前用棍子杵在她面前，杨小竹没让，王大海举着砖头叫她赶紧走开，说，砖头是不长眼的，不怕吗？杨小竹从容不迫地说，不怕。又说，我不怕你。后来就有了王大海和兄弟们的打赌，他们赌这个女孩是不是对王大海有意思。

寒假过后，杨小竹就不上学了，她和王晓霞一样觉得上学“没意思”，她很想换一种活法，和以前不一样的活法。春节她没有回去，只给叔叔写了一封信，寄件人栏没写地址，她告诉叔叔她与海伦的同学回家过年了，实际上杨小竹并没有跟随王晓霞去海伦，而是留在了仙女市。

这个春节杨小竹是和王大海一起度过的，说完整点，是和王大海以及他的一帮兄弟一起度过的。王大海在仙女市有一个小平房，离他的台球场不远，走几步就到了。平房不大，但足以挤下七八个兄弟，对于平房的由来，据说是祖上留下的，王大海不太愿意提“祖上”的事，尤其是他的父母，这给杨小竹一个感觉，王大海有一个不太幸福的过去，正因为此，杨小竹便对王大海产生了一种惺惺相惜的感觉。

王大海没有正儿八经的工作，和几个兄弟合伙做台球营生，大排档附近的台球场就是王大海的，一共六张桌子，开一局收五元费用，但大多时候是王大海和兄弟们自己玩。

新学期开始，杨小竹没去学校，也没有找个单位实习，她想去工作，王大海对此十分生气，觉得很没面子，他对杨小竹说，他养她。这三个字让杨小竹幸福了很久，尽管她知道王大海并不富裕。杨小竹每天和王大海一起看球桌，这种生意一般都是在晚上，收摊时也快凌晨了，在大排档吃点面条，次日睡到下午。小平房里有两张床，小一点的王大海和杨小竹睡，大一点的留给兄弟们，住在这儿的兄弟并不固定，有时是小胡子，有时是大王，有时是小胡子和大王。只有一次八个兄弟全部挤在一张床上，第二天杨小竹醒来时，屋内满是难闻的气味，酒、呕吐物、臭脚，还有汗混杂的味道。杨小竹从床上坐起来时，吓了一跳，因为在她旁边除了王大海外，还横着另两个兄弟，大概是那张床实在挤不下了，躺到了杨小竹床上。

这种混杂的、错乱的生活，杨小竹并不反感，甚至觉得充满了新鲜、新奇感，这是从前的她想都没想过的，她喜欢屋子里挤满了人，而这些人对她又不熟视无睹。她越沉浸在这种生活里，越想与过去的一切进行决裂。唯独令杨小竹稍稍难过的是，她和王大海单独相处的时间极少，有限的属于二人的时间都被用在了性爱上，杨小竹发现王大海除了对打赌充满热情外，对性爱同样也是，有时又将两者合二为一，比如，他和杨小竹打赌，高潮来临的那个点会落在奇数上还是偶数上，等等。

杨小竹在性爱中并无什么快感，但她喜欢听身体碰撞的声音，这使她想起算珠之间的碰撞，她觉得自己身体里吸收了太多的算珠的声音，那些让她感到孤单和压抑的声音，现在，她找到了解决办法，两具身体用力碰撞似乎能将体内的算珠声挤压出去，将孤单和压抑驱赶出去。她对王大海说，用力，再用力。后者如同一只铁锤，一锤一锤地敲击过来。

9

爱情真是奇妙的，杨小竹常常看着王大海的背影感叹，她记得在601宿舍里为数不多的几次闲聊，那时新生入校不久，不知是谁提议的，每个人说一说自己理想的另一半。杨小竹说了几个词，白衬衫、忧郁、瘦削、长发。后来在看到小院里的人后，就变成了光头、抽烟、爱吐烟圈。杨小竹奇特的标准引起了哄堂大笑。如今，杨小竹总是想起宿舍里的那些对话，她想，这个人在自己的世界里已经很久很久了哎。所以一次王大海向别人介绍杨小竹，说是刚认识的女朋友。杨小竹立即反驳说，才不是，很早就认识了，我们认识有三年了。

春天还没过完，杨小竹就怀孕了，这个消息让她既高兴又害怕，她从医院赶到台球场时，王大海正专注于和几个兄弟赌球，杨小竹喊了好几声他都没听见。后来杨小竹走过去想和他耳语几句，还没开口，后者像触电似的弹跳着让开，王大海对于杨小竹在兄弟面前说悄悄话的行为很是不悦，他对杨小竹说，什么事直说好了，都是自家兄弟。杨小竹愣在一旁，脸红了，没有开口，一个人退到小平房里。

晚上，王大海一脸鲜血地回来了，杨小竹吃了一惊，问是怎么回事？王大海说，冶金厂的一群混蛋来捣乱，把球桌砸坏了——王大海一边轻描淡写地说，一边丝丝啊啊地给自己抹药。又说，幸好有兄弟们在，要不然……王大海感慨兄弟多的好处，而台球营生是缺不了兄弟的。杨小竹曾试图劝王大海别干这个，的确，挣不了几个钱，寥寥几笔盈利又都用于兄弟们的吃喝上。但王大海很倔强，他说现在有什么不好，再说，他也想象不出没有兄弟还能干什么。王大海激动时习惯用左手指点江山，那只长期支杆的左手上有几个厚厚的茧，在半空用力划出一道弧线，像笔力遒劲的一捺，所以几次谈话均以那一捺不欢而散。

杨小竹在给王大海递药的时候，悠悠说道，我怀孕了。王大海愣了一下，眉头拧出一个结，说，怎么会呢?! 这不知是疑问还是反问的句式让杨小竹有些难过，好像是自己做错了什么，她抿了抿嘴怯懦地说，是的，去医院检查的。然后，不等王大海回复又补充道，要不，我去医院打掉吧？

王大海看着杨小竹几秒，忽然抱住她，脑袋埋在她的臂弯里啜泣，他对杨小竹说，等有钱了，一定要生的，生个男孩。王大海突如其来的拥抱和词不达意的劝说，使杨小竹手足无措，但也不那么难过了。她并没打算把孩子生下来，毕竟自己还小，又没结婚，手头并不宽裕，等等，她只是感到一种说不出来的欣喜，如同人们常说的，爱情结晶，这是她和他的结晶。想到过去的三年，彼此的遥望，以及现在亲密无间的生活，终于有了结晶，像最终公布考试成绩似的。杨小竹将脸贴在对方身上，嗅着浓烈的汗水和血腥气味，幸福又忧伤。

这时，门被撞开了，王大海的几个兄弟吵吵嚷嚷进来，他们刚刚修好台球桌，加上不久前的打斗，此刻多么需要一场酣畅淋漓的酒局。兄弟们兀自找凳子坐下，将买来的酒和花生米铺陈开来。王大海也参与其中，推杯换盏，刚刚与杨小竹的那段凄凄切切仿佛已从他的身体里剔除干净了，此刻的他显得格外兴奋。

杨小竹睡不着，屋子里很吵，她蜷在被子里听外面的喧闹，努力从此起彼伏的吵闹中分辨出王大海的声音——他的话不多，仍然是寻找各种机会与人打赌，不管是赢了还是输了都会欢呼一声。直到下半夜，声音才矮下去，杨小竹起身去客厅看看，发现王大海喝多了，正瘫在凳子上，剩下的几人仍然机械又迷糊地划着拳，还有一个人没划拳，也没喝酒，百无聊赖地折纸玩，杨小竹发现他用一张废报纸折着烟缸，很周正，大大小小一共折了三个，套叠在一起。

10

杨小竹人流后的第四个月，又怀孕了，这一次，王大海并没有像上次那样抱住她哭泣和劝说，而是几近咆哮地问怎么总是这样。她也不知道究竟是哪里出了错，是不是自己的这片土地过于肥沃了。所以杨小竹在第三次发现怀孕时她没有告诉王大海，而是独自去医院里做了人流。

这是杨小竹和王大海共同生活的第二年，杨小竹早已工作了，在一个食品厂的仓库里干活，王大海嘴上仍然反对——我又不是养不起你——也仅是说说而已，因为他常常夸赞杨小竹从食品厂带回来的包子不错，尤其是肉包子，馅足，油多，希望杨小竹下次能多带一点。的确，他那一点微薄收入是难以度日的。

这一年中，王大海三次进看守所，三次都是因为打架，王大海对此习以为常，杨小竹也不那么难过，好像他暂时外出几日，尤其想到她和他的相遇与看守所有关时，心里反而多了兴奋，好像他不是被拘留，而是前去对过去的一切进行瞻仰和凭吊。她回忆起小院子里的一切，路灯，花圃和站在花圃前抽烟的他，那些画面如此坚固，如此有力，即便与现在相去甚远，杨小竹都记忆深刻，每当杨小竹想起过去，便会对现状包容很多，对王大海也包容很多。

有一次，杨小竹忍不住问王大海，还记得看守所的小院吗？王大海正打桌球，抬头看一眼杨小竹，问，什么小院？杨小竹说食堂前的小院，有花圃的那个，还记得吗？王大海皱了皱眉，好像在搜寻答案。当然，他并没有回答问题，而是全身心地投入到打球中——他张开手掌按在台面，拢起，拇指紧贴食指形成一个稳固的V型通道，猛地推杆，球在台面上如炸裂般四处逃散。

台球四处奔逃的画面印在杨小竹脑海里，她很害怕看到这样的画面，似乎有种被迫分离的痛苦，空闲时杨小竹就将球一只只归拢起来，安安静静地挤在三角框内。关于小院的问题，杨小竹再也没问过，王大海是一个大大咧咧的人，她认为只要自己记得就行，只是偶尔有些感慨唏嘘，如果没有那时的一瞥，怎会有现在的相遇呢，人的一生就跟这台球一样，一杆推出去，每个球的命运便从此不同。

冬天到来时，他们吵了一架，具体因为什么也不记得了，像这样的吵架并不是第一次，均以杨小竹的妥协而平息，杨小竹愈发感到生活的压抑和烦乱，家里永远是闹哄哄的，充斥着酒气和烟味，而两人独处的短暂时间里，王大海有强烈的性爱需求，他不喜欢杨小竹各种莫名其妙的问题，可她很想和他说说话，谈谈心，像两个正常的家庭成员一样，聊一聊生活，聊一聊未来，但王大海反感，对那样的话题毫无兴趣。于是总是睁大眼睛看着杨小竹，像是要把那些话生生逼回对方肚子里去。那一次吵架发生在半夜，小平房里正聚着一帮兄弟在玩游戏，杨小竹头也不回地开门出去了，只有那个折纸烟缸的兄弟抬头看了她一眼。杨小竹出了门向广场走去，她不知道去哪里，但那一刻她很想逃离。小平房里出现了一小会儿的平静，几个兄弟提议去追回来吧，王大海吐了串烟圈，又和兄弟们打赌，胸有成竹地说，我数到十，她准会回来。

果真，杨小竹在王大海数到九的时候跨进门，小平房里的人一阵哄笑，杨小竹不知道刚刚那一刻自己成为王大海打赌的对象，可她感觉自己已经没法离开这里，仿佛是球桌上的一只球，被推出去，又被捡回来；再推出去，再捡回来，循环往复。

2002年春节刚过，王大海就出事了，他和七闸桥东的一帮混混打架，用垫桌腿的砖头将对方砸死了，原本只想教训一下，没想那脑袋经不住敲击，血和脑浆沿着砖头淌下来，这才发现事态严重了。王大海跑回家，杨小竹正在睡觉。她一睁眼看见王大海身上的血迹，吓得赶紧从床上跳下来。王大海说，我完了，这下完了。杨小竹问怎么回事，王大海说，妈的，桥东的刀螂被我夯死了。杨小竹惊得捂住嘴，王大海说，早就想教训他了，没想到这么不经揍。王大海愣愣地看着杨小竹，问他自己该怎么办。杨小竹的舌头在颤抖，每个字都在嘴里打着旋儿。自首，自首吧。她努力吐出几个字，王大海咆哮起来，不可能，不可能，我不能自首。他突然抱住杨小竹，失声痛哭。

这时候的王大海像个孩子，整个脑袋埋在杨小竹的怀中，他一边痛哭一边喃喃自语，杨小竹紧紧抱着他，分明感到两具身体一同颤抖，她把脸贴在王大海脑袋上，瞬间杨小竹心软了，想起之前心里种种压抑和不满，此刻都烟消云散了，她突然很害怕，害怕离别，好像自首的将是自己。

停止哭泣的王大海冷静下来，他不想自首，自首是死路一条，他要逃到别处去。王大海翻出一点现金，又从杨小竹包里找出几张零钱，大步向门外走，刚走几步，看见还在惊慌失措的杨小竹，便转过身，脱掉身上的外套，衬衫，裤子……杨小竹顿时有种被抽空的感觉，待她站起来，王大海已经遁入黑夜。

11

王大海逃逸的第五天被捕获，一个半月后结案，两个月后从看守所移交到监狱，三个月后杨小竹才申请到一次探监机会，在此之前杨小竹只在庭审时见过王大海一面。

王大海并没有逃离仙女市，而是在一个兄弟的出租房里睡了五天。他哪儿也不想去，这是庭审时王大海陈述的。庭审时的王大海白胖了一些，坐在被告栏里，显得有些拥挤，看来在看守所的状态是不错的。他全程都没有看杨小竹，简短流利地回答了法官的问题后就一直盯着墙壁上的光斑发呆，只有押离时嘴角向上扬了扬，露出一丝不为人知的笑容。王大海的这一表情被杨小竹看见了，她并不明白笑容的意思，回去后想了很久，没有答案，她想，这也许是王大海大大咧咧的一面吧。

杨小竹第一次探监时已肚皮微凸，王大海临别前的那一炮居然命中了。杨小竹在会见室里等了十分钟后被告知，王大海和狱友打架正在关禁闭。没有见到王大海，所以怀孕的事没能告诉他。杨小竹坐在凳子上发了好一会儿呆才起身出去，沿着院墙往大门口走，院墙高耸，墙顶有环形电网，一圈圈地流向远处。杨小竹往后退了退，仰着头看着高墙——她觉得这一切多么熟悉，不由得想起在601宿舍第一次看见小院的时候，那时她还不知道院墙为何那样高？里面又是什么？围墙内外又是怎样的联系？

门外的空地上有人在放鞭炮，是家属迎接罪犯刑满释放，爆竹在地上摆出一个“人”字型，寓意重新做人吧。杨小竹傻看了会儿，思绪有些飘忽，小铁门快要打开时，她居然感到紧张，羞涩，好像从铁门里出来的将是自己的亲人，是王大海，她有些束手无措，这么多年来她还没改掉羞涩和腼腆的毛病，还不习惯问候与拥抱。

台球营生又恢复正常了，杨小竹白天在食品厂上班，下班后就去看台球桌。死者亲属来闹过一次，砸坏过一张球桌和数根球杆，王大海的兄弟们也四散而去，只有一个叫李权的人帮忙打理着。

李权就是那个折纸烟缸的人。

他留下来帮忙是王大海的意思，这是王大海在那五天里思考的结果，他躺在李权的出租房里，感慨一切风过无痕，像交代后事一样希望李权能继续台球营生，收益可归他所有，只要维持着就行。几张破球桌让王大海很不舍，好像这是祖上的产业，是他的命根子，希望能继续发扬光大。

李权开出租，有一辆长安面包，白天守在汽车站等客，晚上车站没人了，就来台球场。他很瘦，但力气不小，细瘦的胳膊居然能看到肱二头肌，平时不怎么说话，说话时闷闷的，声音像是从水底传上来的，有时突然来一句，杨小竹都要思索很久，不确定是从哪儿发出的声音。

他来这儿第一天就用水泥黄沙将地面的几处坑洼弄平，还把断了的桌腿换掉。打球的人寥寥无几，生意冷淡。有人打球时，李权就虔诚地站在后面看，手不自然地学别人推杆。打球的人一走，李权便立即伏在球桌上练习，上身拘谨地俯向桌面，头伸向前方，手臂的姿势很奇怪——看得出来，李权还不会打球，每个动作都显得十分笨拙。如果他发现杨小竹在看，便立即站直身子，装作若无其事地捡球。

杨小竹第三次去探监，是李权和她一起去的，她坐在李权的小面包车上，两个内向的人几乎没有什么交流，杨小竹觉得李权和王大海的其他狐朋狗友不一样，从他折纸烟缸就可以看出。后来杨小竹多次看见李权折纸烟缸，一只只地套叠在一起。他做这些的时候很安静，手指虽不纤细，但能看出细心和灵巧来。

经过一片农田时，李权忽然指着远处的村庄告诉杨小竹，他老家就在那儿。杨小竹说了声“哦”，也向李权说了自己的老家，小官庄，问他有没有听过。李权摇摇头，又点点头，说听过听过，在仙城北边吧。杨小竹没回复，因为小官庄在仙城的南边。后来两个人就不说话了，只有窗玻璃发出“哐哐哐”的声音。

李权来探监，王大海很兴奋，在此之前的那次探监——杨小竹一个人来的，王大海几乎没说几句，整个过程焦躁不安，时间没到就要求离开。杨小竹告诉他自己怀孕的事，王大海一边起立一边淡淡地说，你要生就生，你要不生就不生。说完就随狱警离开了。

与上次不同，这次王大海有很多话要说，半个小时的会面时间几乎都给了李权。他一会儿笑，一会儿又哭，情绪波动很大，但哭的时候也看不出痛苦，因为哭着哭着就破涕为笑了。王大海似乎已经适应了监狱的生活，整个人的精神状态不错，他告诉李权这里“还可以”，每天早晨看半个小时电视(新闻)，然后去劳动改造，每周还有一次个人才艺提高学习，有人报了陶艺，有人报剪纸，他报了乐器，吹口琴，他将两手拢在嘴前示范——说到这里，王大海突然想起什么，对杨小竹说他要一个口琴，不是二十八孔的那种，要布鲁斯十孔的，下次给他带来。

杨小竹连连点头，还想多问几句，王大海已转脸和李权聊下一个话题了。

从监狱出来，李权和杨小竹一路沉默，好几次李权想开口说话却欲言又止，快要下车时，他突然对杨小竹说，我早就知道你了，我看过你的信。

杨小竹“啊”了一声，疑惑地看向对方，李权在开车，一眨不眨地看着路面，慢悠悠地说，你写给你父亲的信，在七闸桥第二段钢管扶手里——

12

一个月后杨小竹又来探监，仍是李权陪同的，他们不是罪犯的亲属，但监狱认为对罪犯改造有帮助，也能批准会见。杨小竹和李权在会见室里等了一会儿，王大海才被狱警带出来，他额头上有个不长的血口子，说是下楼梯时摔的。王大海没有上一次状态好，情绪有些低迷。彼此沉默几分钟后，杨小竹开始翻包，一层层地打开拉链。玻璃另一侧的王大海目不转睛地看着杨小竹，直到她从包里摸出一只口琴来。王大海皱了皱眉，连忙摆手说不要了不要了，不吹了，他不想报班，没意思。王大海说他最近劳动改造任务总是完不成，他是无期徒刑，原本还想靠劳动改造表现好来获得减刑，看来是没指望了。他对杨小竹说你拿回去，我现在看见这玩意儿就生气。他问了一些台球场的事，又问刀螂家里来闹过没有。整个过程头一直低着，好像被往事击中。再抬起头时眼睛潮了，王大海发现杨小竹的肚皮又鼓了不少，忍不住捂着脸啜泣起来，劝也劝不住。情绪稍平息时王大海对李权说，一定要照顾好杨小竹，就把杨小竹交给你了。王大海有些语无伦次，不能自已，一遍遍说自己出不去了，得坐一辈子牢。

这之后，王大海多次把杨小竹"交给"李权，对于王大海的托付，杨小竹有些尴尬，倒是这个李权，很上心，对杨小竹无微不至地关怀起来。他白天很少去拉客，一吃过午饭就赶来开门做生意，晚上很晚也不打烊，守着那几个精神抖擞打球的，常常不回去睡觉，就在面包车里过夜。有一次杨小竹半夜起来上厕所，小平房里停水了，她要去马路对面的巷子里上公共厕所。路上没有人，路灯也熄掉了大半，阔叶树被风吹得发出互打耳光的啪啪声，杨小竹有些害怕，突然发现不远处的台球场李权的面包车停在那儿，心里顿时安定了些，心想，那个人应该睡在车里的吧。她沿着人行道拐进巷子，眼前黑乎乎的，一丝光亮都没有，她有些退缩，想到那些和厕所有关的鬼片，头皮一阵发麻。就在这时，杨小竹听见身后有人唤自己的名字，是李权。李权说，看她一个人夜里在外面走，不放心，所以跟来了。他站在厕所外面，用小手电照着隔墙。明晃晃的光落在墙上，像一团火，杨小竹心里暖洋洋的。回来的路上，杨小竹也分不清是因为寒冷还是感动，牙齿一直颤抖着。

立冬后，杨小竹回了趟老家，她差不多两年没回去了，两年里除了给叔叔婶婶寄了点钱外只写过一封信。这次回去她带了一些衣物，打算在老家过些日子再回仙城。对于未来杨小竹很迷茫，尤其是王大海坐牢后。但对这个孩子，倒是没有一丝犹豫，她觉得这个孩子来得正是时候，至少让她不那么孤单了。

冬天的小官庄衰草连天，树叶落尽了，房屋寒碜地裸露出来，杨小竹从石子路往叔叔家走，想起那些年爷爷来路口接她的场景，他们在黑暗里一前一后地走着，那时候的她常常感到有一股力量在牵引着自己。

村庄还是老样子，没有太大变化，就连地里种的植物似乎都没有变化过，屋西种豆子，屋南种韭菜，屋后种山芋，屋东种蚕豆，每块地好像只认一种植物似的，你若是离家三年五载，回来人都变老了，地里的东西却都没有变。杨小竹小的时候总是穿过那片麦田，她记得播种的时候，麦田里水莹莹的，而现在，麦田里绿油油一片，好像你长了几十年，这麦子也跟着长了几十年，从那年的秋天一直长到今年的冬天。

叔叔不在家，婶婶正在厨房里烧水，看见杨小竹，先吃了一惊，随即眉开眼笑。婶婶放下手中的活儿，向杨小竹问长问短，说杨小竹越长越好看了，长胳膊长腿的，一看就是杨家的人。婶婶说杨小竹回来得正是时候，她要烧水洗个澡，正好没人帮她搓背。杨小竹发现婶婶怀孕了，肚子夸张地向前挺着——她们几乎是同一时间发现对方身体里的秘密，婶婶顿时沉默了，笑容收起来，她没有问杨小竹孩子的事，但明显十分不悦。

婶婶没让杨小竹帮忙搓背，说自己能够得着。她独自在浴帐里搓洗身子，一壶壶地添水，到傍晚都没出来。杨小竹在院子里看看，扫了地，又在小厢房打扫。她的床不见了，就连从前倚在墙上的竹板也不知去了哪里，原本搁置竹床的地方现在堆了很多饲料。杨小竹有些难过，怔怔地站着。她摸了摸肚子，肚子里的小东西动了动，似乎给她回应，于是她指着饲料的地方，小声说，这里就是妈妈以前睡觉的地方——

从小厢房出来，杨小竹在堂屋里发呆，她看到茶几上的毛线团，还有织了一半的毛衣，想必是小侄子或小侄女的了。她又发现电视机下压着个白色的东西，一角露在外面，很好奇，走过去看，原来是一封信，信封上的笔迹她十分熟悉，那种像被风吹歪的字迹。杨小竹有些激动，紧张。果真，信是父亲寄来的。

信写于1999年春天，杨小竹毕业的那一年，父亲说他给仙城工校寄了两封信，都没回音，不知道怎么回事，所以把信寄到小官庄来。他在信里说不知道杨小竹毕业后想去哪儿工作，如果她愿意的话，还是很欢迎她来海边的——父亲的字没有变化，只是少了从前的遒劲，信不长，杨小竹来来回回读了十几遍，眼泪止不住地往下坠落。

待婶婶从浴帐里出来，杨小竹便上前问她为什么不告诉她信的事。婶婶正在生气，没好言语地答非所问道，谁晓得那时你在外面干什么呢。

13

杨小竹当天晚上回的仙城，包里多了一样东西——父亲的信。她是不会给父亲回信的，至少现在不会，不过她已原谅父亲了。

从车站坐人力三轮车去小平房，还未下车，杨小竹就听到台球场那儿打打砸砸的声音。死者的亲属又来闹事了，闹事的为了赔偿，狮子大张口，数目越来越大。这次来闹事的人比较多，就连刀螂年迈的奶奶也出动了。老太看见杨小竹，不由分说地薅住她的头发就往地上摁，别看老太瘦瘦小小的，力气倒是很大，杨小竹摔在地上，发觉人只有两只手是根本不够用的，一只手护肚子，一只手护头发。

李权也被几个男人围殴，他迅速从空当里溜出来，扶起杨小竹，还没站稳，就被一记闷棍夯倒了。杨小竹去扶李权，李权又将杨小竹挡在身后，几只巴掌噼噼啪啪落下来，也分不清是谁挨着的。

这天晚上，他们早早关了门，没做生意，李权也没回自己的出租屋，他在小平房的沙发上过的夜。两个受伤的人相互抹药，包扎，有种同病相怜的意思。

大雪后，他们就并到一起过日子了，像是水到渠成，杨小竹没有反对，觉得这一切不仅是王大海的安排，而且是命运安排。

李权是个细心的人，细心到敏感，这一点和大大咧咧的王大海不同。他告诉杨小竹他一共看过她写给父亲的两封信，一封在七闸桥的扶手里，一封在桥头的石墩下。你说我们有没有缘？李权问杨小竹。不过，李权又说，当他看到杨小竹的时候她已经在王大海身边了，因此他很沮丧，心想这么细腻这么多愁善感的人怎么会和一个大大咧咧的人在一起呢？

杨小竹说自己上学时很幼稚，给父亲写了很多信，却不知道寄往哪里。不过呢，杨小竹立即申明，她现在不恨父亲了，因为父亲也给她写过信。

台球场暂时先关闭，杨小竹从小平房搬到李权的出租屋，这是李权的意思，因为谁也经不住刀螂亲属的侵扰。李权从台球场带回来一支球杆和一套球，放在茶几上，像是缅怀似的。他常常把球拿在手里打量着，像是要发现其中的奥秘。吃饭的时候，泡脚的时候，即便是蹲在马桶上，李权都会拿着球在研究。有一次，他对杨小竹说，你知道么，最初台球是用象牙做的，一颗象牙只能制五个球，据说在英国，仅制作台球每年就需要杀掉上万头大象，制造好的象牙台球还要经过严格挑选，重量必须相同，非常昂贵，所以台球应该是宫廷贵族们玩的游戏。不过，李权将球在地上轻轻敲了敲说，现在都用大理石了，硬度非常好。

李权仍然有折纸烟缸的习惯，何止是习惯，简直称得上是嗜好，他将旧报纸、旧杂志，以及那些塞进门缝来的广告纸，全部折成烟缸形状——他习惯称它纸烟缸——现在他将折好的纸烟缸用来放台球，每只球放在一个纸烟缸里，齐整地排列在茶几上，轻的纸，重的球，十分艺术。

李权每天出去拉客，杨小竹还在食品厂干活，早上李权送她去上班，下班时如果李权车上的乘客正好在食品厂附近下车，他就会把杨小竹接回来。

杨小竹很享受被关心和照料，这在她从前的生活里是不多见的。她觉得自己的生活发生了变化，像台球撞在边框上，经过一个折角又走到了正常线上。如果，不是一个月后的那次挨打，杨小竹几乎都认为自己是遇到爱情了。

暴打的原因很简单，杨小竹在卫生间洗澡，洗完穿了件T恤就出来了，衣服很薄，又或者是肚子越来越大，像球一样在李权眼前晃动，后来杨小竹坐在沙发上，李权在看电视，李权的右臂突然横甩过来，“啪”的一记耳光。杨小竹蒙了，耳朵嗡嗡响，还没明白怎么回事，又是一耳光。李权将杨小竹摁在沙发上，一只手揪起她的刘海，另一只手来回扇着。杨小竹一边哭叫一边求饶，直到嘴角渗出血来李权才罢手。

杨小竹蹲在地上瑟瑟发抖，刚刚发生的一切如同做梦，此刻的李权多么陌生，之前那个嘘寒问暖、心细、体贴的人不见了。杨小竹小声啜泣着，生怕哭声太大又会引来一轮暴打。

但李权没有再打杨小竹，而是抱住她哭了，像个孩子一样乞求她的原谅。对不起对不起，原谅我原谅我，李权喃喃着，刚刚，我看见你的肚子，突然受不了，受不了你肚子里是别人的孩子，对不起，我错了，对不起对不起——

这一回是杨小竹抱着李权哭了，他打她的理由让她心酸和感动，她不知道该怎么安慰眼前的这个男人，她好像变得十分体贴和通情达理，一边哭着一边把李权搂在怀中。

14

杨小竹再次被打距上次只有一个月，此时她肚子已经隆得很高，杨小竹很瘦削，肚子便显得十分突兀。关于被打，用李权的话说，他过不去这个坎，看着她的肚子会失去理智，或许，孩子生下之后就好了，因为他是喜欢小孩的。

这一次是发生在夜里，杨小竹正在熟睡，突然感到头部被重击，还没来得及睁眼看清楚，又过来一拳，眼前顿时金光四溅。

原来李权半夜起来解手，脚下被什么勾了一下，弯腰一看，是毛线，杨小竹白天织衣服的毛线。这原本也没什么，李权已经跨过去了，他又突然返身去看，发现毛线的另一端是一件婴儿裤，一只裤腿已经完成，另一只裤腿也织了大半，两条腿岔开着，呈一副吊儿郎当的稍息姿势。一股热血冲上李权大脑，他看到躺在床上的杨小竹，肚子隆得不可一世。李权的拳头从身体里奔跑出来，石头一样地敲打在杨小竹的身上，石头是带着火气的，每一块都在杨小竹的皮肤上烙下红红的印子。杨小竹跪在床上，双手抱着肚子，这一动作更加激起李权的怒火，他脱下鞋，用鞋底代替手，塑料鞋底发出清脆果断的声音。后来，杨小竹已经感觉不到疼了，只感到累，她将脑袋抵着地面，整个身子瘫软下来。

暴雨平息后李权开始道歉，他跪下，向杨小竹请求饶恕，希望再给他一次机会。杨小竹收拾东西要离开，对方死死抱住她的腿，僵持了几分钟，李权开始抽自己手，往地砖上抽，像是要将它们从身体里分离出去。

杨小竹妥协了，没有离开，但也没有像上一次抱着他痛哭，杨小竹慢慢将衣物放回去，去清洗伤口。

春节过后，气温依旧低迷。报纸上说今年的立春来得有点晚，春节过后的第二个礼拜这个节气才姗姗来迟。

杨小竹向厂里请假，因为再过几天就待产了，她坐车从小平房和台球场经过，感觉一切恍若隔世。她将脸贴在玻璃上，看着钢丝网和台球桌的绿色在这个灰暗沉闷的季节里显得格格不入。

在菜场下了车，进去买了半只盐水鹅，猪耳朵，还有一块素鸡，这些都是仙城特色菜。

她和李权之间的感情变得有些怪异，是不是他的爱过于激烈，让她既接受又害怕。或许，真的如李权说的，生下孩子就好了，看见一个会哭会笑的孩子，看见一个眼睛纯净的孩子，一切都会好起来的吧。

李权已经下班，最近他回来得早，生意不好做，太阳还没下山就载不到客了。他坐在沙发上折纸烟缸，十分认真——家里到处都是这玩意，用来弹烟灰，装细碎的垃圾，放纽扣，作零钱罐和钥匙袋，总之，这个形如方盒子的东西充斥了家里的每个角落。

杨小竹把熟菜倒出来，拿好筷子，给李权倒上酒，在她转身时，突然发觉李权手里的纸烟缸有些奇怪，它不同于其他的烟缸，它略小一些，白净一些。她发现上面有字，蓝墨水的笔记。杨小竹几乎是扑上去的，一把夺过他手上的纸。果真，那是父亲的信，她藏在铁盒里父亲的信。

但李权不以为然，他才折了一半，试图夺回，却被杨小竹挡住，当他再去抢夺时，信被撕成两半。杨小竹突然疯了一样，尖叫着，她将屋里的纸烟缸通通扔到地上，用脚踩着。钥匙，硬币，散落一地，台球也惊慌失措滚出很远。这回，李权怒了，球是他的宝贝，纸烟缸也是他的宝贝，他迅速从杨小竹手中夺回信纸，撕得碎碎的，又将杨小竹摁在地上。本来，李权想就到此为止的，可是，他突然感到杨小竹的肚子在动，一股力量从肚皮下传上来，用力顶着他的手。狂暴回到李权身体里，他再也无法控制自己，翻身骑在她的身上，背对着她，几乎坐到了她的胸口。这一回，他的巴掌没有抽打在她的脸上，而是抽打在她肚子上。李权说，杀人犯的孩子，杀人犯的孩子，你知道吧，他藏在我的房子里，为什么我没有窝藏罪，哈，你知道吧，因为是我去举报的——

杨小竹脑袋嗡嗡直响，李权的每句话都像刀片似的飞过来，她喘不上气来，心想自己是不是快死了，肚子里的孩子是不是快死了。她感觉哪儿都动弹不了，只有手，只有手在地板上抽动，突然，手碰到一个圆碌碌的东西，冰凉冰凉的，是台球。杨小竹没有多想，抓住球用力砸向李权的后脑勺，的确，球是大理石材质的，很硬，很结实，她听见两个球体的碰撞声，啪，啪，啪，像算珠的声音，一声盖过一声，一声急过一声，直到那个压着她的身体面条似的软下来，杨小竹才把手里的球扔掉。

杨小竹跑到门外，沿着人行道走，太阳快要落山了，最后一束光芒将万物染成金色，她不停地走，两条腿机械地划着，从惠民路到国庆路，再从国庆路到幸福路，穿过七闸桥再到北京路，长江路，曲江路……她看见川流不息的人群，看见奔驰而去的汽车，看见楼群拔地而起，她还看见高高的院墙向远处延伸——杨小竹听见院墙里有跑步的声音，踢踢踏踏的脚步声整齐划一，有人在报数，喊立正，声音洪亮，向前看——

杨小竹看向前方。

黑暗已经降临，她继续走，一刻不停地走，直到浑身没了力气。她瘫坐在路牙子上，大口大口地喘气，嘈杂声远去了，耳边很安静，这时，杨小竹惊喜地发现，气泡回来了，那个在 1999 年春天破灭的气泡又回来了。她将身子躺倒在地，肚子像另一个鼓胀的气泡。她看着黑乎乎的天空，树木在黑暗的映衬下如同剪影，细瘦的鼓出芽苞的树枝一根根地指向天空。是的，立春了。

这一年，杨小竹 24 岁，正是那张照片上——他的父亲站在花圃前意气风发的年纪。

追　踪

1

风是横着过来的，像刀片，一刀刀地抹着脖子。

骑摩托的人没戴头盔，头盔给后座了。风沙很大，看不太清路。也不知道沙是从哪儿来的，好像前方有一大片沙漠，无数台鼓风机正使劲地吹着呢。路况极差，坑多，车轮歪歪斜斜地向前，一开始还挑着平坦处游移。后来，也顾不上那么多了——这种骑法实在费劲，老半天才前进了几米。

车是八〇摩托，有些年头了，血红色车身和鸡肋骨一样的白色挡泥板颜色仍然鲜艳，除外形有点乡气之外，其他方面尚可。尤其是喇叭，尖锐得很，行人都会被这声音炸得远远的。

当然，没有行人，只有漫天黄沙。摩托上下颠簸着，遇到一连串小坑，车上的人便猛烈地做筛糠状，动作惊人地一致；有时跃过稍大一点的坑，摩托车就变成了发射器，冷不丁能将后座上的人给发射出去。

后座上的人很瘦小，又被头盔压下去几分，这时，你会发现，对于这人来说，头盔过于庞大了，拨浪鼓似的左右摇晃，有机玻璃面罩已经慢慢颠到了脑后，猛一看，还以为是背对着坐呢。

摩托车手倒是希望后面的人和他是背对背坐呢，这样，自己的腰就不会被钳子一样的手给死死钳住了。

后面上来一辆渣土车，载满了黄沙，车过去后，黄沙、尘土、浓烟，腾空起舞。视线稍清晰时，又上来一辆，紧接着又是一辆，好像前方果真有一片沙漠。

摩托车手把脸使劲侧向后面，既是为了躲避风沙，也是为了和身后的人说话。他说，快了，快到了。

后座上的人没有反应，这一路她几乎没开口说话，除了以防摔下去而死死钳住的手表示她还存在着，要不然真以为她被发射到天上去了呢。

这样的画面让人不难想到那些公路片。然而，摩托车却在一片灰蒙蒙的建筑物前打了弯，进入一个厂区。路到这里就更差了，烂泥被车轮挤出奇奇怪怪的形状，之前看到的三辆渣土车正停在里面。这是一家混凝土加工厂，厂区中央有一座十几米高的搅拌站，四周搭建了几间蓝白相间的彩钢板简易房，以及堆积如山的石子和黄沙。

摩托车停下来了。两个人从车上下来，才发现他们的身高悬殊，坐在后座的是一个小老太，此时的头盔已被拨正，顶在这瘦小的身体上，十分怪异。

这一高一矮，一胖一瘦的两人没有任何血缘关系，甚至才认识不久。他们此行的目的很简单，为寻找批号为 X50002 的水泥。

2

今天很累，整整一天都在驳货，从金山那儿开采来的石灰石，由船送到夹江口，再从夹江口拉到厂区，这一段路顶多二百多米吧，三辆十吨的卡车，居然要了一千二百块，还外加管两顿饭，唉！负责起吊的杨师傅说，干脆从夹江装一条输送带，一直送到厂区的进料口，不就把驳货的费用给省下来了？杨师傅说的没错。虽然要投资不少钱，但我还是把它记在明年的工作计划里。

有时候想想，石灰石真是个好东西，水泥需要钙质，石灰石是主要原料，据说它是由含有丰富钙质的贝壳和史前海洋生物的骨骼变成的。如果我不干这一行，鬼晓得这些呢。早晨在成品库外面，发现撒了一地水泥，估计是装袋时疏忽的，很让我心疼。我用铁锹将它们铲回去，旮旯处的就用手捧，细细绵绵的水泥躺在我的手心，谁会想到这粉末和几亿年前的生物有着密切关系呢。那些生物虽然灭亡了，却以另一种方式存在于这个世界上，一些事物以一种方式消失了，又以另一种方式出现，很奇妙是不是。

我每天都要在厂区里走十几圈，今天走了十二圈，在立窑旁看了很久，窑里的温度达到1200℃，石灰石、沙、铁，正在里面进行化学反应呢。报纸上说先进的水泥厂早就把立窑换成悬窑了，窑身像干洗机一样转动，窑口向下倾斜，每转动一圈，石粉会掉一点，这样就不会堵起来了。堵了就要清窑，清窑最怕的就是喷窑，热浪从窑口喷射出来，人要是来不及避让，能被烧死。据说仙城的窑厂就出过这样的安全事故，不敢想。好在我们的师傅都很有经验，戴师傅说这个厂子有多少年他就干了多少年了，这让人很放心啊。每一道工序我都烂熟于心，厂不大，机器都挺大，立窑差不多五层楼高，臼研机也有二层楼高。把钢琴大小——我喜欢这么比方——的石灰石放进臼研机，出来就变成和高尔夫球一样大了。这是第一道工序，当然，开采石头不是我们的事。如果加上开采石头，臼研机就是第二道工序了。我们不开采石头，这一带没有山，没办法，石头只能从金山拉过来。上次去金山采石场，正遇上爆破，倒是很有意思，炸药埋得像骨牌一样，一秒之内全部按顺序引爆，挺壮观，就差蘑菇云了。那么多钢琴大小的石灰石飞出来，我一边看一边想，哼，过不了几个钟头，你们就要变成水泥了。我还想，如果顺利的话，明年我们未来水泥厂也要承包一个采石场。我把这个也写到了明年的工作计划里了。

…………

以上这些是未来水泥厂厂长凌致远的日记，写于1999年9月21日。这一天不是什么特殊日子，但从字里行间能明显看出他的心情愉悦，这是他买下水泥厂的第七七四十九天。在此之前，他干过别的行当，攒了一点钱。买下这个快要倒闭的水泥厂花去他所有的积蓄，他还向亲戚朋友以及银行借了一些。厂子不大，一条生产线，十几个工人，一间宿舍，两间办公室，其中一间便是他的办公室兼保管室。

凌致远坐在办公室里的时间并不多，只有写一些票据、发货单，以及日记的时候，他才会伏在办公桌上。桌面上有些空荡，这样便显得那只枯茶色的鸡翅木座很醒目了，鸡翅木座上搁着一块石灰石——他从金山采石场捡回来的。这是一块形状普通的石头，有棱有角，扁平，像一座躺倒的山。凌致远常常端详着这块石头，像是对它进行审视。

他也说不清自己为什么就对水泥或者说石灰石产生了兴趣。怎么就认准这个行业了呢？尽管凌致远是个喜欢写日记的人，喜欢记录自己人生的每一步，但他也难以说出这其中的机缘巧合。如果非要说出一点关系，一定是那句话蛊惑了他——“全世界每年需要30亿吨水泥”，他是在一本叫作《中国财富》的杂志上看到的，一篇翻译过来的美国人写的文章，那句话就躺在文章的开头，书的第二十九页。他被“30亿”这个数字惊到了，虽然他也无法计算出这其中有多少产量将分配在他们未来水泥厂，但终究这极大的市场需求鼓舞了他。

3

从混凝土厂出来，摩托车又歪歪斜斜地上路了。风沙似乎比之前更大了，天地一片浑浊。后座上的小老太正使劲咳嗽，她的咳嗽很有意思，像打喷嚏，又像哭，有时又像笑，如尖锐的、粗劣的、圆滑的石子儿纷纷从嗓子眼儿滚落出来，好像有一片砂石厂藏在她的胸腔里。

咳得厉害的时候，头盔就在脑袋上晃荡，她的身子不得不向后微倾，像被什么给拽着了。的确，身后有一只空的蛇皮包，很大，能装得下一个人。现在正瘪瘪地挂在肩上，被风吹得发出哗哧哗哧的声响。经过一个大坑时，老太差点飞了出去，蛇皮包像她的翅膀一样扑扇了两下又落下来。身子落回坐垫的刹那，她钳子一样的手便钳住摩托车手的腰了。因为衣服单薄，后者分明感到那两副指甲的坚硬和锐利——这是一双干活的好手。他仿佛看见这双手钳住秧苗往水田里插去；看见指甲像刀片似的麻利地剥开豆角；看见尖利的指甲代替了刨子把土豆皮剐得一丝不留。

他转头问她，饿不饿？要不要下车垫点饥？

后座上的人均以沉默回应。

他在路边的小卖部买了两碗泡面。他早就饿了，路的颠簸加速了胃的消化。小卖部很小，但商品种类挺多，除了方便面，他们还要了几颗卤蛋，一袋榨菜丝。又觉得寒碜了点，就将货架上蒙了灰的火腿肠也要了。照样，他询问她，她依旧沉默。但东西推到她面前，也一言不发地吃了。这一路来都是这种状态，摩托车手已经找到规律。

看起来她也饿了，头也不抬地唆着面。他悄悄用眼睛打量她——瘦小到干瘪，脸上的皱褶里都是灰尘，像是刚从土里刨出来似的。吃完面，她就坐在一旁等他，眼睛看着外面的尘土飞扬，嘴唇像两根橡皮筋绷得紧紧的，两手习惯性地在抠着纸塑碗。他看见了她的指甲了，长长的，坚硬无比的那种，她的手患有严重的风湿，大拇指和小拇指变形得厉害，呈锐角一样向里躬着。难怪抓住他腰的时候他有种被钳住的感觉。

他的心里突然有点酸楚，这种感觉几天前就有了，刚刚在混凝土厂也是，采购员带他们在仓库里看那几包水泥时说，你们是不是弄错了，我们没有批号为 X50002 的，这些都是上个礼拜的，从别的水泥厂采购来的，批号是 P50001。他便转过脸看她，她的橡皮筋似的嘴唇顿时松垮了一下，脸上蒙了一层灰。

摩托车拖着巨大的响声向西行驶。颠簸使人十分难受，刚刚吃下的面条在胃囊里腾空起舞。但很快，路就平坦多了，坑洼处被填上了水泥，颜色是新鲜的，像痂。

他们这次到达的是一个水泥预制厂，看起来似乎生意兴隆，几辆载货的卡车把厂院子堵得水泄不通。于是不得不将摩托车停在外面，步行进去。

经过堆放预制品的区域时，他们都放慢了脚步，两个人不约而同地扭头看过去，仿佛第一次见识水泥会变成这千奇百怪的形状——方形的砖块，半拱的 u 型渠道，圆形的涵管，实心的水泥电杆，水篦子，井盖，水槽，假山，罗马柱，等等。

摩托车手的心顿时一紧。

4

水泥改变了地球的面貌……厂长凌致远在日记本上写下这句话。这是 1999 年 12 月 2 日，离千禧年还有 29 天。他和往常一样在厂区里走着，去看一道道工序。水泥的生产过程很有意思，从山上开采来的石灰石在臼研机里被压碎至西柚大小，再加上沙和铁，当然比例很重要，然后倒入最后一道碎石机，这部机器体型巨大，机身有五层楼高，50 吨重的轮子，将混合的石块再压碎，变成粉末，之后进入筒仓，加水，还需要经过高温，再混合其他成分，最终才能变成建筑用的水泥。不过，凌致远那一天只走到碎石机这儿便停了下来，他站在巨型机器的下面，仰着脑袋，认真倾听来自机身内的轰鸣，这个声音很有意思，像是山风呼啸，夹杂着山体倒塌的声音，整齐，又杂乱。当他正要将视线转回来的时候，发现有一双眼睛正和他对视着。

此人叫张胜利，是负责碎石机的工人。

厂长凌致远的日记里第一次出现了张胜利这个名字。当然，后来又出现过几次。凌致远之所以将他记在日记里，是因为那天他们有了一段简短的对话。对话也不过是他问对方多大了，老家哪里的，干了多少年了，等等。对于厂子里的工人，凌致远并不十分熟悉，再加上人员流动还是挺大的，厂建在夹江边上，只要听说外面有好一点的工作，常会有人放弃两个月工资顺着夹江连夜而去。

这个叫张胜利的人只有 19 岁，来自贵州，他说在这厂子里干了一年多了。他话不多，凌致远问一句，他就答一句，看起来有些木讷，也有可能是站在高处的原因——他们之间隔了五层楼那么高，所以每句话都需要喊一嗓子，这种对话的方式很滑稽。

令凌致远印象深刻的是，张胜利说自己想要在城里买房子，然后把母亲接来住，房子是用水泥砌的，不是老家的那种泥土和木头造的房子。凌致远发现张胜利说话有点结巴，音节在他舌头上跳了又跳，才勉强跳出来。还有，他总是把“f”音发成“h”音，比如他把“房”子说成了“皇”子。

从简短的对话中，凌致远发现张胜利是个羞涩、憨厚，甚至有点笨拙的人，尤其是最后一点。

凌致远从碎石机这里离开的时候，特意回头看了一眼站在高处的张胜利，阳光正从后面射过来，如一把利剑，将他原本瘦削的身子又劈掉了一半似的，更加孱弱了。说真的，凌致远有点担心，张胜利不太像是干粗活的人，太瘦小，动作看起来十分吃力，他将捣震漏出来的原料铲回碎石机时，不停地喊着——晃！晃！晃！

凌致远吓了一跳，赶紧住脚，以为存在安全隐患，后来才明白，张胜利是在给自己打着号子呢，他喊的是，放！放！放！

5

他们从水泥预制厂出来，下雨了，天色暗了很多，黑压压的，不知道头顶上是云层还是黄沙。摩托车被雨水冲刷得更鲜亮，与四周灰暗的色调形成鲜明对比。凌致远仰起脑袋看着天空，雨点落在脸上，落在手背上，重重的。

张胜利的母亲走在他后面，被风吹得弓起背来，凌致远很想拽住她，生怕一阵风把她给刮走。她踉跄了几步，便把硕大的头盔又罩在脑袋上，重心稳了几分。

预制厂也没有批号为X50002的水泥，凌致远又弄错了，他记得出门的时候，特意在出库单里翻了又翻，明明记得有“希望水泥制品厂”几个字的。是不是自己记错了，他歪着脑袋想，这几天发生的事情太多了，脑浆都成水泥了。

刚靠近摩托车，凌致远的BB机就响了，他让张胜利的母亲在这儿等，自己一路小跑到预制厂借电话，当他再返回来时，张胜利的母亲仍然一动不动地站在摩托旁，竟然没去门卫处躲雨。他赶紧走上前，将坐垫下的雨衣递给她。

找到了，他告诉她。厚重的头盔似乎遮挡了声音，凌致远怕她听不见，又大声说，这回找到了，在八里镇的混凝土厂，他们打电话来啦。

继续上路，摩托车在雨中发出喘气般的声音，经过一个水洼，突然就哑了。凌致远试着打火，像痰堵在了嗓口，突突突几声后愣是没点上来。两个人不得不下来推车，这里离八里镇还有六十多公里，即使赶过去也已经下班了。凌致远提议先去修车，再在附近找个地方住一晚，第二天天一亮就出发。张胜利母亲不说话，仿佛没听见，她现在对头盔有了依赖，即使推车也不卸下来。

半夜，凌致远醒来，贴着墙板听隔壁的动静，什么声音都没有，从昨晚开始，他就没听到一丝声音，尽管他已经做好对方号啕大哭或抽噎的准备。

他记得那天张胜利母亲来水泥厂要人的时候，离张胜利说"把母亲接来住"只不过隔了二十多天，天气转凉了，树叶儿掉了一地，突然就有了严冬的意思了。厂里已暂停生产，没什么工人，除了凌致远外，只剩一两个工人和看门的老头。

张胜利母亲是一个人来的，那天是 12 月 23 日。《仙城晚报》刚刚报道了发生在未来水泥厂的一场惨案，一名工人不慎跌入碎石机，等发现时已是三天之后，要不是掉在机器旁的一只劳保鞋，以及下一道工序的工人后来回忆疑似看到的一截手指，真叫人难以相信。警方也介入调查，厂区暂停生产，很快得到结果，排除他杀，的确是一起生产安全事故。

凌致远又回忆起那天和张胜利站在碎石机旁的对话了，他要买一座"皇子"，当时凌致远思忖，这梦想挺难实现的，张胜利会不会顺着夹江去找更好一点的工作呢。

没了，人没了，真的找不到了。凌致远一遍遍地向张胜利的母亲解释，并答应她厂里会给出一笔赔偿。面前的老太一动不动，好像听不懂他的话。她从贵州小山村摸索到水泥厂，一路倒了几次车，花了六天时间。那他到哪里去了呢？她一遍遍地问凌致远。

这样持续了一整天，凌致远一筹莫展，总不能带她到厂区里走了一圈，从碎石机到立窑，再到轧碎机，再到成品罐，然后告诉她，她的儿子已经变成了一撮水泥——

就是变成了水泥，我也要把他带回去。张胜利的母亲突然说。

6

门被推开了，凌致远从外面冲进来，门在背后吱嘎一声关上了，风在外面打了个旋，将几片厚重的叶子拍打在门板上。他将一只布袋递到张胜利母亲面前，转身打了几个喷嚏。不知道是外面太冷了，还是别的什么原因，他感到浑身哆嗦。

张胜利母亲抬头问是什么？凌致远侧过脸把一个喷嚏打出去，才说，是……骨灰。她好像听明白了，连忙打开布袋，布袋是衣服的一只袖子，一端打了个结。袋子里是灰色粉末状物质，松软地堆着，灯光打在上面，形成起伏的阴影。她用手捻起一点，突然号啕大哭。她把脸埋在臂弯里，肩膀一耸一耸的。

后来，张胜利母亲把布袋带回去了，在贵州一座小山腰上埋好，四周用新土覆盖，插上一截柳枝。

没过几天，她又来了，来找凌致远，手里抱的还是那个布袋，只是硬邦邦的了。她对凌致远说，夜里暴雨，坟被冲掉了，她去修坟的时候，发现骨灰变成砖块了。张胜利的母亲说完便扯住凌致远的衣领，钳子一样的手死死地钳在他的喉咙上——

凌致远从床上惊坐起来，额头上渗出一层汗，确定刚刚那只是一场梦后，才继续倒下身去，但再也睡不着了。窗外黑漆漆的，仿佛被墨汁染过了一般。他将耳朵贴在墙板上，有一些窸窸窣窣的声音，仿佛是老鼠在屋梁上弄出的动静，又像是从很遥远的地方传来，他知道，离这儿不远的地方，有若干采石场，水泥厂，混凝土厂——山夷为平地，平地又生出高楼，这个世界总是永不停止地变化着。

早晨，混凝土厂刚上班，他们就赶过来了，昨天打电话给凌致远的人出去了，办完事才能回来，他们只能在办公室里枯等。凌致远十分着急，中途催促了几次，又联系了其他人，他希望能尽快结束这样的寻找，将此事画上句号。有一阵，张胜利的母亲不见了，凌致远很着急，到处去找，办公室、走廊、卫生间，最后，发现她独自站在摩托车旁，老远的，就能看见她头上戴着头盔。凌致远不知道她为什么一直戴着头盔，好像时刻等待出发似的。她一动不动地立着，像一尊水泥雕像。

傍晚，办事的人终于回来了，立即带他们去了材料科，又辗转去了生产部，从一叠进料单中抽出了一张，上面有蓝色复写纸的字迹，写着“水泥 X50002 * 10.7 吨，入库”。经生产部经理回忆，那批水泥在 1999 年 12 月 17 日送来后，当日就进行称重、配料、试验，12 月 25 日进入搅拌站，傍晚就由混凝土车送到城区的希望大厦建筑工地了。凌致远低头看着那行字，呼吸突然顿了一刻，仿佛每个字都在蠕动，分离，被切割成一截一截的。他用余光瞟一眼张胜利的母亲，想看看她的脸色。因为身高的悬殊，有点俯视的味道，他只看见那被磨掉漆皮的圆圆的金属头盔。

7

再一次上路了。

摩托车调转了方向，朝市中心驶去。离开混凝土厂后，前往希望大厦的路像频道进行了切换，看不见砂石凌空起舞，水泥像胶水一样将它们死死地粘牢在建筑中。

越靠近城区，高楼越密集，房屋、高架桥，就连马路，都是水泥的。凌致远发现，泥土越少的地方，水泥越多；水泥越多的地方，人越多。

过了前面的十字路口就到希望大厦了，行人沙丁鱼一样地穿梭，凌致远放慢车速，岔开双腿，脚掌在地上来回划着。希望大厦很醒目，绿色的安全网包裹着灰色的楼体，虽然还未竣工，但已初见雏形，直立高耸，有点直插云霄的意思。凌致远仰头看了看，突然感到有些难受，嗓口被什么堵住了似的。

他好像很久没有来城区了，这里可谓是日新月异，如雨后春笋样的楼房在恣意生长。还有那些等待拆除的建筑，样子很滑稽，浑身都是极其空洞的眼睛。

凌致远感到钳住腰的手更用力了，就连头盔也死死抵住了他的后背。他身体一直僵着，不敢动，生怕那副指甲会迅速生长，愈加锋利，像刀片一样刺入他的身体。

大厦还没有大厦的样子，一座房子正在新建或正在拆除，几乎是一样的凌乱和残败——到处堆放着脚手架、木工板，插在烂泥里开了口的劳保鞋，以及躺在水洼里已凝固成疙瘩的混凝土块。

他们将摩托车一直骑到建筑物前面，摩托车喘息了一下便熄了火。凌致远没有立即下车，他吸了一口气，脚在沙石地上踩出很深的脚印。

这几天的奔波，就是为找到含有张胜利骨灰的水泥，但是当凌致远站在这希望大厦面前，突然感到万般痛苦和沮丧，他声音嘶哑着，干呕着，他从摩托车上踉踉跄跄下来，一直往后退，好像被某个有力的手掌击中胸腔。他看见张胜利的母亲，相反，她往前走去——跨过一段挑板，又从脚手架下躬身过去，在一个一米多高的水泥高台前停下来。她把蛇皮包从肩上拿下来，放到台子上，自己再向上爬，她的身子倾斜着，一只腿在空中划了几下才够着，等整个人都上去了，才将蛇皮包捡起来，又挂在了肩上。她站在空空荡荡的房子里，突然干咳了一声，像是打喷嚏，一声接一声，声音越来越大，像鱼刺卡在嗓子里，于是她不停地干呕着，仿佛要把鱼刺呕出来，身体蜷成一团。凌致远发现，她的身体虽瘦小，却具有功放效果，整个空楼里都是她凄厉的干呕声。

8

工地上没什么工人，据说开发商和包工头不久前陆续跑路了，工棚里躺在竹席上的两个进城务工人员告诉他们。因为没领到工钱，无处可去，他们已经躺了一个礼拜了。

楼梯还只是一块斜着的水泥板，没有台阶，也没有栏杆，空荡荡的，一眼能看很远下去。凌致远紧跟在张胜利的母亲后面，内心惶惑不安，她穿的是黑面灰底的布鞋，走在水泥石板上总是打滑，这样的鞋是适合在泥土上的，脚下像有吸盘一样走得稳稳当当的。不知道爬了多少层了，凌致远恍惚自己爬完了几座大山，还看不见山顶。这座大厦大约有三四十层吧，他没数，不知道会不会继续向上延伸。

终于到达顶层，凌致远整个人都要瘫在地上了，风从四面八方灌来，扫得人头发横飞。张胜利的母亲站在防护网后面，很矮，她倾斜着身体，努力从防护的漏洞处向外看去。

凌致远不知道她要看什么，他们站得太高了，城市在他们脚下，那些高高矮矮方方正正的水泥房子杵在地上。人们在水泥房子里进进出出，好像人也成了建筑物的一部分。水泥改变了世界，改变了人类的生存方式，凌致远知道，这一切都和一个叫约瑟夫·阿斯谱丁的英国人有关。1824 年 10 月 21 日，他成功地发明了水泥，并在利兹获得了英国第 5022 号的“波特兰水泥”专利证书。凌致远对这段话记得很牢。除此之外，还有一句话让他很震惊，也有点儿纳闷。那是一篇翻译来的访谈文章，接受访谈的是一位叫道格拉斯的科学家，他说水泥是人类史上最坏的发明之一。道格拉斯没有接着说下去，而是将话题转到了别处。

凌致远转头去看张胜利的母亲，想起站在五层楼高轧碎机旁边的张胜利——他们长得真是太像了。凌致远不知道张胜利的母亲在看什么，她一动不动的，好像被什么吸引。后来，她开始揉眼睛，风很大，似乎有沙子吹进了眼睛，她不停地揉，不停地揉，直到两只眼睛红通通的。

回到地面，天快黑了。张胜利的母亲站在一堵承重墙前面，不走了，她把蛇皮包搁在一边，身体贴着墙面坐了下去。凌致远想喊她离开，却看见她嘴唇绷得紧紧的，便也不说话了。她的眼睛还是红的，浑浊，灰暗，像秧田里涨满了水，脸上的皱纹是灰黑色的，纵横交错，像爬满巴泥草的田埂。凌致远跟她说话，她也不理睬，一动不动地倔强地坐着。

半夜，凌致远是冻醒的，风倒灌进来，将身上的热气收刮得一丝不剩。他做了个梦，梦里到处都是水泥房子，浅灰的，还没有做任何表面装饰，房子里有很多人，好像很忙碌，来来回回。凌致远不小心撞倒一个男人，他很抱歉，正要去扶对方，突然发现那个人已经碎了，胳膊和大腿像两个水泥柱似的滚落下来。男人一边勉强斜撑着站起来，一边解释自己的标号比较低，所以容易碎。凌致远这才明白，男人是水泥做的，不仅是这个人，他周围的所有人都是水泥做的，他们面无表情机械地行走着。他也看见张胜利的母亲了，同样的，她的脸上呈现出水泥的色泽，刀刻的皱纹很刺眼。她正抱着一堵墙慢慢挪移，凌致远问她去哪儿，她把脸贴在墙上，嘟哝了一句，凌致远没听清，大致是说带张胜利回家。

9

凌致远被自己凿墙的声音弄得起了一身鸡皮疙瘩。他找来一根撬棍，从墙上一点一点地凿水泥块。批号为 X50002 的水泥，标号很高，凝固得非常结实，用在柱梁或承重墙上再合适不过了。撬下来的水泥块小小的，像蚕豆一样躺在蛇皮袋里。其中有一块在地上弹跳了一下，滚落到一旁。凌致远捡起来，仔细端详着，他想起自己办公桌上的那块石灰石了，除了体积小了一套外，外形极其相似。石灰石变成水泥，水泥又风化成砂石，最终成为石灰石的一部分，世界就是这样，进行着某种循环往复。不知道眼前的这个世界，几亿年后又将以什么样的形式出现。他的脑子里又出现张胜利站在压碎机上的样子了，张胜利的身后是一堵高耸的墙，他和那堵墙彼此模糊，渐渐形成一种难以分辨的界限，以至于他每说一句话，身体便往后退一点，慢慢的，模糊了，像水迹一样消失在墙上。

听了好一会儿声音，张胜利的母亲这才明白了似的，凿墙的声音把她拽了回来。她站起身，飞快地扑向凌致远，钳子一样的手把撬棍抢去，扔出老远，又把蛇皮袋里的水泥块给倒出来。她不许凌致远凿墙，她的力气真是太大了，每个动作因用力过猛而差点摔倒。她把散落在地上的水泥块又一个个捡起来，它们如蚕豆大小，她却不知道如何处理这些“蚕豆”，只好将它们捧在手中，真是太奇怪了。凌致远看见秧田里浑浊的水溢了出来，沿着纵横交错的田埂四处流淌。突然，她干咳了一声，紧接着，又是一声，再后来，一声连着一声，像要把前几天吸进去的灰尘通通咳掉，她弯下腰，胳膊抵住墙壁，空荡荡的四壁接收了干咳声，又回应了更大的声响，水泥建筑像是音响在共鸣，放大、拖长了每一个音节。

她又贴着那堵墙坐下，整个人仿佛缩掉了一圈。

第二天，她仍然一动不动地坐着。

第三天晚上，她才从墙边站起来，把蛇皮包一点点叠好。她说要回去了，声音轻得如游丝。要回去了，她又说了一遍。

凌致远赶紧去发动摩托车，这几天他就等着这句话呢。

摩托车的灯光倏地一下打在墙上，像是带有很重的声音，啪——，他和张胜利的母亲都吃了一惊，不约而同地看向墙面。昏昏暗暗中仿佛第一次看见光明，让人有点睁不开眼，灯光很亮，很炽烈，与这辆老八〇摩托有些不相称，光柱从车身一直连接到墙上，连张胜利母亲的影子，都一起钉在了墙上。

10

2000年之后，未来水泥厂就停工了，准确地说，是倒闭。除了欠下许多债务之外，对凌致远来说，或许也是一种解脱。他承包了一座山，不是为了开采石头，而是种树。山是石头山，只有稀少的一层覆土，没人能相信这样的山上能种出树来，从一千多棵到一万多棵，再到十几万棵，每一棵都是他一锹锹栽起来的，翻出的新土里带有碎石，是温热的，仿佛带着土地深处的体温。

凌致远是在1999年的年末把张胜利的母亲送上了开往贵州的火车的。他没有去过那个叫秦沟的小山村，他想那儿一定还保存着原始的自然风貌吧，据说有梯田，站在高处，能看到梯田最好看的景象，无数条曲线错落有致。凌致远想，如果张胜利不外出打工，或许正在其中一条曲线里干活呢。张胜利是他母亲唯一的儿子，他们很像，除了面貌身材，性格也极其相似，都有些老实、羞涩和笨拙。

几年后的某个夏天，凌致远去腾冲考察时，从贵州经过，大巴车在一个山坡上抛锚了，在等待修车的时候，他便沿着一条山路随意走走。山风很大，带着哨子一样的尖叫，突然，凌致远看见远处有梯田，因为泛着莹亮光芒而极其醒目。他又激动又难过，眼睛像被什么刺痛了，大颗大颗的泪珠滑落出来。他想那个方向一定就是张胜利的家乡了吧，不知道张胜利的母亲是否还健在？那个村庄有没有拆迁？他站在山坡上，被那些莹亮的事物吸引，心里沉甸甸的。可当他再仔细瞧时，才发现受了欺骗，原来是一座被开采了一半的山体。他敢断定那些泛着荧光的部分正是裸露出来的石灰石。这些埋藏在地下的部分正一点点走出来，变成煤，变成石油，变成水泥，变成城市的部分，变成希望大厦，变成一堵墙——

他不得不又回忆起在希望大厦的最后一晚——他们都被突如其来的灯光吓了一跳，张胜利的母亲愣愣地站在车灯打出的光锥中，世界只剩下两部分，光锥之中和光锥之外，灯光之外的部分，黑暗连成一片。他站在包含车身在内的巨大黑暗里，凝视着前方，马达间歇性地吼叫一声，潺潺的，又复归平静。她的影子又高又大，没有影子覆盖的地方，墙壁泛着白骨一样的寒冷底色。她抬起手臂，钳子一样的手，拉得很长；她弯下腰，影子也顺势下弯；她抬起脑袋，影子也抬起脑袋，她半蹲着，又慢慢站起来，侧脸映在墙上，眼睛、鼻子，以及紧绷的嘴唇。当她将脸转过来时，涨满秧田的水满溢得到处都是，但由于脸上皱纹密布，泪水竟流不顺畅，时而扩散，时而汇聚，在她脸上铺陈为一片水光。

她不着急离开了，似乎刻意放慢速度，他看到她那硬而突出的肩胛骨在墙壁上微微颤动，像潺潺溪水流过田垄。他觉得她像是在地里干活，插秧、割麦、除草、点豆子……又像是在舞蹈，动作越来越夸张，像是刻意放大了幅度。

蒙蒙细雨从天而降，在车灯前融成一片轻薄的雾。黑暗的天空似乎饱含着水汽，在这浓郁的黑暗里混杂着水和烟的气味，仿佛是史前的世界，粼光闪闪的海面，无边无际的岛屿，静默的沙坡……水汽在云层上空疾行，从这片无名之地经过。每一堵墙都退回到石灰石的状态，退回到史前生物的状态。整个希望大厦变成一块巨大的石灰石。

飞　天

1

二〇一七年的夏天，我和几个朋友开车去了一趟西藏，那是我第一次去往“美得叫人流泪”的圣地，除了身体的不适之外，一路上我都在亢奋和激动。在拉萨的第一晚，头痛欲裂，但心情很好，我用手机向几个朋友发了相同的信息——我在离天空最近的地方，其中包括我的舅舅刘长安。

我第一次听说西藏是从刘长安那里，那时我才九岁，刘长安十九岁，他还没去过西藏，但并不影响我对他所说的一切深信不疑。回程时车过西安，我突然决定向同行的朋友道别，在西安停一停，去看看刘长安——也不知道为什么做出这个决定，这些年我们与刘长安的联系仅限于电话，用母亲的话说，“西安离得真是太远了”。刘长安并不住在西安，而是咸阳，离西安还有几十分钟的路程。他已在这里生活了三十多年了。

我在西安车站买了前往咸阳的车票，上车前，给母亲打了电话，电话那头的声音显然很高兴，甚至有点语无伦次，关照我多买点东西去看舅舅，当然，还有外公。母亲没有出过远门，她不能接受任何一种需长途跋涉的交通工具，一坐上去就会感到心慌，脸色发青。有一次从我们镇上坐车去邻市，整个人像死过去一样，半路就被抬下车了。至于这点，母亲最无法实现的心愿就是去西安看一看她的弟弟。

母亲在家中排行老大，下面有三个妹妹，一个最小的弟弟，即刘长安。母亲出嫁时，刘长安才十三岁，第二年就隐瞒了年龄送去西安接外公的班了，外公在西安一家建筑公司工作，那时还叫西安第八建筑安装工程局。后来外公身体不好，有心脏病和胃病，便提前退休回了老家。

八年前外公再一次去了西安，那时外婆已经去世多年，外公一个人生活，八十多岁后，身体每况愈下。外公不愿和女儿们住在一起，母亲几次要将其接来，外公都拒绝了，在外公看来——当然，也是我们农村的风俗，外公更应该由我的舅舅刘长安养老送终。外公去西安后，我们和他们的联系少了很多，毕竟太远，只能隔三岔五地在电话里问候一下。

那次外公去西安是由母亲姐妹几个帮他收拾的行李，她们平时也难得聚在一起——二姨身体不太好，常年喝中药，离不得家；三姨在上海做保姆，很少回来；而四姨呢，刚刚离婚，正在为孩子的抚养问题揪心。相较而言，母亲生活得稍微好点，但毕竟母亲也老了，很多事情力不从心。

她们把家中能带走的几乎都给外公装进蛇皮袋里了——一共十三个蛇皮袋。三间摇摇欲坠的瓦屋以及宅基地以五千元的价格卖给了邻居——据说是外公要求的，有点破釜沉舟的意思。二姨将祖宅换来的票子装进信封，又将信封装进黑皮包，再将黑皮包挂在外公的身上。她们在外公的瓦屋前吃了简单的最后一餐后依依惜别。在她们看来，这是最后一次见到父亲了，因为外公身患多种疾病，这几年间，不下十次地从医院拖回来。但也奇怪，外公仍顽强地活着，并且坚持要去两千公里外的儿子身边。

我对西安这座城市所有的好感都是来自我的舅舅刘长安。之前我有过两次途经西安的机会，由于时间紧没有停留。我还和西安的一个女孩谈过一段短暂的恋爱，她很少向我说起她的家乡，但我知道小雁塔在大雁塔的西北方向，知道回民街有一个非常好吃的羊肉泡馍馆，还知道秦始皇陵的入口处有很多当地农民在兜售柿子，那种柿子很小却很甜，十元钱可以买一大袋。刘长安常在信里不厌其烦地告诉我有关西安的一切，他希望我快点长大，然后给我做导游。

母亲在电话里说，让舅舅带你到处转转吧，他对西安熟得很。母亲说这话时是骄傲的。我差不多有八年没有见到刘长安了。小时候总是盼望过年，其一原因就是可以和刘长安玩，他大我十岁，我并不喊他舅舅，母亲很生气，说我不讲规矩，刘长安就会上前打圆场，向母亲撒起娇来。接班后的刘长安个头还保持着十三四岁的模样，用母亲的话说，没发育得起来。刘长安探亲的几天里，我和几个姨弟姨妹也跟着各自的母亲去外公家，外公便将藤椅从小平房里挪到外面来，脸上十分舒展，给我们讲故事，讲刘长安小时候还扎着小辫子等等，但我们更多的兴致是聚集在刘长安周围，听他讲那个遥远的西安，有时他会教我们跳太空步、弹吉他、唱崔健的《一无所有》，这个时候，外公依然坐在藤椅里，手指轻轻敲着扶手，眼睛和嘴唇在阳光下微微颤动。

刘长安回来后在家只待上一两天，便提着衣服住到大姐家来了，后来他的二姐三姐四姐陆续结婚，每次回来都会被几个姐姐争相接去，以延续渐疏的姐弟情感。但他最喜欢的还是大姐家。那些天刘长安像个孩子，不离地跟在母亲身后，听其问长问短，听其训斥，更多时候是在母亲身后向我们做鬼脸。临走时，母亲的叮嘱似乎还没完，一直将刘长安送到村头，然后又嘱咐我们“给舅舅写信”。开学后，我们便能收到来自西安的包裹了，秦兵马俑的小模型，或者是一封信，牛皮纸的右下角龙飞凤舞地写着“刘长安”。

2

刚出了城门，就接到刘长安的电话了，想必母亲已经告诉他了。刘长安问我到哪儿了？坐的什么车？嗨，你应该问我的，刘长安在电话里着急地说，你得在车站前面的站台上等车，那班车最便宜，可以坐到家门口下。我说没关系的，到时打个车吧。刘长安又说不要打车的，到咸阳车站给他打电话，他来车站接我，正好他在那里有个活儿。

刘长安的重点是最后一句，他说的活儿是指接的工程——他常常这样。

1999年的时候，刘长安就从单位辞职下海了，和几个朋友单干起来了。那些年母亲一谈起这唯一的弟弟，脸上总是掩饰不住的笑意，从刘长安每年探亲回来的衣着看，应该混得挺好——藏青色中长呢大衣，呢料的鸭舌帽，西裤。“很有派头。”母亲说。这个时候的刘长安快要结婚了，他第一次带着女朋友回来过年。女朋友叫珊瑚，很漂亮，皮肤雪白，头发乌黑，笑起来眼睛弯弯，酒窝恰到好处，她和我们用普通话交流，称我们的乳名，她问刘长安哪个是大姐家的，哪个是二姐家的？刘长安也用普通话回答了她。

那些天，刘长安是很少和我们打闹在一起的，更多时间和珊瑚钻进小卧室。小贝壳的门帘间隔就会哗啦响一下，每响一次我们就会瞄上一眼。吃饭的时候，二姨朝着门里喊，长安，珊瑚。然后两个神采奕奕的脸从门帘下出现了。饭桌上，话题自然围绕着珊瑚，刘长安的四个姐夫负责问话，四个姐姐负责感叹，姐夫们问，父母身体如何？刘长安抢着回答，珊瑚母亲生下她时父亲就去世了，珊瑚和她母亲相依为命。此时四个姐姐的眉毛早已拧成了一团，她们像听到世界上最悲惨的故事，眼睛鼻子都动情地红了，她们说，真可怜，真不容易……然后又异口同声对刘长安说，长安你要对珊瑚好，对珊瑚母亲好。那一顿饭，刘长安的四个姐姐不停赞美着弟媳的发型大方、笑容大方、衣着大方，就连名字都是那么大方，她们为有这样一个弟媳语无伦次起来，甚至忘记吃饭，忘记收拾碗筷，四张黝黑的脸一直在悲悲戚戚和笑容可掬中转换。

刘长安对我们说，你舅妈在文工团工作，经常去演出呢——刘长安已经习惯和我们说话时称“你舅妈”了。刘长安原先的单位组织观看过一次，就那一次，与台上的珊瑚一见钟情了，回来后刘长安开始写信，写在废旧建筑图纸的背面，再后来珊瑚掖着那卷图纸与我们的舅舅约会了，那些晚上，月色明媚极了，把古城墙的影子拉得很长，同样被拉得很长的是刘长安和珊瑚的影子，建筑蓝图与古城墙在月色下散发出来的气息，那么相得益彰，刘长安抱着吉他，每一根弦发出的声音都十分悠远，珊瑚开始翩翩起舞，那些音乐仿佛是从她柔软的身体里流淌出来的，他们都沉浸在这种美妙里，即使闭上了眼睛，都能看到他们共同的未来。

写到这儿，故事应该往好的方向发展下去了。然而，好景不长，他们结婚后不久，珊瑚就查出了胃癌。此时珊瑚已经怀孕了，医生建议打掉孩子，先治疗。但珊瑚不同意，因为这是他们爱情的结晶啊。十月怀胎珊瑚受了怎样的煎熬不言而喻，在生下一个男婴后病情就恶化了，留给刘长安一个襁褓中的婴儿和一个年逾花甲的老人。

珊瑚去世后，刘长安很少回苏北农村——孩子太小，老人身体也不好。那些年的春节突然变得寡淡无味，直到六年后刘长安又回来了，身边多了一个陌生女人，很高挑，长相与珊瑚不分伯仲；到了第二年，舅舅带回的女人又换了一个，长相稍欠了些；再到下一年，带回一个长相极其简陋的女人。四姨说一个不如一个。

最终那个长相简陋的女人代替了珊瑚，她和刘长安在苏北平原上度过了两个春节——这可能是女人一辈子去过最远的地方了。她长得十分“节约”，脸很小，手很小，声音很小，个子也很小，站在刘长安身边像母子。但这又有什么呢，母亲和她的妹妹们已经开始激动和兴奋了，她们说一个家里没有女人是不行的，长什么样不重要——只要能过日子就行。她们抨击了前面几个女人的种种特点，长得好看有什么用，长得好看的人脾气都大；个子高有什么用，个子高的看上去一脸盛气凌人，她们表示了对这个弟媳的高度认可，并紧握住她的手，说着对方听不懂的苏北方言，后者也表示了对这个家庭的认可，对刘长安的认可，几处都要热泪盈眶。她们兀自说着对方听不懂的方言，几双手忘情地握着，毫无察觉锅里散发出阵阵焦味。

关于这个女人的事我也是从母亲口中得知的，她比刘长安大十二岁，有一儿一女，因为家暴而逃离出来。在遇见刘长安前在一家面馆里洗碗，刘长安对她的身世十分同情，女人希望有一架缝纫机，她喜欢缝缝补补，这样也算是有一个干净的工作了。那些年刘长安总是穿着女人给他做的衣服回来探亲，那些衣服在刘长安的几个姐姐眼里是“多么漂亮和精致”。

那些年我很少见到刘长安，我正沉浸在一段热恋之中，春节的时候，刘长安照例会在我家待上一两天，像从前一样，唯一不同的是多了一个女人。但那几天我几乎都和女朋友腻在一起，或许，是我不太想回家吧。母亲和她的几个妹妹们又开始眉头舒展了，她们认为她们的弟弟又走上了幸福大道，这种尴尬的家庭结构能有女人与其结婚真是难得的，更何况这个女人还会做衣服。

刘长安和女人并没有领结婚证，这又有什么呢，两情相悦就行了。刘长安又开始出去接活儿了，家中的一老一小就交由给这个陕北女人。刘长安接的是土建或钢结构的活儿，比如在西城门那儿有一个一万平米的地面改建工程；在火车站附近有一个大面积的干挂墙体的活儿；以及在秦始皇陵不远的地方有一个大跨度的钢结构工程，等等。这些都是母亲告诉我的，从母亲嘴里传播过来带有点自豪的感觉，这使同样从事建筑的我有些许嫉妒。

在刚参加工作的那几年，我曾想过去西安投奔刘长安。记得高考填报志愿的时候，母亲执意要求写上建筑这一专业，她的理由是，你外公干过建筑，你舅舅正在干建筑。

然而毕业后，我选择留在了上海，在一家设计院设计图纸，或许，我更喜欢写写画画吧。我和刘长安联系很少，尤其是珊瑚去世后，他陷入不停寻找伴侣（准确地说是保姆）的怪圈中。只有一次，他换了手机号码后给我打过一次电话，叫我重新记一下号码后，顺便问了问上海这边的建筑行情。我也记不得自己是怎么回答的了，那时候实在太忙，没时间在电话里闲聊。但我常常会回忆起小时候，那段青春激昂的岁月，我的脑海里总是会浮现出这样一幅画面——刘长安穿着呢大衣，带着呢帽子，满面春风地站在北方的朝阳下。

3

现在，我的舅舅——刘长安正站在西安的天空下，被一团浓厚的树荫罩着。他的身上不是黑呢子的大衣，而是一件灰色衬衫，领口与袖子的纽扣一丝不苟地扣着。刘长安一看见我，便抢过我手上的两件行李，一左一右跨在肩上。他看起来比我矮半个头，仍然瘦精精的。

我们往停车场走，突然，刘长安指着前面的楼群告诉我，那儿，我们工地就在那儿。我沿着手指的方向看过去，其实并不能看到什么，但我照样点点头，表示肯定。这时刘长安已经从车棚里推出一辆满身伤痕的电瓶车了，他将两个大包夹在腿间，又觉得不稳，再取下一件绑在后座上，自己先跨上去，两腿支撑地面，挺直身子，示意我坐过去。

后座已经被包裹挤成了一道缝，我看了看说，我还是打车吧。刘长安立即否定了，说没几步远了，打车划不来。我勉强跨上去，屁股仍悬在空中。正犹豫着，车轮已滚滚向前了。

路况并不好，坑坑洼洼，冷不丁一个深坑将我们弹上很高，我的腹部一直是收着的，好像随时准备对付被电瓶车发射出去。这时，速度慢下来了，苟延残喘地又继续蹚了几米，便一动不动了。

刘长安叉开腿，自言自语——也是告诉我：车没电了。我迅速地跳下来，好像得救一样。那就打车吧，我迫不及待地说。说完就向不远处的出租车招手，刘长安连忙拉住我，说这个太贵了，再说没几步到家了。他执意喊来路边的一辆小三轮。到笃尘巷。刘长安说。

五块，对方回答。

五块钱？不是宰人吗？前面没多远了。刘长安十分不满这个价格，三块送不送？

五块。

三块。刘长安坚持着。

五块。

这种讨价还价几乎没有妥协的可能，我从口袋里掏出五块钱递给三轮司机，刘长安拦住了，说这不是钱的问题，乱要价，太过分了。

三轮司机说，就一个人吗？刘长安说是啊，他不坐，他要到前面给电瓶车充电呢。

三轮司机把我和两个箱子塞进铁皮车厢，刘长安突然跳上来说，还是回家再充电吧。为了防止中途有挤掉下去的可能，司机又用两根麻绳箍了一圈，人被包裹挤得变了形，刘长安和我一直弓着身子半蹲着，即使这样，也没影响他一路上跟司机继续讨价还价。

傍晚的风燥热得很，夹杂着一股说不明的气息。刘长安半扭着脑袋和我说话，他说，嗨，小林，你妈说你在上海做设计师呢，上海好啊。对于刘长安这句话我一时不知道怎么回复，更何况我刚刚辞职。后来发觉刘长安和我说话时总是这样的开头——你妈说——仿佛母亲是我和他之间最后的联系。

路似乎没有尽头，而且路况极遭，总是冷不丁地颠簸一下。我们很久都没有说话了，全部的精力都用来对付这出其不意的路况，我也好像忘记自己刚刚从西藏回来似的。说来也奇怪，在到达西安前，我的脑子里全是西藏的蓝天白云，那些辽阔和高远让我几度流泪，我多么迫不及待想找个人聊一聊这种感觉，聊一聊这一路的见闻，第一个想到的便是刘长安，我总是想到很多年前我们坐在狭小的楼梯道上，他描述西藏时眼里闪烁的光芒。

三轮车在一个巷口停住了，因为路面狭小且极不平整，司机不愿再往前开了。刘长安有些生气，僵持着不肯下车。他们俩彼此骂骂咧咧了一番，刘长安才极不情愿地把电瓶车挪下来。他在前面推车，我跟在后面，一路上看见几个老人坐在铁皮门前打盹，有一家理发店，还有一家店门很小的羊肉汤馆。刘长安说，来西安就要吃羊肉泡馍，明天我带你去一家大店。

约莫走了三四百米，刘长安在一个铁门前停下了，推开门，是一进院子，再往里走，有一条黑黑的过道，两个很陡的台阶后又穿过一条暗黑过道，再上一个台阶，便是一溜烟的小平房了。这是一个背阴的地方，天井里应该终日不见阳光的，但晾衣绳仍然挤满了衣服，脚下湿湿的，两个阴沟盖子被掀开了，大概为了方便排水。我们从两条灰白色的大裤头旁经过，然后停在其中一扇门前。刘长安用钥匙旋开门，一股常年没有阳光的霉腐味道直扑过来，打开电灯，这才看清楚了原来也仅是十来平米的地方。两张床，占去屋子的很大空间，床靠墙放置，里面当作柜子堆放了两个箱子和四床棉被，靠近门的地方用砖头码了两尺高，上面有一块木板，搁着煤气罩、小电饭煲，还有一台小电视机。门的右侧是一架缝纫机，缝纫机的上空拉了两根绳，挂满半干的衣服。刘长安指着缝纫机说，这是你舅妈的，她说她会回来的。刘长安特地后缀一句。

我突然看见里侧床上的毯子动了一下，这才发现是外公，我走上前，喊了喊，外公勉强睁开眼睛。他比从前更瘦了，整个人在毯子下像没有了似的。刘长安说外公身体比前些时候好多了，但总是感到心慌，气喘不上来，大前天去医院看了。配了很多药，你看，刘长安指着一个由鞋盒改成的药盒给我看，里面各种瓶瓶罐罐，刘长安说外公看见药，心慌的毛病就好多了。

刘长安说，你外公可喜欢住平房呢，他不愿住楼房，死都不愿去，说是容易心慌。我正想问刘小树以及珊瑚的母亲呢，刘长安已经跑到门外打电话了。好像是问隔壁刚空了的小平房怎么租——我屏住呼吸听他和房东讲价，最终因五十元的差价没谈拢，挂了。

刘长安发现我正在看他，不好意思地笑了笑。嗨，你不会以为舅舅穷得没有自己的房子吧？刘长安突然问我，没等回答，又迫不及待地解释，舅舅是有房子的，在马庄立交那儿，刘小树和他的外婆正住在那幢房子里呢。

刘长安说前不久刘小树的外婆摔断腿，刚从医院回来，离得太远不方便照料，所以才想到住到一起来，那边的房子可以租出去，房租还能补贴家用。

从小平房出来时，刘长安顺手把灯拉灭了，整个屋子又落进了黑暗。出了门，我不小心撞在一根钢管上，刘长安不好意思地向我道歉，好像是他撞到我一样。他将钢管往墙边移了移，又轻轻一跃，跳上去，手臂在空中屈伸几个来回，展示了力量感后又跳下来。

我们继续沿着巷子走，太阳跑出来了，轻飘飘的，好像刚刚一阵走丢了似的。这段巷子似曾相识，我突然想起外公家的东面，也是由两间平房构成了一截巷子。记得有一次我们姨兄妹三个和刘长安捉迷藏，我们明明看见他站在平房顶上，等我们用梯子爬上平顶时，刘长安却不见了。后来不知谁尖叫起来，因为他发现刘长安正扒住檐口，整个身子悬吊在空中。等我们拿着手电赶过去时，一个黑影轻巧地往下一跃，从巷口消失不见了。那时候我们多么崇拜刘长安，他几乎成了我们的偶像。

你后来去过西藏吗？我突然问道。

刘长安愣了一下，转过头说，啊，刚刚是你在说话吗？他说他这些年耳朵不太好，常常听不清别人说话。

你看过西藏的蓝天和白云吗？我又问道。

此时我们已走到巷子尽头，拐弯处突然出现的阳光像利剑一样刺了过来，刘长安已经跨上电瓶车，示意我坐上去，这段路可好了，上车吧。

我们又行驶了很长的距离，其中还经过刘长安从前的单位旧址。嗨，这里，就是你外公工作三十多年的地方，也是我工作十多年的地方哦。

我顺着刘长安指去的方向看，一群民国风格的两层楼房，如今已经被改建成宾馆。门口的梧桐树似乎有了年纪，见证着这里的辉煌和衰落。

4

电瓶车进了一个老小区，建筑四周仍然以灰色水泥为主，花圃残缺，杂草丛生，我们在一幢楼前停下，支好车，便往楼道走去，一直爬到了六楼，敲门，很久门才打开。

开门的人已不见了，刘长安和我跨进去，一直走到里间，才看见床上躺了一个小老太，想必是珊瑚的母亲，很瘦，脸上的皱纹层层叠叠，五官被淹没在皱纹里，不太容易分辨。

老太经刘长安介绍才得知我是他的大外甥，连忙仰着头朝着外面喊，刘小树哎，刘小树哎，大表哥来看你了。

我探出头，看见另一个房间里正放着电视，一个敦实的背影背对着我们——很难想象刘长安有这么一个胖儿子，刘小树跟珊瑚长得很像，脸完全是一个模子刻出来的，只是大了整整一套。他细声细气地喊了一声“表哥”，又目不转睛地看着电视。在此之前，我没有见过刘小树，据说他一出生身体就不太好，先在保温箱待了两个多月才被接回家，小时候也不停生病，有一次在医院住了一个多月。珊瑚去世后，刘长安很少回苏北农村的原因是刘小树动辄生病，以及珊瑚的母亲，因为她“哪儿也不愿去”。

我坐在刘小树身旁，问他读几年级了？他没回答，只腼腆地笑，外婆在一边听见了，连忙说，小树，快告诉表哥就说你读六年级了。然后刘小树低着脑袋说，读六年级了。

我又问他喜欢看什么电视节目？外婆喊着，小树，告诉表哥你最喜欢看《喜羊羊和灰太狼》。

我觉得这种谈话挺无趣的，便和刘小树坐着一起看电视。里屋传来了动静，原来是刘长安要背老太下楼换药了，他叫我在屋里坐一坐。我要帮点什么，刘长安说不需要不需要，他有的是力气。然后便消失在楼梯道里。

刘小树已经把频道调到了《喜羊羊与灰太狼》上了，我不想看电视，便四处看看——这间屋子并不大，不足六十个平方，仍然是二十世纪九十年代的装饰，墙上挂有刘长安和珊瑚的结婚照，那时刘长安还很年轻，眼睛里都是稚嫩。厨房与卫生间的灯光都很微弱，好像故意换小了灯泡似的，餐桌上还有一只网罩，网罩下的碗里静静躺着半个醋泡蒜头。

门外逐渐出现了响声，又好像是争吵声，我打开门，果真是他们，他们用半带着陕北方言的苏北方言争论着什么。老太虽看着瘦小，但身体里聚集了万吨力量，她挺直身体，用细瘦的胳膊使劲锤打着刘长安。刘长安用力箍住老太，以致她不会掉下去，但后背上的人像疾风中的草，拼命摇晃着。

我赶紧走上前，问怎么了怎么了？刘长安笑笑说，没事没事，老太在家憋太久了，要撒撒脾气呢。

进了门，我才知道是怎么一回事，老太仍用她尖细的声音重复着：我不会搬走的，我死都要死在这儿。

安顿好老太，刘长安去厨房里做饭，一边嗔怪着刘小树。嗨，刘小树你都这么大了，还要外婆照顾你，你该照顾外婆了。刘长安说刘小树就是懒，学习也懒，所以成绩并不好，他要是勤劳一点，学习肯定会好的。

我问刘长安小树今年多大了？刘长安说，嗨，前几天刚过了十五岁生日呢。

我倒吸一口冷气，差点脱口而出不是懒的问题，但我没有说，突然觉得周围的一切都摇摇欲坠。

刘长安看看表，说他得走了，有个活儿等着去呢。

我们又挤在一辆电瓶车上在黄昏里驰骋了。到达一个桥头的时候，我下了车，他不能继续载我了。对于我执意晚上要住宾馆一事，刘长安很生气，说家里又不是没地方住。这里，过了桥向右拐个弯就到外公那儿了。他告诉我，不许住外面哦。车离开时又朝我喊了一遍。

我并没有立即回小平房，而是在外面晃荡起来，没想好该去哪里，也没有兴致去哪里，好像在这个城市已待了很久，浑身疲乏。我在街边的石凳上歇了一会儿，看来来往往的人。直到天黑透了我才往回走，很快就找到小巷了，可白天出门时并没有记住门牌号码，一溜烟的平房，十来扇铁门长得一模一样。我又退回去，打算从步履上找到点记忆，又在每扇门前仔细听，希望门内有一两个熟悉的声音。然而都没有，我在黑暗中站了一会儿，想起一个叫“开门大吉”的节目，台上的人根据提示音乐猜出歌名，在规定时间内摁下门铃，猜错了门依然纹丝不动，答对了门才会缓缓打开。我突然竖起耳朵，好像要在模糊而隐约的声音中寻找什么。正当我对着一扇门侧耳听时，门开了。

刘长安出现在门内，他已经回来了，示意我先坐在床边歇一歇。他正在给外公掏粪，所以一只手指正不自然地举着。两天掏一次，刘长安向我解释，只能掏，用开塞露都不行。我问这样已经多久了？刘长安没抬头，说就这两三年，人老了，机器不行了，这是医生说的。他的头又埋下去一些，我想再问点别的，突然不知道该说什么。

掏粪结束后，刘长安在门口的水龙头下洗了洗手，问我怎么这么晚才回来，他们都吃过饭了。我支支吾吾说自己也吃过了，在外吃的，所以才回来得迟。刘长安擦了手，抱着床里侧的棉被放到缝纫机上，然后指着空处说，你看，不是有地方睡嘛。

我笑起来——这种场景已经过去很多年了，那是我很小的时候，刘长安来我家，都是这样和我挤在一起，那些夜里我们几乎不好好睡觉，躲在棉被里一直聊到天亮。

我突然开始期待，像小时候那样睡在一起，并聊至天亮。

刘长安总是迟迟未来，有好几次快要上床了又突然想起什么似的，等他把所有家务干完，已经十二点多了。

我们并排躺在一起，相隔二十多年后，突然不知道说点什么。小时候这样的夜晚我们都聊了什么——似乎有说不完的话，一般是刘长安说，我倾听，那些充满生机的日子啊——《一无所有》、崔健、窦唯、迈克尔·杰克逊、霹雳舞、太空步、机械舞……这些新鲜的词语我都是从刘长安口中知晓的。当然，还有西藏。

啊，后来，你——有没有去过西藏？我在黑暗中小声问道。

很长时间的寂静后，我听见了轻微的呼噜声。

5

第二天醒来已经不早了，刘长安去了工地，早饭留在了锅里。他发信息来问我起床了没有，有没有什么计划，要是没什么要紧事的话，可以来他的工地看看。他告诉我工地就在“家门口”，方便得很。

早饭后，我就往工地晃悠过去，刘长安说的工地是菜场附近的一段人行道返工，一个工人正在铺着地砖。刘长安说这个工程离家近，真是天意呢。我问工期多久？二十多天吧，刘长安说。以我的经验这应该是一个四包或五包的工程，也就是说经过几个人的转包了，到刘长安手上也挣不到什么钱了，混个工资而已。

刘长安说别看只有一个工人，这个工人做事麻利，相当于两个人呢。他说工人对他很尊敬，他也对工人很好，说着便弯腰替工人填满灰浆桶。

太阳很晒，毫无遮挡地落在我们身上，脸和手感到一阵焦灼。嗨，你先去树荫下坐一坐吧，刘长安对我说，或者去那个药店，里面有空调，都是认识的，你就说是刘长安的亲戚。

我没有立即离开，而是在路牙子上坐了一会儿，帮他们和了点灰浆，便到附近的小店去买烟了。

我沿着坑洼的路向前走，阳光刺得眼睛生疼，我总是不自觉地去揉眼睛，直到眼泪揉出来。刘长安说“舅妈”两年前回去了，她的孙子出生了，她回去帮忙带一带，等孩子大一点她就会回来的。刘长安说这些的时候，我努力回忆女人的模样，却一点也记不起来了。

我买了一包“南京”，拆开，点上。又买了几只冰棍，气温实在是太高了，空气里一点凉意都没有。等我再回到工地时，刘长安正和两个陌生男人打架。

我冲过去，想拉开他们，却被一根绳子抽了一下，胳膊顿时火辣辣的。他们其中之一突然抱住我，和我一起扭倒在地上。我透过尘土看见刘长安也正死死钳住两个人，但并没有出手。人越来越多，耳边闹哄哄的，有人抢走铁锹，也有人抢走灰桶。一只脚猛地在我后背踢了一下，尘土飞扬，使人睁不开眼睛。后来，又有了更多的人，他们跑着，喊着，我挥舞着手臂，抽打出去。我感到浑身充满了力量，它们从我的眼睛里，手臂里，每一个毛孔里向外迸发。有木棒打在我的身上，但不觉得疼，我将手臂抡出去，然后更多的手臂抡过来。

不知过了多久，人散了，每一粒尘土似乎都落回了原处，刘长安从灰尘里爬出来，他的身上都是泥土，裤脚也撕坏了。他将我搀起来，问要不要紧。又说这些市民太坏了。

后来才知道，都是一些附近做生意的，因为修路而使他们无法营业，所以隔三岔五地闹一闹，阻止施工。刘长安从地上捡回冰棍，已经融化成一小块了，他递给我和那个工人，自己也撕掉包装纸，怅然若失地唆起来。

回去的路上，我坐在刘长安的电瓶车后，他的裤脚被风吹得飘飘扬扬，不停地打在我的脚脖子上。我仰起脸，看着头顶灰蓝的天空，眼泪湿湿的。

刘长安先送我回去，简单地做了午饭，又去了一趟珊瑚母亲那里，送了一些饭菜，我们便在小平房里开始了午餐。这是我第一次在这里吃饭，由两张凳子拼凑的“桌子”，凳子被占用后，坐的地方就紧凑了，我坐在一只纸箱上，刘长安则是用两个易拉罐摞在一起，所以整个吃饭过程我都能感觉到他两腿尽力控制易拉罐的样子。

平房里开着一盏白炽灯，头顶的电风扇呼哧呼哧吹着。我告诉刘长安，我买了今晚的火车票。刘长安“啊”了一声，分明很意外。啊，这就要走啦，为啥不多待几天，我还没带你去兵马俑和华清池呢。他脸上有些无奈，甚至有些沮丧。

我告诉他自己时间也不多，还想回一趟老家看看父母。刘长安便不再挽留了,但仍感到有些遗憾,遗憾没来得及带我吃羊肉泡馍。嗨,刘长安突然说道,你等一等哦,等我一下。然后风一样地出去了。

一支烟工夫,电瓶车吱吱的声音就出现在门外了,刘长安从车龙头上取下两只方便袋递给我——五香酱牛肉和羊肉汤。他说来西安一定要吃这两样的,西安的牛肉好,比山西的小黄牛好吃。我们将菜倒进碗里,又分别倒了点酒。突然间,时光倒流,仿佛又回到小时候——母亲将小方桌子搬到院子里,我们围坐在一起吃饭的场景,那顿饭会吃很长很长的时间,直到院子里冬天的阳光只剩下小小的一块。

西安比西藏热多了。我开始找点话题。

刘长安点点头,不好意思地笑起来,好像为这股燥热感到歉疚似的。西藏很凉快是吧?他问。

是的,尤其是早晚,还要穿上冲锋衣。我说。此刻我多么希望和刘长安能像小时候那样聊点什么。

刘长安"哦"了一声,仰头喝了一口酒,又低下头来,好像正在遐想似的。

你后来有没有去过西藏?我赶紧问道。

啊,没有哎。除了西安,我哪儿都没去过。刘长安又不好意思地笑起来。

哦——我有些吃惊——其实,我也是第一次去,小时候常听你说,那里特别美丽圣洁,所以——

啊,刘长安惊呼一声,我没有说过啊。

的确,是你告诉我的。我认真说道。

刘长安连忙摇头,不可能,不可能,我肯定没说过。

我怔住了,不知道是哪个地方出了错,我分明记得刘长安不止一次地向我讲述西藏。

再后来,刘长安不说话了,好像在使劲回忆。

那顿饭我们没有像小时候那样吃很长很长的时间，一来刘长安下午有活儿，二来我无心吃饭，总是努力回忆，我不相信是我的记忆出了问题。

收拾完碗筷，刘长安要出门了，他往一只空矿泉水瓶里灌满水，放在电瓶车的车篓里，关照我下午在家歇一歇，他不能送我去车站了，因为晚上他还有个活儿。

下午我没有“歇一歇”，而是在外公床边坐了一会儿便离开了，也没有打车，背着两件行李慢慢悠悠向车站走去。天空很灰暗，没有一点澄明的感觉，路上灰尘很大，人们戴着口罩匆匆而过。不知道为什么，我对这座城市仍然充满着好感，是因为我的舅舅刘长安以及我的外公都生活在这里吗？

或许是上午的那场格斗，越来越感到身体的疼痛。我在离车站不远的地方坐了会儿。这里，可以看见刘长安说的“工地”，那些楼群实在太高了，与这座城市有些格格不入。我没有去过，但我希望，此刻，他正在那里。

我在街边慢慢走着，天逐渐黑了，离发车时间还有一个多钟头。突然地，我的肚子疼痛起来——这已是第二次了。不知道是酱牛肉还是凉皮的作用，也许是上午的那场架。我向前面奔去，却没发现厕所，问了路边的人，都茫然向我摇头。肚子越来越痛，我几乎没有多想便冲进前面的一家酒店。

从卫生间出来，如释重负。这才发现这个酒店的装潢还是颇具档次的——水晶吊灯从最顶层悬吊下来，墙壁上有不少大尺寸油画。酒店的生意挺好的，门口处不断有人进进出出。二楼大概正在婚庆，主持人激情澎湃的声音像浪花一样扑来。我在拐角处停住脚步，门正好被推开一些，果真是个很大的厅，三四十桌吧。最前面有个小舞台，灯光璀璨，新郎新娘身穿华服向大家敬酒，大厅里充斥着推杯换盏的声音。主持人又开始报幕了，他依然用激动的声音告诉食客们，下面，下面这个节目，十分精彩，希望能听到大家最热烈的掌声。

此时，两个工作人员已经将一个带有底座的钢杆抬上舞台了，底座上不知安装了什么，使得钢杆在底座上缓缓转动。主持人开玩笑说这可不是要跳钢管舞哦，于是台下又是一片哄笑。这时，表演者走上来了，我捂住嘴，鼻子酸涩起来——多像刘长安啊。因为离得太远而不能完全看清脸，表演者没有说话，而是向台下深深鞠了个躬，然后围着钢杆助跑了两圈，轻轻一跃，双手抓住钢杆。慢慢地，他的身体逐渐抬起，直到与钢杆垂直，也就是说他的身体与地面平行了——这是需要相当大的臂力的——慢慢又抬起脚，左脚，右脚，由于钢杆的转动，使得钢杆上的人像在行走。

我突然想起小时候和刘长安一起玩耍的时光，他藏到树荫里；他从平房顶上跳下来；他坐在树上弹吉他；他把我举过头顶……我的眼睛湿润了。

你们的掌声在哪里呢？主持人又在索要掌声了。

于是一阵稀稀拉拉的鼓掌。

台下嘈杂一片，人们推杯换盏，沉浸在美食或美酒之中，只有台上的人还在认真表演，他安静地，缓缓地，不停“走”着，向远处走去，仿佛要冲破天花板，冲破屋顶，向更高更广阔的天空奔去。我不知道有多少人会看懂这个节目，或许，只有我为此而泪流满面。

海上升明月

1

月亮从槐树梢上滑下来了，掉在了窗棂里，好一阵都没有动弹，月光碎了，泄了满满一屋。老祥林早就醒来了，月光刺得他眼睛生疼，他怔怔地看地上，发现月光是淡红色的。可是他前天看见的月光是灰色的，大前天是粉绿的，再向前，是蓝色的。老祥林用手推了推睡在身旁的快乐乐，想问问他看见的月光是什么颜色。他不相信自己的眼睛坏了。

快乐乐没醒来，翻了个身继续睡着。老祥林说，你再不起床就要迟了，迟了就赶不上火车，赶不上火车就去不了大上海了。快乐乐便从被窝里一跃而起，嘟着嘴责怪老祥林没有早点喊他，眼睛却是闭着的。

你看看地上的月光是什么颜色？老祥林一边咳嗽一边问。

白色，快乐乐回答，刚说完又更正道，没有颜色。快乐乐开始皱眉了，生自己的气，因为又分不清白色和无色了。

老祥林显然不满意这个答案。我才不信呢，他说，便从床头摸出一顶狗皮帽子戴在头上，转身叫快乐乐把衣服都穿上，一件都不能少，外面冷呢。想了想又说，到上海就暖和了，上海一点都不冷。

你又没去过上海。快乐乐反驳他，他不希望老祥林是去过上海的，要不在这一点上他又要输了。

我怎么没去过呢，老祥林却停了脚步，他很想为这个话题耽搁几分钟，老祥林晃了晃脑袋，说，我比你现在年纪小一点的时候就去过上海了——

快乐乐赶紧把耳朵蒙上，蒙起来就听不见老祥林去过上海的事了。

老祥林很扫兴地走了。

过一会儿，他们就在月光下唆着稀饭了，碗边漾了一圈红糖。老祥林给快乐乐又加了一勺，把剩下的红糖倒在一张纸上，再抖抖索索包好，放在包裹里。快乐乐喜欢吃红糖，从小就喜欢，那时老祥林身体还是好好的，腿也没有坏，他把快乐乐背在后背上，做事的闲当就用食指蘸点红糖伸过去，手指还没过肩膀，一张小嘴儿就粘上了，湿漉漉的，痒酥酥的。所以，有一次快乐乐问老祥林自己有没有妈妈的时候，老祥林就把那根食指在他面前晃了晃，说，这个，就是你妈呢。

快乐乐大一点的时候，知道他的妈妈不是这根食指了。她是一个“人”，一个女人，就跟河西头的女哑巴一样。一次快乐乐站在河岸上问女哑巴，她——是不是——他的妈妈？哑巴大概是听懂了，划着木澡盆就过来了，她把快乐乐抱在怀里，还用河水把他的小脏脸洗了洗。

后来快乐乐就经常到哑巴家来，那时村里已经没什么人了，年轻气盛的都去了城里或者镇上，就连小孩也有的跟着到镇上上学去了。小官村好像一夜之间荒芜了似的，巴泥草都爬到了路中间。老祥林常常从村西头走到村东头，用拐杖把一家家的门敲一遍，敲到哑巴家的时候，哑巴也听不见，老祥林就会很生气，闷闷往回走。老祥林说，村里连个会说话的都没有了——

哑巴是两个月前死的，她坐的澡盆翻了，把她倾覆在河泥里，哑巴不会喊，当然，即使会喊村里还有几个人能听见呢？尸体浮上来大约是三四天后，涨得衣服都破了，老祥林和几个比他年岁大的老头将她捞上来，埋到了小平岗上，还让快乐乐在哑巴的坟前磕了几个响头。快乐乐一丝不苟地跪着，眼皮低低的，他感到周围高高低低的土堆向他压来。这是小官村的坟地，倒也奇怪，村里的人是越来越少，但坟却越添越多。

2

他们背上包裹出了门，才发现锁不知去哪儿了，也真是的，多少年没锁过门了。

我去屋里找一找，老祥林说。

我们要迟到了，快乐乐不太高兴，其实他也不知道究竟有没有迟到，他只想快点踏上旅程。

老祥林返身去抽屉和灶台上摸了摸，没有，便赌气地出来了。走吧，他说，村里都没什么人了，小偷还来干什么呢？

他们向村西头走，路上没看见一个人影，半声狗叫都没听到。风吹在喉咙上，老祥林又忍不住咳嗽起来，他一边走一边嘀咕，都走了，连狗都走了。老祥林把拐杖伸给快乐乐，让他牵着自己走。天太黑了，一点亮星都没有，他对快乐乐说。快乐乐刚要反驳，就被他打断了，他知道这小家伙是要说月亮亮得很呢，但他眼前又暗了。他想起自己小的时候，就喜欢这样的黑咕隆咚，奶奶用拐杖牵着他，看不见路，伸手不见五指，有时索性就闭眼走路——都是黑的，睁开和闭上没什么区别。

我们还回来吗？快乐乐突然问，他希望得到否定的回答。

果真，老祥林说不回来了，还回来干什么，你以后就跟你的爸爸妈妈过。

那你呢？快乐乐又问。

我怕是也回不来了，老祥林说，我的腿坏了。

快乐乐便不再讲话，脑海里都是大上海的模样。老祥林说他原本就是上海人，他的爸爸妈妈把他送给老祥林时这么说的。

他们会在那里等我们吗？过了会儿，快乐乐又问。

会的，他们现在就在上海的外滩上，老祥林很有把握地说。

是不是我小时候不听话，他们才把我送到这里来的？快乐乐已经问过很多遍了。

那肯定是，老祥林用鼻子哼着。

现在我听话了吗？快乐乐忐忑地问。

听话了，要是不听话我才不会把你送去上海呢。

快乐乐便开心地笑，两条小腿划得更快了。

刚要出村口，老祥林像想起什么似的突然站住了。哎呀，他往脑门上一拍，差点忘记了，我要去土地庙里拜一拜的。说着就拉着快乐乐往回走，快乐乐有些不乐意，脚步不像先前那样带劲了。

土地庙离村口不远，由三片青砖墙围成，庙不大，供着土地爷爷和土地奶奶像。老祥林在供桌上摸出一包火柴，划亮了，土地奶奶土地爷爷的像立刻出现了，他点上烛台，仔细看着这两尊像——正笑盈盈地端坐在供桌上，像小官村最后的两个村民呢。

土地老爷是保佑什么的？快乐乐小声问。

保佑地上的事，整个小官村都归他管呢，老祥林回答。

可是，我们去上海了，他们就保佑不了啊，快乐乐不解。

老祥林用手拍了快乐乐。瞎说，你又不听话了，他说。

老祥林在蒲团上跪下，又一把将快乐乐拉过来，跪在自己旁边。他颤巍巍地磕头，嘴里叽里咕噜。快乐乐听不清老祥林在说什么，不像是求菩萨保佑，倒像是在道别似的。

你和菩萨说了什么？快乐乐问。

老祥林没立即回答，过了会儿才说，每个人都应该有秘密的。

磕完头，起身去灭灯，老祥林才发现供桌上有只老鼠，正聚精会神地看着他们呢。老祥林笑了，说你怎么还不走呢？还在小官村干什么呢？笑完了，他又重新跪下来，对着老鼠认真磕了个响头。

3

他们来到大路上了，一条新的柏油路横在面前，老祥林站在路中央向两边看了看——他有点儿搞不清了，路变了样，是新的。

树是黑色的，路也是黑色的……快乐乐在他身后说，最近他学会了颜色。

黑色的路在前面分了岔，分别隐没在树丛之中，显得这黑色更加深邃了。

我们站在那边等车吧。老祥林说，然后用脚在柏油路面上跺了跺。

快乐乐也学着跺跺地面说，硬的，像石头。

比石头硬呢，老祥林更正他。他们在路上坐了一会儿，就看见远处有了灯光，一辆小客车。老祥林和快乐乐上了车，车上人挺多，加上他们有九个，人数是快乐乐数的。老祥林心情不错，大概是很久没看见这么多人了吧。售票员叫司机打开灯，自己便摇摇晃晃向他们走来，她的脸上有些雀斑，松松散散地罩住了鼻头。到终点站下吗？女人问。

是的，是的，我们要坐火车去上海。快乐乐抢着回答，话音未落，女人的脸一紧，雀斑聚拢了似的，她赶紧将车叫停，反了反了，你们坐反了，女人说，又指着路对面告诉老祥林，下去到马路对面等车。

等他们坐对了车，老祥林却不及原先高兴了，这趟车的人极少，加上他们也才四个。他嘟着嘴，一言不发地看窗外。汽车到达轮渡口的时候，天还是黑的，车上几个刚刚还在熟睡的脑袋已经摇摇晃晃抬起来了，有人把窗户打开，但外面仍是黑色。

我们到了吗？快乐乐睁大眼睛问。

没有呢，老祥林动了动右腿，他感到腿越来越疼了，他指着黑暗处告诉快乐乐，前面就是轮渡，轮船要驮着汽车过江呢。

快乐乐便伸着脖子朝黑暗里看，这些词对他来说都是第一次听说。他问老祥林如果他穿上自己的那双绿色雨靴，是不是就可以蹚过去了？老祥林咂巴了下嘴，说水太深了，雨靴没有用的。快乐乐又问，比我雨靴还深吗？

老祥林没有立即回答他，想了想才说，十个你都够不着江的底。

快乐乐这才倒抽一口凉气，不问了，眼睛眨巴眨巴地看窗外。

轮渡还没有来，江面一片浑黑。岸上已经聚集了一些卡车，也有几辆矮小的轿车夹杂在其间，车灯亮着，能照见涌上来的江水，一浪浪地拍打在码头上。

时间过去很久，才听到轮渡靠岸的鸣笛，汽车摇摇晃晃开上去了，远处黑乎乎的，分不清天空和江水。老祥林看向那些灯光的地方，忽然就热血澎湃起来。他想起小时候跟奶奶去上海时的情景了。那时真比快乐乐还要小，有时是抱在手上的，奶奶裹了小脚，走起路来一颠一颠的，使他感觉上海就是这样一颠一颠地跳到他跟前来的。

快乐乐拉住老祥林问，船没有轮子，怎么可以在水里走呢？

老祥林说，轮船不要轮子就能走路的。

可是，快乐乐又问道，轮船在水里走，怎么没有把鱼给轧死了呢？

老祥林皱了皱眉，不知道怎么回答这个问题，停了会儿突然对快乐乐说，你到上海要好好读书啊，书上都会告诉你的。快乐乐似懂非懂地点头。还有，要听爸爸妈妈的话，老祥林说。快乐乐又点点头。

轮渡上有一盏小小的灯，光线微弱，昏黄的灯光里人影绰绰。有人在敲轿车窗玻璃，声音有些胆怯，是一个背着扁木框的女人，玻璃被摇下来一截后，又被关上了，也有的索性不开窗——看样子里面的人没搭理她。女人又转向另一辆车，老祥林想，这女人肯定是要饭的。

前面忽然只剩下零星的灯光了，好像对岸被黑暗吞掉了，而这时轮渡不动了，愣愣地停在江中央。有人说这是在避让江上的大货船呢，于是黑暗中的人看向更加黑暗的江面，什么也没有，只有江水噗噗的声音。轮渡并没有继续前进，而是像一个做错事的孩子愣在江上，有时船头偏过一些，向着来时方向。对岸的灯火都远了一些，岸上依稀的嘈杂也听不见了，老祥林不知道轮渡要去哪里，好像故意逗他玩儿似的。就在这时，一个庞然大物从更深的黑暗里跑来，如怪兽，昂然挺胸地从跟前过去了。

快乐乐叫了起来，大轮船，大轮船。他指出去的手被老祥林拍了下来。到了上海，比这个大的轮船多的是，老祥林说。快乐乐不说话了，现在他是多么盼望快点到达上海。

刚刚那个女人上了他们的车，站在一名乘客跟前，她把一只墨镜递给对方——老祥林才明白原来是卖墨镜的——女人是哑巴，啊咿啊咿比划了一阵，但乘客不愿买，挥着手叫她走。女人没有"走"，而是继续卖她的墨镜，但车上没人理她，就连司机都叫她快下去。到了老祥林这儿，老祥林就给女人一个烧饼。老祥林想，快乐乐的妈妈差不多也是这个年纪吧，要不是这一点他才不会给她烧饼呢，老祥林差点开口问女人是不是从上海来的，有没有一个六七岁的小男孩。女人这回把烧饼和墨镜都递过来了，很显然，她不要烧饼。老祥林又递出去，女人再递回来，来来回回间，轮渡鸣叫了一声，到岸了，汽车发动起来，车身微微颤动着，女人连忙收拾背包准备下车，老祥林就是这当儿塞给了女人十六块钱。

4

快乐乐觉得自己是和包裹一同滚下车的。他穿的衣服太多，像一个球似的弹来弹去。还有多久到上海呢？他总是忍不住地问。

早呢，我们还要坐火车呢。老祥林回答他。一个保安把他们拦了下来，要他们先去买票。老祥林突然变得紧张起来，因为他不记得自己是不是真的坐过火车呢。

一个大学生帮他们买了票，又把他们送到检票口。在这里等吧，一会儿就可以上车了，大学生很热心。

候车室还是很安静的，灯光亮得跟白天一样，有人在打盹，也有人在看手机，还有和他一样伸着脖子四处张望的。快乐乐出了门后乖巧多了，除了偶尔问一问"还有多久到"之外几乎不说话，倒是老祥林话变多了，一路上都在唠唠叨叨。他叫快乐乐到了上海要听话，要好好学习，小官村不能再待了，人都走了，村子里快没有人了。

快乐乐便小鸡啄米似的点头。

你不能像我一样不读书，不读书就没有出息，没出息就过不上好日子。快乐乐继续点头。

很快他们就随着人流上了站台，火车还没到，但广播里已经叫大家排队了。这个叫铁轨，一直通到上海，火车在上面开，就跑不到外面去了。这个呢，就是站台，我们就从这儿坐火车，老祥林不失时机地告诉快乐乐。

火车比轮船快吗？快乐乐问。

那当然，火车轮子多，轮船没有轮子呢，老祥林不屑地说。

这时动车嗖地擦过，又慢慢停靠下来。老祥林吓了一跳，他的心里又像之前那样害怕起来，有那么几秒，他都开始怀疑自己是否真的去过上海。

他们在车厢里走了一个来回，没有发现空位子，老祥林摇摇晃晃背着包裹，腿疼得更厉害了。快乐乐一步不离地跟着，像贴在老祥林身上的一块膏药。后来他们索性在门口的空地坐下，坐下后老祥林便感叹了，你看看，这么多人去上海。

他们为什么都要去上海？快乐乐不解。

老祥林瞪了他一眼，不屑回答这个问题。

快乐乐突然又问老祥林，你想不想小官村？

老祥林怔住了，说，想呢，我都在那里活了八十年了。刚说完就猛烈地咳嗽，好像连五脏六腑都在想念似的。咳了一会儿，才稍稍平息一些，他对快乐乐说，你不许想的，你要待在上海，上海好。

快乐乐嗯嗯两声，然后又轻声问道，你见过我的妈妈吗？

你的妈妈……啊……我肯定见过的，老祥林又咳了，咳得身体团成一团，你的妈妈啊，很漂亮，跟你一样，皮肤白白的，眼睛大大的……

快乐乐抿着嘴笑了，又有些不好意思似的，他问老祥林，你说，妈妈会想我吗？

当然想呢，老祥林回答他，过不了多久你就会见到你妈妈了。

他问快乐乐饿不饿，要不要吃点东西，包裹里有馒头片和红糖。老祥林说现在的火车真是越来越不好了，除了变快了，什么都没以前好了。他说他奶奶带他坐火车的时候，都是三五个人围坐在一起的，大家还能说说话，一起吃东西，从这个车厢跑到那个车厢，如果你不想跑，还可以把窗户打开吹吹风呢——

5

他们从出站口走出来的时候，被日光刺到了眼睛，好像之前一直躲在地下似的，现在方才钻出地面。老祥林把包裹放下，腿痛得要命，不知道是半年前被獾子咬的地方还是更早前摔断的地方。疼得迈不动了，便依在包裹上歇一歇，他仰着头看着明晃晃的天空，到上海了啊，老祥林感叹了一句。快乐乐也学着把头仰起来，眯起眼睛。

他们在广场上短暂地逗留，便继续出发了。先是沿着栅栏向西走，发现被另一段栅栏挡住后，又返身向东走，可是，走着走着，却发现大家都是往南走呢。老祥林站住了，一副若有所思的样子。

你迷路了吗？快乐乐问。

我怎么会迷路呢，老祥林说，我是来过上海的。

有那么一瞬间，老祥林想不起自己是怎么和奶奶来上海的，他使劲地想，对火车的记忆一点都没有，可是，刚刚在火车上的那些回忆就像他的亲身经历一样呢。

他们在广场旁的小卖部买了一只嘉兴粽子，九块钱一只，他从包裹里缓慢地掏钱，最后只买了一只。真是太贵了，老祥林说，不过呢，是很香呢。他说小时候跟奶奶来上海就吃过了。老祥林突然记起跟奶奶来上海的情形了，他们是一路要饭过来的。奶奶穿着一件灰蓝的棉袄，腰间的绳子上拴着一只搪瓷缸，看到村庄了，奶奶就把搪瓷缸取下来，向人讨要一点吃食。就这样一路跑到上海，还在这个车站乞讨过呢，那是掉在地上的一片粽叶，上面粘着一些浸了肉汁的米粒。

快乐乐叫他咬一口，他推辞了下，还是忍不住咬下一点。嚯——他停下来，眉头紧皱，好像发现了什么不对劲，嚯，不好吃了，真的，没有以前好吃了。老祥林一边咂着嘴一边摇摇晃晃地向前走。

他们问了路，一对年轻夫妇给他们指了方向——从这里向前走，经过一个十字路口，就能看见站台，乘 929 路，经过五站，到达河南中路南京东路站，再步行十几分钟，就可以看到外滩了。或者，那个年轻的男人又补充说，或者你们乘电车去，从前面就能坐车，财富广场下，不过下车就得跑很远了……

老祥林顺着那指出去的方向看着，很认真的样子，而实际上他并没能记住那些地名，只是很喜欢有人对他说话，他觉得这对年轻的夫妇很和善，很热情，也很漂亮，他突然想，他们有没有孩子呢？要是快乐乐跟他们一起生活一定会很幸福的。

年轻夫妇和他们道了别，转进街角不见了，老祥林还木木地站在路边，朝着繁忙的街道发呆。

你喜欢他们吗？老祥林转身问快乐乐。

喜欢呢，快乐乐不好意思地点了点头。

你的爸爸妈妈就像这个样子哎，老祥林很得意地说，可能比他们大一点，只大一点点哎。

快乐乐又点点头。

两人都不再说话了，似乎都沉浸在刚刚的美好之中。

老祥林决定坐电车，他觉得这个名字好，很神奇，他还没坐过电车。我们坐电车吧，电车快，通电呢，老祥林说。

一辆电车恰巧在他们前面停下，老祥林一瘸一瘸地快跑几步，他让快乐乐先上车，他就跟上。快乐乐站在车门处迟疑着，他有些胆怯。

不要怕，火车都坐过了，还怕电车不成，老祥林一边艰难往上爬，一边和快乐乐说话。司机斜着头看他们，说快点快点，等半天了，快投币吧。

老祥林没听明白，等司机说第三遍时才晓得是要买票了。他从棉袄口袋里掏了很久，发现钱不在这儿，又抖抖索索打开包裹，往里摸索一阵，却没有发现他的钱袋，这样来来回回几次，老祥林急了，他的钱不见了。

司机冷眼看着这一切，好像看穿了他的伎俩，停了车，说，下去下去，不买票就下去。

老祥林支支吾吾的，却又不晓得怎么解释。下去吧，你找到钱乘下一班，我们不能等。司机把门打开。

老祥林和快乐乐以及他们的包裹又滚落在路边。老祥林依然忙着找钱，他把包裹全部拆开，连装红糖的袋子都打开了，仍然没有看到钱的踪迹。

我明明放在包裹里的啊，老祥林自言自语道，他仔细回忆上一次掏钱时的情景。哎呀，老祥林叫起来，他告诉快乐乐，他们遇到小偷了，真的，一定是小偷把我们的钱偷走了。

6

他们又继续上路了，当决定沿着轨道走向外滩的时候，心情便不再那么糟了。没有钱我们也能去外滩的，你说是不是，老祥林对快乐乐说，沿着轨道走到头，就到了。老祥林很有把握地说，快乐乐点点头，又开始一路说着不停出现在眼前的颜色，玻璃是蓝色的，汽车是白色的，红旗是红色的……

黄昏仿佛是突然来临的，黑暗在一瞬间訇然倾覆，老祥林说他走不动了，喘得厉害。他叫快乐乐在他后背上使劲敲一敲，就能把痒乎乎的东西咳出来了。快乐乐问老祥林，还有多久到呢？

老祥林告诉他，快了。

你会死吗？快乐乐又问。

会的，我就要死了。老祥林说。快乐乐很生气，嘟着嘴说你不可以死，你要带我回小官村的。

老祥林差点笑出声来，说，你还回小官村干什么呢？小官村的人都走了，连狗都没有了。

还有你的，我跟你过。快乐乐倔强地说。

我都要死了，我死了，你怎么办？你一个人过？老祥林笑得喘了起来，他把快乐乐拉到身边。突然，他的脑袋好像清晰了一些，蒙蒙胧胧又忆起了什么似的，他想起了若干年前和奶奶一起在上海的情形，奶奶也这样把他掖在怀里，厚厚的棉袄压在他的脸上，有些喘不过气来，但却很温暖。他们每天睡在廊檐底下，早晨醒来的时候，太阳已经出来了，照在身上暖洋洋的。奶奶说他们很快就要往回走了，小官村的洪水退掉了。那时他觉得去哪里都无所谓，只要和奶奶在一起就行。我真的要死了，老祥林重复了一遍。

你不会死，快乐乐又倔强了，站起来背过身去。

你告诉我前面那个灯是什么颜色？说对了我就不死了，老祥林岔开话题。

灰色，快乐乐回答。

不对。

红色，快乐乐又说。

还不对。

黄色，不，是黑色，是黑色，是树皮的颜色，快乐乐着急了。

是咖啡色哎，老祥林得意起来，好像赢了似的，你不知道了吧，这叫咖啡色。

快乐乐撇着嘴，说没听过这个颜色。

你都没喝过咖啡，你怎么会知道咖啡色呢，老祥林不屑地说。

上海的颜色比小官村多，快乐乐嘟着嘴。

是的呢，老祥林说，小官村以前也有很多颜色的，数也数不尽的颜色，可是，通洋河的污水流到小官村来，小官村就变得灰溜溜的了。

快乐乐还在想着“咖啡”，他的喉咙逐渐变得痒痒的。甜吗？他问，咖啡甜吗？

不甜，是苦的。老祥林说，眉头便皱了一下，好像那苦劲儿还丝丝缕缕地缠在舌头上。

快乐乐感到很失望，那它是药吗？

哦，不是，很好喝的，上海人都喝它呢。老祥林解释道，其实他也没有尝过咖啡的味道。

快乐乐的喉口顿时被苦味封锁了似的，他咽了咽口水，对老祥林说，他想吃红糖。

老祥林便从包裹里慢慢摸出纸包，还鼓鼓的呢，老祥林说。快乐乐觑着脑袋看纸包一层层被打开，他用手指在红糖上蘸了蘸，迫不及待伸进嘴里，笑容随即在小脸上漾开了。

突然，黑暗中“啪”的一声，一团东西从院墙上落下来，动了动，缓慢向他们走来。原来是一只猫。猫继续向他们靠拢，脚步轻轻的，这是一只灰色的猫，因为瘦，脊背处凸得厉害，很显然是一只流浪猫。老祥林从包裹里摸出一块烧饼，撕下一角，丢过去，猫吓得后退几步，见没什么危险，又觑过来，闻闻，然后叼着烧饼躲到黑暗处了。

老祥林并不打算在轨道旁过一夜，要继续赶路了，这样就能早点到达外滩。快乐乐已经不再说看见的颜色了，而是把目光投向了天空，路灯以及两侧的霓虹灯将夜晚照得亮如白昼。快乐乐突然问，可是，为什么看不到月亮呢？

小官村的天空是圆的，可上海的天空却是奇形怪状的。老祥林也停下脚步抬头，他们在这狭小的天空里认真地找着，但怎么也没能发现月亮的踪迹。

到外滩就能看见了，老祥林宽慰说。

到外滩就能看见了，快乐乐重复一遍。

是的，外滩很漂亮，还能看见海，海上一定有月亮，老祥林告诉快乐乐。

啊，大海，快乐乐激动起来，我们可以看见大海了。

是的，上海有海的，要不然怎么叫“上海”呢，老祥林解释，他记得他的奶奶就是这么跟他说的。

他们的脚步比先前更快了，尽管老祥林喘得厉害，他的右腿几乎不能动弹了，他们把包裹担在拐杖上，拐杖担在两人的肩上。

7

大半夜的时间他们都在赶路，轨道并不像他们想象的那样老实，规规矩矩地将他们领向外滩，而是在好几个地方分了岔，诡异地伸向不知名的方向。每到这个时候，快乐乐便伸出小手——他要和老祥林剪刀石头布。但老祥林并不理会，低着脑袋念叨一阵，他告诉快乐乐，他在求土地奶奶土地爷爷保佑呢。

他们在两条轨道中选择了一条笔直的，轨道很亮，明晃晃地指引向前，他们走得并不快，很多时间像在蠕动。如果将视角抬高，再抬高，便会发现他们像两只缓缓前进的蚯蚓，身后的轨道像是拖挂出来的黏液。

我们还有多久到？快乐乐忍不住问。

快了，老祥林总是这么回答。

他们又发现那只猫了，它一直紧随其后。你走咯，老祥林向它挥手。

猫一耸身，停了停，但又继续向前。喵，它朝他们叫了一声，像是乞求。

走咯，你走咯，我们没有吃的了，老祥林低声说着，又像是自言自语。

老祥林愈发感到疲惫了，身体越来越沉，肚子里有什么东西向上涌动，几个月前他知道自己的肚子里坏掉了，一些苦腥气总是从嘴里跑出来。但他又不想停下，他要去外滩，要把快乐乐送到那里去。

我们快到了吗？快乐乐又问了。

快了，就快到了，老祥林说。而实际上他已感到自己迷了路，他不知道这两条轨道要将他们领向哪里，他只是凭着感觉向着东边的方向，是的，那是海的方向。这一夜，他们都在走路，后来两条腿都失去了知觉，他的眼前总是黑一阵白一阵，楼群和汽车在他面前恍恍惚惚。

天亮的时候，快乐乐已经睡着了，老祥林将他放在包裹上，自己拖着包裹慢慢向前。有几次他想拦下一两个路人问一问，但对方均旁若无人地走了，大概以为遇上了乞丐。快到中午时分，才有一个女孩告诉他这里离外滩很近——从前面的十字路口左拐，再向前走到头就是了。老祥林本想到了外滩再叫醒快乐乐，也算是给他一个惊喜。但快乐乐已经睁开眼睛，好像是这突然而至的强烈阳光唤醒了他。快乐乐跳下包裹，和老祥林一起拖着向前。

老祥林已经走不动了，就连脑袋都运作不了了，他们是怎么到达的外滩，也记不得了，好像过去发生的事统统都漏掉了似的。他只记得有一个人指着前面告诉他，那就是外滩。他愣了很久，他从没想过会有这么多的人出现在这里。还有，外滩没有沙滩，只有一道坚实的路和栏杆。

老祥林和快乐乐慢慢地走过马路，再爬上一级级地台阶——栏杆的另一侧真的是“海”。他指着浑浑的水面告诉快乐乐，这个，就是大海。

老祥林瘫坐在地上，身子斜靠在包裹上，嗓子像一截破了的芦笛，不停地发出残破的音来。他叫快乐乐也坐下，不要到处跑。他觉得人多得令人头晕，当然，他很喜欢这景象。有一阵他曾试图数一数游人，但只数到三十几，就乱了。有人从他面前经过，他们穿着五颜六色的衣服，有的是棉袄、风衣，还有的穿着裙子，风吹来的时候，头发和衣服轻轻扬起，很是好看。一声鸣笛悠长地从水面掠过，是游轮，游轮有四层，也有的是五层，最上面有一个平台，平台上摆着桌子椅子，人们便坐在椅子上喝着饮料。

他们在喝咖啡吗？快乐乐问。

是的，他们在喝咖啡。老祥林闭着眼睛说。

对岸有很多高楼，奇形怪状的，它们不像是砌上去的，而是自己生长的，灯光从高楼里射出来，映在水面上，把海水都染得五颜六色了。

浪花一阵阵地拍打着岸边，外滩的人越来越多，像潮水一样涨着。老祥林认真看着每一个出现在视线中的男男女女，每一个人都使他倍感亲切，亲切得仿佛要向他走来——他们多像快乐乐的爸爸妈妈啊。

他们怎么还没来？快乐乐问，这是他一整天来的第一次开口。

他们肯定来了，只是，还没看到你呢。老祥林边咳嗽边说。

他们会看不到我吗？快乐乐又问。

不会的，老祥林回答。

8

黑暗和海水相连起来，风跑快了，带着呼呼的声响，外滩上的游人越来越少，渐渐消失不见了。此时的外滩安静多了，除了几个流浪汉和情侣外，看不见其他游人了。先前的那些人不知去了哪里，他们像潮水一样涌上来，又像潮水一样退去。

老祥林和快乐乐依然坐在原来的地方，只是他们的包裹旁多了几个硬币。

有一些灯熄掉了，黑暗漫上来。你看见月亮了吗？快乐乐转过身来问。

哦，哪里呢？老祥林问，他的眼前又模糊了。

海上，快乐乐指向江面，你看，海上有一轮月亮。

老祥林微微直起身子，他顺着快乐乐指去的方向看，一个明亮的东西跃在水面之上。他好想告诉快乐乐那有可能是灯，但他已经没力气说话了。

过了一阵，快乐乐突然问，他们还会来吗？声音很胆怯。

会的，老祥林不等快乐乐说完便回答他。他不停地喘气，喉口像多了一只风箱似的。风一阵阵地吹来，他感到自己变得轻了，轻得即将飞起来。有汽车不停地呼啸而过，远处的灯光一闪一闪的，他真的记不得曾来过这里，他觉得自己像一撮粉尘似的，被小官村的一阵风就能吹走了。他突然想念起小官村来，他在那里生活了八十年了呢，从一个瘦瘦的小孩到一个瘦小的老头，他都不敢相信那些时光是他过掉的。

流浪猫在他腿旁蜷缩着，偶尔对着天空喵一声。猫的叫声总是把老祥林惊醒，他的眼皮越来越往下耷拉，沉沉的。有一阵他仿佛已经睡着了，醒来什么都记不起来似的。他把快乐乐抱在怀里，用棉袄裹得紧紧的，快乐——乐，快乐——乐，嘴里轻轻念叨着，他突然想起六年前的一个晚上，第一次看见快乐乐的时候，他就给他取了这样的名字：快乐乐，比快乐还要多的快乐。他记得自己从那个人手里接过来时的激动和喜悦，倒不是因为花掉了他所有的积蓄，而是因为在他七十多岁这个不怕死的年纪里，突然对“生”有了希望。那个人说，是个男孩，上海的，外滩上的——

快乐乐在他怀里睡着了，他把包裹里的衣服一一盖在他身上。老祥林细细地回忆着这几年来的点点滴滴，他觉得自己也越来越小，小到好像回到奶奶的怀抱里一样。他感到身子越来越往下坠去，眼皮也愈发沉了，在眼皮逐渐耷下来的时候，他看见了一轮明月正从水面上慢慢升起。

寻找张三

1

我要向你讲述的事，发生在1992年春天的一个下晚。是的，下晚，那时候的我还不习惯用傍晚、黄昏、日暮来形容一天中这段比较模糊的时刻。我对这个词所有的认知来源于我的母亲，这个称早晨为“吃早饭的时候”，称中午为“吃中饭的时候”，称晚上则是“吃晚饭的时候”的女人，唯独称下晚为下晚，与吃食无关，仿佛它短暂得来不及完成一顿餐饮，便匆忙下滑到万丈黑暗中一样。

这是1992年的下晚，不是昨天的，更不是今天的，你所看到的今天的下晚也许是透明、莹亮、富有弹性，像气泡一样包裹着这个世界。但1992年的下晚，它却是黏稠而浓厚的，像铁锈一样，像猪油一样。我之所以用猪油来形容，正因为那一年我的母亲爱上了熬猪油，她总是全副武装地站在锅台前——由于见不得一粒油星儿溅在衣服上，用报纸将自己裹得严严实实——下晚的阳光从窗格子里照进来，穿过翻滚的油烟，一直落在她缺乏油光的脸上，像一幅画。但我从不觉得画美，因为很快那些猪油便凝固为白色，成为很长一段日子以来我的碗中之物。快吃吧，你要长个子的。我的母亲总是这样说。如果见我神情黯然或动作迟缓，她便很生气，你父亲可是最爱吃猪油饭的了。

或许此时我应该和你们讲一讲我的父亲，那个爱吃猪油饭的男人，但我不得不打住，回到开头说的1992年春天的下晚。

那一个春天的下晚，我是在冶金厂度过的，或者说，无数个下晚，我都在那里度过。冶金厂到我家与学校的距离相等，如果你是个热爱数学的人，此时你的脑子里一定会出现路程、时间、速度三者的方程关系。我不喜欢数学，一直都是，那些关于相遇、第二次相遇、多久后相遇等所有假设的数学题都令我忍无可忍。冶金厂在城北，从我家去学校并不顺路，也就是说，冶金厂在家与学校这条直线之外，它们三者之间又构成了一个等边三角形关系。

我如此详细繁复地交代冶金厂的地理位置，我想你一定能够明白，我并非上学路上或放学途中才经过这儿，它仿佛是家校那条直线绷张后而弹出的小石子，但遗憾的是，射程太短了——是的，我从没有去过比冶金厂更远的地方。

厂房早已废弃了，至少有十年以上。如果不是院门上那块还没完全腐烂的木牌上依稀可见"冶金厂"三个字的话，没有人能猜出这儿曾发生过什么。厂区很大，有三幢连跨混凝土车间，屋顶有条形天窗；山墙上用水泥抹出宋体的阿拉伯数字作了编号；厂房西侧有几株雪松，因常年缺乏打理，毫无节制地横向发展；北边是几间小平房，还有仓库、食堂等等，所有的这些都只剩下不完整的墙体和屋面，至于门窗之类的，早已被附近的居民或拾荒者卸走了。满眼看去，找不到一丁点儿金属，只有金属蔓延开来的铁锈一样的颜色。

而我所需要的地方很小，一个窗台即可。窗台是水磨石的，很宽厚，上面嵌着绿色玻璃粒儿，下晚的阳光照在上面，折射出万道光芒。坐在窗台上，既听不到学校的铃声，也听不到母亲的叫唤，很安静，有一群麻雀偶尔飞回来，带来一点属于外面的叽喳声。

如果我继续这样坐下去，像从前那样打发无数个下晚中的一个，或许之后的事不会发生，但我却站起来了，从没有任何遮挡的窗口跳了进去。我想我应该是门窗被偷走后第一个进来的人，因为地上的灰尘和树叶足有两指厚，在我脚下“噗”地腾起来。厂房里空荡荡的，几个水泥墩儿提醒着此处曾安置过机器；行车还在，吊钩和轱辘不见了，只剩下锈迹斑斑的结构主梁，大概太高了，没被卸走；行车上面是夹层平台，不大，便于察看地面操作，属于管理人员待的地方吧；平台的上面便是天窗了，石棉瓦早已残破不堪，露出的天空还能看到麻雀的踪影——它们总是成群地从漏洞处飞进来，又“哄”的一声飞出去。我正是被这样的声音吸引的。

我循着麻雀的声音，沿着墙边的水泥台阶走上平台，果真有了居高临下的意思，平台上是一些椅子的残骸，还有一张相对完好的三条腿办公桌。我在桌子前坐下，吹掉浮尘，像个车间主任似的交叉双臂，又煞有介事地打开抽屉——仍然是空荡荡的，直到打开最下面一层才看到塞满了废纸——任务单、材料出库单、领料单、维修申请单、复写纸、旧报纸——毫无疑问，这是车间主任的办公桌了。借着最后一点天光，我一张张看过去，字迹的模糊、拙劣、潦草，以及错别字的泛滥，都令人忍俊不禁——这比看数学题有意思多了。

就在我快要笑出声的时候，突然发现一张藏在纸堆里的请假条。

2

我敢保证，这是我从冶金厂带回来的唯一物件。我没有将请假条随意地塞在口袋里，而是极其慎重地夹在一本书中。我想我之所以这么做，一半是被它的字迹吸引，很多年后，我才知道这种笔迹瘦劲、细长如筋的笔画，在首尾处加重提按顿挫的字体叫作瘦金体。

请假条

尊敬的领导：

因本人有事，须向您请假，望领导批准为感。

请假人：张三

1982年4月22日

很抱歉，我不能在这儿临摹出那样瘦硬有神的字迹来，但在我的课本上、作业本上、草稿纸上，都写满了。我甚至学着这样的语气向我的数学老师请假，“望领导批准为感”，结果，我非但没有获得半个时辰的假期，还因此在走廊上罚站了一个下午。

我的母亲也看到请假条了，她的关注点不在字迹或请假这事上，而是在人名上。张三是谁？她一边熬着猪油一边问我。当然，她的问题是无需回答的，因为很快她便陷入一种自问自答和深情追忆中——这个张三是哪个张三呢？姓张的真是多了去了，你父亲也有一个朋友姓张，叫什么呢？反正不叫张三，大家就叫他小张子，你知道小张子吗？你肯定是不知道的，小张子是父亲的朋友，真的，你父亲就这么一个朋友——我的母亲总能巧妙地将任何一个话题成功地引向我的父亲，她和我每天的对话中，至少有一大半是和父亲有关的。我没见过父亲，但从她的叙述中我仍然无法建立父亲完整的形象。比如她说父亲是个瘦子，但有一次又说，没有比你父亲胖得更费衣料的人了。再比如，她说父亲手拙得很，什么事情都不会做。可是在一次我将她的缝纫机修坏了的时候，却抱怨说：“你要是有你父亲一半的手巧就好了。”如此例证实在是太多了，好在有一些特征是从一而终的，比如父亲在县里的机械厂上班；整日戴着电焊帽；工作服很脏，几乎看不出颜色；没什么朋友；比较内向；喜欢喝酒，一个人也喝；等等。

再回到那张请假条上来吧。如果你是个细心的人，一定会发现对于将请假条带回来这事我才说了一半的理由，而另一半理由才是最关键的——请假条上出现了另一种字迹。它撑满了请假条的空白处，比瘦金体更大，更着急，更不羁，好像有什么重要的事等着字的主人去完成。

毫无疑问，这是车间主任“杨国强”的字，因为从签名上能依稀辨认得出，大概经常需要签名的缘故，名字已简略为一串笔画，他在空白处用犹如受过机器碾压、捶打、敲击、撕裂的字体写下了三个字：不批准。

是的，不批准，此刻你一定能理解那个下晚我第一次面对请假条的内心感受了吧。仿佛那个叫作张三的工人正站在我对面，手足无措，神情沮丧。

我要去做衣服了，你要有事就去大梧桐下找我。母亲突然大声对我说，她以为这样就能打断我的沉思。至于“有事去找她”，每次出门前她必然会说一遍，好像不交代一下，我就忘记了她在大梧桐树下似的。而实际上我从没有去找过她，找她做什么呢？我不知道。

母亲一直给人缝补衣服以维持生计，她不喜欢“缝补”这个词，那样显得不够有技术含量似的。是做衣服，她更正道。

那棵大梧桐树是我上学的必经之路，当然，后来我有了新的发现，只要多走三条巷子，就可以巧妙地绕过它。我不想看到母亲坐在缝纫机前缝补衣服的样子——她的脚不停踩着踏板，发出脚踩落叶一样的嗒嗒声，背躬着，脸觑得很近，仿佛将自己的脑袋也要缝进去似的。

母亲缝衣服的时候，梧桐树的另一侧有双眼睛在注视着她，那是母亲的另一个儿子，我的哥哥，当年从母亲肚子里出来的时候，有些极不情愿，让医生花了很大力气才将他揪出来。他的脑袋受了挤压，智商一直停留在五岁那年。他的嘴里从早到晚会发出模糊不清的声音，只有仔细听才能辨认出，那是近似缝纫机工作时的嗒嗒声。哥哥坐在一张倒置的方凳里，四条腿形成一圈围栏。这是指他安静的时候，如果他不肯这样坐着，母亲只能用绳子将他拴在梧桐树上，绳子在两头打上多重单结，这种结法既能防止滑动，又不至于勒得太紧——这一点母亲很有经验。但常常以绳子为半径的范围内遭殃，青砖被撬动了，泥巴被犁得到处都是。这时母亲便缩短半径，再缩短，以减小受灾面。

整个梧桐树下的时间，母亲是很少开口说话的，她沉浸在此起彼伏的嗒嗒声中。你一定难以想象，我的母亲是个内向而腼腆的人，你所看到的喋喋不休只是和我有关，那些拿着衣服过来缝补的人，她也很少和人家对话。嗯，我知道了……先放那儿吧……我知道怎么做了……我正忙着呢……等会儿再做——她头也不抬地说着，声音懦怯。

下晚，她将哥哥和缝纫机一个个搀扶回来——缝纫机看起来比她年纪还大，轮子经过青砖路时不再是嗒嗒嗒的声音，而是哒哒哒哒的巨大响声，母亲每天都要往缝纫机各个小孔里点上菜籽油，好像不这么做，缝纫机就没力气走回来了。进得门来，她仍然要在缝纫机前坐会儿的，继续未完成的活儿，那些来自不同季节的带有陌生气息的衣服堆在台板上，快要挤掉下去时，她就将一只袖子或一条裤管甩过头顶，耷在自己的另一侧肩膀上，猛一看，像是母亲和谁正靠在一起谈心呢。

你知道吗——她常常以这样的句子向她的另一个儿子进行开场白。是的，母亲喜欢向我倾诉——你父亲也有这个宇航帽呢。这是一次她看电视上播放关于中国载人航天工程正式启动的新闻时说的，那个头盔吧，你父亲也有呢——母亲指的是电焊帽，父亲是个焊工——那个头盔真是又大又重，你父亲戴上去就不想再摘下来了。她说有一次她抱着我去县里找父亲。哦，不，不是抱，那时你还在我肚子里呢，反正我就是像抱着那样托着你的——父亲已经很久没回来了，厂里加班，困了累了就在钢板上眯一会儿。机械厂的灯光很亮，照得跟白天似的。我站在厂门口，传达室的老头帮忙把你父亲叫来的，他穿着白帆布工作服，衣服很厚，据说可以防止电焊灼伤——我给他在关节处又缝了一层，这样就耐磨了，你说是不是？你父亲戴着头盔，就像这样——母亲指了指电视——他从黑乌乌的玻璃后面看着我，有那么一会儿，我觉得自己不是和你父亲在说话，而是和一个宇航员说话呢。后来，他想把头盔摘下来，摘了老半天，也没摘动，好像头盔和脑袋长在一起了。我想帮他，他说，没事没事。声音在玻璃后面嗡嗡响。后来终于把头盔拽下来了，抱在怀里，他知道我没什么要紧的事，就是告诉他你快要出生了。他用头盔轻轻地碰了碰我肚皮就深一脚浅一脚地走了。真的，就像宇航员这样深一脚浅一脚地走了。你父亲又赶去焊接了，可他一转身，我就看见头盔又长在他的脖子上啦——

3

我在冶金厂待的时间越来越长了，不知道这与逃避母亲的倾诉有没有直接关系。只要一踏进家门，她的话就会多起来，如果我表现得极不耐烦，她就愧疚似的低下脑袋自言自语着，把吐出的每个字再缝进布里似的。

请假条被我展平在窗台上，经下晚的阳光照晒，像一个颓废的人慢慢有了生机，纸张脆了，慢慢昂起了一角。

太阳快要落下去时，我又走上平台，残桌破椅被我重新整理过了，彼此搀扶，歪斜地站立。废纸堆也被翻过多遍，除了那张请假条，我没有在任何一张纸片上再看到张三的字迹。1982 年的 4 月 22 日，我想张三一定曾站在对面的位置，面对请假条上的“不批准”感到无奈和悲伤，以至于他没有收回请假条而将它留在车间主任那儿。

请假条上没有写明请假事由，也没写上请假的时长，一天？三天？一周？一个月？它像一团谜似的让我产生巨大好奇。

我从椅子上站起来，浑身无力。天逐渐暗了，从墙上的漏洞看出去，天空一片浑茫，浑茫之下是更加浑浊的灰色。母亲说父亲也曾在冶金厂工作过半年，那时冶金厂和机械厂有业务合作，两个厂常常进行人员借调。父亲依然是负责焊接，他是个焊工，一辈子与铁打交道。

我无可救药地喜欢这里泛着如同下晚一样昏黄的铁锈颜色，整个冶金厂都被我走遍了——这样说，的确有夸张的成分，至少车间后面的那一小片地我还没有去过，它与外界连通的路被横向发展的雪松阻断了，使之形成一个封闭的空间。当我穿过枝叶葳蕤，才看清它的全貌。这是两进停车棚，低矮，破败，混凝土浇筑的小人字型梁上面覆着绿色阳光板，日积月累地已剥蚀不堪。车棚里散落着一些短木板，很显然，它们曾属于桌椅的一部分。地面积了几层鸟粪，像黑白照片，风干了，踩上去咯嘣作响。柱子倾斜过来，仿佛不堪重负，尽头处的梁终于倾覆下来，匍匐在地。

为了使车棚看起来不那么颓废，我将阳光瓦踢到一边，再卯足劲移动小混凝土梁。

就是这时候，我发现梁的下面压着一辆自行车。

如果不是一根铁链锁将它和柱子连在一起的话，自行车或许早就落入他人之手了，我这么猜想不无道理，雪松的恣意生长、梁的遮挡，也许都是自行车保存至今的原因吧。总之，当我与一辆十年前的自行车相遇时，竟感到说不出的激动和欣喜，它遍体浮锈，坐垫不知去向，轮胎早已腐烂，像是一副被剔得一丝肉都不剩的鸡骨架。尽管如此，仍使我浑身的细胞兴奋不已。

铁链锁是自制的，由钢筋弯成多个小钢圈，套接，末端被焊死。我用石块砸它，石头与铁件发出的花火让下晚更加动人。世上再也没有什么比人的意志力更坚不可摧的了——这句伟大的名言，此时像风一样吹过我的耳边。锁居然断裂了，咯嗒一声，如一个孤傲的人耷下了双手。

这是 1992 年 5 月的下晚，铁锈一样的下晚，花火一样的下晚，热血沸腾的下晚，如你看到的那样，我骑着一辆只剩下钢轱辘的自行车在黑暗来临前呼啸而去。

4

我发现自己的下体长出黑色体毛是在三天前，这个发现让人十分难过。我为此长时间躺在床上，右手情不自禁探过去，当触碰到一小团毛茸茸时，手指不禁一颤，便立即缩回来。在我的记忆里（书本、电视、大人之间的谈话）确实没有这样的状况——头发怎么跑错了方向，从下面冒出来呢？这使我在小解时变得谨慎和胆怯，生怕那些恣意生长的浓黑毛发伸展出来出卖我，我也有意无意地用余光向一同撒尿的人瞟去，除了大同小异的器具外，并没有发现其他什么。

哥哥正坐在四脚朝天的方凳里，用笔在纸上乱涂着。我想把他引到卧室来，便朝他吹起口哨，他没理我，当我去拽他的时候，他突然急促尖叫起来……嗒嗒嗒嗒嗒嗒——他一定以为我在抢他的纸笔呢。其实我只要偷看他洗澡或者趁其熟睡时扒下裤子看一看，疑虑就能解决。但哥哥睡在母亲的那个小卧室里，这对我的行动增加了难度。

一连几天我都茶饭不思，母亲往我碗里又挖了一勺猪油，快吃吧，她说，拌上猪油，饭就香了。

猪油遇到热米粒，在碗里漾开，亮晶晶的。我抬头看母亲，到嘴边的疑问又噎回去。在母亲眼里，我是由两个部分组成：一个是男子汉，像父亲一样孔武有力，能为她分担所有需要力气的活儿；另一个身份尚为婴孩,因为她常常旁若无人地在我面前换起内衣来。

想到这儿,我愈发感到难过,忧郁,以至气愤。我把碗往桌中央一推,头也不回地去井边刷起自行车。把浑身的力气使完,这是对付坏情绪的最好办法。母亲捧着碗追在后面,她不明白我为什么不吃猪油饭了,刚要开口责备什么,突然看到了自行车,愣了一下。哪来的?她问。

捡的,冶金厂的。我头没抬地说。

冶金厂的,哦,你父亲当年多想有辆自行车哦,这样他就可以骑车经常回来了——母亲似乎并不在意我的回答,眼前的自行车迅速勾起了她的回忆。真的,他做梦都想有一辆车呢。母亲撇了撇嘴说。

她索性搬来一只小板凳,在我身边坐下,一副要促膝长谈的架势。而我全部精力都在对付车身的铁锈,我先用水冲洗一遍,再用刷子一点点刷着——自行车与昨天初见时有了不同,少了一点老骥伏枥的刚毅,它在井水和抹布的作用下,竟变得温驯和服帖了。

机械厂在县里,从这儿到县里坐车还要老半天呢——母亲已经兀自回忆起来,她的脑袋如同一个茶壶恰到好处地歪在肩膀上,这样也许便于她将脑中的往事更顺畅地倾倒出来。你父亲腿长,真的,很长,走起路来快得像踩了轮子。可是,腿长骑自行车的话也是很快的,你说是不是?可你父亲舍不得买呢,他说等你出生了再买,带上我们,骑很远很远,天不亮就起来,一直骑一直骑,骑不动了为止。他说让你坐在前面大杠上,我呢,就和你哥哥坐在后座上——

我的心轻轻颤动一下,是的,我坐在大杠上——我将手指慢慢滑过大杠,动作迟缓,一直滑进母亲描述的那个我们从未经历的日子里:春风吹在我的脸上,我坐在大杠上,身后是我的父亲,他的两只粗壮结实的手臂箍在我的左右。我一定很紧张,因为我还没有靠他那么近过,还没有坐在大杠上的经验呢,腿如何放置,手又该握住哪里——

就是这个时候，我的手指感觉到大杠上的一小片凹陷痕迹，隐隐的，使手指经过时产生一点细微而轻柔的趔趄。我觑上脑袋，是一行字，用刀或者其他工具刻就而成。因为暮色已重，无法看清字的内容。

当我从屋里拿来手电筒的时候，母亲已经离开了，她仍旧歪着脖子，心满意足地向柴房里走去。电筒的光线实在是太微弱，我不得不又返回屋里，找了半天，除了火柴，再没找到更好的照明工具了。我在井边变得焦躁起来，最后不得不扛着自行车走进堂屋。

堂屋里的白炽灯并没有解决这一难题，它发出的光线朦胧，无力，即使狠狠睁大眼睛，也分辨不出笔画的走向。

哥哥正仰头看我，笔在纸上停下来。他的嘴张开着，舌头还停留在“嗒”字的最后一个音节上。嗨，哥哥，我突然跳下去，不假思索地抢来他的纸和笔，伏在大杠上画起来，准确地说，是拓。

字迹逐渐清晰了，纸上呈现出几个不太清晰的字：□□□天□！1982 年 4 月□2 日。笔迹瘦劲，细长如筋，在首尾处加重提按顿挫。

没错，是瘦金体。

5

请假条与拓片我一直随身带着，不可否认，我愈发沉陷在这样的笔迹里，它们像内心丰富又极其忧郁的人，穿过十年光阴缓缓走到我的面前。如果说我看到请假条时还仅仅处于一种对字迹的喜欢和请假条本身的兴趣的话，那么这辆被锁在柱子上的自行车却让我对张三其人产生了极大的好奇和感同身受的同情——他请假要去哪里？去海阔“天”空？还是远方的“天”空？难道是指星期“天”？或者它只是一句带有“天”字的诗句？

可问题是，他的请假条没有得到批准。

我无数次想象张三的模样，人如其字，瘦削，白净，头发略长，衣服整洁，羁傲，乖僻，不怎么说话，喜欢低头走路，爱读书，爱做笔记，等等。我努力还原那天的场景——1982 年 4 月 22 日，晴，正是小城早春的时候，一切都显得那么富有生机。张三一早骑着新买的自行车去冶金厂，他的心情比以往的任何一天都好，这不仅仅缘于他身下崭新的自行车，而是他已经决定骑着它去远方——除了仙女镇，他还没去过更远的地方呢。他在纸上认真且充满希望地写下请假条，这是他第一次使用这个文体，以至于忘记请假条的几个要素：事因，时长。他一级一级地从水泥台阶来到夹层平台，每上升一个台阶脚步就轻快一分。从平台上向下看，使人心情无比愉悦，他仿佛看到了自己，正站在油腻腻的机器旁边，一刻不停地劳作着。那个自己面无表情，四肢瘦削，干净而整洁的衣服与整个车间格格不入。那一瞬间，他竟为站在机器旁的人感到难过，但只是一会儿，手中的请假条又及时将他拉回到希望之中。

车间主任杨国强正在写着领料单，他头发浓密，如钢丝一样直竖，黑发中掺有白色，像酸洗处理不彻底的结果。杨国强接过请假条，眉毛扭曲一下，就连那两道八字须也跟着扭曲了。整个厂区都在热火朝天，这节骨眼上怎能请假？他感到生气乃至愤怒，而地面上传来的轰隆隆机器声又加剧了这种愤怒，他拿起笔在请假条上毫不犹豫写下三个字：不批准。

我无法再想象下去了，没有得到请假批准的张三会做出怎样的行为呢——他有气无力地从平台上下来，慢慢向大门走去，路上遇见的每个人都视而不见，他两手空空，脑袋空空，就连锁在车棚里的自行车都忘记了？当然，还有一种情况，张三又回到他的岗位上，他并没有离开厂区，一直没有离开，永远没有离开。他的自行车可以证明。

我的脑袋要炸开了，天快要亮了仍未能睡着，这样的想象比数学书上关于相遇的问题更令我精疲力尽。这种精疲力尽首先从裆部开始,呈放射状态蔓延到四肢——我发现那儿流出了液体,如猪油一样浓稠油滑。

我在巨大的疲惫中昏沉睡去,做了好多梦,有冶金厂,有张三,杨国强,父亲,母亲,十分模糊,只有一个梦还能清晰记得——穿着白衬衫的张三骑着自行车,在我面前停下来,支开双脚,他的腿很长,像圆规一样笔直而稳固。他指了指大杠,示意我坐上去,我背对着他,还没站稳,他的手便穿过我的胳肢窝,轻轻一提,我便落在大杠上了。车轮滚滚向前,风将他的白衬衫吹鼓起来,像船上的帆,他的袖子卷着,也被风吹得一鼓一鼓的,胳膊总是不小心蹭到我的胳膊,痒痒的,酥酥的,像母亲说的父亲要骑车带着我那样,使我不敢乱动,小心翼翼坐着。有细微的热气从后面拂过来,是他的呼吸,一会儿在头顶,一会儿在耳边,我想问他去哪里?还没开口,他便说话了,热气吹拂着,像在跟我耳语。他说我们去远方,很远很远的远方,一直到骑不动为止。醒来后,我恍惚很久,也很懊悔,恨自己为什么就没转身看一看他的脸呢。

母亲已经起床了,打开一盏小灯,坐到缝纫机前。她脑袋前倾,弓着身子,像是头顶的灯光带着无限力量将她压得很低很低。母亲老了,是属于由里向外一层一层老开去的那种,头发无力地耷拉着,脸色蜡黄,额头全是皱纹。

那他再没回来过吗?我的问话使母亲突然抬起头四处张望,当发现我掀开帐门正看向她时,才转回身去。是呢,母亲回答我,你父亲再没回来呢。

可是,他,去了哪里呢?我差点紧张得说不出话来,连自己都吃了一惊,究竟问的是张三还是父亲?我记不清是第几次问母亲这个问题了,可我分明感到是第一次问她。

他呀——母亲愣了一下,表情顿时夸张起来,她清了清嗓子,抿了下嘴唇，像一个预备登台朗诵的人似的——你父亲呀，他那天去了厂里后就再没有回来，真的，后来我去看他，他们指给我看，他焊接的那个地方，真的，我没看到他，我真的没有看到——

母亲的声音高昂起来，像朗诵进入了高潮，声音颤动，抑扬顿挫。母亲说她后来去找父亲，可厂里戴宇航帽的人很多，他们都在埋头干活，谁知道哪个是他呢。她说自己站在窗户前朝里看，一些带着宇航帽的人深一脚浅一脚地从她跟前经过，他们的脑袋沉甸甸的，脚下软绵绵的。说到这儿，她长长舒了口气，随着一个漫长的沉默后，转过脸问我，你说他是不是真的就去了天上呢——

母亲说这话的时候，我分明感到四周的空气轻轻游动起来，形成一股向上的浮力，托着一个模糊不清的父亲向上抬升，抬升。我不知道自己为什么问出那个该死的问题，看母亲像一个拙劣的演员在我面前表演。如果在从前，在我更小的时候，我会对父亲的不辞而别感到难过，而现在，准确地说，在我像个男人那样长出体毛后，我突然明白母亲在撒谎。我想父亲应该永远不会回来了，他离开我们，可能是爱上了别人的女人，也有可能，死了。

母亲又低下头缝衣服了，嗒嗒嗒的声音响了起来，犹如从笼子里逃出的野兽，它们在堂屋里盘旋，逃遁，碰撞，从砖缝里四处游走，直到塞满我的耳朵。

整整一天，我都没去学校，这是我第四次逃课。我的数学老师对此已经忍无可忍了，他罚我抄了一百遍公式，并警告我如果再逃课就要将父母喊到学校来。

我在冶金厂从早晨一直待到下晚，目睹了它从勃勃生机到暮色沉沉——这多像人的一生啊。冶金厂被仙女镇拴住一生，张三被冶金厂拴住一生，母亲被缝纫机拴住一生，哥哥被梧桐树拴住一生……我在黑暗来临前疯似的逃离出来，我怕被无边的黑暗拴住一生。

我骑着没有坐垫和轮胎的自行车沿着等边三角形的三条边飞快

地来回，如果你还能对那个下晚存有记忆，一定在某个瞬间停下手上的动作，竖起耳朵，惊异于一种风驰电掣的声音。

当这种声音在大梧桐树下戛然而止的时候，母亲和哥哥都吓了一跳，他们的眼球在半空颤动一下——很显然，他们都惊奇于我的突然出现。鸡骨架一样的自行车停了下来，轮子与水泥地擦出了一丝火花，我的脚点着地面，倏而跳下自行车，拿起缝纫机上的剪刀将拴着哥哥的绳子剪断，整个过程，动作有力，干脆，果断。

然后转头看向母亲，你认识冶金厂的人吗？我问。

6

写到这里，我还没有为这篇小说想到一个恰当的名字，害怕会因为名字而暴露我内心的脆弱，所以不得不时刻提醒自己，我只是在编造一个故事，一个发生在 1992 年春天的故事，如果你已经为小说人物的命运感到同情或担忧，请相信我，这一切都不是真实的。

我曾在纸上写下一个名字——《寻找杨国强》，但很快就被我用笔涂得模糊不清，我之所以想到这个名字，是因为在寻找杨国强上的确花费了很大精力，尽管它并不是我讲述这个故事的主要目的。

在那个晚上我向母亲提出了是否认识冶金厂的人这个问题后，她给我的回答答非所问——哦，冶金厂，你父亲是在机械厂啊，小张子吧，他是你父亲唯一的朋友，可是他不是冶金厂的啊。小张子住在县城里呢，他们离得很远，虽然离得远，但他们玩得好，你父亲做梦都想有个自行车呢，那样就可以骑着自行车找小张子喝酒去了——

这就是我的母亲，大概这也是我不愿意和她交流的原因之一吧。我记得在很小的时候，我问她父亲去了哪里？她就是用这种答非所问的方式回答了我。在那个早晨之后，她也主动和我分析父亲的去向，比如说父亲那天离开家后就出差了，天南海北地跑；比如说父亲其实哪儿也没去，只是去了城里，肯定是城里好，所以才不想回来；又说父亲听说又生了个男孩，可能不喜欢男孩罢，男孩总是不听话你说是不是……母亲说这些的时候，神情是哀怨的，为了使哀怨得以充分表露，她总是在说完后加上一句——他不要我们，我们还不要他呢。

可我想去找他呢——我不知道自己为什么说出这样的话来，好像刻意要戳穿她的谎言似的。果真，母亲愣了一下，脸上皱在一起的肌肉轰然崩落。你要去么？你真的要去么？反正，我不去，我不会去的——她的下巴不住地抖动起来，声音微颤——真的，我不会去的，我不去的，你要去你去好了，你想他你去找他好了，可是，你还没长大，等你长大了，你才能去找他——

母亲突然打起嗝来，一个接一个地，好像下巴处的痉挛转移到了胃部。她端起搪瓷缸拼命地喝起水，水在喉口发出沉重的响声，紧接着是裹挟着气流跌落山涧一样。

你刚才问什么？冶金厂么？母亲放下搪瓷缸突然问我，她不再打嗝了，面部的肌肉逐渐放松下来。冶金厂么，我当然知道的。她说有个在这儿做衣服的老头好像是冶金厂的呢，因为他曾穿过一件有冶金厂标志的衣服。

我用六个下晚终于等来了老头，他果真穿着那件工作服，宝蓝色的，很旧，发白，下摆处起了毛边。他从西边慢慢过来了，下晚的阳光从他身后包抄，在工作服上留下一圈明丽的金色。

我没在冶金厂上过班哦——老头对我说。他的话使我心猛地一沉。他说这件衣服不是自己的，是他侄子给的，好多年咯——他用手指配合数了一下——十几年了，都穿不坏。

至于他的侄子的去向，老头给了一个模糊的地址，这些年来他们因为有一点矛盾而没有来往。

找到老头的侄子是在四天后，天气逐渐热了，衣服总是黏在身上，老头给的地址虽不太准确，但还是让我找到了。

啊，张三？杨国强？没听过。可能不是一个车间的，冶金厂有好几个车间呢，有除锈车间，有平炉车间……啊，还有什么，我也记不得了。老头的侄子也是一个小老头了，他对十年前的事记忆模糊，他并不认识那个叫张三的人，对于杨国强，他说可能是平炉车间的车间主任吧，他也记不得了。

我在他的指引下又相继找到了两个冶金厂工人，其中一个是个女的，她对这事明显比其他人多了热情和好奇。她一直将我送到杨国强家的门口，但对着紧闭的大门女人也一筹莫展。你自己想办法吧，我得干活去了。说完女人转身走了。

得知杨国强此刻正在后山上，是杨国强的老母亲说的，眼前的老太老得不能再老了，像风化的尘土一样，一阵风就能将她吹散。在她身上找不到一点儿杨国强的影子——那个头发浓密，写字狂放的男人与眼前的人会有什么关联呢？

我到达后山，是下晚最盛意的时刻，油菜已经结籽儿了，饱满，昂扬。山路并不好走，被野草遮去了全部，或许这都不能称之为路，很明显，极少有人从这儿经过。

山上有很多鸡，从草丛里钻出来，并不惧人，扑的一声，从我身前飞掠。

在参差不齐的鸡窝间，我看见了那个人，他正背对着我趴在鸡窝上补网，几只被关在网里的鸡扑棱着翅膀，掀起浓厚的尘土。直到那人转过身来，我才发现他比山下的老太似乎更接近于老态龙钟。

你知道杨国强在哪儿吗？我紧张地问。

老头斜睨我一眼，侧头呸了口浓痰说，我就是。

7

当我和冶金厂当年的车间主任杨国强一同站在 1992 年的下晚

时，我和你们一样感到不可思议和极不真实。从后山看下去，半个仙女镇都在脚下，树木茂盛，遮住了房屋，露出一小截儿一小截儿灰暗的屋脊，如同鱼背隐没在水中。

杨国强继续修理他的鸡窝，对于我的造访没有表现出应有的好奇和热情。

张三？谁会叫这个名字。他又呸了口痰，几只鸡飞扑过来，将痰啄得一丝不留。

他是你们车间的，他、他还给你写过请假条呢，他、他写字很漂亮——我有些语无伦次。

杨国强说没听过，头摇得像拨浪鼓。没有，一定没有，我们车间就没有写字好看的，整个冶金厂就没有写字好看的。他顺手将一只站在凳子上的鸡吆到草地里去了。

一定有，一定有张三，一定是你忘记了。我没有善罢甘休，大概我的嗓门突然增大，几只鸡哄的一声从地上飞跳起来。

我说没有就没有。杨国强有些生气，他说话的时候两只鸡从我们中间飞过去，鸡毛与尘土齐飞。大概到了归巢时间，而我的出现使鸡群亢奋或惊觉，它们使出浑身力气从草丛里飞出，在空中扑棱一阵后便落下，但爪子一碰到地面又条件反射地飞起。如此反复，尘土被搅动，腾起，凝固在半空。

我有请假条呢——为了使他相信，我不得不将请假条掏出来展开给他看，但他瞟了一眼后就将请假条揉成一团扔到草地里去了。没有张三，没有这个人，我说没有就没有，你这小兔崽子。他几乎在咆哮。

我跳到草丛里，捡回请假条，这个动作又引来鸡群的惊慌失措。

快走。杨国强在我身后叫嚷着，从哪儿捡来的破玩意儿，滚下山去。

几只鸡在我跟前飞扑，杨国强一边向我扔土坷垃一边叫骂。我撒腿往山下跑去，一刻都没有停留，在鸡毛、尘土、石子、痰、草叶、鸡叫声中飞快逃离。

第二天，我又去了，这一次是扛着自行车去的。

一早出门时母亲将我拦住，递给我衣裤让我换上，这是由父亲的改的。她问我这么早干嘛去？我说找张三。母亲愣了一下，听错了，“哦”了一声，说，等你长大了，才能找到呢。她转身去推缝纫机，嘴里仍然喋喋不休——你还没长大呢，你父亲的衣服给你穿，大小正好，不需要改了，你才算长大了呢……

到达后山，杨国强正在杀鸡，看见我便扔来一块大土坷垃，骂道，你这小东西又来了，不好好上学天天跑来干什么？他说昨天一只鸡被我撞死了，他正要找我呢。

你爸爸妈妈叫什么？我要找他们告状的。杨国强抬起头朝我喊，他不像昨天那样老态龙钟了，原来是嘴里多了一副假牙。他侧过脸瞪着我，阳光照在他的半边脸上，嘴唇明显紧绷了，每说一句话，都像吞下一小块阳光似的。

告诉你你也认不得的。我咬着牙说。

我怎么就认不得呢，你爸爸叫什么？他又咬断一截阳光。

他不是冶金厂的，不是冶金厂的人你怎么能认得。我撇过脸。

那他是哪个厂的？杨国强扬起眉毛。

机械厂。

哦，机械厂，机械厂我怎么就认不得呢，县里的机械厂，你说是不是？机械厂的厂长我认得，保管员我认得，看门的我认得，我还晓得机械厂那年出的大事呢。杨国强停了停，将手上的鸡毛平铺在石头上。嗨，小鬼，杨国强问道，你多大了？

我咽回差点脱口而出的数字，抿了抿嘴，没理他。

不告诉我是吧，杨国强说话时将鸡肫皮撕下来。又问，张三是谁？你爸爸叫张三吗？

我摇摇头，看他将鸡肫在血水里清洗。我不知道张三是谁，我停顿了下，继续说，可我想知道他们去了哪里——

你从哪儿捡来的请假条？是你自己写的么？他皱了皱眉，可是冶金厂没有叫张三的人，谁会叫这么难听的名字呢？你从哪儿捡来的？字的确挺好看的，嘿嘿，说不定哦，说不定是我从哪儿捡来的呢。杨国强笑起来，越笑越凶，笑得前俯后仰，笑得忍不住一阵咳嗽。好一会儿后，仿佛没有力气了，才意识到我还站在他面前，又板起脸，问道，你不好好上学，到处鬼混，你父母知道么？

我咬着嘴唇不说话，眼睛死死盯着他的手。

喃，他们肯定不知道你逃学的，你爸爸在县里，在县里哪管得到你呢，他在县里的机械厂对不对？

他抬起头看我，眉毛上扬，很显然不需要我回答，因为他已经继续往下说了。你听过机械厂那年出的事么？你爸爸也不一定知道的，要不怎么不告诉你呢，你说是不是？

杨国强把鸡拎起来，将血水泼到地上，尘土来不及扬起，便形成一串串土珠儿在地上灰头土脸地滚动。机械厂出事时我去看了，哎呀，一个人被钢卷砸死了，二十几吨重的钢卷，从头顶上砸下来，砸在一个工人身上，像块肉饼似的，没人形了。

为了表述更直观一点，杨国强将手里一毛不拔的鸡举过头顶，忽的松开手，鸡从高处自由落体，尘土飞起，地上出现了坑状。他捡起鸡，将头折了个方向，使得鸡头藏到鸡肚里。就是这样，砸下来的。他说地上砸出一个大坑，人砸成了肉饼，铁锹在坑里铲了半天，才把肉饼一点点铲出来。那个人老婆也去了，闹着非要去看她男人，看她男人的脸。可是，你说人都成肉饼了哪还有脸呢？那个人是个焊工，焊工帽和脸都砸成了泥。唉，他女人快要生了，肚子老大老大的，一看到一团肉泥，人就昏过去了——

我的耳边嘈杂起来，轰隆作响，杨国强又说了什么我怎么也听不见了，叫声、哭声、机械声，塞满耳朵，后来，所有的声音都消失了，只剩下缝纫机的嗒嗒声，有力地，飞快地，一刻不停地，一声连着一声，一声追着一声，最终声音连在一起，像一道厚厚的结实的墙。我想从墙上翻过去，可声音太厚了；我想从墙角钻过去，但它们密不透风。我便摁住母亲的腿，不让缝纫机发出声音来。我说，妈妈，你不要踩了。可妈妈不听我说话，依旧双脚飞快，嗒嗒嗒——我说，妈妈妈妈，你停一停，停一停吧。她并不理我，浑身的力气都用在踏板上。妈妈，妈妈——她听不见我说话，两脚像奔跑似的。妈妈，妈妈——嗒嗒嗒的声音快淹没我了。妈妈，妈妈——妈妈，妈妈——缝纫机的皮带终于断裂了，嗖地飞出来，在我胳膊上狠狠抽了一下。

8

杨国强砸来的土坷垃打在我的胳膊上，所有的声音戛然而止了，我的身上湿了，汗将父亲的衣服黏在皮上。

杨国强已经杀好鸡了，蒜姜填入鸡肚后整个地淹在锅里炖起来。他将锅盖盖上，给自己点上一支烟。嗨，没骗你吧，我是知道机械厂的——杨国强又向我扔来土坷垃，希望我不要走神，认真听他说话。他说冶金厂和机械厂有业务往来，那时候他要经常去县里呢。那几年真是太忙了，做也做不完的货，也不允许请假，要是谁擅自离开，就得扣三倍工钱，谁会跟钱过不去呢。他说机械厂的那个焊工就想回家，可又舍不得三倍工钱。他们说他急了，爬到行车上，很高很高的行车，不肯下来，可谁会理他呢，厂里都忙死了。最后还不是从行车上下来了，他也没心思干活了，总分神，在车间里干活怎能分神呢，你说是不是？后来，就被掉下来的钢卷砸没了。

我的身上涌起了层层汗珠，却依然感到寒冷，脑袋又被嗒嗒嗒的轰隆声填满了，我想妈妈这个时候是不是正在梧桐树下踩着缝纫机呢，还是被数学老师喊去学校了。早晨她告诉我数学老师说我罚抄的公式全部错了，阿奇米定理，阿奇米是什么？她问我，吐字含混不清。

是阿基米德定理，我把定理一字不错地背给她听，是的，一字不错。记得老师第一次在黑板上写下阿基米德定理时，我的眼中突然蓄满了泪水——浸在液体（或气体）里的物体受到向上的浮力作用，浮力的大小等于被该物体排开的液体的重力。是的，此刻，你一定无法理解的，当我的世界里少了一个父亲时，我分明感到周围空气的稀薄和寒冷。

一阵腥臊的风吹来，身上的汗收干了，需要用点力才能将衣服从皮肤上撕开，在衣服与皮肤之间，我分明感觉出了一种阻隔——是请假条。我的手伸进口袋，将它掏出来，请假条软塌塌的，精疲力尽。

我擦了擦眼角，没有犹豫，径直向杨国强走去。

批准他们吧。我被自己的声音吓了一跳，杨国强也愣了，骤而笑起来，说，滚开，小兔崽子。

我不依不饶，将请假条展开在他面前。杨国强挥开我的手，示意我让开，但我的身子又立马堵在他前面。几个来回后杨国强急了，像上次那样将请假条团起来扔得远远地。

我不慌不忙走过去捡回，再铺平。

纸团又飞出去了，这一次比上次更远。两只鸡迅速跑过去，啄了两下又索然无趣地离开。

我一遍遍地将请假条递给他，使他暴跳如雷，他一边咬牙切齿骂着一边用力将我推开。鸡群被吓到了，扑棱棱飞起，急急落下，躲进草丛去了。

我再将请假条递过去的时候，杨国强迅速钳住我的左胳膊，我转身用右臂箍住他的脑袋，勾住。我们扭打到一起了，我与他的力气不分上下。兔崽子，啊，小东西，啊，你这个逃学精，啊，屌毛还没长出来的小毛孩，啊……杨国强把他能想出来的词语都毫无保留地扔向我。

我不是逃学精，我也不是小兔崽子，我已经长屌毛了——我反驳他。

杨国强愣了一下，突然松开手笑起来，整个人在地上滚作一团。他一骨碌爬起来，拎起我，一直拎到桌边——陪我喝酒，长屌毛就可以喝酒，喝酒才是大人。他笑得前俯后仰。

9

1992年——我反复写下这个年份，我想每个人的一生都有一个重要的年份，而1992年对于我、父亲、母亲，是多么具有意义的一年。

1992年春天之后，父亲的衣服无需改小了才能给我穿，它们长短合适，恰到好处地包裹着我。像一个模子刻出来似的——母亲总是这样说。

我很想看看和我一个模子刻出来的人。可我没见过他，连照片都没有，父亲唯一的一张照片留在了焊工证里，照片很小，五官处锈迹斑斑，模糊不清，除了那件白色衬衫依稀可见之外。

母亲说父亲拍完照片就再没舍得穿那件衬衫，焊工的活儿真是太脏了，还有不断飞溅起来的火星儿。父亲将衣服脱下，藏到箱底，直到十多年后它与我的肌肤紧贴在一起。

1992的那个春天，我和杨国强从中午一直喝到下晚，那是我人生的第一场酒，记不得究竟喝了多少，碗里的酒喝干就涨满了，摇摇晃晃的水面倒映着天空，太阳快要落下去了，把天边印得锈迹斑斑，云朵在碗里飘来飘去，一刻都不肯停留。我将脸贴近碗面，舌头和脑袋大得出奇。杨国强也喝高了，歪在一张残破不堪的藤椅上，时不时从酣睡中惊醒。我也疲困极了，眼皮像生了锈一样，沉沉的，重重的，一点点往下坠。就在眼皮快要合上的时候，我看见杨国强睁开了眼睛，他从藤椅上突然坐直，嘴里发出呼呼呼的吐气声，像火车到站一样。然后想起什么似的，在身上摸索一阵。没有笔，都若干年不写字了——他在抱怨。于是拿起压在瓷碗下的请假条，展开，铺平，右手提起一根筷子，蘸了蘸汤汁，一笔一画地在纸上认真写着。

风紧了，我的周围被什么撑满似的，空气一点点聚拢回来，又逐渐变得浓稠，轻轻压在身上。我努力睁着眼睛，让下晚的阳光照进眼眶来，面前越来越模糊了，但仍然能分辨出请假条上新的字迹——批准！是的，还没有干透，每一个笔画都在潺潺流动，莹亮的，像猪油一样，又逐渐变得透明起来，泛着下晚的天空铁锈一样的颜色。

里下河
青年文学
写作计划

不做孤独的灵魂

王忆 著

江苏凤凰文艺出版社
JIANGSU PHOENIX LITERATURE AND ART PUBLISHING

图书在版编目（CIP）数据

不做孤独的灵魂 / 王忆著. —南京：江苏凤凰文艺出版社，2021.10
（里下河青年文学写作计划）
ISBN 978-7-5594-6330-2

Ⅰ. ①不… Ⅱ. ①王… Ⅲ. ①短篇小说—小说集—中国—当代 Ⅳ. ①I247.7

中国版本图书馆 CIP 数据核字(2021)第 201855 号

不做孤独的灵魂

王忆 著

出版人 张在健
责任编辑 曹 波
责任印制 刘 巍
出版发行 江苏凤凰文艺出版社
南京市中央路 165 号，邮编：210009
网址 http://www.jswenyi.com
印刷 江苏凤凰数码印务有限公司
开本 880 毫米×1230 毫米 1/32
总印张 28
总字数 670 千字
版次 2021 年 10 月第 1 版
印次 2021 年 10 月第 1 次印刷
书号 ISBN 978-7-5594-6330-2
定价 199.00 元（全 4 册）

目　录

逆流而上的治愈

1

萧懿辗转反侧，已有好几个晚上没有睡好了。如果不是想到杂志社跟她约的封面还没画完，她都怀疑自己是不是快要抑郁了。其实也不能说是抑郁，抑郁是郁郁寡欢，茶饭不思，整宿整宿失眠。她还不是这样，没到那地步。就是心有点乱，忙起来还好，但就不能静下来，白天不能，晚上更不能。只要一想到这半年经历的事，想到那天晚上严柯对她的笑容，那天早晨他给的拥抱……她的内心不知从什么时候开始就复苏了，紧接着是莫名其妙地慌乱，最近又转变为对自己的耻笑，耻笑自己是在痴人说梦。她侧了个身，眼神呆滞地盯着宝莲状的床头灯，开关捏在手里无端被开了关，关了又开。这几个晚上就这样反反复复无数次，她觉得自己有些神经了，扑哧冒出一句：“真是荒诞，说出来你就是个笑话！”灯总算被熄灭，萧懿却一定想进入一个更荒诞的梦。

说起来萧懿也算个挺奇特的人，学生时期各科成绩都很一般，数理化英语基本属于半工半读没学明白，语文作文写得也是神龙见首不见尾。结果可想而知，别说高中了，考上技校也算勉勉强强。这倒是也不能怪她不争气，谁让她天生跛脚呢。一个姑娘家天天一瘸一拐去学校，这得受多少冷眼对待，什么瘸子、拐子、跛子都是她在学校、社会上的代号。没人真心同情这么个走路歪歪扭扭，还不给人好脸色看的女生。老师嘴上不说，实际上也是这么认为，这种人以后能有什么出息？顶多来认几年字，以后回家好看电视打发打发时间罢了。所以萧懿向来各项功课都不行。没信心，也不想认真学，她哪知道以后会怎么样，反正能学一天是一天。不过似乎都是这样，越想随波逐流就越不会那么容易逍遥自在，人总会在无意间发现自己还有那么一技之长。上初中时一次美术课上，老师在评价学生作业时，破天荒地点到了萧懿的名字。“萧懿这次美术作业完成得不错，轮廓和色彩都画得非常好，得了优＋！继续努力！”她坐在台下蓦地抬头，看见老师对着她笑。后来上了技校，她想都没想就选择了绘画设计。五年制学习结束后，她一走一颠地想出去找份工作赚钱，但哪有那么容易。去打工吗？不可能，打工人家也需要形象。就算是获得一些怜悯，给予她一些不透光的洗碗活，凭萧懿这“自命不凡”的气度，更不可能去接受别人的施舍。毕竟她需要的不只是填补物质上的空缺，还需弥补精神上的缺憾。因此，这一晃荡就是两年的时间。把一个人生生关在家里两年是什么局面？大概也并没有与世隔绝那么可怕，毕竟这是个网络通信发达的时代，“宅”反而成了一种对生活修炼的态度。萧懿自然是闲不住的，她明白网络从某种意义而言对她是好的。她在网络上投简历，试图寻找与绘画对口的工作，她从一开始就不信自己找不到一份体面的工作。于是，功夫不负有心人，两年后一家杂志社看了她的图画样稿后，真的就录用了她。每周不定时坐班，完成每月一期的杂志封面。这让萧懿信心倍增又维持了她的体面。

杂志社办公空间略显拥挤，一间编辑室里挤了七八个工位，严柯也就在这个时间节点出现的。他负责杂志内页的简笔插图，和萧懿的工位是邻座。她平时很少来，来一次也会把自己的一亩三分地收拾得干干净净。她不只对严柯是点头之交，对其他人也是如此。大概在她的认知里，对人敬而远之是一种不失优雅的礼貌，就像她以前从来都没觉得严柯是特别的。他谈吐尽管幽默，待人尽管绅士，个头应该是有一米八左右，架了一副无框眼镜，但很普通。假如非要找出些有特点的地方，可能也就是经常穿正装上班。就这么一个画插图的编辑，每周换不同色系的西服坐在格子间里，握一支笔画钢笔画，这样的画面感该怎么形容呢？

这期封面图主题是：治愈。萧懿一开始听到便觉得是个“假大空”的主题。治愈，这年头会令人受伤的地方太多，一碰一伤，谁都会身经百战，谁也都是遍体鳞伤。怎么治愈？谁又可以真的治愈得了谁？她思考了将近一周也没勾勒出“治愈”的画面。“想表现出治愈，得先想出受伤的感觉。”她不由自主用笔戳了戳原本干净纯洁的白纸。每周都是如此，她环抱着一摞稿纸来杂志社参加例会，从楼梯一颠一簸地爬上去，在他人看上去是如此艰难，实则并没有多费力，只是习惯，用习惯应付艰难，现实也就没那么夸张了。严柯也从楼下走了上来，很快走到了她前面。又是一身藏青色西服套装，比萧懿多跨上一层台阶后转了个身，对她伸手微微笑了笑说：“把手里的东西给我吧，我先拿上去，你慢慢走。”萧懿看着他，表情停顿了几秒，然后反应过来，礼貌地一笑，把怀抱的稿纸交给了他，没等她说谢谢，他就快步上了第三层。

例会上，主编照例巡查各部门工作进度，严柯这期有八幅插图，无一例外提前交稿。等问到萧懿封面这儿，她只能说，这期主题很难掌控，暂时还没想好该怎么表现出对“治愈”的正解。领导听到这样的答复自然有一些不太痛快，甚至认为是萧懿把意思理解复杂了，只能硬着头皮下达命令道，抓紧画吧，月底就得下厂印刷了。会议结束人群散去，她总是留在最后一个离开。严柯在整理手边资料，抬头望见缓慢走过来的她说：“没事，还有的是时间，回去慢慢构思，总得想清楚了才能画好。”萧懿听了没作声，只是看到了他脸上那再正常不过的微笑。

2

那是个阴雨天，周五的傍晚，上次杂志社组织去团建的视频剪辑出来了，同事把视频投影到屏幕上。其实这类活动，萧懿一般是不会参加的，团建总是要“跋山涉水”或“拓展训练”，她确实不适合融入其中。但今年同事们都说是去度假区悠闲团建，没那么多复杂项目，劝萧懿一块去。她依旧说，算了吧，我还是嫌麻烦，一路上难免会给旁人添麻烦，就不去了。严柯环顾了四周，不经意地说：“人总是要麻烦别人的，要不然每个人之间怎么会产生无缘无故的连接。”然后，她在今年团建的视频里就出现了。这回团建，杂志社真是难得一见的慷慨，找到了一家在深山里的五星级度假酒店。依山傍水，自助丰盛，还租了一间会议室当沙龙分享场地。萧懿背了一个看似挺重的背包上车，同事问她就去两天，你这是带了多少衣服？她微微一笑说，衣服就带了一套，其他的都是笔和画本，想着换个环境能不能发觉新的思路。她和严柯各坐一边靠窗的位置，途中大家轮番上阵走到车前表演节目，为旅途助兴。严柯向来很受女同事追捧，他不上去唱上一两首，肯定是不能让这帮人罢休的。萧懿认识他这么久，的确不得不承认这人多少有些才华，行为做事礼貌绅士，谈吐风趣，才艺俱佳。这么想一下，他还真是个挺有意思的人。不过萧懿想的是，这一定是她见识太少的缘故，外界现实中类似更优秀的人肯定不会那么贫乏。五星级氧吧酒店确实是不错的，一人一间房，还带一个独立的露台，推开门就是层峦叠嶂的山峰，几声鸟鸣从头顶掠过，深吸一口气全是草木的清新。萧懿一直在回忆这些年让她感到很受伤害的事，比如：学生时期被人嘲笑，或是成年之后走在街上无法像正常女孩飘逸地走过，又或是痛失过哪位心疼自己的长辈……这些她一定都经历过，可后来都是怎么痊愈的，竟然一点也想不起来了。就好像怎么也体会不出当时的痛感，毕竟痛感太多、太久会使人麻木。

晚餐后，分享会的氛围远比在会议室召开例会轻松自在。萧懿虽然偏爱独处，有些时候也渴望融入。大家很随意地入座，尽量围成一圈，还有些人索性盘腿坐在地毯上。领导今天脸上表情也略显少见的松弛，说："今天不是不谈工作，而是为了给大家工作以来的嘉奖。我们来一个十大最佳的颁奖仪式吧！"紧接着最佳卷首语、最佳选稿、最佳设计、最佳影响力篇章……轮番颁出。萧懿当然觉得这是与她无关的事，正撑着脑袋鼓捣封面的事。只不过在眼神望着水晶灯晕眩间，恍恍惚惚听到有人报到她的名字，"萧懿获得上半年最佳封面奖！"她麻木地调整了坐姿，一时没反应过来，只见周围人全盯着她拍手称快，弄得她忽然有些不知所措。同时又感到肩膀上落下一只温热的掌心像是在抚慰她，微微回头一看，是严柯迎着她一脸笑。而这笑容，也是萧懿后来才清晰地想起的，有些灿烂，是从他镜片投射到脸颊上的光芒，还有些温馨，是从他眼角和嘴角散发出的暖意。

萧懿睡不着了，灯又亮起来，然后又强制性熄灭，又打开。她打电话给齐蓉，吞吞吐吐，带着各种焦躁情绪东拉西扯。齐蓉实在忍不了了，问她究竟想说什么。她说，没什么，最近画画不出来，心烦。准备挂电话之前，她还是没忍住多问了齐蓉一声："你记得我们杂志社的严柯吗？"

团建第二天早晨，萧懿为了"治愈"折腾半宿，一早冲进洗手间好好洗涤了一把困苦与纠结。到底什么是治愈？怎么样才算治愈？经过一刻钟的冲刷，她披着湿漉漉的头发走出房间。"山里的空气就是好！早啊！"她一路慢慢走着，一路继续思考"治愈"的事情。没多久，严柯一身运动装从后面小跑跟了上来，走到她身边时自动放慢了速度。萧懿扭头看了看他，又礼节性地笑了笑。心想，原来换上运动装，他也是这么富有朝气的人。他边走边做着小幅度运动。他们缓慢走着，看向前方的那片山水和木桥。他说："昨晚又没睡好吧？还没构思好画什么吗？"她点头嗯了一声，回问他："你觉得什么样的举动才算是治愈？"这时，七点多钟的太阳从山的背面露了出来，他什么都没说，只是停下来，笑着望了望挡在她脸旁一缕快要吹干的头发。

齐蓉一时被电话里的声音问住了，可是不到一会儿突然想起，语气有些激动地说："哦，我知道了，是不是总爱穿西装的那个？看起来挺斯文的。""嗯，对。"萧懿回答得很轻。

随后又跟了一句："他画插图画得挺好，人确实优秀。""所以呢？"她听出了齐蓉不怀好意的语气，就没再继续回应。

团建回来后，距离交稿的日期越来越近。这些日子一直不停下雨，断断续续快半个月了。上周五下班以后，萧懿就再没去过杂志社，按理周三是去交稿的时间。然而直到现在她连草图都没画出来，满脑子却都是另一件事。那天团建结束，正准备上车返程的时候，她突然接到家里打来的电话，是一个噩耗，她的外婆突然在半夜去世了。她站在酒店大堂前，恍恍惚惚，不知该用什么反应去接纳这件事，只能傻傻地停在原地不动，脸上是没有表情的那种木讷。严柯从大巴车上跑下来，穿过门廊到大堂找到她，见她神情凝重便察觉出她心里有事，他捡起她丢在地上的背包，问："怎么了？"她没哭，直愣愣地告诉他："我外婆走了，上个星期还说回去给我蒸馒头吃的。"她还是没能哭出来，而是不由自主地被严柯搂进了怀里。

"你……动心了？"齐蓉不甘心挂掉电话，"反正也被你吵醒了，跟我还卖什么关子？你打电话来不就是想说说的吗？"

"我压根没想过对谁动心。按道理，应该不会。他这人一直就是这样，挺普通的。”

但是那天她确实拥抱了严柯，在意料之外又情理之中，可能她都没意识到，或许自己已经等待这个拥抱很久了。

“那你打算怎么办？告诉他吧？”

“怎么告诉？我能拿什么告诉他？不可能告诉他的。”

“我就纳闷了，你喜欢一个人怎么就不能大大方方地面对呢？非得自己慢慢熬，你这都什么毛病！”

“像我这种人怎么能开口说得出这样的话？肯定不能说，说出来这事就荒诞了，别人一定会觉得是个笑话，我不想让自己变成一个笑话。”

“你这种人又怎么了？平时那么多傲气，碰到这事就说自己是个笑话了？你啊，让我说你什么好。一个严柯你就看得这么神圣，这要是人家对你真有意思，你是不是得天天把他供起来敬拜！”齐蓉太明白萧懿面对心动的人会不自主将自己放到“卑微”的心态，她总认为萧懿这次是应该去争取一下，于是“狠下杀手”激将道，“能不能有点出息，有什么见不得人的？也别整你那套‘道德高尚’的理论，什么‘我爱你，只是一个人的事’。所有不敢说出口的理由，都是扒瞎。你喜欢人家，不能光顾着自己痛快，人家被喜欢的也有知情权吧。除非……你够㞞，慢慢熬，熬到鸡飞蛋打。到时候我陪你哭几场，你又是一条好汉。”

凌晨两点居然比任何时候都要清醒，被齐蓉一折腾，萧懿是彻底睡不着了。听筒里不时传来她的哈欠声，说：“有时候啊，你把事情想复杂了，可能就真复杂了。你对一个人有好感，说明这个人能明白你，也许还能治愈你。所以只要是喜欢的不犯法，你怕什么……”

萧懿再次拿起手边的画本和笔，仿佛脑海里忽然印出了一幅逐渐明晰的轮廓。严柯向来都给人一种谦和的舒适感，他说话的口吻一直是那样和煦，最要命的还是那令人喜欢的笑容，在灯光下，或阳光下。也从来没有人值得萧懿用“要命”这么夸张的词来形容。画笔还没落到纸上，她先打开了音乐播放器，在“我喜欢”列表中播放了第一首新添加的《平凡的一天》，这是团建出发那天，他在路上唱过的。“这是最平凡的一天啊，你也想念吗？不追不赶慢慢走回家。就这样虚度着年华，没牵挂，只有晚风轻拂着脸颊……”

原来美好的时光都是虚度的，最美好的旅程都是慢慢走过的。原来，即便我们站着不说话，就十分美好。

周三，交稿的日期终于到了。雨，仍然像一个执拗的女孩，一旦钻进牛角尖就在自己的思绪里不停打转，想过逃离这段旋涡，又不忍自我放弃。萧懿下午去了杂志社，碰巧的是刚一进办公大厅，有人就赶来告诉她一个好消息："萧懿，大楼昨天装好电梯了，以后都不需要费劲爬楼了。"这对萧懿真是个好消息，至少她今后不用再花原本可以多构思十分钟的时间爬楼梯了。老楼里添了新家什，人人都像逮着新玩具似的往里挤。新电梯里满满当当载满十个人，萧懿站在了挡住按键的一角，电梯门正要关上的一刻，一个瘦瘦高高的身影抢到最后一步跨进来。同事们开始七嘴八舌地抱怨，满了满了，超重了。可是电梯门还是顺利地关上了，"正好正好，我目测好还可以再加一个人才跨进来的。"萧懿早在最快的瞬间就看见严柯远远地快步走过来，不会有人注意到是她在最后时刻摸索着按下了开门键，严柯也不知道。下电梯时，她甚至没敢看他一眼便慌乱似的走了出去。

昨晚齐蓉仍是觉得有些奇怪地追问她："其实你认识他也不是一年两年了，这次怎么会搞成这样？"

"是啊，怎么会搞成这样？"

萧懿总算在最后关头交稿了，封面最终被萧懿在凌晨三小时内定稿。是一个身穿舞裙，面庞失落感伤的女孩，被一只从水中跳起并微笑着的海豚，用胸鳍温柔抚慰额头的画面。领导满意地说："我就料到，你的'治愈'是真的可以治愈人的。"萧懿并不能确定，那只温柔的海豚是否真能治愈了伤感的女孩。但她可以确定的是,严柯那天早晨的拥抱是真实地安慰到了她。可能也就是在那刹那间,她清楚地意识到,严柯是特别的,而她不能对他产生任何一丝一毫的念头,只因为他太好了。

临近下班时间,外面的雨仍下个不停。编辑室里同事们都知道今天是严柯的生日,每个人临走前都拍了拍他肩膀,说一声生日快乐。没过一会儿人越走越少,有人也提醒萧懿说,趁雨小了一些你也早点走吧。她说,好,等收拾完就回去。编辑室里最后只剩下她和严柯,她看得出严柯今天兴致勃勃。他也看见萧懿还在座位上鼓捣包,便站了起来对她招呼道:“一起走吧,楼下的雨水好像已经开始有些淹了,我送你到地铁站吧。”萧懿自然是欣喜的,正打算在他转身之前想把包里的什么东西交给他。但在这时候,严柯手机响了,他看了一眼来电提示。听着窗外绵延不绝的雨声,用余光扫射到严柯接到电话后的喜悦。他点点头神清气爽地挂了电话,用同样欢喜的笑容继续对萧懿说:“我们下楼吧,我女朋友打电话来,说她到杂志社楼下了。她开了车,我们顺道送你回去吧!”萧懿瞬间内心不知是什么感觉,就觉得时间有那么几秒是静止了,待她想拒绝严柯的好意时,他早已阔步走出了门,来到了电梯口。走出杂志社时,门前的雨水已经积到脚踝的位置。严柯的女朋友从车里撑起伞飒爽英姿地跑出来,他赶忙上前接住伞柄,并和她的手握在一起,他笑着对女朋友介绍同事萧懿,还顺带赞扬了她:“萧懿可是我们杂志社设计封面画的唯一高手。”她习惯性地礼貌笑了一下。然后他说:“路面积水了,萧懿不方便走路,我们一起送她回去吧。”严柯女朋友也是个热心人,连连答应,拉开车门邀请萧懿上车。

“哦! 不用不用!”萧懿顿时觉得自己的回应有些强烈,又重新缓和了语气说,“谢谢,不用麻烦了。雨还不是特别大,地铁站就在路口,我带伞了,走几步就到了。”她肯定是不想坐车的。然而在听到严柯说她走路不方便时,萧懿的心似乎是被某种尖针刺痛了一下。她来不及跟他们道别,整个身体像是为了要逃避什么躲进伞里,奔赴雨里。一路上,她感到她的脸是湿答答的。她确定这是淋湿的雨水,而不是矫情的泪水。跨进地铁站的一刻,雨并不仅仅是越下越大,而是电闪雷鸣的瓢泼。她拎着水滴滴的伞等回家的地铁,满脑子都是严柯和他女朋友站在一起郎才女貌的画面。太般配了,他是该拥有这样美丽动人的女孩陪在身边。

随地铁门打开的,还有齐蓉打来的电话,她随意找了个靠边的座位坐下,将肩上的包拢在怀里。“喂,我刚进地铁,今天下这么大的雨晚上你还要来我这儿吗?”

电话那头一样的嘈杂,就听齐蓉在耳边嚷起来喊道:“去啊,我在路上了!”她有气无力地嗯了一声。“啊? 你说什么? 大点声,我没听见。”

“礼物,没送出去。他女朋友今天下班来接他了。”这句话总算是被齐蓉听清了。很快又听见萧懿笑着说,“挺好,至少我没成为那个荒诞的笑话……”她的笑,是让自己尝到了酸涩。地铁是个蜂拥而至的地方,每个人每一次乘上的心情都是不同的。有拥抱玫瑰花的喜悦,有饥寒交迫的无奈,也有恋人未满的心酸。这么多年萧懿一直坚持一个人的孤独,她确定自己注定是得不到完美结局的人。可爱情如此细微的命运也是不容掌控的。甚至有时,连它是在何时何地发生的都说不清道不明。而她的情感,终于在没有开始前就已结束。她闭上眼,身体斜靠着车厢一再理智地告诉自己:这是好事! 她以为闭上眼就可以放空思想,暂时逃离到真空的状态。而真实是,在还没来得及进入黑暗之前,她的眼前像被谁点开了放映机,将严柯的笑容、神态,他的安慰、鼓舞,以及那天她将整个身体和灵魂依附在他怀里的每一帧场景,都依次清楚鲜明地呈现。有一刹那,她以为自己是真睡着了,眼前所浮现的画面应该是一场不切实际的梦。当然在梦里，她感到眼眶湿润了，这些清晰的画面逐渐产生了波皱。

突然萧懿整个人瞬间感到被一阵猛烈的颠簸狠狠震颤了几下，她也彻底惊醒。顿时地铁车厢内一片喧哗，她惊慌失措地张望着。只听有人从远处车厢惊慌地喊道："地铁停了！有水进来了，有水进来了！"此话一吼，左右几节车厢乘客全都惊恐万状。一时间，整个空间在分秒内演变成惊悚的剧情。"水……水渗进来了！怎么回事？越来越多了。这到底怎么回事？"有人脸上的表情开始不受控制地狰狞。地铁里流淌进了雨水。所有人都意识到这样奇怪的状况是不对劲的，暴雨可以淹掉路面，也可以使湖面上涨，可怎么能够冲进地铁里呢？此时车门外的雨水又加紧了流动的速度，水流犹如泄洪般极速灌进车厢。车厢内积水越流越深，水位拼命上涨的时速让人来不及计算。老人、孕妇、孩子一个比一个惊恐。好多人站起来踩着水逃窜，不停地号叫："怎么办？怎么办？救命啊！快来人救救命啊！"但谁都丝毫想不出一丁点办法改变现状。雨水都快要上升到座位上了！有人在这时候再次大声叫起来："快，拽着手柄站到座位上去！"萧懿一言不发，却是满脸冒出了冷汗。她双手抓住边上的扶杆像攀爬绳索，费力地把一条腿登了上去，接着是另一条。她死死抓着扶杆，双腿只能蜷缩着半坐。谁做梦也想不到，只是乘一趟地铁竟然会遇到这样惊骇的事情。

3

正当人们手足无措上蹿下跳的时候，地铁列车长冲了过来，他一边安抚乘客不要恐慌，一边紧急指挥大家从隧道人行通道撤离，但却因为水流极为猛烈，通道又很窄，那么多人压根走不过去，无奈大部分人只能重新回到车厢等待救援。而车厢内早已形成一片逆流成河的茫然，所有的人只能重新爬上座位站立，继续被困。一个妇女原本将抱在怀里的孩子奋力托举到半空中，然而最终妇女因体力不支，脚下不经意打滑，一下子连自己带孩子猛然一个前倾跌倒在水流中，众人惊愕却都束手无策。对面白发老人看到如此灾难来临，双手双脚不停颤抖，口齿打结地向身边人作揖求救："求求你们……求求哪位好心人帮帮我……帮我打个电话给我儿子。我得告诉他一声我在地铁出事了，让他赶紧去学校接孩子……"

一旁的孕妇拼了命护住自己的肚子，情绪崩溃地"哇"的一声哭了，对肚子里的孩子说："孩子，我对不起你，你爸爸今天让我不要出来，可是我偏不听，是我害了你……”前后几节车厢内哭声、抱怨声、骂声此起彼伏，只有一个个头一米七几的女孩站了出来，她尽量镇定地安慰大家：“不要慌，大家都冷静下来，我们来想想办法，一定会有办法的。”接下来她发动了几个和她差不多大的年轻人一起通过网络或是电话，向外部寻求各种救援。有一对小情侣始终依偎在一起，女孩哭着说：“我不要死，我还没等到你跟我求婚呢！”男孩使劲将她拥在怀中说：“不会的，我们肯定能出去，出去我就跟你求婚！不怕，不怕！”时间在慌乱中过了很久，车厢内的空气越发变得稀薄，许多人已开始不能正常呼吸了，最初的嘈杂声也渐渐削弱。萧懿也张开大口呼吸，直到现在她的思绪都是错乱的，她不明白为什么在短短几个小时里，自己就陷进这么多复杂的灾难当中。而此刻噩梦还没有终止，当下不仅仅是水位快要漫过上半身，忽然整辆地铁猛然倾斜到另一边，积水也顺势而下。周围也再一次发出哀号，只是人们都开始体力不支，在急促地哀号之后又很快减弱为嘤嘤啜泣。一部分人心中早已有了想法，放眼望去，人人都在握着手机，给重要的人发送微信或语音。蹲在萧懿身旁的那个男孩耳朵里一直塞着耳机，见周围人慢慢静下来，他拔掉了耳机线，将手机里的音乐放了出来。萧懿一下子听出了歌曲的名字——《平凡的一天》，“这是最平凡的一天啊，你也想念吗？不追不赶慢慢走回家……”

萧懿的眼泪终于在刹那间决堤了，她无助地抱住自己，面对这一生最绝望的时刻。她多后悔刚刚没有跟着严柯和他女朋友上车；她多后悔为了自己那点微不足道的体面，而从此就错失了和心爱的人再见的机会；她多后悔没有在严柯接电话之前，就把准备了半个月的礼物送给他；她甚至多后悔自己没能成为那个“笑话”。而现在已经没有重来的机会。她摸索出手机，打开微信，但却不想给任何人发一条告别信息。就当为自己来过这个世界，爱过这样一个人，发最后一条朋友圈吧。萧懿疯狂抓紧一切时间找出一张她今天凌晨拍过的照片，是那张她新完成的封面，女孩与海豚。在这封面上还摆放了一个蓝色蝴蝶结的礼盒，礼盒里是预备今天送给严柯的一条领带。照片拍了，礼物最终也没能送出。现在她把这张照片发到朋友圈，无力喘息着打出几行这样的文字：爱情和身体是一样的，任何人都无法真正与我感同身受。难得期待走出去见一见阳光，却迎来瓢泼大雨。所以今天容许我任性地告诉你：我喜欢你，喜欢到舍不得浪费你的生命。祝你生日快乐！

萧懿用尽最后一点力气，手指不听使唤地按下了发送键。朋友圈发出下一秒,原本如掉进黑洞里的车窗外,蓦然出现了一线光亮,紧跟着隐约听到地铁车顶上传来一阵阵急促的脚步声。很急,很快,越来越近……有人扒在车窗上喜极而泣地喊道:“救援队!是救援队!有人来救我们了……”萧懿努力大口喘息,一度觉得就要无法呼吸。她即将在这仓皇的一天中,随逆流而上的泪水屏蔽掉最后一丝光线。然而在恍惚中,她又感受到冰冷的掌心里有了几下振动,便奋力运出全身微薄的气息,用仅有的余光望着屏幕,仿佛是从幻觉中跳出了严柯的名字。

女孩：楚楚

1

李楚楚，一个向来泼辣的女孩，她的性格一点不像她的名字，用她的座右铭来说：我叫李楚楚，但我这辈子都不需要人来可怜。不了解她的人都会认为这是个惹不起的主。自从十年前她生了那场大病，又剪短了头发，看上去就更像是个男孩了。半个月前，她说要搬家，搬到离人民医院近一些的地方。我自告奋勇要来帮忙，她在电话里冷笑一声，有什么好帮的，我就一人一包，倒几趟公交就到了。我坚持说不行，你现在这状态，我说什么也要去帮你整理整理。可这家伙一向对别人的好意不领情，她那张嘴永远要比煮熟的盐水鸭还要硬:你啊,别费事了,姐们儿还没到需要临终关怀的时候,你别急着来。我……我简直被她搞得无语了,一时没控制住情绪,也顾不上她是个病人,在电话这头忍不住吐槽道:我看你真是犯老毛病了,头脑是哪根筋又搭错了?老是把人的好心当成驴肝肺。你爱咋的咋的,谁要管你,就该你活了二十多年还是孤家寡人,就该你孤独终老!

哈哈哈……她忽然在听筒里大笑起来。我没好气地又凶她:笑什么笑?到底要不要我来?我能感觉到她笑得喷出了口水,这会儿一只手肯定在抹嘴擦口水。哪次不这样,非得凶一下,她才肯老老实实同意我的建议。要啊,你该来就来呗,没人拦你。我今儿乔迁新居,你路上记得带半只水西门鸭子来吃吃。

这家鸭子店藏在一条狭长的巷子里,门面一点也不大,我每次下班经过却很是热闹。今天幸亏不是赶上周末,要不然不排个半小时肯定买不着。我排在第三位,要了半只烤鸭,特意又加了一袋三块钱的酱汁,烤鸭说好听点是吃鸭肉,可不蘸酱汁其实也吃不出什么味来。排在我前两位的都是替人取餐的外卖小哥,其中一个气喘吁吁地说,今天来你家都跑第三单了,真这么好吃吗?窗口里的老板把打包好的鸭子递给他,特得意地回答,你哪天自己买来尝尝不就知道了吗？吃过我家鸭子的，都知道好吃。那快递小哥笑而不答，只替人取了打包好的鸭子，跨上电瓶车“呼噜”一声奔驰而去。

我和李楚楚的关系说起来有点复杂，说是同学，同校又不同级，上学那会儿她还比我高了两级。如果说是亲戚，那估计得拐上好几个弯才论得上。挖空记忆，第一次见她，好像是在中学的新年合唱音乐会上，那次也是家长开放日。音乐会结束后，家长们聊起来才知道，原来我们两家是绕了几圈的亲戚，还说我是李楚楚的小妹妹，两家大人让我们以后在学校多走动走动。我俩倒是从来没把这沾亲带故的关系扯到自己身上，李楚楚从小就傲娇，一般人她都看不上。对我这个还比她小两届的小毛孩，当时自然是没入得了她的眼。一直到后来有一回，早晨我经过早点摊时，看到她左手豆浆，右手煎饼正大快朵颐。当她准备走的时候，被早点摊的老板叫住了，老板指着收钱盒里李楚楚刚放进去的五块钱说不对，两样东西应该是八块钱，你怎么只给了五块钱？李楚楚还没把嘴里的煎饼咽下肚，理直气壮地反驳道，开什么玩笑，我放的明明就是八块钱，怎么是五块钱？老板硬是不依不饶，笃定地说，你放的是五块钱，要不那三块钱哪去了？还捎带上一句，小孩子怎么睁眼说瞎话呢？这话灌进李楚楚坚硬的耳朵里那还得了，她一不做二不休，先是把豆浆煎饼砸到了早点摊上，趁老板不注意"哗啦"一下把他的收钱盒扣着全部倒了出来，非得讲出个子丑寅卯来。然而现实是，你一小孩哪能对付得了大人，最后吃亏的不还是你自己。这时候我就侠义登场了，正好口袋里还有几块零钱。我上去拉住李楚楚，把那三块钱交给了老板，这才把事情平息下来。结果呢，李楚楚这死要面子活受罪的性格，反而说我狗拿耗子多管闲事。我的妈呀，要不是看在两家人都认识的分儿上，我能多管你这事？我也不是好惹的，气得我走到校门口使劲推了她一把，弄得她不经意打了个踉跄。我怒吼了她一句：就该让你被人骂，你还不如耗子呢！我愤愤然地大步往前走着，又猛然转身指着她说，明天，把钱还我！谁不还谁是狗。第二天早晨，校门口，她还真就把三块钱还给了我，并且一脸傲慢地说了声：谢谢。我突然觉得，她这人有点意思，还人钱都能这么霸气。

瞧你小时候那趾高气昂的德行，好像欠钱的人是我。我说，你还记得这事吗？

哪有这回事？你能别闲下来就编故事玩吗？再说这都猴年马月的事了，我这些年连命都难保了，哪还有工夫记它！李楚楚坐在我对面，一口一口啃着鸭头，鸭腿她倒不愿意啃，最喜欢的是鸭头和鸭皮。她四下环顾问我，喝的呢？啤酒呢？鸭子有点咸。我对她翻了翻白眼，她就知道我想说什么。赶紧知趣地打起哈哈，我知道，喝水喝水。

我本打算今晚留下不走，陪她住一晚。但是她说什么也没答应，理由当然很硬气：住什么住，我就一张床，你睡觉太闹腾，可别影响我睡眠质量。走吧走吧，等下次，下次再邀请你共同就寝。

李楚楚搬家的行李就像她这个人这么利落干脆，一个人加一个旅行式背包，这就是她全部家当。走出她的一居室，我才开始注意周围的环境和邻居。走在狭长楼道里，往左看看有三家人家，往右看看也有三家人家，李楚楚大概是租房迟了一些，只落得住到了右边最靠里的位置，也不知道白天屋里的采光如何。六家人沿着走廊一字排开，中间是楼梯。每家走廊顶上挂着一盏忽明忽暗的吸顶灯。总体来说，小区房屋老旧，环境脏乱，墙面开裂翘皮，一碰就掉，应该是二十世纪七八十年代的老房子。用李楚楚不屑一顾的话说，唯一的优点，是租金便宜，至少是像她这样的人能负担得起的。其次，就是离人民医院近，走着也就三四百米的距离。这点我倒是同意，但还是感觉太委屈她了。

她每周二、四、六下午固定要去医院报到，一待便是半天。我目前工作单位在城北，直线距离她这里精打细算也得半个多小时，好在我的工作时间比较自由，不需要每天坐班，这样一来也能充分安排自己的生活。李楚楚是上高一得的病，那会儿我才读初二，然而我们的关系早就非常亲密，每到节假日，一有空我们俩就黏到一起，天方夜谭胡言乱语，没完没了地聊。只不过她的学业断断续续维持到高三毕业，可惜最终也没能参加高考。至于她生病的过程，我也是很久之后才知道的。才发现身体出问题的头一年，先是普通的感冒发烧，当然不会有人把这种小毛病当回事。更何况是大大咧咧的李楚楚，别说是上医院挂水了，就连药她都懒得吃，感冒发烧算得了什么，依她的性格绕球场跑几圈出出汗就好了。可是她似乎从来也没发觉，这样雨点大的感冒发烧日复一日变得频繁起来。不仅如此，食欲也一天比一天差，逐渐开始吃不下饭。她怎么也没想到，这才不到一年时间，自以为体能健壮的她发觉身体莫名其妙膨胀起来，她认为是身体正在发育的缘故，却不想这是浮肿的症状。这当然不能怪她，这些身体变化连她的父母也没太注意到，看着她脸圆滚滚的样子，还责怪她是不是乱吃了什么东西。事实上她的身体状况已经急转直下，直到李楚楚忽然发现每天的小便越来越少了，甚至一次小便要蹲好半天才能解下来，她和家人这才意识到身体是真的出问题了。结果可想而知地糟糕，诊断出是肾功能衰竭。从此，医院成了她生命中第二个根据地，现实很残酷也很清楚，想要活命只有透析。

后来，我听李楚楚自己说起，她的父亲原本开过一家很红火的家装公司，母亲一直在家做家庭主妇，没有收入来源。父亲长年累月忙自己的事业，母亲除了做完家事也有不为人知的交际圈。他们以前就很少管李楚楚的事，所以养成她独立傲慢的个性，尽管父母的心早有隔阂，但原本一家三口过得也算安逸。但就在李楚楚透析后的一年时间里，一家人的生活也发生了天翻地覆的变化。父亲的家装公司发生了严重意外，具体是什么状况李楚楚也不清楚，总之没过多久公司就没了。她透析、治疗、吃药都需要持续花上一大笔费用，父亲坐在她病床边双手蒙头，“无可奈何”四个字在那张濒临崩溃的脸上表现得淋漓尽致。母亲呢，说到这儿李楚楚不禁笑起来，连连摆手，说你知道什么叫落荒而逃和独善其身吗？她就是这样的人，恨不得一走了之，连滚带爬逃出了我这个无底洞，走得干干净净。妈走了，爸自然也待不住。他决定把房子卖了，让我跟着爷爷奶奶过。卖房的钱一半留给我看病生活，一半他带走创业。呵呵，他是真当我傻吗？这点他就不如我妈，不敢负担就直说，何必编造出去创业挣钱给我看病的借口呢？可笑！李楚楚说着摇摇头又干巴巴地笑了。我并不奇怪她说这些话的反应，她的本质就是如此。脸上很少展现喜怒哀乐，也很少见她为自己的病哀怨哭泣，几乎没有。

我最常问她的一句话是，透析的下午要不要我过来陪你？答案肯定是不要。她也没有跟爷爷奶奶住上多久，就自己决定搬出来住。透析最终成为生活中逃脱不掉的琐事，母亲如查无此人般消失多年，父亲，每月手机里银行存款短信就是他唯一还存在的消息。

我们没有约定，只是我每个月一定都要去见她两三面。刚开始她总嫌我烦，每回见面第一句必定会说，你怎么又来了？就那么闲吗？我就说她嘴硬，不就是因为生病不想见人吗？天长日久后，她见我也不烦不骂了，一见面招呼一声来了，接着跟小孩似的有意无意翻我带来的包，问，今天又带什么好吃的了？自从搬到这一居室后，我来的次数比过去还要多一些，有时在附近忙完手头的工作，也会买了熟食不打招呼直接闯过去。我拎着东西一步步登上这光线并不明朗的楼梯。傍晚不到五点的霞光依旧没能照透这里的潮湿。走到第二层时就听到有手机放音乐从上一层楼传下来。“让我们荡起双桨，小船儿推开波浪，海面倒映着美丽的白塔，四周环绕着绿树红墙。小船儿轻轻飘荡在水中，迎面吹来了凉爽的风……”我知道是李楚楚走在上面，于是仰起脖子喊到，李楚楚，下来拿东西，我拿不动了。也就几秒的工夫，一只短发脑袋从楼梯间探了下来，我举着一口袋东西朝上用求助的眼神望她。她也提溜两杯奶茶朝下对我晃悠。两杯奶茶，还是黑糖珍珠的，不错。你怎么料到我今天要来？我俩几乎同时猛戳奶茶盖的塑料膜，懒洋洋靠在她那张只有一米二的小床上。不来我这儿你也没地方去啊，一把年纪了男朋友也没带来一个。她故意“挖苦”我。

喂，大小姐，你搞清楚，男朋友能有什么用？是能吃？还是能喝？还是能像我们这样，即使赤裸裸在床上聊一夜，也不用担心有任何不可告人的秘密发生。

哈哈，你也有这么不正经的时候啊！她狂笑不止地指着我。她握着手里那杯奶茶，告诉我，刚刚从医院回来的路上，碰到了住在楼道最西边的邻居，是一个单亲妈妈，她和她女儿搬到这儿已经有两三年了。为的就是靠近医院，方便给身患白血病的女儿治病。李楚楚说，今天走在路上看到一个穿黄色马甲的女骑手停在路边哭得厉害，走近一看，才发现是住在一个楼道的邻居。原本以为是她女儿发生了不好的事情，单亲妈妈才会哭得这么崩溃。等她平息下来，才得知事情其实并不是这样，而是因为今天上午她送的一单奶茶外卖因为迟到五分钟，被顾客拒收了。外卖平台不仅扣了她五块钱派送费，还让她倒贴上了二十几块的奶茶钱。单亲妈妈蹲在路边很懊恼，说都怪自己速度太慢，紧赶慢赶还是迟到了五分钟，顾客等不到准时送达，便强行取消了订单。李楚楚一般很少愿意主动与外人接触，搬到这里也一样。但是今天她竟然花了二十几块钱从那个单亲妈妈手里买下了这两杯奶茶，可见在冷酷的外表下她是多么有温度的一个人。

就在我这么想的时候，她朝我一撇嘴，挑逗说，怎么样，这素材提供给你写稿编瞎话正合适吧。

你啊，这么感动的事气氛烘托到这份上了，被你一句话就给推翻了。

她吸了一口早就冷掉的奶茶，扭过脸来对我说，我也想去送外卖，自己好歹也能挣些钱，就当出去溜达溜达了。

不行，你得治病！不能出去随便乱跑的，那得多辛苦呀。我即刻打断她的想法。你从来没做过这些事，你不知道替人送外卖多累，你看看路上那些为了抢时间横冲直撞的骑手，太累也太危险了。你别乱逞强……还没听我一口气说完，她便双手举过头顶，等不及叫停，好了好了，小姑奶奶，我都明白了,您别说教了,行吗?她嬉皮笑脸地和我碰了碰杯。送我出门时,我们走过那条昏暗狭长的楼道,我一直对头顶上闪烁不定的灯光不满:小区物业就不能给换个亮一点的灯泡吗?

她不屑一笑,这么老的小区哪里来的物业啊?这些事都得靠居民自发,我们这一排都是为了看病的租户,个个自顾不暇,谁还有心管这事?她故意抬头指指这怎么也不明亮的灯,诡异地问我,你看这光像不像引人走向死亡的鬼火?

我当然明白,上次我对李楚楚提出的否定,她肯定不会打心底接受。以她雷厉风行的个性,别说是送外卖了,只要是她从内心做出的决定,根本就不是任何一个人可以说服的。上学、看病、搬家,长年累月东奔西走,向来独来独往。

印象最深刻的是,她最早对于别人的怜悯简直憎恶透了。我记得,我刚工作那年告诉她,每个月都有一份不错的收入,以后她的生活我几乎可以全部负责。可她当时的表情简直比生了病还难看,满脸的不屑令人心痛。这世上从来都没有真正的救世主,也没有谁能做一辈子的救世主。在我工作没几个月后,楚楚有一段时间突然容光焕发,气色看上去和之前比也好了太多。她带着我去了一家西餐厅,还开了一瓶价格不菲的红酒,我意识到这一切都很反常。这西餐厅的规模不是很大,环境非常有格调。而使我更加奇怪的,是餐厅里那一晚只有我们两个人,我明白李楚楚今天特地带我来,这里面肯定有什么猫腻,我几次要问起,她总是把话题扯到其他地方去。直到红酒喝到半瓶,她站起来,摇晃着手中的红酒杯从餐桌对面走到我面前,伸出食指贴在难得涂了口红的嘴唇上,向我示意别急着说话。接着她恍惚地笑起来,身子倾斜着在餐厅内晃悠,然后指点指点餐厅四周对我说:这儿怎么样?知道今晚为什么没有客人吗?因为这是我的地盘,我投了钱的……事情就是这么令人匪夷所思,李楚楚把拿来看病的一部分钱投了这个餐厅,合伙人竟是网上聊天认识的网友。我该怎么形容她当时摇晃红酒杯,在餐厅打转的状态呢?有些放荡,有些好高骛远,还有些不知道天高地厚的虚荣,更多的是不甘。没过一年,结果却像她的病情一样肝肠寸断。然而李楚楚,她就是撞了南墙也不会回头的人,跟自尊心比起来血本无归压根算不上什么深刻的痛处。

有关爱情,李楚楚的爱情也许就是存在电脑和手机里那一张近十多年的照片了吧。我见过那张照片,准确说是偷看到的。我想起李楚楚当时惊慌失措、手忙脚乱的模样,仿佛是最隐秘的角落突然被人窥探了,还有种做了贼还怕贼惦记的感觉。我没问他是谁，跟李楚楚认识这么多年，从来不知道有这样一个人存在于她身边。不过，我瞟了几眼，照片上的人的确很帅，眼睛笑到眯起来，面容阳光，跟李楚楚倒是有着绝对的反差。李楚楚慌里慌张关掉屏幕，眼神里浮现出难得的惊恐，我笑她怎么跟个贼似的，她急眼跳起来说，谁是贼了，我是贼又怎么样？瞧她胡言乱语的样子，我赶紧假装收敛了笑容，免得引起大麻烦。

2

一年岁末，隆冬季节，直达人内心的除了让人瑟瑟发抖的寒风，就是令人期待的春节。邀请李楚楚跟我回家一块儿过年已经成为每年的惯例，所以被她拒绝也成了我们之间每年必要开始的车轮战，一连好几个来回，最终也别想扭过她，可想而知今年也不例外。这是个没有鞭炮声的城市，走在街上人流稀少，躁动声好像只有在春节期间变得戛然而止。从楼下那几盏不算亮堂的路灯看上去，李楚楚住的那一排出租房里这会儿也只剩下了两三点星火。他们是比正常人都更珍惜春节的人，能从一年病痛中抽出这么特殊的几天，回到家踏踏实实过个年，应该是很幸福的一件事。我推开李楚楚的门，屋里竟然只有手机上的一点点光亮，我叫了她好几声都没人答应，我摸黑找到墙上开关打开灯，果然这家伙耳朵里塞着耳机睡着了，被子也没盖，整个身体四仰八叉地瘫在床上，呼噜一声接一声真是响。待我蹑手蹑脚走过去给她摘下耳机，不承想被她一把揪住了我的手腕，一双眼睛瞬间睁开死死盯住我，反而是我被她的“突袭”吓了一大跳。

疼疼疼……是我，快放开……我咬着牙嗷嗷叫着。

她这才回过神一骨碌坐起来：怎么是你啊？我以为进贼了呢。

大姐，你见过贼进来还摘你耳机的吗？我手腕倒是被她揪的贼疼，这劲大的真不像是个病人。我说，你这门也不锁就呼呼大睡，没进贼也算运气好，我真是服了。

她挠挠头问，现在几点了？怎么天都黑了？

快九点了，你睡了多久了？我把带来的东西一样样从包里拿出来。

妈呀，我说今天这觉怎么睡得有点长呢，我好像从下午就开始睡了。她双手来回搓了搓脸，脚下摸索着拖鞋。你怎么来了？她又问。

我来陪你过年啊。

过年,呵,我这样的人过什么年啊。她小声嘀咕着从床边挪到桌边坐下。年三十你不在家陪爸妈把酒言欢看春晚,能行吗?

过年呢,是该和亲朋好友把酒言欢,所以我刚才已经在家跟亲人把完酒了,这会儿不是正好再来跟好友继续言欢吗?

呵呵,找我言欢就带两瓶鸡尾酒啊?大过年的,也太不过瘾了吧?她看上去一脸嫌弃。

鸡尾酒不是酒啊?哪来那么多话啊,来,干杯!我们笑着碰杯,那声音真是清脆。

你耳机里听的是什么?怎么睡着了也不知道关?我望了一眼正在充电被碰亮的手机屏幕。《让我们荡起双桨》啊!她回答我。

你这种性格还会怀旧吗?我怎么不知道。

我哪里会怀旧啊,不过借着这歌想想小时候的事,睡觉时候听就当催眠曲了,说不准催着催着就做到那个梦了。

这好像是我第一次听到她说起好多年都闭口不谈的父母:那会儿,我应该是才上小学,语文课本里有一篇写的就是这首歌的歌词,我爸年轻时也算个文艺青年,我跟他说,我们正在学这篇课文,他就上街给我买了一盘磁带,录音机一开里面放的就是这首歌。没想到这干枯枯的课文唱起来竟然是这么好听。录音机里在唱，我妈做着家务也在哼哼。他们还说，以后要带我上北京，像歌词里唱的去北海公园划船，去天安门看升国旗，还要去爬长城……我当时高兴地跳啊蹦啊，好像那一天迟早会来，我们一家人肯定能一块去北京。呵，那时候多傻，没想到这话说完没几年我的整个人生就天翻地覆了。现在想起来，那不就是骗小孩的鬼话吗？我看着她替自己意味深长地解释着，但就是一点悲苦痕迹也不流露。

没关系，等你病情稳定一些，我也不忙了，我们就去一趟北京。去北海划船，去爬长城，去天安门看升国旗，一个也不落。她本来是不难过的，这会儿因为被我握着手而动了情。说，你傻不傻呀？我都不难过，你怎么快要哭了。她刮了一下我鼻子，那到时候，我还要去后海酒吧感受夜生活呢。

好，都去。但不许喝酒。我搂着她。我们的人生从来都是这样，上车下车的人太多，一起看风景的人又太少。一直以为不会割舍的关系，往往在刹那之间被切割成支离破碎的残屑。李楚楚本不应该是大大咧咧、无所畏惧的性格，只是人生中大部分的惨不忍睹，都被她自我消化成很小部分的理所当然，这就是命运在偶然之中所要经历的必然。

从医院到出租屋两点一线，日子看上去过得平静不起波澜，也只有在透析时，她才能尝出生活最痛不欲生的滋味。我去陪过她几次，每次刚开始治疗她都让我到门外等一会儿再进来。等透析过程渐渐稳定了，她人也没有那么难受了，才准许我进病房坐在床边陪她说会儿话。她总是比喻说，如果人生轨迹也能像这透析一样，把坏掉的血液抽出去，再重新换上净化干净的血液那该多好。的确，人活着活着就被尘世给污染了，然而尘埃进入身体向来没有被净化一说。

做我们这一行的工作时间虽然可以自由分配，但看多了世间百态，笔下的文字也形成了一种固有模式。我要跟同事一起去外地采访几天，你一个人照顾自己行吗？一周前给她打电话时我已经坐上了大巴车。

谢天谢地，你也有出差的时候，我可算清静了。

好啦。那你自己好好的啊，好好吃饭，好好休息。等我一周之后回来就去看你。我说是去一周，其实不到四天就回到了单位，记者这个职业讲究的就是时效性，一旦进入状态压根不分白天黑夜，恨不得一口气把记在脑子里的东西全部吐出来。那天大概是加班到晚上八九点了，眼看还差几行字初稿就敲完了。同事说帮我们一起订了外卖放到楼下了，让我跟他一块去取。我点了保存键，跟着同事来到楼下，他对停在路边的电瓶车吆喝着，车上身穿美团黄色马甲的骑手一扭头朝我们这儿一看，我和她同时愣了一下。同事跑过去先接住了她手里的两袋外卖，她对着我看没反应过来，同事纳闷地问，应该还有一袋吧？她才意识清醒地取下挂在车柄上的另外一袋，还想递给同事，可被我抢先一步接了下来，我对同事说，你拿上去先吃吧，我马上来。

3

她想转身发动电瓶车就走，却被我及时拉住：什么时候开始做的？我问。她笑，我看到地址本来想不接这单的，但是以为你还没回来，又一看姓名和电话不是你，就想侥幸来送一趟，没想到还是碰上了。

你送完这单就回家吧，今晚风大，赶紧回去，以后都不要做了，知道了吗？我皱着眉头望着她。她不说话勉强点点头。然后整整头盔，发动油门一溜烟跑进了黑夜里。

第二天傍晚，我买了熟食去医院看她，今天是周四，是她去医院做透析的日子。然而我到透析室找了半天也没有找到她，我去问负责透析室的护士，李楚楚是做完走了吗？今天这么快吗？结果护士一脸疑惑，略带责备地反问我，李楚楚？她这一周都没来透析啊，你们家属是怎么看护病人的？她是身患多年尿毒症的重症病人，一周不来透析不是等于准备送命吗？听完这些话，我转身一跺脚直冲到医院对面的出租屋，等着我的却是紧锁的铁皮门。我当时气得真是无法言喻，春日霞光亮得有些刺眼，我站在门外哪儿也不去。隔壁邻居端着脸盆出来打水看到我，像是对家长告状似的说，你来了，她最近几天总是很晚才回来，不知道干什么去了？你要不要到我们家里坐坐等她？我冷静下来摇摇头说，谢谢，不用，我在这儿等她一会儿，应该就快回来了。然而，他们越这么说我就越待不住傻等她回来，一连拨了三通电话她才接上。

在哪儿呢？你现在立刻、赶紧给我回来！说完我就挂掉了电话，这是我头一回用这么严苛的语气对李楚楚说话。约半小时后，我从走廊上低头向楼下望去，她还是骑着那辆电动车戴着头盔，套着黄马甲回来了。我回过头面向铁皮门，她慢吞吞地走上来，眼神有意躲避不敢看我，一只手摸索口袋掏出钥匙低头开门。回到家里，她摘下头盔和马甲，我放下拎了半天的熟食，看到她有气无力地一屁股坐到床边，手机里还不断响起派单的提醒。她一定是察觉到我的气愤，下意识地把手机调成静音模式。我喘了一大口气开口问,你今天去做透析了吗?她始终低着头应付地嗯了一声。看到她面不改色心不跳撒谎的样子,我又不死心地问了一句,我是问你,你今天有没有去医院做透析?你看着我回答。这一回我几乎是瞪大眼睛言之凿凿审问她。她大概也是被我今天性情大变猛然吓一跳,刹那间恍然抬头定定地看着我,正想张嘴解释什么,又叫我立刻打断。

我刚才就是从医院来的,人家护士都告诉我了,你不只今天没去,这一周你都没去。就连你隔壁邻居也说,你最近总是很晚才回来。李楚楚,你到底想干吗?昨晚我都没好意思说你,谁让你干这个的?你缺这几个钱吗?不自觉中我的声音一声比一声高亢。你知不知道你是个病人?你一周不去透析把身体搞垮送这些外卖,又有什么用?

够了!她几乎快要把口水喷出来反驳道,谁告诉你我是病人了?我怎么就成了你嘴里快要死的人了?我凭自己的本事出去挣钱怎么了?她耐不住性子对着我嚷起来。

我终于抑制不住内心的冲动,像个被激怒的狮子面红耳赤对她咆哮:你能不能搞搞清楚,自己究竟是要命还是要钱……

我们之间的争吵愈演愈烈,我的愤怒还没等完全释放出来，瞬间就被她拍在桌上的一巴掌中止了。我告诉你，我从来没把自己当个病人，我也不许别人把我当病人。我只有不把自己当作一个随时随地都可能挂掉的人，我他妈才能像个正儿八经的人活着。这些你懂吗？她此刻犹如发了狂般怒吼，邓梦冉，你记着，我李楚楚压根不需要你的可怜，更不要你隔三岔五买点吃的喝的来施舍我，我不需要！请你带着你的怜悯和这些东西离开这儿……她双腿“腾”地一声站了起来，硬邦邦直冲铁皮门赶我出去。

我这才发现自己说的话有些过分了，我眼看着李楚楚脖子爆出了青筋，吓得我红着眼赶紧向她解释：不是的，楚楚，你别激动。我是太着急了，你知道我不是你理解的那个意思，我们那么多年的友情，我不过就是太担心你了，所以才口不择言的。我伸出手去拉她，她一下子闪躲过去。

你走吧！她转身跳到了床上，将自己蒙进被子里。我无奈悄声离开，关上门仅仅几秒钟，便听到她在里边放声大哭。那一刻我的心都碎了。

那次争吵过了很久，李楚楚都没有再见我。一转眼都两个月了，快要过夏天了，我打电话，发微信道歉，她都不给予回复，去家里和医院找她也避而不见。我们从来都没有这样“老死不相往来”过。我知道在她那么要强的性格下，如果不是我，她是不可能接受别人怜悯的。可是，现在她身边就剩下我一个可以亲近的人，哪怕是不赞成她的做法，我也不该那么责备她，这下该怎么办？坐在电脑面前，我不知道该从哪儿下手。直到手机在桌面上突然震动，一串陌生号码亮了起来。

喂……

你好，请问是李楚楚的家属吗……

当我心急如焚一路狂奔赶到医院，看到她整个人跟两个月之前比完完全全是换了另一副模样，我近乎惊慌地不知所措。她安安静静躺在病床上，眼睛微微闭着，脸上丝毫没有了那天跋扈的神采，怎么连氧气瓶都插上了？我一声不响地走到她身边。以她的个性怎么能同意自己躺在这里？她的主治大夫告诉我，她是在今天来医院的路上突然昏迷倒下的，幸好是倒在了医院大厅。经过检查突然昏迷的原因是跟近期过度疲惫有关，并且也因为没有正常进行透析，而导致肾功能更进一步衰竭，目前小便量也越来越少了。我握着她放在外边的手，凉凉的，身上衣服穿得也不多。

天快黑的时候，她醒了。睁开眼看到我，有些怯生生地笑了，你来了？她今天说话声音比以往小了一些，然后又皱起眉头纳闷地问，你怎么知道我今天躺这儿了？

我抽了抽鼻子说，还不是上回来医院没找着你，我就给他们留了电话，就怕万一有什么事，也方便联系。

你也太有心机了吧！她抬手指着我晃了晃，得，这回算是让你逮着了。

你还委屈上了？这么久不理我，也太狠心了吧？看着她躺在病床上，我的鼻子又开始酸了。李楚楚，我跟你说，你以后不许生气了就不理人，更不许玩消失，你知不知道联系不上你我有多着急？我今天接到医院电话，差点以为……

差点以为我已经挂掉了！我说什么她都知道。放心吧，你得对我有信心，姐们儿命硬着呢，一时半会儿死不了。然后她叹了一口气，跟我说：你知道吗？前段日子跟我一块送外卖的，就是和我住在同一楼道的单亲妈妈退房回河北老家了。她往外收拾东西的时候，我才发现她是一个人走的。她女儿的病没能看好，半个月前就在这儿走掉的。她说自己拼了命也没把孩子的命救回来，去年她还答应孩子等今年开了春，天暖和了就带她去一趟欢乐谷，她女儿从小到大特别渴望能坐一次旋转木马。但她总是为了每天忙着送外卖挣钱给女儿治病，这事就一拖再拖，拖到最后钱没挣多少，人也没了。小冉，你说我们这些病人每天这么熬着，真的有意义吗？她的女儿太像我了，熬着，等着，最后什么也没实现得了，人就悄无声息地没了。

我看到她眼角不由自主地掉下了泪滴，很快又被她扭头往枕头上蹭掉。我说，不会的。你说话累了，闭上眼睡一会儿吧，我在这儿陪你。她点了点头，抬眼去找放在床头柜的手机。你带耳机了吗？我想听着歌睡。我从包里翻耳机给她戴上，帮她调出《让我们荡起双桨》，她闭起眼睛，表情逐渐松弛下来。

过了一段时间后，楚楚的状况慢慢稳定下来，我们去问了主治医生，她的病情接下来该怎么治疗？医生说，以目前的情况来看，虽然她的双肾已经有一个半坏死，但是毕竟人还年轻，如果能继续坚持透析并等待合适的肾源，那么将来还是会有很大的治愈性的。而楚楚不知道，在那之后，我又找医生为她重新安排了合理的透析时间，因为我想带她去一趟北京，这不只是她一直期待的梦想，同样也是我期待跟她一起实现的理想。

我们坐上高铁当天晚上抵达北京，第二天一早开始了这盼望已久的旅程。我和她拉着手漫步在南锣鼓巷，整整一条街都是琳琅满目的商品店铺，我们买了闺蜜一起戴的手串，坐上观光三轮钻进各种名字的胡同，又穿过马路来到什刹海。北京人总会管湖叫作海，后海酒吧的喧闹在白天里沉寂着，偶然透过一家酒吧的木色窗子看到一个驻唱歌手抱着吉他，弹唱自己无人问津的歌谣。沿着海边一直绕，一路上我们买了老北京糖葫芦，去李记吃了炸酱面。我生怕走的路太多，楚楚会吃不消，特意在炸酱面馆停留了许久。快接近傍晚时分，她坚持说自己今天的精神和体力比之前好太多，哪怕走到明天早晨都不是问题。于是我们又从景山公园，终于走到了她做梦都会梦见的北海公园。这对于李楚楚而言，传说中的红墙白塔，绿水青山，波光粼粼的湖面，这一刻近在眼前。我们坐上船，彩霞与微风轻轻抚慰在脸上。

她说，这好像是做梦一样，真的就进入了歌词中所唱的画面。她还说，这要是发生在二十年前该多好。

我说，那你靠在我身上，闭上眼，这样就可以回到二十年前，你所想的就都能实现了。

我们划动的小白船就像是楚楚做了很久的梦，此时此刻，缓缓地飘荡在这暖暖的湖面上。目光所及之处，是真实存在的绿树红墙，那首纯真恒久不变的旋律切切实实萦绕在耳畔："让我们荡起双桨，小船儿推开波浪，海面倒映着美丽的白塔，四周环绕着绿树红墙。小船儿轻轻漂荡在水中，迎面吹来了凉爽的风……"

双　面

1

晚上十点之后，终日喧嚣的酒店大厅总算销声匿迹。真正开始热闹的，应该是一天准备扫尾工作的后厨，七八个油腻大褂，穿梭在洗洁剂和白瓷盘之间。余文霜在最里边，双手泡在水槽里，如机械般一个接一个洗刷这没完没了的白瓷盘。离她约有两米开外的李勤自己忙活手上的事，突然转过身对她大声说了一句什么话，余文霜丝毫没听见。不仅她没听见，就算是离他很近的人也不见得能听清他说的每一个字。后厨的环境远比想象中要嘈杂，别说是相互之间说一句话了，哪怕你就是吼起来，别人也不会太过在意。他们必须在十二点前结束所有的工作，快要洗完最后一波时，余文霜还是不小心把水槽里的洗洁剂溅入了眼睛里，她没法用手去擦拭，只好歪头将眼睛在肩膀干净的地方蹭。李勤从两米开外跑过来，托起她的头，掏出一叠干纸巾让她别动。李勤实在不明白，她明明在餐厅替人收盘子收得好好的，最近为什么要主动请缨调来后厨刷盘子？十二点后，后厨喧闹逐渐散退，其他人纷纷挥去满身油烟与疲惫离开。余文霜动作比他人缓慢一些，这几天都是最后一个离开，李勤其实早就忙好了自己的事，他又套上橡皮手套打算取下余文霜手里的盘子，让她歇会儿。她不肯，说一会儿就弄好了。他斜着身子倚靠在瓷砖柱边，看着她终于关掉水龙头，脱下外冷内热的手套，然后反复搓了搓看起来都有些麻木的手。李勤转着眼珠似乎是想起了什么，有意识地把手揣进裤子口袋里肆意摸索，果然一支护手霜就变了出来。他不解地叹气，问她是怎么想的。在餐厅那么体面舒服的活不做，非到后厨凑什么热闹。余文霜呼出一口气累坏了坐到背靠冰柜的凳子上，眼皮耷拉下来，打了个哈欠说不早了，回去睡吧。

看她累得没精打采，李勤从旁边冰箱里取出一盒做好的甜品塞给她。她盯着这盒甜品大惊失色，下意识左右张望着，吓得放低声音责备李勤，这是干吗呀？让人发现你又偷着藏东西工作还要不要了？李勤不以为然露齿一笑，笑她胆小如鼠的样儿，说怕什么，工作不要就不要了呗，反正也不耽误给你做甜品。她向来拿他这种无赖行为没办法，只说这是最后一次，以后别弄了。只不过，李勤还是没弄明白，她为什么突然要来后厨刷盘子。

“抹茶拿铁”这个名字，早在两年前从某写作网站横空出世，事实上这并不是什么稀奇事。做网络写手，这步骤也就是分分钟的事，注册一个 ID 可以是一个人，注册几个 ID 也可以是一个人。如今但凡会打字上网的，谁还没个发言权呢。但是很多网络写手都是从默默无声做起，有的人在这里面摸爬滚打了好几年也不过是个无人问津的菜鸟级别。真的，有时候别以为有一腔热忱，有几分文学天赋就能随时随地发光发热，想通过网络码字有朝一日名声大振，对于任何人而言几乎都是天方夜谭。当然话是不能说得太满，有些事碰到机缘巧合往往就是走了天时地利人和的好运气。“抹茶拿铁”不就赶上好运气了吗？尽管连她自己都不知道怎么能这么顺利在茫茫“网海”中脱颖而出。不仅如此，人家在两年内不仅在网络文学中人气大增，还被作家协会吸收为会员。唯一令人疑惑的是，很少有人见过她本尊，在网络上见不到也属正常，在现实中文学圈里也没有人知道她的真面目。她几乎不参加文学活动，也不与人打交道，甚至连作家群也不加。她肯定是想，为什么要加群，写作不就是一个人的事吗？这两年作协真正和她有过“密切接触”的也只有一次，作协工作人员要她去领会员证，她在电话里用并不甜美的嗓音回复道：不好意思，老师。我现在不方便去拿证，能不能麻烦您给我快递到家里。

然而，最近她更帖小说的网站，不断有人开始在下面抱怨：

“抹茶拿铁”最近干吗了？怎么都不准时更新了？

就是，“抹茶拿铁”怎么回事？这是要弃坑断更吗？不带这样的，有没有职业素质了？！

这就是网络文学和传统文学的差别，在网上写小说，你假如每天不更新几帖，光是催更就能灌上好几页的水。再说，读者选择追看你的帖，不仅是因为你写得合胃口，关键是你总不能把别人胃口吊起来，又突然不给下文了呀。但是这几年长久追随“抹茶拿铁”的读者应当都明白，这不是随随便便断更的人，否则她这几年的上千万字岂不是白码了？谁还没个特殊事儿。还不错，一连刷了两三页总算有人说了句良心话。万幸，这天半夜两三点钟，“抹茶拿铁”在帖子第八百三十七页更新了最后两帖，并留言：十分抱歉，让各位久等。今日更新最后两帖，此小说已完结。感谢大家长久的追逐与等待。此情可待，江湖再见！

退出界面，关闭电脑，她从巴掌大的床底下拖出半旧不新的行李箱，吹去上面持久不散的灰尘，似乎是在为一场并不遥远的旅行而预备。

2

她这一觉睡到了第二天中午，好不容易睁开眼看看时间，吓得一个猛子弹跳着坐了起来，直愣愣想了一会儿，又一阵沉下心喘息：今天不用赶那么早，都还来得及。没错，她今天要拖着那只许久不见光的行李箱出门了。是出门，不是出远门。在这之前她决定好好地梳洗自己。松散开日复一日绑低的马尾，从淘宝特价淘回来囤了半年的化妆包，这会儿是时候拿出来发挥作用了。眉毛画一下，假睫毛也可以接一下，口红就用姨妈色的。她不喜欢太亮太艳的色彩。今天得有仪式感出门，伸手套上浅灰色呢外套时，她下意识从手机翻出短信通知：网络作家培训班，11 月 8 日下午 3 点国泰会议中心报道。

国泰会议中心？她站在原地显得有些犹豫，没过一会儿又不假思索，翻箱倒柜找出一副墨镜顺势戴上。至于为什么给自己起“抹茶拿铁”这个笔名，好像也完全是一种特别随意的行为。几年前的一个下午，当她决定开始在网上码字，注册用户名时，恰巧手边有半杯已经冷掉的星巴克咖啡。她专注地盯着屏幕，抬手喝了一口，味蕾像开了花似的甜蜜。啊，这是什么口味的热饮？香甜又不腻口，还带着些许清新口感。抹茶拿铁。这个味道真不错，就叫这个名字好了。

这是她第一次以作家身份，从网络来到现实。这是一件对她来说十分庄重的事情，也许她一亮出“抹茶拿铁”的身份就会有许多慕名者围追堵截她，他们会追着她问这问那，他们会好奇她网络写手背后的身份。想到这些，她突然心头一紧，又潜藏期待。无论怎么说，她现在的身份是一名持证作家。滴滴快车一路驰骋将她送到了会议中心正门口，她正给司机支付路费，酒店门童就提前为她拉开了车门。她被这一举动惊着了，隔着墨镜与门童的满脸笑意对上一眼，迅速撤离，随后尽量避免再与他眼神对视。按照大厅指示牌提示，她找到培训班签到处，根据会务人员指引到酒店前台办理住宿房卡。她在几米开外向前台方向望去，办理入住的人排成了两排，办理房卡的是两个面容青涩的女孩。她推了推脸上的墨镜，行李箱在地面上跟着她滑动。排到她的时候，服务生要求出示身份证，她迟疑地点了点头，从单肩包里笨拙翻出，犹犹豫豫递到服务生手中，她有些生怯，像是没见过大世面似的低着头。服务生拿身份证做了登记，对她说："请摘下墨镜！"摘墨镜？她显得有些诧异，而后看到服务生举着摄像头，才恍惚明白，完事又立刻戴上。都说写作的人喜欢僻静，她有些庆幸，拿到109号，位置较为偏僻，而且只在一层的房间。走进房间，手还停留在门把上，从里边探出头去看并没有人。长长舒了一口气往里去，环顾四周，干净宽敞的房间，三点多钟阳光懒洋洋地洒在两张单人床上。她总算可以放下一切包袱，摘下墨色"面具"，直到很晚的时候，才从洗手间门缝里发散出沐浴露的香味。

李勤是酒店专门做糕点的甜品师。无论怎么说，他毕竟是一米八的大高个儿，每天把力气消耗在烘焙上，实在不是一个男人应该追求的。就像在这之前，他从未想过自己今后的工作竟然是做这个，而这只是因为余文霜来到这里工作。这几天，李勤陆续接到余文霜父亲打来的电话，绕来绕去，只想通过李勤这儿问问余文霜元旦回不回家。余文霜耻笑父亲肚里的花花肠子，即使是当李勤的面也不会留情面地拆穿自己的父亲，他是想问我元旦能带多少钱回去。余文霜的母亲走得早，起初两年她和父亲生活在一个家里。母亲刚走那会儿，父亲每周给母亲烧纸，周年时还请了法师回来为母亲念经超度。第二年因为忘了买纸钱，父亲心里愧疚得很。总说，活着的时候没能让母亲享到福。然而没过多久，父亲经常日落出门，到半夜三更才偷摸开门回家。有一天余文霜坐在堂屋等父亲回家，等到天亮了，父亲才蹑手蹑脚进门。她问父亲，这是去干什么了？父亲觉得也没必要隐瞒了，索性全盘托出。他跟北村一个寡妇好上了，也不打算结婚，想就这么好着，做个伴。余文霜要是乐意他就接回来同住，要是不乐意他就两头跑，权当锻炼身体。她对父亲心里的算盘很不屑地一阵冷笑，什么做个伴，也不知道该说这老东西是贼心不死，还是色心不改。她想，你愿意接回来就接回来吧，权当雇个人回来替我照顾你。反正我也不打算在这家待了。

李勤劝慰她别这么胡思乱想，叔这么大年纪了也不容易。夜晚更深露重，后厨不再嘈杂，他想送她回去，余文霜摇头不肯。她脱下袖套，解开黑色塑料围裙，捋了捋挡住视线的碎发。说，你先走吧，我歇会儿就走。李勤又奉劝她，明天去跟领导说说，还是回餐厅吧。她好一会儿没作声，头仰靠后墙冰冷的瓷砖，闭了一会儿眼朝他摆摆手，说你回去吧，我一会儿就走。

3

第二天培训班正式开班。“抹茶拿铁”没想到开班仪式会这么隆重正式，会场设立在三楼万泉厅，这是一个足以容纳几百号人的大厅，平常是可以用于举行婚宴的宴会厅。而现在容纳的应该也有上百人，因为座位排列很清楚，总共有三列培训班，一列青年读书班，一列高级研修班，还有一列，最靠南边门的就是网络文学培训班。透过深蓝色墨镜，“抹茶拿铁”找到自己的席卡，是在倒数第四排靠边第二的位置，她很满意这个位置，因为不是那么显眼。她特别注意了前后左右的名牌，有真名有网名，但她对他们几乎都不熟，她也希望他们对她也不是那么熟悉。坐到位置上，翻看学员手册，在导师名单中她找到了想找到的名字——吴华星。没错，是他。

开班仪式只进行了一个半小时，三个培训班便各归各位，被分到不同的教室，这样每个班只剩下三十几人，大部分人都有要好的伴，可以自由组合座位。她呢，天生的孤僻人，怎么选择只会靠后选。前座的同学回头与她打招呼，她只得笑笑应对。一想到要在这种大环境里朝九晚五待上七八天，她就感到内心堵得慌。不过，吴华星，她还是蛮期待见到的，为此等上三五天，还是可以忍耐的。至少，她很早就习惯了等待的滋味。至于这个吴华星是谁，她为什么期待见到他，这得从好多年前说起，假如用“抹茶拿铁”自己的话说，这似乎好像上辈子的事一样，仿佛不可能再见到，又似乎迟早都会见到。一天课结束，五点半下课，人人都往餐厅冲。上培训班的好处就是，可以让平时生活不规律的作家借这几天上课时间调整好作息。但是，她下课是坚决不往餐厅冲的，自助餐对她丝毫没有吸引力，这大概是因为下午星巴克咖啡已经喝得足够饱了吧。说来也奇怪，自从开始上课，每天下午她的课桌左上角总会放上一杯星巴克咖啡，而且是大杯的那种。有人问她，咦，附近好像没看到有星巴克门店，你在哪儿买的咖啡？她把杯子盖掀开一个小口，推了推墨镜简单回答：中午散步，顺道坐地铁出去买的。自从几年前喝过不知道是谁留下的半杯冷咖啡，她就一直对抹茶的清香念念不忘。其实也对，没有一个长期彻夜码字的人，会有下午不困的道理，咖啡对他们来说是个白天拿来“续命”的好东西。她一直在思考，过两天等到吴华星来讲课，她该怎么面对他？要不要主动上前跟他握手打声招呼，还是他会主动认出她是谁？他会对自己成为一名所谓的作家感到欣喜，或是惊讶吗？在这之前，她假设过很多种与他再见的场景，这貌似是最意料之外的一种。

余文霜还是坚持每晚十点之后来到后厨刷盘子。李勤边盘点今天没售完的甜品，边盯着余文霜的脸看。旁边一起工作的小伙对李勤的痴迷眼神一直发笑，真是情人眼里出西施啊。天天看都不够啊！还真别说，余文霜虽然最近天天熬夜刷盘子，但是脸上的气色却是越来越红润亮泽，一眼看上去两面脸颊粉扑扑的，靠近一些，还会嗅到淡淡的清香。李勤忍不住多看了两眼，面庞羞涩地低语问她，你今天是化了妆吗？怎么这么好看。被拧开的水龙头持续直泻而下，噼里啪啦砸在白瓷盘上，她压根听不清李勤说了什么，只觉他笑得有些怪异。她有些急躁奇怪地皱眉，声音高过水冲下来的音量对他说，啊？你说什么？我没听清。李勤没再说更多，只望着她笑笑摇头。

他们正准备收拾东西下班，李勤的手机响了。他递到余文霜面前，给她看一眼，她打算拿过来接，一时又被李勤快速收了回去。他对她做“嘘”的手势：我先接。余文霜用一种既懊恼又厌恶的表情听着李勤和电话那头对话，她心想，这真是个麻烦。接电话两分钟下来，只听得李勤态度温和地对电话里说：挺好的挺好的，您放心吧。您别着急，回头把您卡的号码告诉我，我给您打一些过去……余文霜看出他的表情几度尴尬，她知道电话那头说的准没好事，实在没法再控制住情绪，从李勤耳朵边果断抽出手机。忍耐到无所顾忌对电话那头臭烘烘地嚷道：你老给人家李勤打电话算怎么回事？跟我要不到钱，都开始伸手向李勤要了！你怎么开得了口？她紧锁眉头，满心的不爽真是不言而喻。电话那头当然也不服输，以老子的口吻数落已经一年多不回家的余文霜：我怎么开不了口，李勤也不是外人。你在外边挣了钱快活，就不管不顾你老子的死活了？家家你不回，电话电话不接，钱钱你也不给，你还养不养你老子了？她实在不想再说下去，一提到钱她这老子是永远挂不了电话的，除非她答应给钱。不是没给过，只不过给了钱他不但管自己的吃喝拉撒，还得管跟他同居寡妇的吃喝拉撒。要真是这样，她也就认了。最令余文霜愤恨的一点，是他喜欢去赌钱，赌一次输一次，赌十次输十次，他是越赌越输，越输越想赌，好像就图个心里快活。开始余文霜也想不明白，后来她一想也对，反正老子赌的是她给的钱，他自己那点低保也够他存到老了。原本指望找回个寡妇能替她把老子收了，结果人家儿女一召唤，寡妇二话不说抬腿走人。这不能怪人家，寡妇毕竟不是余文霜她妈，到死都能忍受他的恶习。

她老子话没说完，余文霜瞬间就把电话掐了。不仅如此，也没经过李勤允许，她手指利索地把这串号码从他手机里拉黑了。李勤一时间被这父女俩搞得很无语，半天才憋出一句，其实没事，叔就是要点钱，我能给……

你能给多少？你以为你那点工资能赔得上他欠的赌债？她满口火气说着，以后不许你跟他联系，他的事跟你扯不上关系。

怎么扯不上关系，以后总归要成为一家人的。李勤说话声逐渐变小，害怕余文霜听见。

4

“抹茶拿铁”今天换上一套黑色带豹纹边的卫衣，脸颊雪白粉嫩，两片嘴唇依然是颜色暗淡的姨妈红。除了墨镜之外，她今天还戴了一顶与卫衣搭配好的豹纹鸭舌帽，帽舌被压得很低。她坐在教室最后双手交叉握紧，握到双手青筋爆起。桌角上的咖啡还没喝一口，就凉得很快。她的眼球在墨镜内焦虑打转，最不安分的是她今天的心脏，从坐下那一刻就如锣鼓喧天般在身体里狂跳不止。是的，她一直期待已久的吴华星，还有几分钟就要出现了。

中午她坐了八九站地铁去买咖啡，地下的黑暗扫过她忧虑的神情。李勤突然在这个时候打来了电话，告诉她说，他今天感觉有点不太舒服，所以调成了下午的班，晚上就不能陪你了。他停顿了几秒，又说了一句，我刚刚经过酒店大厅看到一个戴鸭舌帽的女孩，很像是你，就是穿着打扮跟你不是一个风格。她握紧手机，眉头微皱，心头猛然一紧，结巴地说，怎……怎么可能是我呢？我这会儿还没出门呢。李勤在电话里控制不住咳嗽了一声，自嘲说，对啊，我想也不可能是你。看来我今天真是头晕眼花了，不仅把你看错了，还看错另外一个。她松了口气问，谁啊？李勤歇了半晌才出声，有点像那个衣冠楚楚的“禽兽”！但是应该不可能会是他，没那么巧的事情。余文霜知道他说的是谁，是他那个快十年没见面的父亲。李勤的父母在十多年前就分开了，他父亲当年为了奔更好的前程，不惜抛妻弃子一个人去了大城市，李勤懂事开始就暗自发誓，这辈子绝不认他这个父亲。

很快一个声音从教室最前方传来，让我们欢迎吴华星教授为大家授课。随后，周围掌声四起。没有人注意到此刻那副墨镜后面，一汪泉水正在沸腾。那一下午的课，是她这几天以来听得最入神的课，换句话来说，这是她回忆最入神的一下午。

那年,她还是扎着两束乌黑羊角辫的时候,有一天上课铃打了许久,教室里鸦雀无声,只有她在教室门外徘徊,因为和家里发生了矛盾,挨了父亲的打,以至于上课迟到。她不敢走到教室门口喊报告,却又没地方可以去,只能可怜兮兮蹲在窗户下面等待老师下课。这时候隔壁班的青年老师吴华星正巧经过,看到这么一个小女孩蹲在那里,以为是犯了错,被老师撵出来罚站。她眼睛红红地对他说,我迟到了,不敢喊报告进班,害怕老师批评我。吴华星说,你这样旷课就不怕老师批评你了?他问她叫什么名字,她说叫余文霜。他想起这个名字好像最近在哪儿才听过,这下让他原本严肃的脸变得温和了一些,他把她带回办公室。她站在办公桌前不敢动弹,也不知道怎么就跟着他来了办公室,但是学校老师的话,她总不敢不听。他指了指对面的椅子,叫她搬过来坐下。接着从一摞作业本里翻出一本作文本,她认得很清楚那是她上周交的作文本。他翻开本子,递到她面前,突然展开笑颜说:你的作文写得不错,你们语文老师给我看了,我正准备拿到我们班上去借鉴一下。然后他问,你今天是怎么了?她的脸一下子就红了。

在一段黄昏下,他们交往多了一些。他觉得,十五六岁的孩子作文里能写出一些有关哲理的东西是不简单的,一个人的悟性如果能体现在她的文字语言里,那必然是不可多得的。吴华星对她的态度越发亲切温柔,似乎已经超出了对他自己班学生的关怀。放学路上,吴华星推着自行车,余文霜小心翼翼地走在他身边。她问吴华星,老师,您觉得我以后能考上大学吗?他特别笃定地回答她,能啊!你怎么会考不上大学呢?如果你以后成为一名作家就更好了。她放慢脚步害羞地笑了笑,小声呢喃着,我要是在您的课堂上就好了。十几年前,她感觉前方充满无限希望。她的脸又一次被照得透红。

5

她坐在最后一排,望着吴华星在讲台后面讲解分析欧·亨利的《最后一片叶子》,说这是圆形写作手法。她悄声拿起桌角上冷掉的咖啡,想他说得没错,万物其实都是圆形的轮回。然而,她那年还是没能考上大学。人生往往总是祸不单行的,她没考上大学,除了她自己,家里并不觉得可惜。将来出去打工是父亲早就给她定好的命运,用她父亲的话说,你就这命,考大学,还想当作家,你数数脚趾头也明白是痴人说梦。母亲去世后,余文霜大笑父亲还知道痴人说梦这么文雅的词。余文霜说，她未必是痴人，可父亲必然是做梦。

她和吴华星最后一次见面是在毕业典礼上，她坐在礼堂最后一排，吴华星发言结束后，绕场半圈坐到她旁边。真的就这么放弃了？他问。她眼神发痴，不一会儿泪眼婆娑。他谨小慎微地把手一点点移到她的手背上，不到一刻工夫，余文霜冰凉凉的眼泪一滴滴落到了吴华星的手背。

此刻，她正痴痴望着吴华星在仅离自己一米的讲台上侃侃而谈。他老了，眼袋下垂了，应该也有些许白发。一阵热烈的答谢掌声后，前面的那些人稀疏散去。她缓缓起身，桌角上留下大半杯没喝完的咖啡。她取下鸭舌帽，摘下墨镜，静静悄悄迈出庄重的步伐，向低头收拾讲义的吴华星走去。他恍惚抬头注意到她豹纹边的卫衣，她终于与他四目相对，热泪眼看就要溢出。

这时，外面一阵推车闲杂声逐步逼近，李勤和一起打扫教室的服务生说笑着走了进来。忽然之间，他们几人面面相觑，李勤睁大眼睛吃惊不已叫道：文霜？另一边吴华星喜出望外脱口而出：儿子！

黑黝黝的白日

一个人的记忆具体是从什么时候开始的？有的人或早，有的人或晚，对于李梓莹而言，记忆这种痕迹斑驳的东西，太早太晚于她都不算是美好的。更无奈的是，她的记忆能力天生太强。算起来，李梓莹最早的记忆早在五岁之前就已经逐渐明晰了，只不过是断断续续的，分成了黑夜与日光灯下。在她的印象里，时常会在黑夜父母的争吵中哭醒，父亲喉咙撕扯得响亮，母亲吵闹里带着哭腔。当时她还太小，分不清那究竟是梦境还是现实。后来她回忆起来，那段日子如同是经历了无数个被梦魇的黑夜，恍惚直到被吓哭才感到是真实的。另一种是在客厅日光灯下，她依偎在沙发上哄怀里的布娃娃。布娃娃还没被她哄睡着，父母就一前一后冲了进来，他们像黑夜那般无休止地争吵。一旦吵到沸点，大打出手日渐平常。她在他们撕扯中间号啕着涨红了脸，只不过她的哭声再响亮也争不过父母没完没了的打闹。

母亲在李梓莹的记忆中，长相有些模糊，母亲有一头乌黑的中短发，很少穿颜色鲜艳的服装，这就好比她脸上很少会有带胭脂的笑容。李梓莹总记得自己抱着她的腿可怜巴巴地，一声声叫妈妈，她也总用粗糙的手抚摸几下她的头，却很少蹲下身抱抱她，然后会给她摊上一块酱料浓郁的煎饼。五岁之后，她再没从黑夜与日光灯下哭醒或号啕，家里从此也没了不眠不休的争吵，恐慌与安静在五岁的记忆里诡异地消失和到来，这一切只因她的妈妈走了。父亲本是在外做工程的，妈妈走后，他只得减少工作量，也只能保证李梓莹一日两餐的生活质量。在日光灯下，父女俩的餐桌上只剩下两碗白米饭、一碟咸菜作为充饥粮食。个子还没长到够着桌子的李梓莹使不了筷子，嚷嚷着想吃煎饼。父亲就不耐烦地从自己碗里挑起一坨白饭硬塞进她嘴里，没耐心地说，有口吃的就不错了，哪里来的煎饼。

没过两年白米饭还是白米饭，但餐桌上菜色有了更多新的花样。父亲娶了继母。长头发，手背白嫩，会烧各种口味的菜。她的长相和自己的母亲没有可比性，跟父亲站在一起确显年轻，不粗糙是肯定的。刚进门，她也确实对李梓莹照顾有加，至少一日三餐得到了保障。她不会和父亲在黑夜或日光灯下争吵，更不会介意父亲经常在外做工程一去几日不回家。只不过父亲不在家时，她和李梓莹几乎不说话，最多一天三次招呼她吃饭。事实上，她并不算讨厌继母，如同父亲并没有要求她一定喜欢继母。在童话故事里没有人会讲述继母与继女是好相处的，唯有天下继母一般黑，是千古不变的硬道理。但从母亲走了以后，李梓莹的性格注定是要扭曲的，她基本不说话，一旦开了口必定是夹枪带棒式的表达。父亲没怪过她，他心里清楚，李梓莹会变成如今这副模样是谁造成的。她从上小学开始，父亲只负责第一天带她去学校报到，后来就都是她自己的事了。在黑暗中成长起来的性格固然阳光不到哪儿去，她很小的时候就明白会有很多必然会在自己身上发生。比如：不会笑脸迎人，不懂得如何与人正确相处，连问声“老师好”都说得面无表情含混不清。她从来不留长头发，父亲和继母生了小弟弟后，她觉得家里更没了她可待的地方，继母一天比一天嫌弃她在家多余。有一天家里吃玉米，明明锅里还剩了两根，继母愣是当她面一锅端进了他们房里，理由很是充足，你弟弟就爱吃嫩玉米，这会儿用这两根给他磨牙正合适。李梓莹问，那我晚饭吃什么？你们已经把中午剩下的饭菜都吃光了。继母不痛不痒地应了一句:少吃一顿没事,明早再吃就是了。李梓莹无话可说,只气得一脚关上了房门。第二天早饭,她喝下了两碗稠稀饭,拿袖口将嘴唇一抹对父亲说:你得给我些钱,要不然我饿肚子没东西吃。继母一听就知道这话是针对她的,突然情绪激动地叫了起来:呀,昨天我就没让你吃个玉米,一早就跟你爸告状了?你弟弟还这么小,你让给他磨磨牙怎么了?我这些年是少你吃还是少你喝了?你在这儿跟你爸阴我什么?继母说得一声比一声亢奋,她怀里的儿子也被吓哭了。她爸立刻接过儿子,又安抚继母:没事没事,她也不是那意思,我说她我说她。梓莹你这孩子不会说话别瞎说。李梓莹倒是情绪很稳定,看看父亲怀里的弟弟觉得有些可笑,哼哼唧唧说着,我多一顿少一顿是没事,你别把你儿子再吓着,回头跟我似的。她说着抬腿存心踢了一脚椅子便跑了。

你听听,你听听,这死丫头才丁点儿大的人,说话多阴,真不是个省油的坯子。继母举着筷子直戳她后脑勺嗤之以鼻骂着。

你也够了!跟一个孩子斤斤计较有意思吗?父亲没耐住性子一巴掌愤恨地拍在桌子上,碗筷瞬间悬空弹跳,又被父亲恼怒地挥舞着摔下了地。这动静活像李梓莹小时候反复面对的动静,她背靠房门一边流泪,一边又不厚道地笑了笑，如此阵仗真是太熟悉了。继母和那个乳臭未干的小毛娃当然没有见识过他们家山崩地裂的状况，自然是被父亲这样的小举动狠狠惊愕到了。继母不敢再作声，小毛娃哭得上气不接下气，毕竟今天这刺激在他们面前的确不小。小毛娃却比李梓莹从前幸运，因为继母比母亲知道识趣，她不会和父亲争执不下，而是明白儿子更重要，转脸就把小毛娃抱进房里宝贝心肝地哄着。

李梓莹每每睡到半夜总是愕然惊醒，不是被谁吵醒，大概是从小落下的毛病，但凡到那个点就会不自觉惊醒，踏实睡一晚整夜觉是什么滋味她应该早忘了。拧开床头灯，侧了个身这是她重新调整睡眠的方式。怎么右边枕头明显高一些也硬一些，伸手往枕头下边一摸，摸出了一信封的现金。里面还附带一张字条：钱收好，省着点花。李梓莹将钱和字条重新塞进信封，也没数多少钱。揣进被窝的这一沓厚现金，肯定是能够她用一阵的了。

从那以后，李梓莹和继母井水不犯河水，你给我留一口饭，乐意我就吃，我家的饭不吃白不吃。不乐意我就花钱出去吃，反正是我爸的钱，我没有不花的道理。父亲就像跟她约定好了一样，每月神不知鬼不觉地往她枕头底下塞钱。

上初一那年，家里从七十平的两居室一跃换成了一百五十平的大四居。父亲的工程这几年做得也算是风生水起，继母认为换大房子，送小毛娃进贵族幼儿园都是理所应当的。这时候的李梓莹当然要为自己的利益据理力争，别的不说，每月枕头下的信封一年比一年厚。对她来说，大四居，每顿大鱼大肉都不比加厚的信封来得实惠。在学校人人都觉得她性格孤僻，成绩总要倒着数才能听到老师报到她李梓莹的名字。她几乎不跟周围人说话，能说什么？一开口人就会问，你爸特有钱吧？下一句就是，你后妈是看上你爸的钱吧？她倒是丝毫不为所动回敬一句：那因为你爸没钱，所以你没后妈眷顾？倒是放学的时候，校门口石墩上老坐着两个像小混混的人每次都朝她吹口哨。她懒得理，你吹你的，白你一眼算我客气。每晚放学回家，她都懒得回去吃一桌子的大鱼大肉。吃多了，继母说她跟小毛娃抢食；吃少了，继母又阴阳怪气地说，多吃一些啊，别回头跟你爸告状说跟我在家吃不饱饭。反正跟继母单独在一桌上吃一顿饭能反胃好几个小时。

她以前从来没注意学校对面有一个推车的煎饼摊，今天要不是因为肚子叫得厉害，她是不会就地吃它的。甭管那么多，先跑过去对付一口。平日里，她也是吃惯了肯德基麦当劳的主，快餐食品不算有营养，但至少干净。她看着面前做煎饼的老阿姨用一双油腻又黑乎乎的手在铁板上来回拨弄，不禁被恶心地皱了眉头。太脏了吧，这能吃吗？她后悔没能挨到城市广场的肯德基。老阿姨拿黑乎乎的手摊了面皮，另一只手敲开一个鸡蛋打在面皮上，再用插在茶缸里的刷子往面皮上涂了一层酱料。老阿姨一边做，一边问：小姑娘，香菜要吧？她不忍直视敷衍点头。加火腿肠好吃，要吧？老阿姨问一句对她咧嘴笑一下。煎饼摊顾客显然不多，这过程中，她几次打算赶紧叫停，然而看到老阿姨一脸“献媚”的笑，她忽然又开不了口拒绝。老阿姨依然是拿她那双油腻又黑乎乎的手给新出炉的煎饼熟练地包上一层纸袋子，外边再套上一个塑料袋。快吃，趁热好吃。她递给她煎饼，咧嘴笑着，那只黑乎乎的手热情地在她眼前招呼。多好的孩子，学习肯定特别好吧？多漂亮啊，一看就特别优秀。你平常吃得好吗？你家里人……

李梓莹一点笑意都没有，觉得这老阿姨是不是热情过头了，她这是多久没生意做了？卖个煎饼哪来这么多废话？多少钱？五块？还是十块？她赶紧打发了老阿姨，其实她都预谋好了，付了钱赶紧找个垃圾桶把这不干净的东西扔掉。

老阿姨拽来一块抹布在滚烫的铁板上擦着，发出刺啦刺啦的响声。满面春风地对她说，给八块就行。饼五块，火腿肠三块。李梓莹掏出十块钱丢在推车上。老阿姨边忙着给她找钱，继续热情似火张罗让她赶紧吃一口，好像她不吃一口老阿姨这钱就挣不回来似的。李梓莹也是无可奈何，下意识勉强咬了一小口，不自觉地又瞟了一眼铁板上的抹布，天哪，抹布也是黑的，此时她整个人简直要崩溃了。她真恨不得把嘴里的一块吐出来，不想老阿姨又递给她一根火腿肠说，我这找不着两块零钱，就再给你一根火腿肠吧。她捂着嘴直摇头，含糊着说，不用不用。一溜烟赶紧跑了，目标必然是附近的垃圾桶。

待她把嘴里的污秽一口喷出，还是觉得肚子叫得厉害，再看看原本冰冷的手掌现在已经被塑料袋里的煎饼焐得温热。她突然觉得自己有些可笑，明明肚子饿得要命，却还在这穷讲究，别忘了你可是没娘的人。当然后来也就把这煎饼半推半就地吃了，奇怪的是吃到一半，不仅没有把嘴里的饼和那双黑乎乎的手再联系到一起，吃到中间有酱料一块还觉得这味道怎么有点熟悉，好像在哪儿吃到过这种味道。应该是有这样的记忆，只是一时想不起来了。

那几个常在校门口对李梓莹吹口哨的小混混，仍旧没能远离她的视线。他们在方圆几里混久了，自然对李梓莹的事情略知一二。一来二去，所以最终她没能逃得过他们的"魔爪"。而李梓莹在学校学习不好也是出了名的，用她的话说，学什么学，学不进去，还有什么可学的？总不能叫我硬往脑子里塞书吧。她的班主任曾问她，你既然不想学，还来学校做什么混世魔王？天天待在家享福多好。哪知道她很不屑地说：家里好享福，我还来学校做什么？班主任差点没把鼻子气歪了，恶狠狠地下了逐客令：明天，不，今天我就找你爸来，咱们到校长室说清楚，必须劝你退学。李梓莹嘿嘿一乐，取笑班主任气昏了头：老师，您别搞错了，九年是义务教育，我学不学，您都得教我。

小混混之中有一个叫胡建的领头人，事实上胡建也不过是个十八九岁的男孩，为什么总在这附近出现，主要是因为前几年刚从这校门出来。不错，不是毕业，而是退学，还是主动退学。李梓莹很快跟他的这帮人融到了一块，原因或许是为了有一天借他们这股邪风对付那些看不起她的人。她不打算退学，也不想天天坐课堂上听念经，只是多了一个去处。你也没人养吧？所以成了孤魂野鬼的鬼样。胡建人模人样在她面前点烟吐雾。李梓莹认得他裸露在口袋外的烟盒，一包十几块的红南京。真便宜，她冷冷地笑着。

胡建听出了她的不屑，不爽地问：你说什么真便宜？

我说，你叼的烟真便宜！混得跟个穷鬼一样，有什么可装的。李梓莹向来是如此犀利，即使对方是个小混混。

胡建愤怒地将烟头甩在地上，插在口袋的胳膊猛然一挥搂住了李梓莹的脖子，讥笑着：我可听说你家里条件不错，你应该是不缺钱的吧，既然跟我做了朋友是不是该分我点花花。李梓莹发觉出胡建的不怀好意，一刹那，她举起胳膊肘使劲往胡建肚子上一捅。果然这小子被捅倒蹲在地上，捂住肚子满目狰狞，龇牙咧嘴半天发不出声音。万幸那天只有胡建和她两个人在一块，其他几个小混混还没来得及赶到她就跑了。也就在跑的过程中，李梓莹又碰到了上回推车来摊煎饼的老阿姨。她此时大概也是吓坏了，几百米的路跑得气喘吁吁，像抓救命稻草一把抓住了煎饼摊的推车，慌里慌张地说，阿姨，你去哪儿卖煎饼，我帮你推，我要买煎饼。老阿姨见她如此主动帮忙，十分高兴，满脸喜悦连连称赞感谢她的帮忙。

姑娘，咱俩还真是有缘，才没过多久又见着了。你还真是个热心的孩子，第二次见阿姨就主动帮阿姨忙。快，趁热，吃煎饼。今天多给你加一根火腿肠。

李梓莹压根没听老阿姨在说什么，想到刚才胡建那么无耻的嘴脸，她满头冒出冷汗。老阿姨往她手里塞了厚厚一层煎饼，她也不由自主地塞进嘴里，眼看都快把一整块煎饼吃完了，她才觉察出这饼里包的酱是真有味道，有些咸还有些甜丝丝的，这样的味道她一定尝到过。她习惯性地从口袋中掏钱，但是鼓捣了半天也没摸出一张纸币，她记得口袋里装了钱的，怎么一张没有了？肯定是胡建那小子趁她不注意给偷了，这点本事对他简直是雕虫小技。老阿姨看到她摸索不出东西，打哈哈说道，你帮阿姨推了一路的车，今天就不用给钱了，以后放学饿了就来找阿姨。你这么热心帮助人，我一会儿还要到对面学校找你们老师表扬你呢！

不用！你可别多事，我和我们老师都不稀罕你的表扬！李梓莹站那儿立刻就变了脸。

接下来几天，每天上学放学她都胆战心惊，即使以犀利敏锐的余光扫射四周，仍感到身边危机四伏。她明白得罪了胡建，相当于给自己埋了一颗地雷，他只要一天不出现，这颗雷随时爆炸的可能性就越大。他这小混混是绝对不可能对她善罢甘休的。果真如此，第三天，李梓莹戴一顶鸭舌帽跟随大批放学人群走出校园，她尽力让自己混在人堆里，不被别人发现。她尽量把脸压得很低，脚下步伐走得很快，但才走出人群几米远小混混一把就将她逮住。这回不只是胡建一人那么简单，五六个小混混二话不说，其中有一人捂住她的嘴，还有的人直接将她连拖带拽拉到一个不明显的角落里。张张神色邪恶的面孔将她团团围住，每个恶煞的眼神里都只显现出一句话：你逃不掉了！李梓莹此时正是手无寸铁的小丫头，平时那股狠劲这会儿怎么也派不上用场。你们想干什么？都疯了吗？她假装镇定。

胡建肩上扛着一根木棍，一步步把李梓莹往墙角逼近，发出几声极为阴飕飕的冷笑：我想干什么，你不知道吗？出来混迟早要还的，这句话不用我教你吧。他对着李梓莹大肆挥舞着手中的木棍，眼看就要朝她的头顶敲下去。

你……你离我远点，要不然我可不客气了。来人哪，打人了，赶快报警抓他们，救命！她放开喉咙吼起来。本想引来路人的注意，反而彻底激怒了胡建一群人。

你个不要脸的丫头还敢这么猖狂地喊，你今天真是不想活了。胡建先是正对着她的肚子生猛地敲了一棍。继而他一声令下，给我往死里打！一圈人个个都手持家伙准备对李梓莹痛痛快快打一场。李梓莹被胡建一棍子打倒仰在后泥巴墙角下，满眼的棍子向她铺天盖地打来时，她猛然从怀里掏出一把带尖的水果刀，她早就料想到早晚会用上这把匕首，她握着匕首对着他们乱舞一气。几个混混万万没想到李梓莹会使出这一招，混混们被突发情况吓住，他们站在原位谁都不敢贸然乱动。见他们这样，李梓莹总算缓冲了恐惧心理。她一只胳膊撑在地上让自己缓缓站起来，另一只手握住匕首指向他们。你们识相的赶紧让开放我走，要不然我的刀子可不长眼睛。面前混混们不约而同地纷纷后退，让给李梓莹离开的空隙越来越大。而就在她正预备快速冲出他们中间时，胡建趁李梓莹不备朝向她直面扑去，突如其来一把便抢过了她手里的匕首，刹那间胡建将匕首尖头刺向了她，这再次使惊魂未定的李梓莹面无人色。

仓皇之中，白昼忽暗，一辆煎饼推车从侧面横冲直撞闯进混混群体，如一道光影般闪现的身影冲挡在匕首的前面，一双油腻腻的双臂重重地护住无法睁眼的李梓莹。匕首在最后一刻不受控制插进老阿姨的腰部，只在片刻，她们的脚下出现一摊鲜红的血泊。昏天黑地之时，李梓莹出现幻听，仿佛听到她说：不能伤害我的孩子。

许小姐的那些事

1

阳光夏日的清晨，京都里二栋七楼，那个四十多岁的女人一大早醒来穿着睡衣，蓬松着头发，嘴里叼着半根细烟，打着赤脚在一百二十平方的房子里踱步。她上了一趟厕所，又去厨房里烧了一壶热水。水壶里的水是什么时候烧好的，她也不管。她从客厅晃荡到卧室，顺手理了理床上的被子，嘴里叼着的烟眼看将要吸完，烟丝成灰，她尽量噘着嘴把烟灰卷维持在半空中，又拿起床头柜上的水杯准备去接水。转身走到客厅，她自然而然地将嘴里的烟头迅速抽出，连同燃尽的烟灰一起掐灭到烟灰缸里。接着又重新拿起茶几上的烟盒，熟练打开，用嘴唇衔出一支新的烟，顺手拾起一旁的打火机，用大拇指摩擦两下便点燃。与此同时，她好巧不巧抬眼朝阳台一望，与阳光同泻的居然还有几滴清水，她知道，这肯定又是楼上晒衣服的没拧干净，把水滴到她家衣架上了。而窗外衣架上偏偏就有昨晚忘记收回的衣服。女人内心怒火“腾”地一下就上来了，嘴里猛吸几口，就把烟掐死在烟灰缸中，骂骂咧咧冲到阳台，“唰”一下推开窗户，上半身直伸出去，脸向上仰着破口大骂道：“真是恬不知耻，说了多少次了，洗个衣服不拧干就拿出来晾，水湿漉漉地滴到别人家干衣服上，真好意思？不知廉耻的，你家狗四五点就在楼上‘笃笃笃’地跑，有没有考虑到人家的感受？败类！人和狗一样的败类，一家子不知悔改的二百五！”

楼上的人不是没有听到，只是不敢出声与她对抗。对于这个四十多岁依然单身的女人，住在这儿的绝大多数居民都对她的骂街有所耳闻，他们都对她“敬而远之”。因为没有人知道，会在什么时候，说了什么话就得罪了她，进而惹来一场大骂。有关这女人的故事，在小区里亦是众说纷纭。她是死了丈夫，又没有生育才落得中年孤家寡人，这是一个版本；她压根就没结过婚，自己年轻时赚了一笔横财才有了今天的生活，这是另一个版本。准确地说，这女人看上去的确是个富足的人，不仅住着几百万的房子，开着七八十万的宝马，还常年花着齁贵的钱去国外整容和塑形，看她那张脸，估计肉毒素、玻尿酸这些东西没少往脸上打。

一个人的故事就这样日积月累从闲言碎语中拼凑起来，要是真正叙述起来大概是这样的：女人叫许莉文，芳龄四十几，单身，膝下无儿无女，喜欢独来独往。与人交流方式固定两种，一是炫耀，二是吵架。她不喜欢人对自己指名道姓地称呼，所以大伙只能在背后给她一个相对合适的称谓：七楼那女人。

2

据说七楼那女人的老家是大别山的，十几岁就出来闯荡，她自称是在这儿扎根二十多年的老南京人，当然南京话与外地人相比说得也算地道。她最早也是从底层做起，二十世纪九十年代末，一个初中都没上完的女孩子，没有任何一技之长就跟着父母出来打工。她能做什么？其实也很简单，从头开始学，干什么就学什么。在包子铺就学包包子，在理发店就学理发，这其中她还做过哪些其他工作就不得而知了。

到南京两年后，她又做了好几年的家政工作。那会儿还没有“家政”这么文雅的词，只说是做保姆，给人家带孩子的。可许莉文却生性高傲，就是刻在贫穷骨子里的那种骄傲。之所以年纪轻轻从事自己认为“下贱”的职业，完全是被父母和生活所迫。那个年代的打工者，就跟批发市场里的货物一般，成批成批地从偏远地方到城市里来谋出路，他们往往都租住在城市中的犄角旮旯、那种不透风的平房里。后来，她又接了一个替人家接送小孩上学的活。可这小孩不像她之前带过的婴幼儿，这是一个上了五六年级的孩子。偏不巧的是这小女孩性格内向，不爱多说话。而在接女孩上学放学的路上，许莉文并不想让人以为自己是女孩的保姆，所以她常常以“姐姐”的名义自居。她时常对女孩说，放学了，姐姐来接你。有什么不会的，姐姐教你。或者说，姐姐今天可以带你出去玩……小女孩却很难开口叫她姐姐，只是直呼她的大名。

唯一让她感到欣慰的是，跟小女孩一家人相处久了，这一家对她的确很好。在她做了一年多保姆之后，这家女主人见她还算手脚麻利、头脑灵活，又得知她是为了跟父母出来打工才耽误了学习，而且还不到二十岁，便好心资助她去读书，替她报名上夜大学习班。有一年过年还带她出去买了新衣服。天长日久，她的虚荣心在这样的照顾中膨胀起来，甚至从内心以为自己也是这个家庭的一分子。于是，她越来越肆无忌惮地把这个家当成了自己家。经常与小女孩开玩笑说，把你的家分我一半好了，还有你爸妈也分给我。小女孩听了很是气愤，可她偏偏还不识趣地对小女孩说："我和你妈妈逛街时，我还搀了她的胳膊，这要碰到熟人，人家一定会认为我们是母女。"说着她脸上泛起幸福的笑容。小女孩的脸霎时阴沉起来，丢下一句："你做梦！"有一天，有陌生电话打到家里来，听声音差不多是个二十几岁的小伙子。电话是女主人接起的。这男的一听是个中年妇女的声音，立刻在电话那头带着笑并有礼貌地说："伯母您好！请问这是莉文的家吧！我是她的朋友，可不可以麻烦您叫她接一下电话！"女主人觉得奇怪，为什么那男孩叫自己伯母叫得这么亲切？还有就是她怎么能把家里的电话号码随便告诉陌生人？这一家人坐在沙发上看电视，小女孩用余光扫射接电话的她，只见她用手掩着听筒，窃窃私语地和电话里的人说说笑笑，大约有五分钟的时间，她边听电话里的声音边抬头看看坐在沙发上的一家人，觉得说得差不多了，就跟电话里的人互道"再见"，挂了电话，然后若无其事地坐到单人沙发上，继续同这家人一起看电视。

3

一两年后，许莉文长成了二十岁的大姑娘。听说，那时她长得的确很标致，站出来落落大方。兴许是她身材长相底子都不赖的缘故，所以即便穿几十块钱的牛仔外套，简单涂抹一点口红，也显得有几分城市女孩姿色。这要不说，也是绝对看不出她是做保姆的。当然，年纪轻轻的她也很会玩，溜冰场、迪厅、酒吧……这些娱乐场所，她无一不涉足。但是钱从哪里来？当然不是从在菜场摆摊的父母那儿拿，自己挣的那点钱也不够；好在，她喜好交朋友。她交朋友的层次也并不低，可又没有到高不可攀的地步。朋友一多，带着她玩的人也就多了，在光鲜自信的外表下，没人意识到她是来自农民家庭的女孩。别人要真正问起她父母或她是做什么的，她也会面不改色地回答，父母都是双职工，还有个妹妹。自己一边读书，一边帮家里分担着照顾妹妹。可事实上，她有个弟弟，跟她一样随父母在南京打工。刚满二十岁的她性格爽朗，不像现在那么怪异。她身边总有形形色色的男孩女孩愿意跟她交往。初来乍到，她相信女孩之间有真正的友谊，与此同时她也相信，男女之间会有真正的爱情。于是在二十岁那年，她遇到了人生中第一个男人。

那是在夏天傍晚，许莉文跟一帮朋友去溜冰场溜冰。刚学会溜冰的她，认为自己已经溜得非常熟练，便放开了朋友的手，独自从边缘往中央溜。场内人一多，音乐一响，她和同伴就冲散了。正当她感觉溜得很顺的时候，一旁三四个类似小混混的人其实早就注意她很久了，待到只剩她一个人时便有意溜到她身边搭茬儿。其中一个染着红发领头的，趁着她在原地打转的工夫，一把上去拉住她的手腕，使得她踉跄了一下就栽倒在他的怀里。这正中他的下怀，红发男子奸笑着，不怀好意地搂着她肩膀说："哎哟哟，小妹妹，会不会溜冰啊？不会溜我来教你呀！"她和红发男子眼神一对，加上周围发出奇怪的笑声，她瞬间意识到，这拨人肯定不是什么善茬儿。于是身体微颤又灵活一跃，双手揪着红发男子胳膊一抻再一推，双脚即刻站稳，从几人中钻了个空，嘟囔一句"神经病"，就逃离这群人的范围。可那群小混混怎么可能罢休，她刚走几步，就发现他们不紧不慢又跟在她的身后，红发领头的那个两步一滑就绕到了她的面前，还有三个跟班随即打劫般前后左右将她围拢。红发男子大概是被她揪疼了胳膊，冲到她面前也毫不留情地揪着她的两只胳膊说：

“你个小丫头片子，老子刚刚好心好意扶了你一把，你竟然不识抬举，今天你必须给我赔礼道歉，否则哪儿你也别想去！”许莉文见这几个小混混团团将她围住，尽管内心是恐慌的，但依然尽量镇定朝四周观望，努力想挣脱被抓住的两只胳膊并大声地警告这群人：“你们少惹我，我不是一个人，你们再这样，我喊人了。”

红发男子呵呵一笑，瞪着眼看着她，不屑一顾：“你喊啊，音乐声这么大，谁听得见，你的那几个朋友早就不知道去哪儿了。这是我的地盘，你喊一个，看看谁敢搭理你。走……今天你就跟老子玩了。”说着红发男子拉着她就往门口拽，后面三个人也跟着顺势把她向门口推。她知道自己一个人对付不了这些人，干脆趁他们又推又拉的瞬间一屁股赖到了地上，大喊救命。不料惹得红发男子恼羞成怒，他命令几个混混将她在地上连拖带拉开始撕扯。她不断尖叫“救命”，环顾四周，却没有人敢站出来救她。就在她和这群混混纠缠之时，突然，一个穿着皮夹克，高个子、气场十足的青年男子就出现了，英雄救美的故事总是如此。同样青年男子的身后也带着几个男男女女，这几个人趁这群人没有防备的情况下，同时从红发男子背后狠狠地踹了他几脚，红发男子一个狗吃屎跌在地上。他的三个同伴也被这样的阵仗着实吓了一跳，都蒙了，搞不清这帮人是从哪里冒出来的。一个留着短发的女孩随即上去就把瘫在地上的许莉文扶起来，对红头发一伙吼了一声：“一群流氓，趁天黑对一个小姑娘下手，你们还是人吗？”等红发男子回过神站起来，凶神恶煞般要反击的时候，青年男子早就掏出了手机按下了110，但没有拨通，只是把大拇指点在了拨号键上。他一只手使劲抓着红发男子的衣领，一只手将手机举到他的眼前，吐了口唾沫回应刚刚那女孩的话说：“他们哪长得像人了？”红发男子想反扑，被这个叫罗敬平的闪身躲过，一脚踢了回去，并且警告：“再闹，我就拨通电话，让警察今晚给你上上课。”红发男子见这阵仗也识了时务，使劲甩开罗敬平的手，狠狠瞪了瞪眼给自己找了个台阶，丢下一句：“为了个小丫头片子蹲一夜局子不值。”说完便转身带着同伴灰溜溜地走了。

许莉文刚从虎口逃脱，惊魂未定，只听到有个磁性的声音响起：女孩子一个人出来玩要小心。后来，他们自然就熟起来了。青年男子就是罗敬平。关于罗敬平，敢在溜冰场跟小混混动手，自然也不是什么等闲之辈，但总归还是个正派人，并且在一家公司有着体面的职业。认识了罗敬平，对许莉文来说就相当于在这座城市拥有了一把保护伞。罗敬平不仅常常带着她一起进入各种公开场所，甚至后来把她带回了家，就连罗敬平装修新房子的时候都给她留了一间房，理由是这是她另一个家。她总是天真地以为只要喊了人家做哥哥，罗敬平就真把她当妹妹了。可太阳底下无新事，男女之间怎么可能只有单纯的友情呢？所以，在罗敬平跟她表白心意的时候，她知道罗敬平是真心待她好，这一回她没有隐藏自己的真实家庭情况。面对罗敬平对她的好，她更多的似乎是委屈，一种因为她出身不好的自我委屈。她承认自己只是从农村到城里的打工妹，家庭跟罗敬平的家庭有着巨大的差距，现实让她在这个男人面前变得卑微，这样的卑微真实的原因是动心。她抱着他，哭着拒绝说自己配不上他。然而终归她是抱着他的，他最终也没有嫌弃她的身份，他告诉她这跟爱情半毛钱关系都没有。跟罗敬平在一起之后，她也越来越有自信，本身就不认为自己是下等人，这一回更是有了预备彻底翻身的心理。

而在与罗敬平交往期间他们总是聚少离多，罗敬平有很长一段时间因为工作原因出差在外，身边又有女同事经常陪同，时间一久女同事就对罗敬平心生好感，各种照顾和表白。罗敬平虽然婉言拒绝，说自己有女朋友，但女同事执意表示不在乎，说，只要你们一天没结婚，我就可以等到你们分手。也不知道通过什么路子，这女同事打听到罗敬平的女朋友居然是个外来的打工妹。在一次公司年会中，罗敬平带着衣着朴素的许莉文到场参会，心机颇深的女同事自然不会放过这样羞辱她的机会。她举着酒杯，拖着长摆的礼服裙迎面向他们走去。罗敬平自然明白她来敬酒不怀什么好意，但顾及公司年会和自己的颜面，还是给两个女人做了简单的介绍，然后就要离开。这女同事当然是不能那么容易让他们走的，她拉着许莉文先是热情地招呼，眼睛上下打量着她："罗总出差时候总是提起你，今天一见果然是不同凡响，怪不得啊，我那天晚上送他回房间还一直拉着我叫你名字。"然后她顺便又朝罗敬平瞟了一眼，故意提醒："哎，你还记不记得了？就你喝醉的那晚啊，怎么说你都不放我走！"

罗敬平立刻反应过来，把话锋一转，笑了笑看看身边的女朋友说："是啊，那天跟客户把合作的事谈妥了，一高兴就喝多了。幸好有她和其他同事一起照顾了我，要不然啊，我都不知道怎么回酒店了。"说罢罗敬平又要带着女友离开，这女同事还是不罢休地拉着她抢话说道："罗总，别急嘛，你好不容易才把美女从金屋里带出来，怎么着也得让我们这普通的小白领向她取取经，到底是如何做到让我们罗总这么专一又痴心的？"

听到她这么说，周围的同事也跟着起哄："对啊，像罗总这么优秀的，一定是遇到了不一般的人才会这么痴迷。不知道这位小姐在哪里高就？”

“呃……我……”她微微一笑却有些支吾。

“哦，她啊，大学毕业以后就在家做做烘焙，女孩子嘛，其实不用太辛苦的。这样以后我在外面忙，有她顾着家我也能踏实工作，是吧？”罗敬平搂着她。听到身边的男友这么维护自己，她也便敷衍地对着众人微笑点头。

年会结束后，罗敬平开车送她回去。一路上她都阴沉着脸。罗敬平跟她说话她也不理，一直目视着前方。罗敬平当然知道她此刻心里是不悦的，在等红灯的时候，罗敬平腾出在方向盘上的手，握着副驾驶上她的手，亲了亲安慰她：“今天回家好好休息，明天我再来接你，带你去金鹰买两件漂亮衣服。”

“什么意思？你是觉得我今天穿得太土，配不上你？”她依旧目视前方不看罗敬平，面容冷峻。罗敬平刚要解释，她淡定地说：“绿灯了！”

直到罗敬平把车停到她每次指定的位置，一座高档小区的门口，她告诉罗敬平她家就住在这附近，这里停车方便。罗敬平把车熄了火，摇下车窗，两人静坐车内又是半晌没说话。终于她开了口：“你为什么当你同事面那么高抬我？大学毕业，在家做烘焙，呵……”她一阵冷笑。

“不是！今天那种情况你也看到了，人家分明就是故意找你茬，我不这么说，他们会让你多为难？以后你还怎么跟我一起参加这些活动？”

“所以你就替我撒谎？哦，我明白了，你这样不是抬高我，是不想让你自己太难堪吧！我是什么样的人就是什么样的人，你要嫌弃就直说！”

这件事以后，罗敬平并没有因为赌气而不理她。反而想起那天她在车上说的话，让他觉得自己亏欠了她。周五傍晚，他特地买了一大束玫瑰花，定好了酒店，约好了一些朋友，想要给她一个惊喜，甚至是一个承诺。他开着车，依然停在小区门口等她。他坐在车里，不时地看看手表，又美滋滋地看看后座的玫瑰花。时针将近走到半，他理了理身上的西服，抱着花下车。他站在车门旁边，远远地，看着一小点黄色的影子慢慢走近。当时还是少女模样的她，只是穿了一件黄色的连衣裙，披着一头没有做任何打理的长发，从西边背对着夕阳一点点向罗敬平走近。罗敬平望着一脸无精打采的她，加快脚步朝她走去。待走到只有一米距离的时候，她才抬起眼睛看到了抱着玫瑰花的罗敬平，瞬间愣了一下，还没等她反应过来，罗敬平就微笑着一把牵起她的手，带着她在夕阳里飞奔。

“去哪里?”

“去给你幸福的地方!”

丑媳妇总是要见公婆的,很快罗敬平把她带回了父母家,关于她的家庭与职业,罗敬平大概早就预料到,如果第一次就全盘托出,必然是会遭到父母的强烈反对。他们反复商量后,决定先隐藏她真实的情况,等罗敬平的父母完全认可她这个媳妇,再慢慢告诉他们。罗敬平又郑重地告诉她,这样做绝对不是嫌弃她,其实自己根本不在乎她的出身和职业,而且以他的能力,未来的妻子只要在家做个家庭主妇就足够了,学历、职业这些并不重要。他只想跟她一直走下去。与罗敬平父母第一次见完面后,他们说对这女孩印象还是挺好的,可罗敬平的父母也注意到了一些细节问题,但凡问起许莉文的父母,或她自己是做什么的,这两个人总是遮遮掩掩的,说得不是很详细。最终,罗敬平的母亲通过一些人打听到了一个有关她的住址。

这天,罗敬平母亲盘着贵妇的头,身穿貂皮大衣,拎着几盒礼品在一个小区单元门口徘徊了很长时间。单元楼的门被进来出去的人一次次地打开又关上,最后她跟着一个从外边开门的老大爷一起进去。她敲响二楼一户人家的门，给她开门的是这家的女主人。在与女主人攀谈后，她才恍然大悟，原来那天儿子介绍女孩的家庭，其实并不是她真正的家，她的父母也不是他们嘴里含混不清的双职工，她只是在这户人家长期打工。在了解清楚情况之后，罗敬平母亲一脸尴尬地面对女主人，又暗自庆幸，幸好一开始没有直接表明自己的真实身份和来意，只是说自己是许莉文一个朋友的母亲想来看看她。

没过多久，许莉文从外面接回了这家放学回来的孩子。一进门，见罗敬平母亲正坐在沙发上，脸色一下子煞白，整个人被惊得魂飞魄散，她知道一切都完了。

4

这件事过后，她变得颓废不堪，原本憧憬的一切被现实猛然一击，然而她对命运终究是不服的。她不明白自己为什么会与城市里的女孩不同，为什么同样是女儿，别人能一家三口住在三居室的套房，而自己却只能和父母弟弟挤在一间只有十平米的平房里？接送小女孩上学放学，她也不再有原先的热情，她知道小女孩不可能叫她姐姐，于是每次送完小女孩，道别的时候，她只是敷衍地说一句“放学来接你”就匆匆离开。她始终不认为，做保姆就该是她要做的事情。和罗敬平之间经过来回几次折腾，最终还是分手了。她一下子又从天堂跌回了地狱，没有了男友的嘘寒问暖，没有了富足的零花钱，周末不能进高档的餐厅，没有了车接车送的待遇。她又一次骑上了破自行车在街上转悠着。正当她觉得日子看不到希望的时候，网上聊天突然兴起，她没有去酒吧迪厅消费的能力，就换了方向，每天下班后花十几块钱去网吧上网聊天。而她用电脑打字的本事，还是跟着主人学会的。

很快她被网络这个虚拟世界冲昏了头，在QQ上不知不觉加了近百个好友。每天最盼望的时刻就是去网吧。一下班仿佛挣脱牢笼一样，飞奔到网吧登录QQ。她也并不甘于只停留在网络上的虚拟世界，所以见网友就成了必然。她在网上认识了跟自己同龄的吴乃明。吴乃明是留学回来的大学生，在海外待了四年，鼻梁上架着一副无框眼镜，每次出门总会背着一个书包，外表看上去一副斯斯文文的模样，目前正待业在家。一个周末，两人约在湖南路的步行街相见。为了见吴乃明，她特意花了一个月工资买了化妆品和一套白色连衣裙，这又是一个夏天。一到夏天走在街上荡漾的何止是连衣裙，还有这该死的春心。一切似乎都在她的掌握之中，果不其然吴乃明喜欢上了她，她也很高兴，因为自己又恋爱了。吴乃明是一个很绅士，很有魅力，很注意与女孩交往细节的男人。他的背景也不用多说，虽然不比罗敬平那么富有，但跟她在一起也是绰绰有余。这一次，许莉文还是没有暴露太多自己的家庭和职业。每次约会结束，吴乃明也只把她送到小区门口，等看着吴乃明走后，她才放心地绕到小区背后，沿着一条漆黑的小路走回自己家的平房。

有一天晚上，吴乃明带她去游戏厅玩。两个人一直玩到深夜十二点多，吴乃明牵着向站台走的她，突然间停住不走了。他一使劲将她拉进怀里，紧紧地拥着她，抚摸着她的头发呢喃不舍："亲爱的，今天太晚了，我真的不想跟你分开。我们都别回家了好吗？"

"不好吧？"她有些胆怯，轻轻地挣脱吴乃明的怀抱，"我爸妈还在家等我呢！"

"可是，我真的舍不得跟你分开了，我好想好想跟你永远都在一起！"吴乃明说着又把她拥入怀里，这一次抱得更紧了，让她觉得快要喘不过气来。一个晚上，一场星辰的集聚，两颗滚烫的心"嘭"的一声相撞。

四周后，她哭着在电话亭打电话给吴乃明，问他该怎么办。吴乃明一改以往的温柔，在电话那头咒骂着说："妈的！

怎么运气这么背？就一次也能中?”接着很不耐烦地问她要多少钱能解决，这对吴乃明来说简直就是一场游戏。

解决问题的时候，吴乃明并不在场，丢下五百块就算了事，并且很不客气地告诉她，其实自己很早就知道她的家庭背景，也知道她父母只是卖菜的进城务工人员。有一回送她回家，他假装先离开，然后又悄悄尾随在她后面，一直跟着走到她家房子外面。这才明白原来她压根不是住在那个高档小区里。许莉文明白了，吴乃明根本没有打算对她的将来负责，说到底这都是你情我愿的事情。最后留下她一个人胆战心惊地躺在手术台上，病历上赫然写着：许莉文，21 岁。

问题解决了，这段恋情也结束了。她把做完手术的病历和报告书私藏在 LV 包里，这包还是当初情人节罗敬平送给她的，她一直不敢拿出来背，生怕父母会问出这包的来历。这段日子，她经历了死一般的境地，她不是没想过一死了之。可转念一想，就算选择了自杀，吴乃明这个渣男也根本不会在意。反正分手的时候，他已经很清楚地表明：我们之间最多只是谈过一场恋爱，我没有强迫你去做那件事，这都是彼此自愿的结果。如果你想去告，我赔偿便是。

而纸天生是包不住火的，在她仅有一米的床里面放着一个多月未拆开的卫生巾，还有术后连续几天惨白的脸色，彻底败露了她这件足以令父母五雷轰顶的丑事！漆黑的晚上，十平米的平房里，一个昏暗的白炽灯泡在头顶上吊着晃荡，许莉文和父母面对面坐在各自的床上。母亲哭得泣不成声，父亲脸色比死人还难看。她面对年过半百的父母强忍着眼泪，故作镇定地说："事情都解决了，没什么大不了的。"

"没什么大不了？"做了一天活计的父亲突然猛地站起来吼道："不要脸的东西，你才21岁啊，就未婚先孕！你把我的老脸都丢尽了！"边说边连扇女儿耳光。

"你一个姑娘家一生的清白都没有了，还在这儿轻飘飘跟我说没什么大不了，你到底要不要脸？"

"我家虽然穷，但我们是怎么把你养育长大的？你出了这样的事，让我们以后还怎么见人？"父亲含着泪指着她鼻子骂。

"对！我不知廉耻！我不要脸！"许莉文涨红着脸放声大哭，同样从床边跳起来跟自己的父亲对峙着，"你以为我想这样吗？出了这样的事，我想过一死了之，可是就算那样能改变结果吗？"

许莉文捂着被打肿的脸，"说到底，还不是怪你们没有用，我如果生在一个好的家庭，别人能这么糟蹋我吗？就因为我是农村来的，跟你们住在这种地方，别人谁能瞧得起我？”

“你……你个混账东西，自己做了丑事还怪我们。你死了都不足惜！”父亲青筋爆起，胳膊颤抖地指着她。一旁的母亲哭着阻拦父亲滔滔不绝的咒骂，却怎么也拦不住。

“好！”许莉文听着父亲怒发冲冠的呵斥，大喊一声便冲出了家门，消失在茫茫的夜雨中。

5

许莉文一口气跑到长江大桥上，盯着滚滚东去的江水看了好久。她是不打算再回家了，更不打算回到出生的老家大别山。事实上，当初她之所以选择跟父母来南京打工，就是想离开那样一个贫穷的地方，她渴望城市，渴望成为城市的一分子。后来的日子里，她有很长一段时间没有联系父母。她很快想明白自己接下来的打算，保姆的活儿，正好借这个机会，说什么也不能继续做了。拿着手里仅有的几千块钱在外面给自己单独租了一间房子。而这几千块钱的来处也是一言难尽，有这几年自己挣的工资，也有前两年罗敬平每个月给她的零用钱剩下的。在租下房子的那一刻，她毅然决定要重新开始自己的生活，这次是只属于她自己一个人的生活。一场大风大浪席卷过后，如果没能淹没躯体和信心，那就选择重生。许莉文开始疯狂地找工作，无论能做不能做的，她都想去尝试。因为之前跟一个在美容院打工的小姐妹学了一些技术，所以她找到一份做美容师的工作，自己的面容也跟着转变。

一个人独居的日子，自由也放荡。她还是很喜欢结交各类朋友，迪厅、酒吧再次成为她跟一群朋友厮混的地方。有一回，在KTV里一个女性朋友看她还是单身一个人，便哄闹着把坐在左边的陆亚介绍给右边的她。那女性朋友半真半假地说："你们看看这全场就你俩还单着，干脆你俩凑一对得了。"许莉文这也不是第一次见到陆亚，之前跟朋友一起玩的时候，有两次在不同场合都见过，可要说真正认识，今天还是头一回。陆亚今年三十五岁，比许莉文整整大十岁，是做房地产工作的。他之前交往过一个六年的女朋友，可临到要结婚的时候不知道什么原因吹了。陆亚不是没有注意过许莉文，开始觉得她很腼腆，跟陌生人很少说话，但是跟熟悉的人却又一直讲个不停。陆亚觉得这个女孩其实很有意思，长得也挺漂亮。有一次他们在酒吧喝酒，许莉文喝醉了，第二天醒来都不知道昨晚是怎么回家的，其实那次就是陆亚开车和几个朋友一起把她送回了家。那次经朋友正式介绍后，他俩都发现对对方有好感，又陆续接触几次之后，陆亚真的向许莉文提出了正式交往的请求。时间差不多过了不到一年，许莉文发现自己又怀孕了。

这一次她没有慌张，她坐在江景房客厅的沙发上，平静地问陆亚："这孩子我们要吗？"陆亚双手紧握，抬头看看她的肚子，又低头沉思一会儿。许莉文见他好一会儿都没有回应，失望地站起身说："那我明天就去医院！"陆亚听了一怔，立刻反应过来说："我们结婚吧！"

二十六岁的许莉文，在这一年的秋天和陆亚举行了婚礼。婚后，陆亚对她非常地体贴和包容。他让许莉文辞去了工作，专心在家养胎。只要是她想要的一切，陆亚都会尽所能地满足她。他对许莉文说，他知道她在遇到自己之前吃了很多苦，如今嫁给他了，就不会让许莉文再走回头路，他一定要好好对她、珍惜她，因为她是要和自己过一辈子的人。许莉文终于过上了她少女时代想象中的生活。丈夫优秀，自己住上了一百六十平米的大套房，家里还请了阿姨给她做饭，照顾她的日常起居。她终于不再是那个白天去给别人做保姆，晚上出去还要装作有家庭背景的女孩。现在的她，每天只要在家翻翻杂志，听听音乐，做等丈夫下班回家的好太太。

悲剧总在意料之外发生，当许莉文怀孕到七个月的时候，一次偶然的滑倒让她失去了这个和陆亚共同的孩子。孩子没了，陆亚并没有过多去责怪她，而是一直向她道歉，说是都怪自己平时工作太忙了，没有空出时间陪她才会这样。许莉文流产在家休息，陆亚放下手头的工作回家陪伴照顾她，他搂着静卧在床的许莉文安慰说："别难过了，孩子我们以后还会有的。到时候，我一定放下所有的事情陪着你!"许莉文听了丈夫的自责和安慰感到颇为难过而又幸福，她觉得自己嫁对了人。

6

时间就这样一年年地过去，转眼他们结婚三年了，许莉文的肚子再也没有动静。夫妻俩都感到很纳闷，按理说不应该这样。陆亚的母亲这两年因为孩子的事情，每回见面总要在许莉文面前嘀咕两句。许莉文自己也弄不明白为什么越是想要越是没有，突然之间她好像想到了什么，难道……这个想法着实把自己吓出一身冷汗！某天她独自来到妇产医院做了检查，医生在问清楚她总共怀过几次孕、流过几次产后，又让她做了一堆检查，最后得出了她不孕不育的结论。

医生说，那两次不同的流产给她的身体造成了很大的伤害，也许今后很难再有孩子。她面色苍白地询问医生，有没有其他办法可以让她怀上孩子，她说自己的丈夫很喜欢孩子，她不能没有孩子。医生建议她尝试做一次试管婴儿，不过这过程会很痛苦。

许莉文知道无法怀孕的事长期瞒不住陆亚，她告诉了他这个诊断结果。陆亚心里根本接受不了，但表面上还是装出一副没大事的样子，只是说，两个人都还年轻，说不定哪天把身体调养好了，孩子自然也就有了。后来，许莉文去尝试做试管婴儿，陆亚最初反对，最后看她始终坚持，也只好顺从她的想法。试管婴儿显然不是那么容易做成的，许莉文每一次尝试都满怀希望，跟陆亚说一定能成，可结果总是令他们大失所望。许莉文不甘心，不到两年里她连续做了三次。每回失败后，她都如同大病一场，躺在床上几天不得动弹。她的脸色越来越难看，脾气也越来越大。但凡陆亚有一点做得让她不满意的地方，她便立即跟他抱怨、怒骂，严重时手边有什么就砸什么！假如，陆亚在外应酬回家晚了，她就会披头散发坐在客厅里关上所有的灯，等陆亚拿钥匙开门踏进家，她再随手一开旁边的台灯，幽幽地说一句："又喝了多少马尿才回来？"陆亚每回都被她吓个半死，哪怕喝醉了酒，这一吓也清醒了。

有一回真把陆亚惹急了，仗着酒劲，他对着阴沉的许莉文嘲笑着问：“脸色这么难看，是不是这次的试管婴儿又做失败了？”他一摇一晃走到许莉文身边，弯下身子伸出滚烫的手摸着她的脸，满口喷出酒气劝道，“我早就告诉过你，这种东西失败了就别做了，因为你是生不出来的。”

“你给我滚蛋！”许莉文拍打开陆亚在她脸上的手，凶神恶煞地踢开面前的茶几，顺手拿起一只茶杯“哐啷”往地上一摔，她用双手揪着陆亚的衣领骂道，“陆亚你还是个人吗？我为了给你生个孩子吃了那么多苦，这种痛苦你体会过吗？你还有脸在这儿说这些风凉话！”

陆亚也火透了，表情扭曲狰狞，借着酒两只手抓住许莉文的肩膀，把她的身体前后使劲晃动几下，最后将她一把推倒，使得她整个人仰在沙发上，接着脱下自己的外套狠狠朝许莉文脸上一摔，凶狠地怒吼道：“生不出孩子是你的毛病，还不让我说？我辛苦挣钱供你吃供你喝，让你过上这么好的日子，你还想怎么样？”这样的争吵从此变成了许莉文和陆亚之间常态化的沟通方式。家里最平静的时候，是陆亚出差的时候。

7

两人撕破脸以后，许莉文决定再也不去做试管婴儿了，她认了没有孩子的命。她想试着改变自己尖锐的个性，缓和与陆亚之间紧张的关系，毕竟日子总还得过下去。某天，她去商场准备给自己添几件新衣裳，晚上好打电话让陆亚回来吃饭。正当她在服装店看中一件紫色连衣裙，买完单出门时，却在隔壁的孕妇装专卖店看到一个熟到不能再熟的身影。是陆亚，旁边还有一个挺着大肚长卷发的女人。许莉文木讷地一步步走近丈夫身后，隐隐约约听到他和旁边女人有说有笑地给孩子选衣服。“陆亚！”许莉文在他背后轻轻喊了一声。陆亚一听声音下意识地抖了一下，收起刚才的笑容，转身望着妻子的脸愣了半天。许莉文却丝毫没看旁边女人的模样，保持镇定地对陆亚说：“晚上记得回家吃饭。”

晚上，许莉文准备了一桌的菜，点上蜡烛，化了艳丽的妆，换上下午新买的紫色连衣裙。他们面对面坐着，各自吃着碗里的菜，整个过程很平静，他们之间已经好久都没有如此平静地在一块儿吃一顿饭了。饭吃完了，许莉文又拿出一瓶红酒给陆亚和自己倒上，喝下一口后许莉文开口了：“那肚子里的孩子是你的?”陆亚眉头紧锁点头默认。“什么时候的事?”许莉文吞着眼泪又问。

“去年的事!”此话一出,两人又沉默了许久。陆亚端着酒杯一饮而尽,然后深深地凝视着许莉文,“小文,我……”他顿了顿,仿佛难以启齿又不得不说,“小文,我还是想好好跟你过日子,你能不能……”

许莉文红着眼眶,含着泪:“能不能什么?”她以为陆亚会说要她原谅的话!

不料他说的是:“我们能不能一起养这个孩子,就当是我和你的孩子!”许莉文做梦都没想到,他在犯了错之后还能说出这么滑稽的话,说得好像是替她生了一个孩子。

许莉文觉得这世界太荒谬了,她发出了一阵空洞的笑声,拿起桌上的酒瓶猛地灌了几口,接着把酒瓶往桌上一掼,掷地有声地对陆亚说:“离婚!”

那年是他们结婚的第九年,陆亚知道是自己对不起许莉文,在办理离婚手续时,他把名下京都里的一套三居室房子、一辆宝马车和一笔存款分给了许莉文。离婚后许莉文又在这座城市里过上了独居的生活,与过去不同的是,因为有了房子,让她有了些许的安全感。她先是去给别人的美容店打工,后又拿着自己的积蓄和陆亚给的存款开了属于自己的店面。这也算是实现了自我价值，便在这座城市落了地，生了根。

从跟着父母来到南京打工算起，一转眼时间已经过了二十多年。她才刚探出身子怒怼了楼上滴水的人家，又听到门外过道里“叮铃哐啷”地响，她越发恼火地趿着拖鞋走到门口，躬下身对准门上的猫眼一看，正有搬家公司往对门搬东西，那声音真是嘈杂，不仅是搬东西的动静大，搬家公司工人嗓门也大，这更是往她的心里添堵。她干脆利落地打开了家门，放开嗓门大吼道：“这都是什么人搬进来了，谁让你们这么吵，一大早影响别人休息了知不知道！”听到许莉文扯开嗓子在门外吼着，对门刚搬来的新邻居，还没见着面就立马从房子里面侧着身挤出来，边走边道歉：“抱歉，抱歉……”在两个人对视两三秒的过程中，许莉文忽然意识到了什么，她慌张地即刻转身如同逃窜般跑回自己的屋里，惊慌失措关上门，背靠着大门眼睛发直，从嘴里不自主地冒出三个字：“罗敬平……”

往来皆白丁

1

颐和路附近一处咖啡馆里，相比工作日门店冷清，每到周五晚上却比平时更显热闹。就连咖啡浓烈香味在晚上八九点钟后随店内人气沸腾，弥漫在这整条民国气息的街道。这里没有大都市里灯红酒绿的喧嚣，也没有夜店里光影十色的颓废，大部分时候还是静谧的，店内会放一些让人舒缓的轻音乐，夜幕星河，这些结婚多年一对对依旧保持情侣关系的夫妻，不约而同地挽着手，散步走进这家咖啡店。每周五晚上都是如此，假如你经过颐和路附近转上一转，不难会从咖啡店落地窗外看到几对类似情侣的夫妻占着两张桌子，每人面前统一点上一杯美式咖啡，大约会坐上两个多小时，咖啡经过几次续水冲淡后，他们便会从进店聊到打烊。几对人时而面对面轻言细语慢谈，时而又转过脸与前后座人相谈甚欢。店长经常吐槽，说这咖啡店是“流水的营盘，他们却是铁打的组织”。

说来也挺有意思，三对夫妻中，年纪、职业、家境都各不相同，但之所以融入同一个“组织”里，只因为一个原因——丁克。至于这么个“组织”是谁最早发起的，也已经没人想起了。反正几个人聊着聊着就聊到一块去了，所以店长就说，每到周五她这儿就变成了“丁克俱乐部”，时而欢腾，时而阴郁。

老周夫妇是这里面最年长的一对，老周看上去差不多四十几岁的样子，妻子应该比他年轻一些。老周是做贸易的，妻子是典型的“全职太太”，婚龄十二年。问他们婚姻发展史是怎样的，两人洒脱一笑，说，认识的时候两人都是大龄青年，剩到最后就以最俗套的相亲方式见面了。按照他们过来人的经验，男女交往方式虽然有很多种，但是他们反而觉得相亲未必不是最靠谱的一种，反正老周这个生意人就是这么娶到他这优雅大方的太太的。坐在他们对面的，是另一对在学校工作的夫妻。丈夫姓刘，妻子姓许，一个是大学教授，一个是中学语文老师。年龄也都要接近四十不惑。相比较老周夫妇面对丁克家庭的豁然开朗，刘教授夫妇这些年一直很被动，他们应该是被“丁克”的。最奇葩的还属走到哪儿都像连体婴儿的赵俊杰和林晓倩夫妇，两个人刚三十出头，结婚也有了五六个年头。这两人不太像有固定职业的人，但他们又说起过，赵俊杰似乎是个网络写手，林晓倩好像也做一些有关网络的工作。然而他们的作息时间仿佛要比别人更慢一些，或者说他们的夜晚时间会比普通人更加长一些。这几对夫妇通常在咖啡馆里一待就是一个晚上，假如没机会靠近，压根没人知道他们会聊些什么。

2

然而，丁克在这个世俗的时代仍不是一种普遍现象，大部分选择婚姻的人，也就选择了繁衍下一代。至于七零后选择丁克往往是被动的，他们仍然有生儿育女的传统思想。刘教授和许老师就是如此，他们可不是不要孩子，而是太想要孩子！刘教授总是说，没有孩子的人生是不完整的。他和许老师在结婚之前就一直畅想，以后要有了孩子，那从小到大的教育都不是问题。当然刘教授更希望能有个儿子，男孩嘛，那句老话怎么说来着？“早生儿子早得力。”妻子那时就笑他，真是个老古董。都什么年代了，还有这么重男轻女的老思想。此时的刘教授只能一声长叹：哎……这会儿别说是儿子了，哪怕就是能有个相差两代年纪的小女儿也行啊！事实上刘教授和许老师也有过一个孩子。听说是在十年前，许老师怀过一个孩子，但还不知道是男孩女孩的时候就突然发生了胎停。也就是说，孩子还在肚子里突然没了心跳。刘教授文绉绉地说，这孩子只是为跟他们来一场邂逅就走了，却没预料到此后近十年里，连这样的“邂逅”也没有了。

关于这点老周倒是很看得开，要孩子做什么？你把他带到这个世界，他绝对不是来“报恩”的，十有八九是来“讨债”的！先是呱呱坠地折磨你，再是青春沸腾逆反你。等到好不容易长大独立了，好嘛，接着在外面胡吃海花耗干你。到了最后，你猜怎么着？一朝翻脸，管你爹妈是谁，一张机票断绝联系，远走高飞……所以要孩子干吗？不如自己挣钱自己花，何必造出个妖孽彼此折磨。坐一旁的妻子不屑一笑地说，你也是坐着说话不腰疼，你好歹有个远在天边的儿子，有人也叫过你一声爸，人家刘教授和许老师跟你说的不是一个情况。不过话说回来，我当初还真是因为老周已经有了儿子，才嫁给他的，这下我得省了多少事。没错，老周是二婚，而妻子年轻时就有“恐娃症”，一见到孩子哇哇大哭就莫名其妙感到害怕。每每看到有孩子死皮赖脸撒泼打滚胡闹，她就觉得自己原本安安稳稳的生活绝对能被一个不明事理的小孩给毁了。她不止一次想过，即便是自己生下了孩子，应该也不能好好爱他。幸好遇到了老周，什么也不耽误，也满足了她立志做一辈子丁克的人生理想。

许老师思量了一会儿，稍显遗憾地说，其实生孩子、养孩子是人生中必经的一个过程。这就像二十多岁渴望恋爱，三十几岁期待结婚，到了四十几岁就该期盼有个孩子围绕着你，再往长远了打算，等将来老了，七八十岁了，想来子孙绕膝的幸福还是挺令人向往的。

周太太听了，耸耸肩，又不以为然笑了笑。坐在她身后的小夫妻很少参与这样的热聊，而是一人对着一台电脑忙自己的事情。倒是坐在他们对面的韦小姐接上一句：我觉得做丁克或者生孩子都没有什么不好，这只不过是个人选择生活的方式不同而已。韦小姐是这里唯一单身的丁克，一直到现在都未婚，男朋友也没有。加入“丁克俱乐部”纯属是被赵俊杰、林晓倩强拉进来的，本来说好是找她来喝杯咖啡聊聊天，不想一来二去，她竟然也成了这里每周五的常客。于她来说，丁不丁克就像有没有伴侣一样，没那么重要。人嘛，本来就是赤裸裸地来，无论这过程多热烈轰动，也架不住百年以后还得一个人赤裸裸地走。总不能像下车似的，自己坐到站还要死拉硬拽，把另一个没到地方的人一块拉下去吧。韦小姐特文艺地打了个比方，说，就比如说钱钟书的太太杨绛，她一生活得也算得上圆满了吧，可是到最后还不是只能从“我们仨”写到她自己。事实上每个人最终走到生命的边缘都会处于同样的境地，重要的是在这之前你过了怎样的生活。独身也好，丁克也罢，只要拥有充足的经济基础，确保具备自理能力，安排好自己的生活，就没有什么不可以的。听她说完这么一套长篇大论，林晓倩敲下回车键，抬眼撇嘴望了她一眼。

你笑什么？她问。

我是觉得你真行，一个没结过婚，也没交往几个男友的人，这种话题都能讲得头头是道。除了你也没谁了！林晓倩顺手端起咖啡。

我听说有些夫妇结婚时，说好一起丁克，但是过了十几年男人就反悔了。那时候女人也生不出孩子了，迫于压力和孤独就……韦小姐显现出微妙的表情并做了个摊手动作。

所以我们婚前签了一个协议，不生娃的协议。否则，我是不会答应嫁给他的。林晓倩说得如此坦诚。

咦！你怎么什么话都往外说，不是说好这事我们自己知道就好了吗！这要让我爸妈知道不得闹得鸡飞狗跳！林晓倩这话仿佛是刺了赵俊杰一下。

什么？你们现在还能有这种操作？也太不可思议了吧！在场所有人都大惊失色盯着他们。

刘教授夫妇却觉得，如果一个人从开始就将自己的未来按照独立自主来规划，那岂不是连婚都可以不用结了。许老师听了直摇头，语重心长地说，你们真别觉得现在年轻，能蹦能跳，样样事都不求人。等到了几十年后，人都已经垂垂老矣，动也动不了了，两人之间总会先一个老去。那时候身边连个说话的人都没有，凄凉的应该就不只是饭菜了吧。

林晓倩呼了一口气，忙完这一轮工作关上电脑扭过身回应，其实我反倒认为，时代不断地发展，未来的老年生活应该不至于像你说得那么凄惨吧。你就说我俩吧，我和我老公自从结婚之后就一直在存养老基金。我们并不是说趁现在年轻就胡吃海喝瞎挥霍，正因为做好了丁克一辈子的打算，因此更是会替将来做好充足的准备。再比如我这朋友，她跷起大拇指点了一下韦小姐。我之所以把她拉进来，也是因为她为自己做了长远打算。对了，你那句话怎么说来着？她两手抠着美甲缝回过头对韦小姐看了看，找一群人什么的……

人生就是找一群有趣的人共度余生的时光。韦小姐说。

对！一群人，就不包括自己的孩子。嗨……今日份码字完成。赵俊杰跳着站起来，狠狠地伸了一个懒腰！

俱乐部散场的路上，赵俊杰准点接到了父亲打来的电话。林晓倩猜都不用猜就知道他们固定的几句对话。

3

嗯，忙完了！明天……再看吧！好好好……回来回来！我跟晓倩说一声。赵俊杰刚掐断电话，林晓倩就应答道，我不回去，也不去吃饭……赵俊杰无奈砸巴嘴说：你觉得我想回去？但是我爸说，明天回去有大事跟我们说。

能有什么大事，他俩心里最清楚不过了，这些年说来说去不就还是劝他们生孩子那点事。疏影横斜路灯下，林晓倩挽起丈夫臂膀化身为恋爱中的小女孩，对他撒娇说着：老公，你看咱们现在生活得多轻松自在。平常你码你的字，我做我的微商。周末有空咱们就去打卡网红餐厅吃吃饭，下午看个电影逛逛街，然后回家冲个澡美美地睡一觉。时间有弹性，生活有质量，这样的日子多好呀！我也不要求多么大富大贵，我只觉得有你在就真的足够好了！话是这么说没错，赵俊杰当然明白林晓倩的安于现状并不是什么坏事，可他也懂得这些事放在新婚头两年真是再好不过的生活了。而随着时间推移，他的心里逐渐开始对当初冲动下和林晓倩签下的协议，越来越感到荒唐。果不其然，周末回到父母家吃饭，还是没能逃得过该有的命题。只是这回赵俊杰的父母也学“乖”了，让他们来先吃饭，什么话都不说，好吃好喝的先“伺候”上，即使交谈也只关心两人最近生活得怎么样。林晓倩知道公婆这么好吃好喝地招待，背后原因绝对不可能这么简单。她在十几分钟内结束了这场鸿门宴。不过作为儿媳她也不可能吃完就抬腿走人，为了不让公婆有念叨的机会，林晓倩立刻系上围裙主动包揽了洗碗的活儿。这要放在平时婆婆一定会阻拦她说，你别洗了，每回你洗完，这碗里还是油腻腻的，我还得替你返二道工，还不如不洗。今天婆婆脸上倒稍显喜色，不但没拦着，还特地拿出了皮手套递给她，叮嘱道，戴上手套慢慢洗，别让洗涤剂伤了皮肤。即便是这样，林晓倩仍旧打算速战速决，而当她从厨房出来准备拎包撤离时，婆婆已经准备好了水果，公公则从房间里笑嘻嘻取出一沓户型图邀小两口坐下。林晓倩微微皱眉望向赵俊杰，赵俊杰同样一脸无可奈何示意她先坐下。让他们意外的是，今天公婆开口聊的居然不是孩子，在林晓倩印象中这应该是头一次。老两口往他们手里各递一张新房户型图，叫他们看看哪套比较合适。赵俊杰不过脑子开口就问，爸妈你们要买新房啊？他老爹哈哈一乐道，我们买什么新房，给你们看肯定是给你们买了。你叫晓倩看看，喜欢哪套，我给你们付首付。林晓倩半天没说话，公婆乐此不疲地介绍他们看中的几套户型图，有一百四十平的，有一百六十平的，他们说最理想的还是跃层的那套。重点是地方大，房间多……林晓倩故作推辞说，我们就两个人没必要住那么大的房子，再说就算有你们帮忙付了首付，以我俩的经济基础也付不起尾款啊。没料到公公一摆手轻而易举地补充道，我们既然说要帮你们买房子，哪能付个首付就不管了呢。你们看啊，这几套房子不仅够宽敞，周边配置也好，幼儿园、小学、中学……只要你们答应生孩子，这几套房你们随便挑。

呵呵……我就猜到没那么简单，还真是黄鼠狼给鸡拜年……林晓倩靠近丈夫捂着嘴小声嘀咕。赵俊杰有意一咳嗽想掩盖掉她的话，却只看到了父母一脸不满。最终自然是不欢而散，老爷子今天也是撂下了狠话：我将来的所有资产只留给第三代，你们如果还这么顽固不化，那以后一分钱都别想从我这儿得到！

4

你听听这话说的，谁贪他那点财产，用几个钱、一套房就想跟我做交换，破坏我大好的青春，老头老太想什么呢？还有那话说得就好像我们这么多年，都是靠他们家救济才混过来似的。林晓倩一路上把这些话一字不落地发语音告诉给韦小姐。这下也激怒了在开车的赵俊杰，他一踩刹车，破天荒地对着林晓倩怒吼：好啦！你发够了没？我说了多少回，家里的事不要往外说不要往外说。你还有完没完了？

吼什么啊！我在你们家受了委屈，也不能跟我爸妈说。我跟我朋友吐槽几句，倾诉一下又怎么啦！你这么厉害，刚刚在你父母面前怎么不说话？他们情绪激动地四目相对，赵俊杰气急败坏手从眼前一挥落在方向盘上，又无可奈何一脚油门冲上马路。

许老师这几年一直觉得怀不上孩子是一件蹊跷的事，她曾一度怀疑是不是自己的身体出了问题才导致现在的局面。为此，她还偷偷一个人跑到医院做过相关检查。检查结果一切都正常。她问医生，既然一切正常为什么这么久都没能有孩子？医生宽慰她说要孩子也是讲究机缘的，也许你越着急就越艰难。何况你的年龄在不断增长，所以压力就更大了。听完这些话，许老师心里顿时五味杂陈，有很多矛盾纠缠，也有一些呼吸到新鲜空气的释然。

丁克是否真是生活自在的源头？“恐娃症”的周太太必然是这么认为的，没娃缠身的人生，更年期都能比别人推迟好几年。她站在女性角度算了这么一笔账：女人从怀孕到哺乳期至少两年，孩子抱在手里至少三年，上小学接送六年，其中包括陪玩陪睡陪做功课也得要个七八年，再加上报名各种辅导班九年……就这样不折腾个小十年，请问你哪还有充足的时间获得自由？往后还有高考、大学、读研、找工作……周太太掰着指头，吓得简直要冒冷汗！这算的仅仅是时间的账，远远超出的还有金钱的账。

她问：这一溜下来你们还敢往下想吗？老周一拍大腿，一声冷笑：我不就是这么过来的，最后又换来了什么呢？微信都不愿意跟我加一个。

咖啡店里灯光有些昏暗，倒是咖啡因的存在为周围添了一些活力。刘教授夫妇各带了一沓书稿捧在手里翻看，刘教授最近正打算出版一本学术方面的书，许老师主动揽下了校对的活。你们说得确实有一定道理，真要忙起来的时候，如果有个孩子可能也很难照顾周全。何况像我们现在四十多岁的年纪,怀里真要有个嗷嗷待哺的孩子,精力跟不跟得上是一回事,能不能全力带好他也难说。我啊,就怕委屈了孩子倒是真的。刘教授翻看书稿,低头不语。翻到下一页时接连一声叹息。

韦小姐窝在最墙角的位置,一个人品味卡布奇诺。她内心想着的是,香,真香!独身是所有模式中最香的一种,结什么婚,生什么孩子,反正怎么样都不如独身自由自在的香。

5

赵俊杰半夜码完字,无意拉开抽屉看到他和林晓倩婚前签下的那份不生孩子的协议。怎么看,怎么想都觉得当时是不是鬼上身,怎么能签下这种鬼东西。做什么丁克,哪有人以不生孩子为前提条件才结婚的?就在此时此刻,趁着林晓倩正在卧室熟睡,他蹂躏这两张纸恨不得即刻粉碎掉。而转念眼一闭,又不甘心地塞了回去。

自从上次不欢而散之后,他们已经躲避一个多月没有回赵俊杰父母家了。这周老两口对儿子下了"死命令",这个周末必须回来。要是这次还不回来,那今后就都不用再回这个家了。回,就算被他们念叨死,也得回。林晓倩言下之意，你们愿意念叨就让你们念，反正生不生是我的事。我可以忍一时风平浪静，但想让我退一步是不可能的。这一回见面的气氛格外凝重，婆婆做了一大桌子菜愣是半天不让人动筷子。赵俊杰父亲有意捧着报纸翻来覆去看，母亲什么话也没说，只是不时盯着手机把控时间。眨眼间，半个小时干巴巴地过去了。赵俊杰忍不住了，试探性举起筷子说快吃吧，菜都凉了。不料被父亲接话说道，你也知道菜都凉了，早干吗去了？有个孩子不是早就能吃上饭了！林晓倩听了心里还真不是滋味，他这话呲儿谁呢？这时他母亲又看了看时间，叫儿子别着急，一会儿就能吃上饭了。表情忽显一丝神秘地告诉他，今天有惊喜给你！

惊喜？什么惊喜？赵俊杰疑惑尚未解开，门铃就响了。这老两口突然像川剧变脸似的，"腾"地一下子站起来，双双眉开眼笑地跑到门口去迎接。什么人来了？林晓倩一头雾水问赵俊杰。他也不知道这是个什么突发状况，两人只好顺着老两口的思路也站起来。此刻，一阵欢声笑语的寒暄扑面而来。赵俊杰父母一人站一边把一个热情活泼的女孩接了进来，赵俊杰看了半天也没想起来这女孩是谁。

他爸对着他轻声一训，说，你傻了！陆娜来了你怎么不招呼一声。

陆娜，他开始对这个名字好像有点印象。女孩反倒先入为主握住他的手说：怎么不认识了？我，陆娜！你忘性也太大了吧！又对他母亲撒娇道，阿姨你看他，连我都不记得了。真是个大笨猪！

这真让他灵光一现，猛然想起了面前的人是谁。我的天哪！你……你是……你是小猪妹！林晓倩瞬间看出了他欣喜若狂不能自已的神态，还没等她反应过来，这个叫陆娜的女孩也情不自禁抱住了赵俊杰，这一家人一会儿工夫，刚刚还冷若冰霜分秒之间就变成了热火朝天。她瞄上一眼就明白这绝对不是什么善茬，于是她有心拿脚踢响了椅子，赵俊杰立刻意识到太太还在身边。今天这场饭局老两口显而易见是为赵俊杰和陆娜这对“两小无猜”准备的，话里话外这一家人丝毫不避讳对陆娜的喜爱。刚开始林晓倩作为这家的儿媳妇强装大度，理性地招待客人。但是没想到这一家人话题是越聊越没边了，老爷子更是流露出“要是小时候给他俩定了娃娃亲，说不好这会儿就能有个小娃娃一块坐上桌吃饭”的意思。

她被冷落在一旁看着他们其乐融融的样子，终于在陆娜模仿小时候玩过家家，口无遮拦称呼赵俊杰“夫君”时爆发了。

后来怎么样了？赵俊杰和他父母知道不对了吧？韦小姐从一场大雨里赶来陪她哭泣。

林晓倩窝在沙发上不停抽泣，然后随意抹了一把脸冲进房间开始收拾东西。他们怎么可能认为自己错呢，本来就是做给我看的。两小无猜青梅竹马，我不介意他们再续前缘，延续香火……反正被他们家人阴阳怪气讽刺挖苦的日子，这么多年我也是受够了，大不了离婚！

这周五晚就差赵俊杰和林晓倩没来，周太太有些八卦地问韦小姐，这两口子是不是吵架了？韦小姐笑笑不说话。周太太又关心起她的个人问题：你怎么不说给自己找个伴？整天一个人多无聊呀？韦小姐还是笑了笑，回答：我不无聊。韦小姐不是个特别容易情绪化的人，不过要是真的有情绪猛然突袭，她也的确有过特别无助的时候。例如赶上一场措手不及的大雨，没能赶上公交，要不是有人及时递给她一把雨伞，大概她也就没心情去安抚林晓倩了。

瓢泼大雨还是昨天的事，今天许老师便声音嘶哑哽咽，面容憔悴独自出现在咖啡馆。她对服务生示意说，今天不喝咖啡，麻烦给我杯白开水。她说刘教授以后应该不会来这儿了，因为他们今天下午刚去民政局办完手续。大伙纷纷不解，这是怎么了？刘教授和许老师两个如此知书达理，看上去相濡以沫的人怎么会没有一点征兆地走到这一步呢？其实原因还是因为孩子，刘教授当初选择做丁克，完全出于“被迫”。尽管已经四十多岁，但每回从校园里见到那些青春飞扬的学生，他总是想到要是早十年自己也有个孩子，估计这会儿也该考大学了吧。有一回同事见他望学生望着出神，也明白他们夫妇多年求子不得的无奈，便好心提醒他说，你们夫妻那么好的优良基因不传承下去有点可惜了。你有没有想过是自身出了问题？我在医院有个熟人，你要是不嫌我多事，我介绍你去做个检查。与其你这么朝思暮想，不如一查究竟也好放心。听同事说出这样的话，刘教授不以为然地摆手，他认为这是很荒诞的说法。又不是之前没有过孩子，自己的身体怎么可能出问题。同事拍了拍他肩膀又劝慰到，我是看你那么着急要孩子，才有话直说的。听不听在你个人，别耽误就是。于是刘教授心里打起了鼓，然后就这么听取了同事的建议，瞒着许老师自己去医院做了检查。最终，同诊断书一起放到桌面上的，还有一份离婚协议。刘教授说什么也要和许老师离这个婚。他满脸愁容对许老师说：是我对不起你，都怪我耽误了你这么多年。我们分开吧，趁现在还早，你的年纪也不算太大，重新找人成个完整的家吧。这理由当然不足以使许老师同意签字离婚，然而刘教授也是铁了心要迈出这一步。既然许老师不同意，那他索性就收拾行李搬到学校宿舍去住，任谁劝也不顶用。许老师知道他是个极其顽固的人，一旦有了执念几乎是拉不回头的。检查结果不仅让他觉得愧对妻子，更是令他作为一个男人感到巨大的羞愧。

一连半个月，赵俊杰和林晓倩再没出现在咖啡店里。周太太两只胳膊横挎四五个金鹰购物袋血拼归来，她大汗淋漓"摔倒式"地坐在了沙发上，大口喘气叫着服务生，快，给我拿一瓶矿泉水。渴死我了。很快咕噜咕噜大半瓶水就被她灌下了肚，猛地一眨眼才发现今晚俱乐部里只有韦小姐坐在最里面翻看杂志。

咦，怎么只有你一个人在这儿？

呵……韦小姐看了眼腿都逛肿了的周太太。都没来，就我一人。

她转念一想也对：哦，对的，刘教授和许老师离了肯定都不来了。

韦小姐若无其事地点点头，顺便抬眼看了她一眼，也有些疑惑：你怎么也一个人来了？难道……

嘿呦，我和老周好着呢！就是最近他那宝贝儿子"从天而降"回来了。这两天让他享受享受天伦之乐，我也过几天单身生活。倒是赵俊杰他们夫妻呢？该不会像许老师他们一样因为孩子真闹掰了吧？还是早就散伙了？哎呦，瞧瞧这一对对哟，做个丁克也能被子虚乌有的孩子给弄死……周太太自言自语念叨半天。

话音未落，周太太和韦小姐手机同时收到了微信群消息。周太太打开手机，嘴巴惊讶地好一阵没能合上，她讶异了至少有三十秒，蓦然发出一句不可思议的惊叹：还有这样的事？这夫妻俩也太逗了吧！

韦小姐也流露出一丝不屑的笑，摇了摇头吐槽：还是没能逃过命运的捉弄啊。

群消息里再次收到赵俊杰发来的红包，这两人在今天之前都没料到，正准备去离个婚，孩子却提前一步意外地来报到了。

饭　局

1

赵雅彤从工作室走出，坐上停在门口的那辆红色奥迪，李凡妮和赵可儿早已在此等候多时了。“你几个意思？这都快十一点了，你才出来。”李凡妮一手扶稳方向盘，扭转过身体对后座说。赵雅彤波澜不惊地看了眼手机，又看了一眼坐旁边的赵可儿问：“你们等很久了吗？这不才十点四十吗？”与她并排坐的赵可儿顺着她的话匆匆一瞥，神情有些恍惚，转过头看向车窗外。

赵雅彤见气氛不对，尬笑了一下问：“这是怎么了？不是说今天去小婶的店里吃饭吗？走啊。”她望了望阴郁不振的赵可儿，把话题抛给驾驶座上的李凡妮。李凡妮也觉得赵雅彤说的话似乎是有些摸不着头脑，她难道没搞清楚什么情况？便笑她："吃饭？你没看群消息是怎么知道今天去吃饭的？"

"群？我早把所有的群都开启消息免打扰了。我最怕一些无关紧要的消息动不动干扰我创作，还消耗手机电量。今天吃饭是我爸昨晚打电话给我的，说今天大家去小婶店里吃饭，接着就是你给我发语音，顺道来接上我一块走啊！不对，今天既然是去小婶店里吃饭，可儿怎么也在你车上？"

"你可真是'四大皆空'啊！"李凡妮哭笑不得对她竖起大拇指，"她已经快两个月没回家了，在学校附近租了房。我今儿是当了一回妥妥的车夫，先去接了她又来接你。"就这么一会儿到现在一言不发的赵可儿又换了种姿势继续阴郁。"到底什么情况？今天这是个什么局？"赵雅彤明白了事有蹊跷。李凡妮没再接话，而是发动了车子带着她俩朝饭店方向驶去。

"人都是我妈叫去的，但是以我爸为首，再加上她妈和你爸'对付联盟'组的这场局。"赵可儿托着头慵慵懒懒地终于开口说话了。"对付？他们要对付谁啊？你这人民教师现在用词都这么犀利的吗？所以到底怎么了？"

“我来给你捋一遍吧，老舅和老舅妈这阵子吵架了，光动手次数就能按天数算，这事早就在家族群里传开了，恐怕也只有你两耳不闻窗外事，一心只读圣贤书。只不过最近事情更恶化了些，两人正闹离婚呢。这不今天他们招呼大家一块去聊聊吗！”李凡妮打了方向盘朝南拐个弯，“我这么说你不介意吧？”她从倒车镜里瞟了一眼仰头闭目的赵可儿。见她不想作答，李凡妮又以劝慰口吻补充一句，“他们三兄妹联盟归联盟，但是你用‘对付’这词可不准确，顶多算帮忙协调，怎么能说成是人家合伙对付你妈呢？”赵可儿仍是闭着眼，突然“呵呵”一声，丢出一句大家公认的实话：“就是因为我妈这朵奇葩不好对付，所以才要几个人联盟起来对付。我有时真是可怜我爸呀！”

赵雅彤听到这会儿，总算搞懂了今天突如其来的饭局是怎么回事。昨晚接到她爸的电话就觉得纳闷，自从爷爷奶奶相继离世后，这一家人压根就没在一起聚过，算起来少说也得两三个年头了。小叔倒是跟他们家断断续续还有一些联系，但是很少见面。如今这生活节奏能用微信电话说明白的事，根本用不着见面吃饭这种传统方式，更别提家庭聚餐了。不过提到小叔小婶闹离婚，她真是觉得既稀奇又像是理所当然会发生的事。想当初，小叔找小婶这么个人回来，家里除了爷爷奶奶举双手双脚赞同，其他人无一附和。她爸赵杰第一个跳出来反对，说好歹小叔上过大学，还在机关工作，怎么能找一个初中都没毕业，只会开饭馆的对象？李凡妮她妈赵梅更是表现出强烈反对的态度，直接说，这二弟是不是脑子昏掉了，人家就招待你吃几顿熏烧肉就这样被人套牢了？开什么玩笑，这两人站一块哪哪都不像是从一个门里出来的。等小叔自己反应过来，才发觉真好像是有点上套的意思。当时两个人认识的时候明明说是帮他介绍对象，还是个报社记者，怎么两顿饭一吃，她反而把自己推销过来了？这怕是个"陷阱"吧！小叔前脚正准备撤，后脚就被爷爷"捉拿归案"。至于原因，当然是因为这全身烟火气息的儿媳妇提了刀找到老两口"以死逼亲"的结果。不道德，这太不道德了！你俩那会儿有爱情吗？两句话一聊就得嫁。至于后来是怎么着了，她们做小辈的就不知道具体过程了，赵雅彤再见到这个准小婶时她已经住进了小叔的新房。小叔跟她成家以后大大小小也闹过几次，到最后总是习惯性以小婶（骂或打）简单粗暴的方式解决。每次一场恶战结束，小叔总会倒吸一口气感到无比万幸：幸好她是开饭店的，这些年生意也还不错，让她每天早出晚归，两人一天见面的时间都要到零点之后。否则倘若两个人都是朝九晚五的作息，不知道要吵多少次架，闹多少次离婚，没准无论家里买了几套房都得让她一把火烧了。以此类推种种迹象，赵雅彤早就认定小婶凭脾气爱提刀的毛病，他俩闹离婚是必然的事。但是稀奇的是，这闹离婚的时间似乎有些混乱，过了二十五年才闹离婚，是不是有点反应迟钝？

“闹离婚这正常，谁爸妈过几十年没闹过。不过，小叔小婶闹得是不是好像有点太迟了？不太符合逻辑呀。”赵雅彤说。

“你以为生活是你这个大文学家搞创作，胡编瞎话呢。离婚这种随时都能爆炸的事，在任何时候，任何年纪都可能发生。之所以之前没暴露，那是还没到炸弹真正引爆的时候。一旦有人点燃导火索了，你瞧着吧，七八十岁老头老太一瘸一拐都能来我们律所洽谈业务。”李凡妮是律师出身，论嘴皮子没人说得过她。“所以就《婚姻法》而言，老舅妈对老舅动手实属家暴，老舅是可以提出离婚的。”

“什么？离婚是小叔提出来的？这可太难得了！”赵雅彤听了又惊又喜，就差拍手称快了。“哎呀，可儿你倒是说句话呀。我刚刚可没幸灾乐祸的意思啊，我就觉得挺不可思议的，小叔不像是这种随便下狠话的人。他跟你妈能提离婚，这是借了多少个胆儿？也不符合逻辑。”哪知道赵可儿一脸波澜不惊，嘴角向上抽了一下说，她爸这回能这般扬眉吐气提离婚全是仗着她的激励和怂恿。毕竟这段日子她妈的做派，连她也是看不下去了。这时，赵雅彤再次跳出固有思维说道："把大家弄到你妈店里谈这事，这也不够客观吧……"言下之意是，以小婶三句话谈不拢就能提刀放火的性格，全去她的地盘谈这事，万一弄巧成拙岂不是能把一家人都"一锅端"了？然而聊到现在，她们还没弄明白赵可儿爸妈闹成这样究竟是为什么。关于这点李凡妮也和赵雅彤一样搞不清楚，"对啊，这起因到底是什么呢？"

赵可儿听了两个姐姐的疑问，挪动身躯又换了一种坐姿，一拍胳膊说道："因为洗澡！"

2

明明用不了半个小时就能到达饭店的车程，愣是让姐妹仨聊了一个钟头才抵达。快要到的时候，李凡妮建议要不要先在外面找个地方吃点东西再过去，她们很清楚这事一旦谈起来，即使准备了一大桌子饭菜也不可能好好吃下去。而现在半边身子蜷在车门上的赵可儿根本吃不下去。每天早上都要到十点才吃早餐的赵雅彤更是不觉得饿。"东西就别吃了吧，你一会儿靠边停一下，我去买几杯咖啡来提提神。”

她们从下车时发现气氛显然不对，饭店大门虽然虚掩着，却在大白天挂起“暂停营业”的提示牌。李凡妮啧啧赞叹，今天的车位是真好停！走进店里只见大厅内一帮厨师和服务员扎堆围在一起，正津津有味地喝着茶，嗑着瓜子八卦老板家的那点事。直到中间有人看见她们进门，才一个接一个地站起来迎接。“他们人呢？”赵可儿问。“在……在里头，包厢里。”坐在最外边的厨师结结巴巴回答。赵雅彤她们俩先朝里面走去，赵可儿留在最后对那拨无事佬说，今天没事就都走吧，老板不会扣钱的。推开包厢门，果然一阵阴沉的气氛扑面而来，一屋子的人说话声比猫叫都小。五六个人从餐桌到沙发上坐得零零散散，餐桌上倒是满满当当，转盘应该转了N多遍。赵雅彤她爸和李凡妮她妈都有家族遗传的眩晕症，这么一圈圈地转他们不晕吗？

“都什么时候了，开车怎么现在才到？”李凡妮她妈先开口责备。

“哦，路上堵车了才迟了一些。”赵雅彤赶忙站出来解释。李凡妮她爸也从一桌主位上站起身，看人都到齐了，一边招呼着“来来来，人齐了都赶紧上桌吧”，一边习惯性伸手去够对面未拆封的五粮液。所有长辈当中就数李凡妮她爸最馋酒，也不讲究酒桌上论资排辈的座位，先到先得是他一贯的作风。甭管是什么局什么事，只要这顿有酒喝他必到无疑，家里人都戏称他是喝不死的酒罐子。但今天任凭他如何吆喝，也没人敢回应，反而在老婆娘家人面前吃了个瘪。“上什么桌，事还没谈完呢，就你最闲！”对他敢这么发狠的也只有李凡妮她妈。酒罐子当然不服这话，手里还是攥着已经被他拆了封的酒盒回嘴道，“嘿，我怎么就成了最闲的了？我还不是为了她老舅老舅妈的事一早就赶来了！”两句话没讲完差点这两口子也戗起来，幸好被赵雅彤她爸一把拦下：“你俩吵什么？分不分得清主次了？老李，你等会儿，今天酒少不了你的。”

只是两位主角在赵雅彤她们进来之后都没说过话，他们一个斜着椅子坐在桌边，苍白的手搁在桌面上，边上放着男人必备的三样东西，香烟、打火机和烟灰缸。烟灰缸里烟头数量已经满到可以溢出来的地步。李凡妮盯着这么些还冒烟的烟头，不禁眉头一皱，丢下还没喝完的咖啡拍了拍心口，一股难闻的味道令人有点作呕，不由地退了几步找了靠边的软座坐下。另一个坐在三人沙发上，愁苦的面颊像是经历了恶战之后的洗礼，手里居然攥着一团被反复揉捻过的面纸，难道哭过？赵可儿这会儿反倒是比刚刚在车上略显轻松些，她摘下身上的斜挎包随手扔到一旁，张口就不爽地嘲讽道："光顾着自己闹，还发着工资让员工看老板家的笑话，你这个老板的心可真大。"听到赵可儿这么说，她爸妈才恍然大悟急切地向门外张望。"早被我赶走啦！就这点破事也值得你这么兴师动众……"赵可儿语气透着对这场闹剧的各种不屑。"你……"她妈被自己女儿气得狠狠咬紧下嘴唇，"腾"一下站起来正要骂人。"行行行……我知道你又要说我白眼狼了。但是你看看自己把好好的一个家闹得像样吗？我爸平常生怕你苦着累着，哪天不是打扫好房间，倒好茶切好水果等你回家。不就因为洗个澡没帮你调好冷热水吗？这是最基本的常识，左热右冷你都不懂吗？天天骂，天天打，我好心劝说你几句，你就说我跟我爸是一路的，成天说我们是喝你的血吃你的肉才活到今天，好像这家就靠你这饭店养活似的。"

"你们听听，都听听……"她妈这下彻底被激怒了，几秒钟内便涨红了脸，一个箭步伸手直冲向赵可儿，幸好赵雅彤站在身边反应快上去拦了一把，否则她这一巴掌很可能对着赵可儿脸就扇了上去。"赵可儿，你个兔崽子真是活生生的白眼狼，老娘我那么多年起早贪黑出来开饭店，挣钱供你吃供你喝供你上学，我把你培养成大学生，又做了人民教师。

现在出了事换不来你替老娘说一句话，出一口气。你不是我养的，你个猪狗不如的东西。”她妈咬牙切齿骂着，又预备冲过去呼她巴掌。一直坐在原位不动的可儿爸赵朗一看她要当众对闺女动手，一时间猛地站起一米八几的大高个，迈出大长腿伸手便揪住了妻子抬在半空的胳膊，等她还没来得及骂出下一句更难入耳的脏话，整个人就被赵朗摇晃着甩回了沙发上，使得妻子矮小的身躯一阵猛烈般弹跳。众人被可儿爸如此激烈的举动惊愕了，这根本不像他这闷葫芦性格做出来的事。他双目赤红地瞪着一时还在恍惚中的妻子，怒不可遏地指着她：“你真是疯了，我一再忍让你，今天把家里人都召集过来是想跟你心平气和地解决问题。从开始到现在一直都在听你说，我没吱一声，我以为今天让你当全家人的面把话说痛快了，这事也就过去了。你现在居然还这样跟可儿动手，实在太不可理喻了吧。她抱怨几句怎么了，孩子因为我俩这点事躲外面租房子住，每天辛辛苦苦上班还吃不饱睡不好。你当妈的连这点都不懂得心疼孩子吗？”赵雅彤觉得这是听到小叔这些年在众人面前说得最有狠劲的一段话，关键还是对着小婶说。

“我呸！你们父女俩真是一路货色，一有任何屁事你们都背着我商量，从来不把我当一家人。你就成天惦记她吃不饱睡不好，你睁开狗眼看看，我哪天吃得饱睡得着了？就算是这样，我还照样每天从早忙到晚，赚的钱还不是进你们两个口袋里了。”

“钱进我们口袋里了？你也好意思说。”赵可儿今天真是一改往日知书达理的风范，这会儿好像是她妈灵魂附体一样泼辣。一使劲甩开赵雅彤拉住她的手，走上前挡在她爸面前说，“你摸着胸口说说从今年开始你往家里拿过一分钱吗？不仅如此，还把房贷车贷各种保险缴纳全部一脚踢给我爸。我们下班偶尔来吃个饭都得看你脸色，你想干吗啊？还有，我今天也不怕在亲戚面前丢脸，你说我爸是狗眼，麻烦你，你们都睁大眼睛看看我爸这身上青一块紫一块的伤，是不是你的杰作？”说着她撸起赵朗的袖子对外昭示。大伙一看可儿爸身上的伤全都大惊失色，人人都知道可儿妈行事剽悍，但怎么也想不到下手竟然真能这么狠，这可是一起过了几十年的夫妻啊！话说到这份上大伙应该都明白为什么这一次是赵朗提出离婚了。其实他们夫妻动手（应该是可儿妈对可儿爸动手）也不是一次两次了，他们父女俩一直都以为她就是这样霸道惯了，又加上经营饭店压力大，所以难免会有些暴躁。而过去只要她妈一发飙，他俩要么就忍一阵不说话，要么就出去躲一阵等她发泄完了，气消了，这事也就过去了。可这回真是闹大发了，断断续续小吵小闹一两个月，大吵大闹一两周，一个不满意她就像疯了似的连砸东西带打人，弄得这父女俩回家谁都不敢与她搭话。爆发点也就像赵可儿在车上说的，那天她妈半夜下班回家洗澡，平常都是她爸给调好水温开关的方向才叫她进去，但是最近谁心情都不痛快，赵朗又在外面喝了酒回去倒头睡，也没顾上这事。结果可儿妈一开热水开关便把身体烫了个通红。本来这阵子气一直不顺的她，披上衣服暴怒地一脚踢开房门，冲着不明所以的赵朗一顿乱掐。赵可儿听到父母打闹的声音吓得一骨碌从自己房间跳出来，一眼看到了她妈面红耳赤，暴跳如雷扯着她爸死不松手的样子。她赶紧上去拉扯劝阻说到底什么事，你老这么闹想干什么？不想让人好过你就早说，何必天天害人害己！

听着女儿在众亲戚面前揭露自己如此不堪的一面，她妈别说是情何以堪，简直肺都要气炸了，终于以迅雷不及掩耳的速度从沙发上弹跳起来，再次出手一巴掌对着赵可儿的脑袋直接呼了上去。紧接着自然是一片喧闹，可儿爸终于不顾形象撕心裂肺嚷起来："你这个女人真是疯掉了，这么大个闺女你说打就打，当一大家人的面，你的所作所为竟然暴露得连渣都不留，疯了疯了！"

3

“怎么还真打人了呢？你这人做事怎么能这么蛮横……”李凡妮她妈赵梅也看不下去了，“就算是到了更年期也不能这样吧！”毕竟到了这年纪的女人多多少少都有些生理变化，而虽然嘴上不说，大家却都认为可儿她妈身上压根不存在所谓的生理病，“江山易改本性难移”才是对她更适合的说辞。“好了好了，都少说两句。”大哥赵杰闷了好半天不发言，现在才出面试图把局面稳定。赵可儿红着眼捂住头躲进赵雅彤的怀里，眼泪直打转就是不哭出来。习惯了，真的是习惯了，我早料到躲不掉这一巴掌。她啜泣着自言自语地念叨。她爸此刻倒是一不做二不休拉着赵可儿开门就往外跑，然后是赵雅彤她们一起跟着追了出去，将暴走的父女俩劝阻停留在大厅。

赵雅彤拦着他们劝说：“小叔，你们别一气之下就走了呀，今天不就是来解决问题了吗？”

赵朗怒不可遏地说：“你们看看她像是来解决问题的吗？人也是她一个个打电话招来的，自己现在做的这叫什么事！”他们在门外说着，包厢里可儿她妈干脆瘫在地上撒泼打滚，一顿捶胸顿足号啕大哭，满口血丝的嘴里当然也不可能闲着，各种难听的话随飞沫而出。

李凡妮满脸厌弃瞟了瞟包厢那扇门，脱口而出："老舅，别瞎折腾了，这日子过的，后半辈子你怎么办？现在就上我律所去给你起草一份离婚协议，接下来该走程序走程序，长痛不如短痛。走吧！"

这话说完，他们父女俩还真打算跟李凡妮齐步走了。不想又被赵雅彤反应快拦了下来。"停停停……怎么还真走啊？小叔你先冷静一下。"她又对李凡妮啧了一声，"这时候你怎么还火上浇油呢，你当律师的也太不理性了吧！"

"就因为律师足够理性，我才建议老舅这么做。"这家伙同时还不忘把自己撇干净，"老舅，我说的只是建议啊，决定权当然在你。"

"切！"赵雅彤对李凡妮的说法非常不屑，"李大律师，你现在要弄明白这是家事，不是你接案子的时候。小叔他们都快年过半百了，这时候离婚今后谁能活得体面？再说，父母离婚你让可儿以后怎么谈恋爱结婚？她以后的人生体面吗？"

"那你说说看，他们应该怎么办？人三天两头就被家暴，总不能躲着不见吧？"李凡妮想说都被家暴了，你这体面虚伪的东西能值几个钱。"不就想不碰面吗？这还不容易，有房子就好办，还能保持体面。”其实赵雅彤的想法也不是行不通，赵可儿家的房子还是有的，面积从大到小的有三套。一套四居的是他们现在住的，还有两套小的，一套去年租出去快到期了。还有一套精装修的，因为没置办家具一直空着吃灰。无论离不离婚，房产再怎么分割等到几十年后这些还不都是归可儿一个人的。既然日子这么难过下去，何况这种理不清说不明的家务，肯定也是一个巴掌拍不响的事，不如各选一处分开住，眼不见心不烦不就得了。可儿爸觉得赵雅彤这话说得有一定道理，不论面子里子是个两全的办法。这时他们在外面也已经听不见包厢里边号啕的动静了，可儿爸一想还是待不住，正要抬腿走出门，他大哥背着手面色阴沉地走出来：“你站那儿，走哪去？你俩小辈瞎出什么主意，都给我进来，吃饭！”

赵可儿一家人最大的特点，就是甭管怎么打怎么骂，一家三口气氛闹到这份上就像是被戳破的沸点，各自缓一缓也就没刚才那么激动了。总算把大伙重新召回了包厢，餐桌上的转盘仍旧顺时针旋转不停，虽然气氛依然低沉，好在不至于令人感到窒息，甚至没有人感到特别尴尬。吵架嘛，是每个家庭再正常不过的状态，怎么可能说离就离，所以可儿爸妈说离婚也不可能有人当真，这一点估计只有李律师除外。赵雅彤她爸手一挥，简单到不用说话便把零零散散的人全都招呼坐上了桌。用他不善言辞的说法就是，谁家都有闹的时候，闹完了，气撒了，还能有什么别的打算。现在坐上一桌的，不还是一家人。赵可儿一家三口尽管形成东南西三方各自为政的坐法，但都已经没力气说话了。一大家人为了他们这点事花这么长时间耗在这儿，不让人吃顿饭的确不合适。

待全家人上桌坐定，猛然觉得一股浓香的酒气从一个角落向四周扑来。“要死了，老李！你一个人都快把一瓶酒喝完了！”赵梅刚坐稳就张牙舞爪叫了起来，紧跟着抡起拳头对老李一顿“恨铁不成钢”地捶打。老李打了个嗝，一呼气将面前捻了一摊的花生皮吹成四面开花。老李确实喝得有点醉，脖子以上都换了肤色。这可真是个活脱脱的老酒鬼，别人是论酒杯喝，他是论茶杯喝。别人是小酒酌情，他是大酒如水……绝对堪称“酒霸”。连李凡妮和他妈也说不清他是从哪年开始以顿论酒的，除了早上不喝，其他绝对一顿不落。然而重点是，平常自己喝哪能喝到成百上千的五粮液啊，最多十块八块也就封顶了。今儿可不逮着了吗！这会儿早已醉醺醺的老李，更不可能再像刚才那样继续吃老婆的屈，借着酒劲，似无意般提起一股劲，毫不费力便将老婆的胳膊撂到一旁去。从鼻腔和口腔喷出肆无忌惮的酒气说道："喝点酒怎么了？酒拿出来不就是给人喝的吗？你在家凶我，在这儿还凶我，你们赵家的人怎么都这么霸道？"此话一出，相当于把赵家兄妹仨全得罪。可儿妈听这话，顺水推舟抽出一鼻子污秽"哼"一声附和："可不是？"

4

虽然喝了酒的是老李，但是他似乎有点"众人皆醉我独醒"的意思。酒绝对不只壮㞞人胆，更能怂恿人放开胆说话。"要我说啊，你们赵家人先看看自己做得怎么样，再来说别人。她老舅妈为什么要这么折腾，人家嫁给你赵朗二十多年天天忙天天苦，还天天把挣的钱一分不少地交给你。你还跟人提离婚？我就问了，她不挣钱给你存，你那么多房哪来的？你开的车哪来的？你们赵家人啊，个个都觉得只有你们自己聪明，搞得我们这些个外姓人都得听你们的。叫我说，假如我们真有遇到困难的时候，你们几个谁他妈会真正站出来帮个忙、说句话？你们赵家人……"老李手里握着高脚杯，五粮液随他的语调直晃荡。越说越乱，越说越来气。"你个死老李，看这酒给你喝的，长本事了是不是？什么你们赵家人你们赵家人的，我们家人也轮得到你说？小妮，赶紧把你爸拖走，别在这丢人现眼。”赵梅咬牙切齿地愤恨道。“爸爸爸……跟我走，我带你回家，这事咱别插手了。”“走什么走，今天是你老舅妈请我来的，这事怎么就不能插手了？”李家三口来来回回推搡。这时赵杰又站了出来对老李摆摆手打发他说道：“老李啊，你真是喝多了，赶紧回去吧！”

赵杰不说还好，一说反而让老李更起劲了：“哟，大舅哥，咱俩也好长时间没碰面了，上一回还是在老爷子丧礼上喝的白酒吧。”他不顾老婆和女儿的拉扯，一使劲便挣脱开她们的束缚。手里还是举着高脚杯，绕桌半圈晃晃荡荡走到赵杰跟前。环顾四周看看这一桌赵姓人挑衅说：“怎么着？我说赵家人你们都不高兴是不是？那我今天还真就要好好说说。”老李半斜着身子，蜷曲着胳膊伸出食指凭空指了指，口腔之中继续喷出怪异的酒气，张着嘴顿了一下继续“诉斥”陈年往事：“当年我和我老婆双双下岗，没有一份经济来源，我们想到你大舅哥家借一百块给孩子报名上学，你们家里晚上灯全亮着，可就是不开门。我俩蹲在门口等啊等啊等，整整一个晚上都没人搭理我们。后来一问，你们说那天晚上人都不在家，非说是上你丈母娘家住了。你说你家里亮堂堂了一晚上，这真是当别人傻啊！”他话说一半，举起杯子又喝了一口。“还有那年我出车祸，伤筋动骨一百天啊，孩子她妈一个人服侍我们一家老小。小舅子家当时跟我们家就隔了两条马路，俩孩子都在一个学校上学。你哪回去接你们家可儿，也说顺带手把我们家小妮也送一下？下了一天的暴雨，我家小妮硬是淋成落汤鸡回到家，半路摔倒在泥塘里都没人拉一把。我承认我当年是穷人一个，也没啥挣大钱的好本事。你们赵家人都觉得赵梅跟了我是个天大的错误，没人愿意跟我来往。这些都拉倒，我姓李的也不稀罕。可是风水也会轮流转啊，我没用，但是我闺女现在出息了。我闺女是律师，自己开律所一年赚上百万，我们家开奥迪，住大房子……你们有一天也会有事求到我们家的。”老李明显觉得这么光说不够解气，因此边扒拉过去的事，边用另一只手拍拍桌子。他是说痛快了，赵家人脸上、心里个个都不是滋味。赵梅也已经沉浸到过去的苦日子里，却被老李一声怒吼拉回了现实。“所以你们赵家人他妈的都算什么东西？嫌贫爱富。还有什么脸在这里说三道四？”

5

赵杰兄弟俩终于被老李一通乱骂彻底激怒了，先是赵朗在一旁脸再次涨红暴跳如雷站起来，他愤然指着老李鼻子警告："老李你说够了！别太过分，今天不是让你来发泄的，我们赵家人如何轮不到你来说，你最好给我闭嘴！"老李似乎也是有备而来，料到今天不好收场，仍是不依不饶瞪大眼顶撞赵朗，"你想干吗，还想打人是吧？搞不过你老婆，还想拿我撒气！你小子今天要是敢动老子一下试试？"赵梅这才反应过来不知是哭还是恨，原地跳脚怒吼："你这个丧良心的，神经病！你凭什么说我们家人，你是个什么东西？"

老李还来不及接下一句，猛地就被赵杰一把死死揪住了衣领，好像是锁了喉一般。他眼睛充血盯着老李一副混世魔王的嘴脸，想骂什么也骂不出了。这时候李凡妮吓得冲了过去试图从赵杰手中解救她爸。然而怒火冲天的场面，纵然是李凡妮好言相劝，赵杰仍没有想罢手的念头。李凡妮眼看情况失控，其他人也像是毫无劝解之意。她只能冲着赵雅彤喊道："赵雅彤你傻了吗？赶紧叫你爸松手啊，要不然我报警了。"

赵雅彤也没意识到问题的严重性，从她的角度看上去她爸不可能真的威胁到李凡妮她爸，一时口不择言怼道，"你别动不动报警，谁让姑父胡言乱语了。"

老李让赵杰这般揪着，狰狞地满嘴喷白沫。忽然，他一举手，手里的高脚杯碰到了桌子，“啪”的一声，就在刹那间玻璃碎片四处飞跳，其中一小点玻璃碴子不偏不倚飞向了赵杰的左眼，万幸只是从眼角划过，鲜血不禁流下。场面再度混乱，老李被众人制服在地，赵雅彤慌乱中拉着她爸直奔医院。

半个月后，赵雅彤只身来到李凡妮的律所。打开手机，放出当天事件的全部录音，她知道这东西不管在创作上，或在法律上，总归有一样是管用的。

逆　袭

1

在城市二十一楼的行政酒廊上，金花身穿枣红色大衣，盘着栗色的头发，两边耳垂下悬着一对价值不菲的耳坠，手中红酒杯随着优雅的语气自信地微微摇晃。她不过是个二十七八岁的九零后，相貌和整体气质看上去却如三四十岁的女人一样沧桑。

她自小生长在四川绵阳，一个只有百十来个人的村子里。她是家里的独生女，父亲老金曾经是当地赫赫有名的钢材厂老板。二十多年前，她父亲的工厂每年都能赢利上百万，绝对的财大气粗。她的母亲梅丽当年是方圆百里数一数二的大美人。在金花出生后的几年时间里，家里就盖起了两层楼房。父亲老金在家里排行老大，有三个兄弟姊妹，除了大妹妹嫁给了一个车间主任，过得还算富足；剩下的两个弟弟妹妹一个因做生意亏了钱四处游荡，一个又因下了岗赋闲在家，他们的日子都过得不富裕。每到周末或是过节，小姑姑会拎着自家田里长的芹菜来他们家里帮着做饭，而叔叔三十好几了也没有成家。他一张黑黝黝的脸，中等身材，白色发黄的衬衫外边套着一件父亲淘汰给他的藏青色夹克。他也总会在周末或是过节没饭吃的时候，一摇一晃地从桥那头走上十几分钟来到金花的家。晚饭时刻，一大家四五口人围坐在一张圆桌上吃饭，东拉西扯谈天。几乎每回，金花的母亲看着叔叔一口塞着猪肉，一口喝着茅台酒，活脱脱一副“饿死鬼投胎”的模样，就觉得食难下咽。吃了饭，姑姑起身要帮她母亲收拾碗筷，母亲直摆手，略带客气地说，你们吃好就好，不用帮忙，不用帮忙。有时，等到叔叔和姑姑要回去了，老金会以出门遛弯儿的借口送他们到桥口，然后从衣服口袋里掏出两沓十张的百元钞票，卷成手掌那么大分别塞到弟弟和妹妹手里。每次给弟弟的时候，都要一再叮嘱他，省着点花，有合适的就赶紧找个工作。弟弟每次都会答应地好好的，知道了，我尽快找工作。事实上，这样的话不知道已经说了多少遍。回到家里，母亲收拾好桌上的残局，拿着抹布进行最后的扫尾，听到丈夫进门的动静，没抬眼看他就问了一句，今天又塞了多少啊？父亲没脾气，嘟囔一声，没多少！随后便冲着坐在沙发上玩玩具的金花走去，问她，乖乖，今晚吃饱没？

金花十岁之前的生活要比同龄的孩子幸福得多。作为父母的掌上明珠，她从来都是小伙伴之中最受追捧的一个，她也会把家里好吃的、好玩的拿出来分给小伙伴们。有一回父母带她去公园游玩，才出了公园大门，迎面就遇上一个跌跌撞撞衣衫褴褛的乞丐，乞丐手上搪瓷缸里有几枚几分钱的钢镚儿随着颠簸"哗啦哗啦"作响。乞丐行走江湖多年必然有一双识人的眼睛，大概还有一米多的距离，乞丐干瘪的嘴里朝他们一家人喊着，好心的有钱人给点钱吧，我几天没吃饭了，再不吃就要饿死了……母亲一脸嫌弃，一只戴着羊皮手套的手捂着鼻子，另一只手拖着金花迅速逃走，边走边说，太恶心了！浑身脏兮兮的，看一眼都受不了。一旁的金花眨巴着眼睛看看妈妈，又看看爸爸，小声说着，那个人看着好可怜啊，他说都好几天没吃饭了，如果他饿死了可怎么办？趁着母亲去公园旁上厕所的工夫，父亲悄声地领着女儿找到蹲在路边摇晃着搪瓷缸的乞丐，叫女儿把包里的一袋面包送给他。乞丐接下了面包点头致谢，父女俩转身离开。金花问父亲为什么不给他钱，父亲说，现在帮他填饱肚子是关键。孩子做了好事一蹦一跳地扬起纯真的笑脸，而身后的那个乞丐大口啃着面包，嘀咕着，真是的，看起来挺有钱的人，居然给一袋面包就把我打发了，真当我是穷要饭的吗！

那些年父亲的生意做得风生水起，而母亲不需要工作，除了做好家庭妇女以外，平日里最大的爱好就是去打打麻将。直到金花上初二时，父亲在一次体检中查出患上了尿毒症。父亲明白尿毒症还不算是一个不治之症，所以刚开始，他劝慰妻子这不会妨碍正常的工作和生活。而妻子也以为这不算是个什么大病，她认为只要不是癌症也就算不上是太严重的问题。或许就像他自己说的那样，人还能照样挣钱，日子还是一样过，顶多往医院多跑几次。每天吃了中午饭，妻子照例坐上麻将桌，眉飞色舞地开始她的爱好，一下午的麻将输赢个五六百块钱的是家常便饭。麻友李姐摸着牌不经心地问她，哎，我昨儿听我们那口子说在医院见着你家老金了，说他好像躺床上做什么……什么透析？这是个什么病啊？她满不在意地回答，没事！就是个尿毒症，每个星期去一次！当时很多人对尿毒症这种病还不了解，坐在梅丽对面的刘宝根听了这些话，不怀好意地笑着对她瞅了一眼。

日复一日，家里的日子看上去变化并没有多大。老金的弟弟妹妹还是逢年过节来蹭饭蹭钱，老金不愿把自己的状况同家里人多说，然而身体却越来越不行，去医院的次数每月增加。他意识到自己没有太多精力再去经营钢材厂，所以瞒着妻子将厂子里大部分的事情全都交给弟弟小金处理。在决定交给弟弟之前，老金也反复斟酌过一段时间，他知道弟弟这些年一直浑浑噩噩地活着。他总是说，自己一天没有出人头地，就一天不成家。老金思来想去，如果把钢材厂暂且交给小金打理，既能给他一份正经事干，又能帮自己照顾厂子，这是两全其美的事。老金把想法跟弟弟一说，小金保证，一定会替大哥把钢材厂好好地经营下去。

2

一直到这年的冬天，老金在家里卧床养病，一群债主突然找上门来要债。老金十分不解，自己压根没在外面欠钱，哪里来这么多债主呢？老金从床上爬起来走出去打开门，这三五个债主不由分说就闯进来，后面跟着进来的几个人手上还抄着家伙，前边一个领头的对他嚷嚷，赶紧还钱！老金不明白这是让他还什么钱。那个肥头大耳的领头的说，你弟弟小金在我们那儿赌博输了钱，现在找不着他人了，只好找你要了。老金一想不对，明明前天晚上弟弟还来吃饭，但是只字未提欠钱的事，只是说要了他的签名章去跟人家签合同。对于小金会赌博，老金更是从未听说。还没等他把事情的来龙去脉捋明白，那个领头的从衣服口袋里掏出一张欠条，朝他面前展开，一张白纸上有三行潦草的字：本人金××于1998年至2004年因麻将赌博欠乐悠麻将馆二百八十万！如不能如期归还，将用××钢材厂抵押债务！再看欠债人的落款，不只签了他本人的名字，居然还盖了老金的签名章。六七年的时间欠了二百来万？这怎么可能？老金气得大口喘气扶着墙。债主呵呵笑了一下，告诉他说，小金是他们那儿的老顾客，去打麻将早就是好多年前的事了，以前也赢过，可惜他不懂得见好就收，越玩越大。前段时间跟我们吹牛，说自己是钢材厂的老板了，有的是资本玩。这才几天呀，自己就跑路了。老金愤怒地眼冒金星，站在那儿半天没能开口说话，领头的把脸凑到他眼前，指着白纸黑字的欠条警告道，这上面可盖了你的签名章呢，小金跑了，你可跑不了。你要是跑了，你那庙还在那儿。还不了钱，那我兄弟们手里的这些家伙可不答应，到时候别怪我去砸了你的厂子。老金听了这般恐吓，使劲攥紧拳头，咬紧牙挤出一句，这钱我还。老金跟麻将馆的人好说歹说，那帮人才答应让他分三个月还上二百来万的债务。钢材厂是保住了，可这二百来万的债也是从老金家里拿出来的，弟弟小金从此杳无音信。

妻子梅丽因为这件事，不顾老金身体状况，隔三岔五对着日渐消瘦的他破口大骂，你看看你们家都是些什么人，你脑袋让驴踢了吗？居然瞒着我把厂子交给这种好吃懒做的浑蛋，你就是随便交给一个外人看管都比给这个混蛋强。还有，你是不是病得糊涂了，他欠麻将馆的钱凭什么要你帮他还，你怎么会有这么个心怀鬼胎的兄弟？他这么多年吃我们的喝我们的，最后还捅这么大个窟窿要我们替他擦屁股，要不要脸？我就问问你，弄成今天这样是他心怀鬼胎，还是你脑子也有毛病了？然而任凭妻子再怎么骂，老金宁可忍着脾气也不还嘴。他只能在背后唉声叹气，只怪当初选错了人，现在自己身体又是这副模样。祸不单行这话有时就是这么灵验，正当老金眉头紧锁时，就听见有人从外面进了自家院子，边走边喊着妻子的名字：梅丽，在家吗？是我！老金闻声前去一看，来的是刘宝根。

刘宝根见是老金出来了，先是一激灵，接着有些惊奇地说：哟，老金你今天在家呀！不是说你住院去了吗？他说着话就自顾自地往屋里走。

老金没心思搭他的话，随口问了一句：你来干吗？

刘宝根在屋里晃了晃，转着眼珠朝楼上看了看说：我来找梅丽打麻将啊。紧接着他看到老金一副颓废的模样，不怀好意地凑到跟前，盯着老金蜡黄干瘪的脸嘿嘿一乐挑衅道，老金，这些天日子不好过吧？你家的那些事我都听说了，你兄弟欠钱逃跑，你身体又是这个样子，尿毒症能活多久你自己心里有数没有？真是可惜了梅丽，那么好的一个女人跟着你可受罪咯。要是跟了我……

你！你什么意思？老金猛吸一口气，满脸发青一把揪住刘宝根的衣领，你讲这话什么意思？你给我讲清楚！

3

刘宝根仰着头，一副恬不知耻的德行：你说什么意思？意思你没用了，我看上梅丽了！手都没劲，还想揪着我？他一把就将老金的手掰开甩向一边，老金被他这一甩，后退两步打了个踉跄。刘宝根对里屋嚷嚷：梅丽！出来！

楼上的梅丽一听这声不对，外套还没全穿好就慌里慌张跑了下来，她一眼看见老金的脸青得发黑，瞬间已经明白发生了什么，她问刘宝根：你来干什么？你跟老金胡说什么了？刘宝根看着死命瞪着他的老金，不以为然地丢下一句：没说什么。就是把该说的都告诉他了。转身他就大步跨出门外走了，梅丽下意识地跟上去两步，又突然停住，愣了半天转过身来，就听到老金发出一声撕裂般的怒吼，冲上来就给她一记耳光。老金倒下了，等他再次醒来已经是在三天后的医院里。身旁陪着他的不是梅丽，也不是他的姊妹，而是趴在床边拉着他手睡着的女儿。

老金后来才知道，自己倒下那天梅丽把他送进了医院，然后回家等到金花放学，告诉她说，你爸爸住院了，你这几天请假去陪陪他，妈妈要出去一段时间。金花问她去哪儿，她说，家里没钱给你爸看病了，我跟别人去外地打工给你爸挣看病的钱。金花问她什么时候回来，可她什么也没说就背着包匆匆出了家门，似乎走得很决绝，一点也不打算回头看一眼身后的家和女儿。她带走了家里一半的存款。半个月后老金出院回家，一打开大门，迎面扑来一阵冷风，天阴沉沉的，角落里一片盆栽不知何时已成枯枝败叶。金花帮父亲背着从医院拿回来的行李走向客厅，一推开门，风一吹，尘土在一股霉味中凌乱，父女俩顿时呛得睁不开眼。她正打算跟父亲解释母亲的去向，老金将手挥了挥说：你去把东西放下吧。再看看家里有什么吃的，爸爸歇会儿给你做。老金不打算问梅丽去了哪里。住院的半个月，从睁开眼到现在他都没有再提起妻子，他其实早已想明白以后的日子是要自己带着女儿过。

老金拖着疲惫的身子给他和女儿做了晚饭，小米粥就着一包涪陵榨菜。金花没有作声，一直低头喝粥，老金端着碗一脸苍凉地看着女儿，过了好一会儿，金花忽然抬头和他对视着，眼神里充满胆怯。她问父亲：您怎么了？老金回过神来，眨巴几下干涩的眼睛说：没事，你吃饱了没有？没吃饱锅里还有！金花不由自主地摇摇头，又点点头结结巴巴回答：吃……吃饱了。

老金放下碗筷说，花儿，你十四岁了，爸爸想和你认真地谈一次。金花这些日子早有了一些不好的预感：好，您说嘛。你妈妈走了，家里就剩我和你两个人了，爸爸身体不好，从今以后你要学着照顾自己，要好好读书，你妈妈……她应该不会回来了……老金虽然很难说出这些话，但又必须跟女儿说明白。妈妈为什么不会回来？她就是出去给你挣钱看病了，她会回来的！金花从椅子上跳起来反驳道。金花的反应让原本病态憔悴的老金心里瞬间重燃对妻子出轨的怒火，他举起拳头使出全身的劲狠狠地捶在桌子上，扯着嗓子对女儿吼道：你妈给我挣个屁钱，她那是看我没用了，跟野男人跑了，你晓不晓得？她不会回来了，你就死了心吧。

金花怎么也不能相信母亲居然跟别的男人跑了。在之后的日子里，金花每天上学放学的路上总是感到时不时有人在她背后指指点点小声嘀咕。她们在说什么？她背着书包走几步有意停下，然后皱着眉头慢慢转身，见身后有两个妇女在不远处，看着她回头还照样指着她嘀嘀咕咕地说，这家人完了，她爸病了，她妈跟刘宝根那坏东西跑了。另一个妇女接茬说，就是就是！我就说嘛，以前打麻将我就觉得不对劲，你说这刘宝根光棍一条什么也没有，哪来的钱天天打麻将，肯定是她妈给的……

来到学校，从前那些跟她玩得好的小伙伴也渐渐疏远，似乎大家都在用异样的眼神瞟着她。她妈跟人跑了，你看她身上衣服脏兮兮的样儿，都几天没换了，离她远点。金花听到这些话居然也不敢上前反驳，虽然一直不想承认母亲跟人跑了的事实，但是她身上的衣服确实几天没换了，自己举起袖子靠近鼻子一闻，果然有一股子奇怪的味道。放学后，她揣着一肚子的气一路小跑回了家，父亲最近身体逐渐恢复稳定，又重新去厂里工作。趁他还没回来，金花扔下书包跑上楼，冲到房间里打开衣橱，上下扫了几眼，翻腾出几件干净的衣服，立马转身飞奔到洗手间，金花站在喷头下打着香皂使劲搓全身。她突然觉得整个身体被掏空了，想着父亲对她说的话，邻居和同学对她的指指点点，她犹如顶着瓢泼大雨般弱小而无助地抱着双腿蹲下来了。自己才十四岁，在所有事情发生之前她明明可以幸福地长大，为什么会在她毫不知情的情况下什么都没了？她想不通，干脆就不想了。洗完澡后，她将换下来的那堆散发着酸臭的衣服胡乱卷成一团扔进了垃圾堆里，觉得这堆脏衣服就像那些人的眼神一样恶心。

于是，日子就像被她扔掉的那团脏衣服一样，慢慢地，一点点恢复到了原状，虽然再不是从前的日子了。父亲的钢材厂虽不比从前兴旺，但总归是在他拖着病体打理下又回到了正常的轨道。金花的两个姑姑时不时来看望这父女俩，嫁给车间主任的大姑姑每回来都得给她一些脸色让她不好受：你这丫头都这么大了，也不知道帮你爸把家里收拾收拾，你看看这家乱的。真不知道你爸养你干什么的，到现在连饭都不会做，你能干吗？学你妈啊，打扮得花枝招展的。大姑姑一边口水直往她脸上喷，一边用手指戳她的脑袋。有时候金花被她戳疼了，伸手就抓起大姑姑戳她脑袋的食指用力一掰甩到旁边，然后以同样的音量对大姑姑嚷道：我妈不是那样，我也不是我妈！说完她拔腿就跑。就听大姑姑在后面不依不饶地骂：小兔崽子，跟我凶。而没有工作的小姑姑每回去都不太说话，见她家里有什么需要帮忙洗的擦的会顺手帮上一把，但她并不关心这个没妈的侄女平时需不需要有人照顾。她只是每周来给他们做一顿晚饭，然后一定要等到老金回来她才回去，老金明白这个妹妹每回都等他回来再走，是因为她又没钱了。以前老金都是一千一千的塞给她，自从家里出了事，就少给五百。小姑姑也不嫌弃钱多钱少，反正只要能有钱带回去也就心满意足了。有一回老金也向她开了口，说：你平时要是有空就常来家里帮我照应照应花儿，她妈走了，我也顾不上她。小姑姑听了这话应声道：我这不是来帮你们做饭了吗！

六年后，金花长大了，这是一段不算很长也并不算短的时间。但这对金花而言，这六年对她人生的改变是翻天覆地的。金花没想到自己初中还没念完就辍学了，不上学也是她自己决定的。可在当时的情况下，她不得不决定辍学这件人生大事。那年父亲不仅因为尿毒症一直虚弱无力，还在一次出差与人谈生意的路途中又突然发生了车祸，小腿粉碎性骨折。为了给父亲做小腿截肢手术，花光了家里剩下不到十万块的存款。父亲被送进手术室的那天，金花又被大姑姑凶狠地拎出来大骂：你个死丫头，都是因为你，你爸才会这样。一个女孩子上学有什么用，什么都不会做，别在这假惺惺哭了，有本事去找你妈去……而就在那段时间，有一天傍晚，她刚准备开门进家，邻居打麻将的胖大嫂抖擞一身一百五十斤的肥肉跑来告诉她：我今天去镇上买衣服看见你妈了，你妈回来了！

4

什么？我妈回来了？她现在在哪儿？金花听上去有些慌张，也有些兴奋！没错，走了两年的妈回来了！她当初出去说是给父亲挣钱看病，现在回来为什么不回家？金花带着满脑子的疑问和不确定的期待，从胖大嫂那儿打听到母亲的具体住址。父亲刚做完手术还躺在医院，她一摸口袋只有十块钱，这还是父亲出差前留给她的伙食费，一共三十块，每天用十块，父亲说只去三天。可第三天最后一张十块她还没来得及买饭，就接到父亲出了车祸被送进医院的消息。她胸口堵着一口气往村口跑去，半路拦下一辆去镇上的电动三轮，她对着开电动三轮的大洲叫道：带我一段，去镇上！大洲哼了一声说：你去什么镇上，没妈的就是野！金花懒得跟他废话，没等他答应直接跳上三轮的后座，一下子掏出钱给他：十块，走不走？大洲见了钱也无可奈何，假装好心提醒：

去了别瞎玩，回头别跟你爸说是搭我车去的。

三轮一路开到镇上，金花顺着胖大嫂给的地址拐弯抹角找到了母亲现在住的地方，是一套砖房，只不过房子在大铁门里面，看起来是独门独院的样子。金花站在门口刚轻轻地敲了几下门，就听到门里面一只大狼狗吼叫着朝大门奔了过来，狼狗在门里撑着后腿立了起来，一边叫着，一边用前爪不断挠门，吓得金花猛然抱紧双臂，两条腿不自觉地直往后撤。大铁门里的女主人闻声出来，她怀里抱着刚满百天的孩子，边走边大吼着趴在铁门上的狼狗：去去……别叫了，孩子刚睡着就被你吵醒了。真是的，这谁啊……说着话女主人梅丽一只手护着怀里的孩子，一只手拉开了大门。她抬眼一看，不由愣了一下，还没等她反应过来，门外的金花眼泪簌簌地就下来了，金花一头扎进她的怀里，放声哭喊道：妈！你终于回来了！梅丽眼睛发直，直愣愣地站着不动，直到她怀里的孩子被金花的拥抱压哭了。这时她本能地将面前的金花一把推开，然后双臂紧紧抱住自己怀里的孩子，身子左右晃悠地哄着：不怕不怕。金花脸上挂着眼泪，她再次试探性地叫了一声：妈。可梅丽还是顾着哄孩子不理她。这下金花急了，她跳起脚大声喊道：妈！是我啊！你怎么不理我！她没有想到她的迫切却惹来了梅丽的动怒。她皱起眉头，凶巴巴地对金花呵斥：叫什么叫，听得见！金花被母亲吓了一跳，这时她才明显觉察到眼前的母亲对她的态度十分不对。她大声吼了起来：妈，你不是说去给我爸挣钱看病的吗？怎么这么久都没回家？现在爸爸在医院里，你为什么还不回家啊？她留意到母亲怀里的孩子，感觉很不好地质问，你抱着的是谁的孩子？

然而眼前的母亲仍然不愿搭理她的话，只是转了个身，还是只顾摇晃着哄怀里的孩子。这使金花更加恼羞成怒，她一把抹去脸上的泪，跟着跨上两步又绕到母亲面前，她刚准备开口接着说话，却被母亲及时打住：你在这儿等着……说着她就抱孩子进屋，金花只得呆呆地站在原地等她出来。不一会儿，母亲一个人走了出来，她仿佛是鼓了一口气走到金花面前，然后想将手里攥着的几百块钱塞到金花的手里，毫不客气地说：拿着钱就走吧，别再来找我了！金花的泪水再一次夺眶而出，她不明白母亲为什么对她说出这样的话，甚至从见面到现在她喊了无数声妈，而母亲却连她的名字都没有叫！她“啪”地一下就把母亲手里的钱打散在地上。

我不要钱！我要你回家！金花终于抑制不住内心汹涌的委屈和难过，号啕大哭对母亲吼道：你为什么不回家？你看看你走后家变成什么样了？你去看看爸爸，你去看看呀，他出车祸……够了！闭嘴！母亲不想再听她吼下去，她上前双手抓住金花的肩膀将她转了个身直往外推，边推边说，你看到了，我有我的儿子了，你赶紧回去，回去！别来了！你爸和你家都跟我没关系，赶紧给我走……

你……你……金花气得想把她用力推回去，但怎么也使不上劲。这时候一个满脸胡茬的男人从门外走进来，看到这两人正僵持不下，不问青红皂白一把上去从背后揪住她的胳膊往后一拉，一看竟然是金花的脸，便瞬间撒手将其推倒在地。紧接着男人就对梅丽嚷道：是你叫她来的？

我哪有叫她来，是她自己找来的，你没看我正要撵她走吗？梅丽也恶狠狠向男人解释道。刘宝根，就是你！就是你抢走我妈，让我家变成这个样子！金花一见到刘宝根就像变了一个人，风吹干了她的眼泪，她阴沉着脸从地上爬着站起来，然后咬紧牙关，像一只小兽一般冲了上去，不由分说便狠狠向刘宝根的肚子踢了一脚，又趁他不备高举双手按住他的头，再两手一起揪住他的头发，面目狰狞胡乱揪住他拼命摇晃。刘宝根被她揪得头皮发麻，头晕目眩。母亲在身后拉着她的外套并扬起巴掌拍打她臂膀，死丫头，你给我把手松开，谁让你来的，赶紧滚回去……你拉我扯，三个人就这么原地打转纠缠着，可一个女孩子怎么能够拉扯过两个大人，刘宝根用力将被金花摁住的头猛然抬起，并且用双手迅速拦腰把她抱起，跨上两三大步将她摔到门外的地上，就听“咣当”一声，金花的后脑勺重重地撞在了背后的红砖墙上，她只觉脑袋“嗡”地一下，瘫软的身体顺着墙面慢慢往下滑，一抹如同绸带宽的鲜血也自上而下地淌。看到这一幕，门里的母亲张开嘴巴，大惊失色，她的腿不自觉跨出一步，就被刘宝根一把给拽了回来，接着立刻关紧自家的铁门。刘宝根喘着粗气指着梅丽，咬着牙对她警告：你少给我惹事，如果再让我发现你跟那个老不死的，和这个丫头还有联系，我就要你好看！

金花被刘宝根摔出来之后就晕了过去，等她再醒来的时候，人已经躺在镇上的医院急诊室里，头上裹着纱布。她不记得是什么人将自己送到医院，身边空无一人。她想撑着床沿坐起来，然而摔破的后脑勺撕裂般疼痛。这时一个护士掀开帘子走进来，连忙上去扶起她，语气中带着怜悯：小姑娘你醒啦？放心吧，你没什么大事，就是后脑勺伤口摔得有一些深。你家里人呢？

5

此刻金花的头脑是空的，她根本就没听见护士在说什么，摔倒前的一幕幕在脑海里清晰重现，她一双眼睛发愣地看着前方，两手死死抓着被子，痛恨得咬牙切齿。护士看她的脸色发白，眼神里充满怒火的样子，小心翼翼拍了拍她肩膀问：你还有哪儿不舒服？她知道不可能是那两个坏人送她来的医院，回过神抬头问护士：您知道是谁送我来的医院吗？护士说，是一个男的，但是没说他是谁，交完医药费他就走了。头上缠一圈纱布的她有一周没有去病房看父亲，后来去了也只是躲在门外，透过门缝偷偷地看一眼做完手术躺在病床上的父亲。她看到两个姑姑各自站在床的两边，父亲躺着还没有醒。就听大姑姑没好气地说：你看看他过的这是什么日子，女人跟野男人跑了，养个丫头片子也没了踪影，自己现在半死不活地躺在这儿，这叫个什么事！另一边小姑姑叹了口气，直摇头：这能怎么办？都是命，没人能替他受啊！大姑姑又哼了一声道：天灾人祸说的就是他，本来我还以为梅丽那个臭女人跑了，他还能再找一个好女人，这下彻底完了，一辈子只能瘫在床上了。金花在门外一字一句听着，每句话都像刀子割在她的心上，心里鲜血流得比头上还要多。她眼前又一次闪现母亲和那个男人对她恶语相加的场景。都是因为她，如果不是她跟人家跑了，家里就不会发生这么多的事情，父亲也不可能遭遇车祸，自己也就不会沦落到被人随意欺辱的境地。她越想越恨，越想越觉得不能再坐以待毙，她决定自己一定要做出一些什么事来，才能和这不公平的命运抗争。

一个月后，老金已经从医院出院回到了家。在医院的时间每天度日如年，一开始他根本就无法接受截肢的事实。每当他从昏睡中清醒过来，都觉得自己是做了一场噩梦，可是这个噩梦每天都在延长，从黑夜延续到白天，再从白天拖进黑夜，这个梦始终是醒不来的。老金曾无数次去抚摸还剩下一半的大腿，摸到膝盖处，他粗糙的手掌不自主地就去抓住膝盖前面被截断的那部分，而他的手背随着全身的力量爆出一根根鲜明的青筋。这种负面情绪大概持续了有大半个月，直到有一天金花头上的纱布拆了，她才敢进到父亲的病房去看他。那是一个下午，窗外夕阳正浓，一阵微风吹得浅蓝色的窗帘徐徐摆动。这是老金做完手术第一次头脑清晰地看到女儿，他坐着靠在床头，眼睛微微睁开，依旧没有太多体力。他问：这么久了，你都在哪儿？也没见你来！

我来过，您睡着的时候我都来过，您不知道而已。金花看了父亲一眼，又怕父亲看出什么，时不时低下头避免与他眼神对视。你最近都吃饱没？老金说着话眼皮便耷拉下来，爸爸现在没用了，成了废人了，如果有一天爸爸不在了，你自己要好好的……

金花听着这话，泪水一下子从眼睛里涌了出来，“扑通”一声双腿跪下，拼命摇头，抓住父亲的手说：不是！不是！爸爸不是废人，一定会好起来的！我已经没有妈妈了，我不能再没有爸爸啊！求求您不要放弃。我们会过好的，只要有我和您在，我们的家就在，您不要丢下我一个人不管，行不行？

6

老金出院的时候正是九月份开学季，本该开学升初三的金花，这一天却没有到学校报到。她没有告诉任何人自己做了退学的决定，就这样开始了早出晚归去打工的日子。她在县城的一家酒店找到一份服务员的工作。十四岁的她长了一米六的个子，穿上红色的工作服还算看得过去。这是一家私人开的酒店，一共两层，楼下是大厅，能摆上十几个圆桌，楼上有五六个小包间。金花通常都在一楼大厅给客人服务，每天早上十点上班，中午酒店开始营业，一直到晚上八点下班才能返回家去。有时候天黑搭不到电动三轮，她就只能在漆黑的晚上顺着路灯一路跑回家。可这一跑时间就浪费在路上了。有时到家晚了，父亲就会开着房间的灯一直等她到家。父亲坐在床上发出一声：回来了！金花刚摸着黑蹑手蹑脚上楼，想迅速窜回自己的房间，又心惊胆战地推开父亲的房门，做贼心虚地“嗯”了一声，说：我去睡了。便想赶紧溜走。但是这一回却被父亲叫住：你过来。他理了理床边的被子叫女儿坐下。金花只好乖乖地坐到床边，就是不太敢直视父亲的眼睛，怕他知道了自己出去打工的事。果然父亲神色严肃地问她，最近怎么都这么晚才回家？都快十一点了！

金花一脸慌张，两只手紧紧握在一起低头小声撒谎说：最近作业多，老师让上完晚自修才回来……她两手揪着，眉眼一点都不敢往上抬。父亲忽然用两只胳膊撑着两边把身体向上挪了挪，金花以为他发现了自己在说谎，准备要骂她。可下一秒，她两只冰冷的手感到了一阵温暖，父亲伸出他焐在被子里的大手握住了女儿两只在腿上摩挲的小手。他放低声拍拍女儿说：这段时间苦了你了，家里出了这么多的事，我又变成这样，没人管你喝没人管你吃，天很快就冷了，换季的衣服也没人给你准备。说着话父亲长长地叹了一口气，金花心头一块石头一下子落了地，她抿着嘴摇摇头。父亲又说，今天工厂里的李叔来看我了，我前几天拜托他帮我找的东西找到了。

您要找什么东西？金花转过身面向父亲问。喏！父亲伸出胳膊指着立在墙角的一副拐杖给金花看，就是这个东西。

拐杖？金花几乎惊讶地瞪大了眼，又怀疑地问：您能用吗？现在拄拐是不是太早了，能行吗？

父亲撇嘴一笑：能行，慢慢来就好了……金花真的已经太久没有看见父亲脸上露出笑容了，上次父亲笑是什么时候？几年前过年的时候？还是一家人去公园拍照的时候？真的太久了，久到连金花自己都要忘了微笑。可是接着，父亲盯着她的脸问：你妈回来了，你知道不？

金花听到“你妈”两个字顿时心又提了起来，她再次低下眉眼“嗯”了一声。父亲深吸了一口气，同样点点头说，我猜到你已经知道了这件事……我没有去找她！还没等父亲说完，金花便情绪激动地回应。你怎么了？我又没说你去找她了。即使你想去，爸爸也不会阻拦你，毕竟那是你妈……我不可能去找她，更不会再认她，我这一辈子都不想再见到她。金花提到母亲从内到外都非常愤怒，她瞪眼诅咒母亲，这个女人就是个蛇蝎，她不会有好下场。我们以后都不要再提她了，就当这个人已经死掉了，我就不信没有她，我们就过不了了。

7

半年后，老金经过反复练习已经能拄着拐杖慢慢往前挪步了。尿毒症经过药物治疗也得到了很好的控制。他也想通了，为了孩子，他一个大男人必须重新站起来。腊月寒冬，老金终于能够拄起拐杖稳稳地站在镜子面前，整理身上的衣裳，理了理逐渐花白的头发，他想让自己看上去显得精神一些。楼下传来一阵电动三轮车声，老金知道是厂里的张会计来了，他一步步地向阳台走去，朝下面响亮地喊了一声：老张！上来吧！楼下的人一听老金吆喝，抬头笑着回应：好嘞，我这就上去。老张一路小跑上楼，别在裤腰带上的钥匙串发出了欢快的声响。还没进房间门，他就兴致勃勃地对老金说：太好了，大伙都盼着您回去呢！老金已经很久没有回钢材厂了，他真的想过放弃这一切。当时别说是管理工厂了，他连自己都管不了。然而，就像女儿说的那样，不管怎样，只要自己和金花还在，这个家就还在。所以，他不能放弃自己，他决定为了自己跟女儿的将来重整旗鼓。如今厂里的情况远比老金想象中要好很多，之前云南的拖欠款，果然是因为临时周转不开拖延了时间，好在是合作多次的老客户，对方还是很有诚信把款项打了进来，这才让工厂在一片慌乱的情况下继续运营。老金当初也有意栽培了几个得力助手，就在他生病住院期间，这几个人多多少少又接了几单生意，使得工厂如今逐渐恢复了正常运营。用老张的话说，现在虽然比不上十多年前那么兴旺，但是只要金老板回来带着我们接着干，就不怕没有东山再起的一天。就这么的，老金越来越适应了单腿拄拐杖的生活，每天在老张用电动三轮的接送下，他又重新开始了工作。至于金花，依然在那家酒店继续打工。直到有一天，老金去县城办事，他正坐在三轮上等进超市买东西的老张，一抬头恰好看见金花的班主任拎着几袋东西从超市里出来。班主任热情地与老金寒暄：金花爸爸，好长时间没见到你了，今天在这儿碰到了，你现在怎么样了？说着话班主任眼睛上下打量着他。老金无奈地笑笑，摸着拐杖说：没事了，都好了。班主任也害怕聊得尴尬，就笑了笑说：好了就好！接着脱口问了一句：金花现在在家做什么？我都好久没看到她了？这句话把老金问蒙了:金花?金花不是在学校,最近要考试了吗?周末也要去学校补课,你怎么说好久没看到她了?听到老金这样说,班主任眨巴着眼睛莫名其妙地问:金花这学期没来上学,您不晓得吗?她秋天开学的时候就退学了!

这怎么可能,她退学了?这么大的事,我居然一点都不晓得!老金全身打战,满脸的皱纹纠结在一起。他追问为什么在她退学的时候,学校不找家长核实。班主任也很无奈地告诉他,当时金花向学校申请退学的时候,前前后后折腾了一周。老师们要上门找家长问清楚情况,可金花死活不让他们去跟家里人见面。说,家里现在根本没有人。她知道家里的情况已经在方圆十里传遍了,索性下狠心跟学校老师说,我妈跟人跑了,我爸腿轧断了,反正这学我肯定是上不下去了。即便是继续读下去,我成绩也不会好了。如果你们非要去找我家里人核实退学的事,那就是在逼我彻底消失在这个世上。班主任说,当时金花说这些话的时候眼神充满了绝望,令他们这些大人都感到很诧异。最后,老师们好说歹说才说服她不要有这么极端的想法。他们暂且答应她不去找家长,但前提条件是让她写下一份保证书,保证她本人对退学负全责,一切后果与学校无关。班主任在向老金说明金花退学的经过后,又反过来劝他,其实退学这件事理论上孩子做得是不对。也没经过家长同意，但是情况的确很特殊，这孩子内外受委屈，你们家里肯定也顾不上她。我们问她，退学以后准备做什么，她说她要回家帮爸爸……

8

尽管听了班主任的劝慰，但老金还是觉得难以接受，他拍着那条断腿咬着牙愤愤地说：这孩子怎么不让人省心，家里出再大的事跟她上不上学有什么关系？老张在前面驾驶着三轮，回头也劝老金：您别气了，孩子大了有自己的想法了。我带您去饭店吃点饭，消消气！老张带着老金来到了酒店，在一楼大厅点了一些菜，开玩笑地对他说：金老板，咱今天就吃点菜，等您身体好了，下次我请您好好喝一顿酒。说着老张拿着菜单扭头吆喝道：服务员点菜！随即一个身穿工作服的服务员从不远处拿着笔和本子走到了他们的桌边，她习惯性地问：请问要点一些什么？老张只顾低头看着菜单，压根没注意到面前的服务员是谁，就听桌上的碗筷猛然一震，老张吓得手一抖菜单就掉在了地上。他才抬头看了一眼，这服务员似乎看上去很眼熟，他下意识地张开了嘴，不确定地叫了声：金花。这才转头看向坐在旁边的老金，就看着老金脸色发青，一条腿在桌子下面直颤，两只手抓住桌边好像随时都能把桌子掀了。再看面前的金花，同样是被吓得脸色发白，手足无措，又不能走掉，只能像一根火柴一样木讷地立在原地。她和老金两个人互相对视着，却谁也不开口说话。晚上，老张把老金送回家后，一直都没有走。他小声提醒老金，有什么话，孩子回来后好好跟她说，千万别动气。老金从饭店回来脸上一直阴沉着，一句话都没说。老张更是慌得连饭都没吃就把老金从县城拖了回来。老金把拐杖扔到一边，他们两人就这样一直在楼下客厅坐着。一直到时针指向十点的方向，才听到院里大门被推开的声音。金花回来了？老张走到院里去迎接她，他拉着金花的胳膊说，你爸在等你，你进去好好跟他解释解释就好了。还没等老张跟金花说完，老金在里面提高了声音，说：老张，你走吧。金花无力地看一眼老张，努力稳定情绪说：没事张叔，这事我爸迟早要知道，我进去跟他说。老张看这父女俩的状况，实在是放心不下，但又不得不顾及老金的面子，便一直待在门外观察着动态。

虽然老金心里明白，金花之所以这么坚决地选择退学必然是有非如此不可的原因，可是他一想到这么大的事，她居然没跟自己说一声就办了，这么久每天还装得像真在学校上自习一样，他忽然觉得这个孩子的心思太可怕了，她怎么能面不改色心不跳地欺骗自己呢？金花从外边走进了屋里，不用等老金开口盘问她，自己就把退学的事情前后经过交代出来。老金一直克制住自己，语气平静地问她，那为什么不跟自己商量再做决定？她说我的事自己做主就够了。

自己做主就够了！这句话终于让老金按捺不住性子了，他抬起胳膊连续“啪啪啪”地猛拍桌子：你能做什么主？你才多大个人，什么时候轮到你做主了？你是看我腿断了，管不了你了是吧？老金颤抖着胳膊，在昏暗的灯光下声嘶力竭对金花吼着。她被父亲责骂得低头一声不吭。就听父亲接着说，你……你明天就给我回学校上课，我去找你们校长说。

我不去！金花抬起头看着父亲的眼睛，语气是那么坚定。父亲气得想去扇她一巴掌，伸出去的胳膊却停在半空中，他怒火冲天地又拍桌子，骂道：你个没出息的东西，不上学你能干吗？你怎么就这么不知好歹！老金骂着骂着就老泪纵横，最后竟直打自己的腿。金花一直强忍的泪水，随着“扑通”一声和双腿一起落到地面。她跪在地上，泪流满面地说：爸，我不能让人天天看我笑话。我骗了您，我不上学是因为我去找过梅丽那个女人，我以为她会回家跟我们在一起，可是她连同刘宝根那个浑蛋把我赶出来了，还说她已经有了自己的孩子，不要我了……事实上，老金早就预料到金花迟早都会去找梅丽，他知道没有一个孩子听说妈妈回来了不想见的，甚至有一度他很希望女儿能去找自己的母亲，依照他当时被车祸轧断腿的状况，假如说女儿能跟着母亲一起生活那是最好的情况。可如果今天不是把金花逼得合盘托出，老金怎么也没有想到这中间居然发生了这么多的事。金花在冰冷的水泥地上跪着爬到了父亲腿下，她冰凉的手慌乱地抓着父亲揪膝盖的手，眼神里充满哀求。她央求父亲让她出去闯荡，再过几年她就十八岁了，她不想被人看不起。她在父亲面前发誓，绝不会做出出格的事，她只想凭自己的能力去做一些有价值的事。那一晚，金花不知自己在父亲面前跪了多久，她只记得她和父亲最后都哭成了泪人。第二天早上天刚亮，她狼狈地拿着盆去院里打水时，才发现老张居然在门口的凳子上坐着睡了一宿，这是十一月份的深秋，天气还不算太冷，幸好那晚没有下雨。

后来，老金对金花不去上学的事情也不做过分的勉强。他想，如果继续让金花每天待在这个走三步就见到熟人的地方，光是街坊邻居的唾沫星子就能淹死人。在往后的日子里，他要金花答应自己即使是出去打工，也一定要做正经职业，不允许走歪门邪道。于是，金花总算不用再偷偷摸摸地出去打工，她每天早出晚归，在县城饭店的服务员没有做多久，就又寻摸找到了更好的工作。这是在绵阳市里的一家私人小公司，面试时候，为了让自己显得成熟一些，金花特地从衣柜里翻出一件西装领的外套，又穿了从床底下掏出来的一双梅丽留下的高跟鞋，再加上她高挑的身材，公司面试的负责人给她安排了一份前台接待的工作。这份工作的薪水自然是要比服务员的工资高一些，说出去也算体面。市区距离家的路程并没有让她变得更轻松。每天还是天不亮就出门，先从村里搭电动三轮到县城，再在县城乘公交去市里，最后还要再跑上二十分钟到达公司，这一天来回两趟折腾下来，三四个小时就耗在路上了。好在这公司是家做广告的正规公司，她的前台工作做得也算是顺利，平时见到人只是嘴角微微一笑，礼貌点头打一声招呼便立刻回到自己的座位上了。哪怕是接待客户，也都只是把客户带到会议室，为他们倒好茶水，简单安排一下就赶忙出来。她知道自己文化水平不高，生怕说错话令客户不高兴。在这家公司做了两年后，因为老板是女的，所以也会时不时关注到她。有一回晚上外面下起了暴雨，公司里的人都草草结束了手上的工作，很早就下了班。金花也在座位上收拾着准备回家，临走前她向里面扫了一眼，发现一片空旷，但是靠近最里面办公室的门虚掩着，还亮着灯。她以为是办公室里的人走了，灯还没关掉，就朝那间办公室走去。一推开门却发现老板闭着眼睛躺在沙发上，她小心翼翼地站在门口，轻声敲了敲门，叫了两声老板。然而躺在沙发上的老板一点反应也没有，金花觉得这样的状态很不对，她壮着胆走到沙发旁边，用手摇了摇老板的身体，她仍然没有反应，脸红通通的，还不时地喷出一股子浓烈的酒气。金花突然意识到这一情况很不好，她瞪大眼睛，转身慌里慌张地拨通了120。她陪着救护车把老板送到医院后，才知道她是中午喝了太多酒晕了过去，还差点酒精中毒。老板在医院躺到半夜才算醒过来，医生说，幸亏今天有人及时发现，要不然后果一定比现在严重得多。

9

从那件事之后。老板见金花做事谨慎又得体，想把她从前台调到身边做助理。却不想金花递给她一封辞职信。老板不解地问她，干得好好的为什么突然要辞职？是嫌薪水不够，还是公司有人欺负你了？金花笑着摇摇头说都不是，接着她又把手里的一张报名单给老板看。她说，真的很感谢在公司这段时间老板对她的帮助与照顾，当时她来面试的时候明知道自己身份证上的年龄还没满十八岁，老板还是没有揭穿地收下了她。她也知道自己实际上并没有任何一技之长，所以她不想一直这样下去。从长远考虑想去学习一门技术，那张报名单上就是一门学习开挖掘机的课程。可是众所周知，开挖掘机的基本都是男孩子，老板不懂即使她想学一门技术，怎么会选择这一项？她笑笑说，就是因为没有女孩子做的事才想去尝试。如果有一天真的学会了，那就是自己的真本事！

可是，她没有想到开挖掘机实际上也是一个体力活。金花在这个班上是屈指可数的女孩子，那年她十六岁。技校里只有三台挖掘机，一到实践操作的那一天，几十个学员都争先恐后地去抢那三台破旧的挖掘机。金花虽然个高腿长，但比起那些体格健壮的男孩子，她总是要等到最后一个，才等到上车实践的机会。令她更加为难的是，别人都是一蹬腿一跨就轻轻松松上了驾驶座，到她那儿每回都要四脚并用爬上去。当她回去告诉父亲自己在学开挖掘机，父亲一脸严肃地泼她冷水说道，学这个能有什么用，以后是打算去工地替人挖土吗？至于她那两个姑姑更是在来家里看父亲时，嘲笑她学上不好，尽搞这些歪门邪道的事！而如今的金花也不像从前那么好欺负了，听到姑姑这么说，她双手抱臂，头抬得高高地“哼”一声冷笑着说，我搞不搞歪门邪道我自己知道，学出来是我的本事，我就靠这个养活自己怎么了？我又不像有些人动不动打着探望的名义来蹭点什么。

老金的拐杖拄得是越发灵活了，他似乎越来越能接受现在这样无色无味的生活。弟弟逃了、妻子跑了，连自己的腿也未能幸免。他很清楚工厂根本不会再回到过去时的兴旺。他内心自始至终都是绝望的，老金觉得自己的后半生必然是一场躲不过去的浩劫，他不想再躲了，决定听天由命吧！金花心里也一直在打鼓，这挖掘机学出来到底能去做个什么样的工作？难不成真的要去工地替人挖土？那天，她去县城街上打算买一件新衣服找工作穿。从一家女装店出来，抬眼就看到梅丽和那个野男人领着一个小男孩逛街买玩具。那一瞬间，她脑海里一闪而过的是小时候和父母一起去公园的场景。她咬着下嘴唇，胸口憋着一口气，手都快把装衣服的袋子扯破了。金花忽然一个猛子向那一家人冲了上去，她做好了撕破梅丽脸的准备，她甚至想过尾随他们，趁两个大人不注意把中间的那个孩子一把抱起，然后摔到楼梯下面，就像那次刘宝根摔她那样。然而，就在她即将冲到那一家三口面前的时候，突然被一个从侧面快速跑过的身影撞得转了个圈，还没等她完全回过神，迎面的一家三口早已消失了，而刚刚撞她的那个人也像一阵疾风“呼”地一闪，飘了过去。

10

开挖掘机的工作果然不好找到，她连续一个月面试了几个相关的工作都没有成功，原因之一就是人家嫌她是个女的，认为她肯定做不好这项工作，况且真正要做挖掘机工作需要出示技术资格证和技能等级证书，而金花只有一个技校发的培训合格证，这个对于应聘工作并没有太大作用。她也只好暂时待在家中给父亲做饭，除了出去买菜，她整天只愿在家里窝着。老金劝她要是实在找不到工作，就去自家的钢材厂上班，反正这些迟早都要交给她。但金花偏偏就是不愿意做与生意有关的工作，她说自己天生不是经商的料，更不想参与商场上的尔虞我诈。父亲没再勉强她，只是说钢材厂她不想经营可以，可是得答应他一个要求，那就是必须要跟他去见一个人。金花见父亲如此爽快地答应自己，那么他这个要求的分量必然不会太轻。果然，父亲要她见的是一个相亲对象，是邻村赵会计家的儿子赵云。那年金花二十岁，她不同意父亲就这么想把她交代出去。她用两顿不吃饭来反抗，质问父亲，为什么没有经过她本人的同意就擅自做主让她和赵云交往，居然连人家礼都收了，有没有尊重过她的意见。父亲反问她，那你当初退学经过我同意了吗？做你老子的就不能替你做一回主？父亲最后拍板对她下发指令，这件事就这么定了，回头两家人定好日子就把事给你们办了。

你们定了？我的终身大事凭什么你们一句话就给定了？他是谁啊？我都还没见过他一面，我为什么要嫁给一个陌生人？金花觉得父亲的做法实在荒谬，可父亲就这么坚持自己的决定，说什么也要让金花嫁给赵云。金花恼羞成怒故意将父亲的意思往歪里说，也对，其实你想早点把我推给别人，这样省得给你找麻烦了。她满脸倔强地又说，我就不让你得逞，这个人我绝对不嫁！然后掉头就跑了出去，这一跑三天三夜也没回家。赵家得知金花跑出去的消息，一家人赶紧来到老金家中。老金汗颜地站起来向赵家人鞠躬道歉，说自己没教好女儿，家里如今是这样的状况，赵家非但不嫌弃他们，还同意娶金花，这是多不容易的事。哪知道会弄成现在这样，真是很对不起他们。赵会计安慰垂头丧气的老金，如果金花实在不愿意，做大人的就别勉强孩子了，况且这件事确实太仓促了。两家人互相劝慰致歉，眼看这件事就要黄了。一旁不作声的赵云用淡淡的口气说了句，我今天留下来照顾金叔，爸妈你们先回去吧。这令三位长辈都很诧异，幸好过了没几天金花还是回来了。这一次，两人才算是正式见面。金花回到家的那个傍晚，正是黄昏时候，快要下山的太阳就悬在她家的红瓦屋顶上，她推开院里的大门，看到的是晾衣绳上晒出的衣服和床单，挂在院里满满当当，空气里还飘浮着香皂清新的味道。她心生怀疑地往里走去，刚进门就又嗅到从厨房里散发出的饭菜香味，听着里面铁锅跟铲子碰撞的声音，她下意识地以为是母亲回来了。她三两步跨进客厅的门，就看到赵云一米七八的个子围着略显短小的围裙从厨房里端着两盘菜走出来。赵云看着满脸疲倦的金花挎着包直愣地站在那儿，突然慌张到不知道该说什么，只是发自内心地呵呵一乐说，你回来了，吃饭！于是，这门相亲的婚事就这样成了。

11

为人老实憨厚的赵云，在婚后为了方便照顾金花父亲，决定留在老金家居住。金花问他，这样做他的父母会不会有意见，觉得他是“倒插门”，赵云豁达地说，不会！家里父母都是开明的人。赵云还帮着老金管理着钢材厂，又加上赵家的帮衬，钢材厂又逐渐有了起色。老金跟赵云说了很多次，想把钢材厂彻底交给赵云打理，可赵云总是向岳父推辞道，自己帮忙看管看管是可以，但是大局还是要老金来掌控。金花最终还是没向着挖掘机的方向继续坚持，初中没上完的她，在赵云的支持下又去学了计算机的课程，接着在市区找到一份文员的工作。赵云很心疼她，经常开着摩托车接送她上下班。他们的日子眼看着过得越来越好了，但是老金在五年后的春天，终究是因为尿毒症过世了。老金走之前一直拉着女婿的手，笑着说赵云是个踏实人。把金花和家交给他，自己就放心了。老金走得很安详，因为有赵云和金花婆家人在，丧事办得很体面，金花知道这是她一个人做不到的。父亲的葬礼上，两个姑姑也来送葬。小姑姑哭得很厉害，长跪不起，她觉得很对不起哥哥，自己过去总想问哥哥要点钱才来给他帮忙。大姑姑仍是一张冷冰冰的脸，简单地磕头上香，出了份子钱。临走前，还不忘呲金花一句，你看你爸这辈子叫你和你那个妈折磨成什么样了。金花始终不明白大姑姑为什么总是看不惯她，还非得把她和那个女人扯在一块儿。难道就因为自己是她生的，还是自己只是个女孩？父亲走后，赵云成了家里的顶梁柱，而金花有自己的主见，她决定把家里的房子卖掉。价格多少并不是特别重要，父亲离开了，她实在没有办法在那个家里继续生活下去，回忆太多，美好的、不堪的，她想丢掉那些充满悲戚的过去。他们搬回赵云父母家居住，没多久也有了自己的孩子，是一个儿子。

等到孩子长到两岁的时候，久未谋面的梅丽不知从哪得知自己有了一个外孙，她拎着东西找到金花现在的家，厚着脸皮敲开了门，开门的是赵云。赵云站门口想半天才跟梅丽打招呼说，您是来看花儿的吧？梅丽听了笑着点头。这时，金花抱着孩子闻声出来，刚问一声赵云是谁来了，一眼看到站在门口头发些许花白的梅丽，表情凝重愣了两秒，紧接着干脆利索走上前去把门“嘭”一声关上。然后转身边走边叮嘱赵云，她再来敲门就放狗出去！金花抱着孩子往回走，赵云紧跟在身后，试图劝慰她说，孩子外婆都来了，就让她进来吧！金花回到家里什么也不想说，只是眼睛里充满了恨。赵云轻轻摇晃她的肩膀劝说道，都过去了，我知道你恨她，但咱们不能像她当初把你赶出去一样也这么赶她！金花惊讶地抬头看着他，问赵云他是怎么知道自己当初被梅丽赶出去过？赵云坐到她身旁，伸手摸了摸她后脑勺头发里的一块疤，回忆起当年的事告诉她说，当初她被梅丽和刘宝根赶出来头撞到了墙上，就是自己送她去的医院。后来一次，在商场把她撞倒的人也是赵云。金花瞪大了眼感到十分惊愕。原来，赵云从小就在邻村见到过她，上初中的时候他就在她隔壁的那个班，只是金花从没注意过赵云。后来，他听说金花退学了，也悄悄到她家门口去看过。那天赵云恰好和父亲去采购，在路上就看到她急急忙忙下了电动三轮，然后他就一路小跑跟在了她身后，于是金花在母亲那里发生的一切赵云都曾看到过。再后来，他更是时刻关注金花的生活。

金花被丈夫的话感动得直哭，她趴在赵云的怀里说：原来我一直不是一个人，原来你一直都在。

话还没说完，他们就感到房子里一阵强烈地晃动，眼看着头上的灯泡，桌上的杯具全部摇晃起来，他们一时间傻了眼，赵云似乎意识到要发生什么，“不好！”他一把搂着金花和孩子，撒腿就拼尽全力往外跑。大约不到十秒的时间，万幸他们一家跑了出去。此刻外面到处是慌乱的人群，在人们的奔跑中，地面震动得越发厉害，不到两分钟，路两旁的房子、树木、电线杆逐渐倒塌，这就是2008年5月12日四川汶川大地震。一座城，在一个普通的日子，几分钟内变成一片废墟，所有人都在荒野里求生。孩子撕裂般的哭泣，疯狂地逃跑……赵云拥着金花和孩子不知道跑了多远，终于逃到了一片人群聚集的广场上。金花紧紧搂着被吓哭的孩子，夫妻俩从慌乱中反应过来，赵云的父母中午出去办事还没回家，她立刻让赵云打电话联系父母，但是地震发生后手机信号已经完全不通。赵云急得要发疯了,金花赶紧让他去寻找父母的下落,并叫丈夫放心自己和孩子。金花带着孩子站在广场拥挤的人群之中,眼前的景象是梦中都没有出现过的恐怖。身边除了一张张惊魂未定的面孔,就是一声声惨痛的哭叫。

两天过去了,一辆辆军车和救护车陆续抵达,一场巨大的救援拉开大幕。现场开来了一辆大型挖掘机,在一堆倒塌的废墟上开始挖人的作业,可是没过多久,正在驾驶座上操纵挖掘机的师傅突然对下面发出了一阵呼救,因心脏疼痛不得不撤离驾驶座。救援人员紧急在现场寻求会操纵挖掘机的人,金花想都没想抱着怀里的孩子从人群里挤出来高声喊道,我会!她二话不说便把孩子交给了一个大姐,紧跟着三步两登就爬上了驾驶座,在救援人员的指挥下,她沉住气集中精力操纵挖掘机,十几个来回才把那片废墟挖开,直到下面的人喊,停停……她透着挡风玻璃看到一个穿着枣红外套的女人从废墟里被人拖了出来,在看清这个满脸血迹的女人之后,金花眼里的泪刹那间决堤,她颤抖地叫着:妈……

糖葫芦

1

十一月，神州酒店宴会厅里布满红毯礼花，二十几桌的婚宴早已排兵布阵完毕，晚上六点十六分准点开席。此刻，无论站在哪个角落都能感受到玫瑰花和香槟酒芳香四溢的包围，舞台上一对新人四目相望，含情脉脉宣誓爱的誓言。台下的刘佳敏望着台上出嫁的女儿笑着抹眼泪。宴席六号桌面对舞台正中央，坐在侧边的老人手举着喜饼缓慢地送进嘴里，咬了一口。他抬眼看了看台上的新娘，眯起眼笑着说："小慧……小慧今天结婚，真好看！呵呵！"他身边的女儿万虹琴贴近他的耳朵小声提醒："爸，那不是小慧，是宁宁，今天是宁宁结婚。”老人并没有在意女儿对他说了什么，仍旧笑着咬了一大口喜饼，不由自主地发出空洞的笑声，反复念叨：“小慧当新娘子真好看，好看……”可是坐在对面的另一个老头不乐意了，他放低眉眼哼了一声说：“真是老糊涂，人都分不清，今天是我外孙女结婚。什么小慧，都四五十年了，还不改！我女儿！刘佳敏！我养大的！”“我女儿！她是我生的！”听到对面老头的高声，前面那位老头的某根神经仿佛突然被刺到了，他也提高了声音，嘴里的饼屑往外直喷，还拍了拍桌子，震动了桌面上的酒杯和碗筷。见两位老人互不相让，身边儿女亲戚赶紧都来劝阻：“姨父姨父，我爸这几年生了病糊涂了，很多事情都记不清了。您别跟他计较。”“记不清？我看他什么都没忘。”两个老头仍旧争论不休，“小慧就是我的女儿，她……她是我生的！爸给你买糖葫芦！”

“好了，好了……不管小慧还是佳敏，是您女儿，也是您女儿，都别争了。看，他们上台了。”终于在亲友和儿女们两边的劝说下，两个老人暂且停止了纷争。刚说完，就听台上司仪声音洪亮地主持：“今天在二位新人喜结良缘的时刻，我想新郎新娘一定有很多感恩感激的话想对你们的父母说。好！那么现在让我们用热烈的掌声有请新郎新娘的父母走上舞台，让我们所有人来见证这一美好的时刻。”台上台下瞬间响起一片热烈的掌声。双方父母走上台，整齐划一地站在各自孩子身边。宁宁看着眼圈发红的刘佳敏，很是心疼地拉着母亲的手。司仪借机走到刘佳敏的身边，对台下宾客深情地独白：“今天把最疼爱的女儿嫁出门，母亲心里总是不舍的。但是看到女儿这么漂亮，她的爱人是这么优秀，所以您流下的一定是激动而幸福的泪水，对不对？”刘佳敏擦擦眼泪笑着点头。不明情况的司仪又将话锋转向刘佳敏的丈夫，“都说女儿是妈妈的小棉袄，也是爸爸前世的小情人，在这大喜的日子里，不知道您有什么嘱托要对女儿说？”他把话筒交到了她的丈夫手中。他表情木讷地看着旁边的刘佳敏和宁宁，拿着话筒，神色有些慌张，下意识地咽了一口口水，刘佳敏朝他微微点点头，好似鼓励他说些什么。没有任何准备的他接收到妻子的信号，斗胆将话筒靠近嘴唇，开始发言：“各位来宾，感谢大家来参加两位新人的婚礼，作为宁宁的爸爸……”

突然，随着“哗啦”一声巨响，宴会厅的大门被一双健壮的臂膀使劲推开，二十几桌客人的目光齐刷刷集中在这个不速之客身上。这人也不是别人，而是新娘宁宁的亲爸，刘佳敏的前夫吴雷。只见他的光头被灯光照得锃亮，魁梧肥硕的身上穿着一套看似并不合体的西服，脖子上的红领带打得还有些歪扭。一张圆润发黑的脸，漂白的牙齿咬着下嘴唇，从大门一路大摇大摆向舞台方向冲去，距离舞台还有一米的地方，他竟然灵活矫健地跨上两三大步直奔上台。一手就抢下了刘佳敏丈夫手里的话筒，重重地扔在地上，话筒发出一阵轰响的噪声。同时另一只手揪住他的衣领，不断质问道："你说你是谁爸？你是个什么东西？在这儿冒充谁爸？这是我女儿！你给我滚下去！"他边说，脸上的横肉不自觉地纠结在一起。他又将揪在手上的人死命摇晃，刘佳敏的丈夫被吓得来不及反应，更加不知所措。一旁的刘佳敏和宁宁冲上去劝说，新郎和父母也跟他们挤在一起。宁宁吓得脸色煞白，两手拉着吴雷的胳膊叫："爸……爸……你松手，别闹了，今天我结婚，等下去我跟你解释行不行？"面对突发的状况，台下的客人纷纷站起来，场面顿时一片混乱。刘佳敏对于不速之客的到来更是火冒三丈，她用力想掰开吴雷揪丈夫衣领的手，压低声音吼着："你快松开，松开！婚礼之前是你自己说不来的，现在来闹算哪门子事？你不要脸，宁宁还要脸呢！"

"我呸！你们还知道要脸？我不来，你就让这么个东西来顶替我？我还活着呢，我才是宁宁的亲老子！他是个什么东西……”还没说完话，吴雷便忍不住性子一怒之下，一个转身猛然一甩便将手上的人甩下了台，刘佳敏踩着高跟鞋，一下没站稳也被连带着摔了下去。劝架的新娘新郎、新郎的父母连同台下的宾客一股脑儿地全部涌了上去，不一会儿这台下跌倒的、吵架的、拉架的全都挤成了一堆。一旁垒起的香槟酒杯也在簇拥拉扯中一起砸碎在地。一时间，整个宴会厅狼藉一片。婚礼司仪一见这般状况，第一时间便溜之大吉。刘佳敏和丈夫被甩在地上好一会儿才爬起来，新娘新郎也都搞得一身狼狈，大家除了里三层外三层上去拉人，都还没有从刚才突发的状况中清醒过来。这时，只有坐在六号桌的糊涂老头趁没有人看管的时候，自己一点点往外挪了出来。在场面一度混乱的情况下，他一眼就看到刘佳敏一只戴着手镯的胳膊在两个人的夹缝中露着。他拄着拐杖蓦地一下站起来，屏住气一把就将刘佳敏拽了出来，慌里慌张拉着她就往外走去。刘佳敏就这样从人堆里被莫名其妙拉走，眼神苍茫头发凌乱，霎时间只感到有一束刺眼的白色光芒照射进她的眼睛，她看到一个深蓝色的背影正拽着自己勇往直前，如同穿越般不知道要往哪儿走去。只听到这个穿着深蓝色衣服的人一边摇摇晃晃拉着她，一边嘴里喘着粗气，振振有词地说：“快，快跟爸走！我才是你的爸，你是我生的……”

2

这是二十世纪六十年代的秋天，万霖牵着五岁半的小女儿小慧去镇上赶集，临走前妻子从枕头底下拿出五毛钱给他，交代他去买一袋面粉和一瓶油回来。她算好了，买完面粉和油也就花三毛钱，顶多再给孩子们带回一串五分钱的糖葫芦，算下来还能剩一毛五分。万霖带小女儿赶完集，买好了妻子交代的东西在天黑之前回到了家。小慧手里高高举着刚买到的糖葫芦，还没进家门就嚷着炫耀："爸爸买的糖葫芦，好甜！"屋里万霖的妻子正抱着刚满周岁的儿子坐在木凳上与洪泽湖来的姐姐、孩子的姨妈说着话。一看万霖父女俩进门，这姨妈便站起来跟妹夫打了声招呼，又热情地走上前去抱起小慧，满面笑容地逗她玩。万霖虽然嘴上不说，但他心里很清楚这姨妈两月造访三次的目的。晚上一家兄妹五个和三个大人挤在一张方桌上，万霖妻子拿下午新买回来的面粉做了七八个巴掌大的白馒头，就着半碗咸菜，给每人面前倒上一碗热水，这就算是难得丰盛的晚饭了。不到一刻钟的时间，几个孩子就把自己手上的馒头狼吞虎咽吃下了肚。坐在桌角的大女儿小霞吃得特别香的时候，总会情不自禁挤眉弄眼吧唧嘴，看她表情，听那声音就知道她吃得很是香甜畅快。可是万霖一向是出了名的严父，女孩子吃饭吧唧嘴是他最不能容忍的事。还没等小霞把嘴里的馒头就咸菜咽下肚，他就狠狠瞪了小霞一眼，提起了嗓子虎着脸说，万虹霞，你会不会吃饭？不会吃，到旁边吃去，一桌人就你吃相难看！这只是在家里有客人的情况下他对孩子最轻的训斥，要是平常大概早就一筷子打到她头上去了。晚饭吃完以后，几个孩子不同于平时早早离桌，大家都盯上了今天放在碗橱里的糖葫芦，等收拾完桌子就到了该分糖葫芦的时候了。母亲用抹布擦干沾了洗碗水的糙手，转身从碗橱里拿出那串糖葫芦。除了刚满周岁的弟弟，其他四个孩子早已是垂涎欲滴。母亲将糖葫芦竹签上的山楂球一个一个摘下，分给四个孩子每人一个。分完以后，竹签上还剩最后一个山楂球。母亲问，最后一个给谁吃？几个孩子都牢牢盯着母亲手里最后那个山楂球，却都不敢作声。因为他们知道，依照父亲的脾气谁真的要抢了吃最后一个，往往都是吃不到的那个。好一会儿，哥哥从凳子上站起来准备离开说："这东西太甜了，我不吃了。"哥哥的话音刚落，大女儿觉得自己有了希望正要开口，被二女儿小琴抢先一步说："妈，姨妈是客人，给姨妈吃吧！"在一旁收拾衣服的姨妈听了这话眉开眼笑地夸小琴，这孩子真懂事，姨妈不吃，姨妈省给你们吃。

堂屋熄灯之后，万霖和妻子带着大女儿、小儿子住在西边房里，大儿子在门外打了地铺凑合一夜。妻子背对着万霖把白天去赶集脱下的衣服整理整理，准备拿去洗。她一摸衣服口袋白天给他赶集的五毛钱只剩下了一毛，就纳闷地问："怎么就剩一毛了？还有五分呢？"万霖坐在床边思量些什么，过了一会儿才回神解释，下午遇到篾匠老王也带着他小儿子赶集，走到糖葫芦那儿钱花完了，他儿子非要买糖葫芦，赖在地上满地打滚不肯走，他没办法就找我借了五分。说完万霖又疑虑了一会儿，开口问妻子："这孩子的姨妈怎么又来了？"妻子抱着衣服叹了一口气转过身说："还能为什么事，又是来找我商量要孩子的事呗。下午在我跟前淌淌眼泪，说她也不要儿子，就想带个跟自己有血缘的孩子回去养，她看上了我们家小琴，夸这孩子聪明机灵。她还说，要是我们再不帮她，姐夫就另想办法了。"万霖就猜到会是这样，但还是义正词严拒绝了这样的请求，他不能同意把自己的孩子送人，不要儿子也不行。妻子也只能无奈摇头，即使是自己的亲姐姐，但把自己孩子送人确实舍不得。可姐姐也是可怜，四十多岁了也没能生出自己的孩子，要是以后老了她肯定不好受。

3

在他们对面的东边房里，万霖的妻子早就安排了让小琴、小慧跟姨妈住一间房里。两个女孩都非常漂亮活泼。三人并排坐在床边，姨妈一手搂一个跟两个女孩说："你看你们家，一串糖葫芦要四个人分着吃，每个人才能吃到一个。要是在姨妈家，别说是一串糖葫芦了，好多好吃的都只给一个人吃，还有漂亮衣服穿。"机灵的小琴听了这般诱惑，立刻喜上眉梢地回应："真的吗？这么多好东西都给一个人？"姨妈直点头说："是啊，只要跟我回家就都是一个人的。"一边的小慧慢半拍地小声说了一句："那我也想要。"姨妈见两个孩子正在兴头上，乘胜追击地说："那你们谁叫我妈妈，我就带谁回家，把好吃的好玩的都给她。"小琴实在耐不住性子，经不起诱惑，跳下床在姨妈面前跳起来就叫："妈妈！妈妈！我叫你妈妈！"对于从来都没有听过孩子叫自己妈妈的姨妈而言，这确实是一种安慰。而小慧却躲在一旁直愣愣地看着兴奋的姐姐，好半天才醒悟过来，低下头嘟囔一句不完整的："我也叫你妈妈……"

第二天等孩子们都出去了，三个大人又坐在一块商量要孩子的事情。万霖依旧严肃地板着个脸，只听两姐妹说话，一言不发，突然姨妈说着说着就哭了起来。她面向万霖说，我知道孩子是你们生的，你们舍不得。可我又能有什么办法，如果我不带自己的外甥女回去，可能就要替别人养孩子。你们就可怜可怜我吧。万霖与妻子对看了一眼，再看看眼前哭得快要崩溃的姨妈，想着假如连亲姐妹都不帮，也许就真的没人能帮她了，所以两人一下子心软了。之后又是寂静一片，一间屋子里只有姨妈的呜咽。过了半晌，万霖声音低沉地问："你想带哪个？"最终，姨妈决定带走只有五岁半的小慧。

送小慧走的那天，天还没亮，深秋的黎明来得很迟，打开门，一股冷飕飕的寒意扑面而来。姨妈前一天晚上收拾好自己的行李，就乐呵地到东边房里帮妹妹收拾小慧的衣服。她看着妹妹一边缓慢地整理孩子的衣物，一边叮嘱自己，小慧怕冷，还有过敏性鼻炎，衣服不能给她穿少了。而姨妈顾着妹妹将女儿过继给她的心情，一再向她承诺，自己一定把她当亲女儿对待，还说只要你们想孩子了，随时可以去看她。可真要去看哪那么容易，从这儿到洪泽湖去一趟先要坐公共汽车到城里的渔人码头，再坐上大半天的轮船，真要去见一面说什么也得要一天的工夫。这是姨妈家的条件比他们富裕得多,才会有两月来三趟的路费钱。而令人不解的是,一开始就倾向于想要领养小琴的姨妈,为何最后带走的是小慧?直到临走时,他们才得知,这是因为姨妈觉得小琴已经是什么都懂的年纪了,如果真的要带回去,恐怕很难让她全心全意跟着新的父母过日子。小慧就不同了,五岁半还算是个懵懵懂懂的年纪,记忆还不是很深刻,只要带回去好好待她,再潜移默化调教一番,孩子长大后记忆里就都是养父母的样子。万霖跟着姨妈从新场镇坐公共汽车把小慧送到渔人码头。在车上,姨妈抱着怀里扎着两个羊角辫的小慧喜笑颜开,一遍遍告诉她,我们回家啦,回到家你就有自己的小房间,还有好多玩具和漂亮的小裙子……万霖提着行李脸上有些惆怅,却用淡然的语气对只有五岁半的小慧交代,到了姨妈家一定要听姨妈和姨父的话。小慧有些恍惚,姨妈笑着接话说,听话听话,小慧肯定会听爸爸妈妈的话……万霖的眼睛和坐在姨妈怀里的小慧对视着,他咽了口唾沫润了润干涸的喉咙。三人下车后,距离码头还有几公里的路程,万霖让姨妈拎着行李,自己抱起小慧在前面大踏步走着。一路不说话的小慧,到了要上船的时候两只小手紧紧地搂着万霖脖子,头靠在他的肩上,小眼睛忽闪忽闪的。姨妈把行李挎在两只胳膊上,伸手要去抱过万霖手里的孩子,但孩子好像忽然明白了什么，死死地抱着万霖，姨妈拽拽她的胳膊哄着她说：“乖乖，我们回家了，回家吃好东西。”可小慧还是哭了出来，抱着万霖怎么也不肯松手。万霖内心自然是不舍的，有那么一瞬间，他真想抱着孩子掉头就走。姨妈也看出如果再这么拖下去，万一带不走孩子就麻烦了。她一边好声好气哄着小慧，一边朝万霖挤眼睛。万霖明白既然答应了人家的请求，都送到码头了，再想反悔恐怕是来不及了。他拍拍小慧的后背，安慰道：“小慧乖，你先跟姨妈上船，爸爸去给你买糖葫芦就来好吗？”听到爸爸这么说，小慧才肯松开了手跟着姨妈上了去往洪泽湖的船，随着一声嘹亮的汽笛声，万霖躲在一棵榕树下远远地送走了女儿。

就这样，在船上一觉睡得迷迷糊糊的小慧一睁眼就跟着姨妈来到了洪泽湖的新家。姨妈两臂挎着行李又抱着刚睡醒的小慧，一路气喘吁吁地从码头下船走回了家。到家门口时，姨妈放下了小慧，一手牵着她，对她说，一会儿进了家门看见姨父记得叫爸爸，只有叫了爸爸才能有好东西吃。此时，一天只吃了一顿饭的小慧肚子早就饿得咕咕响。她跟着姨妈进了家后，看见一个戴着眼镜，穿着鸡心领毛背心的中年男子正坐在客厅的藤椅上看报纸，见自己的妻子带了一个小女孩回来，他也只是瞥了一眼又接着看他的报纸。姨妈放下手上的行李，把小慧领到他跟前，扭头看着小慧用唇语教她喊爸爸。小慧低下头好似委屈地看着自己脚下的小鞋子，红着眼眶好半天没有抬起头。姨妈忍不住了，她蹲下身来又哄着说，小慧，快叫爸爸呀，刚刚在路上我们不是说好的吗？小慧还是不作声。她们面前的男子抖了一下手上的报纸，然后合上，又看了看眼前的孩子，对妻子说了一句："才刚进门，谁认得谁啊？"说完他便抬腿就走了。后来在很长一段时间里，小慧虽然改了口叫妈妈，却一直很难改口叫爸爸。原因有两个。其一，每次看见姨父，他都对小慧的态度很冷淡，使得小慧有些害怕。其二，小慧但凡听到"爸爸"这个称呼，她脑海里一闪而过的总是万霖的样子。直到有一天，一家三口坐在一块儿吃晚饭，姨父明明咳嗽了好几天，却改不了每天喝酒的习惯，这下刚抿了一小口酒就连续咳个不停，差点喘不上气来。姨妈直在旁边怪他咳得这么厉害还喝什么酒？这时个子才刚刚够到桌子的小慧，立刻跑下桌，去茶几上取了杯子，拿起水壶倒了一杯水，小心翼翼地走回桌边，然后把水杯递给了还在咳嗽的姨父，随之又踮起小脚尖伸直胳膊够到他的后背，替姨父拍拍后背。姨妈和姨父看着小小的孩子能做出这样的举动，觉得是该好好待她了。从此以后，姨父给小慧改了名字，让她跟自己姓刘，给她取名佳敏。而小慧成为佳敏之后，也过上了姨妈之前对她形容的生活。她是爸爸妈妈的独生女，家里好吃好玩的都是她一个人的，糖葫芦也只给她一个人吃。

4

洪泽湖的爸爸妈妈都是学校里的教职工，一年以后佳敏到了上学的年纪，顺利地进入了小学。按道理，父母都是学校里的员工，她应该很受同学老师们的喜爱。可是她的性格却很内向，在学校很少说话，每天上学放学也都是乖乖地跟着爸爸妈妈一起去，一起回。有一天晚上，她穿着漂亮的花裙子，背着书包跟着妈妈放学回家，刚到门口，就看见万霖在他们家门口的石阶上坐着，身边还带了一麻袋东西。这是一年后，万霖第一次来看女儿。这回见面，一向严厉、有脾气的万霖变得低微起来，他憨笑着看姨妈带着他的小慧走来，满脸都是重逢的欣喜。他迎上去先给姨妈打了招呼，接着迫不及待地伸出手一边叫小慧，一边想去拉她的手。可是这时的佳敏下意识地把身体往后缩了缩，万霖以为是许久不见孩子有些认生的缘故，他欣喜的表情逐渐暗淡了下来。姨妈见他从那么远的地方赶来，便热情地请他到家里坐。姨妈去厨房给他倒茶的片刻，只剩下他和小慧两个人在客厅，而小慧却一直站在离他一米的房间门边。万霖忍不住激动的心情，他从藤椅上站起来向心心念念的女儿走去，蹲在她面前抚摸她的臂膀，眼睛里全是笑意地问她："小慧啊，你在姨妈家好不好？有没有想家？爸爸给你带了糖葫芦……"万霖的话还没说完，眼前的小慧就莫名转身跑回了房间。他蹲在原地突然黯然神伤，姨妈端着茶从厨房走进来，在他背后提醒一句，她现在叫佳敏了，可能不习惯叫她小慧。万霖这才缓缓起身，回到刚刚坐的地方，与姨妈面对面坐下，他客气地感谢姨妈夫妇对孩子的照顾。晚上姨妈留万霖吃饭，桌上万霖和佳敏现在的爸爸各坐在她的两边。现在的爸爸拿出一瓶酒给万霖和自己倒上，刚喝了一杯就又咳起来，佳敏仿佛习惯性地去帮爸爸拍后背，还小声提醒："爸，你别喝了。"而他却摆摆手说没事，还说，今天你姨父来，难得高兴。简单的两句对话，却听得万霖差点潸然泪下。他恍惚明白，此刻他的角色已经变了。小慧成了刘佳敏，他成了自己女儿的姨父。然而他又有些暗自庆幸，这是把孩子给了亲戚家，至少他知道孩子在什么地方，过着怎样的生活，至少他还能花上一天的时间和路程见到孩子，这也许足以使他感到欣慰。第二天依旧是天不亮万霖就准备离开洪泽湖，早晨只有姨妈夫妇去送他，他们留他吃了早饭再走，他挥手说，不了，要赶到码头去坐船就不耽误了。他还想临走前再看一眼他口中的小慧，不料却被姨妈夫妇阻拦说，孩子还没醒，等下次吧。万霖也只好失落着，应声离去。隔着一堵墙，听见万霖拎着蛇皮袋离开的声音，蜷曲在床上的佳敏将惺忪的眼睛缓慢睁开，小嘴唇干巴巴的，轻声发出只有自己才能听到的声音："爸爸……"

这一次见面之后，佳敏还是跟父母过着平静而充实的生活，每天早饭吃着面包牛奶，背起书包去上学，放学回家有热腾腾的饭在等一家三口围在一起享用。有自己专属的小房间，衣柜里挂着不同款式、五彩缤纷的四季衣服，书橱书桌上有爸爸妈妈给她准备的小画书。随着年龄和环境的改变，她的言行举止越来越像这家人，如果没有人刻意去提醒他们，大概他们就真的是幸福的一家三口。一年四季，春夏秋冬，钉在墙上的日历不断更新，洪泽湖的池塘荷叶连连，夏天荷花开得繁盛，转眼佳敏八岁了。这几年里，虽然去洪泽湖的次数不多，但至少万霖和妻子，或是他自己一个人每年都得以走亲戚的名义来探望孩子。在这期间，万霖的妻子早就顾虑到姨妈的感受，为此她没少提醒万霖，即使是走亲戚也别走得太勤，要不人家有意见就不好了。可万霖总是思女心切，他认为自己就是去看看孩子也没什么顾忌，何况还是自己家亲戚。

好在，头两年来一两次，姨妈夫妇都还是很热情地招待，一次两次大家都是客客气气，笑脸相迎。佳敏也对经常来看望自己的姨父又重新有了好感，慢慢地熟络起来。但时间一久，这样的客气逐渐变了味，首先是佳敏现在的爸爸，他见万霖三番五次找上门，脸上开始有些不悦了。为此没少在背后对自己的妻子抱怨，他老往这儿跑干吗呢？孩子我们都带这么大了，才跟我们培养了感情，我们也不少她吃不少她穿，他还来！难道还想把孩子要回去？他的妻子本不对万霖的探望有所顾忌，然而听丈夫这么一说，她心里也开始犯了嘀咕：没错，自己好不容易把这孩子带回家，当亲闺女一样捧在手心里，虽然佳敏年龄还算小，但假如她的亲生父母总是来提醒她自己的身世，那自己两口子岂不是到头来竹篮打水一场空？从此，他们对万霖的探望多少有了一些芥蒂。

等到半年之后，万霖又一次背着一口袋东西来看孩子，这回他们有意选择了躲避，或干脆视而不见。这样连续两三次吃了闭门羹，万霖心里自然是明白了其中的道理。他想，去家里恐怕是很难看到孩子了。转念，他又想到了一个可以看到孩子的地方。于是吭哧吭哧背着一口袋东西跑到佳敏上学的学校，想赶在放学的时候见孩子一面，这一年佳敏在上小学三年级。傍晚四五点钟，斜阳耀眼地照射在校门的绿瓷砖上，光反射到万霖的脸上，他放下肩上的口袋，脸颊发红站在校门口。不一会儿，校园里下课铃打响了，看门的大爷从两边缓慢地把大门拉开，顿时从里面“呼啦”一声，如同几百只鸽子飞出鸟巢，放学的孩子像激流一样涌出来，万霖在拥挤的人群中伸长了脖子四处张望，他的小慧呢？小慧出来了吗？等了大约有十分钟，放学的人群大部分都散去了，一眼朝校门里边望去，出来的孩子只剩下三三两两，万霖渐渐咧开嘴笑了，有些胆怯又迫不及待地举起手向背着书包低头走来的佳敏挥着。这会儿校门外人已经很少了，他一步步走向佳敏，快要走到她面前的时候，万霖轻声喊了一句：“小慧！”佳敏有些羞涩，但还是小声叫了他一声：“姨父。”万霖每次听到孩子叫他姨父表情都会显得有些迟疑，内心有种难言的苦涩，他蹲在孩子面前摸摸她的头小声提醒：“小慧，现在没有别人了，你可以叫爸爸了。你看，爸爸给你带了好吃的……”佳敏只听他说着，木讷地看着他，始终没有回应。这时候，正有两个小男生从他们身边经过，两个小男生看着他们，讥笑着对她说道：“你是抱的，不是刘老师亲生的……”

“去去去……说什么呢，小孩真讨厌！”万霖站起来跑去好像驱赶小鸡一样把两个小男生呵斥走了。然后回到佳敏面前接着说："我们小慧又长高了，爸爸妈妈，还有家里的哥哥姐姐都很想你，你想回家看看他们吗？"佳敏还在原地微微晃动身子，咬着嘴唇不说话。万霖依然热情高涨地说："你最爱吃糖葫芦了，爸爸给你去买……"终于还没等他说完整，佳敏冒出一句："你走吧，一会儿我爸爸妈妈下班就从里面出来接我了。"万霖突然被佳敏的一句话噎住，他原本喜悦的脸色瞬间暗了下来，他怕孩子不理解，又对她解释道："我才是你爸爸，你是我生的呀！"可佳敏仍然没有理会他，又反驳了一句："你走吧！"说完她就倔强地转身向学校里面跑去。

后来的日子里，随着时间推移，万霖渐渐放下了对孩子的一种执念，虽然有时他还是会有再去看望孩子的冲动，但总被妻子一次次地劝退。孩子是给人家了，是自己自愿的，小慧在校门口对他的态度，足以说明她对现在父母的认可和情感。万霖也时常会想，或许当初只想着帮了亲戚的忙，却没有想到孩子长大了会怎么想。

日历一年年更新，时光不全是陡然飞逝，人却必定在飞逝中成长。佳敏作为六十年代难得的独生女在父母的呵护陪伴下长大了。父母的疼爱并没有造成她娇生惯养的性格，一方面是因为她本身的内向，另一方面父母即使是疼爱也不乏对她严厉。有一天，佳敏和刚玩熟悉的邻居小女孩一起去河边。那天她中午吃过午饭就出去了，走的时候也没有说出具体是去干吗。母亲以为内向的佳敏好不容易有了一个玩得要好的朋友，又加上都是女孩子，在一块儿顶多是玩玩过家家这些小游戏，所以也就没有多问。可是从中午出去一直等到天黑，两个女孩都还没有回来。这天佳敏的父亲恰好去了外地出差，母亲把做好的晚饭端上桌子，等了又等，始终没有等到佳敏回来。她感到很奇怪，又开始有些担心，这孩子从来都没有这样过，今天是怎么了？她急忙跑去邻居家问，看看那家孩子回来没有，但是敲了几次门，都没有人应声。在这家人的旁边有一家门面小商店，她又去问商店里的老板有没有看到这家人回来过，接着又补充一句有没有看到两个小女孩来过。老板回想了一下说，好像中午时候看到两个女孩从门口经过，然后就不知道去哪儿了。

天色越来越黑，月亮也爬上了树梢。母亲找不到佳敏心急如焚，只能一边走一边喊："佳敏，佳敏，刘佳敏！你在哪儿？快回家了！"她的内心感到了恐慌，这孩子到底去哪里了？会不会被坏人拐跑了？丈夫又不在家，万一真有个事她可怎么办？她从北又往东找去，还是没有找到佳敏的人影。

她再次换方向，朝西去找，跑了好几里路，才隐隐约约看到从前边晃出两个小黑影子，她急忙三两步跑近一看，果然是两个小女孩结伴回来了，然而一眼望去这两个孩子全身都湿得透透的，出门时扎好的辫子也凌乱了。她气急败坏地对着佳敏质问："你们去哪里了，天都黑了不知道回家啊？还有这身上是怎么弄的？跑哪里去玩了？"佳敏知道自己犯了错，惊慌失措地看着眼前凶狠的母亲，吓得一声不吭。这一次母亲是真的生气了，她用劲一把揪着佳敏的肩膀将她生生拖了回去，一到家就把她拎到了墙角，脸色发青地审问她究竟去干什么了。佳敏身体直哆嗦结巴地答道："去了河边，捉鱼……""什么？捉鱼？你长本事了！敢下河捉鱼了！""好多人都下河捉鱼了，我就下去摸了一下，也没怎么样嘛！"母亲一听这话更气了，她觉得一向听话的孩子才十几岁居然会跟她犟嘴了，这怎么得了！"你再说一句？自己错了还不承认错误，这是要造反吗？"母亲大声严厉地呵斥她。却不料她今天一反常态，情绪逆反继续反驳道："我就出去玩了一下，怎么错了吗？你要是不喜欢我，就送我回家好了！"什么？她说她要回家？母亲瞬间如同被她的话击中了一般，血全涌到了头上，涨得脸通红，愤怒的她不自主地大力扬起手掌，眼看下一秒就要向佳敏的脸挥去。母亲这一猛然的举动，吓得佳敏本能地缩起了脖子，闭上了眼睛。就在最后的关口，只见一阵风随母亲的手呼啸而过，而那只手却停在了半空中。母亲留下一句，以后没有我的允许不准你随便跟别人出去玩。随后，她掩面而去。

父母对她的宠爱和严厉，也促使她从小就学习优异，不甘落后于他人。直到即将大学毕业……

5

佳敏在一次大学的联谊会上认识了音乐系的吴雷。他邀请坐在台下的佳敏上台共舞，她羞涩，不情愿显现在人群之中。然后，他就陪着她坐在台下，两人聊天。吴雷开朗幽默，虽然体型和长相并不是那么高大英俊，却为人热情大方，待人接物总是考虑得周全得当，这对性格内敛、清冷的佳敏来说正是烈火融化了冰雪。不太喜欢与人交际的她，这一回很快就被吴雷的热情击中了，两个年轻人在日久天长的交往中走到了一起。父母虽说是将她自小宠爱长大，尽所能给她比其他孩子更好的生活条件，可只有她自己知道内心的孤独与不安。佳敏在吴雷这样长久的陪伴照顾中逐渐认定了他是自己要找的人。大学毕业了，佳敏把自己认定的吴雷带回了家，谁知父母一见吴雷又矮又憨的样子就不同意这门婚事。用她母亲的话说，你这么高挑漂亮的身材，学历也不差，找这么个人绝对不行。父母的意见很是坚决，然而佳敏也是倔强，自己打心底认定的人怎么就不行！她的态度一样很是坚定，不可动摇。

父母见从小到大都非常乖巧的女儿，在终身大事上一改往日的性情，当然明白这时候说什么她都是听不进去的。最后在无奈之下，她的母亲把她叫到自己的跟前，认真地跟她讲了她的身世。这件事在她们之间并不是一个非常沉重的话题，佳敏凭自己从小的记忆，还有大人之间的谈话，以及外人的闲言碎语中很明白自己的身世是怎么一回事，只是她当时太小，无力掰开揉碎了去弄清楚这件事。后来长大了，她一想到不是父母亲生的就觉得很无奈，因为父母对她真的很好，跟同龄的孩子比起来，她这些年过得简直是“锦衣玉食”的生活。而她又想起她称之为“姨妈姨父”的亲生父母，实在想不通为什么他们有那么多孩子，却偏偏把她送了人？是她在家不够好吗？还是他们压根就不喜欢自己，所以才会不要她，把她送人？她很长一段时间都想不通这件事。在痛苦的同时，能让她感到一点点安慰的是，其实无论是不是父母亲生的，至少她和母亲之间还是存在血缘关系的亲人。在与母亲的谈话中，母亲最后说，假如你不愿意听我的话，那我只能让你亲生父母来劝你了。就这一句话顿时激起了佳敏的严重抗议和决心："他们不是我父母，我没有他们这样的父母。当初是他们不要我的，现在也没有权利干涉我的事情！我和吴雷这件事就这么定了！"

6

这是佳敏生平第一次对自己的事意志这么坚定，她并不确定未来会是什么样的，当她选择了吴雷，就好像当年她和姐姐小琴争着叫妈妈一样，她不知道后来的结果会是怎么样的。她在乎的只是有这样一个过程和当下的体会。佳敏和吴雷结了婚，有了孩子。幸亏吴雷是个机灵乖巧的、言行举止都很会讨人喜欢的女婿，不久后佳敏的父母也接受了他。在与吴雷谈朋友的时候，佳敏就曾敞开心扉告诉她自己并不是父母亲生的孩子，她的父母也在他们成家后向吴雷解释了有关佳敏成长的过程，她的母亲还希望，吴雷可以打开她的心结，不要让她怨恨她的亲生父母，毕竟她当年太小，很多事不是她想象中的那样。吴雷听了岳母的话，深深地点头。

让吴雷觉得欣喜的是，当他们的小日子步入正轨时，佳敏的几个亲生兄弟姊妹主动联系了他们，并且都很为佳敏和吴雷祝福。而佳敏虽然怨恨她的亲生父母从小丢了她，但在她的记忆中对自己几个兄弟姊妹还留存着美好的印象。她时常惦记着小时候和她睡在一起的二姐，把她扛在肩上的大哥，还有那时还没长大的弟弟。终于，等到二姐家要搬到另一座城市的机会，二姐小琴打电话给佳敏，告诉她这个乔迁之喜，想在国庆假期邀请家里的兄弟姐妹及他们各自的家人一起到她那里去聚聚。这是她们时隔近二十年后的第一次见面机会，接到二姐的电话，佳敏心里亦是一阵喜悦，当她预备答应邀约时，又听说他们的父母也要去看二姐的新房，这让原本欣喜的她一时间有些迟疑了。然后她找了模棱两可的托词说，可能假期自己还有些别的事情，到时候看情况吧。为了不辜负二姐对她的好意，她说，如果这次拜访不了大家，就等以后吧，以后的机会肯定还有很多。二姐自然明白她的言外之意，埋藏在她内心的那个结这么多年始终没有打开。二姐又联系上了吴雷，并且很直接地告诉他，其实自己借搬进新家的理由安排这样一次聚会，是为了让兄弟姊妹们重新聚在一起，也是为了让父母再见见你和佳敏，还有两个老人从未看到过的外孙女。吴雷理解二姐和两位老人盼团圆的心，他答应二姐一定想办法去说服佳敏，国庆带着一家人去跟那边的家人见一面。

但是佳敏固执的性格，始终不能接受吴雷的劝告，她甚至责怪吴雷不懂自己，他不懂这样的见面对于自己会有多难受多尴尬。而吴雷一再劝慰她，过去的事都过去那么多年了，她是时候放下心结了。正当两个人争辩得热火朝天的时候，他们四岁的女儿宁宁从外边跑进房间，用娃娃声问爸爸妈妈在说什么，声音这么大。吴雷借机抱起女儿，用劝佳敏的话对女儿说："宝宝，我们带着妈妈一起去看外公外婆，还有舅舅姨妈好不好?"从没听说过有舅舅姨妈的宁宁有些不明白，于是童言无忌地问吴雷："舅舅姨妈是谁啊? 外公外婆不是在洪泽湖吗?"吴雷正准备向孩子解释，被佳敏抢先一步说："没错，妈妈过几天就带你去洪泽湖看外公外婆。"吴雷一脸无奈地看着她，她毫不客气地对吴雷埋怨说："我像宁宁这么大的时候也什么都不懂，你带她去见那么多人，她能认得谁啊?"一直到了国庆放假的前两天，吴雷和佳敏晚上坐在床上，他又问起佳敏国庆究竟去不去她二姐那儿看新房，佳敏靠着床头，手里翻着书本想都没想就回答他："不去，我得回去看看我爸妈。"吴雷听了直点头，从被子里伸出的一只手朝她点了点，利索地冒出一句："好! 那我去!"然后侧了个身裹上被子睡去。

就这么的，好好的一个国庆假期，一家三口分成了两路各回“娘家”。一边佳敏真就带着女儿宁宁回了洪泽湖父母家。母亲问她：“为什么不跟吴雷一起去看看自己的父母和姊妹。”她似乎很轻描淡写地说：“不想去。去了也尴尬。”母亲又一次对她重提旧事：“当初是我非要带你回来的，不能怪他们。”可她不想继续这样的话题，与母亲打岔道：“今年冬天我给你们装台空调吧。您腿不好，有空调冬天就不冷了。”

另一边吴雷只身一人来到了二姐的新家，一进门就感受到一屋子满满当当的一大家人，比起他和佳敏都是独生子女的家庭，眼前的这一幕可谓相当热闹。家里所有人见到吴雷都不觉得陌生，似乎天生他就是这个家庭的一分子，每个人都对他非常热情。两位老人见到这个女婿必然会问，小慧和孩子怎么没一起来？一旁的二姐怕吴雷不理解，向他解释说，父母口中的小慧就是佳敏，这是她从小在家的名字。吴雷当然是明白的，他倒是没有一点膈应，连忙上去双手拉住两位老人的手说：“爸，妈，佳敏是想来的，可孩子太小坐不了这么长时间的车，等下次我带着她们娘儿俩一块来看你们。你看，我带了她和孩子的照片……”吴雷把偷偷从家里带来的两张照片给老人和家人看，大伙都说他们的女儿很漂亮，长得真像佳敏。只有两个老人捧着照片仔细地看了又看，眼角笑出眼泪说：“真好！小慧还是跟小时候一样，没变。”尽管如此，已经年过花甲的父母这一次还是没能见到他们的女儿小慧，满头白发的万霖笑着问吴雷：“宁宁这么大喜欢吃糖葫芦吗？”还没等到回答，他就抚摸着照片上的小慧和宁宁，仿佛自言自语地说：“她妈妈小时候最喜欢吃糖葫芦了，过去在家每次我带着她上街总会跟我要串糖葫芦吃……”

7

日子依旧是这样平静如水地过着，除了近两年吴雷辞掉原来的音乐老师工作开始创业，经常会往南方出差，佳敏一家三口过得也算滋润。一开始她也考虑过，放弃自己稳定的工作，全家跟着吴雷一块儿去南方重新开始。但当她把这样的想法告诉了父母，他们肯定是反对。他们当然是替佳敏考虑，毕竟在这里她有一份稳定的收入，有买好的房子，只要有个家，一家人分开多久都会回到家里。也可能他们也想到了自己年事已高，说穿了即使有房子有养老保障金，但他们终归还是只有佳敏这一个女儿，必然是舍不得让她离得太远。转眼，佳敏步入了四十几岁的中年，她在洪泽湖的父母已经是快八十岁的高龄老人了，她和吴雷十多年照旧每逢节假日回家探望他们。这一天母亲突然打电话给正在单位上班的佳敏，电话里她听出母亲情绪激动，声音沙哑，佳敏问她怎么了，是身体不舒服，还是家里出什么事了？母亲在电话那头叹气，什么也没说清楚，只叫她赶紧回来有事跟她商量。她吓得赶紧坐车往家赶。当她回到家的时候，母亲正坐在房间里啜泣。佳敏一看顿时有些心慌意乱，急忙问："妈，您怎么了？是不是哪里不舒服？我带您去看啊！"母亲捂着哭红的脸，抹了一把眼泪对她说："是我对不起你妈，以前我不该那么自私，不让她来看你……"听母亲说得这么自责和悲戚，她好像明白了什么，于是低声问："她怎么了？"母亲冷静了一下告诉她："你哥哥打电话来说，你妈昨晚走了！"

不知是被母亲的哭泣触动，还是自己感到有些歉意，这一次她决定一个人回一趟故里，见那个她称之为姨妈的母亲最后一面。而如今重新回去，事实上已经回不到当年新场镇的家了。曾经的家早已在许多年前被变卖，两个老人跟着在城里成家立业的儿女，住进了在城里买的一间平房里。他们的母亲就是在这间平房里走的，事情就发生得很突然，在没有任何预兆的情况下就突发心梗离世了。佳敏赶到这间平房的时候，房间已经变成了灵堂。面色发白的母亲也已经穿好了寿衣躺在地下，兄弟姊妹们跪在她身边一片号啕，她站在门口显得有些不知所措，似乎脚才迈进门，就不知该怎么走下一步，她觉得自己的存在好像在这个场合上是那么格格不入。当她出现的时候，两个姐姐哭着起身上去拉住她的手，哭着说："咱妈走了，妈走了……"紧接着她被牵引着靠近母亲的身边，听姐姐对地下的母亲念叨，"妈，小慧回来送您了，您想的小慧回来了！您过去总是跟我们念叨说，把我们兄弟姊妹四个辛辛苦苦地养大，看着我们一个个成家立业。就是觉得亏欠小慧，说同样是一个肚里出来的，那么多年再没带给小慧什么……"她难受，她知道地下躺着的是十月怀胎生下她的亲生母亲，她知道自己身体里流淌着的是她的血液，她面对母亲的遗体鞠躬，给她的照片上香，但就是哭不出来。出于礼节，她在那儿待了三天，一直到母亲下葬结束，她才回去。谁会知道她这三天有多难熬，白天全家老小围着遗体哭泣、烧纸、上香，接待吊唁的客人。她站在一角默不作声，假如没有人介绍，也就很少会有人注意到他们家还有一个女儿的归来。晚上，家里人还是把她当成客人不愿麻烦她彻夜守灵，替她安排好住所叫她好好休息。而这被哀痛击倒的父亲万霖，每天都泣不成声。

母亲走后的几年，她慢慢和兄弟姊妹联络多了一些。有一年暑假，趁着几家孩子放假的时候，她主动邀请他们带着各自的孩子来家里玩几天。由于吴雷常年不在家，一百多平米的房子只有她和女儿两个人住，所以家里收拾得很干净，也有些空旷。当几家人聚在一起的时候，冷清的房子一下子就变得热闹起来。几十只碗筷和盘子在水槽里乒里乓啷地碰撞，孩子们在房间里笑着玩耍，这让佳敏第一次感受到，原来她从前太寂寞了。吃了晚饭，姊妹四五个人围坐在客厅沙发上喝茶聊天，一般这种时候的话题总是离不开回忆过去、回忆童年。每当聊到他们小时候的事，她只能应对着敷衍地笑笑说，那时候太小了，好多事都不记得了。然后她会不由自主地回想着说："我从小，我爸妈他们对我……"不过有一点她现在是承认的，虽然没有在一块儿长大，但她始终认为她和他们是有血缘关系的亲姊妹。一家人正在喝着茶聊着天，不经意间，佳敏拿起茶几上响了一声短信铃声的手机，她打开短信，是一串陌生号码发来的一条彩信。上面是一张 B 超的照片，下边有一行文字：我是××，我怀了吴雷的孩子……佳敏眼睛忽然干涩，她顺势摘下眼镜揉了揉眼皮，又盯着手机看了一遍，她的周围依然还是姊妹们的谈笑声，她却变了脸色，好一会儿都不说话。过了大概有几分钟的样子，大家发现她有点不对劲，就问她怎么了，她又稍稍愣了一小会儿，很快调整过来说，没事，收到一条垃圾信息。

8

吴雷出轨，不是一天两天的事。佳敏也许早就预料到有这么一天，他这四五年来有大部分时间都在南方。他说是去创业不假，他在那儿买了房、买了车也不假。这么长时间，家里的生活费他只给过三次，此后就再也没见过他往家拿钱。南方的那个家，她和女儿也就去过两次，明明知道她不可能去南方，吴雷还是把那个家弄得有模有样。是个有脑子的人都能想到，他的这些动作不是有了外心还能是什么？这些年吴雷不在家，她带着女儿虽然过得清淡，倒也觉得舒服自在。得知了最后的结果，她冷静得令人有些诧异，大不了日子还是这么过下去，说到底她早已习惯了这只是冠了婚姻名的分居生活。只是让她想不到的是，人生真的会有祸不单行的时候，还没等解决完自己的事，洪泽湖八十多岁的老母亲在冬天宣告了离世。如果说失败的婚姻对她来说只是一种打击，而母亲的离世对于她却是心口撕裂的重创。

佳敏的兄弟姊妹陪着她全程参与了葬礼，母亲出殡的那天，作为独生女的她忙完了葬礼上应有的事宜，最后跪在母亲身边，终于放开了所有的悲伤情绪，哭得整个身体抽搐，双手直颤，泪雨倾盆，好像要把几十年存储的泪水一倾而下，汇成一条绵延不绝的河流。她那种颤抖的哭泣，无论是谁看了都感到有些发怵。毕竟，那是她生命中除了女儿之外最亲的亲人。正如她在为母亲致的悼词中所写："你养我小，我送您老。不是亲生胜似亲生！"送走了母亲，还剩下父亲。准确来说，母亲走后，父亲的意义变成了理论上的养父，除了多年的养育之恩，她对他如今更多的是义务跟责任。就像她从小一开始并不被养父接受，可是到后来养父还是承担起了对她的养育责任。才刚从死别的阴影中走出来，面对吴雷的事，她也不打算拖泥带水。分就分了吧，她并不在意有没有婚姻的躯壳，反正已经习惯了寂静和孤僻，没有感情和温暖注入的家勉强存在又有什么意义呢？对于她近几年的状况，佳敏也毫不避讳地告诉了自己的兄弟姊妹，他们都替这个小妹妹的遭遇愤愤不平。两个弟兄打算去找吴雷理论，非要问出他凭什么把她们母女俩丢在家里几年不管不问，最后还做出这么龌龊的事来！佳敏听了摆摆手，叹了口气说："算了吧，都分了，理论出个子丑寅卯又能怎样？"步入中年后的佳敏，对一些事不知不觉看开了不少，女儿也长大了，需要她操心的事越来越少。洪泽湖的父亲守着和母亲的旧房子，每逢年节，她还是回去看望，平时也替他雇了保姆照顾日常生活。大约过了两年之后，她认识了现在的丈夫。她向家里人这么描绘了这个人的形象：长相一般，本地人，离过一次婚，有自己的店铺做着小本买卖。人看上去是大大咧咧的样子，不太会说话，做起家务来干脆利落，能烧几个家常菜，总之应该是个适合过日子的人。

到了新世纪的一个秋天，那天，她正在家里收拾女儿的房间，不一会儿放在外边的手机响了，连续响几声，听着像是微信群里的动静。她从房间拿着脏抹布，手撩了撩垂在眼前的头发，走到客厅拿起桌上的手机点开微信一看，全是“老万家”的群里发来的几条信息。只见屏幕上面一溜都是二姐发上来的图片，点开放大仔细看了看她发来的是老家父亲躺在病床上的几张照片。没过几天，佳敏就赶回了老家。这一回她没多想什么。第一反应便是去看一眼总是好的。到了医院，看到躺在病床上的父亲，她才得知前几天老人走路不小心摔了一跤，加上血压升高，这一下子就得了中风，并且还有点糊涂。她站在病床边，家里人问父亲：“您看看这是谁来了？还能认得不?”躺着的父亲眼睛忽闪闪地看了几眼面前的佳敏，咂巴了几下嘴不作声闭了闭眼睛。身边的儿女见这样的状况都摇头，说老人是糊涂了。第二天中午，明亮的阳光照进病房里，雪白的被子显得有了温度。佳敏和两个哥哥姐姐在病房里轮流照顾着父亲，中午时分，二姐夫拎着保温瓶走进病房，他把从饭店买来的饭菜打包好交给二姐，又热情地招呼着佳敏说："佳敏回来了！我记得小时候你还笑话过我，还说不让你姐跟我玩呢。"二姐夫打趣着。佳敏听了只笑了笑。这时，原本躺在床上一声不吭的父亲，突然张开干瘪的嘴无力地想说些什么，大哥走过去弯下身子，把耳朵贴近他的嘴问："什么？爸，您想说什么？"站在床四周的儿女都不敢发出一点声响，专心注视着父亲一点点张大的嘴，安静了好久才听到他说："糖——葫——芦——"

佳敏转过身望向窗外一片片飘飘洒洒的银杏秋叶，她想起了五岁半那年，父亲带着她去赶集，买了面粉和油，最后还买了一串糖葫芦让她拿在手上，带回家和哥哥姐姐一起吃，可是她盯着手上的糖葫芦看了一路，差点就流出了口水。父亲看着她实在渴望糖葫芦的样子，都跑出二里地了又牵着她回头找到卖糖葫芦的小摊，从口袋里掏出剩下的一毛和五分，花了五分钱又买了一串糖葫芦给她一个人吃。然后刮了一下她的小鼻子，对她说："这串给你自己吃，回家别跟你妈说。"这时，篾匠老王也带着他家小儿子赶集，走到糖葫芦小摊边，小男孩死缠滥打要他爸给买一串糖葫芦，篾匠老王买完做活的材料口袋里空空的，跟儿子好说歹说都没用，小男孩索性赖在地上撒泼打滚不肯走。手里举着两串糖葫芦的小慧，见到这幅场景便伸出小手指着赖在地上的小男孩说：“真是羞羞，还打滚，我不让你跟我姐姐玩了。”接着她得意地咬下一口糖葫芦，扬起幸福的脸蛋说：“爸爸买的糖葫芦真甜呀！”

后　记

创作短篇小说是一件特别令人期待的事情。我说的期待，不仅是令读者期待，而是在创作过程中，也会令我这个作者很期待。我从两年前开始进行短篇小说写作，然后给自己定下了每月一篇的写作计划。从每个月一号开始写，每天确保一千字的完成量，这样差不多一周或十天就可以写完一篇完整的小说。当然，假如每天超出了预设目标，那就更是一件值得开心的事。我的一个朋友说，这叫日日精进。其实，我更加享受这一周或是十天的写作经过，虽然大部分故事的开头和结尾都是在我预想之中，但是小说中有许多细节也是无法预料的。有一些过程只能在创作进行时产生，这就像去约会一个好友，但在转角处却遇到了一个一见如故的陌生人。因此，过程中发生的一切都充满了未知和惊喜。

《不做孤独的灵魂》中有几篇，是我自己比较满意和喜爱的。《女孩：楚楚》是一篇从闺蜜视角出发的故事，我一直非常喜欢两个女性好友之间的闺蜜情，因为那是一种很纯粹的情感。小说里的“我”和楚楚从少年时代的校友到成年之后的闺蜜，这种简单纯真的友谊并没有随着时间推移而消失，反而在彼此的经历中得到升华。我们常说，好的朋友就是自己后天选择的家人。“我”一直将楚楚视为“我”的家人，哪怕“我们”也会争吵，也会因对方的不理解而产生矛盾，但是无论如何“我”还是会回到你身边。作为一名文学创作者，我不确定现实生活中还有没有这样单纯并且不离不弃的友谊，可至少在我的认知里它是存在的，所以我也希望它能在文学作品中长留。

小说集里还有一篇叫《逆流而上的治愈》，它的细节是我写得很满意的一部分。女主角萧懿是一位腿脚不便的杂志封面设计师，性格不卑不亢的她，待人处世一直保持“敬而远之”的礼貌。在为一期“治愈”主题封面创作纠结时，男主角严柯偶然投来的一个微笑，给予她的一个拥抱，让她“冰冻三尺”的心开始复苏。而她命里自带的倔强，使得她不能让暗恋成为一个笑话。她说：“我能拿什么告诉他？不可能告诉他。如果说出来我就是个笑话，而我不想成为这个笑话。”严柯的微笑和拥抱于她来说是治愈的，然而她的爱则是逆流而上的。我也无法给她一个较为完满的结局，或许我们都应该对真情、真爱始终怀有期待，多留下一些空白，未必不是另一种开始。

创作短篇小说，也好像是一个特别神奇的过程。因为它能让我把一些想到，却永远都不可能做到的事，在文字里转变成淋漓尽致的画面。我相信每个人都有遗憾的经历，缺憾的人生，完成不了的理想，得不到他人的理解以及爱而不得的爱情……

这时候文学便是个理想的国度，无论你我是谁，来自哪里，过着怎样的生活。在这些故事里，我们都将不再是一个孤独的灵魂。

王　忆

2021.8

里下河
青年文学
写作计划

潘神与迷宫

陆秀荔　著

江苏凤凰文艺出版社
JIANGSU PHOENIX LITERATURE AND ART PUBLISHING

图书在版编目（CIP）数据

潘神与迷宫 / 陆秀荔著. —南京：江苏凤凰文艺出版社，2021.10
（里下河青年文学写作计划）
ISBN 978-7-5594-6330-2

Ⅰ. ①潘…　Ⅱ. ①陆…　Ⅲ. ①短篇小说—小说集—中国—当代　Ⅳ. ①I247.7

中国版本图书馆 CIP 数据核字(2021)第 201851 号

潘神与迷宫

陆秀荔　著

出 版 人　张在健
责任编辑　曹　波
责任印制　刘　巍
出版发行　江苏凤凰文艺出版社
　　　　　南京市中央路 165 号，邮编：210009
网　　址　http://www.jswenyi.com
印　　刷　江苏凤凰数码印务有限公司
开　　本　880 毫米×1230 毫米　1/32
总 印 张　28
总 字 数　670 千字
版　　次　2021 年 10 月第 1 版
印　　次　2021 年 10 月第 1 次印刷
书　　号　ISBN 978-7-5594-6330-2
定　　价　199.00 元(全 4 册)

目　录

秋　水

1

风尘仆仆的吴海终于站到了家门口。

他隔着榆木门板的孔隙，看到母亲在厨房门口择韭菜，手上缠着的胶布，已经变成和泥土接近的颜色了。吴海记得天一冷母亲手脚就会裂口子，非得用胶布缠紧才能干活，否则动不动就会流很多血。这让他心里头一阵抽动，终于鼓足勇气推开门叫道：“妈。”

母亲猛抬头看到三年未归的儿子，脸上掠过一阵惊喜，赶紧站了起来，答应了一句：“哎，回来了，海儿。”

“嗯。”

母亲伸手摸摸吴海的脸，说：“回来了就好，估摸着你这两天到家，快去洗个澡吧，水都烧好了。”

“不着急，我帮你弄晚饭吧。”吴海看到母亲的头巾下的鬓发全白了，心里更是愧疚，自己出事的这几年，真不知道父母受了多少苦。

“我爸呢?”吴海小声地问。

“在涛子的塑料厂上工。”母亲边说边忙手里的活儿。母子俩的注意力仿佛都停在手中的一把韭菜上,然而又显得有些心不在焉。

好容易择完韭菜,吴海到灶口烧火,母亲在灶前炒菜。她往锅里倒了一圈菜油,烧热了,然后迅速把切好的韭菜倒进锅里,从陶罐里舀出半勺盐撒上,再翻炒几下,满屋子就溢满香气了。韭菜盛出,她也没洗锅,用高粱梢儿扫了一下,弄出烧焦的韭菜叶,再滴了几滴菜油,放进起苔的青菜准备烧个汤,加水之前像想起什么似的,又放了一些油。这个不经意的动作,让吴海心里一抽,母亲平时的日子,竟然节俭到如此程度。

吃饭了,堂屋里 25 瓦的白炽灯只能勉强看见碗碟的轮廓,其他的一切都静默在黑暗中。八仙桌的一边靠着东墙,海子面朝南坐着,母亲挨着海子,瘦弱的身体覆盖在儿子的阴影下,安静地吃着饭,偶尔发出点咀嚼和喝汤的声响。

“路上遇到熟人了吗?”母亲给海子夹了一筷子菜,终于开口说话。

吴海知道母亲的意思,只怕村里人知道他回来,债主立刻就要上门了。

见海子摇了摇头,母亲继续说:“这些天先别待在家里,明天一早去你舅舅那吧。”

吴海又只能点点头,母亲的话自有她自己的道理。

吃过饭,吴海用老木桶洗了个热水澡,换上母亲准备好的一套新衣裳，躺到了自己的床上。满墙的奖状和荣誉证书早就褪了颜色，暗暗淡淡地在昏黄的灯下包围着他，那代表着学生时代的荣誉，然而又似乎更映衬着某种耻辱。当初如果不是鬼迷心窍进了传销组织，不是一时冲动将传销头目的脾脏打破，他一定早就顺顺当当找到工作，父母也不必如此卖命地还债了。

吴海叹了口气，翻了一下身，掖紧了被子。这条蓝里红面的旧棉被似乎有二十年了，里头的棉絮像锅巴一样硬，和铁片一样凉，虽是春夜，许久还是没一丝热气，压在身上重得如同母亲的叹息。然而被子上散发的气息，确是从小闻惯了的樟木味，这气味让吴海心里定了锚，不再四处飘荡。

关了灯，月光从窄窄的窗口倾斜进来，把窗台上的一盏老式油灯投影在地上，有点像自由女神手中的火炬。自由引导人民，但是吴海觉得他的自由却像这月光下的投影一样，清晰得触手可及，又虚幻得遥遥无期。

第二天，母亲叫他起床时，鸡还没有叫。吴海睁开眼睛好几分钟，才确定自己身在哪里。看了看时钟，才四点多。起来舀了一瓷缸冷水洗了脸，用粗硬的毛巾擦干，母亲已经把一碗热腾腾的面条端上来了。吃过早饭，天才蒙蒙亮，勉强能看见田间的路。母亲在前面走，吴海背着包跟在后面。白天的油菜花开得金黄灿烂，凌晨时露水很大，在花间走过，半身都被打湿了。吴海知道母亲在前面走不仅是带路，还有意帮儿子挡掉一些露水。他突然间很想拥抱一下身前这个瘦弱的身影，但是吴海不会，他了解自己的母亲，这么做肯定会吓到她的。

2

舅舅是个哑巴，正因为此，他一辈子没娶上媳妇。他在离村子最远的老荒地养了几百只鸭子，自食其力不说，每年还能存下不少钱。不知道他从哪里得知外甥的事情，把自己辛苦存下的几万块钱一股脑儿塞给妹妹还债了。

听到生人的脚步声，鸭子们集体嘎嘎地叫了起来。舅舅已经起床了，正在茅舍里给鸭子拌食，看见妹妹来了，有点喜出望外，再看到外甥时，更是惊喜交加，他兴奋地丢下手里的活计，比画着问海子，吃了吗？

母亲跟他解释，吴海则把东西放了下来，看着这对兄妹手脚并用着对话，似乎有点滑稽，却又亲切无比。母亲放下几卷挂面和两包烟，又叮嘱了儿子一些话，挥挥手，红着眼圈走了。此时天已经大亮，一轮通红的朝阳清晰地出现在地平线上，麦田绿得深沉，油菜花黄得耀眼。母亲的身影却在美丽的春光里显得很苍凉，吴海叹了一口气，以母亲这样勤劳好强的脾性，如果不是因为自己，怎会过这么惨淡的日子呢？

舅舅这里的活计，吴海一点也不陌生，从小他就跟大舅好，常跟着他放鸭、打草什么的，虽然隔了多年，这些事情还是很容易上手的。他跳上“鸭溜子”（一种用双桨划的木质小船），舅舅把鸭栏打开，“鸭司令”摇摇晃晃地带着群鸭下了水。舅舅也上了船，用手指着方向，让他往林子深处划。

水杉林不密，因为水下的鱼要通风透气，有些长得太茂盛的树木反而要被伐掉些。树根上冒出了一圈新芽，野鸭子就在里头做巢，扒开那圈新枝，往往能捡到好几个野鸭蛋。这些蛋个头比家鸭的小，颜色是青瓷一般的雨过天青色，人们一般只拿走其中一两只蛋，带给没断奶的孩子吃，据说很有营养，而且吃了不会惊厥。更多的鸟儿把巢筑在树上，水涨了以后，树冠就变低了，站在船上能见着鸟巢里所有的秘密。“芦官儿”的幼鸟已经孵出了，听见声响以为是亲鸟回巢，一个个张开嫩黄的小嘴等着喂食。吴海笑了，原来万物都把向父母索取当成天经地义的事情。他把小鱼碾成条状，捏着挨个放到幼鸟嘴里，那些鸟儿不知道是没觉出什么不同，还是认定有奶就是娘，吃完又张着嘴要，舅舅坐在船头看外甥调皮，眯着眼，笑得很开心。

吴海掏出口袋里的香烟，给舅舅点了一根，两个男人就默默地坐在船里抽烟，林子里很静，只有鸟鸣和禽类羽翼掠过水面的声音。太阳在树木的罅隙里投下斑驳的影子，有时候还闪过些圆圆的光圈，水面上也是波光粼粼，看上去像一群金色的鸭子，要游到天堂里去。海子从没想过天堂是什么样子，如果有，也就这样吧。

傍晚的时候，“鸭司令”骄傲地领着鸭群回来，舅舅给它们喂了稻糠和螺壳拌的食，默默地点了点鸭子的数目，大致差不多，就放心地生火做晚饭去了。吴海割了一把韭菜准备炒鸭蛋，又拌了一些莴苣，煮了一碗小杂鱼，和舅舅两人对饮起来。舅舅今天高兴，陪着外甥一不留神就喝高了，兴奋地哇哇叫着，吴海替他难受，一个人无法表达自己的情感，是多么痛苦的事情。

吃过饭，天才完全黑了，舅舅点起油灯，也在鸭栏边挂了一盏马灯，用来吓走黄鼠狼之类的野兽。人迹罕至的老荒地没有电，虽然头顶不远处就是输电铁塔，但那是高压电，万万不能私拉乱接。周围一片静，舅舅拧开收音机，开到很大的音量，对于几乎没什么听力的他来说，这些声响大概和天籁一样吧，至少能证明一种存在，这个人间是存在的，或者，他存在于这个人间。

夜晚无事可做，吴海索性上了“鸭溜子”，用竹篙点到河中央。他在船底铺了一只蛇皮袋，躺在上面，托着手枕到头下，抬起头，扑进眼帘的是满天星斗。有多久没有抬头看过天了？在看守所里大部分时间不见天日，更别说身处星空底下了。而今天仿佛一下子回到了童年或者梦境，这满天的星辰竟显得那么不真实。周围仍然是安静的，微风把船推离了茅舍，虫鸣开始变得真切，蟋蟀、纺织娘还有别的什么昆虫发出春夜里该有的一切声音，还有些早熟的蛙开始为情人歌唱，但是声音嘶哑，无人能解风情。

一只失了群的鸟，在半高空哀鸣，飞一段，便唤一声，如泣如诉。吴海忽然觉得自己生出了一双翅膀，在天上迂回游荡，那凄婉的竟然是自己的声音，他挥动双翼，借着气流，飞到了很高的云上，俯瞰到很多的人和景色，然而旁边却没有一只同行的鸟儿，而且也不知道自己要往哪个方向去，在迷惘的当儿，他的身躯突然变得沉重了，像架失事的飞机一般，直往地心坠去……

在离地 1 厘米的地方，吴海醒了，原来是做了个梦，却惊出了一身冷汗，经夜风一吹，浑身都起了鸡皮疙瘩。船不知道漂到了哪里，吴海四处张望，白天清新欢快的树林，此时在星光下暗得像魔幻世界里的恐怖王国，每一棵树都像张牙舞爪的妖孽，仿佛随时都有可能动起来。除了远处的村落，只剩下舅舅鸭舍那一点灯光，在黑暗中隐约可见。

吴海点了最后一根烟，打算抽完就把“鸭溜子”往回划。然而就在这时，他看见林间的空隙里飘过一个白色的身影，像立在水面上，无声无息地往这里靠近。农村里不乏荒地遇鬼的传说，他小时候就是听着这些故事长大的。海子虽然不信鬼神，但这诡异的现象也着实吓了他一跳。

不过，很快就听到了水响，那是条小水泥船，一个女人站在船头上，看见“鸭溜子”，转身对划船的男人说：“爸，哑大伯的‘鸭溜子’是不是没系好，漂过来啦。”

划船的人把水泥船靠了过来，看见船上有人，又不像老哑巴那么佝偻，问到：“谁啊？”

“我。”海子随口答道，也真奇怪，大概很多人听到“谁呀”的时候，都会这么回答，虽然等于没答。

白衣女子突然兴奋地问：“海子哥，是你吗？”

吴海也觉得声音熟悉，仔细一看，那白衣女子原来是美芹。一别三年多，没想到在这里遇上了，他有些尴尬地问：“三叔，美芹，你们怎么这么晚撑船呢？”

“鱼塘里活计多，不小心就忙晚了，现在赶回庄上去，明天一早要去城里买鱼药。”颜三叔见了吴海，似乎也不觉得很意外，平淡地回答着，撑着船继续往前走了。美芹坐在船上，不停地扭头往这边看，直到再也看不见船影子。

3

第二天傍晚，美芹提着一大袋东西走进了哑大伯的茅屋，她刚从城里回来，给吴海甥舅俩带了很多吃的、用的东西。美芹笑眯眯地把东西放下，高声喊了声“大伯”，吴海大舅虽然听不见，但他知道美芹在叫他，高兴地点着头，跑到鸭舍里，捡了一筐鸭蛋递过来。美芹不肯要，他就急了，哇哇哇地大叫。吴海说：“你就收下吧，不然我舅非送到你家里不可。”

美芹说：“海子哥，我爸让我来请你过去吃晚饭呢，我们家鱼塘就在林子对面的芦柴湾，撑船过去转个弯就到。”

吴海答应了，和美芹一起帮舅舅弄好晚饭，把鸭子赶上了岸，又点好数目，才跳到船上去。吴海在船尾划桨，美芹坐在船头，随手折了朵白紫相间的萝卜花，放在鼻子底下嗅着。西沉的太阳照在她脸上，真是笑靥如花。吴海觉得这情景就像小时候一样，他们划着船去玩耍，落日、麦苗、漫天的油菜花，似乎都是原来的样子。然而岁月流水似的淌过，人却和当年不同了。

美芹家的鱼塘在老荒地的尽头，已经靠近邻村了。船划过去只要几分钟，走旱路的话却要绕很远。吴海先上岸，系了船，再伸手拉美芹上来。美芹的手软软的，有些凉，许是河风吹的，吴海笑了笑，说：“晚上风大，要多穿件衣服。”

这场接风宴隆重而低调，没有外人，只有美芹一家三口和吴海。颜妈妈做了很多菜，吴海坐下来仔细一看才发现都是自己最爱吃的。美芹妈说："海儿，婶子也不知道弄什么好，美芹说你喜欢吃炒螺蛳、酱拌豆腐和酸菜鱼，我胡乱做的，你尝尝合不合口味。"

美芹夹了一筷子鱼片到吴海的碗里，说："海子哥你尝尝，我妈的手艺是不是一点不输饭店的厨师？"

吴海吃着菜，端起酒杯，认真地敬了美芹父母："三叔三婶，侄儿犯了错，你们不但不计较，还处处照顾我父母。这些年我虽然不在，但你们的大恩大德我吴海永生不忘！"说完，仰头把玻璃杯里面的酒喝完，放下酒杯时，却是满脸眼泪了。

美芹赶紧挤了一把热毛巾来，递给他。颜家二老也宽慰吴海，只要人出来就好，现在还年轻，就当跌了个跟头，爬起来照样赶路。美芹也劝他，东方不亮西方亮，世界上又不是只有上大学这一条路，你看陈学文，前些年也进去过，现在照样混成了大老板。吴海很惊讶，便问是怎么一回事？美芹父亲说："陈家那小子，因为收了赃货，又是到盗窃地点去取的，被定成了同案犯，在里头关了一年多。谁知道因祸得福，在号子里认识了苏南的一个大老板，出来之后人家带他开了拆迁公司，头一年就赚了一百多万，拿了钱到扬州钢材市场，开了好几个门面，成了大老板了。"

吴海和美芹都忆起陈学文小时候的事情，这个皮猴子一直是极聪明的，脑子活，又肯吃苦，就是没把精力放在学习上。走上社会后，他那些经常被老师批评的脸皮厚、脾气倔、不撞南墙不回头的缺点反而变成了优点，能屈能伸，百折不挠，正是生意场上需要的品质。吴海又问起苡芊和夏薇，美芹一个个说与他听："夏薇和男朋友分手后，生了个儿子，已经两岁多了，如今在杭州开了家服装设计公司；苡芊通过选调生考试，分在市里一个街道办，现在调到了农业局；张鲁和初中同学许玉凤结了婚，木雕店搬到镇上去了；孟金兰在镇卫生院当了护士，吴溶溶家的小排档已经改成大酒店了……”听着昔日一同长大的同伴们，都顺风顺水地有了自己的归宿，吴海既欣慰，又有些凄惶，仰头饮下一杯酒，却呛得咳嗽起来。

美芹母亲拍拍他的后背，说：“慢点喝，莽酒喝了伤胃呢，婶子去给你盛碗鱼汤。”

席上剩下三人，美芹朝父亲望了一眼，她父亲会意，停下筷子，把嘴里的食物吞咽下去，说：“海子，你回来了可有什么打算？”

吴海摇摇头说：“暂时还没有。”

美芹父亲继续说：“既然还没打算，你看这样行不行，我家有两个鱼塘，北头海沟河边上的养鱼，芦柴湾这边的以养蟹为主。我们一家忙不过来，本来打算请人的，你要是有空就帮三叔忙到年底，到时候给你一成的抽头，怎样？”

吴海本以为美芹家喊他来吃饭，只是礼情上的接风洗尘，没想到颜三叔倒替他打算好了眼下的生计问题。本来不想再接受人家的恩惠的，而眼下的境遇如此，一时也想不到什么更好的出路，只好硬着头皮，接受了颜三叔的好意。

吴海就在颜家蟹塘住了下来，颜三叔手把手地教他怎么用投食机、增氧机，怎么配饲料和药物，吴海家养过螃蟹，对这些还有印象，上手很快，一个礼拜下来，美芹父亲就放心把这一块的事情全部交给了他，老两口搬到海沟河边去了。美芹还是去东郊的食品厂上班，颜家并不差她这点收入，但一个姑娘家整天在鱼塘上忙总是说不过去的，又脏又土，怎么说婆家呢？眼看都 26 岁了，这个年龄在农村里，一般孩子都两三岁了。美芹家的门槛被媒人踏破了，可是她谁也不肯嫁。开始父母不知道缘由，可看她一下班就往吴海家跑，帮着吴海母亲里里外外地忙，便知道女儿的心思了。美芹母亲起初还有些顾忌，毕竟吴海是“进去”过的人，可是眼见着女儿死心塌地地等，也只好由着她了。

吴海回来的时候是四月底，新塘刚下了蟹苗，正是要警醒的时候。他便一步不离地守着，每天测好几次水温，把蟹苗捉来取样量大小，喂了多少食，加了几小时水，都一一做上记录。吴海母亲得了空也过来，在蟹塘周边种上玉米、毛豆、香瓜、南瓜等。每次临走都叮嘱儿子：“颜家对我们有恩，千万别辜负了三叔的嘱托，事事要小心，不能出任何岔子。”吴海答应着，让母亲放心，送她过了河到大舅的门前，转头就回去剐水草了。

人一忙起来，时间就过得特别快。不经意间，吴海在芦柴湾安顿下来已经一个多月了。时近初夏，眼看梅雨季节就快到了，按照以往的经验，鱼塘圩堤都要检查、加固。美芹的父亲不放心，还是到这边来看看。美芹调休，一到家听说父亲要去芦柴湾，也要跟着来。父女俩在屋里没看到吴海，出来围着蟹塘转了一圈，发现所有的堤坝接口都用新土拍得结结实实，圩堤宽处种了瓜秧、豆苗，窄的部位都插了枸杞苗，等过两年长成了宿根，对保持水土很有帮助，美芹父亲心里满意极了。

美芹只要不上班，就往芦柴湾跑。每次来，总要带着一大包吃的、用的东西，有时候还搬来一堆报纸杂志。她知道这种远离人烟的半隐居生活，白天时间好打发，晚上着实无聊得很。吴海爱看书，这些正好给他打发时间。

美芹的心意这么明显，是个傻子都能看出来，吴海岂会不知？但他不敢也不允许自己有什么非分之想，故意对美芹的殷勤视而不见，极力说服自己把她当妹妹看。而美芹呢，也清楚吴海的心理，既怕伤了他的自尊，又不愿乘人之危换取这份感情，强扭的瓜总归是不甜的，先顺其自然吧。不管怎样，至少海子哥在身边了，两人相处也是极其愉悦的，相信总有一天，一切会水到渠成吧。美芹也不急，等就等吧。

填好的岸堤也在等着一年一度的雨季。今年的梅雨来得特别晚，然而雨量却大得惊人。外河的水一尺一尺地涨，颜家的蟹塘经过了加固，暂时没有什么危险。然而雨下下停停，吴海还是不敢掉以轻心，夜里都要起来看好几回。颜三叔也打了电话叮嘱，哪几段比较薄弱，格外要留心些。到了夜里，吴海睡得浅，听到南面有人喊“漏水啦，坝头要塌了”，赶紧起来，披上雨衣，拿了电筒就冲进大雨里。

他深一脚浅一脚地跑过去，发现原来是和邻村交界的一处防洪坝，经过长时间的浸水，已经快要坍塌了，岸上的人用装了泥块的蛇皮袋往河里扔，可是这个速度真是无济于事，扔下去一点影子也没有。有个中年妇女急得哭了起来，这个堤坝一决口，外河的水冲进来，里口几十家的鱼塘蟹塘就全部泡汤了，损失难以计数。十几个人都在想主意，吴海认真观察了一下地形，发现这段河岸是U字形的，只要在上游加一道坝，就能减小压力，大大降低坍塌的风险，可是现在已经岌岌可危了，哪里来得及现造一个坝呢？有人想到了若干年前，北边村子遇到这种险情，把船凿沉了堵缺口的事。大家一听，觉得倒是可行的，可是外河连着外村，这会儿到哪里去找船呢？里口的船倒是有，挡在坝外却没有什么用。最主要的是把里头的船抬到外头去，这样才是最快最保险的。然而十几个人怎能抬得动水泥船呢？到村里喊人已经来不及了。吴海灵机一动，想到了舅舅的“鸭溜子”，他让大伙等着，把雨衣一脱，跳到河里，有人帮着用电筒照着河面，吴海顶着风雨游到了对岸，又向着鸭舍的灯光跑了一阵子，来不及跟舅舅打招呼，划着船就过来了。

众人合力把小船拖上岸，又推到坝那边的河里，把船横在坝的上口，七手八脚地填土，快沉的时候再用蛇皮袋装了土往下压，终于船沉到了河底，吴海站在船上，几个高个子的排成一排，接过岸上的土包，一个个垒起来，再把船两边的缺口也填上。还好防洪的蛇皮袋准备充分，到了天蒙蒙亮的时候，已经建成了一座简易的新坝，高过旧坝一尺多，挡住了上游的水，暂时不会有坍塌的危险了。大家上了岸，洗去脸上的泥水，才辨认出今天救了几十家鱼塘的大功臣，原来是金家庄的吴海。

吴海浸在河水里大半夜，当时只顾抢险，丝毫没在意身上冷。然而却结结实实受了寒凉，回去之后就发起了高烧。美芹父亲来看汛情，见吴海满脸赤红躺在床上，伸手一摸，滚烫。赶紧打电话给吴海母亲，又吩咐美芹买了感冒药，一起送过来。

吴海母亲见儿子生了病，自然是心疼，问是怎么了？吴海说淋了雨，不打紧的。母亲正要怪他不当心，却听到外头有人来找美芹父亲。好几个人涌进了屋，将昨夜的事情说了一遍，把吴海夸得像个英雄似的。美芹熬了一碗姜汤进来，听别人这么夸吴海，心里头别提多高兴了。照顾吴海吃药时，也顾不上别人在场，端着碗就往他嘴边送。隔壁赵家庄的王老板看在眼里，问道："老颜，这个小伙子是你家女婿吧？"

这一问，算是捅开了两人之间的窗户纸。吴海和美芹都臊得满面红霞，美芹低着头不语，吴海却说："王老板别开玩笑了，我是暂时在三叔这边帮忙的，美芹，美芹她是我妹子。"

吴海这句话一出口，美芹的脸上立刻挂不住了。她原以为吴海是明白她的心意的，这段日子以来两个人相处也算融洽，美芹更是觉得自己像是掉进了蜜罐子一般甜蜜，却不曾想，原来吴海只是把她当成妹妹。她拿着空碗出了屋子，躲到厨房里，捂着嘴，压着声音哭了起来。

王老板见状况不妙，忙把话题引到汛情上，几个鱼老板相互发了烟，闲聊了几句就各自散了。

美芹父亲脸上也有些不高兴，他看着两个孩子挺好的，以为一切应该是水到渠成的事情，没想到吴海对美芹却并不是那样的意思。他见女儿跑了出去，知道她心里有多委屈，因此决定把话挑明了说。

他看着吴海，问："你觉得美芹这丫头怎么样？"

"很好。"

"你觉得她找个对象难吗？"

“当然不难。”

“那你知道她为什么 26 岁还没有找婆家吗?”

“不知道。”

“吴海,我们家丫头一直在等你。”

美芹父亲的一句话,把吴海说得愣住了,他真是不知道美芹什么时候开始喜欢自己的,还以为这感觉只是最近朝夕相处才开始产生的。他深知美芹是个好姑娘,正因为如此,自己才更不该有非分之想。他本想装作不知道,等到了年底,把蟹塘交给颜家,自己也调整好了,过了年去外面闯荡,这种感情也就淡了。没想到美芹这些年居然一直在等他,吴海心里百感交集,嗫嚅着说:“三叔,我……”

“我知道你顾忌什么,哪个人没有行差踏错的时候,跌了跟头爬起来就是了。老是在原地打转,自己看不起自己,还怎么让别人瞧得起呢?”美芹父亲话说得有些重,却也是肺腑之言。吴海回来后,怕见人,怕说话,除了卖力干活之外,意志很消沉,一点也不像从前的样子。他看了着急,今天好歹碰到机会说出来,也不讲什么方法了。

活动板房的隔音差,美芹在厨房里句句话都听得分明。等父亲和吴海母亲出去之后,她红着眼睛走到吴海身边,认真地问他:“海子哥,刚才我爸都对你说了,没错,我打小就喜欢你,可是你那么优秀,村里每个人都喜欢你,到了渭水中学还是人人喜欢你,上了高中、大学更是不用说了。我只能把对你的喜欢藏在心里,假装是妹妹对哥哥的感情,因为你将来不知道会在哪里,会遇到怎样的女孩子,我在梦里都知道你不可能会跟我在一起。”美芹看着吴海，抹着眼泪说："直到你出了事，我在难过的同时，心里开始有了一些指望，这三年多来，我没有相过一次亲，没有应允过一个媒人，我等着你，哪怕你回来也不一定会娶我，但我愿意等你。"

"唉，你这个傻丫头，是我配不上你！"吴海听了美芹的一席话，鼻子也酸了，眼圈也红了，心想，我吴海何德何能，能让这么好的女孩如此痴心？

4

两个人相互有意，只要窗户纸捅破，一切发展都是水到渠成的事。进了冬月，两家商量好，吴海和美芹的婚礼定在正月初六。

农村里，很多人家办喜事都选在正月里，因为现在农村青壮年大多数常年在外打工或是做生意，只有春节才会在家，所以大家都爱趁着过年办喜事。婚礼过后，应发小夏薇的邀请，吴海和美芹夫妇到杭州去度蜜月，开开心心玩了十来天。

回来的时候，小两口在村外省道下了车，带着大包小包的行李坐上三轮车回家。忽然看到黑压压的一群人在老荒地砍树，头顶上，许多白色的大鸟哀叫着盘旋。吴海吃了一惊，问开车的老金是怎么回事？老金说："你们不知道吗？村里要把这些水杉木砍了卖钱，这些树太招鸟儿了，吃人家的鱼，砍了也好。"

"谁让砍的呢？"

"金支书呗，他不开口谁敢砍呀？"老金说这些话的时候不以为意，吴海和美芹却觉得震惊又焦急，远处那些轰然倒下的岂止是树，简直是自己的童年和梦想。吴海想不通这些人为什么会做出砍树的决定，但他觉得此刻最该做的事就是设法阻止这场热闹而又荒唐的“伐木运动”。到了家，吴海匆匆跟父母打了招呼，也顾不上多想，就跑到村部去找金支书。到了村部，扑了个空，会计说金支书去镇上开会了。吴海便悻悻然往回走。路上来了一辆摩托车，吴海下意识地让道，那车却停下了，坐在后面的人取下头盔，轻声地叫道：“吴海。”

吴海抬头一看，对面这位文质彬彬的老人家，正是孔先生。

两人都有些喜出望外，孔先生下了车，付了车费，喊吴海到家里坐坐。吴海便跟孔先生往村北走去，他在身后打量，孔先生穿着臃肿的羽绒服，看不出胖瘦，头上戴着十几年前的藏青呢的列宁帽，帽子下面，压着满头的白发。吴海心里估算了一下，自己上小学的时候，孔先生五十出头，这一晃十几年，先生已是年近古稀的老人了。

吴海进了孔家的院子，一眼就看到凌寒怒放的蜡梅，树干已经很壮了，枝条因为勤于修剪并不显得太张扬。其他的花木倒像是疏于管理而旁逸斜出，青砖地面落了一层杂树叶子，显出一种精致的萧条来。这萧条比粗陋的萧条更令人伤感，如同枯萎的花比枯萎的叶子更难看似的。

孔先生开了堂屋的门，吴海搬出两张椅子，放在东墙下的余晖里。孔先生用开水煲烧水，给吴海沏了茶，两个人坐下来细谈。

吴海问：“怎么这房子像是许久没有住了呢？”

孔先生便将家里的情况简单说与他听，孔师娘两年前查出来得了胃癌，这两年大部分时间都留在南京治病，很少再回来。近来师娘病情恶化，医生已经下了最后通牒，让家属接回去好好养着，兴许还有几个月的时间可熬。他这次回来，就是打算先把家里收拾一下，过几天去接师娘回来。

喝了两杯茶，吴海也向孔先生说了自己这些年的情况。家里人在电话里说孔先生为他做的一切，吴海心里自是无比感激。今天正好趁着机会好好跟孔先生道个谢，孔先生却让吴海不必言谢。他说："你们父子都是我的学生，我做这些是理所应当的，换了别人也会如此，更何况，你从小就是我格外看重的孩子。"

孔先生说到"格外看重"这四个字时，瞬间戳中了吴海的痛处，他握紧茶杯，低着头说："唉，我到底辜负了您的期望。"

孔先生说："人生还很长，怎么就说'到底'的话呢？我去年听说你回来，本想找你谈谈，奈何莼郁妈一直病着，脱不得身，今日总算有个机会，让咱俩好好说说话了。"

孔先生说："人一辈子总要经历些磨难曲折才能到头的，就拿我自己说吧，当年倘若没有那场运动，应该也有大好前程可奔，再不济也能在省城当个治病救人的大夫。可偏偏造化弄人，到了这样的境地，就只能走这里的路，做这里的人。从前的事情，想也不能想了。说实话，回头看看总有些遗憾和不甘心，然而转念再想想，现在这样又有什么不好呢？"

吴海点点头，说："我明白，是福是祸，顺境逆境，总要过下去的。"

孔先生面露微笑，说："你是个聪明的孩子，自然会想得通。"他又问，"对了，你看到村口在砍树了吗？"

吴海说:“看到了,二三十年的水杉,就那样被齐根伐掉了,真是可惜。我正准备去问问金支书,没想到遇到了您。”

“真是胡闹,这些人早晚有一天会后悔的!”孔先生愤愤地说,“晚上你跟我去金支书家。”

晚上,吴海和孔先生一起打着手电筒往金支书家走。金家两层的小别墅在一片平房当中显得鹤立鸡群,即便是晚上也因灯火通明而显得格外辉煌。孔先生在门口停下,吴海听到里面有好些人在高声谈笑,便问要不要进去?孔先生说:“既然来了,怎可不进?”

金支书家的客厅里,是一桌刚刚散了的酒席。白天砍树的劳力,由鱼塘老板们请客,在金支书家开伙慰劳。平时村里不管是来客还是办事,都是在金支书家里招待,然后由村财务统一报销,这似乎早已经是个惯例了。这会儿吃饭的人大多已经散去,只剩下两三个心腹醉醺醺地和金支书说话,见到孔先生来,金支书很是吃惊,堆着笑说:“哎哟喂,我的大先生哎,怎么这么晚亲自过来了?吃饭了吗?我让扣英子重炒两个菜。”

那几人也是满脸惊愕,因为孔先生平素不爱与干部们打交道,亲自到金支书门上还是破天荒的第一次。孔先生也与他们打了个招呼,便跟着金支书坐到东房间的沙发上。

吴海也跟了进去,金支书并未认出他,便问孔先生这小伙子是谁?孔先生介绍过后,金支书心里便有些芥蒂,原来他是很中意颜美芹当儿媳的,请了多少人说媒都没用,想不到这丫头竟然嫁给了一个坐过牢的小子。他看吴海的眼光便有些轻蔑,吴海早先听张鲁说过此事，心里有数，因此迎上去的目光，也带着不卑不亢的力道。

孔先生不绕弯子，单刀直入地跟金支书说伐树的事情，金支书解释说：“这些树在鱼塘里太招水鸟了，人家辛辛苦苦养一年的鱼，差不多要被鸟儿吃掉一半，养殖户们的意见很大，所以村委会才决定砍树的。”

孔先生早料到他会有这套说辞，但开摩托车的蔡武在路上已经道破了“伐木运动”的真正原因：金支书的外甥曹桂，在海沟河边上开了一家生产造纸原料的碎木厂，附近几个村子里的大树，已一棵一棵地被伐倒，一船一船地运到厂里去，变成木屑运到外地去做纸浆了。金家庄的水杉林，他眼馋了很久，不断地游说鱼塘老板和他的舅舅，终于做出砍伐的决定。蔡武说那厂子有金支书的股份，像他这么精明的人，怎么会做赔本赚吆喝的事儿？

孔先生说：“即便是村委会的决定，也要合理合法不是？既然这林子是村集体的，总要经过全体村民的同意才能处置，是吧？不要小看了这片林子啊，在生态、水利方面作用可不小呢，环保局、水利局都批准了吗？”

金支书晚上大概喝了不少酒，脸色通红，浑身酒气，听孔先生这么一说，倒是醒了不少。他知道孔先生在村里的威望，比他这个支书可实在多了，而且还有很多朋友和同学是镇里、市里甚至省里的领导，他要是翻了脸，自己还真是得罪不起，便堆着笑说：“先生觉得砍树不妥吗？我也晓得有些人不服气，凡事总不会十全十美嘛，那些得了好处的鱼老板们，年底让他们凑出万把斤鱼，家家都分一些，就没人有意见啦！”

吴海听他这番话着了急，把这林子的生态、文化、经济开发价值等方面的意义跟他分析了一遍，没想到却遭到金支书的一句抢白："你们年轻人只晓得纸上谈兵，哪里了解农村的实际情况！"

这晚的谈话是不欢而散的，金支书赔了许多笑脸，说了一堆客气话，但是第二天水杉林里照样喊着号子上工了。

吴海和孔先生远远地站在河对岸看热闹的伐木现场，那些锯掉的树桩颓唐而又无辜地杵在泥泞的土地上。也许树正在冬眠，等它们春天醒来，发现自己早已身首异处，该情何以堪呢？吴海和孔先生愤怒而无奈，昨天和金支书的交涉无功而返，这个狡诈圆滑的乡村政客深谙人们的心理：只要个人有利可图，没有谁太在意公家的利益。

吴海与孔先生奔走了好几天，终于以官方的力量制止了金家庄的"伐木运动"。看着"老荒地"被砍伐得只剩一半的水杉林，吴海抚摸着那些树桩，伤感地说："唉，好好的林子，只剩下这一半。"

孔先生却安慰他道："幸好阻止及时，还剩下一半呢。"

吴海觉得这段对话很像心灵鸡汤文，恰好是悲观主义和乐观主义最典型的态度。他不由得佩服起孔先生的豁达，笑着说："也是啊，剩下一半总好过一无所有。"

5

开了春，孔先生把师娘从南京接了回来，他们的女儿莼郁也回来了。同来的，还有孔师娘做裁缝时的徒弟沈兰心，她几年前嫁了人，由于不能生养，被夫家欺凌，离了婚，住到娘家去，又被兄嫂厌弃，来看孔师娘时，正好孔家要请个护工，便留下来照顾。孔莼郁虽是留了洋，读过博士，在英国当了外科医生，但打小与兰心住一个房间，彼此之间仍是亲厚，手把手地教了兰心许多照顾病人的知识，又留了几本护理方面的书让她看。兰心十分感激，做事更加尽心尽力。

吴海和美芹也常去看孔师娘，每次不空手，也没买什么贵重补品，常常带两条鱼或是一篮蔬菜。孔先生很喜欢，孔师娘高兴的时候也会吃几口。然而她的饭量终究是一天天少下去，身子也越发虚弱。到了春分的时候，已经完全不能下床了。孔莼郁守着母亲，整夜整夜不睡，兰心要换她，她也不肯，她说："你们睡吧，我反正是睡不着的。"大家都劝她想开些，保重自己的身体，师娘已经病到这个地步，千万别把自己的身子也熬垮了。莼郁点点头，谢过大家的好意，却仍然终日守在母亲身边。

孔师娘终究未能熬过清明，她去世的晚上下了一场大雨，第二天院外的梨树开了满树的花，像是为女主人戴着重孝。

孔家父女在办丧事的过程中，并不显得特别悲痛，没有像别人家那样哭得呼天抢地，而是礼仪周全地迎送着吊唁的宾客。吴海觉得这就是所谓的"哀而不伤"吧，孔家的家财散了，家业败了，可是家教和家风却刻在骨子里。

等到孔师娘的葬礼办完，烧过了头七，孔莼郁便要起身回英国。她请兰心留下来照顾父亲，薪水由她来发。兰心基本上已是无家可归，留在这里相互都有个照应。孔莼郁又请吴海找人给家里建了卫生间，改造下水道，安了热水器、抽水马桶等。孔先生年纪越来越大了，生活条件着实应该改善改善，这样大家也都放心些。

6

国庆节，罗苡芊大学里几个要好的同学到泰州来，在城里玩了两天之后，为了让大家更加尽兴，她打电话给美芹，请美芹的母亲帮她张罗一桌饭菜。美芹说："你就放心吧，我妈的手艺你还不清楚？"

罗苡芊自然是放心的，她带着大家到老街吃了早茶就出发了。沿着兴泰公路，不到一个小时便行至金家庄的村口。他们把车停在公路边，沿着小路鱼贯而下。路两边高的是向日葵，矮的是毛豆，错落有致地延伸到河边。吴海早就撑了船，停在岸边等他们。

罗苡芊老远地叫道："海子哥！"

吴海的脸庞晒得黝黑，见到这么多人，有点不好意思。罗苡芊率先跳上船，把女生一个个先接上来。李宇逞强，一个箭步跳将上来，船晃了一下，惹得女生们一阵尖叫，都骂他是个冒失鬼。吴海把船调整好，让何嘉明和曹曦媛的老公陈思远上来，便缓缓地向河中央撑去。

老荒地的水杉林，虽然只剩下一小半了，但在外头看来，还是很壮观的。其他人大多没见过长在水里的树林，纷纷拿出相机、手机拍照。偶尔有水鸟惊出了草丛，在水面上演"凌波微步"，他们就激动地跟什么似的。罗苡芊和吴海相视而笑，原来咱们从小司空见惯的东西,在别人的眼里是如此神奇。

上了岸,老远就看到渔舍房顶上冒出袅袅炊烟,在秋日的晴空里直上云霄。顾潇说:“哎呀,很久没见过这么美的画面了,简直就是田园诗啊!”

美芹从小厨房里走出来,挺着七个多月的肚子还在忙里忙外。看见苡芊他们来了,笑盈盈地站在葡萄架下等着。

苡芊拉着她进屋,将主人和客人们相互介绍了一番。吴海说:“吃饭了,大家请入席吧。”

桌上早就摆好了酒菜,大号的碗碟里装的都是地道的农家菜。美芹招呼道:“今天只有自家产的鱼虾螃蟹和蔬菜,苡芊不让买菜,希望大家吃得惯呀。”

“已经好得不得了啦!”众人看着桌上的凉拌小菠菜、糖醋白萝卜、水煮花生、小鱼咸菜冻、毛豆萝卜缨、红烧黄鳝、梅菜炖泥鳅、芋头烧鸭子,早就馋涎欲滴了。美芹父亲抱着一大壶酒来说,这是村里的“赛茅台”,埋在梨树下陈了将近十年,酿酒人已经作古,这酒却被岁月沉淀出无比芳醇的味道。一拿上桌,便把大伙儿的酒虫子都勾了出来。不管男女,除了大肚子的美芹,人人都倒上了一杯,感谢美芹父母的热情款待。

这一桌酒席的主题是螃蟹,最后压轴的大菜自然是它。美芹母亲怕螃蟹的奇鲜会让别的菜肴黯然失色,所以只能最后端上来。螃蟹做的菜也有好几道,先是蟹黄炒粉皮,然后是面拖蟹,再是蟹黄豆腐羹,最后一道清蒸螃蟹,个个膏满黄肥,恰到好处。这一桌农家宴让罗苡芊的同学们吃得无比满足。安娜说:“我们海边长大的人，都以为海鲜是天底下最好吃的东西了，没想到河鲜比海鲜还要好吃呀！”

“不只是河鲜，就连蔬菜都比我们平时吃的鲜美多了呢！”顾潇说。

如此的赞美让罗苡芊很受用，心里不禁为自己生在这样一个美好且未过度“开发”的地方而感到庆幸。辞别了美芹一家，把同学们送走之后，罗苡芊用“归去来兮”这个网名在本地门户网站发了一篇题为《秋水河的秋》的网文，并配上刚拍的美食美景图片，趁着兴奋劲发到网上了。

第二天她不经意打开一看，这条帖子尽然火了，这完全出乎罗苡芊的意料，她敏锐地觉得，这对金家庄，对海子哥来说兴许是个机会。便在回帖中说明了具体位置和行车路线，并征得吴海的同意后留下了他的联系方式。

第一个周末，就有好几个人打电话给吴海，预定了与帖子上一样的农家菜，美芹一家忙活了两天，接待了好几拨人。到了第二个周末，预约的人更多，吴海便与村里养鱼的人家商量，把客人安排过去。这些城里人大部分都是自驾游的，大人吃得过瘾，孩子玩得开心，自然是十分满意，回去后在网上留下了更多赞誉。

令人更没有想到的是，这篇帖子被一家知名旅游网站转载了，引起了更多人的兴趣，全国很多地方的人都打电话来咨询，要到金家庄来品尝螃蟹宴，体验农家生活。夏薇也在网上看到了相关报道，打电话问罗苡芊：“这是咱们老家吗？”

罗苡芊说：“是的，没错！”

夏薇说：“天啦，太美好了，给我留几只螃蟹，等到美芹生宝宝我要回去吃!”

到了元旦的时候,美芹分娩了,顺产,生下一个七斤多的女儿。夏薇没有食言,得到消息后在第一时间赶到了人民医院。吴海坐在美芹的床边,手里抱着一个奶油色的襁褓,雪白粉嫩的小女儿正张着嘴巴打呵欠,模样可爱极了。

罗苡芊接过刚刚出生的婴儿,看着她乌黑的头发和清亮的眼睛,突然间百感交集。当初,我们也是这样来到世界上的吧,生命以如此神奇的方式延续着,让人不得不惊叹、感动、满心欢喜。罗苡芊用脸颊贴着孩子的襁褓,像隔着 28 年的时光,拥抱着初生的自己。

大家看着苡芊这么喜欢孩子,便开玩笑说:“赶快找个如意郎君嫁了,自己生一个去!”罗苡芊笑笑,说:“郎君好找,如意的可真难呀! 哪里像美芹和海子哥这样青梅竹马的好呢!”边说着轻轻把孩子放到美芹怀里吃奶,美芹笑着看孩子,而吴海笑着注视着美芹母女,仿佛不必用什么言语,所有的情意用目光就足以表达了。

7

腊月里趁着村里的在外打工、经商的人都陆续回了家,村里三年一度的村委会改选也如期举行了。几乎没有悬念,吴海以高票数当选了村民主任。答案一揭晓,他含着热泪向村、镇领导和乡亲道了谢,然后一路小跑着回家。这不是“中选”之后的春风得意马蹄疾,也不是夙愿达成的喜不自胜,而是精神的“出狱”,心灵的重获自由。他要最先把这个消息告诉妻子美芹。

美芹一早就知道今天是选举的日子，但她并不忐忑，而是莫名地坚信，吴海一定会成功当选。她的自信当然不是没有来由的，这一年来，海子在村里没名没分，什么脏活累活都是他冲在前头干，不管是抗旱排涝、秸秆禁烧的值班，还是厕所改造的现场施工，不管是调解纠纷，还是制止精神病人伤人，不管是帮留守老人收稻打麦，还是背着脑瘫患儿治病买药……吴海所做的一切，父老乡亲们都看在眼里，他们心里头应该是有杆秤的，所以吴海当选，美芹一点儿都不意外。

她放下手里的一叠婴儿衣服，让吴海坐下来，她将丈夫的头抱在自己胸前。吴海的喉咙里呜呜地哽咽着，仿佛这些年所受的委屈一起涌上了心头，一时又疏导不去堵在喉咙口似的。美芹拍拍他的背，说："海子哥，这下好了，这下好了，一切都要好起来了……"

春节之后，金支书从镇里开会回来宣布：渭水镇的新农村建设计划，终于排到了金家庄。这个好消息让全村人都很振奋，几年来，国家对新农村建设的资金、政策扶持力度越来越大，分批、分步地对农村的环境和基础设施进行改造，计划进行到哪个村，哪个村的村容村貌就会在短时间内有较大变化，因此村民们都盼着早日搭上"新农村建设"的顺风车。临近的几个村庄已经做出榜样了，财政出钱，村民出力，齐心将村里的路修好，把路灯装上，晚上走到村里哪个旮旯都不用带手电筒了。家家都将露天茅坑改造成封闭的化粪池，把猪圈、羊圈跟人住的房子隔离开来，到了夏天苍蝇蚊子最起码少了一半。再建了下水道;装上了垃圾箱,下了雨地上再也不会污水横流,河里也不会总是漂着这样那样的生活垃圾了。

“新农村”究竟应该是个什么样子,村民们并不去深究,能有这样的变化大家已经心满意足了。但吴海不得不吃透“新农村”的内涵。他跟金支书要来了会议文件,从网上下载了中央的相关会议精神,认认真真地揣摩“生产发展、生活宽裕、乡风文明、村容整洁、管理民主”这二十个字的总体要求,仔细研读了经济、政治、文化、政权、社会五个方面的具体目标。想了好些天,终于弄明白了:如果这些目标一一实现的话,不就是通常所说的“过上好日子”吗?只不过,这个“好日子”是动态的,是相对的,是与时俱进的,任何时候都有自己的标准和定义。吴海忍不住在脑海里描绘起“好日子”的蓝图来,许多念头在心里如雨后春笋般的生长、铺展、延伸,变成文艺片一样的长镜头,娓娓陈述幸福而又诗意的生活场景。吴海觉得心潮澎湃起来,年少时的理想又在心中复活了,它拍打着胸腔,令人充满激情与信心。

为了支持吴海,罗苡芊回来更勤了,每次还带着不同的人来,旅行社的、摄影协会的、开餐馆的,还有记者、作家、农业专家,等等,也忙得不可开交。好容易,她抽空来看孩子,美芹才能和她说上几句话,拜托她好好帮帮吴海。罗苡芊说,这根本不需要拜托的,吴海的梦想也是她的梦想,她做什么都是分内之事。

颜美芹听了她这席话,本应该高兴,心里却出乎意料有些酸意。她怪自己胡思乱想,怎会无端吃起苡芊的醋呢?

罗苡芊和吴海都没有注意美芹的这点小心事,他们正忙着实施伟大的计划。眼看着天气一天天暖起来了，杨柳树吐出了嫩绿的芽，麦苗渐渐返青，油菜开始拔节，有些向阳坡上的已经迫不及待地绽放了。秋水河的流水不急不缓，泛着波光向海沟河流去，发出哗哗的声响，在吴海听来，这些都是理想在歌唱。

8

三月末，金家庄正式启动了主题为“金色年华”的油菜花节。由于前期在网络上做了不少宣传，又借着市里油菜花节的东风，迎来了不少的游客。花谢之后，村里开了个总结大会，盘点这一季取得的成绩：游客总量过万，总收入达到一百五十多万，参与的每一户都有盈利，最多的一家，因为是新房子，条件比较好，又提供了吃、住、坐船游览的一条龙服务，毛收入达到了四万多元。王家夫妇笑得合不拢嘴，这个数字接近全家一年的收入，简直像天上掉下个大馅儿饼似的。金家庄人从来没想到，司空见惯的油菜花，能成为吸引外地人的风景，在家里也能开饭店和旅馆，开个船在河里兜一圈，轻轻松松就能赚几百块钱。

村民们尝到了甜头，个个都欢欢喜喜。吴海心里也很欣慰，付出这么多心血，总算是有了些回报。但是旅游节期间出现的种种问题也令他不得不做一番思考：第一次办这样的活动，经验不足，准备不充分所引起的混乱和摩擦都是表象，是小事情，硬件设施通过改造也可以改善。如何吸引更多的人来，并且能够住下来才是至关重要的。光靠油菜花招徕游客肯定是不够的，一个月左右的花期实在太短了，而且除了看花，没有其他的活动可参加，大部分的游客当日就会离开，很少有人留下来。花期过了，只能等到秋天“饕餮客”们过来钓鱼、吃螃蟹。漫长的夏天和冬天，只能白白成为“空档期”。如果村里要发展观光休闲农业这条路的话，现有的种植结构就必须做一些规划和调整……这些事情，成天压在吴海的心头，他像一只被装进玻璃瓶子的蜜蜂，明明能感觉到前途一片光明，可是却怎么也找不到出口。

趁着“空档期”，吴海自费到几个著名的乡村旅游地转了转，却突然接到了美芹的电话：“你快点回来吧，孔先生的女儿莼郁姐出事了。”

吴海当即买了车票赶回来，见到孔先生真是大吃一惊。先生原本花白的头发，在短短几天内居然变成雪白，人也瘦得脱了形，歪躺在藤椅上。吴海已经听家里人说了，孔先生的女儿在英国自杀了，虽已料到这件事对老人家打击很大，可是没想到，孔先生整个精神都轰然倒塌了，这与孔老太太、孔师娘去世时他所表现出的哀而不伤完全两样。

兰心哽咽着端过来茶饭，先生只喝了一点水，饭食一口也吃不进去。见吴海来了，他勉强支起身子，从枕头下拿出几页信笺，颤颤地递过来。

吴海知道这必是孔莼郁的遗书，几乎不忍心看，可是又很想弄明白，好好的人，怎么会突然自杀呢？

等他看完孔莼郁的信之后，久久无法言语。以前经常听到抑郁症病人自杀的事情，却不知道他们的内心煎熬至此。他正想着该怎么宽慰孔先生，不料先生却开口了。

"这些天我算是死过一回了。"

"莼郁姐,她也是不得已……"

"这孩子,从小心性太高,我对她的要求也太严苛,早知今日,倒不如做个目不识丁的村妇。唉,我只要她活着,好好活着就行。"

吴海默不作声,递过桌上的毛巾,让孔先生拭去满脸的眼泪。兰心在旁边看着,心里倒松了一口气,流了眼泪就好,开口说话就好,就怕像前几日那样一声不发,心如死灰,让人看着揪心。

吴海回来之后,孔先生像是找到根拐杖,慢慢地站了起来。这两年接连而至的丧妻丧女,让向来儒雅讲究的孔先生一下子老了许多,白发苍苍,形销骨立,看上去就让人联想到风烛残年、油尽灯枯之类的字眼。然而,令人意外的是,就在大家为他的身体和精神担心的时候,孔先生居然和兰心去城里领了结婚证。

这样的事情在乡间是爆炸性的新闻,所有人都无法理解孔先生这么德高望重的人,怎么会做出如此"晚节不保"的举动。一时间,村里流言四起,说什么闲话的人都有。两位当事人却表现得非常坦然,仿佛什么都没发生过一样,仍旧深居简出,安安静静地过自己的日子。有好事者向吴海打听孔先生的情况,吴海说:"有什么好问的呢?孔先生为人怎样我们都是知道的,他这么做必然有他的理由!"

9

2012年春节前夕,吴海代表村委会,正式给漂泊在外的乡亲广发了一封信，邀请他们回来过年。到了腊月底，村里人陆续回来了，显然比往年要多。村口新修的停车场平常觉得宽敞，这时候真是不够用，大大小小的车辆在道路两边挨挨挤挤停了上百米。人一多，村里自然显得热闹喜气。家家户户忙着送灶、掸尘，做各种各样的吃食……蒸馒头、炸肉丸的香气弥散在空气里，嗅一嗅都觉得亲切。人们走在街巷里，遇到的大多是熟悉的面孔，打打招呼，说说笑话，交换交换礼物，每个人都欢天喜地。

初一到初五，金家庄舞龙舞狮，说书唱戏，每天都以不同的方式热闹着，真是年味十足。许多人家趁着过节热闹，把外村的、城里的亲戚们带过来小住，大小宴席连轴转。村里人多，各种需求也就多起来了，商贩们闻风而动，卖水果、卖零食、卖玩具的在村口摆起了小集场，引得孩子们恨不得花光口袋里的压岁钱才罢。老人家们聚在村口大桥上晒太阳，看着来来往往的孩子们，眯着昏花的眼睛分辨：这个闺女是谁家的大孙女，那个小子又是谁家的小二子……说来说去，还是不认识的居多，最后免不得一声叹息：孩子们一茬一茬长大了，我们如何不老呵？

过年期间，金支书带队，集体去拜访那些在外头“混得好”的老板、能人们，跟他们拉家常，谈感情，聊聊金家庄的过去和将来。这些常年在外的人，对老家都很有感情，看到这几年村里的变化，已然非常欣慰。但吴海说：“现在才是刚刚开头，我们还要继续努力，争取把金家庄打造成人间乐土。”

“什么叫作人间乐土呢？”有人问。

吴海从村会计手中接过一卷画，小心地打开来，原来是一张大幅的 3D 效果图，他说：“这是未来的金家庄，按照我们的设想，一步步按照计划来，五年后就能达到图上的效果。”

大家都好奇地凑上来看，这幅图的地形特征的确是金家庄的样子，但周围的环境却与现实相差太多。图的底子上水清天蓝，沿着大路是整齐漂亮的小洋房，掩映在生机盎然的花木里。村庄周围分布着一个个功能区，畜牧、水产、林地、苗木、荷塘、果园，还有拓展基地和烧烤露营区。人们注意到整幅图的名称叫作“秋水农庄规划示意图”，便问：“为什么叫秋水农庄呢？”

吴海答道：“因为我们的目标不仅仅是金家庄，整个秋水河两岸要联动起来，才能形成我们理想中的人间乐土。”

金支书清清嗓子说：“构想是很好的，我们对未来也很有信心，毕竟这几年村里的发展你们都看到了。想要达成这个目标，可是要看大家的了。”

这些老板们跑了多年的江湖，个个心里都有一本明白账，从年前收到邀请信便猜到了村里的意图。大部分人知道现在国家对“三农”很重视，村里的发展势头也不错，便爽快地答应参股；也有些人不想在已有的生意外牵扯太多精力，又抹不开村干部的面子，便象征性地投了两三万元。最后的结果虽未如预想的那样全民参与，但也不算让人失望。总共有八十多人参股，集了六百多万元。

二月初二，龙抬头的好日子，“秋水农庄农业发展股份有限公司”召开了成立大会，吴海被推选为总经理。出人意料的是，担任董事长的，并非出资最多的陈学文，而是仅仅投资十万元的孔先生。这是陈学文提议的，十三位董事一致通过了，他们都认为公司需要吴海这样有想法、有冲劲的领路人，更需要孔先生这样德高望重的掌舵者，老少搭档才更让人踏实、放心。

散了会，接受完众人的祝贺，吴海回到家。卧室的门虚掩着，美芹在橘色的灯光下哄孩子睡觉，听到动静，摆摆手示意他等女儿睡熟了再进来。吴海退到堂屋里，也没有开灯，月光透过窗格子照进来，看上去有些清冷。但他心里却是温暖的，妻儿在灯下等着自己，这是多么令人安心的场景。吴海觉得美芹真是个好妻子，把家里事情都打点好了，孩子也照顾得妥妥帖帖，不要他烦神。不仅是美芹，老丈人也特别好，一直以来对自己无条件地支持，这次更是把多年的积蓄投了进来，给别人做了个很好的表率。还有陈学文和张鲁，罗苡芊和夏薇，这几个发小，个个亲如手足，不但平素里相互关怀，关键时刻更是鼎力相助。吴海念到他们的好，心里越想越感动，不由得生出一股豪情：务必好好干出一番事业，才不愧对大家的期望。

然而，创业艰难，英雄绝非那么好当。正如孔先生所说，3D的蓝图做得再漂亮，不过是一张“乌托邦”的草图，要实现的话，还要付出很多努力。“秋水农庄”挂牌后，吴海变得更忙了。按照公司发展规划，除了继续沿着“休闲旅游”路子走，更要紧的是加快种植业和养殖业的转型升级。他们做了充分的调研，本地的鱼蟹养殖目前看上去很红火，但实际上效益并不高，一方面受气候、市场的影响太大，另一方面对耕地和环境的伤害也是难以估量的。这些问题，吴海在回来之前从未关注过，在农村工作几年之后，整天和农民、土地打交道，自然而然地成了内行。再加上罗苡芊介绍他认识了很多农业方面的专家，边学习边实践，进步很快。现在吴海面对农村的许多问题时，思路与以前相比，完全不可同日而语。

美芹的父亲是养殖业合作社的带头人，他养鱼养蟹超过20年，完全算得上是行家里手。他告诉吴海：“这蟹塘鱼塘，每年用下去很多鱼药和肥料，对土地的破坏是很吓人的。但是种粮食的收益实在是太低了，村民们都觉得不如转给别人家养鱼蟹，一亩地每年妥妥当当收千把块租金，还不影响出门打工或者做生意。村里每年都有几十亩新开的蟹塘，大家看着螃蟹行情好，一窝蜂地搞养殖，哪里会考虑好好的稻田挖掉之后，需要多少年才能恢复呢？万一行情哪天不好了，连个退路都没有，想想真是划不来。”

吴海觉得岳父的话很有道理，可能很多村民也知道将耕地挖成蟹塘不好，但是他们不了解具体原因，也顾不上所谓大局，只管把土地流转出去，拿到现成的租金就心满意足，哪里去管什么土壤和耕作层的变化？吴海他们却不得不对每块土地摸底，去了解每块地的有机质含量以及植物营养物质的动态平衡，去研究解决农药化肥大量使用之后土壤的板结和老化问题……他和金支书、丁会计常常陪着农业部门的人到各块田里调查、取样，有时候孔先生也坚持陪他们出来走走。黄昏的田埂上，夕阳把他们的影子投射在绿色的麦地里，麦子正在拔节，风里仿佛都能听见它们生长的声音。孔先生在田里抓了一把泥土，说：“我们年轻时候只种一季稻，这个时候田都沤在水里，休养一整个冬季。开春之后耕作，泥土的颜色和气味都与现在完全不同。你们看，现在的土都脆了。”孔先生把手里的泥土捏碎，轻轻一扬，都散在风里了。他叹了口气说：“其实土地和人一样，也要休养生息，长时间超负荷运转，又得不到好的养护，怎能不出问题呢？”

农业专家说：“这是个普遍现象，据我们了解其他地方的情况更严重。这些年大家过分追求高产，其实高产并不等于高效，一亩地产一千斤粮食，每斤卖一块钱，和一亩地产五百斤，但是能卖五块钱一斤，你说哪个效益高？”

丁会计说：“当然是五块钱的效益高，但是人工和肥料成本还没算进去呢。”

“所以，高效农业说起来简单，推广起来的困难就在于前期投资大，见效慢，很多地方下不了决心干啊，其实真正做起来还是很有前途的。”

按照设想，秋水农庄的第一个项目，就是建立一个示范性的有机农场，主要用传统方式种植有机大米，这些专家就是村里请过来做前期评估的。经过一系列调查取样，初步的结论就是，村里的空气以及秋水河的水质都没有什么问题，土壤中重金属含量均在国家相关标准之内，只要进行适当的有机化改造，就完全可以申请有机标志认证。这个结论令吴海松了一口气。接下来就是联系相关部门，开始走申报的程序。吴海本想自己去跑这些手续，孔先生却说：“这年头求人办事不易，没有熟人总归劳心费力些，我陪你去省城吧，相信那些老朋友们多少能帮上点忙。”吴海担心孔先生的身体，本想让他在家里联系好了自己去找人家的，但孔先生坚持与他同去，说：“我能帮上忙的事情趁着现在多做点吧，等我出不了力了，以后一切就靠你们了。”这些话，说得吴海心里一阵惊悸，像有什么不祥的预感似的。

有机认证程序需要先申报，农业部门会委托专业的中间机构进行监测与认证，这个过程大约需要两到三年，期间会发准有机认证，产品销售价格会比普通的高些。等正式通过有机认证，就会发放专门的标志，进入市场后竞争力会完全不同。吴海带着孔先生，南京和北京各跑了一趟，总算正式进入了认证程序。吴海心里高兴，身上也不觉得累，而孔先生回来后就病了，又发烧，又咳嗽，在家里煎一些草药服用，别人怎么劝都不肯到医院里去看，连吴海都觉得他有些冥顽不灵。

10

夏薇年后一直没回杭州，在家边做设计，边装修老家的房子，等到竣工的时候，已经快过端午节了。

在装修期间，她神神秘秘地不让吴海他们进门看，到了整个工程结束，家里打扫完毕才将他们请来。

吴海推开厚实的黄杨木门，摩挲着万寿菊的紫铜门环就开始赞叹了，这房子主体格局并未改变，仍是三间坐北朝南的正房加坐西朝东的三间厢房，然而细节上却完全今非昔比了。进了院门，是八根木柱搭成的垂花门廊，几丛爬藤月季都已经开了花，粉的、红的、白的，既各开各的，又相互呼应着向上攀缘。院子的地面，也随孔先生家，用瘦青砖铺就。靠西墙边砌了个矮矮的花台，粗水泥的底子，嵌着光滑但大小、颜色不一的鹅卵石，看上去古朴自然，又俏皮可爱，还有院门西侧的老梨树下、厢房的外墙脚边，全都做了类似的处理。正屋的门窗，装了精致的局部雕花，吴海看得出，除了张鲁，附近谁也不会有这么好的手艺。夏薇说："你们瞧，这透明的门窗上装一点点的雕花，并不影响采光，可是无论太阳光还是月光照进来，地上的影子都显得格外精致，看上去美极了。"

五月初三，端午节小长假的第一天，夏家的车十点钟就到了村里。除了夏薇的父母和弟弟以及儿子笑笑外，还来了一个秀气的小伙子。夏薇介绍说："这是我的好朋友安子川，是五星级的大厨哦。"

到了家，夏薇父亲里里外外视察一圈，总体还是满意的，就是嫌大门不够气派，院子里铺着青砖而不是大理石太寒碜。儿子夏成取笑他："爸，你这是土豪的眼光，我看我姐的设计全都超赞！"

夏薇对着安子川耸耸肩，做了个鬼脸，阿川问："檐下这些陶罐哪里找的？真是漂亮！"

"哈，好看吧，都是从前村里人家腌咸菜和放杂粮的，现在用不上了，我让海子哥找来，种了睡莲，下雨的时候接檐下的雨水，声音很好听呢！"

夏薇带安子川去看厨房，安子川一向挑剔，但进了夏薇的厨房后，还是打心底赞叹了。整个厨房是北欧的风格，中间有个大操作台，实木柜子里刀具锅铲一应俱全。中式、西式、日式和风的餐具各一套，烘焙用的烤箱和模具也是齐全的，调味料从老干妈、豆豉酱到鱼露、芥末、罗勒、迷迭香都分门别类放得整整齐齐。墙上挂着三个水滴状的白瓷缸，养着水培植物，还有一个玻璃胆挂在窗前，里头一条丑丑的小鱼，来回游着，让人想起《小石潭记》里的名句："潭中鱼可百许头，皆若空游无所依。"

阿川这次毫不吝啬对夏薇的夸奖，他赞叹道："这才是理想中的住宅呀，要是你们村里家家都弄成这样，那绝对是人间乐土。"

安子川不常夸人，这样一说，夏薇顿时心花怒放，笑得合不拢嘴。

端午节当天，罗苡芊一早从城里赶回来，给孩子们带了新衣服和水果零食。夏薇和美芹用彩色丝线给妍妍和笑笑做了"长命缕"戴在手上，正往门上插菖蒲和艾草。阿川端过来一盘鸡蛋，奇异的是，每个蛋壳上都有逼真的花草图案，却又不是画上去的，大家问怎么做的，他笑而不语。笑笑和妍妍揭开了谜底，原来是用丝网将真的花草和树叶缚在蛋上，用艾草汤浸了一夜煮成的。

罗苡芊拿了一枚鸡蛋在手心里端详，忽然忆起十几年前的端午，小伙伴们在学校里斗蛋，夏薇因为陈学文的石头蛋磕破额头的情形，一切清晰得仿佛只是昨天的事情。再看看眼前，笑笑已经十岁了，妍妍也有五岁，两个孩子在比谁的蛋壳上花纹更好看，妍妍不小心把蛋滚到地上打碎了，笑笑赶忙把自己的让给她。大家看着这两个小人儿笑，罗苡芊想到自己还单身一人，笑着笑着眼眶就湿了。趁着大家没注意，起身到屋外去了。

到了巷子口，远远地看见吴海和孔先生往这边走。这个端午节夏薇突发奇想，从村里借了一条船，在船上备了炊具和吃食，要带着大家沿着秋水河畅游一番。说是学《论语》中的《侍坐》篇，去体验"莫春者，春服既成，冠者五六人，童子六七人，浴乎沂，风乎舞雩，咏而归”的意境。孔先生听说了，竟也有兴致同往，这让大伙儿格外高兴。

夏薇和阿川把准备好的食物放到螺钿朱漆食盒里去，一一搬上船，把椅子、凳子都放妥当，美芹、苡芊、成蹊、陈学文扶着孔先生，带着笑笑和妍妍鱼贯而下。夏家父母觉得人太多，船上坐不下就不去了。陈学文拔了船桩，吴海撑船，老幼十来人谈笑着出发了。

船上人多，行起来并不快。孔先生稳稳地坐在船舱中的钓鱼椅上，饶有兴致地看两岸的风景。岸边的人在淘米、洗菜、汰衣服，各自忙各自的事情，谁也不特别在意河中的船只往来。妍妍和笑笑更不关心大人们的事情，他们折了柳枝趴在船舷上，在水面划出一个长长的“人”字。

夏薇说：“海子哥，把篙放下吧，让船随着风漂到哪就算哪，我们来喝酒！”

罗苡芊和美芹帮着打开食盒，里头是几样精细小菜，一味坚果碎拌马兰头，一碟水煮玫瑰螺，一盘清炒笋丝，一道龙井河虾仁，再一碟“豌豆翠”。孔先生尝了一口“豌豆翠”，这是摘了新鲜豌豆，煮熟后去壳剥皮，压成泥再用模子做成的，祖母绿一般的颜色，做成梅花形状装在白瓷盘里，看着已是悦目至极。吃到嘴里，更是立刻在舌尖化开，直接遁到味蕾中了。不若酸甜苦辣咸鲜中的任何味道，抽象得如同一种美丽的错觉，可的确又在齿间留下人间草木的清芬。孔先生暗暗称奇，忍不住边吃边点点头。

其他人见状，也来尝这道菜，然而吃到嘴里的感觉却是不尽相同。陈学文说：“这个菜样子挺好看，却一点味儿也没有，安大厨你忘了放作料了吧。"

吴海也建议:"要是沾点白糖也许更好吃。"

美芹说:"这豌豆好新鲜,仔细回味,是清甜的。"

苡芊和美芹意见一致,她说:"新鲜的食材,最好的烹调方式就是尽可能保留其本味。"

夏薇说:"你们俩还算是知味的,那两位简直在暴殄天物。"

安子川笑着给大家倒酒,孔先生说:"这道点心很妙,似有若无,古人说的'餐风饮露',大概就是这样的感觉吧!"

阿川听了一愣,对孔先生作揖道:"先生真是神了,这道菜是我在日本料理大赛中做过的,它所表达的精神就是'空灵'。"

如此一来,阿川便和孔先生亲近了许多,他听夏薇不止一次提到过这位先生,每每赞誉有加,见了之后,果然是不一般的。阿川给孔先生敬酒,孔先生一仰头干了。夏薇说:"您慢点喝,这酒味道虽淡,后劲却很大的。"

阿川问:"这条河叫什么名字呢?"

"秋水河。"

"是秋水伊人的秋水?"

"嗯,就是庄子的秋水。"

孔先生听到罗苡芊这么回答,便问道:"苡芊也读《庄子》吗?"

"是的,床头放着一本,有空就翻翻,半懂不懂的。"

"你们年轻人愿意读一读就已经很好了。"孔先生站起来舒展了一下筋骨,继续问罗苡芊:"你读《庄子》可有什么收获?"

"收获谈不上,就是觉得挺有意思的,其实也没有深读,只看了备受推崇的《逍遥游》与《秋水》。"

“这两篇可谓是《庄子》的精华，近日我也在读，一小段一小段地琢磨，越发觉得其中的文字与思想都令人惊叹。”

“这本书太深奥了，只有您这么有学问的人才能读得懂吧。”

“不，每个不同身份，不同年纪的人读来都会有自己的理解。用心看，自会悟出一番道理。”

陈学文拉上来一条鲫鱼，说：“我们看了也未必懂，不如先生你教教我们呗。”

孔先生说：“这个得自己看书，别人是没法教的，不过，说几个故事你们听听倒是可以。”

“好的好的，先生您讲吧！”

孔先生说：“第一个故事是从秋天黄河发大水开始，河伯见两岸之间烟波浩渺，连牛和马都看不清楚了，就觉得很了不起，扬扬得意起来。待他一路向北，发现北海大到无边无际，水量无论怎样都看不出变化，才知道自己当初的自大是多么可笑。然而海神北海若却说大海虽大，放之天地间，却像一粒米在粮仓里，一根毛在马身上那么微不足道。而天地比起宇宙来，又只能算是沧海一粟。这个故事听着没什么特别的，但逐字逐句悟下来，却是微言大义。我们每个人，每天都要做许多事，有些当时看上去是了不得的大事，过阵子看就会觉得不过如此。一段时间的大事，对于一生来说，也会显得微不足道。一个人的人生，放到社会中看又不觉得特别了。某个时期的社会热点，放到时代的洪流中，又仅仅是个事件而已。而这个时代对于浩瀚历史来说，不过是一粒烟尘罢了……对于事物而言，数量没有穷尽，时间永不停止，得与失难以预料，事物的终结与起始也没有定因。当然，这样的观点看上去有些消极，难免令人心灰，你们一定想问，那么究竟该怎么办呢？答案很简单：顺应天道，但同时也要积极地做好自己该做的事情，明白事物盈亏的道理，顺境逆境自然应该看得开些。

“第二个故事讲的是蛇和风的对话，蛇羡慕风蓬蓬然起于北海而投于南海，日行千里却无迹可寻。风说，我虽日行千里，但人们用手指我，用脚踢我，我丝毫不能拿他们怎样，既不能折断他的手指，又不能吹断他的腿脚。然而，我所到之处，却能够推倒大树，摧毁房舍。所以说，小事情上不必太计较成败，掌握大势就可以了。”

听完孔先生的一番话，罗苡芊长长叹了口气：“宇宙之宽广，时间之无限，人的一生真是如蜉蝣一般，有多少值得计较的呢？如此想来，对我们而言，当下，自我，以及彼此，却比整个宇宙还重要。”

陈学文边钓鱼边摸着头说：“你们说得我都想去做和尚了，这是四大皆空的节奏哇！”

众人乐了，孔先生笑道：“我这一把年纪了，还是改不了好为人师的毛病，你们见笑了。这些都是一孔之见，说着玩罢了。不过，多读书总归是好事情。”

11

过完节，夏薇父母带着孩子们回上海去了，罗苡芊也继续到南京读在职研究生。阿川暂时不走，他被夏薇留在金家庄住段时间，帮吴海研究如何将本地的物产开发成特色佳肴，推到市场上去。

夏薇每天除了做设计，就是陪着吴海和阿川在田间地头转悠。根据“秋水农庄”的规划，很多种植区已经初成气候。有机粮食区正在用有机肥沤田，许多鸟儿飞到水田里梳洗觅食，夏薇见了童心大发，赤着脚在田埂上飞奔，惊起一滩鸥鹭。却又猛然停下来，仔细看脚下，吴海还以为她被什么扎了脚，问道：“怎么了？”

夏薇说：“没事没事，你们看看田埂上的半边莲，开得多好看啊，赤脚走在上面，比踩在高级地毯上还要舒服。”

“我也来赤脚走走。”阿川边脱鞋袜边说，“听说赤脚走在泥地上，可以释放人体生物电，对身体有好处呢。”

三个人便像顽童一样，赤着脚在田埂上走了几圈，果然觉得舒适极了。夏薇说：“海子哥，建议你们把这个也当成一个卖点，让人们返璞归真，亲近自然，相信一定会很受欢迎的。”

吴海不得不佩服夏薇的创意，虽然当时觉得是在开玩笑。到周末有自驾游团队过来玩，吴海试着建议他们带着孩子到田埂上这么走走，谁知那些小朋友和文艺青年们说这样的田间小路美得像童话一般。有个姑娘戴着草帽，走在田间，拍了张背影照发微博，这张名为“陌上花”的照片立刻被大量转发，很多人都觉得很惊艳。

这件事让夏薇自信心爆了棚，一下冒出许多想法来。她建议吴海说：“像我们那日的游船项目也可拓展，最好把船升级一下，要有船篷，最好是木质的，要开窗，窗口挂纱帘，船舱铺芦苇席子。想想看，乘着古意盎然的小木船，随风而行，想停在哪就停哪，喝酒也好，垂钓也好，吹箫弹琴也好，想必一定美极了。”

“美是美，只恐怕曲高和寡。”

“美的事物，总会有人喜欢的，你们不必担心这个，只要做好服务和安全保障工作就好。”

“有道理，但我们近期要在水上森林里建些度假小木屋，你可有什么建议？”

“有啊，不瞒你说，我早就想过要在那里建一幢别墅，奈何政策不允许，你们建木屋这种临时性房屋倒是可行的。我都想好了，游船那个项目叫‘逍遥游’，木屋叫‘林中仙’。不要跟风国内低端产品，要学习马尔代夫，越梦幻越童话越好，人们在现实里待腻味了，谁不想逃到一个童话般的世界里减减压，水上森林就具备这样的自然条件。至于房子怎么造，那就得请专家设计了。”

美芹听了夏薇的点子，摸着她的脑门说：“天啦，你这些主意是从哪里冒出来的？”

夏薇说：“这也许就是所谓的梦想吧，它们早就存在于脑海里了，只是近日好好梳理了一番。对了，美芹，你们家园艺场也是有好多文章可做的。你看呀，那些桃树林、梨树林，每年应该会有很多的落花吧，把那些落花收集起来，加上消过毒的土做成花泥，建几个大池子，给人家玩泥浆浴，一定很有意思。”

“这个，这个也太前卫了吧，谁愿意把自己弄得满身泥浆呀？”

“我这不是提建议嘛，要不要实施可是你们自己决定哦！”

“以后再说吧，现在接待到园子里拍照和采摘的人还忙不过来呢。”

阿川是务实派，拿回当地产的各种食材，尝试着做一系列的菜肴和小吃。“秋水农庄”的领导们，尝过司空见惯的食材做出的全然不同的食物后，都对阿川佩服至极。阿川却说："并非我手艺有多精湛，而是这些水产、蔬菜等足够新鲜才能有这么好的味道。其实大饭店的厨师，基本上都有这样的本事。所以，我们现在要做的就是将食材从产地到餐桌的距离尽量缩短。现在物流这么发达，完全可以越过许多中间环节，直接与饭店挂钩。我工作过的酒店，有很多就是这样操作的。"阿川拿起一支白莲藕，说："当然，说起来容易，开拓市场却是不容易的。除了这条路，我们还可以尝试产品深加工。比如说这段藕，它的市场价大约是 2 元一斤，但把它做成净菜可以卖到 3 元，如果做成真空包装的桂花糖藕，至少能卖到 6 元，这里面的利润是不是要高得多呢？"

"是啊，做成成品或是半成品之后，保质期也会长一点，运输起来也方便。"

"何止呢？荷花、莲蓬甚至荷叶都能卖钱呢。"

"我们平常吃的瓜干、萝卜干、咸菜干在城里超市价钱都不低，味道远不及家常做的。"

"嗯，我们成立个食品加工厂肯定是没问题的！"

吴海听着公司股东们七嘴八舌地讨论，拿着本子默默记下大家的意见。食品加工厂的项目基本上能定下来了，他提议请阿川当技术顾问，还没等阿川开口，夏薇就抢着替他答应了。

12

"秋水农庄"的各个项目纷纷上了马，管理上难免出现许多乱象。吴海觉得，要管理好公司，光靠村里的班底是不行的。和孔先生、金支书沟通了之后，到人才市场招聘了一批大学生过来，分到各个部门，磨合了半年，慢慢步入良性的运转轨道，吴海终于松了口气。

周末晚饭后，吴海正打算陪妍妍做手工，兰心火急火燎地跑过来，说是孔先生咳血了。吴海赶紧开车将孔先生送到了泰州医院，罗苡芊一家子也赶过来了，罗永林找了相熟的医生来诊治，那位医生认真做了检查之后，示意罗永林借一步说话。孔先生却微笑着说："不用避着我，我知道自己的病，是肺癌吧！"

医生吃了一惊，还很少见到这么淡定的患者，看了罗永林一眼，问："罗局长，这位大爷是您的？"

"我和我女儿的启蒙老师。"

"哦，大爷看上去就是个有文化的人。"

"这个病可不管有没有文化，都是要生的。张大夫您不用讳言，直接告诉实情即可，我早就有心理准备了。"

"大爷抽烟吗？"

"基本上没抽过。"

"经常接触二手烟吗？"

"没有。"

"那就与教师的职业有关了，以前的粉笔灰可能对肺部有些影响。"张医生说，"从检查结果看，确实是肺癌，而且已经到了晚期。"

医生的话音刚落，兰心就开始哭泣，孔先生反而安慰起她来。

其他人听了医生的话，也都很难过，吴海问："医生，有没有什么治疗方案？"

医生说："像这样的情况，有些患者会选择化疗，也有些选择保守治疗，我们会分析您的具体情况，然后给出建议，今天先在医院住下吧。"

孔先生安顿下来后，吴海和苡芊站在病房的走廊尽头，两个人都不说话，默默地看着窗外鳞次栉比的房顶。兰心打开病房门出来，招手让他们进去。

孔先生说："孩子们，坐过来吧，我想和你们说说话。"

苡芊在对面的病床上坐下，吴海给孔先生加了个枕头。孔先生说："其实那天在船上，我还有个故事要说的，传说遥远的姑射山上居住着一位神人，肌肤若冰雪，卓然若处子，不食五谷，餐风饮露，乘云气驾飞龙，遨游于四海之外。他神情专注，能使世上万物不受病害，人间年年五谷丰登。我年轻的时候读到这个故事，觉得很疑惑，为什么连《庄子》都认为尧舜皆不可与之相比呢？现在年岁渐长，总算明白了，管理万物和治理天下并不是最重要的，使物不疵疠而年谷熟才是大境界。神人自是无法比拟，但人来这世上一遭，能够无愧自己，造福他人也就算没有白活了。吴海呀，你们做的事情不管是大是小，只要坚信是造福家乡，对他人有好处的，就一定要坚持下去。"

孔先生喝了一口兰心递过来的温水，接着说："苡芊，你是这些孩子里最稳重懂事的，你有今天的成绩我非常欣慰。只是呢，这太过思前想后的性子，容易让心累，有时候不必面面都做得好，退上一步半步，也许会更好些呢。"

罗苡芊点点头，她感觉孔先生今天说话像是在交代遗言似的，心里非常难过，眼泪在眼眶里打转，又不敢落下来，生生地收了回去。

孔先生咳嗽了一阵，勉强笑着说："说句你不中听的话可以吗？"

苡芊说："您说什么都行。"

孔先生说："自从你莼郁姐走了之后，我一直在想，女孩子家，也许真不该去争什么功名做什么学问，好好地找个人嫁了，过相夫教子的小日子才是最好的。这种观点可能很不合时宜，但我真心实意希望你找个好婆家。"

罗苡芊还是忍不住哭出声来了，她擦着眼泪说："先生，你放心，我一定会带那个人给您看的。"

孔先生和吴海都认为罗苡芊只是表个决心而已，没有想到，几天之后，罗苡芊就真的带了个男孩到孔先生的病房里，而且，还是个外国人。

罗苡芊介绍说："这位是彼得，这位是孔先生，你们就说中文吧，彼得听得懂。"

罗苡芊带着彼得见孔先生，只待了不到一小时，回去后立刻接到了夏薇和美芹的电话。

"天啦，你怎么找了个外国人？"

"因为我找不到中国人。"

"你们怎么认识的？"

"孩子没娘，说来话长……"

"快点说，快点说，别卖关子，真是急死人了！"

罗苡芊便在电话里讲述了她和彼得的"奇遇"，她在南京读研期间，有一天晚上从教学楼下来，电梯突然出了故障，只有他们两个人，彼得在最快的时间内按下所有的楼层，然后教她背贴电梯内壁，双膝弯曲，做好预防坠地的准备。最后当然是虚惊一场，电梯顺利停在了某一层。当时罗苡芊只觉得这个外国男孩很热情很愿意帮助人，并没有其他想法。脱险之后，出于礼貌互留了电话号码，没想到彼得竟穷追不舍地找到她单位去了，说那次电梯奇遇是上帝的安排，不由分说就展开了热烈的追求……

“哈哈，苡芊，真不知道那个外国人是用什么样的手段将你这座冰山给融化了。”

“我不是冰山，只是遇到了对的人。”

苡芊这句话说完，夏薇的心里震颤了一下，泪水就漫出了眼眶。她是真的替苡芊高兴，她想，遇上对的人，是多么幸运的一件事。

13

圣诞节罗苡芊陪彼得去了澳大利亚，罗永林夫妇觉得家里空荡荡的，便决定回老家过年。

到了村里，果然是一派喜气热闹的景象。家里安顿好后，罗永林叫来吴海一起去看孔先生。

孔先生从医院回到家，每天吃了药便写写字，抄抄经，看上去悠然自得，身体却终究一日不如一日了。入冬后，天气一冷，更是咳嗽得厉害，有时候痰里还带着血，怕兰心见了难过，总是藏起来扔掉。兰心知道他的心意，明明晓得了，却装作不知道。

他们走到门口，听到院子里头有人大声嚷嚷，原来是孔师娘的侄儿潘强，此人是远近闻名的赌徒，从小就不学好，净干些偷鸡摸狗的勾当，因为欠了赌债被人打断一条腿，在监狱里关了五六年，最近刚刚放出来。这个时候上门，肯定没什么好事。

果不其然，他是来借钱的，并且开口就是十万。孔先生说："前些年，你也借过几十趟了，我一个行将就木的人，哪来这么多钱呢？"

潘强说："姑父，你别糊弄我，你们村里的项目搞得这么大，你当了董事长，能缺这两个钱？听人家说，一年分红都有几十万呢。如今我姑妈和表姐都不在了，你们孔家也没什么亲戚，你有那么多钱留给谁呢？难道给这个女人？"

孔先生气得发抖，指着潘强说："留给谁也不会留给你，你给我出去！"

在场的人见孔先生动了怒，赶紧拦着潘强，将他往庭院里推。潘强嚷道："你们不要推我啊，我一个残疾人，谁把我弄伤了，我就到谁家过年去！"

兰心从厨房里出来，手上拿着一叠钱，说："你姑父身体不好，这里有三千块钱，你先拿着回家过年吧！"

潘强一抬手，把这些钱打到空中，粉红的票子撒了一地，他瞪着眼睛说："你当打发叫花子呢？你这个狐狸精，没准我姑妈在世的时候，你就和老头子搭上了，你们就是一对奸夫淫妇！"

兰心又羞又恼，哭着冲进屋内去了。邻居家的妇女们正准备进去劝劝她，却见兰心又冲了出来，手里拿着一本旧病历，扔到潘强脸上，说："你看看，我怎么勾搭孔先生了?!"

孔先生见兰心此举，重重地叹了一口气，说："唉，你又何必……”

潘强将病历打开，旁边的人也凑过去看，这一下大家都惊呆了，原来兰心竟是传说中的“石女”。那些眼神再对着兰心时，便如同目睹一个怪物了。

兰心早知道会有这样的结果，却坚定地看着孔先生，让他不要为自己担心。

吴海也被惊呆了，原以为孔先生和兰心结婚只是为了相互有个依靠，未曾想到竟有这样的隐情，孔先生不惜背上晚节不保的名声，原来是想给兰心留一个相对安稳的后半生。

众人连哄带吓将潘强赶了出去，却不知道如何来安慰孔先生和兰心，一个个小心翼翼告辞回去了。

经过潘强这一闹，孔先生的病情更加严重，过了正月，便起不得床了。他将吴海、金支书，还有“秋水农庄”的一些主要领导都请过来，交代了些要紧的事情，将兰心托给大家照顾，便不再见外客了。那潘强过来闹了几趟，吴海请来派出所和司法所的人，明确告诉他，孔家的财产，他一分也继承不到，如果再闹，只能由警察来管。潘强从此便死了心，不敢再来骚扰。

三月初三，久雨初晴，太阳终于露了脸。孔先生说想到院里晒晒太阳，兰心便叫来吴海，将他抱到门口的藤椅上。孔先生头靠着椅背，看到院子里的山茶长出了许多花苞，便说：“这株茶花还是我母亲栽的呢，年年都开花，真好啊！”

吴海说：“是啊，这些花草和我们小时候见的一样，从来都没变过。”

孔先生浅笑：“人却年年都不一样。”

兰心见他们俩闲谈着，孔先生今天的精神也好，就到厨房给他们煮碗红豆蜜枣汤喝，她正在盛汤的时候，却听见吴海在院子里大声喊："孔先生，孔先生……"

兰心心里一紧，当即明白发生了什么，轻轻地放下碗勺，眼泪纷纷掉落。

14

公司出面为孔先生治丧，主动来吊唁的人远远超过了预期，纸钱堆了一院子，花圈排了几条街。孔先生没有了儿女，却有上百个学生为他披麻戴孝。遗体火化之后，按照先生的遗愿，再举行个仪式，将骨灰撒入秋水河中。

兰心、吴海、陈学文、张鲁、颜美芹、罗苡芊、夏薇，还有其他十几个与孔先生亲近的人，登上了停在院东码头边的船，共同送先生最后一程。

吴海捧着骨灰盒，兰心一把一把地将骨灰和鲜花撒进河里。那些五颜六色的花瓣漂在水面上，荡漾着，像一条绮丽的路，慢慢伸向远方。

太阳即将落山，西天堆满了红霞，将秋水河映得一半明亮一半暗淡。

罗苡芊擦干眼泪，看到船上的人都沉默着，若有所思地看着河面或是远处。她顺着吴海的目光，看到岸边有一块秋水农庄的项目规划牌，依稀辨出"童梦乐园"四个字，她听说，这里将要建一个大型的亲子游基地，里面有许多项目能让人找到童年的感觉。

金家庄和其他几个村子的人，不断扩大着“秋水农庄”的规模，信心满满地准备将那些规划一一变为现实。罗苡芊很期待这些变化，只是有些遗憾自己以后再也帮不上忙了。她到彼得家住了三个月，每天和他的家人一起干活、娱乐，过着接近农耕时代的简单生活，而她却感觉到从未有过的快乐与充实。她承认自己一半为了爱情，一半为了自己想要的生活方式而放弃了从前所追求的一切，她决定随彼得去他的故乡生活。罗苡芊看着满天盛开的油菜花，看着秋水河两岸旁逸斜出的梨树和桃树，它们都兀自开自己的花，结自己的果实，从不管这世界如何改变，也不管身边谁来了，谁又走了。草木还是草木，流水还是流水，因为从不说话，反而永远是最有情义的，在最不舍的事物中，总有它们。

罗苡芊听到夏薇在对着河水叹息：“子在川上曰：‘逝者如斯乎，不舍昼夜。’唉，时间过得多快啊，好像昨天我们还是小孩子呢。”

美芹说：“是啊，一眨眼，我们就已经长大了，我们的孩子们也在长大。明天不知道会是什么样子，想必一定会比现在更好吧！”

阿尔瓦罗式生活

1

抵达玉兔湖的时候，太阳已经快落山了。何云溪坐在观光车上，看着硕大的金饼缓缓沉入炽烈的火焰中，融化开来，倾流于湖面，将天空与湖水铸成一个瑰丽的世界。

女导游坐在前排，侧过身体熟练地介绍："我们景区距离月城二十五公里，从上空俯瞰湖面宛如一只卧着的兔子，因此得名玉兔湖。何女士您看，明月山庄就在两只兔耳朵中间的半岛上……"

何云溪顺着她的手向湖面看去，此刻天色将黑未黑，彼岸的灯火已然亮起来了，倒映在开阔的水面上，也如西天的云彩一般奇幻。

"真是好地方呀。"何云溪不禁赞叹。

"可不是嘛，专家说我们这儿是月城的肺呢。"女导游自豪地答道，"您看我们一路上经过的地方，两边都是杏花林，再远些是池杉，那些树生长在水里，上面栖息着无数的鸟儿，您听听，到处都是鸟叫声。”

何云溪不仅听到了密密匝匝的鸟叫声，还看到了白色的大鸟在树顶盘旋，边飞边鸣，彼此召唤，交相唱和，制造出俗世之外的热闹，潮水一样排空而来，将春天一股脑儿推到眼前。

何云溪深吸了一口暖湿的空气，正想着该用什么样的诗句来形容此番情景，手机却不合时宜地响了。接通后，那头是马雪脆甜的声音：“小白云飘到哪了？要不要我们到门口去迎你？”

“不用不用，就快到了，已经看到酒店了。”

观光车在忽明忽暗的林间开了一会儿，驶到开阔的大路上，再绕过长满郁金香的小广场，就到“明月山庄”门前了。何云溪刚才听导游说，这地方以前是高档私人会所，近两年严查之后，生意难做，便由旅游经纪公司和景区一起打包经营了。曲彩萍算是股东之一，所以经常邀朋友来聚会。

导游下了车，帮何云溪把行李拿到前台，交给服务生，说是曲总的朋友，叮嘱他们好好招待。接待的员工点点头，笑容更加明媚，殷勤地帮何云溪把行李送到房间，再带她去吃饭的地方。何云溪心想，这都是因为曲彩萍的面子呀，她果真是今非昔比了。

2

包房的门被推开，马雪和柳鹂正倚在美人榻上喝茶说话，看见何云溪，马雪鲤鱼打挺一般跃起来，上前又是拥抱又是蹦跳。笑闹过后，才想起让何云溪脱下风衣，挂在酸枝木的衣帽架上。服务员在身后递过来一只竹编的小篮子，何云溪说：“看看我给你们带什么了?”

马雪将竹篮盖打开,惊呼:“天啦,这些都是你做的吗?也太美了吧!”

柳鹂也凑过来,打开看,篮子分了两层,一层是蛋黄酥、凤梨酥、荷花酥等中式点心,另一层是黄油曲奇、天鹅泡芙、马卡龙等西式点心,样样都玲珑精致,如同艺术品。难得的是,颠簸了两百多公里,竟一个都没碰坏。

马雪迫不及待地要拈一只泡芙吃。柳鹂拦着她,说要先拍张照馋一馋彩萍才行,谁叫她这个东道主到现在还不出现呢?云溪却让她们尽管吃,说每人另外还有一份。柳鹂也拿出一个小巧的盒子,说:“前阵子去武夷山,刚好带了些星村小种,我也不知道好不好,但红茶配点心应该算是相宜的。”

“你们都很风雅,就我一个粗人,只带了牛肉干,放在房间里呢,走的时候给你们带上。”不开口时白白胖胖的马雪像个南方人,可一说话还是直来直去的北方性子。

“还记得我们上学那会儿吗?每次假期结束,大家都这样分享好吃的,这一晃都二十年啦。”

“可不是嘛,除了上次班级聚会,我们四个人再也没有聚齐过,还是彩萍有心,安排了这么好的地方。”

“哎呀,小白云你知道吗?彩萍把名字改啦,看,人家现在叫曲采蘋。”

马雪嘴里塞着点心,递过来一张考究的名片。何云溪看到曲采蘋名字后面的头衔:玉兔湖旅游开发有限公司副总经理。笑着说:“我们几个,现在混得最好的是人家彩萍。”

“彩萍上学时就很能混，花蝴蝶一样，飞到东飞到西的，不管是学生会还是各个社团，哪里都有小苍蝇围着她转。”

“是啊，彩萍可能耐了，简直神通广大。”

“奇怪呢，她长得也不算特别漂亮，怎么就有这么大本事？”

“这叫善于运用女性魅力，她要生在古代，不是甄嬛就是武则天，反正是能活到大结局的那种赢家。”

“以她的本事，生在什么时代都不会差，看人家现在照样活得风光。”

“真像表面那么风光吗？我可听说她以前在旅行社为了拉单子，经常陪人家吃喝旅游，还陪什么就不知道了。总之，真豁得出去呢。”

“道听途说，不至于的，彩萍不是那样的人。”

“怎么不是了？上学时围在她身边的男生那么多，过节过生日收的礼物快把宿舍堆满了，可没见她承认过谁是正牌男朋友。因为一旦目标确定，那些小苍蝇们就一哄而散了，谁还成天给她送礼物？”

“就是，大一、大二的时候她好像还申请过特困补助，后来，不仅摘掉了特困生帽子，穿着打扮简直比模特班的还洋气。”

“她后来不是在外面兼了好几份家教吗？也许家里的情况也好一点了，哪个年轻女孩不爱漂亮的？”

“谁知道呢，她有什么都藏着掖着不跟我们说，同学四年，我们连家里有几个老鼠洞都交流过，可谁清楚彩萍家里的情况？”

“每个人性格不同，人家不愿意说就不说呗，又不是什么错。多想想她的好处嘛。柳鹂你不记得每次考试都是人家帮咱们找提纲了？还有马雪，你哪次回家彩萍不托人帮你买火车票？”

“难怪彩萍和你最亲，你总像老母鸡一样护着她。”

“一个房间里住了四年，哪有什么亲疏远近？不要瞎想，彩萍也是不容易……”

“你以为我们容易呀？大小姐，成年人的世界，哪里有容易两个字？”

马雪这句话明明是一句烂俗的网络语，可一说出，还是让大家都沉默了。何云溪轻叹了一口气，低下头捧着茶杯啜饮。柳鹂垂下厚重的睫毛，用牙齿轻轻啮咬曲奇上的杏仁片。马雪像是自言自语地问：“彩萍怎么还没到？”

3

曲采蘋原本并没有打算偷听她们的谈话。下午刚送走一批考察的客商，匆匆换好衣服，补了妆，准备过来与她们汇合。走到楼梯口，恰巧看见何云溪进了包房，忽然心血来潮，好奇自己不在场时她们会说些什么，便闪进隔壁包间去了。

她坐在靠墙的沙发上，房子并不很隔音，只要屏气凝神，隔壁一字一句都会落进耳朵里。她静静地听了半天，忽然觉得小指尖疼得慌，低头一看，新做的水晶指甲不知什么时候抓断了。她皱了一下眉头，清理掉指甲上的血迹，静静地坐了几分钟，然后站起身，整理一下衣裙和表情，若无其事地往隔壁去。

“我来晚了，不曾迎接远客。”

曲采蘋用惟妙惟肖的王熙凤式语调开了场，房间内一下子热闹了。三人纷纷起身，马雪说:“做东的还迟到，该罚酒三杯。”

“认罚认罚，今天咱们喝个痛快。”曲采蘋把外套脱下来挂到架子上，包也挂了上去。

四个人相互嬉闹吹捧一番，终于坐下来吃饭。这包房是个套间，一间喝茶打牌，另一间才是吃饭的地方。空间不大，桌子也不大，但装修很清雅，墙上挂着不知道什么人的花鸟画，品相很是不错。最妙的是南面有个大窗子，临着湖，三两根新绿的柳丝垂在窗外，月亮又升起来了，正是“月上柳梢头”的意境。

整个房间因这窗子变得诗情画意起来。曲采蘋问大家要喝什么酒？柳鹂说:“你有什么酒?”曲采蘋答曰:“什么酒都有。”

她们绕口令似的只顾说笑，何云溪看看桌上的菜，多是鱼虾野菜之类的，便提议先喝白葡萄酒。曲采蘋说:“还是云溪最懂生活，什么酒配什么菜，还是她教我的呢。”

“那是，咱们云溪是名门闺秀，咱们见都没见过的，人家上小学时就当日用品了。”

“哪有那么夸张？你们这么能吹捧真该开广告公司。”何云溪的脸红了，露出少女般的娇羞。

“云溪真是命好，我有时候真是嫉妒你会投胎，爸爸是著名画家，妈妈是著名医生，哥哥身居高位，最要紧的是一家子把你当成手心里的宝贝疙瘩，还嫁了个优秀的老公，生了个聪明的儿子，你说说看，这世界上的好处，是不是都被你占了?”

“哎呀彩萍，你一个职场精英，拿我这个家庭主妇开涮，有意思吗?”

“你这样的家庭主妇是多少人的梦想啊，住着大别墅，每天插花、画画、读书、玩烘焙，还有保姆伺候着，简直是所有女人梦寐以求的生活。”

“我倒是恨不得回去当老师呢，当初要不是身体不好，我哪会辞职闲在家里？”

“我们毕业后真正当老师的就只有你一个，而现在一个都没了，说来也很遗憾呀。”

“遗憾什么呀，人生遗憾的事情多了去了，来来来，喝酒！”

明月山庄的菜做得不错，湖里现捕的新鲜鱼虾，园子里刚采的芦笋、枸杞芽、马兰头，虽简单烹饪，但滋味鲜美至极。曲采蘋准备的酒也齐全，葡萄酒、清酒、梅子酒几样都喝了一些，四个女人都已经醺醺然了。

马雪说：“不行不行，我晕乎了，真如俗话说的，东北虎，西北狼，喝不过江南小绵羊。”

曲采蘋看了看大家的状态，说：“现在回房间还早，要不我们沿着湖边散个酒？”

这个提议得到了一致赞同，于是几人穿上外套，说说笑笑地往外走。

4

孟春的风已经很柔软了，即便从湖面上吹来的，也不扎脸，反而带着一股水草和鱼类的荷尔蒙气息，毛乎乎的有些撩人。四个喝了酒的女人，牵牵扯扯地沿着湖边走，走着走着，腰肢就和杨柳一样软了起来，扭着屁股，说话浪声浪气。何云溪笑得喘不过气来,提醒鬓边插大红山茶花的马雪,仔细别摔到湖里去。马雪不领情,说:“掉湖里我就脱光了裸泳,怕什么呀!”

柳鹂一本正经地吓唬她:“现在是湖里鱼交配的季节,当心裸泳的时候,鱼卵游到你肚子里,生条美人鱼出来!”

“呸,你怎么不说湖里有龙王,半夜会化作帅哥来与我共度良宵……”

“你这个花痴……”

正当四人肆无忌惮笑到肚皮抽筋时,远处的湖面上,忽然传来了袅袅的琴声。何云溪“嘘”了一下,四人停止了嬉笑,竖起耳朵分辨这琴声来自何处?

静下来,风声、水声、虫声就都浮出来了,但琴声更加脉络分明。何云溪听出来是《幽兰操》的调子,曲采蘋猜测声音是从兔耳朵对面的观景台传来的。不管懂不懂行,大家都听出这曲子悠扬美妙,隔着水,又多了些空灵的味道,便很好奇抚琴者是个怎样的人。

“我们怎么才能到那边?”

“得先回到酒店,再从那边的栈道绕过去,有点儿远。”

“远怕什么?你们就不想知道这琴声的出处吗?”

“对呀,反正今天酒壮尿人胆,就去看看呗。”

见大家兴致都很高,曲采蘋便脱下高跟鞋,提在手里说:“豁出去了,哀家不顾形象陪你们去。”

借着酒劲,女人们疯疯癫癫地要去找隔水抚琴的人。一路上不停猜测,那人究竟是男是女?是美是丑?是仙风道骨的老头,还是白衣飘飘的姑娘?四人争来争去,还打了赌,等到了对岸,谜底揭晓了，却没一个猜中。

抚琴者不老不小，是个谈不上帅气也不能算难看的中年男人。他在偏僻空旷的地方练琴，完全没有想到会有人突然出现在身后。见到几个嘻嘻哈哈、满身酒气的女人，真是吓了一跳。

曲彩蘋听说前几日有家琴社在这里办过雅集，便上前问了几句，果然此人是来参加雅集的，名字叫罗羽生。觉得玉兔湖清净，便留下来多住了两日。何云溪问："您刚才弹的是《幽兰操》吗？"

罗羽生有些意外，因为这曲子不像《高山流水》《平沙落雁》《渔樵问答》那样广为人知，听出来的也算是个知音了，便站起身来，作了个揖。问："是的，您也是琴友吗？"

"不不，我只是喜欢听听古琴曲子罢了。您继续吧，我们在旁边欣赏。"

这两人的对话引得柳鹂和马雪在旁边哧哧发笑，曲采蘋忽然变得端庄起来，悄悄地把高跟鞋穿上，倚在栏杆边看热闹。

罗羽生又弹了几首曲子，何云溪借着酒劲，也试着拨了几下弦，不知道是紧张还是不熟练，琴声又慌又乱。何云溪在黑暗里红了脸，借口说风大天冷，匆匆和罗羽生道别，招呼姐妹们回去了。

回到酒店，曲彩蘋住到了何云溪的房间，那两人住在隔壁。何云溪先洗完澡，换了丝绸睡衣出来，懒懒地躺在沙发上敷面膜。曲采蘋悄悄看她，不由得一阵羡慕：这女人即便躺着，乳房还是尖尖地挺在睡衣下，一点儿不像这个年纪的女人。

她进了浴室，脱去衣服，站到镜子前，反复打量自己的身体。胸勉强还算圆润的，当初为了防止变形，没给儿子喂过一口奶。

小腹也是平坦的，两侧还有隐隐的“马甲线”，这是游泳池和健身房流了无数汗水的成果。而脸上就有些不如人意了，眼睑和嘴角用了多少高级化妆品，终究都敌不过地球引力，再负隅顽抗也日渐松弛，隐隐露出中年女人的颓败。这两年，她越发畏惧“衰老”这两个字，甚至有时半夜因梦见自己鸡皮鹤发的样子而惊醒，心慌意乱地跑到厨房，从冰箱里拿出一支昂贵的胶原蛋白液服下，可心里还像惊弓之鸟一样震颤不已。她双手交叉着抱紧自己的身体，忽然觉得孤单又悲伤：人家有父母兄长，我有什么呢？除了这副皮囊，真是无所依靠啊！

曲采蘋觉得晚上喝下去的酒，此刻在胃里形成一片大海，巨浪滔滔，翻滚不止。她嘴里和眼里都变得苦涩无比，一分钟都不能忍受，便迅速把手洗干净，熟练地伸到喉咙里去抠，然后趴在马桶边上，大口大口地吐出来。

吐完了，她起身看着镜子里糊了睫毛膏的自己，眼圈乌黑，简直像个鬼。曲采蘋苦笑，可不就活得像个鬼吗？诚如她们说的，过去在旅行社当导游，不知道参加过多少饭局酒局，拼出个“曲一斤”的名号。无数次忍着恶心被各种各样的男人揩油，认了上百个干爹和干哥哥。有什么办法呢？生在这样的家庭，要改变命运的话，只能靠自己。她曾在无数个深夜里装着满肚子的酒回来催吐，有时候困得不行，抱着马桶就睡着了，甚至有一次，都来不及到厕所吐胃里的东西就倒在了床上，她根本没力气去管，就在被红酒浸染，又被胃液消化过的海鲜、菜叶残渣里睡了大半夜……她想，这些不堪的经历，何云溪永远不会有。因为她没有犯了罪锒铛入狱的父亲，也没有为了她而改嫁渣男、饱受暴力母亲，更没有为她打工挣学费而得了尘肺病的姐姐。她所背负的一切，何云溪连做噩梦都不会梦到。

曲采蘋伸手擦了擦镜子上的雾气，看见自己的眼睛红得像个魔鬼，不禁怀疑起心里是否真的住着一个魔鬼。

她用水拍了拍脸，镶钻的卡地亚手镯撞在陶瓷洗脸池的边沿上，发出清脆的声响。她看着手镯和无名指上的戒指，流着眼泪笑了。最黑暗的日子终究是过去了，今天自己站在这里，过得一点也不比那些骄傲如天鹅的女孩们差，还有什么可自卑的呢？

曲采蘋擦干身上的水迹，裹着浴袍出来了。她看见何云溪站在窗帘后，对着灯火点点的湖面发呆，叫了她好几声才回过神，便问道："你在想什么呢？"

"没想什么，就觉得这儿风景真好。"

"要不要多住几天，反正你也不用上班，孩子又在国外。"

"不用了，还是和大家一起吧。"

曲采蘋擦干头发，往身上涂着护肤品。何云溪打开了电视，眼神却是散着的，像是神游到千里之外去了。过了一会儿，她忽然问："今天弹琴的那个人，是干什么的呢？"

曲采蘋猛然来了精神，坏笑着问："你有兴趣吗？我可以让客房帮你查哦。"

"瞎说什么呀，我只是好奇罢了。累了一天，赶紧睡觉吧！"

5

这次聚会一共安排了两天，在"明月山庄"住了一晚后，第二天再到月城市里逛了几个景点。大家都觉得有点兴味索然。现在大部分城市和景区都是大同小异,并没有什么特别值得看的,不过是到此一游罢了。晚上吃过饭,不去住宾馆,都住在曲采蘋家。她先生在另一个城市有生意,平时不怎么回来,儿子还小,才上小学,和外婆住在一起。家里没有其他人,她们仍旧是前一晚的组合,柳鹂和马雪住客房,曲采蘋与何云溪住主卧。到家后,又喝了茶与酒,闲聊到大半夜,才各回房间去。睡觉之前,曲采蘋想起了什么,轻手轻脚去书房取东西,又听到客房里的两人说:“这房子大是大,却装修得又土又丑,一看就是暴发户派头。”

“是的呀,即便满身名牌,也遮掩不住风尘气,你看,人的经历呀是抹不掉的,都写在骨子里呢。”

“经历太少也不好,你看云溪待在家久了,脑子都没以前灵光。”

曲采蘋冷笑了一声,转身就回房间了。她拿过来一个小木盒,递给何云溪。何云溪疑惑地打开,看到里面只有三支用旧了的松鼠毛水彩笔。

“红胖子!”

“是,阿尔瓦罗的红胖子。这是你送给我的二十岁礼物,也是我人生中第一件奢侈品。”

“你还留着呢,毛都快秃噜了。”

“当然得留着,它对我意义非凡。记得当年参加水彩画社,我把这套笔一拿出来,教画的学姐都惊讶了,她说想不到一个新手居然用阿尔瓦罗的画笔,这是水彩画笔中的爱马仕,她们都想要,却没舍得买。从此之后,画社再也没人小瞧我这个插班生了。知道吗，那是我第一次见识物质的魔力，它居然能够改变别人对你的态度。”

“有这么大的作用吗？我怎么不知道？”

“是，它对我影响巨大，简直改变了我的人生轨迹。”

“说来也真是奇怪啊，现在人从衣服到包包，从面霜到口红，从手表到汽车，什么都要追求名牌，恨不得把标签贴到生活的每一个角落才能体现人生价值。其实，东西终归是拿来用的，所谓名牌，又有多大意义呢？”

“像你这种衣食无忧的大小姐，是永远无法理解我们穷孩子的心理的。我从小总是穿姐姐剩下的衣服，有时一个月吃不上一次肉，每学期都为学费发愁，甚至上大学之前都没穿过皮鞋。这些说了你可能都不敢相信，却是我童年和青春期真实的经历，细节说起来甚至比这些更加不堪。所以，那时候我的梦想就是逃离这种生活，你的阿尔瓦罗，是我生命中的一束光，即便我因此丢了特困生的名额，也对你无比感激。”

何云溪握着曲采蘋的手，叹了口气，说：“彩萍，我真不知道你经历过这样的磨难，我不知道该如何表达，可真是好心疼你。”

“没事，云溪，都过去了，你是除了我妈和姐姐之外，对我最好的人。”

“彩萍，其实我很羡慕你呢，你身上有一种锐气和闯劲，那是一种很强大的能量，我相信但凡你想要做的事情，没有做不成的。而我呢，不管想做什么，只要家里人不同意，便偃旗息鼓了。他们都是为我好啊，我能怎样呢？”

“那你这辈子最想做的是什么？”

“我也不知道，但我真想像你那样勇敢一次。”

6

从月城回来，何云溪忽然迷上古琴。

她辞职在家已将近十年，早先照料儿子，后来儿子去了美国读高中，她就无所事事了。先生是国企的老总，薪酬优渥，她不需要出去工作，便陆陆续续学了许多如插花、陶艺、烘焙之类的技艺。现在心血来潮要学古琴，也不算稀奇。父亲说有一把好琴，是多年前用一幅青绿山水画跟扬州文友换的。现在翻箱倒柜把它找了出来，焚香开匣，请了弄琴的师傅来调弦上油，试弹了几下，高音处如泉水泠泠，低音处似暮色苍苍，果真是把好琴。

“牧心琴社”是城里最好的琴社，教琴的老师是广陵派的徐氏传人，技艺高超，《潇湘水云》与《广陵散》弹得古风盎然。城中许多名流想学琴，第一选择便是牧心琴社。只是这位徐先生每期只收八人，登记学琴的，都排到三年后了。幸好父亲与他颇有些交情，何云溪才如愿插了班。

别人已经学了半年有余，但她练琴的时间多，自己又肯琢磨，才一个季度，就成了这批学员中的佼佼者，很快就能独立弹奏完整曲子了。徐先生很满意，在她父亲面前夸了好几次。何云溪心里高兴，在“四大美人”的微信群里发了一段录音，并说：“我也算不辜负这把琴了。”马雪揶揄她：“是不是为了那天的‘月夜艳遇’而学琴的呢？”

何云溪对此不置可否，采蘋和柳鹂拿她开了几句玩笑也就罢了。谁都忙着，并没有闲工夫去深究这些事情。

端午节前夕，何云溪做了两盒绿豆糕，用宣纸包好，贴了张画着虎头的红纸，再用细麻绳扎好去看徐老师。徐老师正在琴社门前挂艾草和菖蒲，见她来了，说有个古琴十大流派的雅集在杭州，他身体不适，要何云溪替他去。

何云溪说："我哪行呀，我是个新手，哪敢参加这么高雅的活动？"

"没关系，你不用弹，去长长见识也是好的。"

何云溪便接过邀请函，帮徐老师给珠兰浇了水，又喝了一杯新窨的"魁龙珠"，告辞回家了。

雅集的日子是七月初七，何云溪到了杭州，在宾馆前台报到之后，正准备拉着行李上电梯时，忽然后面又来了一个人。何云溪没在意，那人却突然开口问："我们是不是在玉兔湖见过？"

何云溪回头一看，心里像蹦进来一只小兔子，跳得人慌乱不已。眼前这位居然是那晚在水榭弹琴的人。

罗羽生怕她忘记了，又自我介绍了一遍。何云溪心里很激动，但表面只礼貌地说了句："您好！"

住地是西湖边的老牌五星级酒店，靠近苏堤，风光自是无比旖旎。十大门派，来了上百号人，各种奇形怪状的人物都有，像是开武林大会似的。晚宴后，在宾馆花园里以琴会友，围了好几圈人煞有其事地祭月，看上去简直有些可笑。罗羽生悄悄喊了何云溪，躲到人群外，悄悄溜出去游湖。

七夕夜，西湖沿岸游人如织，多半是成双成对的情侣。两人在游湖的人群里不时避让闪躲，自然而然就牵了手。何云溪身上冒着汗，紧张得牙齿打战。走着走着，有意无意躲到了一块假山石后面，背着光，却能在石头的孔隙中看到一弯新月。世界忽然静下来了，罗羽生低头，轻轻吻了一下何云溪的眉心，又吻了一下嘴角，何云溪的心都快跳出来了。然而罗羽生又不再有其他动作，只是轻轻搂着她的肩膀，一起看月亮。

深夜回到酒店的时候，罗羽生送她到五楼，目送她进了房间，恋恋不舍地道别，转身进了电梯走了。何云溪倚在门后，觉得自己的心忽然空了，又似乎是满得不能再满。她疑心这是恋爱的感觉，活了四十二年，她第一次有了这样的感觉。

这一夜，何云溪反反复复回忆着那蜻蜓点水的吻，多么狡黠，多么虚无，却又多么撩人的吻啊，仿佛划了一根火柴，丢进了你满是干草的心里，一下子就腾起了熊熊火焰，而这个男人却转身走了，放着你独自燃烧煎熬。她甜蜜之余又生出小小的怨，像微风一样，只吹得那火更旺了。何云溪翻来覆去睡不着，看看朋友圈，见曲采蘋转发了一个公众号的文章，题目叫《女人，你总要为自己活一次》，读下来，仿佛贴着自己的心意写的一样，心里便暗暗叹息："我这辈子真的是太听话了。"

7

何云溪的恋爱没有任何人知晓。

没有人看她的手机，没有人翻她的邮箱，甚至没有任何人怀疑她的行踪。她就像未婚少女一样，频繁地开始了与情人的约会。她从没想过自己能够让男人如此地珍视、爱慕、赞美，也没有料到自己会如此疯狂地沉迷于爱与性。她觉得她与罗羽生是上天制造的一对佳偶，失散于人海之中，此生最重要的事情就是找到彼此，重新合二为一。她觉得罗羽生完全是贴着她的心意幻化出来的，像神话里的狐狸公子，让她甘愿神魂颠倒。

甜蜜充满了何云溪每天的生活，甚至这种光与热抑制不住地辐射了出来。柳鹂在群里问："你最近有什么开心的事呀？恋爱了吗？要搞婚外情的话，千万记得告诉我们，你太单纯了，我们要帮你鉴别对方是不是渣男。"

何云溪对这种问题自然不会搭理。她觉得自己很理性，并且没什么好担心的，没有谁特别需要她，家里所有人都有自己的打算，谁也不依赖谁。她随时可以离婚和罗羽生一同生活，如果他也可以的话。

但是，她知道罗羽生是不会轻易离婚的。虽然他说早就不爱名义上的妻子了，甚至从来都没有爱过，只不过机缘巧合地成了夫妻，并非因为爱而结合。他说过，世界上大部分的夫妻都是如此，灵魂伴侣又能有几对呢？而且，爱情的最好归宿未必是婚姻，你看远处的万家灯火，那不是一个个家庭，而是爱情的公墓。

何云溪知道女人深陷于爱情的时候，是盲目而愚蠢的。她也知道自己在罗羽生面前几乎废弃了脑子，什么都愿意信他，依赖他。怎么能不信赖呢？这个男人是那样稳当，把一切都安排得安全妥帖。这个男人又是那么大方，黄金钻石，名包名表，就算自己不在乎这些东西，他还是买个不停。就像彩萍说的，男人什么叫真心，肯为你花钱就是真心。

她觉得这样的生活太美好太甜蜜了，从来没有想过是否会有尽头。直到一天早晨，她发觉历来准时的“老朋友”已经迟到好些日子了，才想起来买根胶体金测试条测试一下。

晨尿滴上去，眨眼的工夫，试纸上出现了两条红线。她的内心并没有太过惊讶，甚至潜意识里是盼望这个结果的。家里没有人，先生或许去上班了，或许昨天根本就没有回来。她拉开窗帘，看着小区里金色的银杏树，以及树下蹒跚学步的小女孩，下意识地摸了摸自己的腹部，下了决心，拨通了罗羽生的电话，平静地说：“羽生，我好像怀孕了。”

“什么？”

“我怀孕了。”何云溪小心翼翼，而又充满期盼地宣告，“我怀了你的孩子。”

“怎么可能？”

“真的是，千真万确，这是上天给我们的礼物。”

“别开玩笑啊，云溪。”

“我怎么可能拿这种事情开玩笑呢？”

“你别急，你等等，我马上来找你。”

两个钟头之后，罗羽生就从月城赶了过来。何云溪坐在他的车上，像犯了错的孩子一样，被他数落着：“都是你说安全期的……”

何云溪啪嗒啪嗒地掉着眼泪，说：“我不管，我要把这个孩子生下来，这是我们爱情的结晶。”

“这不可能的！”

“为什么？你不爱我了吗？我们可以各自离婚啊！”

“爱情和婚姻完全是两码事！”

“我不能理解你的逻辑！明明我们很相爱，为什么不能在一起？”

“这是个很复杂的事情，我认为你这个年纪的人应该很清楚的。”

“你嫌弃我年纪大了，你当初为什么……”

“好了好了，别哭了。云溪，这个孩子不能要，我们一起想办法处理。”

“处理？你怎么能对自己的亲骨肉说这种话？罗羽生，你怎么会这么残忍呢？”

何云溪歇斯底里起来简直与疯子无异，罗羽生完全没有想到平时知书达理、温柔文静的女人会变得如此不可理喻，她刻意曲解每一句话、每一个动作，大吵大闹，大哭大喊，简直像个发了疯的泼妇，不知疲倦地闹了五个小时。罗羽生用尽了一切办法才安抚好她的情绪，送她回到小区的停车场，草草地吻了一下，然后逃命似的回去了。

两人商量的结果是先给彼此三天的时间，不联系，也不逼迫，各自好好想想该怎么处理眼前的和未来的事情。但是，从罗羽生的车子消失在视线里的时候，何云溪就已经后悔了。虽然三天不长，却像一个有边有际却深不可测的泥潭一样，她根本无法想象自己如何泅渡过去。她第一次感觉到了无依无靠的恐惧，在这件事上，没有一个人会帮她。

何云溪觉得身上冷得出奇，十一月的天气，还谈不上寒冷，她却浑身在发抖。她忍不住钻到被窝里去，平时觉得又轻又软的鹅绒被此刻像是空无一物，根本没任何作用，肩膀上有飕飕的冷风直往骨头里吹。她索性把地暖和空调都打开了，才觉得好了些。但是坐着、站着、躺着又都不舒服，东西也吃不下，看什么都不顺眼，心里时时刻刻像有一只锋利的爪子在来回挠着，却不知何时会抓下去，这感觉难受极了。

天色渐渐阴晦，到了丈夫下班的时间。但是他并没有回家，何云溪也习惯了，他一年到头难得有几天不在外应酬的。以前自己还对此有怨言，现在却觉得这样真好。到了深夜，她听到丈夫开门的声音，听到卫生间洗澡的声音，听到窗外猫叫的声音，乌桕树上鸟儿啄果子的声音……没有人打扰她，直到天亮了，阳光从窗帘缝里溜进来一点点，探头探脑的，不知道想窥视什么。何云溪拿过手机，除了几条广告和微信群里花花绿绿的问候图片外，什么也没有。她忽然坐起来，决心要撕毁约定，提前跟罗羽生联系。这样的等待实在太磨人了，她已经要疯掉了。

她发微信给罗羽生，他不回。再发，还是不回。直到发了十多条，他都没有任何反应。她不死心，打电话过去，居然关机了。何云溪这才发现，自己和这个男人之间，除了手机之外，在这世界上居然一点联系也没有。她掩着浮肿的脸颊哭泣，她甚至恨自己为什么要怀孕，如果没有孩子，她和罗羽生之间一定还好好的。她抚摸着自己的肚子，一点也没什么变化。但是，里面千真万确有个小孩子，正分秒不停、毫无顾忌地长大。

一定要找到罗羽生。何云溪的脑子里只剩这一个念头时，忽然就变得灵光了。她想方设法请派出所的同学帮忙查罗羽生，结果是月城总共有四个叫罗羽生的，却没有一个是她要找的人，就连他的手机与车牌号都是别人的。

罗羽生居然并不叫罗羽生，那他是谁呢？如果不是肚子里的孩子，何云溪甚至怀疑，罗羽生是她臆想出来的一个人物。她拼命地梳理所有的蛛丝马迹，寻找任何可能找到罗羽生的途径，可是忙了两天，都是徒劳。她彻底走投无路了，想来想去，决定跑到月城去，把这一切跟曲采蘋坦白，兴许她能有办法。

何云溪到了月城，给曲采蘋打电话，可是她却说出差去了深圳，过几天才回来。何云溪说："那我就在月城，等你回来再说吧。"

何云溪找了家酒店住下，又胡思乱想了一夜，早晨醒来的时候，忽然灵光一闪：到文化馆去问问月城有哪些琴社，再去一个一个打听，不就能找到罗羽生了吗？她赶紧穿上大衣，胡乱吃了点东西，直奔文化馆而去。

到了文化馆，她连一张相片都没有，只好拿着自己画的罗羽生的肖像问门卫，门卫说不认识。倒是一个路过的小姑娘看了一眼，说："这人像是淮剧团的罗雨辰，他请了病假，好久没来上班了。"

何云溪又想方设法问到了罗羽生住的小区，便直奔过去，在门口死等，一直到中午，终于看见那个无比熟悉的身影带着一个十多岁的女孩回来了。

"罗羽生！"她歇斯底里地喊了一声。

罗羽生的魂差点被吓出了窍，赶紧打发孩子上楼，他把何云溪拖到车里，开到偏僻处才停下来。

"你疯了吗？"

"我就是疯了，你躲着我，把我逼疯了。"

“何云溪，请你理智一点，我们之间完全没有可能性，趁早去把孩子拿掉吧！”

“我不，绝不！”

罗羽生拍着方向盘，他也快抓狂了。手机这时又在不停地响，他看了一眼，索性扔过来给何云溪看。他说：“实话跟你讲吧，我是曲总雇来睡你的，送你的东西也都是她花钱买的，你别再以为有什么纯洁高尚的爱情了。”

何云溪接过手机，将他们的对话一直翻到了四月中旬，也就是他们在玉兔湖相遇后不久。她真是做梦也没有想到，自己一心以为是老天安排的缘分，竟然是曲采蘋的设计。而自己用尽全力去爱的男人，竟然是个骗子。何云溪觉得头都快炸裂了，她实在不明白，自己真心实意对待的人，为什么要这样联手算计她、伤害她？这个世界真是太疯狂太可怕了！

罗羽生试图来拉她的手，她尖叫着挣脱了，突然用力打开车门冲了出去，在马路上狂奔。罗羽生怕她出事，想追上去拉住她，可是还没来得及跑出去，就听到“轰”的一声，何云溪被一辆白色越野车撞飞到七八米远的地面上。

曲采蘋接到罗羽生的电话，从她母亲家里赶到的时候，救护车已经来了。何云溪闭着眼睛，面色苍白，如同布偶一样被人抬上了车。她身上令人羡慕的少女气、贵族气此刻消失殆尽，完全是一副肮脏而虚弱的皮囊，被人随意地摆弄。曲采蘋看着这陌生的躯体，忽然觉得何云溪可怜极了。她的心瞬间被同情和怜惜填满，甚至还生出母爱一般的情感来。她冲上救护车，流着眼泪，紧紧地抓着何云溪的手，贴到脸上说：“云溪别怕，不管发生什么，有我在!”

罗羽生站在马路上,惊魂未定地看着救护车“呜哇呜哇”地离开,周围的车子狂躁地按着喇叭催促他让路。他狠狠地跺了一下脚说:“真他妈搞不懂这些神经病的女人!”

巴洛克在黎明前死去

鹅毛大雪下了一整天，傍晚的时候，总算停了。

我爸将院子里的雪扫到墙根下，堆了个圆嘟嘟的雪人，又在头上扣了个破铁锅，腰间插了一根竹棍，看上去像个矮胖的浪人在坏天气里赶路。

小冉看着它，哈哈大笑着，又玩了一会儿雪，跑回屋抱着铜手炉取暖。我招手喊她过来，把炉盖打开，丢几颗花生、白果在草灰里，过了一会儿，听到“噼噼啪啪”的声音，就用旧筷子夹出来给她吃。

小冉并不认为这些东西好吃，但为了迎合我的兴致还是勉强吃了几口。我笑笑，让她看电视去了。自从和她妈妈离婚后，我患上了神经衰弱症，烦躁焦虑，整夜失眠，短时间内瘦了一圈。所有人面对我这个漂亮老婆跟人跑到非洲、竞争副院长又失败了的中年男人，眼神里都会充满同情和别的什么意思，说话、做事总是小心翼翼地顺着我，像是对待一个受了委屈随时准备放声大哭的小孩。这感觉比离婚和竞岗失败糟糕多了，所以一放寒假，我就带着小冉回了老家。

躺在家里的木板床上，闻着褥子下面新棉絮的气味，我感到特别舒适，就像双脚踩在大地上一样安泰，能够沉沉地从天黑睡到天明。小冉开始有点不适应，天天闹着要回去，但认识几个小朋友之后，很快就玩得乐不思蜀。

我妈在厨房里烧晚饭，大蒜炒慈姑和粳米粥的香味飘得满院子都是。他们迁就我的喜好，每天都用土灶烧饭。其实我从不觉得大铁锅烧出的食物特别好吃，只是喜欢看到白烟从烟囱里钻出来，袅袅地飘向天空，我心里的一些愁云惨雾仿佛也能随之消散。晚饭之前，天还没全黑，我爸借着雪光，在院子里给水缸包了一层稻草，防止冻裂掉。乡下的自来水极不正常，时断时续，所以最好用个大容器备上一些。

我去厨房端菜的时候，听到有人在敲院门。我爸跑过去开门，惊讶地说："五舅你怎么来了？这大雪天里路很滑，你小心别摔着。"

听到我爸喊五舅，我就知道是吴由之来了。心里莫名地"咯噔"了一下，手指就被锅边烫到了，赶紧伸到耳朵边上。

我妈皱着眉头说："他怎么来了呢？"

我听出她言语里的意外和嫌弃，不过这也难怪，吴由之的名声确实烂透了，恐怕整个村里没有人不讨厌他。但是他住在我家前面，又是我奶奶的远房亲戚，见了面，还是要客气客气的。

我爸将他搀进屋里，他穿着臃肿的羽绒服，像个灰蒙蒙的茧。脚上一双又脏又旧的大头皮靴，好像三十年前就穿过，居然还没有坏。他拘谨地坐下来，问："小女娃儿呢？"

我把小冉喊出来，她刚刚在房间里看《果宝特攻》，有点儿不乐意。吴由之陈皮色的脸上却堆满了笑容，谄媚地从大口袋里拿出个雪灯，把蜡烛装进去点上，于是那红色的火苗就在莹莹的白雪中间跳动了。我小时候的下雪天，吴由之也给我做过雪灯，用茶缸做模子，把雪压进去，中间挖空，填紧，再点上一支红蜡烛，拿出去准能引起小伙伴们一片艳羡。而现在他还想用这样的玩意儿哄小冉开心，显然已经过时了。小冉看了两眼，用手摸了摸说："没有哈尔滨的冰灯好看，我还是去看电视吧。"

小冉的反应让我们有点尴尬，想找些话来宽慰吴由之。我说："舅爷，现在小孩都被惯坏了，整天就知道看动画片，都不懂什么叫好东西，我看你这个雪灯做得真是漂亮。"

吴由之摇摇头，说："你们小时候都喜欢这个的，现在我老喽，不懂现在的小孩了。"他沮丧地低着头，从口袋里掏出一方看不出颜色的手帕擦了擦眼睛，然后抬头看着我，问："少庭还在大学里教书吗？"

我不敢看他患有白内障的眼睛，垂着眼皮说："是的。"

"你们学校有美术系吧？"

"是的，现在叫艺术学院。"

我以为吴由之还会多问些其他问题，正考虑怎么回答，没想到他点点头，站起来就准备走了。我想开口留他吃晚饭，我妈使了个眼色让我别作声。她自己却跑进厨房，切了一块羊肉交给父亲，让他送吴由之回去。

母亲说："这个吴由之，真是越老越犯嫌了，人懒嘴馋，一辈子改不了。你看看他身上不知道有多脏，衣服领子袖子都黑了，嘴里假牙也不刷，一股子死鱼烂虾味，你还留他吃饭呢，想把一家子都熏死？”

我知道母亲有点洁癖，她曾经把吴由之坐过的板凳拿到河里去洗刷，也从不让我吃吴由之做的东西。有一次吴由之送了一碗田螺塞肉来，色香味俱全的样子，我真想尝一个，母亲却抢过去倒进泔水缸里。她说：“刚才去河边淘米，看见他在斩肉，那切菜板已经长满绿霉了，旁边还有一摊鸡屎，你要不要吃？”

是的，吴由之真是够脏的。我刚才扶他的时候，闻到一股劣质香烟和久不洗澡的油垢混合的味道，这味道凝成一把无形的锤子，在我脑门上迎面砸了一记，差点让我打个趔趄。但我必须得站稳，吴由之八十多岁了，他要是摔了，谁也担不起责任。我还注意到他的手指甲很长，里面填满了黑色的污垢。假如他用这双手做吃的，我可能当场就会吐出来。

我爸扶着吴由之出去，我妈赶紧把他坐过的凳子擦了一遍。我叹了口气，问：“他现在怎么变成这个样子了？以前是个挺讲究的人呢。”

“作，他自己作的。”我妈说，“村里也有别的五保户，都住到敬老院去了，那里有人烧饭，有人洗衣裳，可他偏偏不肯去，整天躲在猪窝一样脏的房子里，也不知道在干什么。”

吴由之不合群倒是意料之中的，他从来就没有看得起过村里任何一个人，当然，村里人更加看不起他。我从小不知道听过多少遍吴由之的故事：吴家原是远近闻名的财主，几代单传，父母夭折四个孩子之后才生了吴由之。父母把他宠上了天，要什么就给什么，所以吴由之的生活奢侈得不像样。据说衣服总要到上海的外国商店买，点心让伙计专门去苏州采购，春天的塘鳢鱼只吃腮上两瓣肉；夏天的桃子只要尖尖上的小红点；秋天螃蟹只吃蟹黄蟹膏熬的油酱；冬天想吃鹅脑炖豆腐就要杀一院子的鹅……乡亲们都觉得这样过日子是要遭雷劈的，但吴财主却认为只要儿子书读得好，吃再多的鹅脑也值得。他不惜花大钱将吴由之送到省城的洋学堂读书，指望将来能光耀门楣。但吴由之却瞒着家里人偷偷改学了西洋画，三年花了几千大洋，除了画光着屁股和奶子的女人，什么都没学会。吴财主气得吐血，但还是花钱帮儿子娶了媳妇，找了一份小学教员的工作。吴由之婚后依然毫不收敛，甚至变本加厉，吃喝嫖赌什么都干，没几年就气死了父母，打跑了老婆，败光了家产，成了一无所有的穷光蛋，从此凄凄惨惨地在村里一混就是大半辈子。

老人们讲这个故事的本意是想教育大家，孩子不能太娇惯，否则就会变成吴由之这样忤逆的败家子，他落魄的样子是活生生的反面教材。但我倒是觉得，吴由之是个挺有趣的人。首先，他好吃，所以会弄很多稀奇古怪的吃食，摆在学校门口的小摊上卖。我记得有一次看见他把一点点水和白糖倒进锅里，慢慢熬成黏稠的糖稀，把去了皮的熟花生放进去迅速翻炒，那些糖稀就神奇地变成白霜裹在花生米上了。他看着我口水快决堤的样子，问："想吃吗？"我连忙点头，他舀了一勺子在我手上，我迫不及待地放了一颗在嘴里，感到整座雪山在舌尖里崩塌了，铺天盖地的甜和席卷而来的香让我的每一个味蕾都在颤抖，我不知道花生米和白糖之间发生了什么，居然会有如此奇妙的变化。吴由之又问我："怎么样？"我就把感觉说给他听，他好像很高兴，又给我一勺子，自己也捏着花生吃，一边吃一边自言自语："其实用核桃仁或者腰果才好吃，花生的也就这样了。不能吃太多，要留着卖的。”可是那个下午，我们俩还是将那盆霜糖花生全部吃完了。

其次，他懒做，霜糖花生和油酥蚕豆每次都供不应求，他如果勤快一点的话，肯定能多挣些钱。可是他并不把这个太当回事，每天只干半天活儿，余下的时间就关上门躲在家里，没人知道他在做什么。偶尔我爬上泡桐树，会看见他裹着个杀猪匠的围裙在院子里画画，用铲刀和画笔堆砌神情古怪的老头和长翅膀的小孩。也有时候，他躺在葡萄架下的草席上，什么事情也不做，就这么看着天空的云，一看一下午。倘若他发现我在树上，就会招手让我下来，从两家之间的篱笆缝里钻进他的院子。他拿出一个很白的瓷碗，摘一片藿香叶子扔进水里当茶，递给我喝。他问我这些画怎么样？我老老实实说很丑很奇怪，比起我们家墙上的挂历美女差远了。他大笑着，把画撕下来，塞到灶膛里烧掉，然后惋惜地说：“小子，你完全不懂巴洛克。”我看着他癫狂的样子，觉得很害怕，怀疑他大概是受刺激太多，脑子出问题了。

吴由之的脑子并没有人关心，但是他的身体也出问题了，得了肺结核，这种病是传染的，便再没有人来买他的东西。小摊变得冷冷清清，门可罗雀。吴由之一边看病，一边自己把这些存货吃完。当米缸见底的时候，他开始有点慌了，决定找点事情做。恰巧有个亲戚死了，他去奔丧，看见灵堂外摆了许多纸房子，出神地看了半天，又找来纸和笔画了些草图。回去之后，到荒地里割了一捆芦苇和芦竹，买了些彩纸，把自己关在家里捣鼓了几个月，居然搭出了精致的西洋房子。那些拱门、窗台、罗马柱，无一不跟真的一样，甚至比真的还好看，像电影里法国皇帝的宫殿。扎的纸人也是栩栩如生，脸上的肤色白里透红，眼睛透亮，仿佛吹一口气就都能活了。一时间，远近村庄的人家办斋事，都要买吴由之的纸房子才算圆满。有些老人家在咽气之前都要叮嘱儿孙，一定要买上几套吴由之的西洋别墅，不管死了是否真能住进去，这些纸房子堆在空地上准备烧之前，围着里三层外三层的看客，就已经是极大的哀荣了。

那段时间是吴由之的黄金时代，他生意好得不行，订单一个接一个，价钱也水涨船高。吴由之挣钱容易，便天天吃酒吃肉，还经常往城里跑。大家看到他给自己买了一件“鸭鸭”的羽绒服和一件藏青色的呢料大衣，穿在身上走来走去，像个时髦的归国华侨。听说有些不正经的女人会在夜色里悄悄潜入他的屋子，然后吴由之就会去城里给她买新衣服。我没有看到过所谓不正经的女人，但偶尔会在夜深人静的时候听到前面有野猫一样的叫声，我问：“这是什么声音？”我妈说：“快睡觉，是河里的水獭猫上岸了。”

吴由之有钱的时候大手大脚，吃光用光，从来不算计将来，所以他的好日子总是不长久。我看着他在暴富与赤贫之间颠来倒去，就像看日出日落一样，都已经习惯了。但今天看到他蹒跚地走出大门时，我心里却莫名地感觉悲凉，嘴里喃喃道：“吴由之真的是老啦……”

我爸送完吴由之回来，我妈把饭菜都端上了桌。我看到喜欢的炒慈姑和青菜老豆腐，便觉得饿了。小冉也被奶奶从房间里叫出来，坐到桌边啃羊排。孩子的好胃口让餐桌上的氛围变得愉悦起来，大家逗逗她，再说说我小时候的事情，就越发显得其乐融融。吃完饭，我妈收拾碗筷，我爸带小冉去玩一张桑树枝做的小弓，而我什么也不用做，只管自己吃好睡好就行了。我坐到房间的沙发上，玩了会儿手机，又翻出一本《奥德赛》来看。上学的时候买《荷马史诗》纯粹是为了装模作样，根本没有好好读过，它们躺在书柜里已经快二十年了。感谢我母亲的洁癖，书柜里每本书都保存得很好，一点灰尘也没有。我现在拿出这本书来读，是因为它的内容晦涩，看着看着就会打瞌睡。果然才翻到二十几页，我就睡着了。

和前几夜不同的是，今天我睡得没有那么酣畅。夜里断断续续做了许多梦，梦见平缓的、长着青草的山坡上，奔跑着许多粉红色的肉体，有猪，有丰乳肥臀的女神，有蛇发的女妖，有独眼的巨人，还有拿着长矛的骑士，他们像迁徙的角马一样在狂奔……我还梦见波涛汹涌的大海，月亮向大海里倾倒着银白色的鱼，那些鱼嘴巴很尖，利箭一样扎到我的船上，船插满利箭沉没了，我像只大鸟一样滑翔着，最后掉进乔木茂盛的森林里，一个裸体的金发女人从树上降落，她抱着我，粉红色的皮肤在我身上摩挲，我很快张得像一把要射出去的箭。我抚摸着女人的头发，脸庞，我想去亲吻她的嘴唇，可是拂去脸上的金色头发却发现，她的眼睛里竟然长着和吴由之一样的白内障……

我猛地惊醒了，睁开眼睛，发现窗帘的罅隙里透出一些亮光，天已经蒙蒙亮了。

外面似乎很嘈杂，巷子里有人在说话，堂屋里也有脚步声，我听到爸妈在轻声说着什么，很好奇，问了一声："妈，怎么了？"

闻声走进房间的是我爸。他打开灯，惊魂未定地说："吴由之死了。"

这下轮到我惊魂了，十个小时之前，他才到我家里送过雪灯，怎么就死了呢？我问："怎么回事？"

"早上念经的老太太们起来扫土地庙门口的雪，扫完了去水码头洗扫帚，发现河里漂着个黑色的东西，用扫帚戳了一下，竟然是个人。老太太赶紧叫人，大伙儿七手八脚拉上来一看，原来是吴由之。"

"他为什么会死在河里呢？"

"不知道，已经有人报警了，警察一会儿就到。"

警察来得很快，我刚刚起床，上完厕所，在院子里刷牙的时候，派出所的民警就来了。我爸妈把他们让进屋里，坐到八仙桌边做笔录。警察问了一大堆的问题，无非是对最后见到死者的人正常询问，但我却觉得有一丝莫名的心慌。我很怕警察误会我的表现有什么问题，但是他们并没有。那位所长说："情况基本上清楚了，我们勘查了现场，法医也做了体表检验，基本可以推断，死者是晚上吃了羊肉喝了酒，夜里觉得口干，自来水又停水，他到河边打水喝，意外失足溺水的。"

"不要做尸体解剖或者别的检验吗？"我问。

所长白了我一眼，说："不需要，像这样的孤寡老人，没有谁有杀人动机，现场也没有打斗、投毒痕迹，就是一起意外死亡。"

我妈听了这些话，默默地到厨房去了。等警察离开后，我看到她坐在灶台后面，握着一把筷子发呆，见我进来，流着泪说："唉，早知道不给他羊肉了，不然他不会喝酒，也就不会三更半夜去河边了……”

我拍拍她的肩膀，安慰道：“妈，这不关你的事，你是好心好意，谁想到会这样呢？”

她说：“儿子，我总觉得心里不安，如果你留他吃了晚饭，没给他羊肉，他也许就不会死了。唉，我明明晓得他是个有好东西就等不得过夜的人。”

“世事难料，反正这些年他住我们家旁边，你没少照顾他，也算对得起他了。”

“话是这么说，可心里就是不踏实呢。唉，我还是去前面看看吧。”

母亲收拾了一些针线就出去了，邻居死了人，总有些针头线脑的活儿要帮忙。

小冉还没有起床，这几天她总是先把电视机打开，在被窝里赖到九十点钟才起来。我爸妈惯着她，连早饭都端到床上去，我说了好几次都没用。今天他们俩不在，我吼了一句：“陆艺冉，该起来了啊！”

知道靠山不在家，小冉在五分钟之内就穿戴整齐到堂屋里来了。这孩子很懂得察言观色，是个识时务的“俊杰”。以前跟她妈妈的时候，对我经常翻着白眼爱理不理，跟了我之后立刻就变得又乖巧又谄媚，很会根据我的情绪审时度势地摆正自己的位置，这让人既欣慰又难过。

我给小冉弄了早饭，她坐在八仙桌的高凳子上一边吃一边踢着桌腿玩。门口来了几个小孩，脸蛋冻得像红富士苹果一样，不知道是因为我留着络腮胡子，还是因为我是老师，他们有点怕我，不敢进来，只敢在门口喊:“陆一懒！陆一懒！”

小冉听到她新朋友的召唤，匆匆把最后几口面条塞进嘴巴里，讨好地看着我。我点了头，她乐颠颠地揣着煮鸡蛋就跑了。

家里人都出去了，一下子就显得很静，静得能听见屋顶上融雪的声音。我搬了张竹椅坐到门口，从外套口袋里掏出一根香烟点上。我平时并不吸烟，只是偶尔点上一根，作为辅助思考的道具。我深深吸了一口，又缓缓地吐出来，其实我还会吐烟圈的，但那样得把头向上仰着，像缺氧的鱼在苟延残喘，看上去很不体面。当年和前妻谈恋爱的时候我就那样干过，她说我吐出来的都是蘑菇云，还在纸上画过蘑菇云的图样。但后来她说那是个屁，所有虚张声势的东西最终都是个屁，就连我这个人也是自私冷漠的屁。

我狠狠地把烟头掐灭，虽然它还剩五分之三。我原本要思考的不是这件事情，就像本来准备沿着大道前进，却一不留神跑到了小路上一样，这支烟根本就不是个好向导，它不敢往我心里更加阴暗潮湿的地方走。我不知道自己心里有多少个“暗区”，但其中肯定有一团暗黑星云是关于吴由之的，算了，不想也罢。

我听到小冉在院子前面叫“奶奶”，她的小伙伴们定是喊她一起去看死人了。我们小时候也像这样，一群绿头苍蝇似的，闻到死亡的气味，就会迅速聚集过去看热闹。不管是死者家属披麻戴孝、呼天喊地的哭丧，还是给黑白无常准备的供品以及死人脚下点的香油灯，都让我们兴趣盎然。至于门板上躺着的那个尸体，反而像是这场热闹的局外人，静静地躲在花里胡哨的被子下，等着被烧掉，然后装进一个小盒子里，埋到村北的公墓才算完事。我们小时候见多了这个流程，十分不以为然，但吴由之死得太突然了，而且和我们家多少还有点关系，所以我决定到前面去看看。

雪后的太阳很亮，但是风大，天气也冷。我到了吴由之的院子里，看到我妈和几个大婶在门外的小桌上赶着缝制寿被，听说这是别的老人给自己准备的，没想到吴由之突然死了，就先让给了他，以后再由村会计从丧葬费里还。我父亲和吴由之的一个远房侄儿在收拾乱七八糟的院子，陆艺冉和几个小孩拿着纸人纸马，还有纸做的扇子、蚊帐在梨树下玩。我看那些纸家当，全都力不从心的样子，完全不像以前那样栩栩如生，美轮美奂。可见吴由之确实老了，这种需要手劲和眼力的活儿，他真是干不成了。

我把陆艺冉和几个小孩喊出来，让他们到别处去玩。我自己则走进堂屋里，打算近距离看看吴由之和他的家。屋子里光线昏暗，即便外面雪亮，里面也开了灯，还是灰蒙蒙一片。不多的几样家具上，堆满了乱七八糟的纸、芦苇和糨糊，地上也都是碎纸、麦秸和空酒瓶等。吴由之躺在堂屋中间的草席上，身上盖着一床脏兮兮的化纤被，粉色的被面上晕染着各种可疑的污渍，污渍中间怒放着几朵俗艳的玫瑰。吴由之蜷缩在玫瑰下，像一个大大的“C”。“C”沉默着，屋里的一切都沉默着，桌上的劣质白酒瓶、吃剩的几片羊肉、干瘪的橘子、许多天没有洗的碗筷等，全体默不作声，安静地和主人一起等待命运的安排。

村长把寿衣买回来了，按规矩该给吴由之洗个澡然后换上，让他干干净净离开这个世界，但是吴由之没有亲人，而且找来找去家里连澡盆也没有，这个仪式只好从简再从简。打邻村请来的收殓婆是个长得很像男人的老女人，黑胖黑胖的，剪着极短的头发，她一边抽烟一边操着男人般的嗓门说："人反正是淹死的，就当在河里洗过澡了吧。"她用戴着大金戒指的肥手将吴由之身上的脏衣服剥下来，拿草纸擦拭他身上的淤泥和水藻。吴由之在水里泡了很久，身上的陈年老垢都涨开了，纸一擦，面条粗细的泥垢争先恐后滚落，像又下了一场雪。大概被人当众剥得一丝不挂有些尴尬，吴由之很不合作地僵硬着，怎么也弄不平。让他侧躺吧，像个"C"，平躺着像个"U"，趴下来像个"Ω"，再怎么用力也摆弄不成一具尸体该有的样子。殓婆有点恼火了，她把吴由之翻过去，面朝下趴着，撑好，然后用肘部用力压他的背，整个肥胖的身躯都压上去了，我甚至能听到"咔嚓"的声音，但吴由之的身体，还是倔强的老样子，一点变化也没有。

"要用热水泡，只有热水才能让他的肌肉松弛下来。我家有澡盆，你们烧点热水，我去把盆子拿来。"我走出门，跟我妈说了一声，她也没反对，家里建了淋浴间，旧的塑料澡盆早就闲置了，只是偶尔用来洗衣服。如果泡过吴由之，肯定再也不要了，反正是件无关紧要的东西。我回去从谷仓里找到澡盆，它已经从大红色褪成了灰色，就像一个迟暮的美人，被时光榨去了颜色，变得又老又丑。但老和丑并不影响它的使用价值，它仍然可以完成最后的使命。我把澡盆冲干净，拿过去交给殓婆，她独自在堂屋里处理吴由之的尸体，我退了出去。

站在院子里，我闻到一股蜡梅的香气，这才注意到南窗下的枯枝上有几个花苞，在萧瑟的寒风里冷冷地开着。梅树底下，一个陶罐摔裂了，却看得出质地和造型都很好，我记得吴由之曾经在五月里割了人家的大麦插在里面，也记得他在秋天里拔了人家整棵的棉花插在空米缸里，那些炸裂的棉朵和金黄的麦穗都曾经让我惊艳过。当然，这些我都没有告诉过其他人，我和吴由之的一切交往都是秘密的，我不想让任何人知道我和这个人关系密切，这会成为大家的笑柄。

村干部和吴由之的远房亲戚们都来了，他们一边商量吴由之的葬礼，一边收拾着他的遗物。其实也没有什么东西，吴由之都到这般田地了，还能有什么财产呢？柜子翻空，箱子见底。除了一些烂棉絮和旧衣服，就剩下一些旧的画笔和颜料，都是无用的。忽然，有人从他的床底下拖出一个落满灰尘的旧皮箱，这个皮箱虽然长了一层又一层的霉，却还是能看出考究的款式和质地。院子里所有人都来了兴致，围着箱子，催着赶紧打开。那人用斧子劈开铜锁，把箱子撬开，将里头的东西一股脑儿倒了出来。我在人群中看到，箱子里掉出几本画册和一沓手稿，还有一个红纸包。众人七手八脚地打开画册和手稿之后，立刻就炸了锅了：吴由之果然是个老流氓啊，他当宝贝藏起来的箱子里，全是黄色的东西！

我说："让我看看！"

他们诧异地把画册递过来，我接到手上，这是老式英文版的鲁本斯画册，里面丰乳肥臀的女神们有的在挣扎，有的在呐喊，还有的目光迷离……这让我想起很久以前吴由之说过一句话："小子，你根本不懂巴洛克。"他永远不会知道，我因为这句话在大学里选修了《西方美术史》，甚至去比利时看过鲁本斯的故居和画作，我想现在算是有点懂了。我打开他的手稿，有几幅是临摹的鲁本斯原作，还有一幅题为《吃西红柿的女孩》，画上胖得像肉山一样层峦叠嶂的姑娘，忘我地在凉席上吃熟透的西红柿，红红绿绿的汁水流了她一汗衫……吴由之画得多传神啊，画中人眼神空洞而纯净，有种接近于神的光辉。她是我的智障堂姐晓凤，已经病故好多年了，很多人都不再记得她。我以为随着当事人的陆续离世，那天下午的一切早就过去了，想不到这里还有一块暗礁，撞得我灵魂出窍。

那是我一生当中做过的最卑劣的事情。十二岁那年的暑假，我带着晓凤从吴由之的门口经过，他看见了，让我把晓凤带到他家去，拿出一篮子西红柿给我们吃，我们在吃，他在画画。到了傍晚出来的时候，我被村里杀猪的老王拦住，他说看见我们做坏事了，他要用广播告诉全村的人。我吓得要死，求他不要张扬。他说不张扬可以，我必须按照他说的去做。我犹豫着答应了，第二天还把晓凤领到吴由之家，让她把衣服脱掉躺在席子上吃西红柿，我自己则悄悄地溜出去躲到河边的芦竹丛里……不一会儿，伯父领着一群人冲进去了，将吴由之一顿暴打，送去了派出所。我站在河岸上，看着派出所的快艇远去，吴由之蜷缩在船舱里，像一只五花大绑的螃蟹。他落了个猥亵罪被判刑三年，名声算是彻底臭掉了。老王占领了吴由之的小摊，那块地皮曾是吴家的仓库，现在沦为无主之地了。老王在那里盖了新的猪肉铺，高兴地送给我一支玻璃钢的鱼竿，让我保守秘密。我把鱼竿拿在手里把玩了半天，最后扔到了河里。

这件丑闻好像与我毫无关系，就连吴由之出狱后也没有问过我。后来老王死了，晓凤也死了，我出外去求学，离村庄越来越远，这件事几乎永远被遗忘了。而现在，手里拿着这幅画，像是揭开了灵魂的疮疤，顿时血如泉涌。

我沉默了半天，才对议论纷纷的众人说：“这不是黄色图片，是西方的名画。”

“是啊，这一幅我们美术课本上也有。”一个上中学的孩子指着《苏姗娜·芙尔曼肖像》说。

“那就奇怪了，他把这些藏着当个宝贝干啥？咦，看看，还有个红纸包，里面是什么呢？”

他们打开了红纸，里面包着一副普通的小银镯子，纸上还写了两个字：吴梦。

几个上了年纪的老太太终于想起来了，吴由之那个被带到台湾的女儿，好像是叫这个名字。她们说：“这个坏了一辈子的人，到底还是牵挂着女儿的。”

大家因为这个细节，开始原谅吴由之了，反正人都死了，以前那些小偷小摸，芝麻绿豆的事情还有什么值得计较的呢？

我在旁边心不在焉地想事情，却被陆艺冉拉着去看入殓好了的吴由之。他的身体终于放平了，穿着崭新的寿衣，盖着寿被，体面地躺在门板上。陆艺冉悄悄说：“爸爸你看，他像不像个假人？”

我把她抱起来，觉得这孩子竟然很重了，而我总记得她小婴儿时期的样子。我小声地问：“你知道什么是假人吗？”陆艺冉摇摇头。我心里冒出一句：“你根本就不懂什么是假人。”当然，我更希望她永远不知道什么是假人。

我放下孩子，对村长说：“我有个朋友在台办工作，要不要帮着打听一下他女儿的下落?”

村长说:“那当然是最好的,有个女儿给他送终,也算是这老东西的福气。”

我当即回去打电话托人,第二天一早便有了回信:吴由之的女儿找到了,但是身体不便,不能亲自过来治丧,全权委托我来代办。

没有人怀疑我的话,他们都觉得我是堂堂的大学教授,从小品学兼优,是全村人拿来教育小孩好好学习的楷模,在道德上毫无污点,说的话当然是可信的。我拿一笔钱让村里去请和尚来做道场,请草台乐队热热闹闹地吹拉弹唱,请家宴团队搭大棚摆流水席,一切流程照着乡下普通的葬礼进行。吴由之扎过那么多纸房子,可惜却没有给自己留一套,现在也买不到像他巅峰时期那么好的作品,我觉得这多少是个遗憾。于是,想换个方式弥补,给他造一座坟墓也是好的。我立刻动手,亲自采办材料,设计图纸,请泥瓦匠在村后建了一座巴洛克风格的坟墓,上面镶嵌了许多奇形怪状的珍珠,这都是以前养珍珠的人家没卖掉的次品,嵌到坟上倒也算派上了用场。看过的人都说挺漂亮,但他们都不知道这代表什么意思。别人明不明白并不要紧,我想吴由之应该懂的。

年关将近,葬礼彻底结束了,帮忙的人也皆已散去。我独自来到他的坟前,自己点了一支烟,也给吴由之点了一支烟。我对着吴由之的遗像鞠了三个躬,照片是我找出来的,他穿着中山装,戴着帽子,还是年轻时的模样。虽然有点陌生,但是更加亲切。

我说:“其实我一直崇拜你,却装模作样和别人一起来糟践你,甚至还陷害过你,你都知道的是不是?唉,你这辈子活得自由而真实，而我呢，还得继续装下去，真累啊！”

冷风吹过旷野，吴由之和他的坟墓寂静无声。我知道这些话说出去不会有任何的回应，却觉得无比轻松。我扔掉烟头，伸手抚摸了一下墓上的珍珠，它们很粗粝，划得手心生疼。我走到坟墓的正面，看到墓碑上的字：先父吴由之之墓。落款是女儿吴梦。我想告诉吴由之，其实根本就没有找到这个叫作吴梦的人。但想了想，还是决定不说了。我再次深深地鞠了一躬，抬起头准备往家走。远处云色渐重，西风劲吹，好像又要下雪了。

董小姐和她的咖啡馆

1

楼下的电钻毫无预兆地刺进了楼房的躯体，发出尖嚣的噪声，将董明玉吓得一下从梦里掉了出来。

她定了定神，今天星期四，非节假日，八点钟开始装修，楼下的做法并无不妥。再恼恨也只得赶紧起床，洗脸刷牙，去店里“避难”。

董明玉在“五一广场”开了家服装店，一般过了十点才会去开门。今天来早了，当她蹲下来开卷帘门时，看到门口的垃圾筐里有个黑色的皮包，半新不旧的，在一堆快递盒中间，并不很惹眼。若不是蹲着，还真注意不到。

董明玉好奇地把皮包捡起来，漫不经心地打开看了看，包里没有现金，除了几张乱七八糟的卡，就剩一张身份证和一个旧号码本，上面记了些莫名其妙的文字。董明玉想，八成是小偷拿掉现金，随手扔在这儿的。她刚想把皮包扔回去，却发现身份证上的男人还挺帅，再翻翻本子，还有失主的联系方式，她鬼使神差地拨通了电话。

“喂，你好，请问是许玉成吗？”

“是的，请问您哪位？”

电话那头的语气很礼貌，但这礼貌里又透着公事公办的冷漠和傲慢。好在董明玉不敏感，理直气壮地说：“我捡到一个钱包，里面有你的身份证和卡，可能是小偷扔掉的。”

闻听此言，电话那头的语气立刻升了温，简直瞬间春暖花开：“真的吗？请问里头有哪些东西？”

“有身份证，银行卡，还有个小本子，我就是在本子上找到了你的手机号。”

“太好了，您在哪里？我马上来找您好吗？”

“我在五一路。”

“这样吧，您到前面钟楼巷找个咖啡馆坐一会儿，我来找您。”

董明玉觉得有点奇怪，这人为什么不直接来呢？还非要找个咖啡馆，真矫情！但看在对方长得帅的份上，她还是答应了。

2

钟楼巷是主城区的老巷子，这几年突然开了许多咖啡馆，家家装修得个性十足。董明玉经常从这条巷子经过，却从来没进去喝过咖啡。她觉得那玩意儿一股子焦苦味，比中药还难喝。高三的时候，全班都冲“味道好极了”来提神，她也喝过几包，但该打瞌睡的时候照样打瞌睡，半点效果也没有。董明玉总是睡不够，老师一讲课她就犯困，糊里糊涂就把整个高中三年给睡过去了。高考结束，自然名落孙山。她刚开始有点沮丧，但家里人并不在意，反正姐姐董明敏和弟弟董明俊一个考上了重点大学，一个进了重点高中，足够在亲戚朋友中长脸了。

暑假快结束的时候，父亲问："你是自己找个地方上班呢，还是到砂石场帮着记账？"董明玉没有去打工，也没有去父亲的砂石场。她跟父母要了点钱，租了个小门面，开起了时装店。店里的装修，是从韩剧里学的，粉紫色的碎花墙纸，衬着白漆的衣柜衣架，还有梳妆台和小沙发，角落里放了盆儿可乱真的仿生花，看上去不像是服装店，倒像电视剧里女明星的衣帽间。店里的衣服，也是以甜美的日韩风格为主，价钱不高不低，生意也不好不坏，她就这么不咸不淡地混着。

董明玉找了个叫"影子"的咖啡馆坐了下来，给许玉成发了定位。跟服务员要了杯橙汁，刚喝上，许玉成就来了。

"您好，请问是董小姐吗？"

许玉成的语气有点太过正式，董明玉都不好意思了。她红着脸，说："是的，叫我小董就行了。"

她低下头去喝果汁，眼睛却偷偷瞄着许玉成。这个男人四十岁了，看上去却只有三十出头，不胖，没有啤酒肚，衣服也干净齐整，一副讲究的样子。

许玉成也打量了一眼董明玉，这姑娘和满大街的年轻女孩没什么区别，穿着时髦而廉价的衣服，化着网红妆，属于看一眼马上就会忘掉的长相。

董明玉把钱包放到桌上，说："喏，你的东西。"

许玉成接过来，并不看钱包，而是迅速翻开号码簿，见里面一页未少，轻轻舒了口气，微笑着说："谢谢你呀，小董。这个本子对我很重要，要是丢了还真是挺麻烦的，你真是帮了个大忙。"

董明玉放下吸管，说："你客气了，只是举手之劳，应该的。"

许玉成要了一杯拿铁，问："既然到了咖啡馆，怎么不来杯咖啡？"

"我不太喜欢喝咖啡，果汁挺好的。"

"我年轻的时候很喜欢喝咖啡，现在睡眠不好，不太敢喝了。"

拿铁上桌，许玉成喝了几口，和董明玉随便聊聊，三言两语便知道了她的大概情况：这姑娘开服装店，家里有姐弟三个，她是老二，父母做点生意，家境还算殷实。

许玉成掏出个信封放在桌上，说："小董，我还有点事情得先走了，这是一点心意。"

董明玉急了，差点把玻璃杯碰翻，说："你这是干什么呢？捡到东西还给人家是应该的，你这是什么意思嘛！"

"拿着吧，小董，这东西对我很重要，失而复得，真是很感激。"

"你已经说了好多谢谢了，就别再客气了。"董明玉说，"反正我肯定不会要，你不拿回去就送给咖啡馆老板吧！"

董明玉边说边抬脚往外走，她是真有点生气：这男人把我看成什么人呀！

许玉成以为她只是做做样子，想不到真的走了。他结了账，追出咖啡馆的门，已经看不到董明玉了。他想，这姑娘有点意思。

3

从咖啡馆回来，董明玉心里还是憋着气。其实人家给点报酬是人之常情，她推掉也是合情合理，可心里就是有股说不上来的怨气。

因为不是周末，下午的生意比较冷清。隔壁的小雪来串门，拎着一袋油炸臭豆腐边走边吃，看到桌上没动过的奶茶，拿根吸管扎进去就喝了两口，呼着气说："辣死我了！"然后递给董明玉，问，"你喝不喝？"

董明玉当然不会喝，前几天"漂亮宝贝"的老板倩倩告诉她，说小雪白天开服装店，晚上在夜总会坐台，实际上就是个小姐。董明玉原本对小雪印象挺好的，觉得她长得漂亮，人也爽气，不像别人爱搬弄是非。听倩倩这么一说，顿时觉得小雪浑身沾满了细菌，脏死了。

小雪不知道别人背后说了什么，还是一如既往开店、串门，到各家乱试衣服。小雪店里卖的都是很省布料的奇装异服，露后背露大腿露乳沟，董明玉打死也不会穿这样的东西，但小雪却常常跑到董明玉店里来试衣服。以前倒也不在意，现在董明玉觉得衣服被她穿过简直对不起顾客。

"小雪你刚吃了臭豆腐，别把衣服弄脏了。"

"哎哟喂，今天吃什么啦，火气这么大！"

"我今天心情不好，离我远点。"

小雪知道董明玉有点"二"，发起脾气来一点也不留情面，邻居也好，顾客也罢，都吵过。但她也有个好处，不记仇，火发过了又主动跟人道歉。大家都知道董明玉这个性子，暗地里给她取了个外号叫“二小姐”。

小雪见她今天一副生人勿近的样子，悻悻然去了隔壁找倩倩。董明玉猜她们一定会说自己坏话，甚至连表情、语气都能猜到。尤其是倩倩，不但爱打听别人隐私，还到处搬弄是非，真是讨人嫌。

董明玉知道“二小姐”的外号，却也懒得生气。自己在家里排行老二，二小姐就二小姐吧，无所谓。事实上，家里人也当她有点“二”。父母生了姐姐后，想再生个男孩，东躲西藏了七个月却查出来是个姑娘。母亲主动去引产，打了针，没想到丫头却大难不死活下来了，小猫一样的，在医用托盘里挣扎。外婆心一软，脱下外套将她抱回去了。董明玉五岁的时候，父母如愿生了弟弟董明俊。七岁的时候，外婆去世了，她才回到父母身边。

刚到家里时，董明敏和董明俊都当她是个外来入侵生物，一点儿也不友好。父母觉得亏欠老二，便不分青红皂白呵斥那两个孩子，没想到这反而让他们更加孤立了董明玉。后来，父母发现，董明玉确实没有姐姐聪明，而且说话急了就口吃，做事木讷呆板，甚至连弟弟也不如。便想，这孩子是引产出来的，脑子大概受了损伤，就别指望她成什么器了。

董明玉打小就明白这个事实：姐姐优秀，弟弟得宠，她在“三不管”的空心地带。父母做生意忙，姐姐就带着弟弟写作业，手把手一题一题地教，像个小老师，又像个小家长。董明玉很羡慕姐姐对待弟弟的态度，有时候也不知趣地凑上去问，姐姐就会冲她：

“不懂明天问老师去，没看到我在教明俊吗？”

现在姐姐出去上大学了，弟弟也读寄宿高中。这几年房地产红火，父亲的砂石场生意好，也经常不回来。偌大的房子，就董明玉一个人住着。她懒得下厨，三餐都随意买点东西对付。有时候打烊晚了，就点些羊肉串、辣炒花蛤打牙祭。平常吃惯这些，并没有什么问题，偏偏有一天家里人都不在时，她食物中毒了。半夜三更打车到医院，脸色惨白地挂急诊，忽然听到有人叫她：“小董？”

董明玉回过头去，想了一会儿才记起这个男人叫许玉成。许玉成把她拉出挂号的队伍，直接带到了急诊室，打电话叫了个住院部的值班医生来看，医生说是食物中毒，挂几瓶水就没事了。

许玉成把董明玉送到输液大厅，等护士把针头插好就走了。董明玉两瓶水挂完，许玉成又来了，不由分说地要送她回去。护士开玩笑问：“许院长这是谁呀？”

许玉成说：“家里表侄女。”

董明玉这才知道，原来许玉成是医院的副院长。

4

凌晨三点，许玉成开车把董明玉送回家。董明玉以为到楼下就行了，没想到许玉成坚持要送她上楼。董明玉紧张起来，结结巴巴地婉言拒绝。许玉成皱着眉毛，说：“你都病成这样了，难道我还会对你有企图？”董明玉想想也是。

许玉成在董家厨房找到一点大米，用电饭锅煮了粥，然后把医生开的药交给董明玉，告诉她哪种怎么吃。看看窗外，天已经快亮了。他把董明玉的手机拿过来，将自己的号码存上去，说："我先走了，你好好休息，有什么事情打我电话。"

许玉成关门走了之后，董明玉半天都没回过神来。她有点晕乎，这完全是网络小说上"霸道总裁爱上我"的节奏嘛。

董明玉躺到被窝里，却一点睡意也没有。窗外有汽车的声音，肠胃也在肚子里咕咕作响，她好像忘了晚上的痛苦，特别希望自己"有什么事情"，这样就可以名正言顺打电话给许玉成了。可是直到迷迷糊糊睡着了，也没出现"什么事情"。

这次食物中毒让董明玉因祸得福。瘦了好几斤，人甚至都变好看了。她忽然很希望许玉成能看见她现在的样子，可自从自己病好了之后，他连电话都没打过一个。董明玉的心慢慢黯淡下去了，她想，人家伸手相助，不过是还个人情，两个人身份悬殊，再也不会有什么交集了。

时间一长，董明玉又慢慢忘了这个插曲。那天她和平时一样，坐在店里玩手机，忽然觉得进来个人，头也没抬，随口就说："喜欢哪件自己试。"

那人却并不看衣服，径直走到了她面前。

光线被挡着了，董明玉不得不抬起头来，心差点跳出了喉咙，是许玉成，许玉成竟然到她店里来了。

"你，你怎么找到这里了？"

"太好找了呀，你的店就叫明玉服饰。"

"你找我有……有什么事吗？"董明玉恨自己一激动就开始结巴，可她又无法控制自己的激动，她脸红了，连耳朵都火辣辣的。

“你什么时候打烊啊？我想请你吃晚饭。”

“现在就可以走。”说完这句，董明玉更不好意思了，好像自己随时等着他似的。

许玉成笑笑，说：“那我到车上等你，车在建行门口。”

董明玉等许玉成出去，赶紧掏出小镜子来，迅速地补了妆，看看身上的墨绿裙子和黑色小西装还算正式，就关了店门出去了。倩倩嗑着瓜子问她去哪，董明玉回了她一句：“有事。”

5

许玉成开了四十分钟的车，董明玉坐在副驾驶上忐忐忑忑地看窗外，好像越走越荒凉了，她忍不住问：“我们这是去哪里呢？”

“吃江鲜。”

“到哪里吃？”

“江边。”

车子拐了个弯，果然看到了江堤，又走了几分钟，终于停在了渔家乐的小院外面。董明玉下车，她还是第一次离长江这么近，痴痴地看着涨潮的江水，漫过了江滩上嫩绿的水草和芦苇，许多不知名的鸟儿扑棱棱地飞出来，又落到岸边停着的一艘大船上。

“看什么呢？”

“太阳落山了，像个咸蛋黄。”

董明玉的比喻把许玉成逗乐了，他取下墨镜，眯着眼看了一会儿，说：“进去吃饭吧。”

渔家乐的院子里，有个大池子，里头养着一些锦鲤和江鲶鱼，还有几个玻璃缸，也养着鱼虾，董明玉认识胖胖的河豚，许玉成告诉她，哪个是红鳍东方鲀，哪个是菊黄，哪个是赤眼鳟和鲻鱼。董明玉吐吐舌头说："江鱼就江鱼呗，哪记得住这么多名字呀。"许玉成说："对，叫什么名字没啥要紧的，好吃就行了。"

董明玉原本以为只有她和许玉成两个人，进了包房才发现有七个人在，六男一女，她和那女的照了个面，对方都吃了一惊，没想到在这里碰上小雪了。

董明玉顿时觉得无地自容，她想小雪一定以为自己也是她那样的人，如果许玉成知道小雪的店开在隔壁的话，也一定会把她当成那样的人。董明玉浑身都不自在起来，好在小雪笑了笑，并没有与她相认。

许玉成一到，酒席就开始了。这家江畔小店极偏僻，菜却很地道，传说中的"长江三鲜"都上齐了，酒是两斤装的茅台陈酿。这些人大哥三弟地叫着，推杯换盏，好不热闹。许玉成给她盛了一勺菜，说："你尝尝，江滩上的野草菇炒鸡蛋白，这个才是最好吃的。"

别人注意到许玉成的这个动作，站起来说："我们来敬敬小嫂子。"

董明玉听出了他的意思，急忙分辨："我不是……我不是……"

许玉成说："别拿她开玩笑，酒我喝就行了，待会儿她还得开车回去呢。"

那几个男人便放过董明玉。小雪主动陪着他们喝，她酒量很大，一边喝一边朝董明玉抛来几个媚眼，董明玉故意装作没看见。

酒喝到了深夜，一桌人除了董明玉全都东倒西歪。董明玉还愁没人埋单，老板却对服务员说："慈济药厂的王总安排好了，把客人送到水上巴黎吧。"服务员按照吩咐把他们送到了江边的大船上，原来那艘船竟是个装修豪华的宾馆。

董明玉见许玉成醉成这个样子，心想今天肯定是回不去了，反而不再那么忐忑。许玉成闭着眼睛躺在床上，不说话，也不知道有没有睡着。董明玉给他脱了鞋子，把他搬上床。许玉成却忽然把她拉到怀里去了。

董明玉心里"咯噔"了一下，却丝毫没有挣扎，由着他摸索、摩挲，渐渐身子也热了，自然而然地有了回应。许玉成腾出手来脱了自己的衣服，也三下两下除去董明玉的衣服，两副热热的身子迫不及待地合在一起了。

6

从江边回来之后，小雪对董明玉格外热络起来。下午特地买了抹茶泡芙去找董明玉，想要掏心掏肺一番似的。董明玉一副冷脸，还不客气地把她往外赶，说："小雪你烦不烦啊，能不能让人清净会儿，真是的。"

平时如果董明玉这样子，小雪只当她又"犯二"了，抱怨几句也就算了。可这回小雪是捧着一颗滚热的心来的，被董明玉兜头浇了一盆冷水，不由得火冒三丈，她骂道："跩什么呀，不就是个二奶吗？装什么纯情玉女？"

董明玉冲出门去，一把揪住小雪的头发，恼怒地质问："你骂谁是二奶？你有什么资格骂人？你这个臭不要脸的婊子！"

小雪和董明玉打起来了，倩倩听到动静，尖叫道："哎呀，怎么打起来啦，大家快来拉架呀！"

董明玉听出她话音里的幸灾乐祸，也知道她扯着嗓门是在喊别人出来看热闹。但此时什么也顾不上了，小雪撕了她的衬衫，在她雪白的胸上抓出几条血印子，她必须狠狠地收拾这个贱人。

附近几家店的老板和顾客都跑了出来，七手八脚把两个女人强行拉开。小雪和董明玉都挂了彩，衣服破了，头发也乱了，看上去狼狈不堪。两个人嘴里还在对骂。董明玉发现自己骂起人来语速很快而且一点都不结巴，非常痛快淋漓地往外喷脏话粗话，她不知道是在骂小雪，还是骂自己，甚至连着那帮女人都骂了。

7

这一架打完之后，董明玉将服装店关了。

她只带走了店里的一台笔记本和几样常用的东西，余下的衣服和一些衣架、配饰都送给了马桂琴。这女人离了婚，一个人带着孩子开内衣店，挺不容易的。

倩倩瞅着马桂琴把"明玉服饰"的存货搬走，难免眼热。她原想低价转过来的，可是董明玉这个"二货"却把东西白送给了马桂琴。倩倩怀疑，董明玉一定勾搭上了大款，因此这些个钱都不在乎了。

董明玉走的时候，相熟的几个店主都到门口送了送，说了"有空来玩"之类的话。董明玉用眼角的余光瞥了瞥，"雪媚娘"的门没开，小雪也不在。董明玉挥挥手，说："姐妹们，再见啦！"

董明玉回到家，家里人都不在。她洗了个澡，打开电视机，泡了一碗面，刚刚准备吃，许玉成电话打来了，叫她出去吃饭。

这次没有别人，也没去老远的地方，就在市区的西餐厅。董明玉换了件绿底白花的欧根纱裙子，来不及涂眼线装假睫毛，只快速化了个淡妆就出门了。许玉成见了她，反而有些意外，说："今天这样子真好看呀，清水出芙蓉。"

董明玉很高兴，红着脸低头点菜，许玉成喝了口柠檬水说："小玉，你是不是把服装店给关了？"

"你怎么知道的？"

"先不管我是怎么知道的，你打算今后做什么呢？"

"还没想好，先歇一阵子吧，这店开得人闷死了。"

服务员上了开胃菜，两个人停下来吃了几口沙拉。许玉成说："小玉，你看这样好不好，服装店不开就算了，开个咖啡馆吧。"

"咖啡馆？"

"是呀，咖啡馆。"

"这个我哪会呀？"

"你不需要会，只要在店里当老板娘就行了。"

董明玉这才明白了许玉成的意思，他要出钱，给她开个咖啡馆。

8

八月八号，"董小姐咖啡馆"在凤城河边开业了。

从选店面到装修，从买家具到安机器，许玉成都请人安排好了,既不要自己出面,也不需要董明玉帮忙。只是服务员,他让董明玉自己去挑。亲自选的人,用起来才顺手。

开业那天,因为来的人真不少。董明玉穿了件玫瑰色的小礼服,忙前忙后,热得满脸通红。到打烊的时候,许玉成来了,董明玉兴奋地告诉他,有五千多的营业额。许玉成说:"不管挣多挣少,都放在你那。"

"这哪行啊,店是你开的,应该你拿一大半,我拿一点就行了。"

"我又没说都给你,只是由你保管罢了。"

许玉成让董明玉坐在他腿上,董明玉捧着他的脸说:"你对我这么好,我一定不会辜负你。"

许玉成笑了,问:"为什么这么说呢?"

"不为什么,我就是这么想的。"董明玉一脸认真。

许玉成觉得这丫头发憨的表情特别逗,他吻着董明玉,手开始不规矩了,董明玉娇嗔道:"外头是玻璃门哎。"许玉成伸手拉下落地玻璃的帘子,说:"这样总可以了吧。"

9

董明玉关了服装店并没有跟家里说,开了咖啡馆也没有跟任何人提起。她还是和平时一样,天天睡到十点多,然后梳妆打扮好出门去,忙到深夜才回,家里没有人关心她在做什么。

董明敏如果不是因为同学聚会,怎么也不相信董明玉开了咖啡馆。那天她和高中几个同学聚会,酒喝多了,有人提议到咖啡馆坐坐，就顺路到了“董小姐”。他们一边找位置，还一边开玩笑：“明敏这不会是你的产业吧？”

董明敏也笑着说：“是呀，今天大家尽管消费，免单哈！”

没想到，男同学结账的时候，收银员真的不肯收钱，说老板已经埋单了。

董明敏很诧异，让服务员把老板请过来。董明玉系着茶绿色的围裙出来，不好意思地说：“姐，这顿算我请你们。”

董明敏惊愕得眼珠子都快掉出来，她怎么也想不到董明玉会开咖啡馆，但在同学面前又不能失了面子，便敷衍几句走了。回家后，她追着董明玉问是怎么回事？董明玉的回答是服装店开不下去了，跟人合伙开了咖啡馆。再问，便一声不吭了。董明敏知道妹妹的性子，再问也不会有什么结果的。便不再问她，而是耐着性子像个侦探一般捕捉蛛丝马迹。她在窗口看到一个男人常常送董明玉回来，两人举止亲密，看年纪比她妹妹大一大截，显然不是在谈恋爱。于是，董明敏认定：董明玉做了人家的情人。

这个结论让董明敏很愤怒，这真是把董家的脸都丢尽了，但她又不好直接挑明，鬼知道这个二货会做出什么事情来？她只能旁敲侧击地希望董明玉迷途知返，回归正道。可这个二货就是一根筋，油盐不进，自甘堕落。董明敏觉得董明玉简直没得救了，这样待在家里迟早会被人发现。她将事情告诉母亲，逼着董明玉搬出去住，这样眼不见为净。

董明玉倒是很干脆地搬走了。她在咖啡馆附近的小区租了个两居室，换了窗帘，买了新铺盖，看着也像个新房了。许玉成中午来休息，有时候晚上也不走，高兴的话还会买点菜下厨，给董明玉做饭。董明玉不会烧菜，许玉成忙活的时候，她就从后面抱着他，把头倚在他的背上，感觉这样心安极了。董明玉从来不问许玉成家里的事，也没想过他们的将来，日子每天这样过着，她已然很满足了。

董明玉离开家三个多月，母亲跟她通过一次电话，是为了找家里的一只空调遥控。然后很长一段时间，都毫无联系。不过，董明玉并不伤心，反正从小就这样，除了死去的外婆，没有人对她特别关心过。而现在，她觉得许玉成更像是她的亲人。

快过年了，董明玉到商场里给许玉成买了件皮羽绒，打完折一万八，但是料子轻软，做工也好，许玉成穿在身上很精神，董明玉便觉得值了。

在家里试衣服的时候，董明玉的手机响了，是她母亲的电话，她在那头带着哭腔说："小玉，你来下医院吧，你爸被人打伤了。"

10

董明玉的父亲被推进了手术室，母亲在门口，将事情的来龙去脉讲给董明玉听。原来父亲长期合作的开发商跑路了，赊了董家一百多万的账，此外通过董父做担保，借了别人两百多万。这人一失踪，所有的债主都找到董家来了，言语不和，竟打断了董明玉父亲的两根肋骨。

董明玉看着母亲哭肿的眼睛，真是不敢相信，家里连医药费都拿不出来了。她让母亲把手里的几千块收起来，然后默默地拿出自己的卡交了各种费用。回来的时候，听见母亲在给姐姐打电话,董明敏气急败坏地抱怨父亲认人不清,在她毕业的节骨眼上出了这种事情,她说:“我一个在校学生,能有什么办法呢?”

另一个在校学生董明俊就更没办法了,他的高考成绩并不十分理想,只能勉强上个本三。可他却心高气傲,嚷着要出国,父母只好乖乖地给他办了去韩国留学的手续。现在家里唯一能指望的,就只有最没用的董明玉了。

父亲手术做得很顺利,麻醉过后,躺在病床上呻吟,母亲一边叹气一边给他喂水。董明玉第一次觉得父母真是可怜,生了三个孩子,辛苦了大半辈子,却一个也指望不得。董明玉觉得自己是个冷漠的人,从小父母没给自己多少亲情,她也没什么家庭观念。在这里照顾父母,不过是尽点孝道罢了。

然而,父亲的受伤只是各种麻烦的开端。董家的运势,仿佛一下子颓了下去。砂石场的设备,被要账的人拖走了,挖掘机、卡车也被变卖抵债,就连家里住的房子也抵押给了银行。就这样,还是整天被债主们围堵。董明玉不住在家里还好些,父母整天面对这些人,没几个月,头发竟都白了。

开咖啡馆这半年多,董明玉存了二十多万,她想拿出些给父母,但想想就算全给他们也是杯水车薪,而且这个钱大部分还是许玉成的,便不提了。但父母陷入窘境的样子,她又实在看不下去,于是隔一阵子,就给他们送一些日用品和生活费。

许玉成这阵子好像很忙,来的次数明显少了。董明玉心里有些惆怅,但是又不能硬要他来,毕竟他还有家,有工作,自己不想成为他的负担。她的愁,像这梅雨天似的,黏黏糊糊,阴阴沉沉,不知道什么时候才能云破天开。

11

连绵的梅雨,催开了咖啡馆旁边的夹竹桃和栀子花,还有金丝梅和广玉兰。这样的初夏其实是很美的,董明玉被重重的心事遮了眼睛,什么也看不到,直到店里的咖啡师傅小贺捧回了一盆茉莉,花香绕过她的鼻子,她才猛然间像从梦里惊醒了一般。

"哪来的茉莉花呀?"

"上班路上,看到有人推着车子卖,就挑了一盆。"

"好多花骨朵儿呢。"

"嗯,我挑了盆最好的。"小贺得意地笑了,董明玉看见他有颗小虎牙,这颗虎牙令他看起来莫名地亲切。

茉莉花被小贺放在了吧台上,董明玉摸着油亮的叶子,忽然觉得心里也光亮了些。

小贺去厨房忙了,董明玉在吧台算着账。以前卖服装的时候,她并不太在乎生意好坏,只要不亏本,能养活自己就行了。后来开咖啡馆,也只放了一半的心思在店里,还有一半挂在许玉成身上,也没顾念挣多挣少。可是现在,董明玉不得不去考虑用工成本和收支关系,她想着店里的西点都是从外头订的,也是一笔不小的开支。如果给小贺加点工资,让他试着做西点卖,倒是划算很多。

小贺是学过做西式点心的,但应聘的是咖啡师的职位,董明玉提出加工资,请他做点心,小贺想了想就答应了。董明玉按照他列出的清单,在网上买了烤箱、打蛋器、各种模具和原料,一样样安装起来，小贺就开始干活了。他先做蔓越莓的曲奇饼干，把黄油软化了，加上砂糖和蛋黄，打成鹅黄的膏，董明玉好奇地在旁边看着，闻着味儿就想流口水。等饼干烤出来，整个店里都是喷香的味道。董明玉等不及地拈了一块放进嘴里，不用咀嚼，酥松的曲奇入口即化。

“太好吃了。”

“真的吗?”小贺自己也尝了一块，说:“好久不做，有点手生了，样子不好看，吃起来还行。”

其他同事也过来尝，都夸奖小贺的手艺好，就连店里的顾客闻着味道也要点一份。

小贺试做的第一批饼干就很受欢迎，董明玉鼓励他再试着做别的，失手了也没关系，大不了费些料。如果做得好，另外有奖励。于是小贺又连续试做了北海道戚风、巧克力玛德琳、帕玛森冻芝士等好几款蛋糕，没有一样失手的。董明玉很高兴，在旁边又是打鸡蛋又是称面粉，忙得不亦乐乎。

小贺说:“董姐，其实你也可以学的，以后我不在这，你就不需要请人了。”

“啊? 怎么你要走吗?”董明玉一时没反应过来，愣愣地问。

“不是，我就是建议你学着做。”小贺看着董明玉的样子，低下头笑，又露出了小虎牙。

“吓我!”董明玉舒了一口气，用手上的干面粉，抹了小贺一脸。小贺也不躲开，笑嘻嘻地捏蛋挞皮子去了。

12

董明玉对烘焙确实没什么天分，不知道浪费了多少面粉奶油，终于入了门。八月十六是许玉成的生日，她费了九牛二虎之力做了个生日蛋糕，捧出来让他许愿。许玉成看到上面歪歪扭扭的“生日快乐”就知道是她的手艺，拿走蛋糕，把董明玉抱在怀里，说：“你这个傻孩子。”

“是呀，我是引产出来的，大家都觉得我傻呢。”

“小玉，知道我为什么喜欢你吗？”

“不会是因为我傻吧？”

“你不是傻，你纯真，善良，这样的女孩子真不多了。”

“我哪有你说得那么好？我也很自私的。”董明玉亲了一下许玉成的脸庞，说，“吃蛋糕吧，我的寿星。”

许玉成并不爱吃甜食，但董明玉亲手做的蛋糕，还是要吃几口的。他动了两勺，说：“味道比样子好啊。”

董明玉看着窗外的月亮发呆，回过神来，问：“你说，如果我们有个孩子的话，会像你还是像我呢？”

许玉成愣住了，刚想发问，董明玉就笑着说：“我没有，只是问着玩玩。”

许玉成说：“很多如果是没有意义的，现实里的问题都解决不完，哪有那么多精力去想如果呢？”

许玉成吃了晚饭就要回去值班，董明玉在门后抱着他问：“我下次什么时候才能见到你？”

许玉成说:“说不定呢,最近太忙了,我有时间就来看你。”

董明玉点点头,松开手放他走了。许玉成觉得这丫头有点不对劲,可是又说不上来。

许玉成出国了一个多月,回来的时候,给董明玉带了个包和一套化妆品。见面的时候,觉得她脸色不太好,情绪也淡淡的,完全不是以往的状态。许玉成想和她亲热,董明玉说例假来了。

“我记得不是这几天吧。”

“一向不太准,推后也是有的。”

许玉成知道她来例假小腹会凉,就把手伸进睡衣给她焐,不经意看到了董明玉肚子上有条浅浅的妊娠线,许玉成联想起上次董明玉的话,瞬间明白了,这个傻丫头悄悄堕了胎。

许玉成也不挑明,等董明玉睡着之后,看着她憨憨的样子,心里一疼,眼泪就落了下来。

董明玉没有告诉任何人她怀孕的事,原本就打定主意这辈子不生孩子的。可是意外有了,还是不免有些心动。她做梦都知道这个孩子不能留,可那天还是忍不住试探了许玉成。结果,他的表情让她彻底死了心。她鼓足勇气去医院打胎,医生却说没到时候,要再等半个月才能做手术。

在等待的日子里,董明玉的身体却开始接纳了这个孩子,本能地有了孕育生命的各种迹象。她抚摸着自己的腹部,虽然平坦光滑,可有个小孩子在里头啊。董明玉在卫生间光着身体照镜子,妄图看一眼那个小东西的形状,然而怎么可能呢,孩子还那么小,那么虚无,一点儿动静都没有呢。

董明玉突然有点想自己的母亲,她买了点菜回去,让母亲给她做糖醋排骨。母亲做菜并不算好，可是从小吃惯的味道，总是会想的。董明玉坐在客厅里摘豆角，听到父亲在房间里跟董明敏通电话。父亲向来最宠爱姐姐，几乎是言听计从的溺爱，这是董明玉羡慕不来的。可今天他们却在电话里吵架，好像又是为了钱的事情，父亲气得把手机都摔了。

“怎么了？”

“你姐姐单位上有指标房，要交十万块钱，我们现在哪里还拿得出？”

董明玉“哦”了一声，继续低下头摘豆角。父亲坐在她旁边，说：“小玉啊，你们姐弟三个都是我们的心头肉，按理说要一碗水端平的，你姐姐现在有困难，弟弟又还小，你有能力就帮帮她吧。换作你有什么困难，明敏也不会不管你是吧。”

董明玉还是不作声，刚才她听到董明敏在电话里咆哮：“我才不会向那个二奶开口。”她把豆角篮子端到厨房，说：“让董明敏自己跟我说吧。”

母亲把糖醋排骨做好，董明玉看到那黑乎乎的颜色，突然又不想吃了。她用开水泡了一碗饭，就着炒茄子吃完就走了。到了晚上，她接到了董明敏的电话，她听得出董明敏在压制着情绪，尽力保持不卑不亢、平平常常的语调，但实际上，她们都知道，董明敏打这个电话就是一种服软和低头。董明玉答应了，但很为难地说只能拿出一半，她太了解董明敏了，从小她就会多拿多占，剩下的她肯定有办法。

父母不知道董明玉究竟有多少钱，但总觉得她能拿出的不止这么多，还有点怪她为难姐姐的意思。董明玉也不想多解释，却坚定了打掉孩子决心。

13

董明玉自己到医院里做了手术，无痛人流，麻醉了半小时，她与腹中那个生命就彻底剥离了。奇怪的是，孩子拿掉之后，她对许玉成的心也完全不一样了。

许玉成也感觉到了董明玉的变化，这变化让他深感自责。到了年下，他要来董明玉身份证，几天后连同一个信封交还给她。董明玉打开一看，原来是这套房子的产权证，现在过户到了她的名下。

可是，董明玉心里虽然很感动，却还是没有办法像以前那样对许玉成。感情这东西就像河里的水一样，流经了某处，就再也回不去了。许玉成最近倒是常来，两个人贴紧身子躺着，可心是隔的。

董明玉挂在许玉成身上的心，慢慢地转移到了咖啡店里。她做甜点和咖啡的手艺日益精湛，成品甚至比小贺的更受顾客欢迎。董明玉觉得这样挺好的，有事做，日子就有盼头。

许玉成像负气似的，许多日子不来，而且连一个电话也没有。董明玉终于想他了，说服自己给他打电话，可他手机关机了。董明玉想，大概是在做手术或者开会吧。隔了一天再打，还是关机。董明玉不服气，坐在那一遍遍拨号，那头却总是机器女声在说："对不起，您拨打的用户已关机。"

董明玉猛然发现，她和许玉成的全部联系，都依靠一部手机。她到医院去找许玉成，人家也说不知道，好些日子没见他上班了。

董明玉坐在医院大楼后面的凉亭里，想想觉得伤心，就忍不住哭了起来。旁边来来往往的人，有的无视，有的好奇又怜悯地看一眼，医院这种地方什么事都见得多了，无非又是生老病死而已。

如果董明玉知道许玉成在哪里，他来不来都没关系。可是这种下落不明的担忧，真是把人折磨死了。董明玉想破了脑袋，终于想到小雪可能认识许玉成的朋友。她去五一路找小雪，却发现“雪媚娘”早就改朝换代了。还好倩倩有小雪的号码，董明玉打过去，是小雪本人接的，犹犹豫豫地说了个坏消息：许玉成和他的那帮兄弟都“进去”了。

董明玉听得傻了眼，她不知道“进去”是个什么概念，许玉成这么好的人怎么会“进去”呢？她真想问问小雪到底发生了什么，可除了“进去”之外，再也得不到任何有效信息了。董明玉急得像热锅上的蚂蚁，明明担心死了，却一点儿办法也没有。她正愁没法子找门路，“有关部门”却主动来找她了。两个穿着常服的工作人员，客客气气地把她请到一幢神秘的房子里，问了许多问题，都是关于许玉成的。董明玉被吓得蒙蒙的，一问三不知。她的确是什么都不知道，从一开始许玉成做任何事情都不跟她解释缘由，甚至根本就不让她知道。董明玉也懒得去问，她相信许玉成，做什么都是为她好。因此“有关部门”盘问了一整天，却什么结果都没有。

董明玉走出那个地方的时候，太阳已经落山了，斜斜地西沉，像个巨大的蛋黄。许玉成一直笑这个比喻，说她是个小吃货。她知道自己没什么事了，却替许玉成担心得要死。这个时候，真想找个人商量商量，好出出主意。她漫无目的地在路上走，看到一家律师事务所，忽然灵光一现，想到了以前的邻居，也是姐姐的高中同学邓龙，他也是当律师的。她找到邓龙的办公室，把自己了解到的情况说给他听，并且肯定地说：“许玉成不是那样的人，他一定是被人冤枉了。”

邓龙说：“现在办案子，基本上都是铁案，不是摸好了情况，一般不会出手的。你也别太着急，我托人帮你打听打听吧。”

董明玉也没有别的办法和门路，只好回去等消息。她在店里魂不守舍地等电话，店员们也听到些风声，躲在旁边窃窃私语。小贺给了她一杯薄荷茶，轻轻放在吧台上。董明玉努力挤出点笑容表示感谢，小贺笑着摇摇头，露出他的小虎牙。

14

这几天老下雨，日子就过得格外慢。董明玉像等了一个世纪，邓龙那边终于有消息了。他打听到的情况是：许玉成医院的老院长退休了，几名副院长都想当接班人。许玉成原本是最有希望的一个，却被人捅出了和药商勾结等种种事情。

董明玉问：“那他会不会坐牢啊？”

“判刑是肯定的，具体就看涉案金额的大小了。”

董明玉一下子又六神无主了，她木木地问：“那要判多少年呢？”

“目前看上去，应该不会少于十年。”

董明玉的脸色忽然暗了，她看着门口“董小姐咖啡馆”的招牌，眼泪开始大颗大颗地滴落。邓龙看一眼她的神情，心下便已了然。他说下午还有事，就起身告辞了。董明玉忽然想起了什么，让小贺拿着装了钱的信封去追他。

董明玉心里难过，都不知道怎么离开店里的，一路上行尸走肉一样，雨把衣服打湿了都不知道。回到家里，看到衣架上有一件许玉成穿过的外套，她取下来，抱着躺在沙发上，一动也不动地待了一整夜，天快亮的时候，终于下定决心，要把这房子卖了，替许玉成做点事情。

十几天之后，董明玉拿着卖房子的钱，去找邓龙帮许玉成退赃。

邓龙说："唉，他老婆一分都没退，你又何必呢？"

"不管那么多了，让他少坐一天牢也是好的。"

15

董小姐咖啡馆关张了。

董明玉遣散员工的时候，给他们每人多发了一个月工资。收拾完东西，别人都走了，小贺磨磨蹭蹭等到最后，问："以后你打算怎么办呢？"

董明玉笑笑："还没想好。"

小贺说："我要走了。"

"哦。"

"你不问我去哪里？"

"去哪里呢？"

"我想去杭州，到那里开个店，要不咱俩一起吧。"

董明玉觉得小贺在开玩笑，但他一脸的认真，就像邀请同学到家里玩的小学生，又真诚又笃定，但也不当是个大不了的事。

董明玉说："我哪都不想去。"

小贺问："你在等他吗？"

董明玉反问："等谁？"

小贺不说话了，帮董明玉提着东西走到路口，叫了辆出租车，董明玉也没有推让，坐上车，在车窗里挥挥手，淡淡地说："再见了。"

车子开走之后，董明玉在后视镜里看到小贺在原地目送出租车，突然间情绪有点失控，很剧烈地抽泣起来。司机以为是小情侣吵架，还劝慰了几句，董明玉不答话，只是一个劲地哭。到了出租屋里，她把手里的东西扔下，趴在床上歇斯底里地哭。她去看守所看许玉成，她有一万句话要问他，可他压根不肯见她。只托狱警带了一句话：别傻了，好好过。

董明玉哭过之后，似乎很快就忘了这个人和这些事。她实在是有很多事情要去做，父母要吃饭，弟弟董明俊要学费，她自己也得过下去。这些事情都像鞭子一样，抽着她，让她一步一步往前赶，丝毫懈怠不得。

董明玉重新找了个小门面，还是开咖啡馆，名字仍叫"董小姐咖啡馆"。店内装修是裸墙和原木的质朴风格，在合适的位置上，放着各种植物，有些开花，有些不开花，但每一种都长得欣欣向荣，很有生命力的样子。三五张桌子，铺着亚麻的桌布，白瓷瓶子里，插一两朵紫色洋桔梗，倒也素净可爱。店面新开张，客人不算多，董明玉一个人既做咖啡也烤甜点，就连打扫卫生也亲自动手。

有一天，她正在拖地，忽然听到有人叫"董明玉"，回头一看，居然是小雪。她胖了，没化妆，穿着条松松的布裙子，后面跟着个看上去很老实的男人。

小雪说："小玉，我想你了，来看看你，这是我的老公阿灿。"

董明玉有点惊讶，也有些喜出望外。虽然两个人打过架，但小雪仍然算是她为数不多的朋友之一。她拿了饮料和点心招待他们，坐下来才看出小雪怀孕了。小雪指挥阿灿帮董明玉把地拖完，又催着他早点上班去。董明玉知道，小雪这样的恃宠而骄是在故意炫耀，阿灿是本地人，郊区的，在饭店里当厨师。他大概做梦也没想到自己能娶到小雪这么漂亮的老婆，所以对她言听计从。

董明玉不说话，笑嘻嘻地坐着，手里却在包豆沙和蛋黄，做成一个个团子，刷了鸡蛋液，放进烤箱里，一会儿就有香气飘出来，馋得小雪快流口水了。董明玉取出一个来，切开，小雪等不及变凉就往嘴里塞。

"慢点吃，还有呢，待会儿带点回家。"

"太好吃了，你居然会做蛋黄酥呀！"

"学起来也很简单的，照着方子，人人都能会。"

"太好了，那我也跟你学吧。"

"就你那好吃懒做的德行，哼……"

"不要小看人，人是会变的，你以前不也什么都不会，看看你现在，多好！"

放在以前，小雪绝不会承认董明玉好，她觉得除了家境以外，董明玉什么也比不上她。但现在看到董明玉现在的样子，她是真心服气了。

董明玉亦觉得小雪顺眼了许多，就连怀孕变得臃肿的身子也可爱极了。小雪突然大惊小怪地说："哎呀小玉，你快来摸，小东西踢我了。"

董明玉伸过手去，小雪肚皮上的一处凸起吓了她一跳。那凸起在她手心里温柔地划过，就像水面上的波纹一样，慢慢漾开，恢复平静，但董明玉的心却被重重地撞了一下。

“小雪，你现在有没有工作？”

“我这个样子，能干什么呀？”

“到我这来吧，跟我做个伴。”董明玉摸着小雪的肚子说，“我天天做好东西给小宝宝吃。”

“好啊好啊！”小雪高兴地说，“那我明天就来，不过你也得教我做东西。”

“行是行，但你一定得勤快点。”

“哎呀，不就是些端茶倒水招待客人的事情吗？这个我会。”小雪说着真提上凉水壶，给客人挨个加了水，还跟人家说了几句玩笑话，把角落里的两个女客逗得乐呵呵的。

她得意地坐到董明玉的身边，说：“干活我不一定有多大本事，跟人打交道还是行的。”

董明玉不得不承认，有小雪在这儿她的确轻松多了，能静下心来做东西。晚上小雪回去的时候，她装了一袋曲奇，几块凤梨酥给小雪带走。

小雪飞了个吻，坐在阿灿的摩托车后走了。董明玉挥挥手，露出了腰身。那两个爱笑的女客看到了她腰上玫瑰花的文身，悄悄地说：“这老板娘看上去像是个有故事的人呢。”

另一个说：“是呀，她腰上的文身多像个小说的开头。”

董明玉站在门口，一句也没听到客人们在谈什么。她呆呆地望着小雪的背影在发呆，心里想，小雪竟快要当妈妈了。

父亲的电影院

小礼堂

二十世纪八十年代初，老陆还是个二十出头的小伙子，在部队里放电影。他身形挺拔，眉目清朗，看上去很像个男影星。某个天高云轻的秋日下午，他在柳浪闻莺照了张相，随信一起寄给在老家供销社工作的未婚妻。未婚妻收信后，火速去城里绞辫子，烫头发，带着大包小包的物件，赶了三天汽车、轮船到杭州探亲。小住了两个月，回去时，肚子里不知不觉揣上了一个娃。

那个娃自然是我。虽然他们年底在老家办了婚礼，宴请亲朋好友时，新娘穿着大红袄子敬酒，并看不出什么异常。但是，次年六月我就出生了。乡间多的是野生数学家，只要算算日子，他们就洞悉了宇宙间所有的秘密。因此，在背地里给我起了个外号，叫“杭州种”。这话带着很复杂的感情色彩，大部分是揶揄和调侃，甚至还有点莫名的艳羡。年幼的我自然是听不出来，而老陆也并不在意，只有我妈愤愤不平。她指着五斗柜上的一张彩色照片，一遍又一遍地解释："我们在部队里参加的集体婚礼，回家只是按老规矩补办了酒席。"

那张照片镶嵌在一个暗红色的木质相框里，相框简洁而精美，是老陆亲手做的。他不仅会做相框，还会画画，包括铅笔画、毛笔画以及用烙铁在木板上画。部队的领导很会用人，安排老陆去放电影和出黑板报，而没有打发他养猪或者去炊事班。否则，这些文艺细胞活跃起来，老陆可能会忍不住在猪屁股上刺青再做成东坡肘子，要是不小心端到首长的餐桌上，那麻烦就大了。幸亏他遇上了伯乐，所以才有机会带着妻子和另外几对新人站在部队小礼堂门口，胸前戴着绸布大红花，脸上挂着极其正规的笑容，意气风发，姿态昂扬地拍下了这张值得珍藏一生的照片。

背景上的小礼堂从前是个教堂，略有些拜占庭风格。虽然几经修葺和改造，整体样子已经很军事化了，但罗马柱和圆顶拱门依旧清晰可辨，即便从照片上看也是独特而漂亮的。漂亮是很重要的优点，可以让人忽略背景，不去深究它曾经用来做过什么。就像好看的姑娘一样，总让人愿意相信她是纯洁的。我和小礼堂从未谋面，但它在我心里却是无比清晰的。因为老陆在我童年的许多夜晚，反反复复描摹过那些细碎而具体的情节，把它们变成一帧帧画面，在我的脑海中不断循环播放。因此，我仿佛亲历过那些蓬勃的日子，目睹着年轻的身影在礼堂开会、唱歌、舞蹈、朗诵……我相信那些日子都是闪闪发光的，因为老陆说这些的时候眼睛也在黑暗里闪着光芒，像是遥远的星星。我母亲则会适时地补充一些细节，说每到节假日，老陆总是特别忙。要早早联系片源，提前用彩色颜料写好影讯，张贴在显眼的地方。战友们围过来看简介时，他会耐心地介绍主要内容和演员阵容。但如果有人要求剧透关键信息，老陆则笑而不答，默默地去小礼堂检查电路，拭擦镜头，倒好胶片。等战友们陆续坐定后，随着一声哨响，灯光熄灭，礼堂里如同鸿蒙未开般幽暗静谧。这时，老陆在高处的放映室打出一束光，投射在幕布上，徐徐牵引出一个瑰丽而壮阔的世界。大家的眼睛紧盯着银幕，心情随着剧情跌宕起伏，中途连厕所都舍不得去上。散场时，每个人都沉浸在剧情中，讨论，模仿，复述台词或者是轻哼主题曲……电影的魅力给老陆也平添上一层光环，甚至有人说，他像《大篷车》的男主角吉滕德拉。老陆仍旧是笑笑不答话，但是他自来卷的头发悄悄留长了，蓬松卷曲，像吉普赛青年。

每当老陆沉浸在往事中的时候，情绪往往特别好。但他的"苏妮塔"总是催促我们早点睡觉，理由是明天还有许多事情要做。我祈求他们再讲最后一个故事，可是没有人理会我。我翻来覆去，看到月光从不太遮光的帘子外透进来，将梳妆台的影子投到墙上，宛如一艘带桅杆的船。这艘船稳稳地航行在时光的河流上，你感觉不到它在移动，但是一不留意就模糊了过去和未来的界限。现实和梦境交替着，把我们推向不可预知的远方。

影剧院

我很小的时候就知道父亲是个解放军，在遥远的地方工作，很久才回来一次。大部分时间，我都跟着母亲在供销社的糖缸和酱缸边长大，听惯了他们用剪刀将布匹剪开一个口子，然后熟练地“嘶啦”一声，准确无误撕到尽头；也看惯了营业员将发票夹起来，用钢丝绳飞到会计头顶；更知道他们“刮缸底”和“扯布尾”的潜规则。供销社的柜台很高，我曾经头朝下摔下来过，半天没有动弹，大家都以为我死了，母亲开始号啕大哭，卖布的阿姨甚至已经在计算要多少尺白布足够把我裹起来而又不浪费。但我奇迹般的爬起来了，没有头晕呕吐，也没有呆掉傻掉，只是突然莫名渴望将来继承母业去站柜台，因为我发现里面的地面比外面高很多，所以这些营业员们看上去总是居高临下，因为他们真的站在了高处。

我的理想刚刚发芽，还没来得及生根，我的父亲老陆就回来了。他的工作仍旧是放电影，只不过地点从部队小礼堂变成了乡镇影剧院。我并不明白他为什么从部队回来，但似乎也不必明白。父亲回家了，能够天天给我讲故事，我想看电影随时都能看，而且还是免费的，这有什么不好呢？要知道，影剧院是我们小镇上最宏大的建筑，坐北朝南，门口是全镇最繁华的马路，摆摊卖菜、卖衣服、卖水果、卖花生瓜子的全都在影剧院的小广场和马路边。白天那些赶集买东西的都聚在这里，到了夜幕降临的时候，影剧院门口的霓虹灯亮起，它成为整个小镇最光明璀璨的灯塔。人们被这光亮指引着，像夜航的船只一样聚拢而来，盼着看一场精彩的电影。我和父母一起，坐在高高的放映室里，通过一个小窗口，俯瞰着熙熙攘攘的人群，看着他们手里拿着花生、瓜子、甘蔗、糖果、橘子水、牛奶棒冰……咀嚼着，分享着，看着熟悉或者不熟悉的小孩子追逐嬉闹着，我的脸上会浮现出和大人一样的微笑，静静地等待着大灯关闭，放映机的光柱穿过尘埃的微粒和人群的呼吸投射在大银幕上。我觉得父亲厉害极了，像神明的使者，通过光影让大人变成小孩子，小孩子变成大人，而大家都一样安静而快乐。我又开始觉得，这个比站柜台有意思多了，等长大了，我也要和老陆一样放电影。

但是这样理想的日子并没有持续太久，随着我母亲的肚皮一天比一天鼓起，我们家的气氛也变得神秘而严肃。父母都不去上班了，还不断有陌生人把他们喊去谈话。我没人照管，就被送到外婆家。我在隔壁的小学校旁听了几个月的课，打了几次小朋友，敲碎过一次窗玻璃，再次回到家里的时候，弟弟已经出生了。奶奶送过来一对银镯子和一个金锁片，安慰我爸说："工作丢了不要紧，有儿子就有后了。"

我这时才明白，老陆生儿子是蓄谋已久的事情，他知道工作会丢，甚至连退路都已经计划好了。他把村里废弃的大会堂承包了下来，要把它改造成一个新的电影院。他还挖了一口池塘，要育珍珠蚌的种苗。因为这几年附近的乡村都流行养珍珠，可是种苗却要到浙江买，运输成本太高了。他有个浙江战友会这门技术，便过去学了一段时间，回来后便一边整修大会堂，一边育珍珠蚌的苗，忙得不可开交。

大人再忙跟小孩子都是没有什么关系，他们忙他们的，我玩我的。再说，家里多了一个小男孩，哪里还顾得上我呢？就像小伙伴们说的那样，有了弟弟的女孩都是"老糙米"，新米上市立马就跌价了。我赌气似的跟着男孩们满村子疯玩，到了大会堂门口，透过紧闭的破旧大门，朝黑咕隆咚的里头看了一眼，我说，从今往后，这就是我家的了。男孩们指着不高不矮的窗子怂恿我说，那你有本事进去看看啊！我果真就爬了进去，但没想到的是一头牛不知从哪也钻了进去，与我狭路相逢，面对面对峙着。四目相看了半天，它忽然低下头去，用牛角对着我。我大惊，怪叫一声，鬼使神差蹿到牛背上去了。牛更惊，在空荡荡的大会堂里奔跑起来，想把我甩下去。我很害怕，只能死死抓住牛角。外面不知道谁把大门打开了，牛猛然见到光亮，不顾一切冲了出去，我就在众目睽睽之下，骑牛出关。我想当时的样子一定是很威风的，但是结局却很悲惨，一出来就被甩下了牛背，摔得满嘴是血。我奶奶说，晦气晦气，还没开门呢，就见血了。老陆说，万幸啊，还好没被牛踩到。

大会堂很快被收拾干净了。搬出堆积多年的杂物，还找出了巨大的蛇皮，可是自始至终都没有看到一条像样的蛇。心灵手巧的小木匠用杉木打了一排排凳子，给舞台上装上幕布，电影院的雏形就出来了，他也成了我的姑父。开张的时候，门口放了很多很多炮仗，还免费放了三天电影，附近几个村的人都赶过来看，天天热闹得像过节一样。那段时间，一部《妈妈再爱我一次》红遍大江南北，人人都要带上小手帕到影院里哭上一哭才算时髦。老陆将这部影片放了一遍又一遍，轻轻松松赚了几个月工资。他乐观地认为，电影院一定会这样红火下去。

然而，到了农忙季节，除了恋爱的小青年，再也没有多少人有空以及有闲钱往电影院跑了。偶尔人家有红白喜事包场，观众才会多些。盛夏来临，电影院不咸不淡地维持着，而池塘里的蚌苗们却在昼夜不停地疯狂长大。老陆白天给河蚌们换水、喂食，晚上去放电影。母亲在池塘周边种了很多西红柿，每天太阳落山时，都能摘上一大筐粉红的果实。家里吃不完就拿到电影院去，顾客买一张电影票就赠送一个西红柿。那西红柿口感特别好，饱满馥郁，咬一口能吸出丰沛酸甜的汁水。他们说吸西红柿的声音像是在亲嘴，于是灯一暗，到处都是这种声音。

到了年底，西红柿和《妈妈再爱我一次》都没能拯救票房，电影院总体来说是亏的。但失之东隅，收之桑榆，珍珠蚌大丰收，并且卖上了好价钱，老陆竟然很意外地成了村里第一个万元户。他又一次戴上大红花去镇里参加表彰大会，分享勤劳致富的经验，甚至还上了市里的报纸。照片上，他自来卷的头发擦了摩丝，显得光亮无比。

大篷船

船从狭小的闸口驶入内河，远处水泥桥上的小孩们便跳跃着挥起手来。有的则飞奔而去，不用猜都知道他们定是一边跑一边报信：电影船来啦！电影船来啦！

是的，我们的电影船真的是非常显眼。它的顶篷方方正正，如同一座在水上移动的房子。更特别的是颜色刷成了和胶片边缘一样的棕黄，在傍晚的阳光下闪耀着迷人的色彩。这是老陆用卖珍珠蚌的钱从镇里买来的。刚接手的时候，它看上去破败不堪，但是稍微一整修，换掉腐朽的木头，重新刷一遍油漆，就立刻光亮起来了。在水乡，所有的村庄都被河流和湖泊包围着，船是抵达任何彼岸的最佳工具。上一年珍珠蚌大卖，但珍珠的行情惨淡，这条路无形中也就断了。村里的人口有限，外村人失去了最初的新鲜感，也不太愿意赶着夜路来看电影，电影院这条路也很艰难。老陆说，没有路，船就是路。于是，他开着电影船，像吉普赛人一样，从一个村庄航行到另一个村庄去寻找生活的出路。

还好乡村有良好的新风俗，每个村集体一年都会放几场电影犒劳自己的成员，也惠泽附近的村民，促进亲戚们走动走动。村民家里有红白喜事、做寿建房也喜欢放一场电影热闹热闹，所以，只要肯跑，电影船总会有生意的。我母亲也从镇供销社调到了村里的供销点，主要销售农药和化肥。镇里的个体户越来越多，供销社生意一天不如一天，她的那些同事们天天在社里打毛衣嗑瓜子，工资都快发不出了。对比之下，我母亲觉得自己到村里还算明智的，虽然化肥农药气味刺鼻，至少还能拿到工资，又能照顾孩子，也算是两全其美。

到了周末，我们会跟着父亲出去放电影，这对于我和弟弟来说，简直是一次小小的旅行。我们坐在船舱里，隔着玻璃窗看河边里的莲叶和水草，看河岸上人家种的花草和菜蔬，看妇女们在水码头边洗衣服，看路过的船队上装了什么东西……我们的船也是一个小小的家，有床铺可以睡觉，有煤油炉子可以做饭，但是基本上用不着做饭。因为每到一处放电影，人家总会把我们当客人招待。村里包场会提前杀一只老鹅或是煮一大锅鱼等我们，人家办红白喜事自然有流水席，添几个人就添几双筷子罢了。

船一靠岸，总有心急的小年轻跳上来，帮忙定下锚，将船停稳。然后七手八脚把幕布、竹竿、电缆之类的搬下去，拿到固定的地点。那里早就支好了放电影机的八仙桌，周围也早就有人用自己的条凳占好了位置。凳子上写着主人的名字，谁也不好乱动，否则很容易引发“战争”。为看电影抢位置打到派出所的，可不算什么新鲜事。

老陆的“大篷船”似乎找对了方向，到各个村里虽然是放露天电影，但基本上场场爆满。即便不按人头收费，但这种人声鼎沸的热闹让他心里充满了成就感，尤其片子特别好看的时候，就算是下雨、下雪，人们也不肯散去，撑着伞，穿着雨衣也要把整场看完。天气好的时候，人自然是更多，我常和弟弟一人一边，坐在电影机两侧，这是全场最高也是最好的位置，能避过所有的人头看到银幕，也可以从独特的角度俯瞰全场。我们就这样看了许多场电影，也到过许多个村庄，但留在脑海中的场景几乎都是一样的，那种深夜旷野里升腾的雾气，刺破夜空的凌厉光电，喇叭里的嘈杂纷乱的音乐，被风一吹，都皱成了一个美丽而不完整的梦。

我们常常在电影还没有散场的时候就已经很困了，母亲会提前送我们到船上去睡觉。我常常在半梦半醒间感觉到船身摇晃得厉害，那是父母收拾好放电影的设备，在午夜归来了。有时候他们会用煤油炉煮一点夜宵吃，下阳春面或是煮馓子，一边吃一边聊，说现在村里人越来越少，很多人都出去打工了，看电影远不如以前热闹，而且现在每个村里都开了录像厅……他们叹息着，我也觉得心情沉重。电影船在河面上摇啊摇的，令人觉得有些烦躁，但是有什么办法呢，河面起风了。

老陆不知道什么时候学会了抽烟。这些年他走到哪里都有人递烟，学会抽烟也并不奇怪。只是他的烟越抽越多，电影船在家停留的日子越来越多，老陆的脾气变得很暴躁。我随手拿根火柴，轻轻弹了出去，火柴像导弹一样拖着一条细细的尾巴落在地上，旋即熄灭了。老陆莫名其妙拿起桑树枝就抽我，我在院子里抱头鼠窜，心里非常诧异，以前我将鞭炮塞进玻璃瓶，把邻居家的茅坑炸爆了他也没这么打我，如今是怎么了？老陆把桑树枝抽断了，我的屁股上留下纵横交错的伤痕，其实倒不是很疼，只是十多岁的姑娘还被打，实在是很丢脸。我委屈地号啕大哭，他背对着我，肩膀在颤动，风把他的头发吹得乱七八糟。

巨幕厅

在我的印象中，老陆一直是个很文艺的人。当然，我知道“文艺”这个词的时候，就已经长大了。

我不知道“文艺细胞”这种东西是与生俱有的还是来自于后天的熏陶，但我相信电影对老陆的人生肯定存在着巨大的影响。他日常的做派和腔调明显区别于他的老伙伴们，包括那些野生的数学家和自封的哲学家。首先老陆的审美旨趣还是比较高的，并且动手能力极强。我们家门口的花坛是他亲手所建，那些精巧图案连经验丰富的瓦匠都叹为观止，以至于那张图纸被反复抄袭了不下上百遍，搞得像是村里统一规划的。但花坛里的植物别人模仿不来，老陆根据季节和植株大小错落种植着美人蕉、剑麻、月季、绣球、栀子、虞美人等，精心照料，时常修剪，看上去总是欣欣向荣的样子。就连我家的菜园，也和别人家不一样，他没有用竹篱笆随便围起来挡挡鸡鸭和牲畜，而是不知从哪里寻来了旧地板，锯成剑一样的尖头，做成整整齐齐的木篱笆，像是欧式的小庄园。他还在篱笆脚下种了牵牛和茑萝，开花的时候，又是另外一番风景。

院子里花团锦簇，家里自然也不能太简朴。老陆用烙铁在柜子上画出山水和花鸟，餐具上铺了桌布，再压上玻璃。他经常从野外和院子里剪上一束花插上，有时候把花夹在厚书本里阴干了，再细心压到玻璃下，显得非常别致。他喜欢买茶具和餐具，出差的时候经常会带回来几个漂亮的杯子和盘子。我妈常常抱怨他买回了许多无用的东西，但我却很买账，觉得同样的食物装在好看的盘子里美味就会被放大，就连白开水放在漂亮杯子里也会更好喝。

在穿着上，老陆同样不肯马虎。他有成套的、带马甲的西装，有很多双皮鞋，擦得干干净净放在鞋架上。他戴圆边的遮阳帽，但从不戴鸭舌帽。夏天就算全村的老少爷们都光着膀子，他也要保留一件白背心。冬天再冷，他都不肯穿棉袄，总是穿着笔挺的毛呢大衣。但是这些年他扛不住了，因为瘦，一入冬就怕冷，不得不早早穿上羽绒服。是的，老陆已经六十多了，早就当上了外公和爷爷，当初那个“文艺青年”在粗粝岁月的反复摩擦下，终于变成了一个“普通老头”。

这个老头不仅仅是普通，简直还是俗气的。虽然他还讲究穿着，也养着花草，但他现在的爱好是抽烟、喝酒、打牌以及用手机刷小视频。我简直不能容忍那个用竹子和宣纸给我做风筝的父亲给孩子们买塑料喜羊羊当玩具，也不能接受他为了买便宜一点的菜要起大早骑着电动车到很远的菜市场。更是反感他经常为了面子和虚荣心让我和弟弟去办一些很为难的事情。我很惊惧他的这些变化，因为我很清楚自己在某些方面很像他，他的庸俗和堕落是不是预示着我有一天也会如此呢?

我看着他,经常觉得陌生和恐惧。除了日常的交流,我刻意回避与他深谈,却又从多个侧面了解和分析他。他曾经成为过"先富起来"的那部分人,但由于性格的局限和缺乏足够的野心,导致命运起起落落,在暴富和赤贫间蹚过几个来回。许多事情他没有告诉我,也永远不会说。但我还是在别人口中得知他当初下定决心把电影船卖给弹棉花的,改行去学建筑监理的真正原因。原来是一个包工头的母亲去世,让老陆给死人放了三晚的电影,而没有任何一个活着的观众。老太太喜欢看电影,但因为儿女众多,总是忙个不停,生前竟从未看过一场完整的片子,这是包工头儿子对她的补偿。

卖掉电影船的老陆,后来也成了一个包工头。那些年似乎随便拉几个人成立一个建筑队就能挣很多的钱,简直魔幻极了。老陆有了钱,变得很膨胀,不仅自己用上大哥大和摩托罗拉,甚至还给读高中的女儿也买了索尼爱立信,让我成为全校第一个用手机的学生。我用着手机和巨额的零花钱,成为同学眼中的"富二代",却总觉得非常心虚。周末回家,看到专门请的家教老师在辅导我弟弟学习,客厅里坐满了不知道哪一路的亲戚朋友,母亲和保姆则在厨房里烟熏火燎地忙着……我看着这一切,更觉得不安,内心充满一种做着"黄粱美梦"的虚无感。果然,几年后,因为一笔错误的投资,老陆几乎亏得血本无归,还陷入了麻烦的三角债中,全家用了十多年的时间才彻底解脱出来。而老陆,在这些年的风风雨雨中,悄然变成名副其实的老陆,就像街上所有靠着微薄的退休金俭省度日的寻常老头一样。偶尔跟别人吹牛,也会说一说当年的风光。他现在过得太平常了，没有任何值得说道的。只有一点值得欣慰，儿女都是踏实勤奋的人，是别人眼里省心的孩子，所以他可以心安理得地过着平庸日子，而没有任何再去跟命运计较一番的想法。

老陆每日要做的事情也和别人差不多，买菜、带孙子，喝点小酒、打个小牌。他依然喜欢新事物，电脑和手机用得很熟练，也听得懂年轻人讲的段子，甚至还愿意尝尝我们喝的奶茶和咖啡。但是他从来不肯去电影院，总是说他看过的电影比我们所有人加起来都多。我们都明白是什么原因，但谁也没有点破他的近乡情怯。

世界的变化总是像老陆做的万花筒一样，永远不知道下一刻会是什么样子。谁也没有料到形势一片大好的电影院会因为新冠病毒的袭击而再次遇上寒冬。更意外的是影院解禁之后，老陆居然毫无征兆地主动要求去看一场电影。我们觉得非常惊讶，一边猜测着他的想法，一边赶紧安排，用卡券预定了最好的 VIP 巨幕厅，还是可以放平躺着看的座位。我们一心想让执拗的老陆感受到科技的魅力，让他再次爱上电影院。

然而老陆表现得相当平静，丝毫没有被豪华的装修和夸张的海报震撼到，也没有抚今追昔说一番感慨的话。他捧着外孙给的可乐和爆米花，从从容容跟我们进了巨幕厅，环顾一眼，不屑地说："哦，原来银幕大一点就叫巨幕厅啊，真是唬人的，也就你们肯花这个冤枉钱。"我们带着他到座位上，指导他坐好，躺平，戴上 3D 眼睛，我觉得他身体有些不协调，像是在医院做 CT 般紧张僵硬，不由得笑了出来。但儿子说，外公，你别紧张，就当躺在家里沙发上看电视。

这是一部口碑很不错的科幻电影，特效和画面都令人叹为观止。但这一个半小时，老陆可能感觉很遭罪。因为可乐喝多了，他中途上过两次厕所，回来时迷路了，找不到放映厅，还是外孙去接他进来的。每次躺到椅子上又是一番折腾，还引得后排的小情侣轻声抱怨。我怀疑老陆肯定脸都红了，他是那么好面子的人。但是，我躺在舒适的椅子上，一句话都没有说。

好容易电影散场了，老陆第一个站起来，却等到别人几乎都走了才出去。孩子问他："外公，电影好看吗？"老陆说："光影技术是非常了得，但情节还是那么回事。"我跟在他们的后面下自动扶梯，老陆个子高，我平时很少有机会看到他的头顶，或者根本就没有仔细看过。此刻看见他染过的黑发根部新长上来许多倔强的白头发，像是不甘心被埋没的真相。我的鼻子忽然很酸，眼泪就涌了出来。我不想他们看见我矫情的样子，于是低下头，垂下长发遮着脸，用平静的语调说："我们下次去普通厅看故事片吧。"

老陆头也不回地摇摇手，坚决地说："不来了！"

我相信老陆真的不会再来了，因为现在的电影院，再也不是他的电影院了。

潘神与迷宫

1

我出生的那天，是阴历六月初六。

在我们乡下，六月六也算是个大日子。这一天，家家户户都要吃“焦屑”，因为老祖宗说：“六月六，一口焦屑一块肉。”这东西很养人，趁着露水未干吃上一碗，把膘养起来，才好熬过接下来漫长的苦夏。

从天不亮开始，小磨坊的磨面机就张着方形大嘴不停地吞进炒熟的小麦、糯米、黄豆等杂粮，再通过长长的、鼓鼓的、白蛇似的布口袋将浅黄色的粉末吐到家家户户的木盆里去。今年吴二妈来得早，排在最前头。她欢天喜地地接过木盆，赶着回家泡“焦屑”。

吴二妈让大丫头烧了一锅开水，她自己用小箩筛把“焦屑”再过一遍。粗的留着掺到粥锅里，细的才直接用开水泡。她拿出六只碗，泡了六碗焦屑。第一碗水放得极少，搅拌均匀，把筷子插在碗中央，经久不倒，这是敬献给土地爷的。其他几碗，水加得多一些，泡好后，她又各挖了一勺猪油拌进去，这样吃起来口感会更加润滑。一家人捧着碗坐在门前的台阶上吃早饭，下地干活的人经过，都夸他们家的焦屑香。吴二叔先吃完，伸长了舌头想把碗底都舔干净，二丫头和三丫头也跟着模仿，可惜她们的舌头不够长，怎么也舔不到碗底。三丫头佩服地说："爸爸你真厉害，碗比狗舔得都干净。"吴二叔给了她一巴掌，带着大丫头到地里打桑叶去了。

吴二妈放下碗，在院子里铺了好几条芦苇席子。梅雨季刚刚过去，空气湿得像是随时随地能长出白毛和蘑菇来。柜子箱子里的东西潮气就更大了，每一件衣服摸着都半干不干，是该翻出来除除霉。至于哪一天翻晒原也不打紧，却不知哪个老祖宗立下规矩，只要六月六这天不下雨，大家都约定俗成要翻箱倒柜，晒上一院子的东西。大到被褥铺盖，小到金银细软，以及一家大小的四季衣裳，男人和孩子的文房书本，也都要拿到院子里见见光。邻居们在这一天比平时更爱串门，小孩子也特别兴奋。那些铺了一篾席的花花绿绿的衣裳，挂满晾衣绳的绸缎被面，那些呢料的大衣，毛料的西裤，花的确良的布料，都像重见天日的宝藏似的，昭示着每一家的历史和家底。主妇们忙着忙着动作就慢了，她们每整理一件衣服，就想起一些往事，这些往事深深沁入衣物的纤维里，就像积年的污渍，别人看不出来，自己却断断不能忘怀的。

吴二妈翻出了多年不上身的织锦缎大红嫁衣，这衣服像一团火苗似的在阳光下跳跃，让她想起来当年请人从上海买到这料子时的雀跃心情。她用手轻轻摩挲着光滑的缎子，把衣服贴在身前比画，当年的腰身可真细啊，如今只能看一看了。吴二妈叹了口气，把衣服叠起来，看见两个丫头在晾着的五颜六色的绸被面中钻来钻去，气就不打一处来。她对二丫头说："多大个人了，只知道疯，去，早上吃焦屑的碗还没洗呢，你拿到河边去泡一泡，洗干净了拿回来。"

二丫头有些不情愿地捧着五个碗出去了。三丫头也拿了根系红布条的木棍在院子里赶鸡鸭，防止它们跳到正在晒的衣物上去，弄脏妈妈的宝藏可不行。

耳根清净了，吴二妈继续在院子里收拾东西。她翻出一个明晃晃的银项圈，套到三丫头的脖子上。这是祖上传下来的，生大丫头的时候，婆婆没给，想等到生儿子时再给。但等了三胎也没等来儿子，婆婆等得不耐烦了，索性把所有的东西都留下来，追随老爷子驾鹤西去了。这些银圆、银锁、项圈、绞丝镯子立刻认了新的主人，在炙热的阳光下，散发着一如既往的光泽，又骄傲，又谄媚。吴二妈把传家宝拿出来一件件擦拭了一遍，想到自己小时候戴过的一副蒜头镯子，母亲临死都没给她留个念想，一股脑儿全给了哥哥。想到这些，心里便有些说不上来的怨，真想掉眼泪。然而摸摸手上沉甸甸的银器，便又释然了。吴家的东西也悉数在此，传男不传女，嫁出去的女儿们也一样没带走。她把三丫头喊过来，将项圈取下，再用红布包起来，放到樟木箱子最底下。

就这么一拿一放的工夫，檐下的日光已经移了好几尺。她想起来二丫头去河边好半天了，心里忽然觉得有些慌。叮嘱三丫头看紧院子，自己赶忙往河边跑。水码头在芦竹丛里，很阴凉。岸边静悄悄的，只有一双红色塑料凉鞋和四个碗，几条小鱼逐着油花嬉戏。夏日午后的这种静谧原本是常见的，但今日却令人毛骨悚然。吴二妈唤了几声二丫头的名字，空旷的河面上除了飞过一只翠鸟，半点反应也没有。吴二妈猜到发生什么了，顿觉眼前一黑，晕倒在河边。

醒来的时候，二丫头已经被人用草席卷好送到土地庙了。这种未成年就夭折的孩子，连停在家里的资格都没有，只有大慈大悲的土地公公和土地奶奶肯收留。

2

二丫头前脚刚刚淹死，后脚我就出生了。当时有人去土地庙看哭丧，有人到我家里看生小孩，也有人看完哭丧再来看生小孩，或者颠倒一下顺序，但谁也没有将我的出生和二丫头的死联系在一起。

吴家从西庄买了副小棺材，把二丫头埋到村北的坟地里去了。那儿有一块地，葬的全是早夭的孩子。吴二妈哭了好几天才从丧女之痛中缓过来。她打起精神把自己收拾妥当，各种家务还是要料理的，人情还是要往来的，日子也总得过下去。她买了一副腰子，二斤馓子和一包红糖到我家来送月子礼。我妈刚刚喂完奶，抱怨我一出生就有两颗下门牙，虽然只露出两个小白点，吃奶的时候却也咬得她生疼。吴妈妈听了之后伤感地说，二丫头也是长的胎里牙。她顺手把我抱过去，常规性地翻来覆去看了一遍，忽然就情绪激动起来，声泪俱下地说："我苦命的二丫头啊，原来你在这里！"

我妈妈吓了一跳，同时也很不高兴。自己家的新生儿，被人抱着一边哭一边唤刚夭折的孩子的名字，多少有些不吉利。但吴二妈指着我屁股上的青色胎记信誓旦旦地说这个形状和二丫头的一模一样，我肯定是二丫头投胎的。

我爸妈面面相觑，认为她一定是受了刺激，有点失心疯。劝说几句，把她送回家了，并没把这些话放在心上。但吴二妈却当了真，她跑到城里去，买了婴儿衣物用品送过来，还让吴二叔每天钓了鱼给我妈妈烧汤。鱼汤好，奶水才会好，我，不，重生的二丫头才能养得白白胖胖。

我妈妈受不了她这样殷勤，等我爸爸探亲假结束，回部队之后，干脆带着我住到外婆家去了，直到过周才搬回来。吴二妈在我们回来的当天，就捉了一对鸽子送来。她看到我稀疏的黄头发，踉踉跄跄走路的样子，立刻抽泣起来，说："这就是活脱脱的二丫头啊！"

关于我是二丫头投胎的说法就这样流传开来了。二丫头死的时候八岁，她小时候的样子很多人都还记得，所有见过二丫头也认识我的人都证明我和她长得很像。而她死的那一天正好是我的生日，所以大家一致认为我就是她投胎的。这一说法让我很迷惑，到底我妈和吴二妈，谁才是我真正的妈妈？

3

这件事情在我们村里几乎是人尽皆知的，它甚至作为一种奇谈传遍了附近的乡村。以至于我出现的时候，常常有人指着我佐证:“快看,这就是那个转世的小孩。”因为这个传说,我从出生就自带了神秘光环,仿佛是转世活佛一样。所以长大一点,身上再发生些离奇事件,别人也不觉得很惊讶了。

在这里,我有必要交代一下家乡的地貌特征。人们一提到“里下河”,立刻想到“水网密布,河道交错”等形容词。是的,我的家乡就是浮在水上的王国,村庄的前后左右,里里外外都是大小河流。我们的生活与船、桥、水码头密不可分。我从会走路开始,每年夏天就被家长带着训练游泳。这项活动并不是作为体育运动而存在,而是生存的必备技能。虽然如此,仍旧有学不会游泳的孩子,他们似乎对水有种本能的恐惧,他们害怕这种流动的液体托不住他们的身体及灵魂,总是躲得远远的。天气再热,他们也只坐在岸边,看会游泳的孩子像鱼一样游来游去,像鸬鹚一样钻到水底,摸出脸盆大的河蚌。他们很羡慕,也很担忧,每年都会有小孩淹死在河里,今年又会是谁呢?

在这一点上,不会游泳的比会游泳的更加安全。既然不会游泳,那些孩子就会自觉离河边远一点。反倒是水性好的,常常一个猛子扎下去,就再也上不来了。有时候连尸首也找不到,只好请渔船上的人用滚钩来滚,几个来回下来,皮肉都扎得不像样了。还有的时候,连滚钩也扎不到,只能等着尸体泡涨了,自己浮上来。据说浮上来的尸体会长得很胖,鼓着一肚子气,有些面朝下的,会被鱼吃掉半边脸。这些话,每年都会听到,但我从没看过残缺的尸体。我只看过新溺死的人,口鼻里全是污泥,躺在地上,旁边人用烧给死人的黄纸给他擦血水。大人说,水性这么好的人淹死,肯定是被“水獭猫”缠上了,拖到河里,用淤泥塞住口鼻闷死的。

“水獭猫”是传说中的异兽，它长什么样子，几乎没有人见过。大家都说谁的外婆的表哥的什么人遇到过，差一点就被拖下河。这鬼东西在岸上没多大本事，一到了水里就神通广大，力大无穷，别说是人，水牛都能被它弄死。但传说终究是传说，追问起来到底谁见过，结果往往语焉不详。我唯一见过与“水獭猫”有关的实物，就是邻村一个小孩脖子上挂的一截黑乎乎的类似于风干肉的东西，据说那就是一只“水獭猫”的爪子，戴着它，百邪不侵。我们都很羡慕那个小孩，觉得那简直是神仙馈赠的法宝，就像哪吒的混天绫、乾坤圈似的。

4

我曾经有个好朋友叫小芳，我们俩的爸爸从小就是好朋友，我们俩岁数一样大，又都是女孩子，自然是很要好的。我现在已经记不得她的样子了，因为她在我们五岁的时候就死了，也是淹死的，只不过不是死在河里，而是死在自家的大水缸里。

小芳死的时候，我在外婆家。等我回去的时候，她已经六七了。我妈妈折了些纸钱烧给她，晚上就在她家吃晚饭。吃着吃着我就在妈妈怀里睡着了。除了我们一家之外，还有其他朋友在，大家忽然听到我像梦呓似的说话，却不是我自己的声音，而是小芳的声音，那声音说：“我去洗鸡蛋，掉到缸里了，爸爸看到也不拉我一把。”我完全不记得这件事情，也不知道在场诸人是如何惊恐，但所有人都不会怀疑一个五岁的孩子会装神弄鬼，更何况我又是自带神秘光环的。他们说，小芳的爸爸当时脸都白了，还发了好几天的高烧。

小芳像一条暗河一样突然消失在我的生活中。我听说我们小时候很要好，也相信她对我来说，曾是个特别重要的人。但消失也就消失了，除了这个名字，连印象都所剩无几。她的父母几年之后又生了个弟弟，把那男孩宠上了天。我盯着那个叫“存扣”的男孩的胖脸看了一遍又一遍，都没有回忆起小芳的样子。

吴二妈对二丫头却是念念不忘。她逻辑有些混乱，一方面认定我是二丫头投胎转世，对我好得要命；另一方面，每年的六月六，也就是二丫头的忌日，我的生日，她又扎上许多的河灯，在二丫头落水的码头放下去，那些花花绿绿的荷花灯，载着一小截蜡烛，以及沉甸甸的许多心愿，不知道漂到哪里去了。吴二妈常常看着我发呆，她大概也不知道，哪个才是二丫头真正的归宿。

5

吴二妈后来终于生了个男孩子，三丫头并未因为二丫头不在了而进位。男孩乳名叫小四，他出生后半年我妈也给我生了个弟弟，为了符合政策，还把我在名义上过继给了没有孩子的二叔。弟弟是在县城人民医院出生的，没有人知道他是谁投的胎。

弟弟出生了，我就不能和爸妈一起睡，只好跟着爷爷奶奶。我变得很挑剔，嫌弃他们的床铺太硬，他们的被子不好看，他们身上有老人味……别人取笑说：“你这个糙米都跌价了，还在这挑三拣四……”

我很生气，跳起来去抓、去挠、去踢那个人，我骂他："你才是糙米，你才跌价！你们全家都跌价！"我牙尖嘴利，骂得人家求饶。可是有什么用呢？我每天吃了晚饭就要被爸爸从家里赶到爷爷奶奶这儿，有时候我假装睡着了，他们还是把我背着送过来。我趴在大人背上一动不动，其实一直在流泪，到了门口就赶紧擦掉，然后继续装睡，装着装着就真的睡着了。

睡不着的时候，我就让爷爷给我讲故事。爷爷肚子里故事真多，打仗的故事，陈小手的故事，孙悟空的故事，皮五辣子的故事，等等，但我最喜欢听的还是鬼故事。鬼故事好听啊，又刺激，又紧张，句句扣人心弦，能把所有烦恼都抛到九霄云外。爷爷讲过僵尸鬼打架，淹死鬼请客，吊死鬼拉帐子……他讲的时候都刻意淡化了恐怖的环节，只讲搞笑好玩的，我也就觉得那些鬼并没有多可怕。

天气暖和了，月光又亮堂，小孩子们满世界地疯跑，做游戏，捉迷藏，不玩到大人来找都不回家。有一天，捉迷藏的时候，我找了个荒废的院子，躲在草垛中间，等了许久也没人找到我，等着等着居然睡着了。等我醒来的时候，恍恍惚惚看到一个非常非常高的人从我面前走过，速度真是快得离谱，一眨眼就不见了。我忽然觉得浑身起了鸡皮疙瘩，赶紧爬出草垛，沿着雪白的月光，飞奔回家。我上气不接下气地把刚才的经历说了一遍，爷爷说："那大概是巷子里的巷神，出来巡街的，他有两个袋子，一个装着钱，你把钱放进去，永远都花不完；还有一个装着草纸，你要拿了这个袋子，就会拉肚子拉一辈子，他有没有让你选呢？"

我摇摇头说："没有。"

爷爷说："那还好，不然你有可能永远拉肚子了。"

我松了一口气，想，还好我跑得快。

6

跑得最快的，永远都是时间。

一眨眼，秋天就到了，我都上二年级了。爸爸妈妈给我买了新书包和新鞋子，可我还是不高兴。他们带着弟弟去放电影，一出去就是好几天，把我一个人丢在奶奶家。

我爸爸在部队里是放电影的，转业之后还是在文化站放电影。他有一条绿漆顶棚的放映船，开到哪个村，哪个村就像过节一样，大家争先恐后把长凳搬到空地上，在大白幕下寻找最佳位置。爸爸把电影机架得高高的，一根光柱刺破夜空，投射在白幕上，立刻就有了人像和光影。我总是坐在爸爸旁边的位置上，俯瞰着黑暗中的人们，冬天他们哈着白气，夏天摇着蒲扇，每一场都座无虚席。

现在，他们总是带着弟弟出去，那个位置也一定会留给他。星期三放学的时候，家里没有人，爷爷奶奶也不知道去哪里了，我突然觉得心里空得发了酸，特别特别想爸爸妈妈。我听说他们今天在外婆的村里放电影，想想外婆家也不远，我都已经走过无数次了，一定不会迷路的。而且现在太阳还很高，我走到那里去，找到爸爸妈妈，晚上再跟他们的船一起回来，并不耽误明天上学。

我打定主意就出发了，沿着村后的小路，蹦蹦跳跳地往北走。初秋的风吹在身上不冷也不热，两边的稻子哗啦啦地响着，和我一样欢快。我在路上折了紫色的马兰头，白色的慈姑花，黄色的旱麻花，做成一个漂亮的小花束，握在手上，高高兴兴地跨过一道道垄沟，越过一座座小桥，也没觉得走很久，就到了外婆村外的大河边。这条河叫“海沟河”，很大，但是没有桥，来去都靠一条船摆渡。我跳上船准备过河，摆渡人问道：“你这么晚还去外婆家，明天不上学吗？”

“我爸爸今天在这里放电影啊，我晚上跟他们一起回去。”

“你爸爸的船刚刚开走了。”

“不可能，他说过今晚在这里的。”

“不骗你，真的刚刚走了。”摆渡人平时也跟我开玩笑，但今天他似乎是认真的，船上其他人也证明，我爸爸的船刚刚才过去。

我又跳上岸，急急忙忙沿着大圩往前追。既然是刚刚过去，我想快点跑，全力以赴地跑，一定能够追得上。

海沟河边的大圩并不好走，两边长了很高的意杨树，树叶上有青洋辣子，碰到了会疼得要死。平时我才不愿意从这条路走，但今天却什么也顾不上了。我横着心，把鞋带扎紧，开始飞奔起来。

那感觉真像是飞啊，风在耳边呼呼地掠过，有旁逸斜出的树枝抽到脸上简直疼死了。但我什么也顾不上，一边跑，一边看着河里的船。海沟河是运输航道，来来往往有许多大小船只，却唯独看不到我家的绿皮电影船。

我跑啊跑啊，跑得嘴里发甜，气都快喘不上来了。到圩堤拐弯的地方，还是没能追上我爸妈。我停在通往内河的闸口上，看到西边的太阳，正急速地沉入云海。

我向四周张望，目之所及处看不到一个人影，只有一头黑色的山羊在楝树下吃草。我看看脚下的路，是个三岔路口，往西是通往另一个村庄，往北是回外婆家，往南是到我们村子，但必定要经过一片坟地。天色已经暗下来了，往哪边都会越走越黑。我当然很想选择回家的那条路，但前面的坟地却令人望而生畏。白天跟着大人我都不敢从那里走，独自一人在天黑时经过，简直不可想象。

天色越来越暗了，头顶上已经冒出来一两颗星星。我又急又怕，却还是拿不定主意。我蹲下来，揪了一把草给黑山羊，向这个孤独的旷野上唯一与我做伴的生灵表示一点善意。黑山羊似乎吃了一惊，往后退了几步，抬起头，用黄绿色的透明的眸子打量我。这眼神也令我吃惊，我爸爸的书架上有一本画册，里面画了古希腊的各种神，其中有一个就有这样的犄角和眼神。哦，我想起来了，那个神的名字叫“潘”，主管山林和渔猎，也庇佑迷途的旅人。这让我对黑山羊肃然起敬，我好像找到了解决问题的方法。

7

我解开了拴黑山羊的绳子，牵着它一起走，这样就不那么害怕了。黑山羊似乎也认可这个办法，我解绳子的时候，它一动不动，我拉它的时候，它也顺从地跟在我身后，我简直快要感动了。

但很快，事实就证明这是个圈套。当我们才下了圩坡，经过一株桑树时，我想折根树枝拿在手里，这样会更有安全感一些。当我把绳子放下，用双手弄断柔韧的桑树皮的时候，黑山羊突然毫无征兆地跑了，它显得熟门熟路，一晃就在乱坟堆里消失不见了。我气得跳脚，这只背信弃义的山羊，真是太无耻了，简直就是个畜生！我的眼泪已经在眼眶里打转了，但我忍着绝不哭出来，因为爷爷说，在野地里千万不能哭，否则那些孤魂野鬼会循着哭声来害人。

现在，已经没有回头路了，前面无论怎样都得穿过去。我狠狠地用树枝抽了一下地面，想象着自己骑着一匹快马，将要越过枪林弹雨的战场。两边那些坟里，不过是倒下去的士兵而已。这样想就没那么恐惧了。我壮着胆子走了几步，却差点撞到挂在灌木上的一条蛇。它懒懒地吐着信子，把头抬起来，东张西望。我用棍子拍拍草，它并不理会，甚至看都不看我一眼。我咬咬牙，索性从它面前冲过去了。

前面的荒草越来越密，杂树也越来越多。那些坟头、墓碑纷纷从草丛树丛里探出头来，宣示日落之后这儿是它们的领地。有些墓碑上还有照片，那些年老或者年轻的面孔全部都用黑白的表情，空洞地看着你，有些是在微笑，有些微蹙着眉毛……所有的表情背后，都是一个死人，他们全都在暗处看着我，不知道打的什么主意。我尽量只盯着路看，可眼角的余光还是扫到了一闪而过的白影。我吓死了，定睛一看，原来是新坟头上插着的哭丧棒。旁边还矗立着纸人纸马，像是在办喜事似的。我知道这是前段时间和婆婆吵架喝药水死掉的新媳妇，村里的人死了之后都会葬过来，这里简直就是和村庄对应的另一个世界。我仿佛看到了影影绰绰的村民在树丛和草间过着和我们相同的生活，里面不乏许多熟悉的身影。我看到穿白裙子的小芳，捧着焦屑碗的二丫头，还有高高的巷神以及无底篮子的水鬼……他们都没有注意我，各自走着自己的路。我也一直在走，走了很久，却还没走出那片林子。远处仿佛有人点了灯，一盏，一盏，又一盏，那些灯还会跳舞，飘到树顶，又飘到河面，蓝幽幽的。

忽然有一束强光照到我的身上，同时有人大喝一声："谁呀？"我被吓得"哇"的一声哭出来了。

那个人看清我了，说："没得命，小乖乖啊，你怎么会在这里呢？你家里人找你都快找疯了。"

我也认出来，这是外婆村里看鱼塘的老野豹，虽然他不经常去村里，我和他也不熟，此刻看到他却比最亲的亲人还要亲。老野豹一手牵着我，一手牵着黑山羊，穿过几棵树，就出了灌木丛，到了稻田边。他的小船停在那儿，我们跳上去，划着桨向村庄的方向前进。

我不说话，黑山羊安安静静地吃草，老野豹抽着烟。我回望着幽黑的墓地越来越远，而村庄越来越近，心里就越发安然。过了北洋桥，看到我家那边的河面上仍旧灯火通明，人声鼎沸，我甚至看出来最亮的那盏是我家电影船上的汽油灯。爸爸妈妈果然回来了。

"别找了，别找了，孩子在我这呢！"老野豹扔掉烟头，对那边叫起来，他的嗓门真大，吓了我和黑山羊一跳。

然后我就听到岸上的人，船上的人，相互嚷嚷着传递消息：小丫头找到了，她没有落水！

我妈妈没等船停稳，就冲了上来，一把抱着我，一边笑，一边哭，问我："你这孩子去哪了？去哪了呀？"

我也哭着说:“我去外婆家找你们,可你们不在,我又跑回来了,在公墓里迷了路,野豹爷爷把我带回来的。”

老野豹成了我的救命恩人,也成了那天的大英雄。滚钩的渔船,用稍网捞人的邻居全都高高兴兴收了工。吴二妈把熏烧店的卤味全买了来,我爸爸搬了二十斤大麦酒,请大伙儿吃晚饭。

我有点不理解这突如其来的热闹,匆匆吃了几口饭,爬到床上就睡着了。这一天,爸妈没有把我背到爷爷奶奶家,我睡得迷迷糊糊的,感觉到他们一直在我的额头上贴冷毛巾。

我好像做了个很长很长的梦,和黑山羊坐在一条木船上顺水漂流,两岸都是白色的电影银幕,里面有踏着风火轮的哪吒,白衣飘飘的神仙,拿着十八般兵器的少林和尚,有坐着飞毯的阿拉丁,牵着毛驴的阿凡提,还有满头蛇发的美杜莎……他们都不说话,只是一窝蜂地混战,打得不可开交。我在船上看不分明,船却越行越快,几乎像风一样疾驰,最后什么都看不清楚了。我们冲进了一个黑暗的桥洞,里面伸手不见五指,却出奇地安静,没有风,也没有流水的声音。唯一的光亮就是黑山羊那双黄绿色的透明的眼睛,它温柔地看着我,眼神又复杂又澄澈,似乎有很多话要说,却终究一个字也没有讲。我想伸手去摸摸黑山羊,可我们的船却要沉了,猝不及防地突然沉没,根本来不及告别。黑山羊和我,以及船上的一切不由分说地沉入水底……

我骇然地睁开眼睛,却发现四周一片光亮。阳光透过窗帘照在地上,投下布纹和印花的影子,那是海藻和热带鱼。窗玻璃也折射了朝阳的光辉,在墙上挂起了小彩虹,一切都是那么的熟悉和平常。爸爸妈妈已经起床了,在院子里说话。弟弟还没醒,在我旁边轻轻打着鼾，小肚皮上的毛巾被，随着呼吸一张一弛的。我从来没有这样认真地观察过我弟弟，他的眉毛淡淡的，和我的一样；他的皮肤上有一层金色的绒毛，像刚刚长出来的冬瓜。他身上有亲切的奶味，其实他是很可爱的。忽然，弟弟的睫毛连着动了几下，嘴角牵出一朵微笑来。我很惊讶，原来这么小的孩子也会做梦啊。我牵着他的小手，心想：黑山羊会不会循着水路，游到他的梦里去呢？

犬　子

1

暴雨从早上就开始下了。

到了下午，还是没有停的意思。

谢春红倚在饭店的落地玻璃上发呆，恍惚觉得铺天盖地的雨不是从天上落下来，而是从地上逆流而上。马路上的车辆像两条平行的河流，湍急地流在另一条更辽阔的河流上。当它们停下来时，车窗里映着人影，模模糊糊，看不清楚，如同另一个世界的幻象。谢春红觉得这些车其实是船，在晦暗的空气里，载着各种各样的命运，不知道奔向哪里，或者沉在哪里。

忽然，前面的红绿灯路口喇叭声乱糟糟响成了一片。谢春红用手擦擦面前玻璃上的雾气，这是她呼吸留下的痕迹。她揉揉眼睛，努力地往那边看，可玻璃外面的雨水奔流不息，把汽车的灯光和黄浦江对面的建筑都冲刷变形了，成了一个光怪陆离的世界。

“春红，你发了一下午的呆，在看什么呢？”

餐厅领班金梅拿着塑料苍蝇拍，拍着停在卡座上的苍蝇。她像个好猎手，每一次手起拍落，总会有一两只不走运的家伙被打死，要么滚到地上，要么拍烂在桌子上。怀孕的母苍蝇被打死后，白色的小蛆子还活着，在母亲的体液里一拱一拱地爬……金梅厌恶地用纸巾擦掉，说："下这么大的雨，苍蝇全跑到屋里了。"

谢春红看了看餐厅楼梯边的仿古钟，已经快三点了，午休时间结束，该上工了。她站起来，脚有点发麻，正伸懒腰的时候，身后的高层建筑间，忽然生出一根枝蔓繁茂的闪电，紧接着炸出一个巨雷，把在餐厅休息的员工全都吓醒了。

大伙儿从座位上起来，喝水的喝水，上厕所的上厕所，年轻的小丫头们还得补个妆。谢春红到了后厨，大师傅们还没来，打荷的和几个学徒已经开始准备食材。谢春红领了一大袋毛豆，坐到角落里将两头剪去，这是要做凉菜糟卤毛豆用的。她听着大家谈论今天的雨，说单日降水量已经破纪录了，城里到处淹，到处堵，许多地下车库成了水库，鱼都游到马路上了。厨师长拿出手机，给大家看微信里疯传的视频，果真有人在马路上抓到很多大鱼。他们觉得很有意思，一边看，一边说这些鱼该怎么做才好吃。谢春红觉得心里头闷得慌，像被人在胸口敲了一锤子，五脏六腑处处有伤，全部在流血，却不知道如何堵得住或者引出来，只能由着气血在胸腔内泛滥。

不知道从什么时候起，她开始像狂犬病症状似的恐水，一听到水流声就莫名紧张。不过，非要逼着自己在水龙头下洗菜、洗澡似乎也没有什么要紧，只是一看到养鱼的玻璃缸或者装满水的游泳池，就会觉得像被人勒住喉咙似的喘不过气来。今天这场雨下得太大太久了，下得她整个心都像泥筑的堤坝，随着水位的升高，地基越泡越松，倘若有个大浪打过来，随时都会轰隆隆全部垮塌。

谢春红强忍着不适，低着头剪毛豆，灶台上厨师小陆开始炸熏鱼，香味和烟味一阵一阵飘过来。这孩子年纪不大，烟瘾却很大，经常一边干活一边抽烟，被经理说过许多次，仍旧改不了。厨师长见到，也不去刻意制止，他看在小陆勤快、手艺也不错的份上，只要他不把烟灰和烟屁股掉到锅里，睁一只眼闭一只眼也就罢了。厨房的墙上贴着几十条注意事项，都是给卫生部门和顾客看的，实际上谁管那么多呢？谢春红咔嚓咔嚓剪着毛豆，一声也不吭，旁边削冬瓜皮和挑鸡毛菜的阿姨都知道她不爱讲话，就自顾自地拉家常，只当没这个人一般。

突然，她的手机响了。铃声是："跟着我左手右手一个慢动作，右手左手慢动作重播……"大家都笑了。小陆说："春红姐，你很洋气嘛，这歌是00后流行的……"

"是我儿子弄的。"谢春红说着掏出手机，跑到过道里去接。电话是母亲打来的，那边说话的声音小，这边下雨的声音大，纠缠了半天，总算是弄清楚了。原来家里发大水，低的地方都淹了，田头上浩浩的坟也快淹到水了，要她赶紧回去给孩子迁坟。

谢春红挂了电话，觉得腿上发软，一屁股坐到了摞着的米袋子上。她的眼泪像玻璃上的雨水一样往下淌，心里也破了个洞似的，里头什么东西都呼啦呼啦往外漏，所有的精气神瞬间就泄光了。

她捏着手机回到厨房，脸色惨白像个死人一样。别人忙着手里的活儿，谁也没注意到。但是坐在矮凳上削冬瓜的阿姨却看见她白色工装裤上，全是殷红的血迹。阿姨压低了嗓子叫她：“春红，春红，你是不是来亲戚了？”

她闻声转头，脸色生生将阿姨吓了一跳。她顺着阿姨手指的方向，看看自己的裤子，顿时眼前一黑，腿一软就倒了下去。

2

谢春红是在地下室的宿舍里醒来的，她觉得脑门上生疼，用手摸一摸，那里贴着块纱布。她想起刚才在厨房里摔倒，众工友又是掐人中又是灌姜汤，七手八脚把她架到宿舍里来，让她好好休息，她就迷迷糊糊睡着了，这一觉也不知道睡到了几点。她在枕头边摸到手机，看了看，已经七点半了。她一惊，心想：糟糕，这下要误事了。

她下床穿好鞋子，整理了一下衣服，就准备回厨房去。这个点是一天当中最忙的时候，厨房人手本来就不够，她要不在就更忙不过来了。厨师长一忙就特别容易发火，谢春红怕因为自己连累其他人受气，便想赶紧到厨房去。

正准备开门时，金梅端着个大碗进来了，看见她站在那，嗔怪说：“你怎么起来了，快回去躺着！躺着！”

谢春红被金梅推回床上，说：“我没事了，这会儿厨房里肯定忙着呢。”

“忙也不关你的事，你给我好好歇着。”金梅不由分说地把碗塞到她手里，说，“把这碗汤趁热喝了，你看你脸色差成什么样子了。我跟你说啊，别拿着乞丐的钱去操皇帝的心，这世上没什么比自己的身体要紧。”

“这怎么行呢?”

“有什么行不行? 我和老戴说了，你今天就好好歇着吧!”金梅又递给谢春红一双筷子，嘱咐道，“把这碗汤全喝了，养养神，说不定晚上你还要照顾我呢。”

金梅弯下腰，对着桌上的小镜子理了理头发，从口袋里掏出个口红抹了两下，抿抿嘴唇说:“你好好歇着啊，我先上去了，今晚好几桌老客户，妈的，又不知道要喝多少酒……”

金梅出去了，屋子里只留下香水味和鸡汤味在拉拉扯扯，最终鸡汤的浓香终于盖住了香水的轻薄，让谢春红的肚子发出了咕咕声。她低下头，看着手里的虫草花炖鸡汤，橘色的虫草花炖出了金色的汤汁，把酥烂的鸡肉也浸染成金色，里头还有几粒枸杞，红红的，颜色真是鲜亮。她捧着碗，把一大碗鸡汤喝掉，把鸡肉和虫草花也吃完，深深地打了个嗝，像吐出一大团黑雾。

这间屋子里有两张上下床，本来应该四个人住的，因为金梅是领班，所以只住了她们两个人。事实上，金梅还三天两头不住在这里，谢春红也不过问。但是这不代表她不留心，从平常的接触中，她知道了金梅老家是湖南的，有个九岁的儿子，在寄宿学校上学。金梅经常和儿子通电话，却从来没提起过老公。谢春红猜不透她到底是离婚了，还是男人死了，否则一个女人是用不着这么拼的。金梅不说，她也不提，出来打工的人，萍水相逢，谁也不想把家里事情都翻个底朝天让别人知道。说良心话，金梅这个领班干得真不容易，不但要管好自己手底下的服务员，负责他们的培训和日常管理，还要使出浑身解数留住老客户，好多拿些提成。为了挣钱，她甚至还给几家酒水供应商做托儿，天天喝得烂醉，就为了多卖出去几瓶酒。她常常在大醉之后拿着儿子的照片又哭又笑，然后趴在垃圾桶上吐上半天的红酒白酒啤酒混合物……谢春红看见了，就帮她把垃圾袋换掉，递把热毛巾，冲一杯蜂蜜水放在床头。有时候金梅回来晚，谢春红睡着了，第二天醒来常看见金梅像死狗一样睡在自己吐脏的枕头上。谢春红看不下去，起来帮她收拾，看到金梅手里捏着的照片上，那个穿着英伦校服的小男孩，总是一脸又天真又骄傲的样子，他哪里知道妈妈每天遭着什么罪呢？

金梅拿的工资是整个“会宾楼”最高的，每个月都是五位数以上，但是谢春红一点也不羡慕嫉妒。人家付出多少才有这样的回报哦，换作是自己，无论如何也做不来的。谢春红叹了一口气，把碗筷收掉，找出个旅行包，将不多的几件衣服和日用品塞进去。然后倒了两杯水，坐着等金梅回来。她要托金梅跟厨师长打声招呼，好请几天假回一趟老家。

3

这一夜雨下下停停，金梅并没有回来。

吃完早饭，又将厨房打扫了一遍，谢春红决定不等了。她趁着老戴在备菜间发海参，跑出去跟他说：“厨师长，我想请几天假回家看病。”

“看病要回去做什么？上海医院没你们家的好吗？”老戴一边

剖开海参肚子，取出泥肠，一边和谢春红说话。做海参是他的绝活儿，关键就在“发”上，老戴做这个一般是避着人的，不过谢春红不是厨师，人也老实，也就用不着那么提防。

“上海医院哪里去得起，再说，我家房子快倒了，得回去看看。”

老戴看见谢春红苍白的脸色，想了想，点头同意了。他说：“你快去快回，厨房忙不过来的，别耽搁久了让老板重新招人。你知道，现在管吃管住又能拿这么多钱的工作不多……”

“知道知道，我两三天就回来了。”

“嗯，你去吧。对了，金梅呢？”

“啊？不晓得。”谢春红觉得奇怪，老戴怎么也不知道金梅去哪呢？

不过金梅也不是第一次夜不归宿，她做事自有分寸。谢春红不好管她，在桌上留了个纸条，拿上行李就出门了。

外面雨还在下，不过比昨天好多了。谢春红打了伞出来，她要走一段路去地铁站，再换两次公交车才能到丈夫李长东做工的小区。地铁入口处有些拥挤，谢春红收了伞，顺便回头看了一眼，发现路边的大树上开了许多白色的花，像浮在半空的莲花似的，也不知道叫什么名字。她忽然感觉自己其实生活在水底，周围的人像鱼群似的，把她拥到了飞驰的地铁上，拥挤的公交和湿漉漉的大街上……她的脚也不是自己的，意识也不是自己的，只随着一股看不见的巨大暗流身不由己地向前进……

路上堵车，谢春红一路胡思乱想，完全不记得自己是怎么来到“锦都花苑”的。在小区大门口，她想给李长东打个电话，可昨晚忘了充电，手机已经自动关机了。她等了好一会儿，好容易等到个戴安全帽的人，便向他打听李长东在哪里？那人说不知道，可能是在一号楼，不过现在是午休时间，电梯不运行，得自己爬上去一层一层地找。谢春红没有别的法子，只好谢过人家，钻到还没装扶手的楼梯里，一层层地往上爬。有时候踢到水泥块，咕噜噜地就滚下去了，也不知道掉到了哪里，听着怪吓人的。她不知道爬了多少层，忽然听到一间房子里发出奇怪的声音，本来觉得害怕，想赶快走的，可仔细一听，像是男女在做那种事情似的。她抬脚打算继续上楼，却听到一个女人又痛苦又快活地叫着："李长东，李长东，你这个畜生，哎呀……"

谢春红的脑子"嗡"的一下炸了，这房子还没有装门，她想都没想就闯进去了。结果在里头一间房子里，看到一个女人撅着屁股跪在硬板纸上，她的男人李长东正像狗一样在和那个女人性交。

她拿着滴水的雨伞和行李愣在当场。李长东站起来，套上大裤衩，把谢春红推到一边去。那个女人赶紧穿上衣服，用头发遮着脸，低头跑进迷宫一样的房子里去了。

谢春红从来没有想过她会遇到这种场面，她完全像个局外人似的，任由那个女人跑了，都没想起"捉奸"这个词。

李长东看着她，撸撸自己湿漉漉的头发，皱皱眉头说："既然你都看见了，我也没什么好瞒的，其实我和林花早就在一起了，咱俩离婚吧！"

谢春红惊讶地看着面无表情的男人，简直不敢相信他会说出这种混账话。

"李长东,儿子尸骨未寒啊!"

"儿子死了,难道我们都要跟着陪葬吗?谢春红,就算我对不住你,家里什么都给你,我一样也不要,行吗?"

"李长东,当初你是怎么求我嫁给你的?"

"当初是当初,现在是现在,什么不在变啊?你说你还是当初的谢春红吗?"

谢春红又蒙在了当场。她想到自己当年考上高中,为了让弟弟读书,小小年纪辍学出来打工。青梅竹马的李长东一路相随,南下东莞,北上天津,最后又到上海落了脚。李长东是孤儿,从小由姑姑养大,谢春红一分钱彩礼也没要就嫁给了他。婚后夫妻二人肯吃苦,又省吃俭用,日子越过越像样。再加上生了儿子李雨浩,就更有奔头了。谢春红性子要强,看着高中同学上了大学,毕业后留在大城市,便发誓也要在大上海买房子立稳脚跟。她把儿子托付给父母带,自己在上海卖过服装,开过小吃店,也当过保姆和营业员,有时候甚至同时打几份工,只要能挣钱,多苦多累也不怕。好容易,他们凑到一套小房子的首付,李长东的姑姑却生了病。她二话不说,先掏钱给姑姑治病,毕竟李长东是人家养大的。不曾想钱花掉了,人并没有留住,姑姑的儿女还嘀咕,说妈妈要是保守治疗说不定还能多活几年。李长东听了又生气又懊恼,谢春红劝他,说钱花掉了可以再挣,对得起自己的良心就行了。后来,上海房价像直升飞机一样飞涨,他们傻眼了,就算不吃不喝也不可能买得起。而且不仅是住房价格疯涨,门面房的租金也跟着翻跟头,他们不得不关了小店,各自分头去打工。谢春红想,退而求其次吧,好好干到年底,到老家县城买套房子让儿子上初中也是好的。谁知道，春天菜花黄的时候，十一岁的儿子和小伙伴到河边去摸螺蛳玩，不小心落了水，其他人慌里慌张地去施救，结果越弄越糟糕，一帮人全都陷入险境。还好有运粮的船经过，将五个孩子救上来四个，唯独李雨浩没有找到。村里人闻讯来帮忙，一直到傍晚才在桥底下把孩子尸体捞上来。

这晴天霹雳将谢春红的魂魄都炸碎了。她在家里日哭夜哭，眼睛快哭瞎了，人也瘦得不成样子，像是随时要死一样。亲戚们左劝右劝，尤其是三舅妈说："春红啊，当年你表弟淹死后，我也恨不得跟他去死，后来生了康康，我才活过来了。你再生一个就好了，让浩浩重新投胎，还来当你的孩子。"李长东也说："你还有我呢，你要是再有个三长两短，叫我怎么过?"谢春红终于动了心，想到父母还在，李长东还年轻，日子还是得过下去，便乖乖地跟李长东到医院去取环并检查身体，准备再要个孩子。可是老天爷偏偏不给她机会，检查结果是两侧卵巢都有些畸形，而且已经老化了，几乎不可能再怀上孩子。

李长东安慰她说："你先吃点药调理身体，以后我们再到大医院去看，我就不信能生第一个不能生第二个！"

谢春红也觉得不服气，人家五十几岁还能生孩子，凭什么自己四十出头就不能生呢？回到上海后，他们抽空去了一趟大医院，专家说自然怀孕概率很低，做试管婴儿倒还有些希望。从医院出来，李长东一声不吭，谢春红跟他回宿舍，他也不冷不热的。谢春红待了几天，每天除了熬中药喝，没有别的事做。她是个忙惯了的人，这样实在憋得难受，便托人找了个饭店打杂的工作，管吃管住，每月拿现钱。李长东没有反对，淡淡地把她送到了浦东。

谢春红原以为他是为了生不了孩子的事情在赌气，没想到原来这个畜生在外面早有了别的女人。

“不离，我死都不离！”谢春红觉得浑身的血都凉了，而且慢慢凝聚，顺着大腿直往下流。她低头看了一眼腿上的鲜血，又很没出息地倒在地上。

“林花，林花，快来帮忙！”李长东一边扶着她，一边叫那个女人来帮忙。谢春红想拒绝，不要他们管，可身子却不听自己的使唤。

屋子里没有凳子，那个叫林花的女人扶她坐在刚才他们做丑事的硬板纸上。谢春红觉得屈辱至极，却又一点办法没有。她瘫软在地上，一副半死不活的样子。

林花不知道从哪弄来一杯热水，低眉顺眼地递过来。谢春红真想直接泼到这个贱女人头上去。她记起来了，这女人的丈夫原本在工程队做木工的，后来出车祸死了，听说得了好些赔偿款。她拿着钱不回家过安生日子，却还到工地做小工，肯定是因为勾搭上了李长东。

谢春红恨恨地盯着她看，眼睛里恨不得喷出烈焰来，将这个女人烧成灰。可事实上她喷不出火焰，只能不停地淌眼泪。李长东说：“你先在这里歇一歇，我去找车子送你去医院。”

“我不要去医院，我要回家。”

“回家？回哪个家？”

“当然是回我自己的家！”谢春红吼了一声，她感到下身的血又蹿出来了。不知道是不是吃了中药的缘故，她这两次月经多得吓人，有时血就像开了的水龙头一样哗哗哗地流，瞬间就把整片卫生巾浸透了。

李长东出去了一会儿，不知道和谁通了电话。谢春红按着肚子躺在地上等着，林花想开口又不知道说什么好，怯怯地蹲在窗口看外面的雨。大约过了半小时，李长东进来，扶着她下楼，上了一辆送货的“五菱之光”。谢春红不认识司机，李长东说是他的朋友，请人家送他们回苏北老家。

4

李长东的家和谢春红父母家都住在塔庄，只不过一个在东头，一个在西头。

李长东把谢春红送回娘家，跟谢家二老打了招呼就要回上海去。谢春红父亲让他吃了晚饭再走，他说：“不了，爸，上面活计多，我们要赶回去加班，拜托你们多照顾春红了。”临走前，又摸摸口袋，将里头两千多块钱一股脑儿交到老丈人手里，急急忙忙走了。

谢春红听到妈妈夸女婿懂事，气就不打一处来，但是又不能跟他们说什么，只能拿枕头捂住耳朵，强迫自己什么也不听。

这一夜极其漫长，谢春红连续做了几个噩梦，浑身汗滋滋地惊醒。她在黑暗里睁大眼睛想，我都已经倒霉透顶了，还能糟到什么地步呢？

好容易熬到了天亮，吃了一碗母亲端过来的糯米粥，还加了红糖，这是从前给产妇补身子的营养品，谢春红生浩浩的时候，可没少吃。现在看到这个，难免有些触景伤情。不过这会儿实在是饿了，一碗粥呼噜呼噜吃下去，胃里暖和些，肚子也不那么疼了。

早上雨停了，太阳也终于露脸。谢春红站在门口，看见屋檐下滴滴答答掉着水珠，院子里的大栀子花树开了白白的一层，味道香得撞鼻子。她心想，夏天真的到了。

父亲请了几个本家的叔叔来，帮忙把小浩的坟迁一迁。小孩子夭折，按照风俗不能火化，也不能葬入祖坟，通常要埋到乱葬岗去。谢春红和李长东不舍得，就将儿子埋在了自家的地头上，有空还能去看看。但是连日的暴雨，水位上涨太快，原本地势还算高的坟，竟然有一半泡进水里了。谢春红做梦的时候，浩浩就在水里，挥舞着双手在喊："妈妈救命！妈妈救命！"

迁坟这种事情有很多讲究，只有老人家会干。当然，村里现在压根儿也没有年轻人，所有的青壮年都在外头打工或者做生意，留在家里的只有老人和孩子。谢春红的父亲给来帮忙的每个人发了两包烟，工具上都贴上各自的名字，包上红纸和符咒，这样就百无禁忌，可以到田头去动土了。

路上的草很深，又很泥泞，各种各样的野花倒是开得很繁盛。谢春红跟在他们后面，深一脚浅一脚地走过去，脚上越来越没力气，像是踩在棉花堆上似的。她一路上脑子里都在回忆浩浩从小到大的样子，还记得刚怀孕的时候，反应很厉害，吃什么吐什么，有时候能把胆汁呕出来。孕中期倒是不怎么吐了，却不知道为什么会见红，有了先兆流产的症状，不得不在床上整整躺了五个月。到快生的时候，肚子大得像篮球，腿脚肿得都快透明了，夜里要上十几趟厕所，闹得夜夜都失眠。生孩子时，疼了一天一夜，羊水都流光了，到最后还是剖了一刀将他取出来。她永远都记得，医生把白白胖胖的浩浩抱过来时的样子，那是个多漂亮的孩子啊，睁着滴溜溜的眼睛看着她，让她觉得上刀山下火海吃什么苦都值得了。她把浩浩搂在怀里喂奶，简直太神奇了，刚落地的娃儿，居然就知道一拱一拱地找到奶头含到嘴里吮吸，谢春红觉得把自己身上所有的精华，所有的营养，所有的母爱都让他吸光了也心甘情愿，甚至让她用自己的命换浩浩的命，她也万分愿意。可是，老天爷居然夺走了浩浩的命，老天爷怎么一点都不讲理呢？

到了浩浩的坟前，父亲在地上摆了香烛纸钱，做了一些仪式，示意大伙开始动锹挖土。谢春红背过身子，她觉得每一锹都挖在她的心尖上，挖一锹她的肉就少一块，挖一锹她的心就空一分，到最后她觉得自己被挖成了一具白骨，不，连白骨都不剩，她空空荡荡，一无所有了。

红漆的小棺材被抬起来，放到平地上。顾木匠贴了些符，其他人在地势更高的地方重新挖坑，准备将棺材移过去。谢春红看着棺材，她觉得那些木板全是透明的，浩浩脸蛋红扑扑地躺在里面，就像是睡着了一样。她走过去，伸手摸着棺材，浩浩也伸出手，隔着板子来回应她。谢春红忽然觉得，浩浩可能并没有死，他在棺材里躺了几个月，说不定缓过来了，还能复活呢。小时候听过的故事里，不经常有这样的奇迹吗？

“浩浩没有死，他在叫妈妈。”

沉默了一路的谢春红突然说出这样一句话，把大家都吓了一跳。

“怎么可能，这都埋了五六个月了。”

“真的，我听见他在叫妈妈，他还活着呢，快把棺材打开！”谢春红拍着棺材，恳求大家。

“春红，你冷静点，这绝对不可能的，快把孩子的坟迁了，别耽误了时辰。”

“不，不，他真的活着，快打开啊，浩浩要出来……”

“春红！春红！你让开啊……”

“快把锹给我，快把棺材打开，求求你们！”谢春红发疯似的用手扒棺材的盖子，拿自己的头往棺材上撞，她身上不知道哪来这么大力气，五六个人都拉不住她。

“春红，孩子真的死啦！”她父亲哭着说，“埋了五六个月，尸身都烂了，怎么可能还活着呢？”

“我不相信我不相信，他明明在里头睡觉，快打开啊，不打开我就撞死在这儿。”谢春红歇斯底里地叫喊，疯狂地往棺材上撞，她父亲实在没有办法，只好答应她，把棺材开一道缝，让她彻底相信，孩子是千真万确死掉了。

“真的要把棺材打开吗？”二叔说，“死了几个月的人，样子是没法看的，你们要做好心理准备。”

“打开吧，打开吧，他变成什么样都是我的儿呀！”谢春红简直迫不及待。

顾木匠硬着头皮去拔棺材上的钉子，本来是指导迁坟仪式的，没想到居然要他开棺。尽管他年轻时上过战场，看过血肉模糊的尸首，可是一打开棺材，还是被里面的样子吓得瘫坐在地上。

“啊……”谢春红尖叫着，她揪着自己的头发，用手抠自己的眼睛，接着把身上的衣服全部脱光，挣开众人，野兽一样地往圩堤上跑去。

没有人追得上她，谢春红发疯了。她赤身裸体地跑着，脸上流着血，腿上也流着血，跑过一个村庄又一个村庄，不知道跑到哪里去了。村里人打电话给她的丈夫李长东和弟弟谢春辉，让他们赶紧回来。李长东从上海赶回，找了一夜，在三十里外的猪圈里找到了筋疲力尽的谢春红。而谢春辉人没回来，电话也打不通。直到第二天中午，才有警察找上门来，说他骑着摩托车撞在省道护栏上，因为没戴头盔，当场就死亡了。

谢春辉的尸首被拉回来，看上去居然好好的，一点外伤也没有。他的父亲在一天之内，经历了女儿发疯和儿子死亡，已经伤心到不会哭了。他像个木头人，呆呆地坐在院子里的栀子花树旁，那棵树上雪白的花，像是戴着重孝似的。谢春红的母亲原本就有些痴傻，遇到这些事情，知道伤心，也知道哭，可是哭饿了，还是要到厨房里盛一碗饭吃下去。

谢春红是一个月之后才知道弟弟出事的。她被李长东送到精神病院，治疗了几周神智才逐渐恢复。准备出院时，弟弟的女朋友赵倩找过来，说春辉死了，而她怀孕了。

谢春红眼睛已经哭得像干涸的池塘，但当倩倩提到孩子时，忽然又生出了水光。她拉着倩倩的手说："倩倩啊，好妹妹，求你把孩子生下来，给春辉留个根吧，我有钱，我把钱都给你，我帮你养孩子……"

赵倩不说话，只是一味地哭。她妈妈说："空口说白话有什么用呢？连房子都没有，这孩子要生在大街上吗？"

"我把钱给倩倩买房子，马上就买房子。"

"你说话能算话吗？李长东能答应？"

“能的能的，只要我和他离婚，他什么都不要。”

谢春红仿佛病立刻就好了，脑子清清爽爽地将李长东叫来办了出院手续，又催着他去民政局办了离婚手续。李长东倒有些疑惑了，问：“你不后悔？”

“不后悔，你的心不在我这了，我要你人又有什么用呢？”

5

谢春红一下子把二十几万的存款全部打给了赵倩。父亲劝她慢慢来，一部分一部分地给，她却一个字也听不进去，固执地说：“不能啊，万一房价又涨了，浩浩就没有房子住了。”

春辉的丧事全部办完后，谢春红催着赵倩买房子。赵倩在电话里支支吾吾的，一副欲言又止的语气。谢春红觉得情况不妙，她和父亲赶到赵倩家里去，果然看见她躺在床上，已然做完了流产手术。

“春红，你要理解，这遗腹子即使生下来，也是一辈子苦命。倩倩还年轻，没有孩子她还能找个人家……那笔钱，就当是你们补偿她的吧，我们好好的一个大姑娘成了望门寡……”

“你们，你们怎么这样黑心……”父亲老泪纵横，用发抖的手指着倩倩母亲的鼻子说，“你杀掉了我的亲外孙子！”

倩倩坐在床上捂着脸大哭，谢春红看看她，深深叹了一口气，说：“爸，算了，算了，我们走吧。”

回到家里，谢春红坐在水泥门槛上，倚着门框，头埋在大腿上，一句话也不说。母亲穿着春辉的旧校服，在院子里赶鸡赶鸭，忙得团团转，又不知道在忙些什么名堂。父亲看着家里一疯一傻的两个女人，忽然间感觉万念俱灰。他恼恨自己那天没有看好浩浩，如果孩子不掉到河里，春红就不会发疯，春红不疯，春辉就不会死，倩倩就不可能打掉孩子，这一切的悲剧都是源自自己的疏忽。他默默地走到屋后的杂物间里，找了一瓶“乐果”，拧开盖子，仰头全部喝了下去。

谢家又死了人。这半年已经是第三个了。亲友邻居们一边帮忙操办丧事，一边暗暗叹息，不知道这家人倒了什么霉，接二连三出事。现在家里只剩时而发疯时而清醒的谢春红和她一直患有轻微精神病的母亲，真不知道这两个人以后日子该怎么过。然而同情归同情，别人也要过日子，谁也没本事将她们从这样黑暗的深渊里拉出来。只能在生活上稍加照顾一点，今天东家送几个玉米，明天西家给一把韭菜，收稻种麦的时候，亲戚们帮她家管管田里的活计，时不时去看看她们母女俩，说上一会儿话……谢春红清醒的时候就把屋里的三个牌位擦拭干净，供上新鲜的饭食。糊涂的时候，成天在村里村外游荡，看到小孩子就冲过去紧紧搂在怀里。她披头散发，脸上又有伤，常把小孩吓得哇哇大哭。人们既觉得她可怜，又怕她做出什么失控的事情伤害到孩子，只要看见她过来，就赶紧把孩子抱进家里，将大门锁上。附近村子小孩不听话了，家人只要说一句“谢春红来了”，保准那孩子乖乖地闭了嘴巴，再不敢哭闹。

快要过年的时候，李长东回来了一趟，买了许多年货和日用品送到谢家。他没带林花回来，但别人说他们已经结婚了，在南通买了房子，还开了家窗帘店，林花的肚子已经大起来了。当然，没有人将这些告诉谢春红，她如果知道了，指不定会疯成什么样子。

开了春，天暖起来，麦苗抽穗，油菜开花，没有什么能阻挡满世界的植物孕育下一代。天气好的时候，谢春红的精神也好一些，反正闲着没事，就和母亲提着篮子到田里去挖野菜。她站在河边上向远处望，河两岸桃红柳绿，菜田麦田青黄交错，景色真是好看得不行。她低头凝视着脚下的河水，波光盈盈的，看上去既清且浅，无辜至极，一点儿也不像淹死过人的样子。她垂着眼睛，想到以前每次回来，沿着村口的大路飞奔着扑到她怀里的孩子，现在成了那副样子，便又忍不住掉下泪来。突然，母亲拉着她的胳膊说："春红，你看河里是什么？"

谢春红顺着母亲手指的方向，看到河心漂过来一个黑色的东西，那东西一边顺着水漂着一边还在不停地动。她的心脏立刻绷紧了，全身的血液都沸腾起来，看上去那分明是个黑色的脑袋，不，是个孩子在河心里拼命挣扎。她扔下手里的篮子和铁锹，毫不犹豫地"扑通"跳下河，向那个黑点奋力游去……

谢春红湿漉漉地爬上岸，怀里抱着一条小狗。阳春三月的河水还是冰凉的，她浑身打着哆嗦，却用母亲脱下的外套将小狗包了起来。这是一条浑身漆黑的小草狗，约莫两三个月大的样子，不知道是怎么掉下河的，也不知道是谁家的。这些谢春红都不管了，她看着小狗的眼睛，险些被那黑色的眸子吸进去了。这眼神，甚至眼白上的黑点，完全与浩浩一模一样啊！

"浩浩，妈妈知道你一定会回来的，妈妈带你回家。"谢春红欢天喜地，在春风里简直飞起来了。她抱着小狗一边亲一边往家里跑，母亲提着篮子在后面一边追一边说："春红，黑狗不吉利！"

谢春红才不管这些，她怀里抱着的是一团火苗，是失而复得的宝贝，是她的儿子转世投胎。管什么吉利不吉利，她就是要把小家伙带回家。

进了家门，她自己顾不上换下湿衣服，先把小狗放到被窝里，再把被子抱到太阳底下晒着，又找来吹风机给它吹。小狗抖抖索索的，既不叫唤也不反抗，由着谢春红给它吹干身体，裹上一条小毛巾。谢春红翻翻碗柜和冰箱，她们已经好些天不吃肉了，里头一点荤腥也没有。好容易在抽屉里找到一根火腿肠，打开包装，切成小块拿到小狗的面前。小黑狗伸出鼻子来嗅嗅，又抬头看了看谢春红，张开嘴巴，叼了一块吃起来。

谢春红觉得自己的心像是投进热水的巧克力，一下子全化了。她伸出手摸摸小狗的脑袋，小狗也伸出舌头舔舔她的手，那粗糙而又温热的触感再次将她的母性引爆了，她无比确信，这条狗就是她的儿子投胎转世。

6

谁会想到呢，谢春红给一条狗穿上衣服，抱在怀里一家一家地去认门，而且一本正经地告诉大家，这是她的儿子李小浩。她让狗按照辈分逐个叫外公、外婆、舅舅、舅妈、叔叔、阿姨、表哥、表姐……当然，狗不会说话，她就替狗一个一个地叫，并且赔着笑脸解释："孩子还小，还不会叫人，请多包涵啊。"

这本来是件非常可笑的事情，但大家都知道谢春红是被儿子烂掉的尸体吓疯的，一个疯掉的妈妈，做出这样的举动也算情有可原。尽管心里不是滋味，大部分人当面还是认了这个狗侄子、狗孙子。当然也有人很排斥，对谢春红说："你这个疯婆子，不要胡闹啊！"谢春红当场就翻脸："那咱们从此就断交吧，我跟你家没亲了。"认过亲的人看见谢春红走远了，则相互调侃："你好啊，狗子的外公。""再见，狗子的二舅舅！"

这条叫作"李小浩"的狗很快就成了塔村的明星，甚至别村的人来走亲戚或是路过都会特地来看一下。谢春红把多年不用的缝纫机搬出来，换了皮带，上好机油，找了许多旧衣服和布料，给小浩做了一套又一套衣服、鞋子。小浩出门的时候，别的"中华田园犬"好奇地围着它左嗅又嗅，大约觉得它奇怪，便叫了几声吓唬吓唬它。谢春红见了，立刻操根棍子冲出去，把这些狗打得落荒而逃。她把小浩抱回家，关上院门，弹弹鼻子教育它说："你和它们不一样，你是我的儿子，你要和人的小孩一起玩。"

小浩似懂非懂，撒着娇呜呜几声，眼睛滴溜溜地看着谢春红。谢春红把它放在铺着软棉花的竹篮子里，拿了煨排骨给它吃。母亲在旁边斜着眼说："狗吃排骨人吃冬瓜，简直反了。"谢春红笑道："外婆有意见啦，明天我们多买一点肉。"

小浩吃得好，很快就养得油光水滑。谢春红不让它出大门，又经常洗澡，所以身上总是干干净净，邻居家的小孩们还真愿意跟它玩。谢春红简直巴结着这些孩子，她去小卖部买了零食和水果，只求着人家肯来和小浩玩。小浩是个"人来疯"，有小孩来就满院子撒欢打滚，要是天气不好或者孩子们上学去了，它就蔫蔫地趴在谢春红脚下，弄得谢春红情绪也低落。

有一天，屋后的妞妞从门口经过，拍拍门说："小浩，春红姑妈，我去上学啦！"

小浩快活地迎上去，爪子挠着门，尾巴摇得快飞出去了。可是妞妞打完招呼就蹦蹦跳跳走了，脚步越来越远，小浩就黯然了。谢春红走过去抱着它，忽然想，为什么不送小浩去上学呢？

她抱起小浩，拿起钱包就往学校走去。在巷子里遇到了堂叔两口子，婶婶问她："春红你抱着狗子去哪里呀？"

"他叫小浩，是我儿子。"谢春红强调。

"哦哦，我忘了，不好意思啊，我们是来送日子的，你堂弟月底结婚。"

"知道了，恭喜恭喜。"谢春红接过婶子递过来的糕饼，放到厨房里，急急忙忙往村小学跑，生怕去晚了人家放学。

叔叔婶婶在后面叹息，说："唉，可怜人啊。"

谢春红到了学校，直接跑到王校长的办公室，说明了来意。王校长被吓得跳了起来，说："谢春红，你开什么玩笑，你上学时我就说过，课堂是神圣的地方，怎么可能让一条狗来上学呢？"

谢春红压低了声音说："校长，校长，我跟你讲，它其实不是一条狗，它是我儿子浩浩投胎的，你看它右眼，是不是和浩浩一模一样，有个黑点点？"

"这只是个巧合罢了。"

"不是巧合，这真的是我儿子，你一定要相信我！"谢春红急了，她从口袋里掏出一把钱，硬要塞给王校长，说，"看在我和浩浩都是您学生的分上，行个方便吧！"

"春红，我很同情你的遭遇，但这个绝对不行。"王校长把钱又塞回谢春红的口袋。

谢春红无比沮丧地离开了校长办公室。下课铃响，孩子们冲到操场上，大家看到她怀里抱着穿衣服的小狗，都好奇地围过来，小浩也兴奋地叫着要下地。王校长赶紧让体育老师把她推出校门，说："快回去吧，万一小狗把学生咬了，我们可担不起责任。"

让小浩上学成了谢春红的心病，她日夜都在琢磨这件事，愁得饭都吃不下去。母亲说："你别做这个梦了，就是让我去上学也不会让狗子去的。"

谢春红忽然灵机一动，前段时间家里来了什么"大走访"的干部，她不客气地把人家打发走了。那个人倒是留了个"连心卡"，让她有困难就打电话的。现在她遇到困难了，不知道能不能解决。

她从灶间的窗台上找到了那张卡片，卡片上写着"陈大勇"的名字和手机号码，她拨过去，问道："我是塔村的谢春红，你说有困难就找你的，现在还管用吗？"

"管用，管用，你说说看有什么困难，只要能解决的我们一定尽力解决。"电话那头叫陈大勇的人说话很客气，他听村支书说过谢春红的事。

"是这样的，我儿子李小浩想上学，但是校长不让他上，你能不能帮忙解决呢？"

"啊？还有这种事情？怎么会不让孩子上学呢？你不要着急啊，我找有关领导了解一下情况。"

谢春红挂了电话，心里到底高兴些，她抱着小浩亲了又亲，说："好乖乖，妈妈一定想办法让你上学。"

过了十来天，堂叔家的儿子办喜事了。谢春红知道农村人迷信，她这样的情况人家多少会忌讳的，便随了个份子，人并没有去。不过按照风俗，新娘子在回礼时，要给一条糕，有小孩子的还要给孩子一个小红包作为“叫钱”。谢春红收了回礼，却没有拿到新娘子给小浩的“叫钱”，便有些生气了，她抱着小浩到堂叔家去，要讨一个说法。

到了堂叔家门口，客人们已经散了，他们一家人全都在门口的菜地里着急地找什么东西。谢春红也顾不上要说法了，问道：“你们在找什么呢？”

“小妮的钻石戒指昨晚送客人时弄丢了。”

“丢在哪里的？”

“就在门口这块地方，也不知道有没有被人捡走了。”

谢春红也弯下腰，帮他们在大蒜根下铺的稻草里找，小浩从她怀里挣脱，兴奋地跑来跑去。谢春红见旁边没什么别的狗，就由着它玩一会儿。

七八个人找了半天，地毯式地搜寻了好几遍，还是没看到戒指的影子。新娘子小妮很伤心，新郎官安慰她：“没事，不找了，等结婚纪念日我们再买一个。”

谢春红看见李小浩叼着一团屎一样的东西从路边跑过来，她赶紧喝道：“你这个小呆子，咬着什么呀，快扔掉！”

小浩把嘴里的东西扔下，原来是踩烂了的爆竹纸。新郎官眼尖，看见一个亮晶晶的东西掉出来，新娘子也看到了，高兴地说：“戒指，我的戒指！”

新娘子的结婚戒指失而复得，小浩成了大功臣，人人都争着摸它两下。谢春红这才想起自己来的目的，她一说，新娘子当即包了个红包，喜笑颜开地说:“没问题，没问题，给这么好的小狗当舅妈，我一百个愿意!”

谢春红拿着红包，抱着小浩春风得意地往家里走，她并不在乎这二十块钱，但是这个红包岂止是二十块钱呢？她的儿子李小浩和别的孩子有同样的待遇了，这才是最要紧的。

她回到家里，没想到院子里来了许多干部模样的人和扛着摄像机的记者。村支书、村主任都在，满脸堆着笑在和人家说话。看到她进来，亲热地说:“春红回来啦?”

为首的一个干部站起来，上次来过的那个陈大勇赶紧介绍:“这是我们李书记。”

谢春红把狗放下来，接受书记的亲切握手，嘴上说着:“领导好!”

李书记说:“你的情况我们已经了解了，让小狗上学是行不通的，但是可以安排你到学校食堂工作，这样也能解决你的生活困难。”

谢春红心里一阵狂喜，她进了学校不就等于小浩也可以进学校了！她感激地说:“谢谢，谢谢，你们真是好领导啊!”

7

谢春红曾经开过小吃店，又在上海的大饭店打过工，她到食堂帮厨，是完全没问题的。王校长唯一担心的是，她每天带着狗来上班，即便用绳子拴着，那些孩子也主动来招惹小狗，整天“李小浩、李小浩”地叫着，他生怕哪天狗咬了学生，自己要承担责任。但是村支书说，谢春红的工作是“上面”安排的，即便有什么事情，也有“上面”顶着，他只能干着急。

到了快放暑假的时候，小浩长大了不少。因为养得好，它的皮毛顺滑得像一块黑绸缎，眼睛也明亮有神，孩子们都很喜欢它，一有机会就来摸它逗它。有时上课了，小浩趁着大家不注意，偷偷从后门跑到教室里蹲着，假模假样地像是在认真听课，学生们笑过几次之后就习惯了，并不太受影响，老师也就不那么在意了。谢春红偶然看见小浩坐在教室里，有板有眼地听课，心里不知道多激动。

小学鼎盛时有九个班，现在只剩三个班，是附近几个村里一二年级和幼儿园的孩子，再大一点，到三年级以上就要去镇里的小学读书了。谢春红听老师们说，现在生源越来越少，孩子们慢慢都会集中到镇里去，小学校大概不会太长久了。她便觉得有些担忧，怕小浩失学，也怕自己的心里更空。但现在学校还正常运营，也没说要撤并，能过一天就算一天吧。

中午孩子们趴在桌子上午睡，校园里安安静静的。院子里各色月季开得娇艳动人，引得蝴蝶们飞来飞去。一个叫“麦兜”的幼儿园小朋友出来尿尿，被一只蝴蝶吸引着，不声不响从大铁门的缝里爬出去了。小浩也好奇地跟着他出了门，别人都没注意到。过了一会儿之后，谢春红突然听到小浩在狂吠，瞌睡立刻吓醒了。她跑到院子里，值班的老师也出来抱怨，说：“你家小浩把孩子们都吓醒啦！”

小浩过来咬着谢春红的裤腿，使劲把她往大门外拉，谢春红觉得它行为反常，就跟着它往学校后面走。到了开满豌豆花的河边，她看到了麦兜的小鞋子漂在水上，一群蝌蚪惊慌失措地乱游，便知道出了事，立刻用尽力气大叫："救命啊，有人落水啦！"

麦兜被大家从河里救上来，趴在食堂门口倒扣的铁锅上，吐了一口又一口的脏水，脸上也成了花猫一般，但总算捡回了一条命。

于是，"李小浩"又成了传奇，赶过来的家长们都说："多亏了小狗子跟着，要不是它来叫人，村长的孙子恐怕就没命了。"

谢春红毫无征兆地大哭起来，小浩不知道是为什么，急得在她身边转来转去。妞妞跑过来，摸摸它的头，问老师："小浩做了好事，我们能不能也给它戴红领巾？"

老师还在犹豫，村长却说："别说红领巾了，大红花都该戴，你看警犬军犬不也照样立功吗？"

大家都觉得有道理，妞妞从失物招领处拿了条红领巾给小浩戴上，它有点不习惯，摇头晃脑的，把所有人都逗笑了。

这件事情之后，"李小浩"在塔村的身份便不再仅仅是一条狗。虽然它不擅长看家护院，见到陌生人也不太会叫唤，但是因为有"义犬"的名声在，小孩子们见了，总愿意把手里的食物分一点给它，大人们说起它来也啧啧称赞，甚至有些老人家，真的相信它是谢春红的儿子浩浩转世投胎……

谢春红感觉这样好极了，她的心有地方安放了，再也不是空荡荡、冷冰冰的。她把家里收拾清爽了，自己身上也拾掇干净，门前屋后种上时令菜蔬，一切做得井然有序。入了秋，天凉了，看看母亲身上的衣服，领口袖口都破了，便想给她买一身新的。趁着国庆节假期，她骑着电瓶车带小浩去县城买东西。在招商城门口，突然听见有人叫："春红姐，春红姐！"

她回头一看，是以前在上海"会宾楼"的厨师小陆，提着个袋子站在门口。她问："你怎么在这里呢？"

"我回老家准备结婚呢。"

"恭喜恭喜，对象是哪里的呢？"

"你也认识的，就是那个服务员黄莉莉呀。"

"哦，那丫头不错。对了，金梅姐咋样了。"

"死了。"

"啊？什么？怎么会呢？"

"你走的那天，她酒喝多了，被呕出的东西堵住气管呛死了。"

谢春红心里一阵唏嘘，心里真是舍不得金梅。说起来金梅也是个可怜人，为了让父母和儿子过上好日子，终于把自己累死了。唉，不过这世上可怜人可真多，与自己不相干的，死了也就死了，除了叹口气，连眼泪也不会多流。谢春红觉得自己心真硬，不但不怜悯金梅，反而觉得她解脱了，哪像自己，连死都不能死。

提到金梅，小陆也沉默了，把手里吃剩的半块巧克力扔到地上，小浩走过去，用爪子扒掉包装纸，津津有味地吃起来。

谢春红看它吃得嘴边上黑乎乎的，便把小浩抱起来，用袖子擦擦，让它叫小陆"舅舅。"

小浩叫出的却是"汪汪"两声，小陆说："哈哈，真逗，现在人都把宠物当孩子养了。"

与小陆道了别，谢春红在市场上给母亲买了一件外套和几双袜子，给自己买了一件棉毛衫。回头时骑得慢，刚到家门口，太阳就要落山了。车停下来，小浩并没有如往常那样，迫不及待地跳下去，谢春红伸手一摸，觉得不对劲了。小浩浑身瘫软，一边抽搐，一边呕吐……谢春红头皮发了炸，她已经不想去考虑老天爷为什么总是折磨她，也懒得计较什么了，当务之急，还是救小浩要紧。

这个时间天已经黑了，去镇上或是城里都来不及，只有去村卫生室。赤脚医生陈国亮是谢春红的小学同学，他因为有小儿麻痹症，高中毕业后就跟着父亲学手艺，在村里混碗饭吃，现在塔庄长期在家的年轻人，大概只有他一个了。

谢春红抱着小浩冲进来就说："国亮哥，救救我儿子啊！"

陈国亮看她怀里奄奄一息的黑狗，便知道这就是传说中捡到钻石戒指和救了小孩的狗，看上去也就是普普通通的乡间土狗，一点儿也不稀奇，不知道为什么谢春红非要把它当儿子。他问："狗怎么了？生病了还是中毒了？"

"不知道，你快检查检查！"

陈国亮拿出听诊器，又把狗的嘴巴撬开来，看看舌头和分泌物，皱着眉头说："看样子像是中毒了，它到底吃过什么呢？老鼠药吗？"

"没有，它整天都跟着我，和我吃一样的饭食，不可能接触到老鼠药。"谢春红努力回忆着他们这一天的活动轨迹，忽然想起来了，说："今天傍晚好像在外头吃了一点巧克力。"

"要命，狗是不能吃巧克力的，吃了就要中毒。"

陈国亮拖着他的残腿，钻到房间里去拿了个砂锅和一些绿豆，吩咐说："你快把这个煮一煮，然后把汤给狗喂下去，或许还有救。不过事先声明，我不是兽医呀，只是听人说过这样能解毒，只能试一试，医不好你不要怪我。”

他这话说得谢春红心惊肉跳，她问陈国亮：“你这话什么意思呢？小浩有救吗？要不要送他去大医院？”

陈国亮说：“你冷静一点，不要忘了你的儿子实际上是一条狗，没有哪个医院大晚上的会收治一条狗。即使送到城里的宠物医院，人家也会这么处置，我在省城进修的时候看见过。”

谢春红点点头，拿了绿豆去厨房里煮。陈国亮配了点药水，正在给狗输液，谢春红突然跑进来，跪在他面前说：“求求你，务必想一切办法救他，小浩要是死了，我也活不下去了。”

陈国亮看着跪在地上磕头的谢春红，忽然动了恻隐之心。他说：“我尽力啊，你也真是太命苦了。”

这一整夜，谢春红自然是无法合眼的，陈国亮也陪着她，一针管一针管地给小浩喂绿豆汤。在吐了许多次之后，它眼睛里终于有些光了，看着谢春红，呜呜叫了几声，像是个受了委屈的孩子。谢春红心疼地拍拍它，它又安稳地睡着了。

第二天早上，陈国亮再次给小浩做了检查，告诉谢春红，应该是保住狗命了。

“真是太感谢了，国亮，我都不知道说什么好。”

“什么都不用说。”陈国亮说，“以后日子还长着呢。”

谢春红觉得他的话有些意味深长，但她这会儿根本顾不上别的事，全部的心思都在小浩身上了。

李小浩连续挂了七天的水，基本上脱离了危险。白天人多，有人会介意跟狗在一起看病，谢春红都是晚上带小浩来挂水。最后一瓶营养液吊完的时候，已经是夜里十一点了。她对陈国亮谢了又谢，并拿出刚卖掉金耳环的钱准备付账。

“你这是做什么呢？”陈国亮把钱推掉，却握着她的手说，“春红，如果你真要谢的话，就跟我在一起吧！”

谢春红看看他热切的眼神，又看看蜷在纸箱里的小浩，想了想，便一件件解开自己的衣服，躺到病床上，说：“来吧。”

8

谢春红回到家里，想烧点热水洗澡，可电热水器偏偏坏了。她在卫生间看着镜子里的自己，头发乱糟糟的，脸颊上多了许多黑黄的斑，还有自己抓出来的疤，看上去还真是挺狰狞的。她忍不住笑自己，要洗什么澡呢？觉得身子被玷污了吗？还是要为谁守节？

母亲早就睡着了，她打开堂屋的灯，家神柜上的三个黑漆牌位并排放着，像是父亲、春晖、浩浩三个人目光深邃地看着她。谢春红点了一炷香，跪到蒲团上，喃喃问道：“你们三个人在那边还好吗？钱够不够用？爸爸你放心，我也会照顾好妈妈，有空就给你们烧纸上坟。春晖你要看到合适的姑娘，就托梦告诉姐姐，我给你买房子，给你烧金元宝。浩浩要听舅舅和外公的话，不要调皮……”她说到这里的时候，忽然有些疑惑，不知道浩浩托生了小浩之后，是不是还在“那边”。她侧过脸去看蜷在旁边的小浩，小浩也抬头看她，同样是黑而深邃的眸子，看不到任何的答案。谢春红说：“好孩子，地上凉，我们到床上睡觉吧。”

这次巧克力中毒之后，小浩的身体和精神都差了很多，谢春红带它去城里的宠物医院看过，说是肾受到了损伤，要长期吃药才能维持。那些药真是不便宜，算算一个月下来要花一千多。再加上母亲有糖尿病，也要长期吃药，谢春红一下子觉得手头紧张了。她不得不仔细算算账，李长东还算有良心，把积蓄和房子都留下了，几乎是净身出户。可是那二十多万大部分都给了倩倩，自己只留下两三万，为了给父亲办后事，又用去了一半，再加上平时花销，现在卡上已经所剩无几。在小学校里帮工，一个月几百块的收入也不顶什么用。小浩要吃肉吃药，母亲也要看病，她必须要为今后的日子做些打算了。

她想来想去，出去打工是万万不可的，家里老的小的都不能离开塔庄。附近也没有什么营生可做，她在小学烧饭，已经让很多人羡慕了。村里年轻人平常都不在，老人小孩买东西不方便，她每次去城里买药，都有人托她买这个买那个。谢春红想，要是进点货，在附近的村里卖，不也挺好吗？反正烧饭只要忙一上午，下午有的是时间，多多少少能贴补些呢。

谢春红说干就干，她把卡上剩的两三千块钱全都取出来，把金戒指也卖掉，买了一辆三轮车，请镇上的白铁匠焊了棚子，配上喇叭，到城里进了油盐酱醋、零食玩具、日用杂物……开始了走街串巷的买卖。她开车的时候，小浩就乖乖蹲在脚底下，停下来做生意时，小浩就穿着花衣裳冲着人家摇尾巴。谢春红不再跟每个人解释这是她的儿子，只要自己心里清楚，管别人怎么看呢，有些人的亲儿子，说不定还不如一条狗呢。

天气越来越冷，田野里的风刮得像是在吹号子。谢春红戴着厚头盔，穿着父亲留下的老军大衣，给小浩也穿上新做的棉袄，仍旧风雨无阻，每天出门做生意。灶庄有个在网上开宠物用品店的姑娘回老家办事，看见小浩身上的棉袄，觉得喜庆，便问在哪里买的？谢春红说是自己做的，姑娘一高兴，就跟她订了十件，每件八十块，做好了送到她娘家来。

谢春红很高兴，这样的小袄子，她一晚上就能做一件，成本又没有几个钱，还不影响白天做生意，真是天上掉的馅儿饼。她算算账，不管明年小学还办不办，单是这两样收入就已经足够日常开销了，还能存起来一些，万一小浩和母亲有个三病两灾的，也能够应付。趁着自己还算年轻，身子骨还壮实，这样做几年，日子会好点的。想到身子，谢春红突然有点疑惑，好像老朋友好长时间没来了，自从吃过那个劳什子中药，一直都不太正常，有空也得找个医生看一看。

腊月里，家家户户开始灌香肠、腌腊肉，谢春红进了一批做腊香的调料，生意还真不错。她到肉店里买了大骨头，一烧一大锅汤，一家人能吃好几天。灶庄村口养鸭子的老林头跟她买了瓶酱油，看见小浩说："这个小东西养得多好啊，杀一杀该有二十斤肉，弄个狗肉火锅，啧啧……"

"你个老东西，敢打我儿子的主意，我就把你给杀了！"谢春红虽然知道老林头是开玩笑，却也一点不客气地回应。

9

年脚下，村子里越来越热闹，人多了，车多了，各种各样的货物也多了。谢春红在批发市场看见卖窗花对联的生意好，也进了一些回去，还真是好卖得很。她去灶庄送完狗棉袄，把车子停在村口的土地庙小广场上，立刻围过来许多村民来看窗花。按照风俗，谁家不管过得怎样，过年总要有点新气象，把门窗贴得红红火火、热热闹闹才像个过年的样子，所以家家都会买一些“红货”。谢春红忙着给人家看货、收钱，由着小浩在庙门口的菜地上玩耍，打算生意做好了再去叫它。

这一忙就是好半天，连最难缠的老太太也拿了四张福字和一副“天增岁月人增寿，春满乾坤福满门”对联走了。谢春红一边收东西一边叫着：“小浩，小浩，我们回家吃晚饭啦！”

喊了好几声，小浩都没有像往常那样欢快地跑过来。谢春红急了，怕它被灶庄的狗们带到垃圾箱里翻东西吃，甚至会舔路边小孩拉的屎。小浩和所有未经世事的孩子一样，单纯无知，就怕被那些狗们带坏了。谢春红绕着土地庙一边走一边叫：“小浩，小浩，快跟妈妈回家！”

可是，附近并没有小浩那跳跃的火一样的身影。它今天穿着大红的棉袄，按理说，在碧绿的麦地里应该是很显眼的，可是放眼望去却并没有它的影子，远处田埂上只有几只土狗在追花喜鹊玩。

谢春红心里有了一种不好的预感，但是她又想，灶庄人常看见她来做生意，偶尔还给小浩肉骨头吃，应该不会伤害它的，它很可能跑到谁家里玩去了。

谢春红沿着水泥大路，一家家找，一户户看，嘴里唤着小浩的名字，将灶庄绕了好几圈，都没看见它的影子。

走到秋水河边，她忽然心里一惊，小跑着到桥上去看，河水哗啦啦地从脚下流过去，河面很干净，什么红影子都没有。小浩是会游水的，它应该没有掉到河里。谢春红松了一口气，但仍是很着急，小浩到底去哪了呢？

天渐渐黑了，谢春红跟见到的每一个人打听，有没有看见一条穿红色棉袄的黑狗？问遍了全村人，都没有人看到小浩。她站在北风里，头发被吹得乱七八糟，像是枯了的野草。嘴唇上也裂了口子，流出丝丝的鲜血。身上被汗浸湿的内衣，变成寒冷彻骨的盔甲。她觉得老天爷真是对她太刻薄了，但凡她在这人世间有一点点念想和牵挂，都要尽数夺去，自己上辈子造了什么孽呢？

谢春红流着泪骑着电动三轮车回塔庄去，她懊恼自己利欲熏心出来做生意，要是安安分分在家里守着小浩，它又怎么会丢呢？她往前看时，泪眼蒙眬中，忽然见到远处路边有个小屋里有灯光。她记起老林头说过要吃狗肉火锅，心想，该不是他杀了小浩吧？

想到这里，她的心里腾地冒出一股杀气，把三轮车停下来，在成堆的货物里翻找出一把水果刀，狠狠地拍着老林头的门。

“开门开门！”

“谁呀，大晚上的喊魂啊？”老林头正在洗脚，听到有人这样使劲拍门，也是一头的火气。他擦了脚，起来打开门栅，正准备骂人，却看到明晃晃的尖刀伸过来，抵着自己的喉咙，不由得倒吸一口凉气。

“老林头，你是不是把我儿子藏起来了？”

“你儿子？我几时看见过你儿子？”

“装什么蒜，就是我的小浩，你上回说要吃狗肉火锅的！”

“啊，那只小黑狗呀，小谢，我知道你把小黑狗当成命根子，我们乡里乡亲的，怎么真的杀了它吃肉呢？你再找找看，说不定狗子已经回家了呢。”

谢春红想想他说得也有道理，附近村子大部分人都认识她，也应该都认识小浩，她走街串巷的时候，狗儿子从来都是形影不离，谁拐走它都会被别人发现的。谢春红想，小浩其实也聪明的，狗认路是本能，说不定真的已经在家里了。她收起了刀，跟老林道了歉，火急火燎地往家赶。

到了家里，里里外外找了一圈，小浩并不在。谢春红刚刚燃起的希望又灭了，她拿着手电，出门把村子的大街小巷，田野里的破房、桥洞都找遍了，仍是一无所获。夜深了，她走不动了，拖着沉重的步子往家挪，忽然听到深巷里谁家小孩在哭，心像被开水烫过一般，迅速缩成了一团，疼得要死。

这一夜，谢春红完全没法合眼。她躺了下来，看看旁边的小被子空空如也，闻着还有小浩的气味。她焦躁地披衣起床，跪在家里的三个牌位前，问：“爸爸，春辉，浩浩，你们知道小浩到底在哪吗？为什么你们都死了呢？为什么死的人不是我？”

母亲也披着衣服起来上厕所，听到了她这句话，忽然停下脚步，随口说：“是啊，你怎么不死呢？你才是祸头精呐。”

谢春红转头看了母亲一眼，又默默转身，喃喃道：“我要是死了谁来管你呢？总不能我们一起死吧。”

“要死你死，我不死，我要活。”母亲抖了一下肩膀上的衣服，钻进了卫生间。

母亲上完厕所，又爬到床上继续睡觉去了，并不去管跪在地上的谢春红。谢春红也不搭理她，像个木墩子似的跪着。心里却觉得格外恐慌，她一直觉得自己苟活于世就是为了照顾老母亲，她从来没有怀疑过这一点。而母亲对此居然不屑一顾，她忽然就失去了活着的意义。谢春红呆呆地跪着，一直到了天色发亮，才揉揉发麻的腿站起来，推门出去。

村子里安安静静，偶尔有公鸡打鸣和人的咳嗽声，其余都在淡淡的晨雾里一默如雷。她始终有种预感，觉得小浩跟这条河有种莫名的联系。她沿着河岸一步步走，一步步找，她相信自己一定会撬开这笼罩四野的迷雾。

忽然，她发现村后废弃的水码头边，有个红色的东西随着波浪一上一下。谢春红的心跳到了嗓子眼，她折根芦竹，把那东西拉上岸，没错，式样图案，一样不差，正是小浩的棉袄。

谢春红原本心里还有一丝希望的，现在看到了棉袄却不见小浩，心理防线便轰然倒塌了。她明知道冬天有坏人专门在各个村庄转悠，偷狗子，毒野鸭子，打黄鼠狼……她竟然没有想到去提防，小浩一定是被这些人给害了。

谢春红走投无路，颤抖着拿起电话报警，说自己儿子被人杀了。接警的人声音原本软绵绵的，听到这话后猛地一个激灵，等问清楚地址姓名之后，便又恢复了慵懒声调，说："谢大姐，虽然您把狗当成亲儿子，但它毕竟是狗啊，我们不好随便出警的。"

谢春红非常恼火，这个警察是什么态度呢？一听到是狗竟然不来了，难道小浩的命就不是命吗？她越想越气，脑子里有无数的小谢春红举着手，要求她为小浩报仇。大谢春红终于爆发了，跑回家去，拿了一把菜刀，沿着秋水河逆流而上，飞快地奔跑，终于在离村庄两里路的野外，发现了一条陌生的水泥船，船舱门关着，船头上铺着黑色皮毛，很显然，那正是小浩的皮。

谢春红觉得所有的血气全部涌到了头上，她爆发出惊人的能量，一下子跳上船，伸出脚去把舱门踹开，提着刀就砍床上的人。

船舱里睡着的是个瘌痢头，当他听到有人踹门时，从梦里惊坐起来，他还没反应过来，谢春红的菜刀已经在他肩上砍了下去。他急忙用被子反扑过来，光着脚逃出舱外，边跑边大声地叫着："救命啊，杀人啦!"

谢春红看到血从他肩膀上冒了出来，但她也看到了舱里被剥了皮的小浩，孤单地放在两只野鸭子旁边。脸朝着这边，谢春红看到它右眼里黑色的点点，这是属于小浩也属于浩浩的独特印记。小浩千真万确地死掉了。谢春红尖叫着："我要你偿命!"她跳上岸，带着对命运所有的恨意，疯狂地去追癞痢头，她现在只有一个念头，那就是杀了那个瘌痢头，给小浩也给自己报仇……

10

太阳升起来，浓雾散尽，谢春红被"呜哇呜哇"的警车带走了。

整个塔村变成了一锅沸腾的粥。所有人都在谈论这件事情，谁会想到老实巴交的谢春红会提刀杀人呢？但厘清原因后，大部分人都表示理解她。张大爷说："这个瘌痢头真他妈讨厌，这家伙是赵庄的无赖，每年冬天都在周围村庄用毒镖杀狗子，前年我家旺财就是被他弄死的。"王二婶说："小浩对谢春红来说可不是一条狗啊，她当儿子养的，谁儿子被杀了不找凶手拼命呢？"

“不管怎样，春红动刀杀了人，不知道会判多少年呢！”

“唉，可怜人啊！可怜人啊！以后她的呆妈妈可怎么办才好……”

老人们不由得想起谢春红的身世来，有人说谢春红是生在船上的，传说生在船上的人被无数的鬼纠缠，注定命不好。有人说起谢春红的狠劲，她小时候不会杀鸡，曾经在水码头上扯着妈的两只腿就把鸡对半撕开了，那些肠子、心肝挂下来，血滴得半条河都红了。有人将浩浩的死和小浩的来历抽丝剥茧……仿佛所有的事情冥冥当中都有因果，而他们早就洞悉一切似的。说着说着，忽然觉得天气越发阴冷，连巷子口吹过来的风都鬼里鬼气的，大家叹叹气，摇摇头就散了。腊月二十几了，谁家不要忙着过年呢？

谢春红被关押在看守所未决犯的小屋子里，一直低着头看自己的脚尖。女看守走进来，强压着兴奋的心情，说：“谢春红，我要告诉你两个好消息。”

谢春红抬起头，满脸疑惑，她丝毫不信这世上还有什么好消息。

女警察是个哺乳期的女人，看谢春红这么麻木呆滞，急得奶水都洇到乳垫里了。不过她现在一点也顾不上这些细节，前两天刚刚接到这个案子的时候，回家一看到儿子就想到谢春红，真是揪着心难受。而现在案情有了转机，她忍不住第一时间就来告诉谢春红。激动地说：“第一，杨俊龙没有死。”

谢春红有点蒙，愣了一会儿才想起来了，杨俊龙就是被她砍了许多刀的瘌痢头。

“他……他竟然没有死?”

“是啊,他不死,你的量刑就会轻一点。”

“我不怕坐牢。”

“你不怕恐怕也坐不成牢了,因为你怀孕了。”

“怀孕?你是说我怀孕?这怎么可能呢?”

“我骗你做什么?你看这化验单,千真万确,已经三个多月了。”

女警察把化验单递到谢春红面前,上面乱七八糟的各项指标她都看不懂,可是B超单上的影像却是明白的,那些层层叠叠、深深浅浅的阴影当中,有个像人又像狗的小影子悬浮其间,如同乌云中孕育出的饱满太阳,马上就要喷薄而出似的。

蟹爪兰

1

邓玉兰从更衣室出来，站在外头的大镜子前忍不住前后左右照了又照。她摸着新烫的头发，棕色的波浪卷蓬松而有弹性，像挂着一串串刚出炉的糖炒栗子，油亮油亮的，咧着小嘴替主人欢笑着。轻轻动一动，还会窸窣作响，仿佛在争先恐后地唱赞歌。

“好啦，好啦，够好看了，像十八岁的大姑娘。”小刘也换上带反光条的橙色工作服出来了。她站到邓玉兰的旁边，打开水龙头，用手沾了水，在头发上抓了几下，满意地说：“这手艺确实不错，这个葡萄紫染得真好。”

“都是你撺掇，我二十多年没烫过头发了，今天不但烫了，还染了颜色，像个老妖精。”

小刘从口袋里掏出口红，往嘴上轻轻抹了几下，抿了抿嘴说：“今天儿媳妇第一次上门，你可得把自己收拾得漂亮点，最好让人家以为是雨辰的姐姐。”

“一天到晚没个正形。”邓玉兰嗔了一句，想端出老大姐的沉稳来，可脸上却掩不住笑。她问：“现在涂口红有什么用？待会儿出去戴上口罩，谁看得见呢？”

“你不懂，这涂和不涂自己感觉就是不一样，哪怕别人看不见。”

小刘收起口红，细心地把帽子戴上，生怕压坏了刚做的头发。她把手腕上的橡皮筋褪下来，递给邓玉兰，说：“喏，反正我头发剪短了，用不着这个了，给你扎裤脚吧。”

邓玉兰接过来，道了谢，两个人说说笑笑往车库走。今天是腊月二十九，值完下午这一班，就放年假了。上午区里的领导来慰问，发了米和油，还给每人一个红包。200 块钱说多不多，却也算个意外的小惊喜。以往的例行慰问，物品多少能发一点，慰问金大多成了所里的工会费，最后也不知道用到哪里去了。今年换了个女领导，她做主把慰问金发给了一线环卫工人。小刘拿到手就说：“别老想着家里，一年忙到头，也该犒劳一下自己。”她拉着邓玉兰和另外一个同事，到单位旁边的“剪爱”理发店，和老板娘讨价还价，以 150 元包染烫的价格谈好，各自弄一个新发型过年。

邓玉兰还没舍得戴帽子，她又伸手摸摸打过发胶的卷发，冷风里，渐渐发了硬，感觉像是在摸别人的头发。她无数次在街上看到别的女人的卷发，大波浪、小波浪、麻花卷、玉米穗、爆炸式……各种各样好看的，难看的，甚至是惊悚的发型从面前经过，经常有想摸一把的冲动。但邓玉兰从来不去碰别人的头发，更不喜欢接触别人的身体。她性子温和，跟任何人都客客气气，跟任何人也都不那么亲近，总保持着一定的距离。她常年扎着一把低马尾，超过十公分了，就让老顾在家里用剪刀齐齐地剪去。以至于大家觉得，邓玉兰就该是这个样子，生来如此，以后也不会有什么变化。

女领导从车里下来，一眼就看到了邓玉兰的头发。她仔细打量了一会儿，眯着眼睛说："不错不错，这个发型显得人精神，我们邓大姐年轻时肯定是个美女。"边说边转过身，到后备厢拿了个纸袋，抓出一把糖，塞给两人，叮嘱道："快过年了，路上车多，一定要注意安全。这是上午去市里开茶话会人家给的巧克力，你们带上几块，吃了身上暖和。"

邓玉兰和小刘接过来，连声感谢，把糖果装到了衣兜里。到了车库，小刘剥了一块德芙塞到邓玉兰嘴里，自己也小心地含了一块，把口罩戴上。邓玉兰俯下身去扎裤管，觉得温热的口水从四面八方涌出来，瞬间把这块糖包围了，融化了，又像退潮似的把巧克力的岩浆带到身体各处去，给她造成一种说不出的愉悦感。是的，愉悦。从昨晚儿子回来开始，邓玉兰的心情就无比愉悦。儿子顾雨辰博士毕业了，留在省城的外企工作，元旦前刚刚买了一套房子，女朋友也定下来了，姑娘今天就要到家里来。邓玉兰看到别人的面包车上贴着"万事如意"四个字，觉得这简直写到她心里去了。

小刘是邓玉兰的搭档，两个人骑上保洁车，一前一后出了环卫所大门。外面风很大，吹得街两边新换的广告牌猎猎作响。路灯下也挂上了小灯笼，红彤彤的，像熟透的甜柿子。花圃里摆了矮牵牛和瓜叶菊，五颜六色的，开得欢欢喜喜。许多单位已经放假了，门口高高挂起大红灯笼，写着"欢度春节"或是"恭贺新禧"，年味一下子就烘出来了。街上的车很多,来来往往,个个都喘着粗气,像要赶着去办什么十万火急的事情。邓玉兰却一点也不急,进了腊月她就开始收拾着准备过年了:腌了咸鱼、腊肉、香肠,还有儿子最爱的风干鸡,一溜子都挂在厨房北面的窗台上。家里的被褥、床单以及窗帘早已洗得干干净净,每个角落都收拾得纤尘不染。三天前,她把年货也备好了,花生瓜子,零食糕点,水果干果,都是前所未有的丰盛。邓玉兰觉得今年与往年不一样,虽然年年都要辞旧迎新,但今年才是他们家真正告别苦日子,拥抱新生活的伟大开端。所以需要一个特别的、庄重的仪式,来和过去好好道个别,再意气风发地走进新时代。

2

小刘今天似乎格外有劲,顶着风,车都骑得飞快。邓玉兰快赶不上了,她喊:“小刘你慢点,骑这么快是去抢金元宝吗?”

“金元宝就留给你吧,我要早点把活儿干完了,跟老李回家过年呢!”小刘说到老李的时候,声音裹着巧克力的甜味飘过来,邓玉兰听了心里替她高兴,鼻子却忍不住一酸,眼里有些湿湿的感觉。

邓玉兰还记得两年前小刘才来的时候,刚刚死了丈夫,是街道办妇联把她安排进了环卫所。小刘像祥林嫂一样,逢人便说自己命苦:七八岁没了娘,老子娶了后妈,生下儿子,便处处不待见她,三天两头非打即骂。初二的时候上体育课,不小心摔断了腿,家里干脆让她辍学了,跟着亲戚从天长到扬州毛绒玩具厂打工。

那时候年龄小，不会干别的，只会给娃娃缝眼睛，一天下来要缝几百个眼睛，晚上睡觉都觉得被无数双空洞的眼睛瞪着。计件工要赶速度，不留神手被针扎破是常有的事，看到血珠子冒出来，放到嘴里吮一吮还得继续干活。拿到工资后，大部分由亲戚转给家里，她自己只能留一点点。看着别的姑娘拿了钱欢天喜地去买新衣服和化妆品，她都要躲到被窝里大哭一场。小刘十九岁的时候，遇到了丈夫孙晓刚，他是到厂里装货的司机，说不上人有多好，可是舍得掏光身上所有的钱请她吃饭，给她买连衣裙和口红。家里不同意，后妈想让她嫁给自己的侄子，她一咬牙跟着孙晓刚私奔了。到了婆家才知道，孙家有兄弟三个，比她家还穷。一大家子挤在城郊的小院子里，婆媳妯娌间，不知道生了多少事。还好后来拆迁了，他们分到两室一厅的房子，孙晓刚仍旧开货车，她自己在电子厂打工。结婚五六年，一直没有怀上孩子，到医院一查，是她的问题，婆家对她的态度就更差了。但是孙晓刚不在意，一如既往地对她好。她想没有孩子就没有吧，两个人相依为命也就罢了。谁知道老天连这点指望也给她掐灭了，孙晓刚得了脑癌。家里积蓄用完了，她坚持卖掉房子给丈夫治病；卖房子的钱也花光了，人终究没能留得住。没了孙晓刚，婆家便与她划清界限，娘家也早已不来往，走投无路之下，她只好向妇联求助，找了这份工作。

刚开始小刘每次说到自己的身世，都会有人陪她流几滴眼泪。后来说多了，连邓玉兰也不想听了。环卫所的工人，干的是最脏最累的活儿，工资也拿不了几个，不是山穷水绝，谁愿意干呢？哪个人背后不是一大堆辛酸故事？这样随便说出来让别人消遣实在是丢脸得很。邓玉兰不想理会这样的女人，可没想到分工抽签却抽到了一组。小刘像狗皮膏药一样黏着她，姐姐长姐姐短地叫着，如同一母同胞的亲妹妹。还经常从家里带吃的来讨好她，休息的时候想着法子说笑话逗她开心。小刘的热情让邓玉兰吃不消，却也躲不了。时间一长，慢慢也就习惯了。小刘这个人吧，除了话多一点，爱打扮一点，心地倒也很善良。邓玉兰心里不免怜惜她，觉得这样孤苦伶仃一个人过总不是个事，就请人帮她张罗对象。两年来相了十多个，不是她嫌弃对方年纪太大条件太差，就是人家介意她不能生孩子。总而言之，一直高不成低不就。可是谁也没想到，几个月前小刘在路上值勤，遇到个问路的出租车司机老李，两个人莫名其妙就好上了。邓玉兰怕她被人骗，喊上老顾帮忙“考察”了几次，便也放心了。看得出来这个老李是个本分人，真心实意想和小刘过日子的。

“你也算是新媳妇上门，到人家去要准备周全一点，老老小小都要照顾到，尤其是老李的女儿，你要给小姑娘多买些东西，态度要和气，别咋咋呼呼的，要给人家留个好印象，后妈可不好当……”

“哎呀，大姐，你怎么比我亲娘还唠叨，我知道你是为了我好，也不至于要说好几遍嘛。我自己生不了孩子，又遭过后妈欺负，能不对老李的姑娘好吗？”

“我就怕你大大咧咧的性格，不知道会说出什么话来，惹人家多心。”

“放心吧，放心吧，我又不是小孩子了。倒是你，好好想想怎么伺候儿媳妇吧！”

“怎么又扯到我身上……”

“不扯了，抓紧时间，我打扫路那边，你负责这一边，弄好了早点回家吧。”

3

小刘风风火火地到马路对面去了。邓玉兰停下车，戴上防护手套，拿出小喷壶，开始擦洗第一个垃圾桶。她把里面的垃圾倒进保洁车，把饮料瓶子易拉罐之类的收到麻袋里，虽然每天捡到的不多，可积累下来，勉强也够应付家里的水电煤气费。自从夫妻两人双双下岗以来，只能精打细算过日子，这些年都习惯了。早先老顾刚下岗，一时找不到工作，买了辆三轮车到街上拉客，不想雨天在高桥上被人撞了，摔到桥下，断了好几根骨头，连脾脏都摘除了。肇事者逃逸，老顾歇在家里好几年没有收入，全靠邓玉兰四处打零工养活，日子过得真是捉襟见肘，苦不堪言。虽然有时双方父母也帮衬一点，可兄弟姐妹众多，眼见着一碗水端不平，难免明里暗里地争。邓玉兰每每受了委屈，到家抹眼泪的时候，儿子总是安慰她：“妈妈，等我长大了，一定挣好多钱，让你和爸爸再也不要吃苦。”

邓玉兰对自己这辈子早就认了命。算命先生说她命中多磨难，一生常辛劳，但是到老了能转运，享到儿子的福。她对此坚信不疑，因为儿子顾雨辰的确争气，从小学开始，成绩就一直名列前茅，上初中上高中都没要父母烦一点神，顺顺利利地考上了重点大学，而且人也特别乖巧懂事，每天放了学就回家写作业，寒暑假也总是捧着书在看。父母忙的时候，洗衣做饭什么事情都会干。

既不乱花钱，又不乱结交不三不四的朋友。每次亲朋好友聚会，大家都拿雨辰做榜样教育自己的孩子：“看看人家雨辰，哎呀，这孩子真是哪哪儿都好。”

邓玉兰想起儿子以前放了寒暑假回来，总会抽时间陪她上班，帮她干活，从来不嫌脏怕累，便觉得吹在脸上的北风也不冷了。其实雨辰早上还想陪她的，被邓玉兰死活按在被窝里了。儿子现在大了，在外企当白领，经常加班加点，工作很辛苦，怎么还能让他抛头露面干这样的脏活呢？自己再苦再累都无妨，儿子的世界必须干净，体面，自己熬了这么多年，不就是为了有今天吗？她叮嘱儿子：“在家好好忙晚饭，妈妈想尝尝你的手艺。”

邓玉兰说这话只是缓兵之计，儿子顾雨辰却认真了。妈妈刚出门，他就起床了。走到厨房，看见锅里隔水捂着一碗白粥和两只秧草包子，这是妈妈给他留的早饭，从小到大都是这样。妈妈的早饭永远是白粥咸菜，而他的早饭则是包子、馒头、面包、牛奶……换着花样做，只有他假装吃不下，妈妈才会把剩下的吃完。下了晚自习，多晚妈妈也会等着，给他做一点宵夜，夏天是冰凉凉的绿豆汤，冬天是热腾腾的鸡蛋面。妈妈的手艺不一定有多好，可这每一碗的吃食和每一天的陪伴都是他奋发图强的动力。顾雨辰发了会儿呆，打开煤气灶，把早饭热好，端到桌上去吃。家里太安静了，顾雨辰找出遥控器，打开电视，发现客厅的长虹电视机实在太小太旧，像个风烛残年的老人在努力挤出点颜色来唱戏，于是吃过早饭就跑到附近超市买了一台新的装上。

中午老顾回来，看到了新电视，一脸喜色，说液晶的果然比大屁股的电视清楚。顾雨辰见他身上沾着油污，便问：“去哪里了？

衣服这么脏?”

“帮经理家通了个下水,这个时候管道工都回家过年了,他们找不到人,喊我去帮忙的。雨辰你看,人家给了一盒大闸蟹。”

老顾把螃蟹拿进厨房,语气里有些得意又有些讨好,顾雨辰听了心里蛮难受。自从那年车祸之后,肇事者逃逸,目击者害怕报复不敢出来做证,全家跑了小半年都没讨回一个公道,父亲便习惯了以“弱者”的姿态生存。他认为,小老百姓最好不要出什么事情,凡事能忍则忍,能让则让,胳膊是永远拧不过大腿的。他不但自己逆来顺受,让家里人也跟着忍。顾雨辰觉得父亲有时候就像个软体动物,柔软地巴结这个世界,一遇到事情就缩回到硬壳里去逃避,全然不顾遭遇是否公平公道。记得以前楼上的孙老头,仗着三个儿子壮硕,平素横行邻里。随意占了公共绿地种树种菜,把门前弄得臭不可闻;经常三更半夜打麻将,吵得四邻不安;楼道里也堆满了他家的废旧物品,谁挪一下就会跟人大吵大闹……住在楼下的顾家,更是深受其害。有一次孙家的酒瓶都扔到邓玉兰头上了,砸得鲜血直流,找他们理论却死不承认,父亲还是在劝家人忍一忍。但顾雨辰实在忍不下去了,他表面上不动声色,半个月之后,夜里写完作业悄悄烧了一壶开水浇到孙老头的枇杷树根下,再过一阵子往他家锁眼里灌 502 胶,或是把洋辣子的毛抹到楼下晾晒的衣服上……反正孙家得罪的人多了,谁也怀疑不到品学兼优的顾雨辰身上去。听着孙老太疯狗一般骂街,顾雨辰就觉得痛快,写作业都更顺手。他瞧不起父亲的“示弱”,决意要靠自己的本事来争取公平公道,来获得想要的一切。而现在,他是渐渐强大了,父亲对他表现出的依附和谄媚却像鞭子一样抽得他生疼。

顾雨辰放下手里正在剥的冬笋，接过盒子，把螃蟹拿出来，用旧牙刷一只一只地刷。这是他们家第一次出现这么多螃蟹。在他的记忆中，妈妈过日子虽然俭省，必要的鸡鸭鱼肉却从来不亏待儿子，但像螃蟹这样可有可无的奢侈品就很少买了。有一次他看着街边的螃蟹咽口水，妈妈只买了四只，爸爸吃了一只，顾雨辰吃了两只，还有一只留给妈妈，可她说不爱吃，又推给了儿子。晚饭后顾雨辰在房间写作业，出来倒水喝的时候，看见妈妈在厨房，偷偷地咂着他扔掉的蟹脚尖上的肉。他当时眼圈就红了，躲进房间里，心里发誓无论如何将来也要混出个名堂，让妈妈想吃什么就吃什么。顾雨辰在厨房里忙活了半天，突然间很想妈妈，于是掏出手机，拨通她的号码。

“雨辰啊，有什么事吗？”

“没什么，就是问问你什么时候回来，还有，皮蛋是煮一下再切，还是直接剥开了切？”

“我把活儿干完就能回家啦，你什么也别弄，等我回来做，来得及的。”

邓玉兰挂了电话，恨不得立刻就回家去，和儿子一起做晚饭，等着未来儿媳上门。儿子上了大学后，寒暑假都在外面勤工俭学，很少回来，一家人团聚的时候是越来越少了，每次都觉得还没说上几句话呢，雨辰就要走。邓玉兰想，这次一定要好好和雨辰聊一聊，要不都不知道这孩子现在都想些什么了。她看看时间，离下班还早，赶紧骑上车去干活。她和小刘负责的包干区一共三站路，有六个公交站台和二十二个垃圾箱，还有机动车道和两边的人行道要清洁。邓玉兰看看时间,已经三点半了,才打扫了一半不到。年底家家都在大扫除,每个垃圾箱都是满满的,她的保洁车快装不下了。她用扫把压了压,整出一些空间来,骑往下一个路口。

经过人民公园的时候,邓玉兰朝公园门口看了看,大门外的小广场上摆了几个地摊,有卖花的,卖春联的,卖水果的,还有个卖箱包皮具的,正用个大喇叭喊着:“厂方老板和小姨子跑了,全部产品亏本大甩卖……”邓玉兰皱了皱眉头,正准备离开,却瞄到了旁边卖花的小三轮车上,有一盆开得艳红艳红的花,叶片一截一截的,翡翠一般碧绿,花朵满满地缀在上面,像是从地下喷薄而出的红色喷泉,又像是正在燃着的烟花,一下子把邓玉兰惊艳到了。邓玉兰停下车,问卖花人:“老板,这是什么花?”

“蟹爪兰。”

“什么?”

“蟹爪兰。”老板一边修去旁边杜鹃花上的枯叶一边回答,“你看,这个花的叶子像不像蟹爪子?”

“是有点像。”邓玉兰笑了,问,“这花怎么卖的?”

“八十。”

“这么贵?”

“已经跌价卖了,前几天都卖一百呢,你要是真心想要的话给七十吧!”

“就这样一盆花,要七十? 我看四十块钱差不多!”

“哎呀大姐,到年脚下了,我们在这冷风口里卖花,你这个价我得喝西北风了。这样子啊,你给六十吧,少一分也不卖。”

"五十吧，多一分我也不要了。"

邓玉兰说着，推着车子便要走。她缓缓地骑上去，慢慢地蹬起来，等着卖花的喊她回去。可是骑出去十来米，到了红绿灯口，卖花的还是没作声。她心里头有些后悔，但又不好意思回头，再加上绿灯亮了，马路对面的汽车、电动车潮水一样涌来，后面也有人按喇叭催促，她只好随着车流过了马路。

4

邓玉兰扫着香樟树上落下来的红叶子，心里越发惦记起那盆蟹爪兰来。她想这盆花放在客厅的茶几上多好啊，配着新换的白色钩花桌布，颜色会显得多么鲜亮。雨辰的女朋友进门，坐到沙发上就能看到这盆花，大家坐下来说话，吃着零食，看着花，心情该是多么愉悦。初一早上，亲戚们来拜年，看到屋里有一盆开得这样兴旺的花，定会觉得日子亮堂起来了。邓玉兰越想越觉得那盆蟹爪兰很重要，她之前把家里收拾来收拾去，总觉得少点什么，现在明白了，是缺一盆画龙点睛的鲜花。

旁边的工商银行，是环卫工人定点的休息处。夏天太热，或者冬天太冷的时候，邓玉兰偶尔也会进去要杯水喝。大堂经理是雨辰同学的姐姐，对她很客气，经常送些雨伞、毛巾之类的小赠品。邓玉兰不愿意白拿人家的东西，每次来，总会帮他们把门口打扫得干干净净。她经过银行门口，看到经理正指挥工人将一盆硕大的蝴蝶兰抬进去，便悄悄问："这盆花多少钱啊？"

经理说："两千。"

“这么贵？”邓玉兰咋舌，越发觉得那盆蟹爪兰真是不容错过。面前的蝴蝶兰价钱贵得离谱不说，散发出的傲气也让人觉得不亲近，即便放到家里，也不会产生蓬荜生辉的感觉，反而会让七十平方米的房子显得更加局促、简陋。花店的鲜花也不好，看上去热闹，放不了几天就蔫了，一副不长久的样子。还是蟹爪兰好啊，红红火火，生机勃勃，价格也是平易近人的。真后悔刚才脑子里只顾盘算用多下来的五十块钱慰问款买一盆花，不想动用自己口袋里的钱。那是节俭生活的惯性思维，这些年来，邓玉兰过日子的原则是可花可不花的钱，一律不花，可买可不买的东西，坚决不买。为了省钱，她宁可坐四十分钟的公交车去批发市场买一个星期的蔬菜，愿意一早去超市排队买半价的鸡蛋，洗洁精买回来总是兑一半的水再用，上个厕所也要攒下两三泡尿再冲。她和老顾都不交什么朋友，因为交朋友就会有应酬，就会多出若干不必要的开支。他们也没有什么爱好，老顾不抽烟不喝酒，就连养花养草也被邓玉兰阻止了，因为买花盆，买肥料，买营养土都是又花功夫又费钱的，家里养着两盆文竹和吊兰就足够了，何必在阳台上倒腾瓶罐瓢盆呢？邓玉兰唯一的爱好是织毛衣，因为这个不但不费钱，还能挣钱，她每天晚上坐到床上打掉四两毛线，儿子的新房子，至少一个卫生间是她织毛衣挣来的。

邓玉兰现在想开了，其实多花个十块钱又怎样呢？儿子的首付款已经交了，贷款也办妥了，手头上还剩下一点积蓄，办个不铺张的婚礼应该差不多，何必如此计较十块钱呢？邓玉兰决定把车子骑回去，先把那盆蟹爪兰买下来再说，省得心里老是惦记着。

卖花的还在公园门口。邓玉兰老远看见小广场围了不少的人，显然卖东西的并没有被城管赶走。她心里一阵狂喜，不由得加快速度，使劲穿过马路去。她跳下车，拨开人群，像久别重逢似的想一眼就看见那盆蟹爪兰。

然而，三轮上最显眼的位置已经被摆上了粉色的杜鹃花，旁边围着凤梨、红掌、仙客来、龟背竹，再近些的是各种各样的多肉植物，就是看不见那盆蟹爪兰。邓玉兰急急地问老板："蟹爪兰呢？那盆蟹爪兰呢？"

老板看见橙色的工作服，认出了邓玉兰，有点幸灾乐祸地说："那会儿谁让你不要的，刚才被人家七十块钱买走了。"

邓玉兰的脸色一下子黯淡了，她失望地摘下手套，抹了一下鼻子，不死心地问："那你还有吗？"

"今天带的两盆都卖完了，你不如看看仙客来和杜鹃花吧，颜色也都挺好的，还有瓜叶菊，很便宜，十五块一盆……"

邓玉兰看他指着满车的花团锦簇，却一样也入不了眼。她心里只有那盆蟹爪兰，如同一团火焰，在胸腔里燃烧了半天，忽然被一盆冷水浇灭了，连灰烬都不甘心地冒着白烟。她追问："那明天还有吗？"

"明天不来啦，都大年三十了，我不要回老家过年吗？"

邓玉兰泄气地转过身，心里懊恼得不行。她叹了口气准备戴上口罩回头，却被一阵寒风吹得猛一阵咳嗽，连眼泪都咳出来了。卖花的忽然在后面喊她："环卫大姐，环卫大姐，我家里还有一盆蟹爪兰，你要的话到梅兰路顶头去，那边有个大棚，叫作'美之园'，我老婆在家，你去找她，给你算五十块得了。"

邓玉兰心头冷掉的灰烬“腾”地一下又燃起来了，她跟老板道了谢，骑上车去马路对面找小刘。她自己的任务已经完成了，去帮小刘一把，两人都可以早点下班。

小刘的车子停在幼儿园门口，人却不知道跑到哪里去了。邓玉兰四处张望，看到“华庭雅居”小区的大门外，一群女人围着一辆轿车，后备厢打开着，拉了根绳子，挂着五颜六色的围巾、丝巾。小刘正拿着一条奶白色印花的长围巾在脖子里试着打各种花样的结，从镜子里看到邓玉兰来了，忙招手喊她过来。

“姐，这个好不好看？”

“挺好的，配你过年的绿色羽绒服正好。”

“那这个呢？”

小刘又拿出一条黑色的方丝巾，打开来，图案是一枝紫玉兰，两三朵全开，两三朵半开，还有几个毛簇簇的花骨朵，仿佛在春风里颤动着。

邓玉兰心里一动，伸手摸过去，丝绸又滑又凉，像个华美的梦。她还没来得及说什么，小刘已经在开心地大笑了，得意地说：“这条最好看，好几个人都喜欢，被我抢到了。”她把钱塞给老板，拉着邓玉兰就走。

邓玉兰也想看看的，但转念一想丝巾这样的东西也是可有可无的，一年到头能戴几回呢？不买也罢，家里总能翻出几条来。她跟着小刘到幼儿园门口拿车，小刘像变魔术似的从口袋里掏出两个红薯，递过来说：“吃吧，医院门口卖红薯的老头给的，他一年到头往垃圾桶里扔玉米皮，也该慰劳一下咱们。”

邓玉兰接过来，怪小刘：“你又去敲诈他，人家腿不好，可怜巴巴的。”

“他总是短斤少两，可不是什么好人。”

“那是他的事。”

“好吧好吧，下回再给他钱，不过今天是他主动给的。”

邓玉兰剥开红薯皮，一股甜丝丝的热气冒出来，肚子一下子咕咕地投降了。她们俩一边吹着气，一边把热红薯吃完，都没顾得上说话。小刘用面纸擦擦嘴，又从口袋里掏出口红抹了一遍。看了看手机，说：“我们快回去吧，老李五点半直接到单位接我。”邓玉兰点点头，咽下最后一口红薯，把皮扔到保洁车里，跟小刘一起骑车返回。

5

同事们都已经陆陆续续走了。邓玉兰和小刘回来得比较晚，把垃圾倒空，把车送回车库，看见老钱拿着糨糊，给每一辆车贴上“出入平安”。小刘跟他开玩笑说：“老钱你要最后一个走，年后还要第一个来，我们就开门见钱，关门也见钱了。”

老钱说：“好的，好的，个个想着我，个个发大财。”

小刘把工作服换掉，打了一盆热水来洗脸，催着邓玉兰赶紧换衣服。邓玉兰摘下帽子，换了自己的衣服出来，赶紧到镜子前查看头发有没有变形。她伸手摸了摸，还好，除了头顶有一点被帽子压塌，小栗子们仍然油亮欢悦，精神抖擞。

小刘冷不丁地从身后凑过来，把围巾围到她的脖子上。邓玉兰吓了一跳，定睛看看，正是那条紫玉兰围巾。

“就知道你一定会喜欢。”小刘得意地说，“玉兰花，正好是你的名字。”

邓玉兰很惊讶，没想到小刘是买来送给她的。但她一向不与别人有经济上的往来，这个小刘也是知道的。她问：“多少钱的？我把钱给你。”

“哎呀，我的好大姐，怎么送你什么东西比抢你还难呢？大过年的，就不能收个小礼物吗？”

“欠人的总归要还，还不如亲兄弟明算账。”

“那样过日子还有什么趣？就是来来往往才有意思嘛。”小刘给她扎了个如意结，露一枝紫玉兰在前襟，又别致又好看。她说：“我这个人命苦，又没什么亲人在身边，就数你对我最好了，过年给你买条丝巾又算什么呢？你要是不肯收，我心里才难过呢，说明你不把我当妹子。”

“好吧，好吧，我收下，别揉眼睛了，睫毛膏都糊了。”邓玉兰也有点想流泪，心里莫名其妙地又暖又潮，恨不得和小刘抱着哭一场。但是她不会那样做，而且小刘的手机也响了，是老李催她收拾东西赶紧出来，他还有两个红绿灯就到了。

小刘戴上新围巾，把大包小包从休息室拿出来，从口袋里掏出电动车钥匙交给邓玉兰，说：“车子放在这里六七天恐怕不行的，你帮我骑回去吧，这件旧羽绒服给你挡风。”

邓玉兰接过来，帮小刘把东西提到大门口。老李还没到，邓玉兰就抽空打了个电话给儿子：“喂，雨辰，晓蕾到了吗？”

“还没呢，她不小心错过了高速出口，要从城西下，大概六点半才能到。”

“你爸呢?”

“爸爸在切牛百叶,他要烧最拿手的毛血旺。你不要担心啊,晚饭已经准备好了,路上慢一点。”

“好的,好的,我马上下班,买点东西就回来。”

邓玉兰挂了电话,发现小刘正盯着她看,眼里亮晶晶的。邓玉兰问:“怎么了?”

“没怎么,姐,今天我真是特别高兴,你也好了,我也好了,咱们都越过越好。”

“好你还淌眼泪,真是个呆丫头。看,老李来了,快上车吧,过了年等着吃你们的喜糖呢!”

邓玉兰帮小刘把东西搬到后备厢,老李下来,硬给她塞了两包中华,说是给老顾在儿媳面前撑面子的。邓玉兰不肯收,老李从车窗里扔下来,一踩油门就跑。

邓玉兰只好捡起来,回头拿了自己的东西,套上小刘的旧羽绒服,打开电动车储物箱,将头盔取出来,把早上发的米和油放进去。她一手拿着头盔,一手摸着头发想了想,还是把头盔放在单位,骑上电动车出了门。

6

天还没有完全黑,外面的路灯提前亮了。一盏接一盏,明珠一样的,在马路上空形成一条梦幻的光带,不知道通到哪里去。邓玉兰记得卖花人说的地址,那里以前叫杨家庄,现在拆迁了,建了学校还有别的什么单位。还好都是大路,一直往西走,只要拐一个弯就到了。邓玉兰想着那盆蟹爪兰，便不觉得天冷，也不觉得路远，顶着风，一路骑过去。

过了西门桥就是工业园区。工人们早就放假了，两边的厂房安静得如同沉睡的巨兽。路上人越来越少，车也越来越少。邓玉兰拐了弯，发现这条路上的路灯居然没亮，她想大概新修的路总要领导剪个彩才能正式通车吧，就像新开张的店要大放鞭炮贺一贺。电动车的灯有点接触不良，随着颠簸一会儿亮一会儿不亮。她减慢了速度，看到不远处有个活动板房亮着灯，那大概就是卖花的“美之园”。

邓玉兰停下车，敲门，听到里面有个男人声音问：“谁呀？”

“是我，来买蟹爪兰的。”

“环卫大姐呀，你还真来了啊。”

开门的是卖花的老板，他已经回来了，一家四口正围着桌子吃晚饭，一个十多岁的女儿和两三岁的儿子，正催着妈妈往火锅里加蔬菜。屋子里热气腾腾，香气四溢。

“说好来的嘛，哪能不算数呢？”

“你在这里等一下，我到大棚里给你拿。”

“好的。”

卖花老板披了件棉衣出去了。邓玉兰觉得有点过意不去，想到口袋里还有几块巧克力，就掏出来给两个孩子。孩子妈妈见状，客气地问：“吃饭了没有，不嫌弃的话坐下随便吃一点。”邓玉兰说：“不用，不用，儿子在家烧好了。”

卖花老板把蟹爪兰搬到灯光下，邓玉兰仔细看了看，这一盆比白天见到的那盆还要好，便满意地付了钱。老板帮她把花搬到电动车的踏板上，邓玉兰坐上车，说：“谢谢啊，祝你生意兴隆，发大财。”

“哈哈，你也是，祝你万事如意啊！”老板正准备回去，看到邓玉兰的后灯不亮了，提醒说：“大姐，后灯好像坏了，路上小心。”

“好的，还好这条路上车不多。”

邓玉兰骑着车上了大路，她的脚下安安稳稳放着一盆盛放的蟹爪兰。这种花原本是没有什么香味的，但邓玉兰就是能嗅到一丝若有若无的甜香。她一边骑车，一边闻着，觉得心里也都开了满世界的花。就像远处天空的烟花一样，时不时的，一朵又一朵。

突然，路边的岔道上，灌木后面刺过来一束强烈的灯光，一辆车凭空冲到了眼前。邓玉兰猛地从遐思中回过神，根本来不及反应该护着自己还是蟹爪兰，车龙头一偏，她的头就在白墙上溅开了一朵鲜红的花。

邓玉兰感觉自己像茅山道士一样，穿墙进入了一间红色的大厅。里面帘子是红色的，桌子是红色的，天花板也是红色的。熙熙攘攘挤着许多人，都看着红色的舞台。舞台上站着两个人，穿着古代人的红色吉服，像是在举办婚礼。她定定神看清楚了男的是她的儿子顾雨辰，女的却遮着盖头看不见容貌，司仪在喊：“一拜天地，二拜高堂……”喊了好几声，高堂的位置上都空无一人，邓玉兰急死了，她想叫，我在这里，在这里，可是既发不出声音，也动弹不得，整个身体完全不听使唤。

她想自己一定是梦魇了，报纸上解释说是睡眠瘫痪，不要去管它，只要醒来就没事了。邓玉兰试着动动身子，可四肢完全不听调遣，嘴里也无法发出声音。她好不容易把眼睛睁开，看到四周很黑，也很安静，远处还不时传来爆竹和汽车喇叭的声音。这一切过于真实了，她简直弄不清是现实还是梦境。

一阵冷风吹过来，她感到头发又黏又湿又凉，想摸摸小栗子们怎么样了，可手脚完全不受控制。她看到面前停着一辆汽车，车里坐着一个姑娘，手机照在脸上，发着蓝幽幽的光。姑娘好像在哭着，邓玉兰觉得她很眼熟，可是真不记得在哪里见过。

她的耳朵贴在地上，像是神兽谛听，又像是古代听敌人马蹄声的哨兵，她真的听到有人从远处跑过来。

她看见车门打开，女孩子跳出来，扑到跑过来的黑影怀里去，哭着说："雨辰你怎么才来呀！"

邓玉兰心里"咯噔"了一下，她透过糊在脸上的头发看着那个黑影，身高、体型、头发的轮廓，都是再熟悉不过的。她感到一阵高兴，想叫他们："雨辰，妈妈在这里。"然而却像是在梦魇里一样，再怎么着急，也是动不了，说不得。

雨辰安慰了女孩几句，走过来，打开手机的电筒，往邓玉兰身上照过来，他看见一个烫着卷发、穿着红色羽绒服的女人躺在地上，脸上全是血，和头发黏在一起，已经渐渐凝固了。他叫了两声"大姐，大姐"，又轻轻推了两下，地上的人一点反应也没有。

邓玉兰在心里拼命地喊："雨辰，雨辰，你怎么叫我大姐呢？我是妈妈呀！"

顾雨辰站起身来，退到女孩身边。女孩问："怎么样？那人怎么样？"

顾雨辰摇摇头，说："流了很多血，已经没反应了，恐怕是不行了。”

“怎么办呢？雨辰，我们报警吧！”女孩子哭了起来。

“等一等，晓蕾，让我想一想。”

顾雨辰把双手插到头发里，邓玉兰知道这孩子从小就有这个习惯，一遇到烦心事就喜欢把手插到头发里去思考，有时候还会揪下来一大把头发。她心疼儿子，想阻止他这个动作，奈何又完全做不了身体的主。

半晌，顾雨辰把手放下来，查看了四周，对女孩说：“晓蕾，我们不能报警。”

“为什么？”

“这个人现在也不知道是死是活，如果她死了，我们至少要赔七八十万，如果没死的话，照这个情形，治疗更是个无底洞。我们的车只有交强险，还没买商业险，哪里有钱赔呢？”

“可是雨辰，我们总不能见死不救啊。”

“晓蕾，你别怪我狠心，我说件事情给你听。在我很小的时候，爸妈双双下岗，找不到工作，爸爸只好到外面骑三轮车。在一个雨天里，被人撞到桥下去，肋骨断了，脾脏破了，可是肇事者一走了事，他没受到一点损失，我们整个家庭的命运却彻底改写。”顾雨辰越说越愤怒，声音几乎冒出火来，“当时没有摄像头，却有目击证人的，但他们怕肇事者打击报复，没有任何一个人愿意出来指证，连警察也不负责任地草草结案。晓蕾，你不知道当时我多恨啊，恨这些人冷漠，也恨自己弱小，不然妈妈怎会受这么多苦？这些年她每天天不亮就起来扫马路，半夜三更还在给人家织毛衣，供我上学，给我买房子，把所有好东西都留给我，自己什么都不要。这么好的妈妈，我怎么能辜负她，让她再次一无所有呢？”

“可是雨辰，祸是我惹的……”

“我们是一家人，我和你没有彼此。你的父母也不容易，他们给你买了车当嫁妆，也已经竭尽全力了。”

“万一被查出来怎么办？”

顾雨辰说：“相信我，我是学通信的，这是一条新路，没有摄像头，你的车也没上牌照，我们再做一些处理。是查不出来的。即便有万一，你也并没有撞到她，是她自己受惊撞到墙上的。”

“可是，我会良心不安。”

“我也会，然而这个社会上，有多少人良心是安的？”

顾雨辰拉着女孩的手，站到邓玉兰的面前。顾雨辰说：“大姐，对不住了，我们是穷人，赔不起钱，请您原谅。”说完深深地鞠了三个躬，带着女孩转身离去。

邓玉兰快急死了，她心里喊着：“儿子，儿子，你好好看一眼啊，我是你妈妈，你带妈妈一起走啊！”

可是顾雨辰并不能听见邓玉兰的呐喊，他发动了汽车，在夜空下发出一阵悲鸣，毅然决然地离开了。

邓玉兰躺在地上，看这车轮碾过散落一地的蟹爪兰，那些鲜嫩的花朵，都被碾成了红色的汁液。